prépabrevet

COURS & EXAMEN

3e

Le Maxi Cahier du Brevet

Hatier

Les épreuves du brevet

Le diplôme national du brevet comprend quatre épreuves écrites et une orale.

Les épreuves écrites

Français

- 3 heures
- 100 points
- 3 parties :
  - travail sur un texte et une image
  - dictée
  - rédaction

Maths

- 2 heures
- 100 points
- 6 à 8 exercices (dont un d'algorithmique)

Histoire-géographie
Ens. moral et civique

- 2 heures
- 50 points
- 3 exercices :
  - analyse de documents
  - développement construit et tâche graphique
  - exercice d'EMC (situation pratique)

Sciences

- 1 heure
- 50 points
- Exercices portant sur 2 matières parmi 3 (physique-chimie, SVT, technologie)

L'épreuve orale

- 15 min (individuel) ou 25 min (collectif)
- 100 points
- Présentation d'un projet mené en histoire des arts ou dans le cadre d'un EPI ou d'un parcours éducatif

Le jour J

1. Sois en forme : couche-toi tôt la veille et prends un bon petit-déjeuner.
2. Si tu sens le stress monter, prends le temps de respirer calmement.
3. Pour les épreuves écrites, parcours l'ensemble du sujet avant de te lancer et garde au moins 10 minutes pour te relire.
4. Pendant l'épreuve orale, montre-toi confiant(e), enthousiaste et souriant(e).

Maquette de principe : Laurent Romano, Frédéric Jély
Mise en page : IDT, Laurent Romano, Aude Cotelli, STDI
Schémas : IDT, Corédoc, STDI, Nord Compo, David Bart, Vincent Landrin
Cartographie : Légendes cartographie
Illustrations : Juliette Baily, Philippe Gady
Iconographie : Marthe Pliven/Hatier illustration
Édition : Eva Baladier, Jean-Marc Cheminée, Clothilde Diet, Damien Lagarde

Français

Sommaire

Index des vidéos

Voici la liste des vidéos évoquées dans la partie consacrée au français : tape le mini-lien dans ton navigateur pour accéder en un clic à la vidéo qui t'intéresse.

Explorer les thèmes du programme

► bit.ly/_FR_ch1_p7

« La vie mystérieuse du journal d'Anne Franck » (6 min), France Culture, sept. 2020.

► bit.ly/_FR_ch1_p9

Charlie Chaplin, *Le Dictateur (The Great Dictator)*, la scène du globe (3 min), *charliechaplin.com*, juil. 2015.

► bit.ly/_FR_ch1_p11

« Street-art : cet artiste fait des œuvres sur les toits pour des vues aériennes » (3 min), *huffingtonpost.fr*, juin 2015.

► bit.ly/_FR_ch1_p12

« Lucie Aubrac : résister, c'était d'abord informer » (5 min), *education.francetv.fr*, fév. 2008.

► bit.ly/_FR_ch1_p15

« *Le Voyage dans la Lune* de Georges Méliès » (13 min), *education.francetv.fr*, juil. 2009.

Connaître les genres littéraires

► bit.ly/_FR_ch2_p25

« La promesse de l'aube : un tournage hors du commun » (1 min), Pathé, déc. 2017.

► bit.ly/_FR_ch2_p27

« *La Cantatrice chauve*, mise en scène de J.-L. Lagarce [1992] : incipit » (5 min), *theatre-video.net* en partenariat avec Arte France, sept. 2006.

► bit.ly/_FR_ch2_p29

« Chanson d'automne (Verlaine) » (3 min), Léo Ferré (1986), juil. 2009.

► bit.ly/_FR_ch2_p31

« L'Histoire : l'Affaire Dreyfus » (9 min), Claire Doutriaux, *Karambolage*, Arte, mai 2017.

Maîtriser la langue

► bit.ly/_FR_ch3_p40

« Comment accorder le participe passé d'un verbe pronominal ? » (2 min).

► bit.ly/_FR_ch3_p43

« Quelles terminaisons utiliser dans un récit au passé simple ? » (2 min).

► bit.ly/_FR_ch3_p45

« Comment choisir entre *quand*, *quant* et *qu'en* ? » (2 min).

► bit.ly/_FR_ch3_p50a

« Quels sont les pièges de l'imparfait ? » (2 min).

► bit.ly/_FR_ch3_p50b

« Quels mots s'accordent avec le nom dans le groupe nominal ? » (1 min).

► bit.ly/_FR_ch3_p51a

« Comment accorder le verbe avec le sujet *qui* ? » (1 min).

► bit.ly/_FR_ch3_p51b

« Comment savoir si un nom employé seul est au pluriel ? » (2 min).

Réussir l'épreuve du brevet

► bit.ly/_FR_ch5_p68

« Comment accorder le verbe quand le sujet est *tu* ? » (1 min).

► bit.ly/_FR_ch5_p69

« Le sujet est-il toujours placé avant le verbe ? » (1 min).

Les vidéos des pages 40 à 69 sont mises en ligne par Mon coach Bescherelle (Hatier, déc. 2017).

Explorer les thèmes du programme

Le programme de Troisième aborde tous les genres littéraires par le biais de cinq thèmes majeurs :

- Se raconter, se représenter ;
- Dénoncer les travers de la société ;
- Visions poétiques du monde ;
- Agir dans la cité : individu et pouvoir ;
- Progrès et rêves scientifiques.

Ces thèmes fondamentaux permettent d'étudier les réponses que les écrivains, à travers leurs œuvres, apportent à ces questionnements universels.

Les pouvoirs de l'art

Qu'il soit peintre, musicien ou écrivain, l'artiste livre à travers son œuvre sa vision de lui-même ou du monde qui l'entoure. Il entame ainsi un dialogue avec son public : chacun de nous réagit à sa manière à l'œuvre et l'interprète au prisme de sa propre histoire, de ses goûts, de ses connaissances.
Prends le temps d'observer cette fresque : que t'inspire-t-elle ? quel effet produit-elle sur toi ?

SUIVEZ LE GUIDE

Le cours page 6
Check ! page 16
Les questions du brevet page 17
Zoom page 20

LE COURS

Se raconter, se représenter

DE QUOI S'AGIT-IL ? Lorsque tu prends un selfie ou que tu postes une de tes activités sur les réseaux sociaux, tu perpétues, sur des supports actuels, les pratiques artistiques anciennes que sont l'écriture de soi et l'autoportrait. Au cœur de ces démarches se pose toujours la question de la fidélité au réel : le choix des événements et la perspective adoptée sont déjà une déformation de la réalité.

Pourquoi se raconter ou se représenter ?

Pour garder une trace des événements

C'est le but que se proposent les journaux intimes et les blogs personnels, où l'on raconte au fil des jours les événements dont on veut **garder le souvenir**. Ces écrits ne s'adressent pas à un destinataire précis : on écrit pour soi, ou pour des lecteurs qu'on ne connaît pas forcément.

On peut vouloir donner un aperçu de sa vie et de sa personne à des proches éloignés géographiquement. Les réseaux sociaux prennent aujourd'hui le relais des lettres manuscrites : nous sommes nombreux à mettre en ligne photos et commentaires de nos activités quotidiennes.

Mais le fait d'adresser ces informations personnelles à un public élargi peut avoir des conséquences. En effet, le désir d'offrir une image de soi positive et attirante entraîne souvent un **travestissement de la réalité** : les événements déplaisants sont passés sous silence, les photos recadrées ou retouchées.

Je veux montrer un homme dans toute la vérité de sa nature, et cet homme ce sera moi.

Jean-Jacques Rousseau, préambule des *Confessions*, 1789

Pour approfondir la connaissance de soi

Se raconter est l'occasion d'approfondir la connaissance que l'on a de soi-même. Cela peut permettre de **mieux se connaître** et de comprendre les ressorts secrets qui nous font agir.

Mettre sa vie en mots peut ainsi répondre au désir de trouver un sens à son existence. Mais la subjectivité inhérente au projet entraîne forcément une distorsion de la réalité.

Subjectivité
La subjectivité est ce qui relève d'un point de vue personnel et particulier. Elle s'oppose à l'objectivité, qui qualifie un texte neutre et impartial.

Perspective
La perspective est la manière de représenter ou de relater un événement. En choisissant un angle particulier, on oriente le regard et le jugement de l'interlocuteur, qui n'a plus de vision totale et objective de la réalité.

Pour en faire un exercice littéraire

On peut trouver dans sa propre vie la matière d'un roman : se raconter devient alors un **exercice littéraire**, susceptible d'intéresser des lecteurs, et qui va donc au-delà d'une simple contemplation narcissique.

Mais là encore, le choix des événements relatés, la perspective choisie, la reconstruction *a posteriori* des événements empêchent une réelle objectivité. Même si on affiche un idéal de sincérité, les écarts avec la réalité sont indissociables du projet qui consiste à se raconter.

Les différentes formes de l'écriture de soi

Journaux intimes, lettres et mémoires

Au quotidien, l'écriture de soi peut prendre la forme des journaux intimes ou des lettres. Non destinés à la publication et restreints au cercle privé, il arrive que la **postérité** leur donne une audience qui n'était pas prévue : c'est le cas par exemple des *Lettres* que Madame de Sévigné écrivait à sa fille, publiées de manière posthume par sa petite-fille.

Certains écrits sont au contraire destinés dès leur origine à la publication. C'est le cas des mémoires, qui mettent avant tout l'accent sur l'Histoire (les hommes célèbres, les grands événements). Dans ses *Mémoires de guerre*, Charles de Gaulle détaille son implication dans des événements historiques, comme l'appel à la résistance qu'il lança le 18 juin 1940.

Autobiographie et autofiction

L'**autobiographie** est la forme privilégiée de l'écriture de soi. Relatant l'histoire d'une vie, elle donne la primauté à la construction de la personnalité de l'auteur, qui s'engage

Les réseaux sociaux : entre réalité et fiction

Les réseaux sociaux sont devenus un lieu où chacun se raconte et se représente en permanence. On offre ainsi à ses lecteurs une image de soi et de sa vie, partielle, mais parfois aussi retouchée ou trompeuse, même sans intention mensongère préalable.

à se montrer tel qu'il est. Une autobiographie comporte certains passages clés : la naissance, le premier amour, un autoportrait, la découverte de la vocation…

L'**autofiction**, enfin, se situe aux frontières de l'autobiographie et de la fiction. La romancière Delphine de Vigan se sert ainsi d'événements réellement vécus pour écrire des récits à la première personne où les frontières entre réalité et fiction s'estompent, comme dans son roman *D'après une histoire vraie*.

Les caractéristiques de l'écriture de soi

Quel que soit le type d'écrit, l'écriture de soi suppose l'**identification de l'auteur, du narrateur et du personnage principal**, qui s'exprime à la première personne du singulier. L'énonciation est subjective : le « je » ne donne que son propre point de vue, qui peut être juste ou erroné.

Dans les journaux intimes ou les lettres, l'écriture se fait au jour le jour et le **présent** reste le temps de référence. Dans les autres types d'écrits autobiographiques, le récit est **rétrospectif** : le narrateur adulte se penche sur son passé et le recompose. Les deux systèmes de temps sont donc mêlés : présent pour le temps de l'écriture, passé pour le temps des événements.

Tous les registres peuvent être utilisés : comique (*La Vie devant soi* de Romain Gary), pathétique (*Le Livre de ma mère* d'Albert Cohen)…

L'ambition de vérité est revendiquée par les auteurs, mais tous ont conscience que les imperfections de la mémoire, la reconstruction postérieure des événements et la perspective forcément subjective contredisent quelque peu cet idéal.

Ce paradoxe est ainsi souligné par Cavanna dans son autobiographie, *Les Ritals* :

« *C'est un gosse qui parle. […] Des fois il parle au présent, et des fois au passé. Des fois il commence au présent et il finit au passé, et des fois l'inverse. C'est comme ça, la mémoire, ça va ça vient. […] Ce gosse, c'est moi quand j'étais gosse, avec mes exacts sentiments de ce temps-là. Enfin je crois.*

LA VIDÉO EN +

Tu connais peut-être Anne Franck, mais connais-tu la vie mystérieuse de son journal ?

► bit.ly/_FR_ch1_p7

LE COURS

Dénoncer les travers de la société

DE QUOI S'AGIT-IL ? Il s'agit de questionner la vision que l'on a de la société et de mettre en évidence ses travers, ses défauts, de façon, peut-être, à la faire évoluer en provoquant une prise de conscience et un changement de comportement. Cela s'inscrit dans une longue tradition littéraire et artistique : la satire sociale.

Comment dénoncer les travers de la société ?

Pour dénoncer les travers de la société, on peut utiliser des mots (textes écrits, slogans, discours…) mais aussi des images (dessins, peintures, films…). Quel que soit le support utilisé, les procédés pour dénoncer restent les mêmes : l'humour, l'ironie, l'imitation, la parodie, l'amplification ou le grossissement du trait pouvant aller jusqu'à la caricature de façon à se moquer voire à ridiculiser le sujet visé.

L'homme a voulu vivre en société, mais aussi depuis qu'elle existe, l'homme emploie une bonne part de son énergie à lutter contre elle.

Georges Simenon

La satire en littérature

Il faut bien distinguer **la satire**, forme poétique héritée de l'Antiquité qui dénonce un travers de la société en s'en moquant, et **le registre satirique**, qui peut relever de genres littéraires variés. Parmi les genres pouvant avoir une visée satirique, on peut citer :

- les satires proprement dites, par exemple celles de Boileau au XVIIe siècle ;
- les fables, genre de prédilection de Jean de La Fontaine ;
- les comédies, genre théâtral dans lequel Molière excelle ;
- les contes philosophiques, notamment ceux de Voltaire au XVIIIe siècle ;
- certains romans, comme ceux réunis par Balzac au XIXe siècle sous le titre de *La Comédie humaine*.

Le registre satirique se caractérise par l'emploi de divers **procédés stylistiques** : des figures d'amplification ou d'insistance (hyperboles, gradations, parallélismes…), des figures d'opposition (antithèses, paradoxes…), des figures d'analogie (comparaisons, métaphores…).

L'utilisation de l'image

Le dessin satirique est né pendant la Révolution. Son principal canal de publication est la presse (*Le Canard enchaîné*, *Charlie Hebdo*…), même s'il se diffuse également sur internet et aussi sur les murs des villes par le biais du street art. Les dessinateurs de presse utilisent des procédés similaires à ceux utilisés en littérature (exagérations, paradoxes, personnifications, métaphores…).

Les émissions télévisées, les chroniques radiophoniques, les parodies sur internet et les films permettent de toucher un public plus large. On peut citer l'émission parodique de Canal+, *Les Guignols de l'info*, qui caricature hommes politiques et célébrités sous la forme de marionnettes, ou encore le site du Gorafi qui parodie les journaux d'information.

Les objets de la dénonciation

Les objets de la satire sont divers, ils peuvent persister à travers les siècles ou correspondre plus particulièrement à une époque. En voici quelques exemples.

La mode et ses excès, le culte des apparences

C'est un thème qui traverse les époques. Au XVIIe siècle, les auteurs l'associent à une critique morale ou sociale de la cour de Louis XIV, à Versailles, lieu de toutes les excentricités, où il faut être vu et à la mode

Ironie
Figure de rhétorique par laquelle on dit le contraire de ce que l'on veut faire comprendre.

Parodie
La parodie est une œuvre littéraire ou artistique qui imite une œuvre préexistante par jeu ou pour en faire la satire.

mais nous avons tenu
urez-vous que cela a
cependant, il paraîtrait
weets facebooknuirait
à la santé.

IMMERSION

et vous poussera à ...
comme un cochon. Pour y remédier,
re-connecter vous.

JESSICA

•••••• 29 ans ••••••

Rédactrice Web consultante média press

Bloggeuse mode

« J'ai clairement relancé LE BONNET »

... des principes généraux d'égalité entre les sexes ... le chemin est

« Bloggeuse mode », premier épisode de la minisérie *Filles d'aujourd'hui* (Canal +, 2015)

Dans cette série, Laurence Arné utilise la parodie pour critiquer certains stéréotypes contemporains. À travers le personnage d'une bloggeuse mode, elle se moque du narcissisme de ces rédactrices web qui font la pluie et le beau temps sur le net, et dénonce l'importance de la mode dans notre société.

pour exister et où se côtoient vaniteux et flatteurs. Les principaux satiristes de ce siècle sont La Fontaine (« Le Corbeau et le Renard »), La Bruyère (*Les Caractères*) et bien sûr Molière (*Le Bourgeois gentilhomme*).

On retrouve une satire de la mode dans Les *Lettres persanes* de Montesquieu au XVIIIe siècle. Au XXIe siècle, elle est plus que jamais un objet de dénonciation en raison de la dictature des marques et de l'omniprésence de la publicité. Le film *Le Diable s'habille en Prada* de David Frankel (2006), adapté d'un roman éponyme, est une satire du milieu de la mode new-yorkais et en particulier de sa célèbre prêtresse, rédactrice en chef du *Vogue* américain, Anna Wintour.

La guerre

L'un des textes les plus célèbres sur la dénonciation de la guerre est extrait du conte philosophique de Voltaire, *Candide* : l'auteur qualifie la guerre de « boucherie héroïque », oxymore qui traduit toute son ironie.

Au XIXe siècle, Louis-Ferdinand Céline dénonce l'absurdité de la guerre de 1914-1918 et toute idée d'héroïsme dans son roman *Voyage au bout de la nuit*.

Le film de Stanley Kubrick, *Docteur Folamour* (1964), est une satire féroce de la guerre froide entre les États-Unis et l'Union soviétique et de la menace que représente l'armement nucléaire.

L'esclavage

C'est un thème important pour les philosophes des Lumières qui défendent la liberté et l'égalité. Citons Voltaire (« Le nègre de Surinam » dans *Candide*) ou encore Montesquieu (« De l'esclavage des nègres » dans *De l'esprit des lois*).

Le totalitarisme

C'est bien sûr un thème essentiel au XXe siècle qui voit se développer de nombreux totalitarismes (le nazisme, le stalinisme…).

Dans son film *Le Dictateur* (1940), Charlie Chaplin fait la satire du nazisme et n'hésite pas à caricaturer Hitler et sa mégalomanie. Plus tard, Art Spiegelman dans sa bande dessinée *Maus* (1986-1991), dénonce le nazisme en utilisant le zoomorphisme : les nazis sont représentés par des chats, les Juifs par des souris.

LA VIDÉO EN +
Découvre une célèbre scène du film *Le Dictateur* (Ch. Chaplin, 1940).
► bit.ly/_FR_ch1_p9

LE COURS

Visions poétiques du monde

DE QUOI S'AGIT-IL ? La poésie ne se limite pas à la versification, ni même à la littérature : on peut la trouver dans tous les arts (peinture, sculpture, musique…). Elle fait appel à l'imagination et suscite dans l'esprit du lecteur/spectateur des images, des associations d'idées inattendues qui lui font voir le monde différemment.

Qu'est-ce qu'une vision poétique du monde ?

Une vision artistique qui fait appel aux sens et à l'imaginaire

Pour Reverdy, « le poète, l'esprit du poète est une véritable fabrique d'images. » La poésie naît en effet des **images originales**, surprenantes, suggestives, que crée le poète et qui sont de véritables portes ouvertes sur l'imaginaire. C'est également un appel aux sens : un poème se regarde, se lit mais aussi s'écoute car il repose sur une certaine **musicalité** créée à partir des sonorités et des rythmes de la langue.

Un regard neuf porté sur les choses

Avoir une vision poétique des choses, c'est porter sur elles un regard neuf, oublier leur aspect utilitaire et quotidien, les regarder sous un angle inattendu.

Ainsi Marcel Duchamp, en exposant le premier de ses ready-made, un urinoir qu'il intitule *Fontaine* (1917), cherche à **remettre en question** la conception traditionnelle de l'art et de ce qui doit être considéré comme beau. Il invite à regarder autrement un objet trivial.

Le poète Francis Ponge, pour sa part, choisit de porter un regard neuf sur les objets de notre quotidien – du pain, un cageot, une bougie, un galet… – dans son recueil de poèmes en prose, *Le Parti pris des choses* (1942). Selon lui, il s'agit « de considérer toutes choses comme inconnues, et de se promener ou de s'étendre sous bois ou sur l'herbe, et de reprendre tout depuis le début ».

Ready-made
Inventé par Marcel Duchamp, le terme désigne un objet du quotidien auquel on confère le statut d'œuvre d'art. L'artiste se l'approprie en lui donnant un titre, une signature, etc. Ce type d'œuvre remet en question la notion même d'art.

Lyrique
À l'origine, *lyrique* vient du mot *lyre*, instrument de musique dont s'accompagnaient les poètes grecs et notamment, dans la mythologie, le musicien et poète Orphée.

Le seul véritable voyage, […] ce ne serait pas d'aller vers de nouveaux paysages, mais d'avoir de nouveaux yeux.

Marcel Proust

La poésie lyrique : exploration intime de l'homme et du monde

Une poésie des sentiments

Par la puissance suggestive des images, des sonorités et des rythmes, par la très grande liberté qu'elle apporte, la poésie offre aux poètes la possibilité d'exprimer leurs émotions profondes, d'explorer et rendre sensibles leurs aspirations, leurs interrogations, leurs angoisses face aux questions essentielles, existentielles, qui habitent l'homme. Cette poésie centrée sur le moi, ses émotions, ses peurs et ses aspirations, est dite lyrique. Les poèmes lyriques sont l'**expression des sentiments** personnels du poète et évoquent des **thèmes universels** comme l'amour, la mort, la nostalgie, la fuite du temps, la communion avec la nature, le désir et les affres de la création artistique.

Procédés et formes de la poésie lyrique

Les procédés sont ceux de l'écriture de soi et de l'expression des sentiments : emploi de la première personne, lexique des émotions et des sensations, nombreuses figures de style (métaphores, anaphores, personnifications, hyperboles, apostrophes…), jeu sur la musicalité (allitérations, assonances…).

Le lyrisme a traversé les siècles : Ronsard et Du Bellay au XVIe siècle, les Romantiques et les Symbolistes (Lamartine, Hugo, Baudelaire, Verlaine…) au XIXe siècle, les poètes modernes ou surréalistes (Apollinaire, Aragon, Éluard…) au XXe siècle. Mais si les poètes ont continué à explorer les mêmes thèmes existentiels, les formes poétiques ont évolué,

De la poésie sur les murs des villes

L'installation sur le mur de gauche est l'œuvre de Ben. Cet artiste est mondialement connu pour ses phrases, tracées d'une écriture ronde d'élève appliqué sur un fond rappelant les tableaux des écoles, qui invitent le lecteur à s'interroger sur le rapport entre l'art et la vie. Cette œuvre est complétée par un mannequin sur une plate-forme mobile suspendue par des cordes qui semble procéder à l'installation. Ben incite les passants à penser par eux-mêmes, à être créatifs, à avoir une vision poétique du monde à l'image des artistes de street art dont les œuvres couvrent les murs environnants.

du sonnet et de l'ode traditionnels aux vers libres de la poésie moderne.

Deux thèmes poétiques par excellence : les paysages et le voyage

Les paysages

Évoquer un paysage est généralement une façon pour le poète d'explorer le monde et son moi profond, sa géographie intime : le paysage poétique est souvent le **reflet des émotions du poète**. Il peut être tout à la fois réel et imaginaire, extérieur et intérieur, symbolique et métaphorique.
Dans « Le lac » de Lamartine, le décor est propice aux épanchements du poète sur sa douleur face à la mort d'un être cher et la fuite du temps.
Chez Verlaine (« Clair de lune ») ou encore Baudelaire (« Paysage »), le paysage se fait intérieur, intime, reflet des aspirations ou des angoisses du poète.
Lorsqu'il évoque un pré fleuri de colchiques, joli mais vénéneux, c'est d'un amour malheureux que parle Apollinaire (« Les Colchiques »). De même, l'évocation de la Seine permet au poète de rendre sensible le temps qui passe (« Le pont Mirabeau »). Le paysage s'est fait métaphore.

Le voyage

Le voyage est, pour de nombreux poètes, le moyen d'échapper au quotidien et de porter un **regard nouveau sur le monde**. Être dépaysé, perdre ses repères, c'est être disponible pour découvrir l'originalité, l'étrangeté de paysages réels ou intérieurs.
Ce voyage peut être imaginaire, rêvé, idéal, comme dans « L'invitation au voyage » de Baudelaire (1857). Il peut être fugue, recherche de liberté en harmonie avec la nature, aspiration à la poésie comme dans « Ma Bohême », d'Arthur Rimbaud (1870).
Il est tout à la fois réel, rêvé et introspectif dans *La Prose du Transsibérien et de la petite Jehanne de France* de Blaise Cendrars (1913), poème-tableau qui a été illustré par l'artiste Sonia Delaunay. Dans ce livre-accordéon de deux mètres de long, les mots, les formes et les couleurs s'associent pour traduire le rythme du train et l'émotion du poète.

ALLER PLUS LOIN

Pour faire toi-même l'expérience d'un regard neuf et poétique sur les choses, choisis un objet qui t'est tellement familier que tu ne le vois plus vraiment et prends le temps de bien l'observer : il finira sans doute par te paraître incongru, bizarre, étrange – en un mot, autre.

LA VIDÉO EN +

À la découverte de Marlin Peterson, street-artiste américain qui crée d'étonnants trompe-l'œil sur les toits de Seattle…

▶ bit.ly/_FR_ch1_p11

Agir dans la cité : individu et pouvoir

DE QUOI S'AGIT-IL ? Au cours des siècles, les individus ont été confrontés au pouvoir : ils s'y sont opposés ou ont cherché à le conquérir lors de luttes individuelles ou collectives, violentes ou pacifiques, pour défendre ou obtenir des droits politiques ou sociaux, combattre les inégalités, les discriminations, l'intolérance, la tyrannie… Certains ont choisi l'action politique, d'autres la création artistique, parfois au risque de leur vie.

Agir dans la cité

Que signifie « Agir dans la cité » ?

Qu'est-ce que la « cité » ? Le mot a plusieurs sens : une communauté politique constituée de citoyens, une ville, ou encore quartier de grand ensemble, souvent défavorisé. C'est le premier sens qu'il faut retenir ici.

Agir dans la cité, c'est donc tenir son rôle de **citoyen**, agir pour le bien commun à son échelle, que ce soit dans sa ville ou son village, son quartier ou même son collège. Cela peut vouloir dire aussi agir contre le pouvoir, contester, refuser l'injustice, résister…

Être homme, c'est précisément être responsable. C'est sentir, en posant sa pierre, que l'on contribue à bâtir le monde.

Antoine de Saint-Exupéry

Pourquoi agir dans la cité ?

Selon ses centres d'intérêt et la situation politique et historique dans laquelle on vit, on peut vouloir agir pour des raisons diverses :

- contre les **injustices** et les **discriminations** (racisme, antisémitisme, sexisme, harcèlement…) ;
- pour des **idéaux** (défendre la démocratie et les libertés individuelles contre l'oppression, la dictature, l'extrémisme, le terrorisme…) ;
- pour **la planète** (lutter contre la pollution et le gaspillage).

Comment agir dans la cité ?

Les moyens d'action sont divers et dépendent là aussi des circonstances historiques, politiques, sociales et personnelles. La littérature et les arts en général en rendent compte.

Dénoncer une réalité sociale

- Dans *Les Misérables* (1862), Victor Hugo, inspiré par le célèbre tableau d'Eugène Delacroix, *La Liberté guidant le peuple*, compose des scènes de barricade d'une dramatique intensité dont celle qui va voir le jeune Gavroche, inoubliable gamin des rues de Paris, mourir sous les balles des gardes nationaux lors de l'insurection républicaine de 1822 :

« *Le spectacle était épouvantable et charmant. Gavroche, fusillé, taquinait la fusillade[…]. Les insurgés, haletants d'anxiété, le suivaient des yeux. La barricade tremblait ; lui, il chantait. Ce n'était pas un enfant, ce n'était pas un homme ; c'était un étrange gamin fée. Une balle pourtant, mieux ajustée ou plus traître que les autres, finit par atteindre l'enfant feu follet.*

- Avec *Germinal* (1885), Émile Zola écrit une grande fresque sur la vie des mineurs au XIXe siècle et nous fait partager leurs très pénibles conditions de travail et leur lutte contre la compagnie des Mines.

« *Des hommes poussaient, une armée noire, vengeresse, qui germait lentement dans les sillons, grandissant pour les récoltes du siècle futur, et dont la germination allait faire bientôt éclater la terre.*

Témoigner d'un engagement réel

Dans *L'Armée des ombres* (1943), Joseph Kessel met en scène la vie clandestine d'un réseau de résistants pendant la Seconde Guerre mondiale. Ce roman a été magistralement adapté au cinéma par Jean-Pierre Melville (1969).

« *Ces gens auraient pu se tenir tranquilles. Rien ne les forçait à l'action. La sagesse, le bon sens leur conseillait de manger et de dormir à l'ombre des baïonnettes allemandes et de voir fructifier leurs*

Cité
Dans l'Antiquité, communauté politique dont les membres (les citoyens) s'administraient eux-mêmes.

LA VIDÉO EN +
L'information : une arme de résistance pendant l'Occupation.
▶ bit.ly/_FR_ch1_p12

Un exemple de mobilisation citoyenne : la Marche mondiale pour le climat

Le 29 novembre 2015, veille de l'ouverture de la COP 21, une Marche mondiale pour le climat a été organisée dans toutes les grandes villes du monde pour témoigner de l'engagement des citoyens face au dérèglement climatique. Annulée à Paris en raison des attentats terroristes qui venaient d'avoir lieu, elle a été remplacée par une installation au cours de laquelle les Parisiens étaient invités à venir déposer sur la place de la République des paires de chaussures, symboles de leur mobilisation. Cela donne une œuvre artistique fortement symbolique au service de l'action politique et citoyenne.

affaires, sourire leurs femmes, grandir leurs enfants. [...] Vraiment, rien ne les forçait au combat, rien que leur âme libre.

Défendre des valeurs citoyennes et universelles

Ce peut être faire preuve de **solidarité** et de **fraternité** en luttant contre le harcèlement, le racisme, le rejet de la différence… Ainsi, dans *Au revoir les enfants*, film d'inspiration autobiographique, Louis Malle raconte l'amitié dans un internat catholique, sous l'Occupation allemande, entre un collégien d'une douzaine d'années, Julien, et un jeune juif qui fuit l'oppression nazie.
Ce peut être aussi agir pour l'environnement : éviter le gaspillage, planter, entretenir un jardin… Avec *L'Homme qui plantait des arbres* (1953), Jean Giono nous donne ainsi une leçon d'écologie.

Agir par les mots : la littérature engagée

Au-delà de ce rôle de témoignage, des écrivains, des poètes n'ont pas hésité à mettre leur art **au service** d'une cause, parfois au risque de leur vie. Ils ont cru à la puissance des mots dont ils ont fait une arme contre l'injustice, la dictature ou encore la guerre.

- Le « J'accuse… ! » d'Émile Zola, **lettre ouverte** au Président de la République publiée dans le journal *L'Aurore* du 13 janvier 1898, est un vibrant plaidoyer contre l'intolérance et le fanatisme lors de l'affaire Dreyfus. Zola s'expose à des poursuites mais sa dénonciation de l'irrégularité du procès entraîne sa révision et la grâce du capitaine Dreyfus.
- Les poèmes engagés d'Aragon, d'Éluard ou encore de Desnos, écrits clandestinement pendant la Seconde Guerre mondiale, sont des actes de résistance, comme en témoigne le parachutage du poème d'Éluard « Liberté » par la Royal Air Force sur les territoires occupés.
- La pièce d'Anouilh, *Antigone*, réécriture d'un mythe antique, dont l'héroïne n'hésite pas à braver l'autorité, le pouvoir, au sacrifice de sa vie, a été écrite sous l'Occupation allemande. Antigone est devenue le symbole du devoir de désobéissance face à des ordres iniques.

Poème engagé
Dans un poème engagé, le poète prend position pour ou contre une cause. Il s'adresse souvent directement au lecteur pour emporter son adhésion, en utilisant notamment des personnifications, des procédés d'emphase, etc.

LE COURS

Progrès et rêves scientifiques

DE QUOI S'AGIT-IL ? Les découvertes et les progrès scientifiques ont souvent inspiré les écrivains, qui se sont plu à imaginer le monde de demain. Parfois ces récits ont su anticiper avec justesse certaines applications technologiques qui nous sont devenues familières. Ils peuvent également nous mettre en garde contre les dérives éventuelles du progrès.

De la science à la fiction

Un thème récurrent : la technologie

Les **récits d'anticipation** présentent une image du monde futur qui peut sembler vraisemblable. Les voyages dans l'espace, les voyages dans le temps, l'idée d'une vie extraterrestre sont souvent présents. Le développement des technologies occupe également une place importante. L'auteur utilise alors un vocabulaire technique ou scientifique et forge des néologismes pour nommer ses inventions : dans *Le Meilleur des mondes*, Aldous Huxley invente ainsi le terme « placentine » pour désigner le placenta artificiel. Parfois, une technologie ou un événement imaginé par un auteur de science-fiction finit par devenir réalité : Jules Verne avait par exemple imaginé un voyage sur la Lune dès 1865 (*De la Terre à la Lune*), soit un siècle avant la mission Apollo 11 !

On peut définir la science-fiction comme la branche de la littérature qui se soucie des réponses de l'être humain aux progrès de la science et de la technologie.

Isaac Asimov

Un personnage : la figure du savant

Le savant occupe une place importante dans les récits d'anticipation. Porté par son enthousiasme, dépassé par ses inventions, ou réellement fou, il cherche à améliorer les conditions de vie de l'homme, et pour cela manipule le vivant.

La vie de certains savants authentiques peut facilement les transformer en personnages littéraires : on peut songer par exemple à Isaac Newton qui, selon la légende, découvre les lois de la gravitation universelle en recevant une pomme sur la tête, ou encore à Marie Curie, qui découvre les rayons X, la radioactivité et le radium, dont les effets provoqueront sa mort. Xavier-Laurent Petit publie ainsi en 2005 une biographie de la physicienne, mêlant vie privée et découvertes scientifiques, qui souligne le caractère exceptionnel de sa destinée.

Un problème récurrent : les créatures artificielles

Le savant mis en scène dans les récits de science-fiction se donne pour but de fabriquer des créatures artificielles, robots qui imitent plus ou moins grossièrement la vie. Parfois, ces créatures sont si parfaites qu'elles finissent par **surpasser** leur créateur et se rebellent contre les humains. Mais, le plus souvent, le savant veut créer non une machine, mais un humain. Une de ces figures célèbres se trouve dans le roman de Mary Shelley, *Frankenstein ou le Prométhée moderne* (1818). Le docteur Frankenstein, désireux de créer la vie, utilise des matières organiques récupérées sur des animaux ou sur des cadavres humains. Malgré le soin extrême qu'il accorde à sa créature, celle-ci se révèle monstrueuse et criminelle, comme pour punir la vanité de son créateur, un homme qui se voulait l'égal d'un dieu.

Au service d'une dénonciation

Des récits dystopiques

De nombreux récits de science-fiction imaginent le futur de l'homme : ce sont alors souvent des **dystopies**. Ils anticipent les dérives du progrès technologique et pré-

Néologisme
Un néologisme est un mot nouveau, inventé pour évoquer une réalité nouvelle. Certains néologismes passent dans la langue courante, comme les mots-valises *bionique* (biologie + électronique), *transgénique*, etc.

Prométhée
Prométhée est un Titan qui désobéit à Zeus en créant l'homme avec de la boue et en lui donnant le feu. Il est puni pour cela : attaché à un rocher pour l'éternité, un aigle vient dévorer son foie sans cesse renaissant.

« Croyez-vous que seuls les humains soient capables de penser? »

Les progrès technologiques ont profondément bouleversé notre quotidien : désormais les robots existent et remplacent avantageusement les humains dans de nombreux domaines. Du simple bras articulé dans une chaîne de production au robot humanoïde capable de parler et d'apprendre, la programmation de ces créatures artificielles est toujours plus perfectionnée. Mais jusqu'à quel point l'être humain gardera-t-il le contrôle sur ses créations ?

sentent des mondes sombres pour nous mettre en garde contre ce qui pourrait devenir réalité dans un futur proche.

Ainsi Aldous Huxley, dans *Le Meilleur des mondes* (1932), imagine une société future peuplée de clones parfaits, bien avant la première expérience de clonage réussie sur la brebis Dolly en 1997. Dans ce monde, la famille n'existe plus : les embryons sont fécondés en laboratoire, les bébés sont placés dans des couveuses, puis conditionnés pour remplir la fonction à laquelle on les destine. Ainsi, aux futurs ouvriers, tous identiques, on inculquera le dégoût des fleurs et des livres, considérés comme inutiles, voire néfastes pour leur vie d'adulte.

Une réflexion sur la nature et l'avenir de l'être humain

Dans l'ouvrage d'Huxley, les hommes ainsi créés en laboratoire sont-ils encore des hommes ? Organiquement, oui, mais ils sont dépossédés de tout libre arbitre : aucun choix n'est possible pour eux.

La **confusion** s'installe entre l'homme naturel et l'homme artificiel, ou l'homme augmenté. Qu'est-ce qui différencie l'homme de la machine quand l'homme est « amélioré » par des implants et que la machine est programmée pour avoir un comportement humain ? Le robot est-il l'homme de demain ?

Cette réflexion sur les rapports entre la science et le devenir de l'être humain est un thème récurrent de la littérature de science-fiction, qui cherche à éveiller la conscience de l'homme.

Dans *Ravage*, roman qui se déroule en 2050, René Barjavel présente un monde où l'électricité disparaît du jour au lendemain. Chaos, égoïsme et cruauté s'ensuivent : qui sommes-nous vraiment et quel usage faisons-nous des progrès technologiques ?

LA VIDÉO EN +

Découvre *Le Voyage dans la Lune* de Georges Méliès, l'un des pionniers du cinéma.

▶ bit.ly/_FR_ch1_p15

CHECK ! 15 min

Se raconter, se représenter

1 Qu'est-ce qu'une autobiographie ? Coche la ou les réponses qui conviennent.

❑ **a.** un récit à la 3e personne
❑ **b.** un récit dans lequel auteur = narrateur = personnage principal
❑ **c.** un récit fictif
❑ **d.** un récit rétrospectif
❑ **e.** un récit évoquant l'enfance

2 Lis l'extrait et déduis de quel ouvrage il provient.

> « L'être que j'appelle moi vint au monde un certain lundi 8 juin 1903, vers les huit heures du matin, à Bruxelles, et naissait d'un Français appartenant à une vieille famille du Nord, et d'une Belge dont les ascendants avaient été durant quelques siècles établis à Liège. » © Éditions Gallimard.

❑ **a.** Charles de Gaulle, *Mémoires de guerre*, 1954
❑ **b.** Marguerite Yourcenar, *Souvenirs pieux*, 1974
❑ **c.** Zlata Filipović, *Le Journal de Zlata*, 1993

Dénoncer les travers de la société

3 Coche les affirmations vraies.

❑ **a.** Une satire sociale a pour but de défendre un aspect de la société.
❑ **b.** Une parodie est une imitation comique dont le but est de se moquer.
❑ **c.** L'ironie consiste à dire le contraire de ce que l'on veut faire comprendre dans le but de le dénoncer.

4 Relie les œuvres suivantes au(x) thème(s) qu'elles dénoncent.

1. *Candide* de Voltaire •
2. *Voyage au bout de la nuit* de Céline •
3. *Le Dictateur* de Chaplin •

• **a.** la guerre
• **b.** le totalitarisme
• **c.** l'esclavage

Visions poétiques du monde

5 Coche les affirmations vraies.

❑ **a.** La poésie repose nécessairement sur la versification.
❑ **b.** L'adjectif *lyrique* vient du mot « lyre », instrument de musique dont s'accompagnaient les poètes grecs.
❑ **c.** Un poème lyrique est l'expression des sentiments personnels du poète.

6 Quels sont les thèmes caractéristiques de la poésie lyrique ?

❑ **a.** l'amour
❑ **b.** la mort
❑ **c.** la guerre
❑ **d.** la nature
❑ **e.** la fuite du temps
❑ **f.** l'engagement politique
❑ **g.** l'injustice
❑ **h.** la lutte contre le pouvoir

Agir dans la cité : individu et pouvoir

7 Rends à chaque œuvre son combat.

a. la lutte ouvrière
b. l'écologie
c. la peine de mort
d. la résistance contre un occupant

1. *Le Dernier Jour d'un condamné* (Hugo) ......
2. *Germinal* (Zola) ......
3. *L'Armée des ombres* (Kessel) ......
4. *L'Homme qui plantait des arbres* (Giono) ......

8 Entoure dans chaque phrase la ou les propositions qui conviennent.

1. « J'accuse » est une lettre ouverte / un roman d'Émile Zola qui a permis la condamnation / la révision du procès du capitaine Dreyfus.
2. Un poème engagé privilégie l'expression des convictions / des sentiments du poète.
3. Éluard, Aragon et Desnos sont des poètes en lutte contre la société / le nazisme.

Progrès et rêves scientifiques

9 Retrouve les mots-valises en associant les deux mots proposés.

1. information + automatique = ...
2. biologie + électronique = ...
3. cybernétique + organique = ...

10 Choisis les fins de phrase qui conviennent.

1. Les récits d'anticipation se déroulent…
❑ dans le passé ❑ dans le présent ❑ dans le futur
2. Les innovations technologiques présentes dans ces récits…
❑ existent déjà ❑ existeront peut-être un jour
❑ ont peu de chance d'exister
3. Ces récits ont pour thème…
❑ la nostalgie du passé ❑ les extraterrestres
❑ la crainte d'un futur mal maîtrisé

Corrigé p. 283

Une liberté nouvelle 1 h 10 50 pts

(d'après Pondichéry, mai 2017)

Thème Se raconter, se représenter

► La suite du sujet du sujet se trouve p. 48 (dictée) et p. 56-57 (rédaction).

Doc. 1 Simone de Beauvoir, *La Force de l'âge*

Simone de Beauvoir vient d'avoir vingt ans : en s'installant à Paris, dans une pension tenue par sa grand-mère, elle obtient enfin la liberté dont elle avait tant rêvé pendant ses années d'études… Elle raconte cette installation au deuxième tome de son œuvre autobiographique.

Ce qui me grisa lorsque je rentrai à Paris, en septembre 1929, ce fut d'abord ma liberté. J'y avais rêvé dès l'enfance, quand je jouais avec ma sœur à « la grande jeune fille ». Étudiante, j'ai dit avec quelle passion je l'appelai. Soudain, je l'avais ; à chacun de mes gestes, je m'émerveillais de ma légèreté. Le matin, dès que j'ouvrais les yeux, je m'ébrouais, je jubilais. Aux environs de mes douze ans, j'avais souffert de ne pas posséder à la maison un coin à moi. Lisant dans *Mon journal*[1] l'histoire d'une collégienne anglaise, j'avais contemplé avec nostalgie le chromo[2] qui représentait sa chambre : un pupitre, un divan, des rayons couverts de livres ; entre ces murs aux couleurs vives, elle travaillait, lisait, buvait du thé, sans témoin : comme je l'enviai ! J'avais entrevu pour la première fois une existence plus favorisée que la mienne. Voilà qu'enfin moi aussi j'étais chez moi ! Ma grand-mère avait débarrassé son salon de tous ses fauteuils, guéridons, bibelots. J'avais acheté des meubles en bois blanc que ma sœur m'avait aidée à badigeonner d'un vernis marron. J'avais une table, deux chaises, un grand coffre qui servait de siège et de fourre-tout, des rayons pour mettre mes livres, un divan assorti au papier orange dont j'avais fait tendre les murs. De mon balcon, au cinquième étage, je dominais les platanes de la rue Denfert-Rochereau et le lion de Belfort. Je me chauffais avec un poêle à pétrole rouge et qui sentait très mauvais : il me semblait que cette odeur défendait ma solitude et je l'aimais. Quelle joie de pouvoir fermer ma porte et passer mes journées à l'abri de tous les regards ! Je suis très longtemps restée indifférente au décor dans lequel je vivais ; à cause, peut-être, de l'image de *Mon journal* je préférais les chambres qui m'offraient un divan, des rayonnages ; mais je m'accommodais de n'importe quel réduit : il me suffisait encore de pouvoir fermer ma porte pour me sentir comblée. Je payais un loyer à ma grand-mère et elle me traitait avec autant de discrétion que ses autres pensionnaires ; personne ne contrôlait mes allées et venues. Je pouvais rentrer à l'aube ou lire au lit toute la nuit, dormir en plein midi, rester claquemurée vingt-quatre heures de suite, descendre brusquement dans la rue. Je déjeunais d'un bortsch chez Dominique[3], je dînais à la Coupole d'une tasse de chocolat. J'aimais le chocolat, le bortsch, les longues siestes et les nuits sans sommeil, mais j'aimais surtout mon caprice. Presque rien ne le contrariait. Je constatai joyeusement que le « sérieux de l'existence », dont les adultes m'avaient rebattu les oreilles, en vérité ne pesait pas lourd. Passer mes examens, ça n'avait pas été de la plaisanterie ; j'avais durement peiné, j'avais eu peur d'échouer, je butais contre des obstacles et je me fatiguais. Maintenant, nulle part je ne rencontrais de résistances, je me sentais en vacances, et pour toujours.

Simone de Beauvoir, *La Force de l'âge*, 1960,

1. *Mon journal* : mensuel de l'époque, pour filles et garçons de cinq à dix ans. 2. Chromo : illustration en couleur. 3. Dominique : restaurant russe qui servait entre autres choses le bortsch, un potage traditionnel de l'Est.

COMPRENDRE LE DOCUMENT

■ Simone de Beauvoir, philosophe et romancière, fut une femme engagée, célèbre pour ses écrits féministes. Elle raconte ici les premiers temps de sa vie de femme active et indépendante, dans les années 1930, lorsqu'elle quitte le domicile familial.

Doc. 2 **Vittorio Matteo Corcos, *Rêves*, 1896**

Exposé pour la première fois en 1896, ce tableau fit sensation car la femme représentée semble revendiquer une certaine indépendance et liberté d'esprit.

Sauf indication contraire, les réponses aux questions doivent être entièrement rédigées.

Grammaire et compétences linguistiques

1. « j'y avais rêvé dès l'enfance » (l. 2)
Dans cette proposition, à quel temps le verbe est-il conjugué ? Expliquez son emploi.

2. « Je pouvais [...] rester claquemurée vingt-quatre heures de suite » (l. 38).
Expliquez la formation du mot « claquemurée » puis explicitez sa signification en proposant un synonyme.

3. « j'avais durement peiné, j'avais eu peur d'échouer, je butais contre des obstacles et je me fatiguais. Maintenant, nulle part je ne rencontrais de résistances, je me sentais en vacances, et pour toujours. » (l. 47-50)

a) Quel est le rapport logique entre ces deux phrases ?

b) Transformez ces deux phrases en une phrase complexe contenant une proposition subordonnée.

4. Réécrivez le passage ci-dessous en remplaçant la première personne du singulier (« je ») par la première personne du pluriel (« nous ») désignant la narratrice et sa sœur. Vous ferez toutes les modifications nécessaires.

> « Je suis très longtemps restée indifférente au décor dans lequel je vivais ; à cause, peut-être, de l'image de *Mon journal* je préférais les chambres qui m'offraient un divan, des rayonnages ; mais je m'accommodais de n'importe quel réduit. »
>
> Simone de Beauvoir, *La Force de l'âge*, 1960, © Éditions Gallimard, *www.gallimard.fr*.

Compréhension et compétences d'interprétation

5. Lignes 1 à 5 : relevez trois mots qui illustrent le sentiment dominant de ce passage. Quelle en est la cause ?

6. « J'aimais le chocolat, le bortsch, les longues siestes et les nuits sans sommeil, mais j'aimais surtout mon caprice. » (l. 41-43)
Quels sont les goûts évoqués par la narratrice dans cette phrase ? Lequel est mis en avant et comment ?

7. Que représente la nouvelle chambre dans la vie de la narratrice ? Vous développerez au moins deux idées.

8. Quelle est la place de la lecture dans la liberté nouvelle de la narratrice ? Justifiez en citant le texte.

9. [DOCS 1 ET 2] Décrivez l'attitude de la jeune femme dans ce tableau. Quelle image particulière de la lectrice introduit-il ? Cette vision rejoint-elle celle que propose le texte ?

LE CORRIGÉ

Grammaire et compétences linguistiques

1. Le verbe est conjugué au plus-que-parfait. Ce temps est utilisé pour les actions antérieures (« dès l'enfance ») à celles exprimées au passé simple (« ce qui me grisa », l. 1) et à l'imparfait (« je m'émerveillais », l. 5).

2. Le terme est formé par composition à partir des mots « claquer » et « mur ». Il signifie littéralement « jeter entre des deux murs » : « emprisonnée » serait donc un synonyme approprié.

3. a) C'est une relation logique d'opposition qui unit ces deux phrases, entre un avant marqué par la difficulté (« j'avais durement peiné ») et un « maintenant » empreint de facilité (« je me sentais en vacances »).

b) J'avais durement peiné, j'avais eu peur d'échouer, je butais contre des obstacles et je me fatiguais, alors que maintenant, nulle part je ne rencontrais de résistances, je me sentais en vacances, et pour toujours.

4. Nous sommes très longtemps restées indifférentes au décor dans lequel nous vivions ; à cause, peut-être, de l'image de *Mon journal* nous préférions les chambres qui nous offraient un divan, des rayonnages ; mais nous nous accommodions de n'importe quel réduit.

CONSEIL

3b : *Tu peux utiliser une autre locution conjonctive, comme tandis que. En revanche, l'utilisation de mais est impossible, les propositions seraient coordonnées et non subordonnées.*

Compréhension et compétences d'interprétation

5. La joie est le sentiment dominant. Plusieurs mots l'illustrent : « ce qui me grisa », « je m'émerveillais », « je jubilais », « passion ». La cause en est la liberté d'action nouvellement acquise par la narratrice.

6. La narratrice évoque d'abord son goût de la nourriture et du sommeil. Mais sa préférence va avant tout à son « caprice », c'est-à-dire la liberté de faire ce qu'elle veut. Le mot est mis en avant par l'adverbe d'insistance « surtout » et par la construction de la phrase : à l'énumération des goûts physiologiques succède une proposition indépendante coordonnée marquée par un lien logique d'opposition fort (« mais »).

7. La nouvelle chambre représente d'abord l'indépendance, pour celle qui a longtemps souffert « de ne pas posséder à la maison un coin à [elle] ». Elle peut ainsi s'isoler, et surtout ne rendre de comptes à personne : « Quelle joie de pouvoir fermer ma porte et passer mes journées à l'abri de tous les regards » (l. 27-28). Cet isolement lui permet alors d'obéir à son « caprice », à ses envies.

INFO EN +

7 : *Virginia Woolf a écrit un livre, intitulé Une chambre à soi, pour dire à quel point le fait d'avoir un espace à soi est primordial pour une femme si elle veut acquérir autonomie et indépendance.*

8. La lecture occupe une place primordiale dans la vie de la narratrice. Elle lui permet d'entrevoir ce qu'elle désire dès l'âge de douze ans : une chambre comportant des rayonnages couverts de livres. L'accession à l'indépendance est très importante pour elle, car elle lui permet d'assouvir ce plaisir intellectuel qu'est la lecture, sans règles ni témoins.

9. La jeune femme du tableau est élégamment habillée. Sa robe, ses gants, son ombrelle laissent penser qu'elle appartient à une classe sociale aisée. Assise sur un banc, seule, des livres posés à côté d'elle, elle a ôté son chapeau et regarde d'un œil absent le spectateur, sans sourire. Cette représentation introduit une image particulière de la lecture : activité ouverte aux femmes, et activité intellectuelle qui se prolonge par des rêveries.

Le texte présente aussi la lecture comme une activité importante et intense. En revanche, la notion de plaisir extrême qui ressort du texte (« je jubilais », l. 7) n'est pas visible sur le tableau. On note enfin une différence dans l'espace dévolu à la lecture : lieu intime dans le texte (la chambre), lieu public (une rue, un jardin) dans le tableau.

ZOOM

Explorer les thèmes du programme

Les thèmes du programme de français trouvent de nombreux échos dans des domaines variés : peinture, presse, chanson, mais aussi dans les débats qui agitent le monde moderne.

Se raconter, se représenter

Le *Triple autoportrait* de Norman Rockwell

Cette illustration a été réalisée à l'occasion de la sortie de l'autobiographie de l'artiste. le peintre, de dos (1er autoportrait), observe son reflet dans un miroir (2e autoportrait) afin de reproduire son visage sur la toile (3e autoportrait). Les écarts sont importants entre le visage du miroir et le visage de la toile : sur ce dernier, l'artiste semble plus jeune et plus alerte. Rockwell souligne ici la tendance à idéaliser l'image de soi que l'on offre aux autres. L'ensemble du tableau forme alors un quatrième autoportrait, véritable réflexion sur l'autoportrait et la représentation que l'on veut donner de soi.

***Triple autoportrait* (*Triple Self-Portrait*),**
Norman Rockwell, 1960.
Huile sur toile, 113,50 x 87,5 cm, musée Norman Rockwell (Stockbridge).

Dénoncer les travers de la société

Le dessin de presse

Ce dessin de presse du dessinateur Christophe Fey dénonce la façon dont le problème des migrants est traité par les gouvernements européens. Entassés dans une frêle embarcation pilotée par l'allégorie de la mort, la Faucheuse (tel Charon, le passeur des Enfers dans la mythologie grecque), ils se retrouvent dans une impasse, toute issue barrée par d'absurdes panneaux de sens interdit. Dans un raccourci saisissant associant humour noir et sens de l'absurde et du tragique, allégorie et métaphore mythologique, ce dessin évoque la rapacité des passeurs, le terrible dénuement des migrants et le manque d'humanité des gouvernements européens qui les condamnent à une mort certaine.

« L'impasse européenne pour les migrants », Christophe Fey, 2015.

Visions poétiques du monde

Le street art (ou art urbain)

Depuis 2012, les dessins et collages de Levalet, artiste de street art, viennent s'intégrer sur les murs des rues de Paris. Il exploite les opportunités que lui offre le décor – aspérités, marches, tuyaux, corniches... découverts au fil des rues – pour y intégrer avec humour et poésie ses œuvres réalisées généralement à l'encre de Chine sur papier kraft à partir le plus souvent de photographies grandeur nature.

Paresse, Levalet.
11e arrondissement de Paris, 2013.

Progrès et rêves scientifiques

Manipulation génétique et débat éthique

Au mois de juillet 2017, des chercheurs américains ont affirmé être parvenus à modifier des gènes défectueux dans des embryons humains, en utilisant une technologie controversée. Si cette découverte se confirme, elle montrerait qu'il est possible de corriger efficacement des défauts génétiques responsables de maladies héréditaires. Mais manipuler génétiquement l'humain n'est pas sans poser problème : qui décidera alors de ce qui mérite d'être « corrigé » ? Le film *Bienvenue à Gattaca* s'inspire de ces questionnements et met notamment en scène la rivalité entre deux frères : l'aîné, né dans ces conditions normales, et son cadet, amélioré génétiquement.

Bienvenue à Gattaca, film d'Andrew Niccol (1997).
La possibilité de créer des êtres humains parfaits grâce à des modifications génétiques relègue les humains « normaux » au rang de subalternes. Vincent (Ethan Hawke) rêve de devenir astronaute mais à Gattaca, ce privilège est réservé aux personnes dotées d'un génome idéal..

Agir dans la cité

Pacifique, Disiz la Peste (Polydor, 2017)
Dans la chanson « Poisson étrange », Disiz la Peste rend hommage au petit Aylan Kurdi, un migrant syrien de trois ans dont on a retrouvé le corps sans vie sur une plage turque, en 2015, après le chavirage de l'embarcation de fortune qui le transportait. L'image, bouleversante, avait alors fait le tour du monde.

La chanson engagée

De nombreux poètes choisissent d'exprimer leur engagement et leur vision de la société par le biais de la chanson, ce qui leur permet notamment d'atteindre un public plus large.
Ainsi, la chanson de Pierre Perret, *Lily* (1977), nous raconte l'histoire d'une jeune migrante somalienne confrontée au racisme. À partir des années 1980, de jeunes artistes nés dans les cités populaires font entendre leur voix à travers de nouveaux styles musicaux comme le rap ou le hip-hop (IAM, NTM, MC Solaar...).
Grand Corps Malade, lui, a popularisé le slam, forme de poésie déclamée en public, généralement sur un fond musical. Il a, entre autres, écrit et interprété un texte après l'attentat contre Charlie Hebdo : *Je suis Charlie*.
▶ Tu peux écouter toutes les chansons évoquées sur YouTube.

Connaître les genres littéraires

La notion de genre littéraire permet de classer les œuvres selon différentes caractéristiques. Chaque grand genre (récit, théâtre, poésie, argumentation) se décline en sous-genres : le roman, le conte, la nouvelle, l'autobiographie relèvent tous du récit, tandis que le genre théâtral comprend la comédie, la tragédie, le drame, etc. Cette classification nous fournit de précieuses informations sur un texte avant même de commencer à le lire.

L'embarras du choix

Près de 70 000 livres sont publiés chaque année en France. Comment choisir parmi cette incroyable profusion de textes ? L'appartenance des livres à un genre littéraire fournit aux libraires un premier critère de classement. Au lecteur, ensuite, de faire son choix selon ses goûts et son envie du moment, en se fiant à l'auteur, à la couverture, au résumé, aux critiques lues ou entendues... ou en s'en remettant tout simplement au hasard !

SUIVEZ LE GUIDE

Le cours page 24
Check ! page 32
Les questions du brevet page 33
Zoom page 36

LE COURS

Le récit

DE QUOI S'AGIT-IL ? Un récit est un texte narratif, c'est-à-dire un texte où un narrateur raconte une histoire. Les contes, les romans, les nouvelles mais aussi les autobiographies sont des récits. Apprends à repérer leurs principales caractéristiques de façon à bien les différencier.

Identifier différents genres narratifs

Roman et nouvelle

Le **roman** est un récit d'imagination long et écrit en prose. Il existe de nombreux types de romans : policier, historique, autobiographique, de science-fiction…

La **nouvelle** est un récit plus bref que le roman. Il y a moins de personnages, et l'intrigue est plus simple. La fin s'apparente souvent à une chute, brutale et surprenante pour le lecteur.

Le récit d'enfance

Le **récit d'enfance** peut être un simple épisode à l'intérieur d'un roman ou bien constituer l'essentiel de l'histoire. Le personnage principal, réel ou imaginaire, est un enfant ou un adolescent. Le récit s'attarde sur cette période essentielle de la vie du personnage, et particulièrement sur les événements qui contribuent à la formation de sa personnalité. Différents aspects du monde de l'enfance peuvent être mis en avant : la cruauté (*Sa majesté des mouches*, de William Golding, 1954), le goût de l'aventure (*Tom Sawyer*, de Mark Twain, 1876), la fantaisie et le rejet du monde (*Le Baron perché*, d'Italo Calvino, 1957)…

L'autobiographie

L'**autobiographie** est un récit à la première personne dans lequel l'auteur raconte sa propre vie : auteur, narrateur et personnage principal sont une seule et même personne. Le récit de la naissance et de l'enfance, longuement développé, se trouve généralement au début de l'autobiographie, qui suit la chronologie des événements. C'est un récit ancré dans la réalité, qui relate des événements qui ont vraiment eu lieu. L'auteur s'engage à être sincère. Il existe d'autres formes d'écriture de soi, notamment les lettres, les journaux intimes ou les mémoires (▶ p. 4-5).

Autobiographie
Du grec *auto*, « soi-même », *bios*, « vie », et *graphein*, « écrire », l'autobiographie est un genre littéraire où l'auteur fait le récit de sa propre vie.

Schéma narratif
Le schéma narratif compte 5 étapes : la situation initiale, l'élément perturbateur, les péripéties, l'élément de résolution (dénouement) et la situation finale.

Distinguer les principaux registres

Le récit réaliste

Il se propose d'imiter le **réel**, et s'efforce de peindre la société avec ses différentes classes sociales et leur environnement. Les personnages principaux ne sont pas héroïques. Le récit réaliste a connu un essor au XIXe siècle.

Le récit fantastique

Il se caractérise par le surgissement d'événements **étranges** que le personnage essaie de comprendre. Le lecteur ne sait pas lui non plus s'il s'agit d'événements surnaturels, ou si le personnage est devenu fou. Pour maintenir cette hésitation, les récits fantastiques sont souvent écrits à la première personne et utilisent des modalisateurs (*il semble que, sans doute, je crains, serait-ce…*) qui traduisent les doutes du narrateur.

Le récit merveilleux

Les personnages évoluent dans un monde où le merveilleux, c'est-à-dire la présence d'êtres et d'éléments **surnaturels**, est admis. L'histoire se déroule dans un passé ancien non défini (« Il était une fois »), sans situation géographique précise. Les contes de fées, les fables et les mythes sont des récits merveilleux.

Caractériser un récit

Analyser sa structure

Un récit est une succession d'événements, visant à résoudre un problème que l'on appelle **intrigue**.

Dans les récits courts, l'intrigue du récit suit souvent un même schéma narratif :
– le début présente le cadre (le lieu et l'époque) et les personnages ;
– un événement survient qui bouleverse l'équilibre initial ;
– des aventures s'ensuivent ;
– une dernière aventure annonce la résolution du problème survenu au début ;
– la fin, heureuse ou malheureuse, marque le retour à une situation d'équilibre.

Il s'enrichit de passages qui ne sont pas purement narratifs (descriptions, dialogues, commentaires du narrateur...).

Identifier le narrateur (qui raconte ?)

• Si le récit est mené à la première personne, le narrateur est interne à l'histoire : c'est un personnage.

« *Je le vis qui s'approchait en me tendant la main.*

• Si au contraire le récit est à la troisième personne, le narrateur est extérieur à l'histoire (on ne sait rien de lui).

« *Il s'approcha de son camarade et lui tendit la main.*

Identifier le point de vue (qui voit ?)

La présence du narrateur se traduit par son point de vue.

• Le point de vue est **interne** quand l'histoire est racontée à travers les yeux d'un personnage : le narrateur en sait autant que ce personnage.

« *La femme avançait. Pressée, elle s'arrêta néanmoins à la porte. Y aurait-il quelqu'un pour lui ouvrir ? Elle l'espérait de tout cœur.*

• Le point de vue est **omniscient** quand le narrateur connaît tout de ses personnages (leur passé, leur présent, leurs pensées) et peut raconter ce qui se passe au même moment dans différents lieux. Il en sait plus que les personnages.

« *La femme avançait. Bien que pressée, elle s'arrêta à la porte, dans l'espoir que quelqu'un lui ouvrît. Derrière le battant, Sonia hésitait : saurait-elle lui avouer la vérité ? Les deux femmes partageaient, sans le savoir, les mêmes hésitations.*

• Le point de vue est **externe** quand le narrateur est extérieur à l'histoire. Il ne raconte que ce qu'il voit ou entend, ce qui confère au récit une apparence d'objectivité.

« *La femme avançait. Elle semblait pressée. Elle s'arrêta à la porte. On lui ouvrit.*

Définir la vitesse du récit

• Pour **accélérer** son récit, le narrateur peut soit passer un épisode sous silence (ellipse), soit résumer un épisode qui a duré longtemps (sommaire).

• Pour le **ralentir**, il peut insérer une description ou un commentaire qui ne fait pas avancer l'action (pause). Il peut également rapporter en détails un événement important (scène), de sorte que la durée des événements racontés semble égale au temps nécessaire pour lire la scène : on a l'impression que les événements se déroulent en temps réel.

LE BON RÉFLEXE
Le point de vue peut changer au cours du récit (passage d'un point de vue interne à un autre point de vue interne par exemple) : demandez-vous donc « qui voit ? » tout au long du texte.

LA VIDÉO EN +
En 2017, le réalisateur Éric Barbier a adapté au cinéma *La promesse de l'aube*, récit autobiographique de Romain Gary publié en 1973.
► bit.ly/_FR_ch2_p25

EN BREF

Comprendre un récit

Les genres narratifs

- **roman :** récit d'imagination en prose
- **nouvelle :** récit bref, avec une intrigue simple et une fin surprenante (chute)
- **autobiographie :** récit à la 1re personne, dans lequel l'auteur raconte sa propre vie (auteur = narrateur = personnage principal)

Les principaux registres

- **réaliste :** cadre et intrigue réalistes (description de la société)
- **fantastique :** cadre réaliste mais événements étranges, voire surnaturels
- **merveilleux :** cadre non réaliste, dans lequel les éléments surnaturels sont admis

Le point de vue

- **interne :** le narrateur en sait autant que l'un des personnages
- **omniscient :** le narrateur sait tout de ses personnages
- **externe :** le narrateur est extérieur à l'histoire (comme une caméra)

La vitesse du récit

- **accélérer le récit**
  - **ellipse :** épisode passé sous silence
  - **sommaire :** résumé d'un épisode long
- **ralentir le récit**
  - **pause :** description, passage qui ne fait pas avancer l'action
  - **scène :** récit détaillé d'un événement important

LE COURS

Le théâtre

DE QUOI S'AGIT-IL ? Le mot « théâtre » vient du grec *thea-* qui signifie l'acte de regarder. Par extension, le théâtre renvoie à un spectacle, à l'édifice où il a lieu, puis il en vient à désigner un genre littéraire spécifique. Depuis l'Antiquité, ce genre est dominé par deux registres majeurs : la comédie et à la tragédie.

Connaître les caractéristiques du genre théâtral

Les particularités du genre

Une pièce de théâtre se différencie d'un roman en ce qu'elle n'est constituée que de dialogues et d'indications scéniques (les didascalies, en italiques dans le texte des pièces). Le **dialogue** doit apporter les informations, faire progresser l'action, mettre en lumière le caractère des personnages, préciser les actions qui les unissent, les sentiments qu'ils éprouvent. Il est constitué d'un échange de répliques.

Selon Molière, « le théâtre n'est fait que pour être vu ». Une pièce de théâtre est écrite pour **être jouée** et chaque mise en scène offre un spectacle différent : on peut voir et revoir une pièce sans assister au même spectacle.

Les conventions théâtrales

Le théâtre, lorsqu'il est représenté, repose sur des conventions entre les spectateurs, le metteur en scène et les comédiens : il s'agit de créer l'**illusion du réel** à partir d'éléments factices (décor, costumes…).

La double énonciation, caractéristique du discours théâtral, permet d'instaurer une connivence entre les personnages et le public. Lors d'un monologue, un personnage seul en scène s'adresse à lui-même à voix haute, ce qui permet aux spectateurs d'accéder à ses pensées. On parle d'aparté lorsqu'un personnage s'adresse à lui-même et aux spectateurs, tout en étant censé ne pas être entendu par les autres personnages présents sur scène.

INFO EN +
À l'époque classique, le découpage en actes, et donc la fréquence des entractes (« entre les actes »), permettait de remplacer à intervalles réguliers les bougies éclairant la scène.

Double énonciation
La double énonciation désigne le fait qu'une réplique de théâtre a toujours deux destinataires : les autres personnages présents sur la scène mais aussi les spectateurs.

Analyser la structure d'une pièce de théâtre

Distinguer les actes et les scènes

Une pièce de théâtre comporte entre un et cinq **actes**. Lors d'une représentation, il y a une pause plus ou moins longue entre les actes. Chaque acte est divisé en **scènes**. Au début de chacune d'elles, il est fait mention du nom des personnages présents. On passe à la scène suivante lorsqu'un personnage entre ou sort de scène.

Distinguer les différentes étapes de l'intrigue

La ou les premières scènes de la pièce, appelées **scènes d'exposition**, apportent au public les informations nécessaires pour comprendre l'action et connaître les personnages.

Le **nœud de l'intrigue** est créé par l'enchevêtrement des événements et des relations qui porte l'action à son plus haut degré de tension. Les scènes s'enchaînent, apportant leur lot de surprises (péripéties, coups de théâtre, rebondissements…). Cependant, en rupture avec ces règles, certaines pièces modernes sont dépourvues d'intrigue. Ainsi, dans *En attendant Godot*, de Beckett (1953), l'action se résume à l'attente d'un certain Godot, qui ne viendra pas.

Le **dénouement** intervient à la fin de la pièce, lorsque l'intrigue nouée dans l'exposition se dénoue, c'est-à-dire trouve sa solution. Funeste dans les tragédies, le dénouement est souvent heureux dans les comédies.

Reconnaître une comédie

La comédie classique

Une comédie met en scène des personnages ordinaires (bourgeois, serviteurs, paysans ou employés). Elle traite des rapports sociaux (mariage, argent), des ridicules, des défauts psychologiques (avarice, jalousie…). Molière, par exemple, s'attaque à des sujets de société comme les méfaits de la médecine de son temps.

Une comédie a toujours pour fonction de **faire rire**, même si les sujets traités sont graves. Le choix de la mise en scène et le jeu des comédiens sont essentiels pour provoquer le rire. Pour susciter un effet de décalage par rapport à ce que le public attend d'une pièce classique, un metteur en scène peut transposer l'action à l'époque contemporaine.

Les principaux procédés comiques

On distingue quatre grands procédés :

- le comique de **gestes**, qui consiste à faire rire par des déguisements, des grimaces, des poursuites, des coups de bâton… ;
- le comique de **mots**, qui s'appuie sur le langage (jeux de mots, mots inventés, déformés, mal prononcés…) ;
- le comique de **caractère**, qui naît des manies, défauts, comportements étranges des personnages ;
- le comique de **situation**, qui repose sur des malentendus, des quiproquos ou des retournements soudains de situation.

Reconnaître une tragédie

La tragédie classique

La tragédie classique comporte **cinq actes**. S'exprimant dans une langue soutenue et en alexandrins (vers de douze syllabes), les personnages sont nobles : personnages mythologiques, rois ou reines. Jouets du destin, ils sont presque toujours condamnés au malheur. L'action prend place dans une situation historique remontant souvent à l'Antiquité grecque ou romaine, la guerre de Troie par exemple.

La tragédie doit **susciter la pitié et l'émotion**. Tandis que les héros de Racine sont la proie d'une passion dévorante, ceux de Corneille affrontent de douloureux dilemmes.

Le théâtre moderne : une autre conception de la tragédie

Au début du XXe siècle, les dramaturges revisitent les mythes antiques, déjà développés par les trois grands tragiques grecs, Eschyle, Sophocle et Euripide. Ainsi, la légende d'*Électre* inspire Jean Giraudoux (*Électre*, 1937), tandis que Jean Anouilh adapte celle d'Antigone (*Antigone*, 1944), tout en rompant avec les conventions de la tragédie classique. Après le traumatisme de la Seconde Guerre mondiale, plusieurs dramaturges, comme Samuel Beckett ou Eugène Ionesco, traitent de l'absurdité de la vie et de la mort. C'est ce que l'on appelle le **théâtre de l'absurde**.

Quiproquo
Un quiproquo est un malentendu, une erreur qui fait prendre une personne, une situation ou une chose pour une autre.

Dilemme
Un dilemme est un choix entre deux solutions également fâcheuses. Ainsi, dans *Le Cid* (Corneille, 1637), Rodrigue veut venger l'honneur de son père, giflé par le père de Chimène, mais, s'il tue ce dernier, il perd Chimène, dont il est amoureux.

LA VIDÉO EN +
Visionne le début de *La Cantatrice chauve*, célèbre pièce du théâtre de l'absurde.
▸ bit.ly/_FR_ch2_p27

EN BREF

Comprendre un extrait de théâtre

Le texte théâtral
- écrit pour être joué : dialogues et didascalies (indications scéniques)
- découpé en actes et en scènes

Les conventions théâtrales
- illusion du réel (décors, costumes, personnages)
- double énonciation : une réplique a toujours deux destinataires (les personnages et le public)

La comédie
- personnages ordinaires
- **thèmes** : rapports sociaux, sujets de société, défauts…
- **fonction** : faire rire (souvent sur des sujets graves)
- **principaux procédés** : comique de gestes, de mots, de caractère, de situation…

La tragédie
- personnages nobles
- **thèmes** : amour, fatalité, honneur
- **fonction** : susciter la pitié, l'émotion
- **principaux procédés** : langage soutenu, alexandrins…

La poésie

DE QUOI S'AGIT-IL ? Le mot poésie vient du verbe grec *poeien* qui signifie « créer ». Le poète est un créateur, un artiste qui joue avec les mots pour exprimer sa vision du monde, de manière personnelle, originale et souvent inattendue.

Définir la poésie

La poésie à forme fixe ou régulière

Longtemps la poésie s'est imposé des **contraintes** et a dû obéir aux règles de la versification, dont elle ne se libère qu'à la fin du XIXe siècle.
Un vers est une unité poétique qui ne correspond pas nécessairement à une phrase. À la fin d'un vers, il faut aller à la ligne. Le vers commence généralement par une majuscule et se termine souvent par une rime. Les vers peuvent être de même longueur ou de longueur irrégulière. L'**alexandrin** (12 syllabes) est le vers classique par excellence.
Introduit en France au XVIe siècle, le **sonnet** est un poème à forme fixe, composé de deux quatrains et de deux tercets. Son dernier vers est censé créer un effet (de surprise, par exemple) : on parle de chute.

Une poésie libérée des contraintes

Au XIXe siècle apparaît le **poème en prose**, poème non versifié, inventé par Aloysius Bertrand (*Gaspard de la Nuit*, 1842) et pratiqué notamment par Charles Baudelaire (*Le Spleen de Paris ou Petits Poèmes en prose*, 1869).
Dès la fin du XIXe siècle, la poésie moderne adopte les **vers libres**, vers qui peuvent être de longueur irrégulière, sans rime, sans majuscule initiale ou sans ponctuation.
La disposition des vers dans la page est parfois un élément important de l'écriture poétique (calligramme).

LE BON RÉFLEXE
Pour identifier un vers, tu dois compter les syllabes. Retiens qu'on ne compte pas le e muet à la fin d'un vers ni devant une voyelle. Ainsi ce vers de Verlaine comporte 9 syllabes : « De/ la/ mu/si/qu(e) a/vant/ tou/te/ chos(e) ».

Calligramme
Apollinaire est l'inventeur de ce genre de poème dont les vers sont disposés de manière à former un dessin. Le mot *calligramme* est un mot-valise composé de *calligraphie* (art de bien former les caractères d'écriture) et *idéogramme* (symbole graphique représentant un mot ou une idée).

Reconnaître les principaux genres poétiques

La poésie lyrique

Chez les Anciens, la poésie lyrique est une poésie chantée que l'on accompagne du son de **la lyre**. Au XIXe siècle, elle se définit par l'expression des sentiments et l'exaltation du moi. Ses thèmes principaux sont la nature, l'amour, la mort, le temps qui passe… Le poète s'exprime à la première personne, il utilise des phrases exclamatives, des interjections, des apostrophes et un vocabulaire lié aux émotions.

« *Ô temps ! suspends ton vol, et vous, heures propices ! / Suspendez votre cours : / Laissez-nous savourer les rapides délices / Des plus beaux de nos jours !*

Lamartine, « Le Lac », *Méditations poétiques* (1820).

La poésie engagée

Le poète engagé considère l'écriture poétique comme un moyen de lutte. Selon les époques, il peut choisir de dénoncer différents maux : le fanatisme religieux, la guerre, la dictature, les injustices sociales – comme le fait Hugo quand il s'attaque au travail des enfants dans « Melancholia » – ou encore la colonisation et l'esclavage, thèmes auxquels Aimé Césaire, le poète de la « négritude », consacre son écriture.
Les poètes engagés du XXe siècle comme Desnos, Aragon, Éluard choisissent de lutter contre le nazisme et l'Occupation allemande, aux côtés de la Résistance.

« *Pourtant ce cœur haïssait la guerre et battait au rythme des saisons, Mais un seul mot : Liberté a suffi à réveiller les vieilles colères […]*

Robert Desnos, « Ce cœur qui haïssait la guerre », in *Destinée arbitraire*, © Éditions Gallimard (1943).

Étudier un poème

Dans son « Art poétique » (1885), Paul Verlaine s'exclame : « De la musique avant toute chose ». En effet, si la poésie repose sur des images, elle naît aussi des sonorités et des rythmes.

Repérer les images

Pour faire naître des images, le poète utilise des figures de style.

- La **comparaison** établit une ressemblance entre le comparé (ce que l'on compare) et le comparant (ce à quoi on compare) par l'intermédiaire d'un outil de comparaison (*comme*, *tel*…).

« *Mon verre s'est brisé comme un éclat de rire.* »

Guillaume Apollinaire, « Nuit rhénane », *Alcools* (1913).

• La **métaphore** est une comparaison à laquelle il manque l'outil de comparaison.

« *Les sanglots longs / Des violons / De l'automne*

Paul Verlaine, « Chanson d'automne », *Poèmes saturniens* (1866).

• La **personnification** consiste à attribuer des propriétés humaines à un animal, à une idée, à une chose.

« *Le soleil s'est noyé dans son sang qui se fige.*

Charles Baudelaire, « Harmonie du soir », *Les Fleurs du mal* (1857).

• L'**allégorie** est la représentation concrète d'une idée. Ainsi, la justice est souvent représentée par une balance, la République par Marianne, etc.

Percevoir la musique des vers

Lire de la poésie, c'est être capable d'entendre les sonorités et le rythme des vers.
La **rime** est la reprise de sons identiques à la fin de deux ou plusieurs vers. Cette répétition crée un effet d'écho sonore. Les rimes peuvent obéir à différents schémas : rimes suivies (AABB), rimes croisées (ABAB) et rimes embrassées (ABBA). Elles sont pauvres lorsqu'elles n'ont qu'un son vocalique en commun (*matin/chagrin*), suffisantes lorsqu'elles en ont deux (*matin/satin*) ou riches lorsqu'elles en ont plus (*crépuscule/minuscule*).
L'**allitération** est la répétition d'un même son consonne dans un ou plusieurs vers. Elle vise souvent à créer un effet d'imitation sonore. L'**assonance** est la répétition d'un même son voyelle.

« *Mon verre s'est brisé comme un éclat de rire.*

Guillaume Apollinaire, *ibid.*

Dans ce vers d'Apollinaire, l'allitération en [r] évoque la brutalité d'un verre qui se casse et permet un rapprochement avec celle d'un éclat de rire.
Les **coupes** sont des pauses dans le vers. Elles se situent après chaque syllabe accentuée et marquent la cadence des vers. Selon leur place, elles modifient le rythme du vers.

« *Le fatal / couperet / relevé / triomphait.*

Victor Hugo, « L'Échafaud », *La Légende des siècles* (1859).

Figures de style
Une figure de style est un procédé qui donne une plus grande expressivité au propos et permet de créer des effets susceptibles d'agir sur la sensibilité ou l'imagination du lecteur.

LA VIDÉO EN +
Tu peux trouver sur YouTube de nombreux poèmes lus ou mis en musique : par exemple « Chanson d'automne » de Verlaine par Léo Ferré (1986).
▶ bit.ly/_FR_ch2_p29

FRANÇAIS

EN BREF

Comprendre un poème

Versification
- **vers** : unité poétique caractérisée par le nombre de syllabes qu'elle comporte (8 syll. : octosyllabe ; 10 syll. : décasyllabe ; 12 syllabes : alexandrin)
- **strophe** : ensemble de vers (2 vers : distique ; 3 vers : tercet ; 4 vers : quatrain)

Principaux genres poétiques
- **poésie lyrique** : expression des sentiments du poète (thèmes : amour, mort, temps qui passe…)
- **poésie engagée** : dénonciation des maux de la société (thèmes : guerre, dictature, injustices…)

Figures de style
- **comparaison** : analogie entre deux éléments grâce à un outil de comparaison (*comme, tel…*)
- **métaphore** : comparaison sans outil de comparaison
- **personnification** : attribution de propriétés humaines à un animal, une idée…
- **allégorie** : représentation concrète d'une idée

Rythme et sonorités
- **rime** : reprise de sons identiques à la fin de deux ou plusieurs vers
- **allitération** : répétition d'un même son consonne
- **assonance** : répétition d'un même son voyelle
- **coupes** : pauses dans le vers, qui en marquent la cadence

LE COURS

L'argumentation

DE QUOI S'AGIT-IL ? L'argumentation peut se rencontrer dans des textes très variés : articles de journaux, débats politiques, littérature d'idées, mais aussi dans les récits et les pièces de théâtre. Un texte argumentatif, pour être convaincant, doit être construit autour d'une thèse argumentée et illustrée par des exemples.

Reconnaître un texte argumentatif

Dans un texte argumentatif, l'émetteur cherche avant tout à **convaincre** le destinataire de quelque chose. Pour convaincre, l'émetteur s'implique dans son discours en employant la première personne et s'adresse au destinataire en recourant aux marques de la deuxième personne. Le présent de l'indicatif est le temps de référence. L'émetteur exprime une **opinion personnelle** : c'est un discours subjectif. Les marques de la subjectivité sont variées : verbes d'opinion, modalisateurs, vocabulaire mélioratif ou péjoratif.

L'émetteur peut chercher à faire partager une opinion. Il peut aussi vouloir pousser le destinataire à agir. Dans son manifeste *Indignez-vous !* (2010), Stéphane Hessel invite ses lecteurs à trouver un motif d'indignation comme moteur d'engagement.

Identifier les composantes d'une argumentation

La thèse

La **thèse** est l'opinion défendue par le locuteur à propos d'une réalité donnée, d'un sujet de discussion. Dans son livre *Le Racisme expliqué à ma fille*, Tahar Ben Jelloun affirme que le racisme repose sur la peur.

La thèse s'oppose à une thèse adverse, qui peut être mentionnée par un autre personnage dans un dialogue ou par l'émetteur pour mieux la contredire. Ainsi, la thèse opposée à celle de Tahar Ben Jelloun serait que certains sont supérieurs à d'autres en raison de leur couleur de peau.

Les arguments et les exemples

Les **arguments** sont les raisonnements permettant de justifier la thèse défendue. Ils sont souvent abstraits, c'est-à-dire qu'ils ont une portée générale. Voici un argument soutenant les bienfaits de la diversité :

« *Le mélange est un enrichissement mutuel.*

Tahar Ben Jelloun, *ibid.*

Les exemples illustrent les arguments et permettent de mieux les comprendre. Ce sont des faits, des informations concrètes et vérifiables.

« *Nous essayons de comprendre [l]es nouvelles manifestations [du racisme] : la montée de l'antisémitisme et de l'islamophobie, les discriminations dont les immigrés sont victimes, et l'entrée en scène de l'"identité nationale".*

Tahar Ben Jelloun, *ibid.*

Pour convaincre, l'émetteur structure son discours à l'aide de connecteurs logiques, qui explicitent les liens entre les différentes idées : pourtant, mais, de plus…

Analyser une lettre ouverte

Principales caractéristiques

Bien qu'elle soit adressée à une ou plusieurs personnes en particulier, une lettre ouverte est destinée à être lue par un plus large lectorat afin de **propager une idée** ou bien de se défendre publiquement contre des accusations. Elle peut prendre la forme d'un article de journal, d'une affiche, d'une chanson ou d'un tract. Le ton adopté est généralement polémique ou satirique.

Un exemple célèbre : « J'accuse », d'Émile Zola

Le célèbre texte « J'accuse… ! » d'Émile Zola est une lettre adressée au président de la République Félix Faure et publiée dans un journal pour être lue par le plus grand nombre. Zola prend la défense du capitaine Dreyfus, un officier juif condamné pour haute trahison alors qu'il est innocent et expédié au bagne de l'île du Diable, en Guyane française. C'est dans un contexte fortement antisémite que le procès s'est déroulé.

Polémique
L'adjectif *polémique* qualifie une discussion violente ou passionnée dans le domaine politique ou intellectuel.

Zola n'hésite pas à employer l'emphase, c'est-à-dire un style élevé et solennel, pour clamer l'innocence du capitaine Dreyfus et réveiller les consciences.

« *Et l'acte que j'accomplis ici n'est qu'un moyen révolutionnaire pour hâter l'explosion de la vérité et de la justice. Je n'ai qu'une passion, celle de la lumière, au nom de l'humanité qui a tant souffert et qui a droit au bonheur. Ma protestation enflammée n'est que le cri de mon âme. Qu'on ose donc me traduire en cour d'assises et que l'enquête ait lieu au grand jour !*
J'attends.

Émile Zola, 13 janvier 1898.

Il utilise différents procédés stylistiques pour rendre son propos plus efficace et susciter l'**indignation** (▶ p. 55).

Analyser un texte satirique

Le genre de la satire vise à faire rire mais aussi et surtout à attaquer les vices et les ridicules d'une personne ou d'une société, souvent dans un but argumentatif (▶ p. 6-7). Le registre satirique donne au texte une tonalité particulière, dans le but de dénoncer les défauts des hommes ou de la société.

Parmi les procédés utilisés dans le registre satirique, on trouve notamment :
• l'**emphase**, qui s'appuie sur des hyperboles, des superlatifs, des répétitions, des comparaisons et des métaphores, ou encore un lexique péjoratif ;
• l'**ironie**, qui consiste à dire le contraire de ce que l'on pense. Elle est implicite : c'est au lecteur de décrypter, derrière le comique parfois, ce que l'auteur sous-entend ;
• l'**éloge paradoxal**, qui est une variante de l'ironie ; elle est une critique implicite. Derrière l'éloge se cache la critique ou le blâme.

« *Je trouve que c'est le métier le meilleur de tous ; car, soit qu'on fasse bien ou soit qu'on fasse mal, on est toujours payé de même sorte [...]. Les bévues ne sont point pour nous ; et c'est toujours la faute de celui qui meurt. Enfin le bon de cette profession est qu'il y a parmi les morts une honnêteté, une discrétion la plus grande du monde ; et jamais on n'en voit se plaindre du médecin qui l'a tué.*

Molière, *Le Médecin malgré lui*, 1666.

Derrière l'enthousiasme et le cynisme de Sganarelle, Molière dessine une violente satire de la médecine du XVIIe siècle.

Implicite
Est implicite (par opposition à explicite) ce qui n'est pas formellement exprimé, ce qui n'est pas dit dans un énoncé, mais doit être lu « entre les lignes ».

LA VIDÉO EN +
Un peu d'histoire : qu'est-ce que l'affaire Dreyfus ? (*Karambolages*, Arte)
▶ bit.ly/_FR_ch2_p31

EN BREF

Comprendre un texte argumentatif

Composantes
- **thèse** : opinion défendue par le locuteur
- **argument** : raisonnement permettant de justifier la thèse
- **exemple** : fait qui illustre et appuie l'argument

Stratégies
- **convaincre** : faire appel à la raison, à la logique
- **persuader** : faire appel à l'émotion (pitié, indignation...)

Principaux registres
- **polémique** : argumenter de manière violente contre un adversaire pour faire réagir le lecteur
- **satirique** : dénoncer les défauts d'une personne ou d'une société en s'en moquant

Principaux outils
- **lexique péjoratif** pour dévaloriser l'adversaire
- **apostrophe** : interpeller le destinataire pour l'impliquer
- **ironie** : dire l'inverse de ce que l'on veut faire comprendre
- **exagération, hyperbole, caricature** : forcer le trait jusqu'au ridicule

CHECK ! 15 min

Les genres narratifs

1 Quel est le point de vue adopté dans chacun de ces textes ?

a. interne **b.** externe **c.** omniscient

1. Inquiète, Véra ne savait quelle décision prendre. Elle était torturée par le doute. Il fallait pourtant qu'elle se décide, et vite. Mais quel parti choisir ? → ……

2. La rencontre formidable entre les deux équipes était imminente. Mais, pour l'un comme pour l'autre camp, les véritables enjeux de l'affrontement n'étaient pas encore connus. → ……

3. L'homme se tient immobile, les mains croisées, depuis un bon moment déjà. Son visage ne laisse pas deviner ses pensées. Soudain ses épaules s'affaissent. Il a l'air vieux maintenant. → ……

2 Associe chaque phrase à l'ordre dans lequel les faits sont rapportés.

a. ordre chronologique **b.** retour en arrière
c. anticipation

1. On me conduisit dans une grande salle, où je fus reçue par une jeune dame. → ……

2. Alors qu'il montait dans le taxi, il reconnut les chaussures vernies et les jolies jambes qui s'étaient enfuies, la veille, à son approche. → ……

3. Elle se consacra à cette sculpture qui devait la rendre si célèbre un jour. → ……

Le théâtre

3 Lis cet extrait et coche les bonnes réponses.

LÉANDRE. – Je ne prétends point vous voler votre fille, et ce n'est que de votre main que je veux la recevoir. Ce que je vous dirai, Monsieur, c'est que je viens de recevoir des lettres par où j'apprends que mon oncle est mort, et que je suis héritier de tous ses biens.
GÉRONTE. – Monsieur, votre vertu m'est tout à fait considérable, et je vous donne ma fille avec la plus grande joie du monde.

Molière, *Le Médecin malgré lui* (1666).

1. Le dialogue ci-dessus évoque :
- ❑ **a.** la situation initiale des personnages
- ❑ **b.** le dénouement de la pièce

2. Il est donc extrait :
- ❑ **a.** de la scène d'exposition
- ❑ **b.** d'une des dernières scènes

4 Quels mots correspondent à l'univers de la comédie ?

❑ **a.** nobles	❑ **b.** bourgeois	❑ **c.** ridicules
❑ **d.** mariage	❑ **e.** fatalité	❑ **f.** mort
❑ **g.** terreur	❑ **h.** pitié	❑ **i.** rire

La poésie

5 Coche les affirmations vraies.

- ❑ **a.** Les rimes créent un effet d'écho à la fin des vers.
- ❑ **b.** Les rimes embrassées suivent le schéma ABAB.
- ❑ **c.** L'anaphore est la répétition d'un mot ou d'un groupe de mots au début d'un vers.
- ❑ **d.** La répétition d'un même son voyelle dans un vers est appelée « allitération ».

6 À quel genre poétique ces vers appartiennent-ils ?

a. poème lyrique **b.** poème engagé

1. Ô servitude infâme imposée à l'enfant !
Rachitisme ! travail dont le souffle étouffant
Défait ce qu'a fait Dieu ; qui tue, œuvre insensée,
La beauté sur les fronts, dans les cœurs la pensée. : ……

Victor Hugo, « Melancholia », *Les Contemplations* (1856).

2. Les plus désespérés sont les chants les plus beaux,
Et j'en sais d'immortels qui sont de purs sanglots. : ……

Alfred de Musset, *La Nuit de mai* (1835).

L'argumentation

7 Remets dans l'ordre ce texte argumentatif.

…… **a.** En effet, les émissions mondiales de CO_2 ont augmenté de 45 % depuis 1990.

…… **b.** Limiter le réchauffement climatique reste une préoccupation majeure.

…… **c.** Par conséquent, les engagements pris par les autres pays ne peuvent inverser la tendance.

…… **d.** Mais certains États responsables de 40 % des émissions de CO_2 refusent de réduire leurs émissions.

8 Coche les affirmations vraies.

La satire a pour but de :

- ❑ **a.** faire rire, amuser
- ❑ **b.** faire l'éloge d'une personne
- ❑ **c.** se moquer
- ❑ **d.** s'attaquer à une opinion

Corrigé p. 283

LES QUESTIONS DU BREVET

Une fuite dans l'imaginaire

1 h 10 — 50 pts

(d'après Centres étrangers, juin 2017)

Thème Dénoncer les travers de la société

► La suite du sujet se trouve p. 48 (dictée) et p. 58-59 (rédaction).

Doc. 1 Gustave Flaubert, *Madame Bovary*

Emma Bovary est l'épouse de Charles, un homme avec lequel elle n'est pas heureuse. Déçue par sa vie monotone, elle rêve de mener une vie mondaine comme les princesses ou les actrices des romans et des magazines qu'elle lit.

Comment était-ce Paris ? Quel nom démesuré ! Elle se le répétait à demi-voix, pour se faire plaisir ; il sonnait à ses oreilles comme un bourdon de cathédrale, il flamboyait à ses yeux jusque sur l'étiquette de ses pots de pommade. […]

Elle s'acheta un plan de Paris, et, du bout de son doigt, sur la carte, elle faisait des courses dans la capitale. Elle remontait les boulevards, s'arrêtant à chaque angle, entre les lignes des rues, devant les carrés blancs qui figurent les maisons. Les yeux fatigués à la fin, elle fermait ses paupières, et elle voyait dans les ténèbres se tordre au vent des becs de gaz[1], avec des marche-pieds de calèches, qui se déployaient à grand fracas devant le péristyle des théâtres.

Elle s'abonna à la Corbeille, journal des femmes, et au Sylphe des salons. Elle dévorait, sans en rien passer, tous les comptes rendus de premières représentations, de courses et de soirées, s'intéressait au début d'une chanteuse, à l'ouverture d'un magasin. Elle savait les modes nouvelles, l'adresse des bons tailleurs, les jours de Bois ou d'Opéra. Elle étudia, dans Eugène Sue, les descriptions d'ameublements ; elle lut Balzac et George Sand[2], y cherchant des assouvissements[3] imaginaires pour ses convoitises personnelles. À table même, elle apportait son livre, et elle tournait les feuillets, pendant que Charles mangeait en lui parlant.

Paris, plus vague que l'Océan, miroitait donc aux yeux d'Emma dans une atmosphère vermeille. La vie nombreuse qui s'agitait en ce tumulte[4] y était cependant divisée par parties, classée en tableaux distincts. Emma n'en apercevait que deux ou trois qui lui cachaient tous les autres, et représentaient à eux seuls l'humanité complète. Le monde des ambassadeurs marchait sur des parquets luisants, dans des salons lambrissés de miroirs, autour de tables ovales couvertes d'un tapis de velours à crépines d'or[5]. Il y avait là des robes à queue, de grands mystères, des angoisses dissimulées sous des sourires. […] Dans les cabinets de restaurant où l'on soupe après minuit riait, à la clarté des bougies, la foule bigarrée des gens de lettres et des actrices. Ils étaient, ceux-là, prodigues[6] comme des rois, pleins d'ambitions idéales et de délires fantastiques. C'était une existence au-dessus des autres, entre ciel et terre, dans les orages, quelque chose de sublime.

Gustave Flaubert, *Madame Bovary*, 1857.

1. Becs de gaz : éclairage public au XIXe siècle.
2. Eugène Sue, Balzac, George Sand : romanciers célèbres du XIXe siècle qui ont décrit Paris.
3. Assouvissements : satisfactions.
4. Tumulte : foule débordante d'énergie.
5. Flaubert décrit ici des intérieurs très luxueux.
6. Prodigues : dépensiers.

COMPRENDRE LE DOCUMENT

■ *Madame Bovary* raconte le destin d'une jeune fille de province, d'origine paysanne mais élevée en « demoiselle », qui croit échapper à sa condition par son mariage ; très vite pourtant elle délaissera ses illusions. Couverte de dettes, abandonnée par ses amants, désespérée, elle se suicide. Flaubert subit les foudres de la censure pour ce roman, jugé amoral.

Doc. 2 | Publicité pour la marque Chanel, 1982

Sauf indication contraire, les réponses aux questions doivent être entièrement rédigées.

Grammaire et compétences linguistiques

1. « Miroitait » (l. 27) :

a) Trouvez un mot de la même famille.

b) Par quel synonyme pourriez-vous remplacer le mot « miroitait » dans la phrase ?

c) Comment interprétez-vous le choix du verbe « miroitait » ?

2. « À table même, elle apportait son livre, et elle tournait les feuillets, pendant que Charles mangeait en lui parlant. » (l. 24-26) Identifiez le temps employé dans cette phrase puis indiquez sa valeur.

3. « Le monde des ambassadeurs [...] à crépines d'or. » (l. 33-36). Quelle remarque pouvez-vous faire sur la construction de cette phrase ? Cherchez, dans le texte, un autre exemple du procédé utilisé ici.

4. Vous recopierez les phrases suivantes en remplaçant « elle » par « je ». Vous ferez toutes les transformations qui en découlent.

> « Elle étudia, dans Eugène Sue, des descriptions d'ameublements ; elle lut Balzac et George Sand, y cherchant des assouvissements imaginaires pour ses convoitises personnelles. À table même, elle apportait son livre, [...] tournait les feuillets, pendant que Charles mangeait en lui parlant. »

Compréhension et compétences d'interprétation

5. Emma s'est-elle déjà rendue à Paris ? Justifiez votre réponse.

6. Que ressent Emma pour Paris ?

• de la crainte • de la fascination • de la curiosité.

a) Recopiez la bonne réponse sur votre copie.

b) Justifiez votre choix en citant au moins deux éléments du texte.

7. Quel est le quotidien d'Emma ? Vous vous appuierez sur le texte pour justifier votre réponse.

8. D'après le dernier paragraphe, quelle vie Emma rêve-t-elle de vivre ?

9. Quels travers de la société Flaubert dénonce-t-il dans ce texte ?

10. [DOC. 2] Commentez la façon dont cette femme tient le tableau de *La Joconde*.

11. [DOCS 1 ET 2] En vous appuyant sur le document iconographique et sur le texte, dites quelle image de la femme française est ici véhiculée.

LE CORRIGÉ

Grammaire et compétences linguistiques

1. a) « Miroir » est un mot de la même famille que « miroitait ».

b) Le verbe peut être remplacé par ses synonymes, « scintillait » ou « brillait ».

c) Le verbe « miroitait » indique que Paris est pour Emma une image brillante, mais aussi inaccessible. Or, comme le reflet du miroir, cette image semble imparfaite et trompeuse.

2. Les verbes sont conjugués à l'imparfait de l'indicatif, qui revêt ici une valeur d'habitude.

3. La phrase présente une énumération : trois compléments circonstanciels de lieu se succèdent, chacun introduit par une préposition (« sur », « dans », « autour ») : les groupes sont de plus en plus longs et le caractère luxueux du lieu décrit va en s'accentuant. On retrouve le même procédé dans la phrase suivante (l. 36-37), qui présente elle aussi une énumération en trois temps dont l'intensité augmente.

4. J'étudiai, dans Eugène Sue, des descriptions d'ameublements ; je lus Balzac et George Sand, y cherchant des assouvissements imaginaires pour mes convoitises personnelles. À table même, j'apportais mon livre, [...] tournais les feuillets, pendant que Charles mangeait en me parlant.

INFO EN +
Faire miroiter quelque chose à quelqu'un, c'est lui promettre un avantage, qu'il n'a en réalité aucune certitude d'obtenir.

Compréhension et compétences d'interprétation

5. Emma ne s'est jamais rendue à Paris. La phrase interrogative par laquelle débute le texte traduit les pensées d'Emma, qui s'interroge sur l'aspect de la capitale qu'elle n'a jamais vue : « Comment était-ce, Paris ? »

6. a) Emma ressent avant tout de la fascination pour cette ville.

b) Plusieurs éléments du texte témoignent de cette fascination. Ainsi l'héroïne se « répétait à demi-voix [le nom de Paris] pour se faire plaisir ». Ce nom « sonnait à ses oreilles » et « flamboyait à ses yeux ». L'admiration passionnée d'Emma se lit également ici : « Paris, plus vaste que l'Océan, miroitait donc aux yeux d'Emma dans une atmosphère vermeille. »

7. La vie d'Emma semble monotone, ordinaire et banale : elle reste chez elle, dîne avec son mari le soir. Seule la lecture (d'un plan ou de gazettes) et l'imagination lui permettent d'échapper à ce quotidien qu'elle juge ennuyeux.

8. Emma rêve de vivre une existence bouillonnante (« vie nombreuse », « tumulte ») et luxueuse (comme le montre la description des salons des ambassadeurs), mais également mondaine, joyeuse et fantaisiste, où elle côtoierait des artistes (« riait [...] la foule bigarrée des gens de lettres », « pleins d'ambitions idéales et de délires fantastiques »).

9. Au travers du personnage d'Emma, Flaubert semble dénoncer ici la tendance à se montrer insatisfait de ce que l'on a, pour se complaire dans des rêves de richesse et d'existence brillante. Toutefois, on peut également supposer que l'auteur déplore la vie solitaire et étriquée à laquelle est condamnée Emma.

10. La femme sur la photographie tient le tableau de *La Joconde* de manière très désinvolte, la tête en bas, sans soin particulier. De son autre main, elle semble héler un taxi, rabaissant ainsi le célèbre tableau de Léonard de Vinci au statut d'emplette faite par une femme aisée de la capitale.

11. Les deux documents mettent en avant des images de femmes attirées par le luxe et la vie mondaine et parisienne. L'art lui-même n'est qu'une manière d'assouvir cette soif de richesses : Emma lit les grands romanciers du XIXe siècle, mais uniquement pour s'imaginer dans les univers luxueux qu'ils décrivent ; *La Joconde* n'est plus le tableau le plus célèbre du monde mais un simple objet de consommation.

FRANÇAIS

ZOOM

Quelques conseils de lecture

Maintenant que tu connais les caractéristiques des principaux genres littéraires, tu peux les explorer au gré de tes envies. Nous te donnons ici quelques idées de lecture : à toi de choisir les œuvres qui t'inspirent le plus !

Récit

Bonjour tristesse, Françoise Sagan

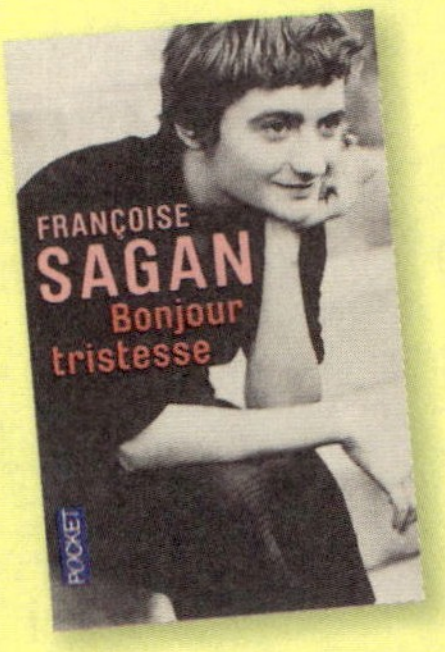

Cécile a raté son bac et passe l'été sur la Côte d'Azur en compagnie de son père, veuf, et de sa maîtresse. L'arrivée d'une amie de sa mère, Anne, séduisante et responsable, dissipe le climat de légèreté qui régnait jusqu'alors. Lorsque son père et Anne annoncent leur intention de se marier, Cécile y voit la fin de la vie insouciante et heureuse qu'elle menait jusqu'alors avec son père : elle imagine un stratagème cruel pour écarter la nouvelle venue.

> J'avais peut-être des possibilités intellectuelles… N'avais-je pas mis sur pied en cinq minutes un plan logique, méprisable bien sûr, mais logique ? […] j'avais aperçu la faille, ajusté mes coups avant de parler. Pour la première fois, j'avais connu ce plaisir extraordinaire : percer un être, le découvrir, l'amener au jour et, là, le toucher.

F. Sagan, *Bonjour tristesse*, Julliard, 1954.

Le Collier rouge, Jean-Christophe Rufin

En 1919, lors d'une cérémonie de commémoration célébrant les héros de la Grande Guerre, un homme ridiculise les festivités en déclarant haut et fort qu'en vertu de sa « violence aveugle » et de ses instincts les plus bestiaux, son chien Guillaume mérite la légion d'honneur. Emprisonné pour cet outrage, il est interrogé par un juge qui va peu à peu démêler l'histoire de cet homme et l'explication de son acte provocateur.

> C'était lui, le héros […] Il avait toutes les qualités qu'on attendait d'un soldat. Il était loyal jusqu'à la mort, courageux, sans pitié avec les ennemis. Pour lui, le monde était fait de bons et de méchants. Il y avait un mot pour dire ça : il n'avait aucune humanité. Bien sûr, c'était un chien… Mais nous qui n'étions pas des chiens, on nous demandait la même chose.

J.-C. Rufin, *Le Collier rouge*, Gallimard, 2014.

Théâtre

Hôtel des deux mondes, Éric-Emmanuel Schmitt

Aucun client ne sait comment il est arrivé dans l'Hôtel des deux mondes ; tous ignorent également quand ils pourront repartir et quelle sera leur destination. C'est un lieu étrange, où tout est possible, surtout l'invraisemblable. Les personnages oscillent entre vie et mort, hésitent entre comédie et tragédie.

> Puisque je ne peux pas me promener, une seule fleur m'enivre autant qu'une journée de promenade dans des jardins de roses. […] Le bruit de la pluie et des orages sur le toit m'a fait parcourir toutes les mers du globe, découvrir la tempête, le bateau frappé par les flots, la récompense d'une côte gris ardoise au matin lorsque tout s'est apaisé.

É-E. Schmitt, *Hôtel des deux mondes*, Albin Michel, 1999.

Théâtre sans animaux, Jean-Michel Ribes

Composée de huit saynètes, cette pièce met en scène des situations du quotidien, marquées par le non-sens et des événements surréalistes aux conséquences incongrues. Les surprises se multiplient pour le spectateur, qui comprend que ce qui semble *a priori* raisonnable, se révèle souvent totalement absurde.

> JACQUES. Je suis devenu plus intelligent que toi.
> ANDRÉ. Ah bon ?
> JACQUES. Oui.
> *Un temps.*
> ANDRÉ. Quand c'est arrivé ?
> JACQUES. Il y a une bonne heure, disons une heure et demie…
> ANDRÉ. C'est tout récent.

J.-M. Ribes, *Théâtre sans animaux*, © Actes Sud, 2001.

Poésie

Poésies, Arthur Rimbaud

Dans ce recueil de poèmes écrits entre ses quinze et dix-huit ans, se trouvent les textes les plus célèbres de « l'homme aux semelles de vent », ainsi que le surnommait Verlaine : « Ma Bohême », « Sensation », « Le Bateau ivre », « Ophélia », « Les Effarés », « Le Buffet ». La jeunesse, la quête de liberté, la révolte et l'attrait du voyage en sont les thèmes récurrents. L'œuvre de Rimbaud, à la fois singulière, novatrice et accessible, continue à fasciner des générations entières de lecteurs.

> Et dès lors, je me suis baigné dans le Poème
> De la Mer, infusé d'astres, et lactescent,
> Dévorant les azurs verts ; où, flottaison blême
> Et ravie, un noyé pensif parfois descend ; [...]

(« Le Bateau ivre »).

Les mots étaient des loups, Vénus Khoury-Ghata

Vénus Khoury-Ghata est née au Liban mais vit en France depuis quarante ans. Son œuvre a été récompensée par des prix prestigieux : le grand prix de poésie de l'Académie française en 2009, ainsi que le prix Goncourt de la poésie en 2011. Dans ses poèmes comme dans ses romans, elle s'efforce de concilier ses deux langues, l'arabe et le français. Mais « comment pleurer dans une langue qui n'est plus la sienne ? ».

> J'ai raconté mon enfance en prose et en poésie, dans un français métissé d'arabe ; la langue arabe insufflant sa respiration, ses couleurs à la langue française si austère à mon goût. Je devais écarter ses cloisons étroites pour y insérer ma phrase arabe, galopante, ample, baroque.

V. Khoury-Ghata, *Les mots étaient des loups*, Gallimard, 2016.

Argumentation

Le Dernier Jour d'un condamné, Victor Hugo

Victor Hugo, farouche opposant à la peine de mort, démonte de manière implacable les arguments des partisans de la peine capitale dans la préface de ce roman. Le récit qui suit se présente comme le journal d'un condamné, peu avant son exécution, sans que jamais ne soient mentionnées les raisons de son incarcération. Ce n'est que cent cinquante ans après cet écrit que la peine de mort sera abolie en France.

> Les hommes, je me rappelle l'avoir lu dans je ne sais quel livre, où il n'y avait que cela de bon, les hommes sont tous condamnés à mort, avec des sursis indéfinis.

La Vague, Todd Strasser

Ce roman s'inspire d'une expérience réellement menée dans un lycée de Californie. Pour faire comprendre à ses élèves comment un pays peut devenir totalitaire, un professeur fonde un mouvement qu'il intitule « la vague », avec slogans, signes de ralliement et discipline stricte. L'enthousiasme des élèves, à la surprise de tous, prend une ampleur inquiétante, et le professeur décide de mettre un terme à l'expérience.

> Si l'histoire est condamnée à se répéter, alors vous aussi, vous voudrez tous nier ce qui vous est arrivé dans la vague. En revanche, si notre expérience est réussie, et vous admettrez que c'est bien le cas, vous aurez appris que nous sommes tous responsables de nos propres actes et que nous devons toujours réfléchir sur ce que nous faisons plutôt que de suivre un chef aveuglément [...]

T. Strasser, *La Vague* (1981), trad. fr., éd. J.-C. Gawsewitch, 2008.

ET SUR INTERNET ?

- De nombreux sites permettent aux internautes de partager leurs expériences de lecture : l'occasion de découvrir des ouvrages qui correspondent à tes goûts ! Tu peux par exemple explorer le réseau social Babelio, où des lecteurs notent et commentent leurs lectures, ou encore la plateforme Booktube, où des passionnés de lecture livrent leurs critiques et conseils en vidéo.
- Certains sites, comme Wattpad, permettent même de tester ses talents d'écrivain, en proposant à une vraie communauté de lecteurs actifs ses premiers écrits. Et si tu te lançais ?

Maîtriser la langue

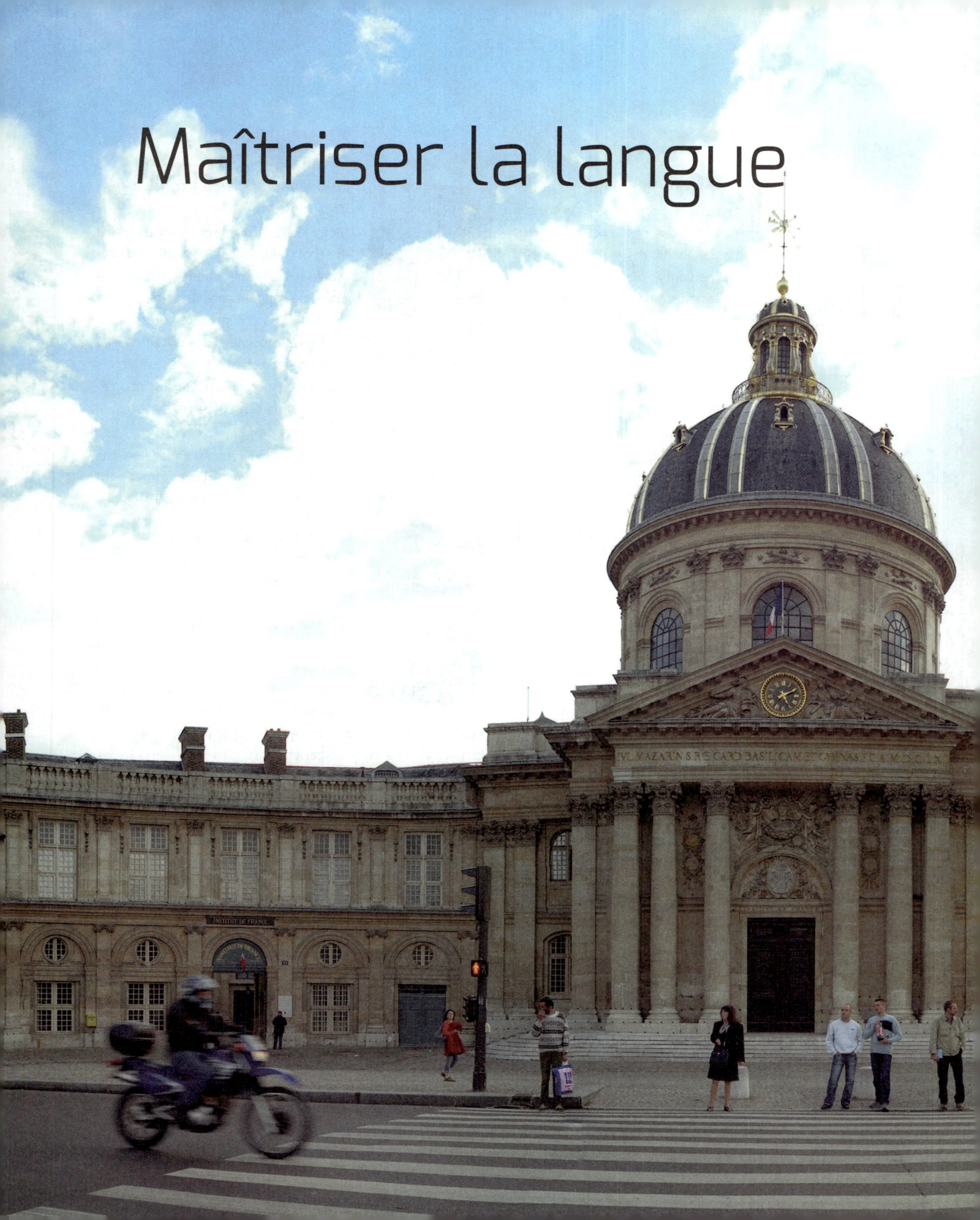

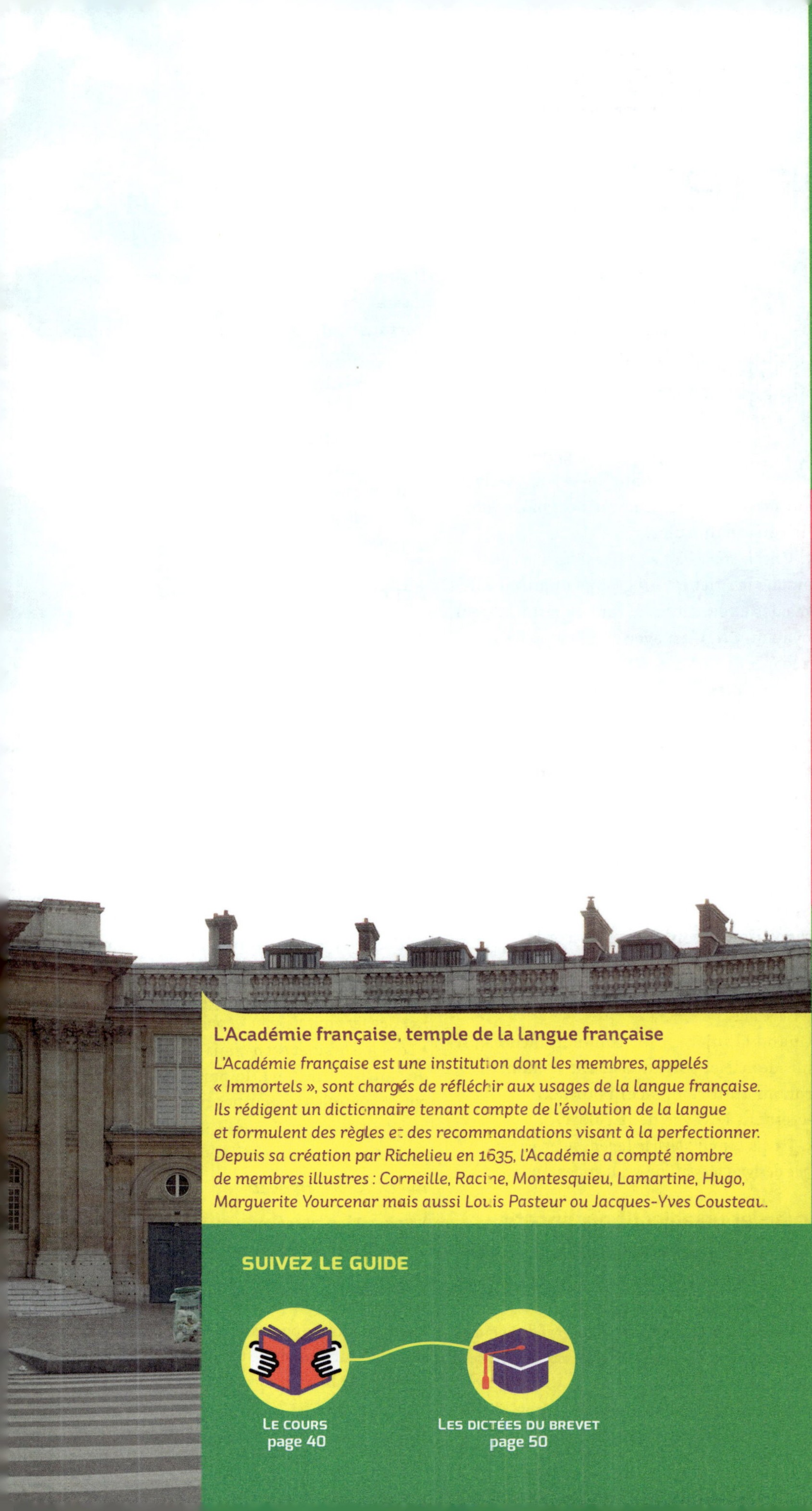

Avoir une bonne orthographe est important au quotidien, dans les études comme dans la vie professionnelle, ne serait-ce que pour te faire comprendre et donner une bonne impression aux personnes à qui tu t'adresses. C'est moins difficile que cela n'en a l'air : même si le français est riche en exceptions et en subtilités, maîtriser quelques règles simples te permettra déjà d'éviter bon nombre de fautes.

L'Académie française, temple de la langue française

L'Académie française est une institution dont les membres, appelés « Immortels », sont chargés de réfléchir aux usages de la langue française. Ils rédigent un dictionnaire tenant compte de l'évolution de la langue et formulent des règles et des recommandations visant à la perfectionner. Depuis sa création par Richelieu en 1635, l'Académie a compté nombre de membres illustres : Corneille, Racine, Montesquieu, Lamartine, Hugo, Marguerite Yourcenar mais aussi Louis Pasteur ou Jacques-Yves Cousteau.

SUIVEZ LE GUIDE

LE COURS
page 40

LES DICTÉES DU BREVET
page 50

LE COURS

Appliquer les règles d'accord

DE QUOI S'AGIT-IL ? Les accords permettent de comprendre les relations qu'entretiennent les mots au sein de la phrase : un verbe s'accorde avec son sujet, un adjectif s'accorde avec le nom ou le pronom auquel il se rapporte. Ces deux règles simples t'éviteront déjà bien des fautes ! Mais il existe aussi un certain nombre de cas particuliers à connaître.

Accorder un verbe avec son sujet

Le verbe s'accorde en personne et en nombre avec son sujet.

Quelle que soit la place du sujet

Le sujet est en général placé juste avant le verbe. Mais il peut être aussi placé après : on parle alors d'inversion du sujet.

EX. *Voici le stade où s'entraînent les joueurs.*

Lorsque le sujet est un groupe nominal (GN) avec des expansions, il faut repérer le nom noyau du GN. C'est avec celui-ci que le verbe s'accorde.

EX. *Tandis que je rêve, les souvenirs de mon enfance et de ma jeunesse me reviennent un à un.* (accord avec *souvenirs*, nom noyau du GN)

Quelle que soit la classe grammaticale du sujet

Le sujet peut appartenir à différentes classes grammaticales (GN, pronom, verbe à l'infinitif, proposition subordonnée...).

• Si le sujet est un verbe à l'infinitif ou une proposition subordonnée, l'accord du verbe se fait toujours à la 3e personne du singulier :

EX. *Démissionner / Qu'il démissionne n'était pas envisageable.*

• Quand le sujet est le pronom relatif *qui*, il faut identifier son antécédent (le nom ou le pronom qu'il remplace) pour accorder correctement le verbe de la relative.

EX. *Toi qui connais bien le Japon, qu'en penses-tu ? Il me désigna mes affaires qui étaient au sol.*

Accorder un adjectif qualificatif

Un adjectif qualificatif s'accorde toujours en genre et en nombre avec le nom ou le pronom auquel il se rapporte.

EX. *Pensifs et préoccupés, les deux grands hommes allaient et venaient dans la pièce.* (accord au masculin pluriel avec *hommes*)

EX. *Ses cousins étaient enveloppés. Mais elle les trouvait extrêmement distingués.* (accord au masculin pluriel avec *cousins*, puis avec le pronom *les* qui remplace *cousins*)

Lorsque l'adjectif qualifie plusieurs noms, il s'accorde :

– au féminin pluriel, si les noms sont tous féminins ;

EX. *La mère et sa jeune sœur étaient également très élégantes.*

– au masculin pluriel dans les autres cas.

EX. *La femme et son enfant, grands et très blonds, attiraient le regard.*

Accorder le participe passé

Employé seul

Le participe passé employé seul, sans auxiliaire, fonctionne comme un adjectif qualificatif. Il s'accorde en genre et en nombre avec le nom auquel il se rapporte.

EX. *Les équipes, fatiguées par le voyage, s'arrêtèrent.*

Avec l'auxiliaire *être*

Le participe passé employé avec l'auxiliaire *être* s'accorde en genre et en nombre avec le sujet du verbe.

EX. *Les voisins sont partis sans nous dire au revoir.*

• Si le sujet est un verbe à l'infinitif ou une proposition subordonnée, le participe passé s'accorde au masculin singulier.

EX. *Gagner était devenu sa seule raison de vivre.*

• Lorsque le sujet est *on*, mis pour *nous* (niveau de langue familier), le participe passé s'accorde selon les personnes représentées.

EX. *Virginie et moi aimons le cinéma. Samedi, on est allé(e)s ensemble voir deux films.*

Avec l'auxiliaire *avoir*

Le participe passé employé avec l'auxiliaire *avoir* ne s'accorde jamais avec le sujet.

EX. *Les garçons ont perdu leurs affaires.*

Il s'accorde avec le COD si celui-ci est placé avant le participe passé. Si le COD est un pronom, il faut trouver le GN que le pronom remplace pour bien accorder le participe passé.

EX. *J'ai trouvé ses lettres et je les ai lues.* (accord avec le pronom COD *les*, qui remplace *ses lettres*)

ALLER PLUS LOIN
Un adjectif de couleur dérivé d'un nom reste **invariable**, *sauf* rose, mauve, fauve, pourpre, écarlate *qui s'accordent* (des livres orange *mais* des rubans roses). *L'adjectif de couleur composé ne s'accorde pas* (des sandales rose saumon).

LE BON RÉFLEXE
Le participe passé de certains verbes du 3e groupe se termine par une consonne muette : fait, mis, pris... *Mets-le au féminin pour vérifier sa terminaison :* pris → prise.

LA VIDÉO EN +
Comment accorder le participe passé d'un verbe pronominal ?
▶ bit.ly/_FR_ch3_p40

EN BREF

Les principales règles d'accord

	Les règles à retenir	Les exemples clés
1	Le **verbe** s'accorde toujours avec son sujet. (Si le sujet est un GN, il faut repérer le nom noyau.)	L'aîné des trois enfants parle très bien anglais. Dans la pièce se trouvaient des montagnes d'or.
2	L'**adjectif** s'accorde toujours avec le nom (ou pronom) auquel il se rapporte.	Captivés par le film, les élèves étaient immobiles.
	Les adjectifs composés et la plupart des adjectifs issus de noms sont invariables.	des pulls bleu foncé, des jupes marron…
3	Employé avec l'auxiliaire *être*, le **participe passé** s'accorde toujours avec le sujet.	Les voisins ont été obligés de partir.
	Employé avec l'auxiliaire *avoir*, le **participe passé** s'accorde avec le COD si celui-ci est placé avant.	Marie a trouvé des lettres et les a lues.

CHECK !

1 Coche les phrases vraies.

- ❑ **a.** Le verbe s'accorde toujours avec son sujet.
- ❑ **b.** Le sujet est toujours un nom, un GN ou un pronom.
- ❑ **c.** Le sujet est toujours placé avant le verbe.
- ❑ **d.** Plusieurs verbes peuvent avoir le même sujet.
- ❑ **e.** Dans une construction impersonnelle, le verbe s'accorde toujours à la 3e personne du singulier avec le sujet *il*.

2 Barre la forme qui ne convient pas.

1. L'air vif du matin les ranime / raniment.
2. Peu de parents se déplace / se déplacent pour la réunion de rentrée.
3. La plupart des ouvriers est / sont au travail.

3 Barre les formes incorrectes.

1. C'est moi qui a / ai gagné.
2. Je pense que c'est elle qui a / as raison.
3. C'est bien eux qui chante / chantent.

4 Accorde les adjectifs si nécessaire.

1. des harmonies bleu… clair…
2. des fleurs pourpre…
3. des rideaux orange…
4. des gilets blanc… crème

5 Accorde si nécessaire les participes passés suivants.

1. J'ai hâte de connaître les détails du voyage qu'il a effectué.......
2. Il a lu leurs lettres et leur a répondu.......
3. Il a emprunté tous les livres que j'aurais aimé...... lire.

Corrigé p. 283

Écrire un verbe sans erreurs

DE QUOI S'AGIT-IL ? Certaines terminaisons de verbes se prononcent de la même manière mais s'écrivent différemment. Pour bien les orthographier, il faut identifier le temps et le mode dont il s'agit. Ici, fais-tu la différence entre le conditionnel et le futur ?
*Si je le pouvais, je viendr**ais**. / Je viendr**ai** demain sans faute.*

Le présent de l'indicatif

Au singulier, les terminaisons du présent varient selon le groupe du verbe (voir schéma ci-dessous).
Au pluriel, les terminaisons sont les mêmes pour tous les verbes : *-ons*, *-ez*, *-ent* (*nous voulons, vous hésitez, ils croient*). Il existe quelques exceptions : *vous êtes* (*être*), *vous dites* (*dire*), *vous faites* (*faire*).

Le subjonctif présent

Qu'est-ce que le subjonctif ?

Le subjonctif est le mode des actions présentées comme possibles.
Dans les propositions indépendantes, le subjonctif peut exprimer l'ordre, la défense, le souhait.
EX. *Qu'elle revienne !*
On rencontre également le subjonctif dans de nombreuses propositions subordonnées :
– après un verbe de volonté, de sentiment ou de doute ;
EX. *Je voudrais tant qu'elle revienne pour les fêtes de fin d'année.*
– pour exprimer le but (*pour que…*, *afin que…*), de concession (*bien que…*, *quoique…*), de temps (*avant que…*, *jusqu'à ce que…*).
EX. *Préviens-moi avant qu'il soit minuit.*

LE BON RÉFLEXE
Certains verbes du 3e groupe prennent des formes particulières au présent. Apprends par cœur la conjugaison de : avoir, être, aller, faire et dire.

Les terminaisons du présent au singulier

Les terminaisons du présent au singulier

-e, -es, -e
- verbes du 1er groupe
- *cueillir, ouvrir, couvrir, offrir, souffrir*

⇨ *je mange, tu ouvres, il/elle offre*

-s, -s, -t
- verbes du 2e groupe
- de nombreux verbes du 3e groupe

⇨ *je finis, tu crois, il/elle voit*

-ds, -ds, -d
- verbes en *-dre* (sauf *-indre* et *-soudre*)

⇨ *tu prends, il/elle mord* (mais : *je résous*)

-x, -x, -t
- *pouvoir, valoir, vouloir*

⇨ *je peux, tu vaux, il/elle veut*

Au subjonctif présent, tous les verbes (sauf *avoir* et *être*) prennent les terminaisons : *-e, -es, -e, -ions, -iez, -ent*.
Ces terminaisons s'ajoutent au radical de la 1re personne du pluriel de l'indicatif présent : *que je chante, que tu finisses, qu'elle sorte*.

Comment le différencier de l'indicatif ?

Au singulier, certaines formes se prononcent donc de la même manière à l'indicatif et au subjonctif présent. Pour les différencier, pense à remplacer le verbe par un autre.
EX. *Nous voulons que tu voi… (?) un médecin.*
→ *Nous voulons que tu partes.* [subj. présent]
Le présent de l'indicatif pars serait ici incorrect. Il s'agit donc du subjonctif présent du verbe voir : *voies*.

Les temps du passé

Imparfait ou passé simple ?

À l'imparfait de l'indicatif, les terminaisons sont toujours les mêmes, quel que soit le groupe : *-ais, -ais, -ait, -ions, -iez, -aient*.
EX. *j'étais, tu racontais, elle vieillissait, nous mentions, vous saviez, ils promettaient.*
Au passé simple, les terminaisons des verbes du 1er groupe sont : *-ai, -as, -a, -âmes, -âtes, -èrent*.
Ainsi, à la 1re personne du singulier, la terminaison de l'imparfait (*je marchais*) et celle du passé simple (*je marchai*) se prononcent de la même manière. Dans une dictée, si tu hésites entre ces deux temps, tu peux changer de personne.
EX. *Comme je me promenais sur le quai, je rencontrai un homme que je crus reconnaître.*
→ *Comme nous nous promenions sur le quai, nous rencontrâmes un homme que nous crûmes reconnaître.*

Quelques particularités de l'imparfait

Retiens bien les cas particuliers suivants.
• Les verbes en *-cer* et *-ger* s'écrivent *ç* ou *ge* à certaines personnes pour conserver la pro-

nonciation [s] et [j] : *je lançais, tu mangeais, ils traçaient…*

• Les verbes en *-ire* s'écrivent avec deux *i* aux 1re et 2e personnes du pluriel (*i* du radical + *i* de la terminaison) : *nous riions, vous riiez.*
La prononciation est quasiment identique au présent de l'indicatif : *nous rions, vous riez.*
Si tu as un doute, conjugue le verbe à la 2e personne du singulier : *tu ris* (présent) → *tu riais* (imparfait).

Futur simple et conditionnel

Pour la plupart des verbes, le futur se forme avec l'infinitif suivi des terminaisons : *-ai, -as, -a, -ons, -ez, -ont*. Elles sont toujours précédées de la lettre r.
Attention, de nombreux verbes du 3e groupe présentent un radical spécifique au futur : *j'irai (aller), je ferai (faire), je saurai (savoir), je verrai (voir)…*
Le conditionnel se forme avec le radical du futur (qui correspond le plus souvent à l'infinitif du verbe) suivi des terminaisons de l'imparfait : *j'aimerais, tu finirais, il céderait, nous croirions, vous parleriez, elles permettraient*
Dans une dictée, si tu hésites entre le futur simple et le conditionnel présent pour écrire un verbe à la 1re personne du singulier, tu peux conjuguer ces verbes à la 2e personne du singulier.
EX. *Je serai / serais malade si je mange tous ces gâteaux.*
→ *Tu seras (serais) malade si tu manges tous ces gâteaux.*
Il s'agit donc du futur simple : *je serai.*

À RETENIR
- Dans les verbes en -yer, le y devient un i au futur (essuyer → j'essuierai). Le y peut aussi être maintenu dans les verbes en -ayer (je paierai / je payerai)
- Mourir et courir doublent le r : je mourrai, je courrai

LA VIDÉO EN +
Quelles terminaisons utiliser dans un récit au passé simple ?
► bit.ly/_FR_ch3_p43

CHECK !

1 Quelle est la forme correcte au présent de l'indicatif ?

1. ❑ je feins ❑ je feinds
2. ❑ tu résouds ❑ tu résous
3. ❑ il essaie ❑ il essait
4. ❑ il croie ❑ il croit
5. ❑ vous faisez ❑ vous faites

2 Avec quel auxiliaire se conjugue chaque verbe ?

1. cesser •
2. devenir • • *avoir*
3. être • • *être*
4. s'envoler •
5. courir •

3 Parmi ces verbes, lesquels sont conjugués au passé simple ?

❑ **a.** il écrit
❑ **b.** j'allai
❑ **c.** nous voulûmes
❑ **d.** tu décidais
❑ **e.** j'apprendrai
❑ **f.** ils vinrent
❑ **g.** je chantais
❑ **h.** elle sentit

4 Futur ou conditionnel présent ? Entoure la forme qui convient.

1. Si j'avais su, je ne serai / serais pas venu.
2. Il partira / partirait si on le lui demande.
3. Nous verrons / verrions ce qu'il deviendra.
4. J'aimerai / aimerais venir avec toi.
5. Sans mon frère, je m'ennuierai / ennuierais.

5 Coche les phrases qui comportent un verbe au subjonctif et souligne-le.

❑ **a.** Qu'elle chantât toute la nuit n'était pas pour lui déplaire.
❑ **b.** Il faut qu'il ait bien peu d'orgueil pour agir ainsi.
❑ **c.** Cela aurait été trop dommage de partir sans lui.
❑ **d.** Je doute qu'il tienne compte de mes avis.
❑ **e.** Et il faudrait que j'accepte de le revoir !
❑ **f.** Je voudrais qu'ils viennent nous voir pour les fêtes.

Corrigé p. 283

LE COURS

Distinguer les homophones grammaticaux

DE QUOI S'AGIT-IL ? *Il sait qu'elle s'est couchée tard : ses yeux cernés le montrent, c'est indiscutable.* Les homophones sont des mots que l'on prononce de la même façon (ou presque), mais qui s'écrivent différemment. Le sens de la phrase dépend de la bonne orthographe de ces mots, qui jouent un rôle grammatical de premier plan.
Apprends à ne pas les confondre en retenant quelques astuces.

ALLER PLUS LOIN
Devant une voyelle, **ce** *pronom démonstratif et* **se** *pronom personnel s'écrivent* **c'** *et* **s'** *: C'est vrai ! Il s'est mis à chanter. Deux nouveaux homophones !*

La, l'a ou là ?

- Là est un adverbe de lieu, il est invariable.
- L'a est le pronom *le* ou *la* élidé suivi du verbe *avoir* au présent. On peut le remplacer par l'imparfait : *l'avait*.
- Dans tous les autres cas, on écrit : la (déterminant ou pronom personnel féminin).

EX. *La veste est accrochée là. Quelqu'un l'a oubliée. J'hésite à la prendre.*

Se ou ce ?

- Se est un pronom personnel réfléchi de la 3e pers. du sing. employé avec un verbe pronominal. On peut le remplacer par un pronom des 1re ou 2e pers. : *me, te...*
- Dans les autres cas, on écrit : ce (pronom ou déterminant démonstratif).

EX. *Il se blottit contre sa mère. C'est toujours ce qu'il fait dans ce genre de situation.*

Ceci ou ceux-ci ?

- Ceux-ci est un pronom démonstratif pluriel. On peut le remplacer par son singulier *celui-ci*.
- Ceci est un pronom qu'on peut le remplacer par *cette chose-là*.

EX. *Je préférais les autres tableaux ; ceux-ci me plaisent moins, mais ceci n'est pas mon affaire.*

Ça ou sa ?

- Sa est un déterminant possessif féminin de la 3e pers. du sing. On peut le remplacer par *ma, ta, sa* (*Il regarde ta montre.*)
- Ça est un pronom démonstratif. On peut le remplacer par *cela* (*Cela n'est pas possible !*).

EX. *Il regarde sa montre et s'écrie : « Déjà 23 heures ! Ça n'est pas possible ! »*

Ces ou ses ?

- Ces est un déterminant démonstratif pluriel. Il sert à montrer, à désigner. On peut le remplacer par le singulier *ce, cet* ou *cette*.
- Ses est un déterminant possessif pluriel. Il indique l'appartenance. On peut le remplacer par le singulier *mon, ton, son...*

EX. *Je regarde toujours ces photos avec plaisir. Ses enfants lui ressemblent.*

C'est, s'est ou sait ?

- C'est est le pronom démonstratif *c'* + *être* au présent. On peut le remplacer par *ce n'est pas*.
- S'est est le pronom réfléchi *s'* + *être* au présent, toujours suivi d'un participe passé. On peut le conjuguer à une autre personne : *me suis, se sont...*
- Sait est la 3e pers. du verbe savoir au présent (*sais* est la 1re ou 2e pers. du sing.).

EX. *« C'est bien fait », s'est-il écrié. Il sait se défendre au moins.*

Si ou s'y ?

- Si est un adverbe : on peut le remplacer par *tellement*.
- Si est aussi une conjonction de subordination. On peut la remplacer par *parce que*.
- S'y est le pronom réfléchi *se* + *y*. On peut le remplacer par *m'y, t'y...*

EX. *C'est si compliqué qu'on s'y perdrait si l'on n'avait pas le GPS.*

Quel(les) ou qu'elle(s) ?

- Quel(les) est un déterminant interrogatif ou exclamatif s'accordant avec le nom.
- Qu'elle(s) est composé de *que* (ici, conj. de subordination) suivi du pronom personnel *elle(s)*. On peut le remplacer par *qu'il(s)*.

EX. *Quelle heure est-il ? Elle m'a dit qu'elle viendrait à 9 heures.*

Quelque(s) ou *quel(les) que* ?

- *Quelque(s)* est un déterminant indéfini s'accordant avec le nom qui le suit. On peut le remplacer par *un, plusieurs*…
- *Quelque* est un adverbe placé devant un adjectif. On peut le remplacer par un autre adverbe : *aussi, environ*…
- *Quel(le)(s) que* est suivi du verbe *être* au subjonctif *(soi(en)t)* ; *quel* s'accorde avec le nom qui suit le verbe *être*. On peut remplacer *quel(les) que* par *peu importe*.

EX. *Elle a rencontré quelques problèmes. Quelque importants que soient ses problèmes et quelle que soit leur difficulté, je vais l'aider.*

Quoique ou *quoi que* ?

- *Quoique* s'écrit en un mot si on peut le remplacer par *bien que* (conj. de subordination).
- *Quoi que* (pronom relatif) s'écrit en deux mots si on peut le remplacer par *quelle que soit la chose que*.

EX. *Quoique le film ait plus de trente ans, il est resté moderne, quoi que vous en pensiez.*

Sans ou *s'en* ?

- *Sans* est une préposition, suivie d'un complément. On peut parfois la remplacer par son antonyme *avec*.
- *S'en* est un pronom réfléchi (*se* + *en*). On peut le remplacer par *m'en, t'en, nous en*…

EX. *Il s'en va sans dire un mot.*

Tout ou *tous* ?

- *Tout*, s'il est déterminant indéfini, s'accorde avec le nom ou le pronom qui suit (*Tous les abonnés*).
- *Tout*, s'il est pronom indéfini, s'accorde en genre et en nombre avec le nom qu'il remplace. Ici, *tous*, dans la 2e phrase, remplace *tous les abonnés*.
- *Tout* est invariable s'il est adverbe. On peut le remplacer par *très, complètement, tout à fait*… (*très déconcertés*).

EX. *Tous les abonnés ont écrit au journal. Ils voulaient tous répondre à l'annonce. Mais certains sont restés tout déconcertés. Ils s'attendaient à tout autre chose.*

ALLER PLUS LOIN

*Attention : **tout**, adverbe, est néanmoins variable devant un adjectif féminin commençant par une **consonne** ou par un **h aspiré**.*

Elle est toute contente car les toutes dernières nouvelles sont bonnes. / Elle est toute honteuse.

LA VIDÉO EN +

Comment choisir entre *quand*, *quant* et *qu'en* ?

▸ bit.ly/_FR_ch3_p45

CHECK !

1 *La, l'a* ou *là* ? Barre les formes incorectes.

1. Je la / l'a / là vois tous les lundis.
2. C'est la / l'a / là qu'il faut aller.
3. Il la/ l'a / là vite compris.

2 *Ce* ou *se* ? Barre la forme incorrecte.

1. J'ai rendez-vous avec lui ce / se soir.
2. Que ce / se soit bien clair entre nous !
3. Il est tard, il faut ce / se coucher.
4. Je ne comprends pas ce / se que tu veux.

3 *Ceci* ou *ceux-ci* ? Barre la forme incorrecte.

1. Ceci / Ceux-ci sont plus jolis que ceux-là.
2. Ceci / Ceux-ci me fait de la peine.
3. Je voudrais que tu acceptes ceci / ceux-ci de ma part.

4 Complète ces phrases par *ces, ses, c'est, s'est* ou *sait*.

1. Il … déroulé bien des choses depuis.
❑ ces ❑ ses ❑ c'est ❑ s'est ❑ sait
2. Tout … bien terminé.
❑ ces ❑ ses ❑ c'est ❑ s'est ❑ sait
3. Est-ce qu'il … où nous sommes ?
❑ ces ❑ ses ❑ c'est ❑ s'est ❑ sait
4. Marina a encore perdu … affaires !
❑ ces ❑ ses ❑ c'est ❑ s'est ❑ sait
5. Le brevet, … dans une semaine !
❑ ces ❑ ses ❑ c'est ❑ s'est ❑ sait

Corrigé p. 284

Classer les mots et étudier leur formation

DE QUOI S'AGIT-IL ? Les mots sont répartis en neuf catégories appelées « classes grammaticales ». On distingue les mots variables, qui peuvent s'accorder, et les mots invariables, qui s'écrivent toujours de la même manière. Qu'en est-il de la formation des mots eux-mêmes ? À quoi servent les préfixes et les suffixes ?

Identifier la classe d'un mot

Les mots variables

Le **nom** désigne une chose, une idée, un animal ou une personne (*le pouvoir, une girafe, mes amis*).

Le déterminant accompagne un nom (*le pouvoir, une girafe, mes amis*).

L'**adjectif qualificatif** exprime une caractéristique du nom auquel il se rapporte (*un ministre puissant*).

Le **pronom** remplace le plus souvent un nom qui précède.

EX. *Ton pouvoir est restreint, le mien est infini !*

Le verbe se conjugue (*il peut, nous pouvons*).

Les mots invariables

L'**adverbe** sert souvent à modifier le sens d'un mot ou d'une phrase.

EX. *Il est très puissant.*

La **préposition** relie deux mots ou groupes de mots, le 2nd dépendant du 1er.

EX. *Il est à l'heure.*

La **conjonction de coordination** relie des mots ou des propositions de même statut.

EX. Il est puissant *mais* peu aimé.

La **conjonction de subordination** relie deux propositions, la 2de dépendant de la 1re.

EX. *Bien qu'*il soit puissant, il est peu aimé.

L'**interjection** est une phrase à elle seule.

EX. *Hélas ! Chut !*

ALLER PLUS LOIN
Un même mot peut avoir plusieurs classes grammaticales :
une coupure **nette** (adj.) / s'arrêter **net** (adv.)

CONSEIL
Trouver des mots de la même famille peut t'aider à orthographier un mot : bavard se termine par un d, que l'on entend dans bavarder.

Étudier la formation d'un mot

La dérivation

Pour former un mot par dérivation, on ajoute à un mot de base, appelé radical, un préfixe et/ou un suffixe.

Radical
C'est l'élément de base auquel on a ajouté un préfixe et/ou un suffixe. Qu'ont en commun les mots *bonjour, embonpoint, bonbon, bonheur, débonnaire* ? Le radical *bon* !

• On appelle **préfixe** l'élément qui vient se placer à la gauche d'un radical. Il ne modifie pas la classe grammaticale d'un mot mais il change sa signification.

Chaque préfixe a un sens précis, voici les plus courants :

préfixes	exemples
a-, in-, dé-, mé- (négation)	*anormal, instable, dérider, mécontent*
pré-, anté-, pro- (= « avant »)	*prédire, antérieur, provenir*
in-, intra- (= « dans »)	*intérieur, intramusculaire*
ex- (= « hors de »)	*extérieur, exporter*
co-, com-, col- (= « avec »)	*coéquipier, combattre, collaborer*

• On appelle **suffixe** l'élément qui vient se placer à la droite d'un radical. Il peut modifier la classe grammaticale du mot :

EX. *dur* (adjectif) ⟶ *dureté* (nom), *durement* (adverbe).

Certains suffixes ont toujours le même sens :

suffixes	exemples
-able et *-ible* (possibilité)	*défendable, visible*
-et,-ette et *-on* (diminutifs)	*maisonnette, ballon*
-âtre et *-ard* (péjoratif, familier)	*jaunâtre, vantard*
-isme (doctrine ou attitude)	*capitalisme, réformisme*
-iste (partisan de la doctrine)	*capitaliste, réformiste*

Les familles de mots

Chanson, déchanter, enchantement sont des mots de la même famille, formés à partir du radical *-chant-*.

Le radical est parfois légèrement différent d'un mot à l'autre. Par exemple, *raide* et *rigide* sont formés à partir du latin *rigidum* ; ils appartiennent à la même famille de mots, mais ils n'ont pas suivi la même évolution.

EN BREF

Classer les mots

Mots variables — Ces mots s'accordent : il faut connaître et appliquer les règles d'accord.

nom	requin, élève, ceinture…
déterminant	le, cette, des, cinq, mon…
adjectif	gentil, puissante, intelligents…
pronom	je, celui-ci, les miennes, qui…
verbe	monter, pris, deviendra…

Mots invariables — Ces mots s'écrivent toujours de la même manière !

adverbe	souvent, partout, calmement, tout à coup, très…
préposition	à, dans, par, pour, en, vers, avec, de, sans, sous… *Adam part pour Anvers avec deux cents sous !*
conjonction de coordination	mais, ou, et, donc, or, ni, car *Mais où est donc Ornicar ?*
conjonction de subordination	que, comme, lorsque, puisque, quand, si, parce que, jusqu'à ce que…
interjection	Chut ! Ouf ! Miam miam ! Haha !…

CHECK !

1 Indique si le mot en couleur est un nom (N) ou un adjectif (A).

1. J'ai des bleus à l'âme. ❑ N ❑ A
2. J'ai les yeux bleus. ❑ N ❑ A
3. Le rouge me monte aux joues. ❑ N ❑ A
4. Il est devenu tout rouge. ❑ N ❑ A
5. Le noir me fait peur. ❑ N ❑ A
6. Il est rentré complètement noir de ses vacances à la mer. ❑ N ❑ A

2 Quelle est la classe grammaticale des mots en couleur dans la phrase suivante ?

« Mes remords étaient calmés, je me laissais aller à la douceur de cette nuit où j'avais ma mère auprès de moi. »

(Marcel Proust, *Du côté de chez Swann*, 1913)

- *mes* ❑ a. déterminant ❑ b. pronom ❑ c. adverbe
- *aller* ❑ a. adverbe ❑ b. verbe ❑ c. nom
- *à* ❑ a. interjection ❑ b. préposition ❑ c. adverbe
- *où* ❑ a. adverbe ❑ b. pronom ❑ c. conjonction de coordination
- moi ❑ a. adverbe ❑ b. préposition ❑ c. pronom

3 Indique si le mot en couleur est un adjectif ou un adverbe.

	adjectif	adverbe
1. Il s'est montré ferme.	❑	❑
2. Il a discuté ferme.	❑	❑
3. Ces chaussures coûtent cher.	❑	❑
4. C'est un ami cher.	❑	❑

4 Relie chaque radical au suffixe qui convient.

1. discu- •
2. évolu- •
3. péti- •
4. démi- •

• -tion
• -ssion

5 Repère le suffixe utilisé dans chaque liste et relie-le à sa signification.

1. cinoche, cantoche •
2. trouillard, ringard •
3. rondelet, chevalet •

• diminutif
• familier
• péjoratif

Corrigé p. 284

LE COURS

Reconnaître la fonction d'un groupe de mots

DE QUOI S'AGIT-IL ? La fonction d'un groupe de mots est le rôle que celui-ci joue dans la phrase. Les fonctions se répartissent à l'échelle du nom (complément du nom, épithète...), du verbe (sujet, attribut du sujet, COD...) et plus largement de la phrase (compléments circonstanciels). Apprenez à repérer ces différentes fonctions pour éviter toute confusion.

Analyser une phrase

Le sujet

Le sujet accomplit l'action exprimée par le verbe à la forme active. Il est essentiel de le repérer car il commande l'accord du verbe. Le sujet peut être inversé ou séparé du verbe par un complément.

EX. *La semaine prochaine, aura lieu à Paris un festival de rock international.*

LE BON RÉFLEXE
Pour identifier le sujet, il te suffit de poser la question ***Qui est-ce qui ?*** *ou* ***Qu'est-ce qui ?*** *suivie du verbe.*

Les compléments d'objet

Certains verbes, dits transitifs, sont obligatoirement suivis d'un complément. Leur sens n'est pas complet sans ce complément, appelé complément d'objet.
Le complément d'objet peut être construit directement (COD) ou indirectement (COI), par l'intermédiaire d'une préposition, généralement *à* ou *de*.

EX. *Je joue ce morceau de rock.* → *Je le joue.* [COD]
La guitare appartient à Tim. → *La guitare lui appartient.* [COI]

LE BON RÉFLEXE
Pour identifier un complément d'objet, pose les questions ***qui ? quoi ?*** *(COD) ou* ***à qui ? à quoi ?*** *(COI) après le verbe.*

Lorsqu'on transforme une phrase active en phrase passive, le sujet devient le complément d'agent. Ce complément est introduit par *de* ou *par*.

EX. *Les adolescents apprécient beaucoup cette chanson.* → *Cette chanson est très appréciée par les adolescents.*

Les attributs

• L'attribut du sujet permet de caractériser le sujet par l'intermédiaire du verbe *être* ou d'un verbe équivalent (*sembler, paraître, devenir...*).

EX. *La musique rock est devenue très populaire dans les années 1960.*

• L'attribut du COD permet de caractériser le COD par l'intermédiaire d'un verbe exprimant le plus souvent un jugement : *trouver, considérer comme, tenir pour...*

EX. *Je trouve le clip de ce groupe très original.* (*Je trouve que le clip de ce groupe est très original.*)

Les compléments circonstanciels

Contrairement aux compléments d'objet, un complément circonstanciel peut être supprimé ou déplacé au sein de la phrase. Ce peut être un groupe nominal (introduit ou non par une préposition), un adverbe, un verbe à l'infinitif ou au gérondif, ou une proposition subordonnée.

EX. *Une nuit, en hiver, Ethan et Louise marchaient dans les bois. Alors qu'ils approchaient du village, ils entendirent un bruit tout près d'eux.* [Les phrases restent cohérentes sans les compléments en bleu.]

Complément circonstanciel
Il peut exprimer différentes circonstances (temps, lieu, manière, moyen, cause, but, conséquence, concession, comparaison). Il répond aux questions *où ? quand ? comment ? avec quoi ? dans quel but ?*

Analyser un groupe nominal

Le groupe nominal (GN) est un ensemble de mots construit autour d'un nom noyau. Un nom et son déterminant constituent un GN minimal (ex. : *l'épée*). Mais le GN peut aussi être enrichi par des expansions du nom, éléments non essentiels du GN. Voici les principaux types d'expansion.

L'adjectif épithète

L'adjectif qualificatif épithète est placé à côté du nom qu'il qualifie et avec lequel il s'accorde : *une chaleur étouffante*.

Le complément du nom

Le complément du nom est relié au nom qu'il complète par une préposition (*de, à, en...*) : *le bord de la table* ; *une clémentine sans pépins* ; *le désir de jouer* ; *un fauteuil en rotin...*

La proposition relative

C'est une subordonnée introduite par un pronom relatif (*qui, que, dont, où, lequel...*), qui représente le nom complété (ou antécédent).

EX. *La boutique à laquelle je pense a disparu depuis longtemps.* [Le pronom relatif *laquelle* remplace *la boutique* (son antécédent).]

EN BREF

Analyser une phrase simple

La jeune physicienne de Lyon que je connais a obtenu un prix pour ses recherches.

1 VERBE CONJUGUÉ

2 Qui est-ce qui a obtenu ? → SUJET

3 La physicienne a obtenu quoi ? → COD

4 La physicienne a obtenu un prix où ? ✗ quand ? ✗ pourquoi ? ✓
→ CC DE CAUSE

ZOOM sur le groupe nominal

La jeune physicienne de Lyon que je connais

- La : dét.
- physicienne : nom noyau
- expansions du nom :
  - jeune : adjectif épithète
  - de Lyon : introduite par une préposition → compl. du nom
  - que je connais : introduite par un pronom relatif → prop. relative

- En rouge : constituants obligatoires
- En bleu : constituants facultatifs

CHECK !

1 Quelle est la fonction des mots en couleur ?

1. J'ai joué au loto.
❑ COD ❑ COI ❑ attribut du sujet

2. Sur le rebord de la fenêtre, derrière les volets, est caché un petit nid.
❑ sujet ❑ COD ❑ attribut du sujet

3. J'ai joué une pièce de théâtre.
❑ sujet ❑ COD ❑ COI

4. Je considère cet ami comme un excellent comédien.
❑ COD ❑ attribut du sujet ❑ attribut du COD

5. Cet ami est comédien dans une troupe de théâtre.
❑ sujet ❑ attribut du sujet ❑ COD

2 Par quel pronom peux-tu remplacer chaque GN en couleur ?

1. J'ai donné ce CD à mon ami. ❑ lui ❑ l' ❑ te

2. J'ai donné ma guitare à mes sœurs. ❑ les ❑ la ❑ leur

3. J'ai joué ce morceau de rock. ❑ lui ❑ l' ❑ leur

4. J'ai parlé des vacances à ma mère. ❑ la ❑ lui ❑ le

3 Analyse la phrase suivante, puis coche les affirmations correctes.

J'ai eu très peur car c'était un énorme animal qui me menaçait, un gros chien de chasse.

❑ **a.** *animal* est le nom noyau du GN.

❑ **b.** *énorme* et *gros* sont des adjectifs attributs.

❑ **c.** *qui me menaçait* est un complément du nom.

❑ **d.** *un gros chien de chasse* est un GN en apposition.

4 Associe chaque GN à la bonne proposition.

a. dét. + nom + adjectif + subordonnée relative

b. dét. + nom + adjectif + complément d'objet

c. dét. + adjectif + nom + adjectif

1. *une petite voix clairette :* ......

2. *un regard blanc qui donnait froid :* ......

3. *une figure rabougrie de vieille femme :* ......

Corrigé p. 284

LES DICTÉES DU BREVET

Dictée 1 (Pondichéry, mai 2017)

20 min — 10 pts

Consigne Demande à quelqu'un de te dicter les textes ci-dessous (ou lis-les lentement en t'enregistrant).
NB : Le jour de l'épreuve, les noms propres sont écrits au tableau au début de la dictée.

Voilà pourquoi en rencontrant Herbaud j'eus l'impression de me trouver moi-même : il m'indiquait mon avenir. Ce n'était ni un bien-pensant, ni un rat de bibliothèque, ni un pilier de bar ; il prouvait par son exemple qu'on peut se bâtir, en dehors des vieux cadres, une vie orgueilleuse, joyeuse et réfléchie : telle exactement que je la souhaitais. Cette fraîche amitié exaltait les gaietés du printemps. Un seul printemps dans l'année, me disais-je, et dans la vie une seule jeunesse : il ne faut rien laisser perdre des printemps de ma jeunesse.
je me fatiguais. Maintenant, nulle part je ne rencontrais de résistances, je me sentais en vacances, et pour toujours.

Simone de Beauvoir, *Mémoires d'une jeune fille rangée*, 1958, © Éditions Gallimard.

LES PIÈGES À ÉVITER

- Dans ce texte, où la narratrice évoque la rencontre avec un ami qui lui deviendra cher, le temps dominant est l'imparfait. Les terminaisons de ce temps sont toujours les mêmes : ici, il est conjugué soit à la 1re personne (*-ais*), soit à la 3e personne (*-ait*) du singulier. On trouve également un verbe au passé simple (*j'eus*) et deux verbes au présent (*on peut*, *il faut*).
- Attention à l'adjectif *tel(s)*, *telle(s)* : il faut identifier le nom auquel il se rapporte pour choisir les marques d'accord correspondantes.
- Certains mots ont une orthographe difficile : *orgueilleuses*, *gaietés* (une autre orthographe existe : *gaîté*). N'oublie pas les accents dans *voilà*, *bâtir*, *fraîche*.

LA VIDÉO EN +
Quels sont les pièges de l'imparfait ?
▶ bit.ly/_FR_ch3_p50a

Dictée 2 (Centres étrangers, juin 2017)

20 min — 10 pts

Brusquement la ville s'ouvrait sur une perspective, et Bérénice sortait de cet univers qui l'effrayait et l'attirait [...]. Que c'est beau, Paris ! Là même où les voies sont droites, et pures, que de tournants... Nulle part à la campagne, le paysage ne change si vite ; nulle part, même dans les Alpes ou sur les bords de la mer ; il n'y a de si forts aliments pour le rêve d'une jeune femme désœuvrée, et ravie de l'être, et libre, libre de penser à sa guise, sans se surveiller, sans craindre de trahir sur son visage le fond de son cœur, de laisser échapper une phrase qu'elle regretterait parce qu'elle aurait fait du mal à quelqu'un...

Louis Aragon, *Aurélien*, 1945, © Éditions Gallimard.

LES PIÈGES À ÉVITER

- Attention à l'accord des adjectifs : *droites* et *pures* qualifient les *voies* ; *désœuvrée* et *ravie* s'accordent avec *jeune femme*.
- Sois vigilant(e) avec les déterminants *cet* et *nulle*, qui s'accordent avec le nom qu'ils déterminent : *univers* (masculin) et *part* (féminin).
- Ne confonds pas les homophones employés dans le texte : *où/ou* (= ou bien), *son/sont* (= étaient), et bien sûr *voix/voies* (= routes).

LA VIDÉO EN +
Quels mots s'accordent avec le nom dans le GN ?
▶ bit.ly/_FR_ch3_p50b

Dictée 3 (inédit) 20 min 10 pts

Consigne Demande à quelqu'un de te dicter les textes ci-dessous (ou lis-les lentement en t'enregistrant).
NB : Le jour de l'épreuve, les noms propres sont écrits au tableau au début de la dictée.

Il s'assit sur le sable mouillé, et il regarda la mer monter devant lui presque jusqu'au centre du ciel. Il avait tellement pensé à cet instant-là, il avait tellement imaginé le jour où il la verrait enfin, réellement, pas comme sur les photos ou comme au cinéma, mais vraiment, la mer tout entière, exposée autour de lui, gonflée, avec les gros dos des vagues qui se précipitent et déferlent, les nuages d'écume, les pluies d'embrun en poussière dans la lumière du soleil, et surtout, au loin, cet horizon courbe comme un mur devant le ciel ! Il avait tellement désiré cet instant-là qu'il n'avait plus de forces, comme s'il allait mourir, ou bien s'endormir.

J.-M.-G. Le Clézio, *Celui qui n'avait jamais vu la mer*, 1982

LES PIÈGES À ÉVITER

- Les verbes *se précipitent* et *déferlent* s'accordent avec le pronom relatif sujet *qui*, mis pour *les vagues* (pluriel).
- Ne confonds pas les homophones grammaticaux *ou* et *où* : *ou* peut être remplacé par *ou bien*.
- *Tout* est ici un adverbe et l'adjectif qui le suit commence par une voyelle : *tout* ne prend donc pas de *e*.

LA VIDÉO EN +
Comment accorder le verbe avec le sujet « qui » ?
▶ bit.ly/_FR_ch3_p51a

Dictée 4 (inédit) 20 min 10 pts

C'est l'hiver pour toujours, dans l'eau des boules de verre. On en prend une dans ses mains. La neige flotte au ralenti, dans un tourbillon né du sol, d'abord opaque, évanescent ; puis les flocons s'espacent, et le ciel bleu turquoise reprend sa fixité mélancolique. Les derniers oiseaux de papier restent en suspens quelques secondes avant de retomber. [...] On prend le monde dans ses mains, la boule est vite presque chaude. Une avalanche de flocons efface d'un seul coup cette angoisse latente des courants. Il neige au fond de soi, dans un hiver inaccessible où le léger l'emporte sur le lourd. La neige est douce au fond de l'eau.

Philippe Delerm, « Les boules en verre » in *La Première Gorgée de bière et autres plaisirs minuscules*, 1997

LES PIÈGES À ÉVITER

- Attention à l'accord des compléments du nom : *verre* et *papier* sont au singulier (*en verre, en papier*) alors que *flocons* est au pluriel (il y a de nombreux flocons dans une avalanche).
- Les noms féminins terminés par le son [té] ou [tié] s'écrivent *-té* ou *-tié* (sans *e*) sauf ceux qui expriment un contenu (*une assiettée, une charretée*) et les mots usuels suivants : *dictée, portée, pâtée, jetée, montée*.

LA VIDÉO EN +
Comment savoir si un nom employé seul est au pluriel ?
▶ bit.ly/_FR_ch3_p51b

Rédiger

pourvu que cela me plût et fût agréable à ses parents. Avant le déjeuner, sa mère nous prit à part pour dire à Gilberte que cela ennuyait son père que nous allions au concert ce jour-là. Je répondis que c'était trop naturel. Gilberte resta impassible mais devint d'une pâleur qu'elle ne put cacher, et elle ne dit plus un mot, si bien que quand M. Swann revint, sa femme l'emmena à l'autre bout de la pièce et lui parla à l'oreille. Il appela Gilberte, et l'emmena dans la pièce à côté. On entendait des éclats de voix. Je ne pouvais cependant pas croire que Gilberte, si soumise, si tendre, si sage, lui résistât un jour pareil et pour une cause si insignifiante. Enfin son père sortit en lui disant :

— Tu sais ce que je t'ai dit. Maintenant fais ce que tu voudras.

La figure de Gilberte resta contractée pendant tout le déjeuner. Après le déjeuner nous allâmes dans sa chambre. Puis tout d'un coup, sans une hésitation et comme si elle n'en avait ~~jamais eu~~ :

— Deux heures ! mais vous savez que le concert commence à deux heures et demie.

Et elle dit à son institutrice de se dépêcher.

— Mais, lui dis-je, est-ce que cela n'ennuie pas votre père ?

— Pas le moins du monde.

— Cependant, il avait peur que cela ne semble bizarre à cause de cet anniversaire.

— Qu'est ce que cela peut me faire ce que les autres pensent. Je trouve cela grotesque de s'occuper des autres dans les choses de sentiment. On sent pour soi, pas pour le public. Mademoiselle qui a peu de distractions se fait une fête d'aller à ce concert, je ne vais pas l'~~empêcher~~ pour faire plaisir au public.

Et elle prit son chapeau.

— Mais Gilberte, lui dis-je en lui prenant le bras,

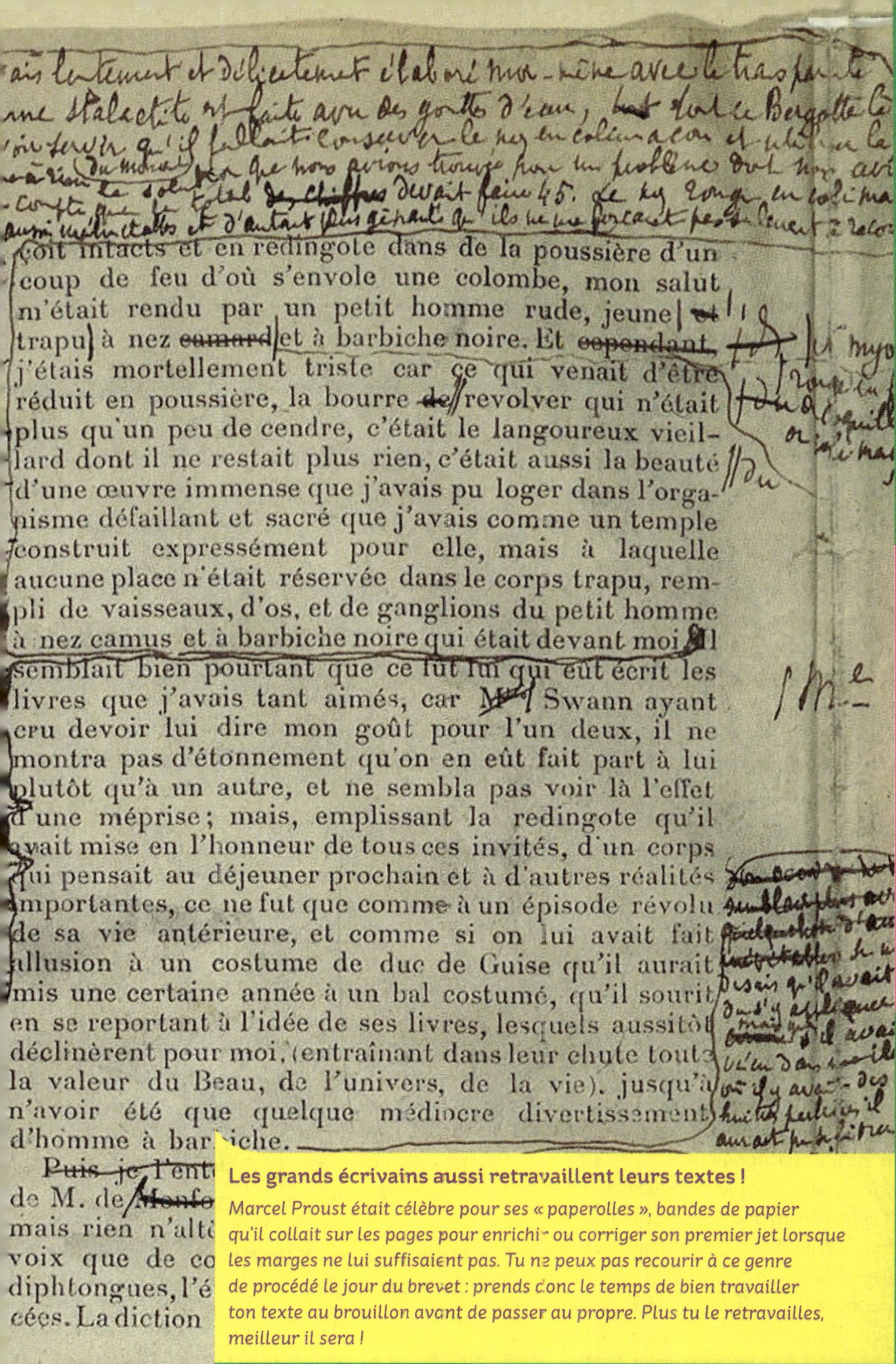
soit intacts et en redingote dans de la poussière d'un coup de feu d'où s'envole une colombe, mon salut m'était rendu par un petit homme rude, jeune et trapu à nez camard et à barbiche noire. Et cependant j'étais mortellement triste car ce qui venait d'être réduit en poussière, la bourre de revolver qui n'était plus qu'un peu de cendre, c'était le langoureux vieillard dont il ne restait plus rien, c'était aussi la beauté d'une œuvre immense que j'avais pu loger dans l'organisme défaillant et sacré que j'avais comme un temple construit expressément pour elle, mais à laquelle aucune place n'était réservée dans le corps trapu, rempli de vaisseaux, d'os, et de ganglions du petit homme à nez camus et à barbiche noire qui était devant moi. Il semblait bien pourtant que ce fût lui qui eût écrit les livres que j'avais tant aimés, car Mme Swann ayant cru devoir lui dire mon goût pour l'un deux, il ne montra pas d'étonnement qu'on en eût fait part à lui plutôt qu'à un autre, et ne sembla pas voir là l'effet d'une méprise; mais, emplissant la redingote qu'il avait mise en l'honneur de tous ces invités, d'un corps qui pensait au déjeuner prochain et à d'autres réalités importantes, ce ne fut que comme à un épisode révolu de sa vie antérieure, et comme si on lui avait fait allusion à un costume de duc de Guise qu'il aurait mis une certaine année à un bal costumé, qu'il sourit en se reportant à l'idée de ses livres, lesquels aussitôt déclinèrent pour moi, (entraînant dans leur chute toute la valeur du Beau, de l'univers, de la vie), jusqu'à n'avoir été que quelque médiocre divertissement d'homme à barbiche.

Puis je, l'ent… de M. de Monfo… mais rien n'alt… voix que de co… diphtongues, l'é… cées. La diction

La rédaction compte pour 40 points (sur 100) dans la note de l'épreuve de français. Tu disposes de 1 heure 30 pour rédiger environ 300 mots sur un sujet à choisir parmi les deux proposés (argumentation ou invention). Apprends à bien gérer ton temps et lis très attentivement les sujets pour éviter le hors-sujet. Tout le monde peut réussir, à condition de procéder avec méthode et d'utiliser les bons outils !

Les grands écrivains aussi retravaillent leurs textes !

Marcel Proust était célèbre pour ses « paperolles », bandes de papier qu'il collait sur les pages pour enrichir ou corriger son premier jet lorsque les marges ne lui suffisaient pas. Tu ne peux pas recourir à ce genre de procédé le jour du brevet : prends donc le temps de bien travailler ton texte au brouillon avant de passer au propre. Plus tu le retravailles, meilleur il sera !

SUIVEZ LE GUIDE

Le cours
page 54

Les rédactions du brevet
page 58

LE COURS

Inventer un récit

DE QUOI S'AGIT-IL ? *Vous raconterez ce souvenir heureux... Vous imaginerez la suite du récit ; votre texte devra mêler narration, description et dialogue...* Comment relater une expérience ? Comment écrire une suite de récit ? Comment insérer une description ou encore rapporter des paroles dans un récit ? Voici quelques outils méthodologiques pour répondre à ces questions.

Raconter une expérience personnelle

De nombreux sujets de rédaction te demandent de relater une expérience personnelle en suivant certaines consignes.

Présenter l'événement

L'expérience à raconter n'a pas à être vraie, mais **vraisemblable**, c'est-à-dire crédible. Il est parfaitement possible d'inventer une mésaventure. Mais tu peux également t'inspirer d'événements qui te sont réellement arrivés.

EX. *Lorsque j'avais dix ans, mes parents m'annoncèrent que j'allais avoir une petite sœur. Je fus anéantie sur-le-champ par cette nouvelle.*

Il n'est pas indispensable que l'événement raconté soit extraordinaire. C'est la manière de le présenter qui fera l'originalité de ton récit, même s'il ne s'agit que d'une expérience banale.

Le mode de narration

On te demande d'écrire un récit à la **première personne**. Le narrateur emploie le pronom *je*, et l'on doit pouvoir supposer que c'est réellement de toi qu'il s'agit. Tu dois donc prêter à ce *je* fictif tes grandes caractéristiques : le narrateur est un collégien, qui vit à notre époque.

EX. *Je me souviens du jour fabuleux où mes parents ont enfin accepté que j'aie un téléphone portable. J'étais la seule de ma classe, et peut-être même du collège, à ne pas en avoir.*

Pour exprimer des sentiments, il est nécessaire d'employer le champ lexical qui convient. Pour rendre compte de la peur par exemple, tu peux penser aux mots *malaise*, *terreur*, *panique*...

Pour traduire la **complexité** des sentiments, pense également à utiliser tous les types de phrases (déclarative, interrogative, injonctive, exclamative) car chacun d'eux exprime des émotions différentes.

• La phrase se terminant par un point d'exclamation traduit des sentiments ou des émotions fortes comme la colère, l'impatience, mais aussi la joie, le plaisir.

« *Je venais de comprendre qu'il n'y avait plus pour moi de bonheur sur terre !*

Théophile Gautier, *La Cafetière* (1831).

• Les points de suspension rendent un énoncé plus expressif : ils peuvent exprimer le doute, le regret, l'effroi, le plaisir...

« *J'ai encore froid jusque dans les ongles... j'ai encore peur jusque dans les moelles... j'ai vu !...*

Guy de Maupassant, *Le Horla* (1887).

LE BON RÉFLEXE
Si tu racontes un événement qui t'est réellement arrivé, veille à rester à l'intérieur du cadre du sujet et à ne pas te laisser entraîner par des souvenirs qui s'écarteraient trop des consignes.

LE BON RÉFLEXE
Attention aux anachronismes : ne mentionne pas des inventions du XXe siècle (ordinateur, téléphone portable...) pour écrire la suite d'un texte du XIXe siècle !

Écrire une suite de récit

Pour écrire la suite d'un récit, il faut **analyser le texte support** : la suite doit présenter les mêmes caractéristiques.

Identifier le genre du récit (récit d'enfance, policier, réaliste...) est primordial, car la suite doit reprendre le cadre (époque, lieux), les thèmes et le niveau de langue du texte initial.

Il faut veiller également à identifier le narrateur et le point de vue : si le texte initial est mené par un narrateur extérieur, la suite est écrite à la 3e personne ; si le narrateur est un personnage de l'histoire, la suite est rédigée à la 1re personne.

Le système de temps de la narration doit aussi être respecté.

Insérer une description dans un récit

Rôle de la description

La description permet au lecteur de se représenter un lieu, un objet, un personnage, créant ainsi un effet de vraisemblance. Elle marque également une pause dans le récit.

Une description suit toujours un ordre : de bas en haut, de gauche à droite, de l'avant à l'arrière, etc. On utilise pour cela des connecteurs spatiaux, qui structurent la description.

Enrichir une description

Pour **préciser** le plus possible la description, les noms sont enrichis par des expansions.

« *Les deux rives, d'un brun sombre taché de gris, étaient comme deux larges bandes qui allaient se rejoindre à l'horizon. (Zola)*

Pour **exprimer un jugement**, on utilise un lexique valorisant (mélioratif) ou dévalorisant (péjoratif).

« *Chaque objet, jauni et fripé, était lamentablement pendu à un crochet de fil de fer. (Zola)*

Rapporter des paroles dans un récit

• Le **discours direct** rapporte les paroles telles qu'elles ont été prononcées. Il permet de retranscrire les hésitations, les prononciations particulières, et le niveau de langue, ce qui rend le discours plus vivant.

Il se caractérise par l'emploi d'un verbe introducteur suivi du deux-points et des guillemets qui encadrent les paroles prononcées. Le nom du personnage qui parle et le verbe de parole peuvent être introduits sous forme d'incise.

Pour signifier que l'on change d'interlocuteur, on emploie des tirets.

• Le **discours indirect** permet d'intégrer les paroles dans la phrase, sous forme de narration. Le récit reste donc fluide.

Les paroles sont rapportées indirectement, par la subordination. Un certain nombre de modifications sont nécessaires.

EX. *Il murmura : « Je signerai demain vos documents. »* [discours direct]

→ *Il murmura qu'il signerait le lendemain leurs documents.* [discours indirect]

Les pronoms, le temps des verbes, les indicateurs de temps ont changé ici.

• Le **discours indirect libre** est un compromis entre les discours direct et indirect. Les pronoms, le temps des verbes sont les mêmes qu'au discours indirect mais la subordination disparaît : les paroles sont rapportées avec liberté et naturel.

EX. *Il accepta leurs conditions dans un murmure. C'était d'accord, il signerait les documents le lendemain.*

ALLER PLUS LOIN
La description d'un personnage s'appelle un portrait. Celui-ci peut être physique, moral (lorsqu'il s'intéresse au caractère) ou mêler les deux.

Incise
Une incise est une courte proposition insérée au milieu de paroles rapportées : *Peut-être, conclut-il, pourrons-nous trouver un arrangement.* Elle est composée d'un verbe de parole, d'un sujet inversé et éventuellement d'un complément de manière.

EN BREF

Traiter un sujet d'imagination

Déterminer les caractéristiques du texte à produire
- genre et type de texte
- narrateur
- cadre (époque, lieu)
- système de temps (passé ou présent)

⚠ Dans le cas d'une suite de récit, respecte bien les caractéristiques du texte initial.

Élaborer la trame du récit
- Définir la situation initiale, la situation finale et les péripéties intermédiaires.
- Prévoir d'alterner narration, dialogue et description.

⚠ Lorsque tu racontes une expérience personnelle, tu peux inventer mais l'histoire doit être vraisemblable.

Insérer un passage descriptif
- Organiser sa description (de l'arrière-plan au premier plan, de gauche à droite...)
- Utiliser un langage riche et évocateur (adjectifs, comparaisons, métaphores...)

Rapporter des paroles
- discours direct (guillemets, tirets, verbes introducteurs)
  Elle affirma : « Je suis sûre que mes réponses sont justes ! »
- discours indirect (subordination)
  Elle affirma qu'elle était sûre que ses réponses étaient justes.
- discours indirect libre
  Elle en était sûre : ses réponses étaient justes.

Argumenter

DE QUOI S'AGIT-IL ? Comment défendre une idée ? Quels arguments et quels exemples donner pour convaincre le destinataire ? De quelle façon doit-on agencer et enchaîner les arguments ? Au sein d'un dialogue, comment exposer des opinions différentes voire opposées sur un même sujet ? Autant de questions qui méritent que l'on y réponde avec méthode.

Rédiger un dialogue argumentatif

Repérer la situation de communication

EX. *Les réseaux sociaux font partie intégrante de la vie des adolescents.*

À partir de cette affirmation, on peut imaginer un dialogue entre deux personnes argumentant sur l'intérêt ou non des réseaux sociaux pour les adolescents.

Commence par définir le **thème** : de quoi est-il question ? Ici, il s'agit de l'utilisation des réseaux sociaux par les adolescents.

Identifie à quelle **époque** se déroule le dialogue : le vocabulaire et les idées ne seront pas les mêmes si le dialogue se situe à notre époque ou au siècle des Lumières. Ici, évidemment, le dialogue se déroule à notre époque.

Tu dois définir précisément qui sont les **interlocuteurs**. Dans l'exemple choisi, on peut imaginer un dialogue entre un père et son fils.

Quelles **thèses** défendent-ils ? Ils peuvent défendre des thèses opposées. Mais ce n'est pas obligatoire : l'un des interlocuteurs peut chercher à convaincre l'autre, qui n'a pas d'idée arrêtée. Ce dernier peut alors soulever des objections. Ici, le père peut défendre l'idée que les réseaux sociaux sont dangereux pour les adolescents, tandis que le fils en démontrera les avantages.

LE BON RÉFLEXE
Pour écrire un dialogue argumentatif, il faut se poser les questions suivantes : où et quand a-t-il lieu, qui sont les interlocuteurs et quelle est leur position ?

ALLER PLUS LOIN
Pour écrire une lettre ouverte, forme spécifique de texte argumentatif, reporte-toi au chapitre 2, p. 28-29.

Objection
Une objection est un argument que l'on met en avant pour s'opposer à une affirmation.

Prévoir la progression de l'échange

Pour éviter qu'un dialogue ne tourne en rond, avec des interlocuteurs campés sur leur position, il faut prévoir la progression de l'échange.

La thèse de chaque interlocuteur doit être soutenue par des **arguments**, développés parfois par des **exemples**.

Le fils peut, par exemple, mentionner les arguments suivants :

- les réseaux sociaux permettent de partager des textes, de la musique, des expériences avec des gens qui nous sont proches, même s'ils sont éloignés géographiquement ;
- ils sont interactifs et faciles à utiliser ;
- ils sont sécurisés car accessibles aux seuls « amis ».

Les arguments doivent être présentés **du moins convaincant** (qui recevra donc des objections) **au plus convaincant**. Mais tous doivent être adaptés au destinataire.

Le père présentera alors ses arguments dans cet ordre :

- les réseaux sociaux sont chronophages : ils occupent trop de temps ;
- c'est un système anonyme : on ne sait pas toujours à qui l'on s'adresse ;
- aucune information ne se perd : ce que l'on partage aujourd'hui pourra être encore accessible dans plusieurs années et éventuellement causer du tort.

Rédiger le dialogue

Le dialogue ne doit pas se résumer à une énumération d'idées. Il faut le rendre **vivant** grâce :

- aux adresses directes à l'interlocuteur, qui rappellent que le dialogue s'inscrit dans une situation donnée ;

EX. *Écoute ce que j'ai à te dire…*

- à la mention de sentiments ressentis, ou à des types de phrases variés qui donnent de l'épaisseur aux interlocuteurs.

EX. *Tu ne comprends pas que les réseaux sont importants pour moi ? J'y retrouve mes amis !*

Lorsque l'échange se conclut, le lecteur doit savoir si l'argumentation a été efficace. La position d'un des deux interlocuteurs a dû changer. On doit comprendre clairement quelle est la thèse victorieuse.

EX. *C'est vrai, je comprends qu'il y a certains dangers. Je ferai très attention dorénavant avant de publier des informations personnelles.*

Les outils de l'argumentation

Quel que soit le type de texte argumentatif à rédiger (discours, dialogue, lettre ouverte...), certains outils peuvent renforcer l'efficacité de ton propos.

Structurer son texte

Pour convaincre ton interlocuteur, tu fais appel à sa raison : il faut donc que ton texte soit structuré et que les arguments s'enchaînent de manière logique. Pense à utiliser des **connecteurs** pour articuler tes idées. En voici quelques-uns :

- pour énumérer des idées : *d'abord, ensuite, enfin, et, de plus, par ailleurs, d'une part... d'autre part, non seulement... mais aussi.*
- pour exprimer une opposition : *mais, or, cependant, néanmoins, pourtant, malgré, alors que, au contraire...*
- pour exprimer la cause : *car, parce que, puisque, comme, en raison de, sous prétexte de, grâce à, à force de...*
- pour exprimer la conséquence : *donc, par conséquent, c'est pourquoi, si bien que, au point que, tellement que...*
- pour introduire une conclusion : *ainsi, en somme, en définitive, pour conclure...*

Émouvoir son destinataire

Emporter l'adhésion d'un auditoire passe aussi par l'émotion. Pour cela, voici quelques **figures de style** particulièrement efficaces :

- la métaphore (comparaison sans outil de comparaison), qui fait immédiatement naître une image dans l'esprit du lecteur ;
- la personnification, qui te permet de donner vie à des objets ou à des idées en leur attribuant des caractéristiques humaines ;
- l'hyperbole (exagération), qui amplifie ton propos.

Observe par exemple l'extrait suivant :

« *Mais quelle tache de boue sur votre nom – j'allais dire sur votre règne – que cette abominable affaire Dreyfus ! [...] La vérité, je la dirai [...] Mon devoir est de parler, je ne veux pas être complice. Mes nuits seraient hantées par le spectre de l'innocent qui expie là-bas, dans la plus affreuse des tortures, un crime qu'il n'a pas commis.*

Zola, « J'accuse... » (1898).

Tu repères une métaphore (« tache de boue ») et des hyperboles (« abominable affaire », « la plus affreuse des tortures ») : celles-ci agissent sur l'imagination du lecteur et contribuent à susciter l'indignation.

Connecteurs

Les connecteurs logiques servent à ordonner des faits ou des idées et notamment à articuler un texte argumenté. Ils donnent ainsi plus de clarté et de fluidité au discours.

EN BREF

Traiter un sujet de réflexion

Identifier les caractéristiques du sujet
- type de texte (discours, lettre ouverte, dialogue argumentatif...)
- thème de l'argumentation
- thèse(s) à défendre
- destinataire(s)

Lister les outils linguistiques utiles
- connecteurs logiques (pour exprimer l'opposition, la cause, la conséquence...)
- figures de style (métaphores, hyperboles, personnifications...)
- formules pour interpeller le destinataire (*Vous qui... ; Ne savez-vous pas que... ?*)
- ponctuation expressive (points d'exclamation)

Trouver des idées
- Choisir ses arguments (idées qui permettent de défendre la thèse).
- Trouver des exemples (faits qui confirment les arguments).
- Organiser ses idées en commençant par l'argument le moins convaincant.

LES RÉDACTIONS DU BREVET

Une liberté nouvelle (Pondichéry, mai 2017)

1 h 30 — 40 pts

Consigne Vous traiterez au choix le sujet A ou le sujet B (voir documents p. 15-16).

Sujet A

En quoi la lecture peut-elle être selon vous une source de liberté ? Vous répondrez à cette question en envisageant notamment différentes pratiques ou différents supports de la lecture. Votre rédaction sera d'une longueur minimale d'une soixantaine de lignes (300 mots environ).

COMMENT DÉMARRER ?

- Pars de tes propres pratiques de lecteur. Que lis-tu : romans imposés par l'école, livres proches de tes intérêts personnels, documentaires, sur des supports papiers ou numériques ? Comment lis-tu : des heures d'affilée, quelques minutes par jour ? Pourquoi lis-tu : pour te distraire, t'informer ?
- À partir de tes réponses, réfléchis à ce que cette activité peut apporter.

LE CORRIGÉ

[Introduction] Pour Simone de Beauvoir, la lecture est synonyme de liberté, tandis que d'autres auront tendance à la considérer comme une activité contraignante, surtout quand elle est imposée. En quoi la lecture peut-elle pourtant être une source de liberté ? Nous verrons qu'elle apporte une ouverture sur le monde ; qu'elle sert souvent de refuge ; et enfin qu'elle procure une accession au savoir.

[1. Une ouverture sur le monde] La lecture est tout d'abord une porte ouverte sur le monde. On peut lire des romans se déroulant à des périodes ou dans des régions du monde dont on ignore tout. On s'ouvre alors à des manières de vivre variées. Pour un coût très modeste, la lecture nous fait voyager dans le temps et dans l'espace, et nous offre ainsi une forme de liberté.

[2. Un refuge] La lecture peut aussi avoir fonction de refuge et d'évasion. Lire des romans, c'est avoir la liberté de s'évader du quotidien, s'imaginer vivre les aventures des personnages. Dans son autobiographie, Nathalie Sarraute raconte ainsi à quel point la lecture de Rocambole la plongeait dans un autre univers.

[3. Une accession au savoir] Enfin la lecture offre un accès au savoir. De surcroît, les supports modernes, liseuses, tablettes et téléphones, facilitent cet accès à la connaissance. Ils sont connectés et permettent de lire n'importe où des textes extrêmement variés. Ainsi, après avoir entendu mon professeur parler d'un roman dont le thème m'intéressait, j'ai pu, en attendant le bus, lire une brève présentation de l'auteur sur mon téléphone. De lien en lien, j'ai découvert le travail d'un peintre qui m'a fortement impressionné. Quelle liberté que d'avoir accès aux connaissances du monde entier par la lecture !

[Conclusion] La lecture peut donc être considérée comme une source de liberté. En outre, à l'heure actuelle, les supports numériques amplifient ce sentiment de liberté.

CONSEIL
Annonce le plan de ton devoir à la fin de l'introduction ; commence ensuite chaque partie avec un connecteur logique permettant au correcteur de se repérer aisément dans ton devoir.

LES RÉDACTIONS DU BREVET

Sujet B

La narratrice rencontre sa grand-mère dans la pension : cette dernière exprime ses sentiments face à la liberté et au bonheur de sa petite-fille. Elle lui raconte ce qu'était sa vie au même âge. Votre rédaction sera d'une longueur minimale d'une soixantaine de lignes (300 mots environ) et mêlera dialogue et narration.

COMMENT DÉMARRER ?

- La jeunesse de la grand-mère se situe vraisemblablement dans la seconde moitié du XIXe siècle. Imagine ce qu'était la vie d'une jeune fille de bonne famille à cette époque : pouvait-elle vivre seule et exercer une activité professionnelle ?
- Comme le texte de départ, ton devoir sera rédigé à la 1re personne. Dans le dialogue, tu dois utiliser le vocabulaire des sentiments et des émotions, exprimant au choix : l'envie, la fierté, le regret ou la réprobation.

LE CORRIGÉ

[Mise en situation] Un après-midi, alors que je sortais de ma chambre après avoir passé vingt-quatre heures enfermée à lire, je croisai ma grand-mère. Je vis bien qu'elle s'inquiétait de me voir vivre au rythme d'horaires aussi fantasques.

« Ma petite Simone, est-ce que tout va bien ? J'ai l'impression parfois que tu te réfugies dans ta chambre et que tu ne veux pas en sortir.

– Ne vous inquiétez pas, je vous assure que je n'ai jamais été aussi heureuse. J'ai toujours rêvé d'avoir un espace à moi, dans lequel je peux, si je le désire, m'isoler et lire tant que je veux.

[Sentiments de la grand-mère face au bonheur de sa petite-fille] – Eh bien, soupira-t-elle, tu me rassures. Je suis contente de savoir que tu vis exactement comme tu le souhaites. Quel bonheur de pouvoir faire cela, à ton âge ! D'avoir une liberté de mouvement, une indépendance financière et de vivre comme tu l'entends. Je t'envie, tu sais… »

Cela ne m'étonna que peu. J'étais tellement heureuse à cette époque qu'il me semblait naturel que tout le monde enviât mon bonheur.

[Vie de la grand-mère au même âge] « Je n'ai pas eu cette chance, reprit-elle, toute à ses souvenirs. Lorsque j'avais vingt ans, il me fallait passer mes journées dans le salon familial, à recevoir les visiteurs en compagnie de ma mère, en ayant toujours quelque travail de couture dans les mains. Mes parents priaient pour qu'un jeune homme convenable se présente enfin, et que mon avenir soit assuré. Le plaisir, il n'en était pas question. J'aurais aimé étudier, la médecine notamment ; mais pour mon père il était impensable que sa fille entreprenne des études. Et puis, où aurais-je étudié ? Je n'avais pas de chambre rien qu'à moi, où réfléchir et étudier… » Sa voix se mit à trembler, mais elle se reprit très vite.

« Je t'ai dit que je t'enviais, mais ce n'est pas tout à fait exact. Je suis non seulement heureuse de te savoir comblée, mais je suis fière également : fière de te voir choisir la voie qui te convient, fière de ton indépendance et de ton intelligence. »

[Conclusion : retour à la narration] Ces mots me touchèrent et donnèrent par la suite un sens plus profond à mes actes. C'est aussi pour toutes ces femmes qui n'avaient pas pu choisir, qui n'avaient pas pu connaître ce bonheur qui était le mien, qu'il fallait que j'en profite.

GAGNE DES POINTS

Ponctue correctement ton dialogue : les guillemets sont employés au début et à la fin du dialogue, tandis que les tirets signalent un changement d'interlocuteur.

LES RÉDACTIONS DU BREVET

Une fuite dans l'imaginaire (Centres étrangers, juin 2017)

1 h 30 — 40 pts

Consigne Vous traiterez au choix le sujet A ou le sujet B (voir documents p. 31-32).

Sujet A

Vous êtes journaliste et vous devez rédiger un article invitant à découvrir un lieu qui vous semble digne d'intérêt. Dans votre texte, vous présenterez les atouts géographiques et culturels de cet endroit. Votre travail fera au moins deux pages (soit une cinquantaine de lignes). Vous veillerez à ne pas signer votre article.

COMMENT DÉMARRER ?

- Choisis un titre pour ton article : court, il doit attirer l'attention ; tu peux l'accompagner d'un sous-titre, apportant des informations complémentaires. Écris ensuite le chapeau : un texte court qui résume l'essentiel et accroche l'attention du lecteur. Rédige enfin l'article et termine par une phrase de conclusion.

LE CORRIGÉ

[Titre] **Une destination corsée**

[Sous-titre] Pourquoi cette île mérite-t-elle que l'on s'y arrête ?

[Chapeau] La Corse, cette île qui se situe au large de la Côte d'Azur, est réputée pour sa beauté. Pourtant, les visiteurs passent souvent à côté de ce qui fait le charme unique de cette terre si particulière : la variété de ses paysages et l'indépendance d'esprit de ses habitants.

[Corps de l'article] Les plages corses sont réputées, à juste titre, pour leur beauté qui rappelle les Caraïbes. C'est cet atout majeur qui fait de l'île une destination de choix pour les vacances estivales. Les amateurs d'activités aquatiques peuvent pratiquer windsurf, plongée, pêche ou encore canoë. Mais la Corse présente d'autres atouts non négligeables.

Ainsi, le relief montagneux offre des randonnées magnifiques et sauvages dans l'intérieur des terres, randonnées qui peuvent être pratiquées toute l'année, et non plus seulement l'été. De même, l'atmosphère qui règne dans les petits villages rendus déserts par le soleil trop fort, est d'une séduction évidente : les odeurs des plantes et les silhouettes de chats, seules rencontres possibles, laissent à tous une impression merveilleuse.

Parallèlement, plane sur l'île l'ombre de Napoléon, dont le souvenir est vivace dans chaque village et dont de nombreux lieux portent encore la trace. Les Corses sont ainsi familiers du grand empereur, et agissent parfois avec cette majesté impériale qui fascine ou indigne le pauvre touriste. Le restaurateur d'un petit village est ainsi célèbre pour n'ouvrir son res taurant que lorsque cela lui chante. Enfin c'est grâce à cette liberté d'esprit que la Corse fut, du temps où elle était indépendante, la première nation à accorder le droit de vote aux femmes… en 1755.

[Conclusion] Cette liberté revendiquée par rapport aux usages habituels est sans doute la spécificité la plus précieuse de cette île, qui par ailleurs ne manque pas d'atouts. Et ce sont bien ces particularités inattendues et parfois déroutantes qui font de la Corse un lieu unique et digne d'intérêt.

GAGNE DES POINTS

Le titre de cet article consacré à la Corse joue ici sur sa proximité phonique avec le nom de l'île : « corsé » signifie consistant, puissant, voire complexe.

LES RÉDACTIONS DU BREVET

Sujet B

« Il y avait là des robes à queue, de grands mystères, des angoisses dissimulées sous des sourires. » (l. 24-25) Pourquoi, selon vous, la vie des stars et des personnes célèbres fascine-t-elle toujours autant ?
Vous répondrez à cette question dans un développement argumenté et organisé en vous appuyant sur votre expérience, vos lectures, votre culture personnelle et les connaissances acquises dans l'ensemble des disciplines. Votre travail fera au moins deux pages (soit une cinquantaine de lignes).

Comment démarrer ?

- Le sujet ne demande pas de juger si cette fascination est légitime, mais simplement d'essayer d'en comprendre les raisons. Interroge-toi sur ton propre comportement : y a-t-il des célébrités que tu admires ? Pour quelles raisons ?
- Tu veilleras, dans ton introduction, à reprendre ou à reformuler la question posée dans le sujet, qui te servira de problématique. Les exemples doivent seulement illustrer ton propos : Il ne s'agit pas raconter en détail la vie de ton idole !

LE CORRIGÉ

[Introduction] Dans *Madame Bovary*, le personnage d'Emma, qui se sent prisonnière de la monotonie de sa vie, s'imagine avec délectation côtoyer des gens riches et célèbres, qu'elle n'a aucune chance de rencontrer, mais dont elle lit les occupations dans des gazettes et journaux pour femmes. Aujourd'hui encore, la vie des célébrités fascine toujours autant : le nombre de followers de certaines stars le prouve. Quelles sont donc les raisons de cette fascination ? Nous verrons que cet engouement cache d'abord un désir d'identification ; et que, par ailleurs, l'univers de luxe et de facilité dans lequel les vedettes évoluent fait souvent rêver.

[1. S'identifier] Lorsqu'on lit un livre, il nous arrive de nous projeter dans l'univers décrit et de nous imaginer à la place du héros et de l'héroïne. Le lecteur vit, à travers eux, des malheurs terribles et des joies extrêmes, qu'il ne connaît souvent pas dans la vie réelle. C'est peut-être sur le même principe que repose le goût d'une grande partie de la population pour les journaux et magazines qui relatent les succès et les déboires des célébrités. En s'identifiant à ces personnalités, on vit, en rêve, une vie plus rocambolesque, où les soucis du quotidien n'ont plus cours.

[2. Faire rêver] Par ailleurs, les stars ont des qualités ou des talents qui sont mis en valeur et qui suscitent l'admiration et l'envie. La beauté physique, la richesse, le succès les transforment en icônes. Marylin Monroe, par exemple, malgré sa fin tragique, a fait rêver des générations entières. Tout est fait pour que le lecteur aime ces célébrités et se réjouisse de leurs succès, comme si l'on avait besoin de modèles à admirer et à aimer.

[Conclusion] La vie des célébrités continue donc à fasciner les foules : porteuses de rêve, elles permettent, toujours, d'illuminer le quotidien de leurs paillettes. Il peut néanmoins sembler dangereux de leur accorder un intérêt démesuré, au détriment de sa propre vie, qui, elle, est réelle.

LE BON RÉFLEXE
Tu peux prendre tes exemples dans différents domaines : cinéma, sport, chanson, familles royales...

Réussir l'épreuve du brevet

À partir de la session 2018, le brevet comporte quatre épreuves écrites (Français, Maths, Histoire-géographie-EMC, Sciences) et une épreuve orale. L'épreuve de Français dure 3 heures et est notée sur 100 points : elle se compose de questions sur des documents, d'une dictée et d'une rédaction. Nous te livrons dans ce chapitre des conseils de méthode pour t'aider à aborder cette épreuve en confiance.

Les clés du succès ? Du travail... mais aussi du repos

Le brevet est un examen qui ne s'improvise pas : c'est du travail effectué tout au long de l'année que dépendra ta réussite. Mais il ne faut pas pour cela négliger l'aspect physique de la préparation : mieux vaut arriver reposé et frais le jour J, après une bonne nuit de sommeil, que se présenter fatigué d'avoir veillé tard pour d'ultimes révisions !

SUIVEZ LE GUIDE

LA MÉTHODE
page 64

LE SUJET DE BREVET
page 67

LA MÉTHODE

Réussir les questions

DE QUOI S'AGIT-IL ? La première partie de l'épreuve de français évalue ta capacité à comprendre, analyser et interpréter des documents. Tu dois répondre à des questions sur deux documents : un texte d'une trentaine de lignes et un second document, le plus souvent iconographique (mais il peut également s'agir d'un document sonore ou audiovisuel).

Comprendre les documents

Lis deux ou trois fois le texte. Identifie son genre : récit, théâtre, poésie... Mobilise tes connaissances sur l'auteur, si tu le connais, et sur l'époque de parution du livre (la date est toujours indiquée).

Dans le cas d'un texte narratif, repère les personnages, le lieu et l'époque de l'action. S'agit-il d'un récit à la 1re personne ? à la 3e personne ?

Regarde attentivement le document iconographique ou audiovisuel : quel élément permet de faire le lien avec le texte ? Note les réactions que les deux documents provoquent en toi (tristesse, rire, sentiment de révolte...).

LE BON RÉFLEXE

Lis l'ensemble des questions avant de répondre. Elles suivent généralement une progression : tu as donc intérêt à les traiter dans l'ordre.

Répondre aux questions

Des questions de grammaire permettent d'évaluer ta maîtrise du français : tu dois par exemple être capable d'analyser la formation d'un mot, d'identifier le temps d'un verbe... Cette partie comporte au moins un eercice de réécriture, pour lequel tu dois transformer un court texte (changement de temps, de sujet...).

Des questions de compréhension permettent de vérifier que tu as bien compris les documents, que tu es capable d'en déduire des informations générales et de donner ton avis.

Toutes tes réponses doivent être rédigées et, lorsque tu donnes ton avis, tu dois toujours le justifier à l'aide des documents.

EN BREF

Réussir les questions sur le texte et l'image

Comprendre les documents

- Lis une première fois tout le sujet (documents et questions).
- Relis attentivement le texte.
- Si le sujet comporte une image, demande-toi quel est l'élément commun avec le texte.

N'oublie pas de lire le paratexte et les notes : cela t'aidera à comprendre le texte.

Répondre aux questions de langue

- Identifie l'information demandée : temps et valeur d'un verbe ? sens d'un mot ? repérage d'une figure de style ?
- Relis la ou les phrases sur lesquelles porte la question : le contexte peut t'aider à répondre.
- Lorsque tu réécris un passage, vérifie que tu as effectué tous les changements nécessaires et que tu n'as pas fait d'erreur de copie.

Répondre aux questions de compréhension

- Réponds en faisant des phrases complètes.
- Si tu dois donner ton avis, justifie-le à l'aide des documents.

LA MÉTHODE

Réussir la dictée

DE QUOI S'AGIT-IL ? La dictée dure 20 minutes et compte pour 10 points dans la note totale. Reporte-toi au chapitre « Maîtriser la langue » (p. 36) pour réviser les principales règles de grammaire : cela t'évitera de nombreuses fautes !

GAGNE DES POINTS
Identifie pendant l'année les fautes que tu fais souvent et concentre-toi sur celles-ci quand tu relis ta dictée.

La dictée

Lors de la première lecture de la dictée, écoute attentivement le texte pour bien en comprendre le sens. Repère le temps dominant et les liaisons.

Soigne ton écriture, forme correctement les accents et respecte la ponctuation. Toutes les fautes comptent !

Ensuite, relis-toi au moins deux fois.

- La première fois, vérifie toutes les formes verbales : temps et accord avec le sujet. N'oublie pas d'accorder les participes passés qui doivent l'être.
- La seconde fois, concentre-toi sur le nombre (singulier ou pluriel) des noms et les accords des adjectifs.

Pose-toi les bonnes questions pour ne pas confondre deux homophones grammaticaux (*ou/où, quand/qu'en, c'est/s'est*… ► p. 42-43).

Si tu ne connais pas l'orthographe d'un mot, essaie de t'aider avec l'étymologie ou opte pour l'orthographe la plus simple.

Quelques pièges à éviter

- Certaines grandes règles et leurs exceptions sont à connaître pour ne pas faire d'erreurs dans l'orthographe des noms : noms féminins en *-té* ou *-tié*, noms en *-eur*, noms en *-oir* ou *-oire*…
- Si tu hésites sur la terminaison d'un verbe, il peut être utile de le conjuguer à une autre personne ou de le remplacer par un autre verbe (► p. 40-41). Pour accorder correctement le verbe, repère son sujet en posant la question *Qui est-ce qui… ?*.
- La négation « ne » ne s'entend pas toujours, comme dans la tournure « on n'avait rien » : change de personne pour savoir si la négation est présente ou non (*tu n'avais rien*).

EN BREF

Réussir la dictée

1 Première lecture
Écoute attentivement le texte pour bien en comprendre le sens.
Les noms propres et le titre de l'œuvre sont écrits au tableau.

2 Dictée
Souligne au crayon les mots qui te posent problème pour y réfléchir ensuite.
Soigne ton écriture et respecte la ponctuation.
Les liaisons peuvent t'aider à trouver la terminaison d'un mot.

3 Relecture
Relis-toi plusieurs fois, en ciblant différentes difficultés :
- les terminaisons verbales (temps, accord avec le sujet) ;
- les participes passés ;
- l'accord des noms et des adjectifs ;
- les homophones grammaticaux (*où/ou, ces/ses/c'est/s'est*…).

LA MÉTHODE

Réussir la rédaction

DE QUOI S'AGIT-IL ? Tu as le choix entre un sujet de réflexion et un sujet d'imagination. Tous deux portent sur la même thématique que les documents, qui sont là pour t'aider à enrichir ta réflexion. Lis attentivement les sujets et choisis rapidement celui que tu veux traiter.

LE BON RÉFLEXE
Pour ne pas faire de hors-sujet, recopie le sujet au brouillon et identifie bien ses contraintes.

Le sujet de réflexion

Pour le sujet de réflexion, on te demande d'exprimer ton avis sur une question précise. Tu dois écrire un texte à dominante argumentative en justifiant ton point de vue. Le plus souvent, il s'agit d'écrire un petit essai. On peut aussi te demander de développer une argumentation dans une lettre ou sous forme de dialogue (► p. 54-55).
Commence par bien définir ta thèse, cherche des arguments et des exemples et structure ton texte à l'aide de connecteurs logiques. Pense à faire des paragraphes : va à la ligne à chaque nouvelle étape de ton raisonnement, à chaque nouvel argument que tu classeras par ordre d'importance. N'oublie pas de conclure en faisant, par exemple, une synthèse des arguments proposés.

Le sujet d'imagination

Pour le sujet d'imagination , il peut s'agir d'écrire la suite d'un récit, de raconter la même scène en changeant de point de vue, ou d'imaginer une autre scène sur le même thème (► p. 52-53). On pourra également te demander de raconter une expérience personnelle, en précisant les sentiments que tu as éprouvés à cette occasion. Lis bien les consignes qui te sont données : elles t'indiquent clairement le type de texte attendu (texte essentiellement narratif, lettre, récit avec passages dialogués...). Dans le cas d'une suite, relis bien le texte initial pour ne pas faire de contresens. Respecte le point de vue choisi (interne, externe ou omniscient). Demande-toi s'il s'agit d'un récit à la 1re ou à la 3e personne. Conserve le même système de temps. Tiens compte de l'époque et évite les anachronismes (par exemple, le téléphone portable lorsqu'il n'était pas encore inventé !).

EN BREF

Réussir la rédaction

1 Au brouillon (50 min)

Le sujet d'imagination
- Rédige tout ton texte au brouillon.
- Organise ton texte en paragraphes.
- Retravaille ton premier jet : texte cohérent, phrases correctes et qui s'enchaînent bien...

Écris au crayon et saute des lignes pour pouvoir retravailler plus facilement.

Le sujet de réflexion
- Écris le plan et les idées principales de chaque paragraphe.
- Rédige entièrement l'introduction et la conclusion.

2 Sur la copie (30 min)

Écris ou recopie lisiblement, en faisant des paragraphes.

⚠ Ton texte doit faire 2 pages minimum, soit 300 mots environ.

3 Relecture (10 min)

- Vérifie que tes phrases sont complètes.
- Vérifie l'orthographe (notamment les accords).
- Supprime les éventuelles répétitions.

Résistance (sujet inédit)

Thème Agir dans la cité : individu et pouvoir

Doc. 1 Paul Éluard, « Courage »

Paul Éluard, poète surréaliste engagé, a écrit ce poème en 1942, pendant la Seconde Guerre mondiale, alors que la ville de Paris est occupée par l'armée allemande et que les Parisiens souffrent de nombreuses privations.

Paris a froid Paris a faim
Paris ne mange plus de marrons dans la rue
Paris a mis de vieux vêtements de vieilles
Paris dort tout debout sans air dans le métro
[...]
Ne crie pas au secours Paris
Tu es vivant d'une vie sans égale
Et derrière la nudité
De ta pâleur de ta maigreur
Tout ce qui est humain se révèle en tes yeux
Paris ma belle ville
Fine comme une aiguille forte comme une épée
Ingénue et savante
Tu ne supportes pas l'injustice
Pour toi c'est le seul désordre
Tu vas te libérer Paris
Paris tremblant comme une étoile
Notre espoir survivant
Tu vas te libérer de la fatigue et de la boue
Frères ayons du courage
Nous qui ne sommes pas casqués
Ni bottés ni gantés ni bien élevés
Un rayon s'allume en nos veines
Notre lumière nous revient
Les meilleurs d'entre nous sont morts pour nous
Et voici que leur sang retrouve notre cœur
Et c'est de nouveau le matin un matin de Paris
La pointe de la délivrance
L'espace du printemps naissant
La force idiote a le dessous
Ces esclaves nos ennemis
S'ils ont compris
S'ils sont capables de comprendre
Vont se lever.

Paul Éluard, « Courage » (1942), *Au rendez-vous allemand*,

Doc. 2 Barricade rue de la Huchette, août 1944

La photographie a été prise par Robert Doisneau lors de l'insurrection populaire contre l'occupant allemand et les combats pour la Libération de Paris, qui ont eu lieu entre le 19 et le 25 août 1944.

Questions 1 h 10 50 pts

Les réponses aux questions doivent être entièrement rédigées.

Grammaire et compétences linguistiques

1. a) Quel est le temps principalement employé dans cet extrait ?

b) Quelles sont ses deux valeurs dans le texte ?

2. Expliquez la formation du mot « injustice ».

3. a) Au moyen de quelle figure de style Éluard évoque-t-il Paris ?

b) Relevez les comparaisons employées par le poète aux vers 11 et 16 : sont-elles valorisantes, dévalorisantes, contradictoires ?

4. Réécrivez le passage en remplaçant « frères » par « frère » et la première personne du pluriel par la deuxième du singulier.

« Frères ayons du courage
Nous qui ne sommes pas casqués
Ni bottés ni gantés ni bien élevés
Un rayon s'allume en nos veines »

Compréhension et compétences d'interprétation

5. À qui le poète s'adresse-t-il successivement ? Justifiez votre réponse à l'aide d'éléments relevés dans le texte.

6. Quels sentiments le poète éprouve-t-il pour sa ville ?

7. Comment comprenez-vous les groupes nominaux suivants : « un matin de Paris » (v. 26) et « l'espace du printemps naissant » (v. 28) ?

8. a) Quelles sont, selon vous, les intentions de Paul Éluard lorsqu'il écrit ce poème ?

b) Comment cherche-t-il à rendre son poème convaincant ?

9. [DOCS 1 ET 2] Observez la photographie.

a) À quels vers du poème fait-elle écho ?

b) Quelles impressions suscite-t-elle en vous ?

LE CORRIGÉ

Grammaire et compétences linguistiques

1. a) Il s'agit du présent de l'indicatif.

b) Il a tout d'abord une valeur de présent d'énonciation : il exprime l'immédiateté, les faits ont lieu en même temps que le poète s'exprime. Il y a une forme d'urgence : « Paris a froid Paris a faim ». Il a aussi une valeur de futur proche : « Tu vas te libérer Paris ».

2. Le nom « injustice » est composé du substantif *justice* précédé du préfixe *in-* qui sert à former des antonymes. Une injustice, c'est quelque chose qui n'est pas juste, qui est inique.

3. a) Éluard personnifie Paris qu'il décrit vêtu comme une « vieille » qui « ne mange plus de marrons dans la rue », « qui dort debout dans le métro », qui souffre des privations et a perdu toute joie de vivre. Par cette personnification, il rend la ville humaine et émouvante.

b) Les comparaisons employées par Éluard sont valorisantes, parfois contradictoires : Paris est à la fois « fine comme une aiguille » et « forte comme une épée », elle tremble « comme une étoile », fragile mais lumineuse.

4. Frère aie du courage
Toi qui n'es pas casqué
Ni botté ni ganté ni bien élevé
Un rayon s'allume en tes veines

RAPPEL
On distingue le présent d'énonciation, de narration, de vérité générale, de description, de passé récent ou de futur proche.

LA VIDÉO EN +
Comment accorder un verbe à la 2e personne du singulier ?
▶ bit.ly/_FR_ch5_p68

Compréhension et compétences d'interprétation

5. Le poète s'adresse d'abord à Paris (v. 5 à 18) : « Ne crie pas au secours Paris/Tu es vivant d'une vie sans égale ». Il s'adresse ensuite aux Parisiens, ses « frères » d'armes qu'il appelle à la révolte (v. 19 à 33).

6. Ce poème est une déclaration d'amour à Paris. Éluard éprouve à la fois de la compassion et de l'admiration pour sa « belle ville ».

7. Il s'agit de métaphores : le « matin », c'est la lumière qui succède à l'obscurité ; le « printemps », c'est la saison du renouveau. Par ces métaphores, Éluard évoque donc l'espoir qui renaît, celui de la libération.

8. a) « Courage » est un poème engagé, écrit en 1942, durant l'Occupation. Son titre l'annonce d'emblée : c'est un appel à la révolte, à la résistance.

b) Par l'anaphore des quatre premiers vers (« Paris... »), qui crée un sentiment d'urgence, par l'emploi des 1re et 2e personnes (« tu » et « nous ») et par ses phrases injonctives, Éluard vise à provoquer un élan fraternel et patriotique chez les Parisiens : « Tu vas te libérer Paris » (v. 15), « Frères ayons du courage » (v. 19).

9. a) La photographie de Doisneau fait écho à la deuxième partie du poème d'Éluard (v. 18 à 33) : « Tu vas te libérer de la fatigue et de la boue... ». Elle est une sorte de réponse à l'appel du poète : Paris a pris les armes, les Parisiens se sont soulevés.

b) La photographie évoque les scènes de barricades qui jalonnent l'histoire de Paris. Elle exprime la vulnérabilité face à « la force Idiote » : ces hommes en costume civil, armés seulement de fusils et sommairement protégés derrière des sacs de sable, évoquent ceux décrits par Éluard (« Frères ayons du courage/Nous qui ne sommes pas casqués/Ni bottés ni gantés ni bien élevés », v. 19-21). Sur leurs visages se lit la détermination de ceux qui luttent pour la liberté.

Dictée

20 min — 10 pts

Éloge de la Résistance

La France n'a plus de pain, de vin, de feu. Mais surtout elle n'a plus de lois. La désobéissance civique, la rébellion individuelle ou organisée sont devenues devoirs envers la patrie. [...]

La France vivante, saignante, est toute dans les profondeurs. C'est vers l'ombre qu'elle tourne son visage inconnu et vrai. [...]

Jamais la France n'a fait guerre plus haute et plus belle que celle des caves où s'impriment ses journaux libres, des terrains nocturnes et des criques secrètes où elle reçoit ses amis libres et d'où partent ses enfants libres, des cellules de torture où malgré les tenailles, les épingles rougies au feu et les os broyés, des Français meurent en hommes libres.

Joseph Kessel, *L'Armée des ombres*, 1943.

INFO

Le titre et la source de l'extrait sont écrits au tableau au début de la dictée.

Les pièges à éviter

- Attention à l'accord des verbes *s'imprimer* et *partir* : leur sujet est inversé (placé après). N'oublie pas de les mettre au pluriel (*-ent*).
- Sois vigilant(e) pour l'accord du participe passé *devenues* : il est conjugué avec l'auxiliaire *être* et donc s'accorde avec le sujet *la désobéissance civique, la rébellion individuelle ou organisée*.
- Ne confonds pas les homophones *ou* (= *ou bien*) et *où*.

La vidéo en +

Le sujet est-il toujours placé avant le verbe ?

▸ bit.ly/_FR_ch5_p69

Rédaction 1 h 30 40 pts

Consigne Vous traiterez au choix le sujet A ou le sujet B.
Votre rédaction sera d'une longueur minimale d'une soixantaine de lignes (300 mots environ).

Sujet A

Vous êtes l'un des hommes sur la photographie de Doisneau. Racontez la scène que vous avez vécue. Décrivez vos sentiments. Vous introduirez un court dialogue.

COMMENT DÉMARRER ?

- Observe la photographie : le lieu, les éléments du décor, les personnages, les relations qui semblent les unir (camaraderie, connivence, même volonté de lutter, proximité dans le danger…). Choisis le personnage qui t'inspire le plus, celui dont tu as envie de faire ton narrateur. Tu peux aussi imaginer ce qui s'est passé avant la prise de la photographie : l'édification de la barricade, le rendez-vous donné la veille au soir ou au petit matin, etc.
- Tu dois mener ton récit à la première personne. Commence par situer la scène : date, lieu… Il s'agit d'un événement historique : tu dois être précis(e).
- Essaie de rendre compte de la tension qui règne au moyen d'un lexique fort et expressif : champs lexicaux de la lutte (*combattre, affronter, lutte, résistance, ennemi, dangereux, mortel…*) et de l'espoir (*libération, lendemains meilleurs…*).

[Présentation des circonstances] C'était un matin. Ce 19 août 1944, la ville s'était réveillée à la fois tendue et déterminée. Le silence était porteur d'espoir. Les habitants étaient aux aguets derrière leurs volets. Nous étions une dizaine à nous être donné rendez-vous rue de la Huchette. Nous avions entassé des sacs de sable pour former une barricade censée nous protéger des tirs ennemis et empêcher le passage des chars allemands.

[Présentation des personnages] Nous n'étions ni casqués ni bottés. Certains de mes camarades arboraient fièrement une casquette ou un calot. Moi, j'étais tête nue, assis sur un des sacs. À nos pieds, nous portions des savates, des sandales… Un ou deux avaient un brassard. C'étaient nos uniformes. Armés de quelques fusils, les manches de nos chemises retroussées, nous étions prêts à affronter l'armée allemande. Nous nous sentions portés par un irrésistible élan de liberté. Nos regards se faisaient farouches. L'espoir coulait de nouveau dans nos veines. Nous allions reprendre en main notre destin et celui de Paris, notre belle ville si longtemps martyrisée. L'attente était pesante : nous étions à la fois anxieux et impatients ; nous avions hâte d'en découdre ; nos muscles se faisaient douloureux. Nous ne faisions plus qu'un, soudés par une même révolte.

[Court dialogue] Soudain, une rumeur se répand comme une traînée de poudre :
« Ils arrivent.
– Courage, camarades, dis-je à mes compagnons d'armes. Le moment est venu.
– Oui, le moment est venu ! »
La parole passe de l'un à l'autre, dans un long chuchotement.

[Passage à l'action] Et nous avons pointé nos fusils avec plus de détermination encore vers le bout de la rue, dans l'attente de l'ennemi. Un photographe a immortalisé ce moment historique : j'ai participé, avec mes camarades, à la Libération de Paris.

LE BON RÉFLEXE
Pense à situer le personnage que tu as choisi.

GAGNE DES POINTS
Tu peux employer le présent de narration pour donner plus de vivacité à l'action à un moment particulier du récit.

FRANÇAIS

Sujet B

Vous êtes à la veille d'un événement important – compétition, spectacle, concert, etc. Vous prenez la parole devant vos camarades pour leur demander de donner le meilleur d'eux-mêmes. Vous emploierez au moins trois arguments pour essayer de les convaincre.

COMMENT DÉMARRER ?

- Choisis une situation que tu as vécue ou un contexte qui t'est familier : si tu es sportif(-ve), une compétition ; si tu es musicien(ne), ce peut être un concert, etc.
- Tu dois provoquer un élan chez l'auditeur : utilise des phrases injonctives, un lexique fort et des procédés de style (anaphore, métaphores...).
- Adresse-toi directement à ton auditoire. Tu emploieras parfois l'impératif.
- Il s'agit de convaincre au moyen d'arguments logiques. Il faut que tu en proposes au moins trois : le succès du groupe dépend de l'implication de chacun ; le groupe est à la veille d'un événement exceptionnel, qui ne se reproduira peut-être plus jamais ; il faut que chacun donne le meilleur de lui-même pour ne pas avoir de regrets, etc.

[Présentation de l'événement] Nous voici donc à la veille de cet événement tant attendu. Demain est un grand jour : nous allons monter sur les planches du théâtre de la Comédie pour présenter notre spectacle devant une centaine de spectateurs. Nous allons jouer *Antigone*. Il n'est plus temps de se poser des questions : il va falloir que nous soyons tous à la hauteur du défi que nous nous sommes imposé et que nous nous oubliions pour incarner l'espace d'un soir les personnages d'Anouilh.

Bien sûr, je sais que nous aurons le trac, qu'il va nous envahir au moment d'entrer en scène, assécher notre gorge et faire flageoler nos jambes. Ne le laissons pas nous dominer.

N'oublions pas que c'est aussi pour cela que nous avons choisi d'être comédien, pour cette sensation si particulière au moment de quitter les coulisses pour entrer dans la lumière. Alors, voici ce que j'ai à vous dire.

[1er argument : l'aboutissement d'un long travail] Tout d'abord, nous avons bien travaillé. Chacun de nous connaît parfaitement son rôle. Les décors et les costumes sont prêts. Les projecteurs n'attendent plus que nous pour illuminer la scène. Alors, ayons du courage, entrons en scène d'un pas ferme et soyons meilleurs que jamais. Sachez que nous formons une troupe et que nous devons tous être solidaires : la défection d'un seul et c'est tout le spectacle qui s'effondre.

[2e argument : le respect dû au public] Ensuite, il y a tous ces spectateurs qui ont réservé leur soirée pour venir nous applaudir : nos parents, nos proches, nos amis. Il ne faudra pas les décevoir.

[3e argument : une expérience unique] Enfin, une telle occasion ne se reproduira peut-être pas. Imaginez ! Nous allons jouer sur la scène d'un vrai théâtre. Alors, sachons savourer chaque instant de ce moment unique pour ne surtout pas avoir de regrets. Songez au plaisir du travail accompli quand nous saluerons sous les applaudissements.

[Fin de l'échange] Voilà, je vous attends tous demain, déterminés, prêts à affronter les feux de la rampe. Les planches n'attendent plus que nous !

LE BON RÉFLEXE
Lorsque tu dois rédiger un texte de type argumentatif, pense à utiliser des connecteurs logiques pour structurer ton propos.

Maths

Sommaire

Index des vidéos

Voici la liste des vidéos évoquées dans la partie consacrée aux mathématiques : tape le mini-lien dans ton navigateur pour accéder en un clic à la vidéo qui t'intéresse.

Algorithmique et programmation

► **bit.ly/_MAT_ch1_p76**

« Apprendre à programmer avec Scratch » (15 min), Yvan Monka, *maths-et-tiques.fr*, mars 2017.

Nombres et calculs

► **bit.ly/_MAT_ch2_p84**

« Les puissances » (8 min), Cyrus North, *L'Antisèche*, septembre 2017.

► **bit.ly/_MAT_ch2_p86**

« Les équations » (3 min), série « Petits contes mathématiques », *universcience.tv*, juin 2014.

Fonctions

► **bit.ly/_MAT_ch3_p96**

« Vive les soldes : les pourcentages » (4 min), série « Simplex », *education.francetv.fr*, octobre 2016.

► **bit.ly/_MAT_ch3_p96**

« Déterminer graphiquement l'expression d'une fonction affine » (11 min), Yvan Monka, *maths-et-tiques.fr*, décembre 2014.

Statistiques et probabilités

► **bit.ly/_MAT_ch4_p104**

« Un tour de probabilité » (13 min), Mickaël Launay, *micmaths.com*, juillet 2015.

Les théorèmes de Pythagore et de Thalès

► **bit.ly/_MAT_ch5_p110**

« Le théorème de Pythagore » (3 min), série « Petits contes mathématiques », *universcience.tv*, avril 2014.

► **bit.ly/_MAT_ch5_p112**

« Théorème de Thalès » (6 min), Cyrus North, *L'Antisèche*, novembre 2017.

Transformations – Trigonométrie

► **bit.ly/_MAT_ch6_p118**

« Construire l'image d'une figure par une homothétie » (4 min), Yvan Monka, *maths-et-tiques.fr*, novembre 2015.

► **bit.ly/_MAT_ch6_p120**

« Calculer des sinus, cosinus et tangentes » (6 min), Mickaël Launay, *micmaths.com*, janvier 2014.

Géométrie dans l'espace – Mesures

► **bit.ly/_MAT_ch7_p126**

« Dimensions 1 » (14 min), série « Dimensions », *dimensions-math.org*, janvier 2013.

► **bit.ly/_MAT_ch7_p130**

« Mètre, kilo, seconde » (26 min), France 3, *C'est pas sorcier*, mai 2013.

Fabriquer des puces toujours plus rapides

Les ordinateurs intègrent des puces électroniques constituées de transistors de plus en plus petits et nombreux. La loi de Moore prévoit le doublement du nombre de transistors contenus dans une puce tous les deux ans. Pendant 50 ans, cette loi s'est vérifiée. Mais aujourd'hui, le rythme de progression ralentit…

Algorithmique et programmation

Un algorithme est une suite d'instructions pour résoudre un problème étape par étape. Quand les calculs sont très nombreux et répétitifs, on a intérêt à écrire le programme informatique correspondant à l'algorithme considéré, puis à le faire exécuter par un ordinateur.

SUIVEZ LE GUIDE

Le cours page 76

Les méthodes page 77

Check ! page 78

Les sujets de brevet page 79

LE COURS

Algorithmique et programmation

Variable
Une variable est une valeur qui peut être modifiée au cours d'un programme.
Elle doit avoir un nom, ainsi qu'un type (nombre entier, mot…).

Algorithme

- Un algorithme, c'est une suite d'instructions à appliquer sur des **variables** qui, une fois exécutée correctement, conduit à la résolution d'un problème.
- Dans la pratique, on peut utiliser un logiciel comme Scratch pour écrire un **programme**.

Écrire et utiliser un algorithme

D'une façon générale, on peut considérer trois étapes dans un algorithme :

- La première étape concerne le choix des variables et l'entrée des données.
Dans le logiciel Scratch, le script « **données** » permet de **créer une variable**.
- La deuxième étape regroupe le traitement des données : on détermine toutes les instructions à écrire pour résoudre le problème. Dans le logiciel Scratch, les scripts « **Contrôle** » et « **Opérateurs** » permettent d'**agir sur les variables**.
- La troisième étape est la sortie des résultats. Dans le logiciel Scratch, l'instruction « dire » permet par exemple d'**afficher un résultat**.

Programmation

La résolution de certains problèmes nécessite la mise en place de tests pour savoir si l'on doit effectuer une tâche ou une autre, voire la répéter.

Écrire et utiliser une instruction conditionnelle

Une instruction conditionnelle permet d'effectuer un **test sur une condition** : si la condition est remplie, alors un bloc d'instructions est effectué.
Dans le logiciel Scratch, on utilise le bloc suivant :

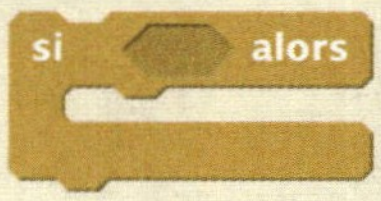

Écrire et utiliser la boucle « Pour … »

La boucle « Pour… » permet de **répéter** les mêmes instructions **un nombre prédéfini de fois**. La variable utilisée est un compteur : elle compte le nombre de répétitions de la boucle.
Dans le logiciel Scratch, on utilise le bloc suivant :

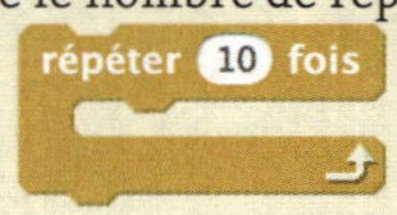

Écrire et utiliser la boucle « Tant que … »

La boucle « Tant que… » permet de **répéter** les mêmes instructions **tant qu'une condition est vérifiée**.
Dans le logiciel Scratch, on utilise le bloc suivant :

La vidéo en +
Apprendre à programmer avec Scratch
▶ bit.ly/_MAT_ch1_p76

LES MÉTHODES

Comprendre les instructions d'un programme de tracé

On peut s'aider d'un crayon et suivre les instructions dans l'ordre donné.

Exercice résolu

Dans le programme ci-contre, quelle est la figure tracée ? Combien de fois est-elle tracée ?

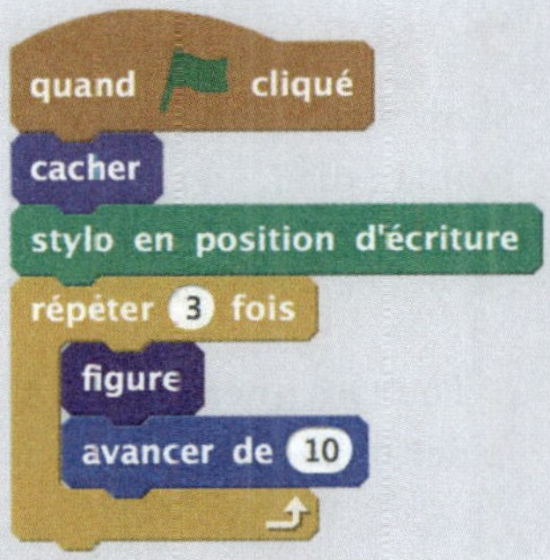

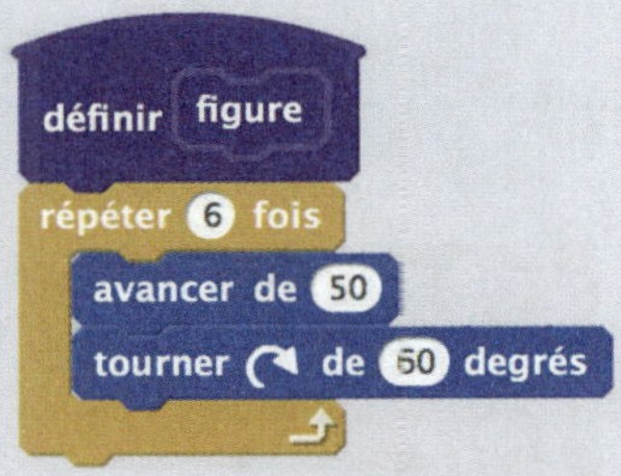

Corrigé

Le bloc « figure » comporte une boucle répétée 6 fois qui permet de tracer un hexagone. Le programme répète 3 fois le bloc « figure » après un déplacement de 10. On obtient la figure ci-contre qui est une suite de trois hexagones.

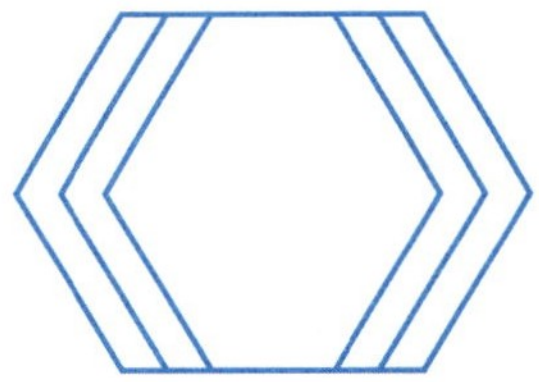

MATHS

Compléter un programme de calcul

On observe le nom des variables et on cherche dans quel calcul elles interviennent.

Exercice résolu

Compléter ce programme donnant la longueur de l'hypoténuse d'un triangle rectangle connaissant la longueur des deux autres côtés.

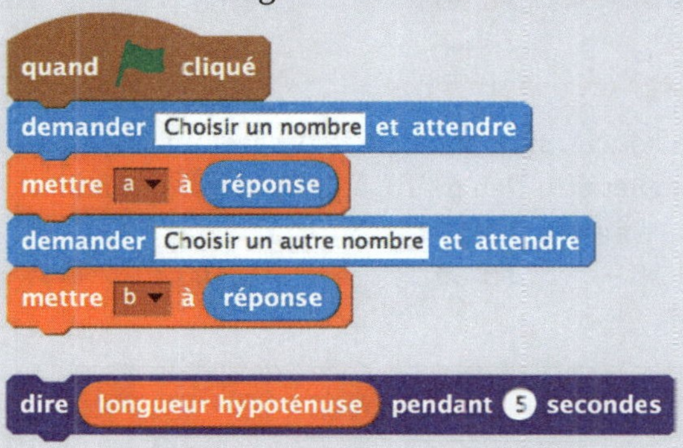

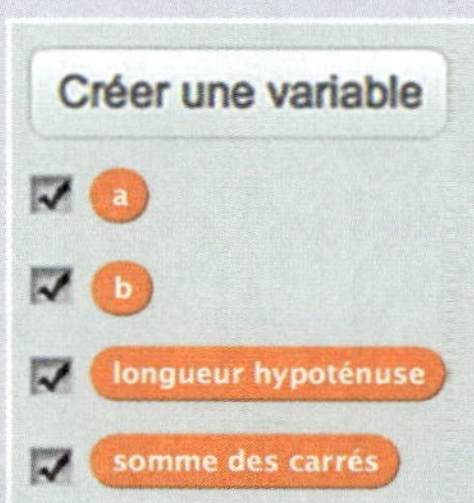

Corrigé

Les variables correspondent aux longueurs des côtés de l'angle droit.
On complète le programme :

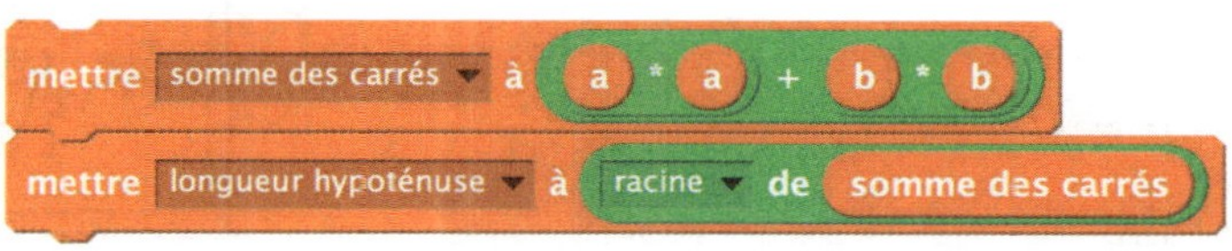

LE BON RÉFLEXE
Fais tourner le programme à l'aide de valeurs simples pour vérifier sa cohérence.

CHECK ! 10 min

Algorithmique et programmation

1 Utiliser Scratch

Dans le logiciel Scratch, une variable est introduite par le bloc :

❑ a. « données » ❑ b. « contrôle » ❑ c. « dire »

Pour les **questions 2 à 4**, on considère le programme Scratch ci-contre.

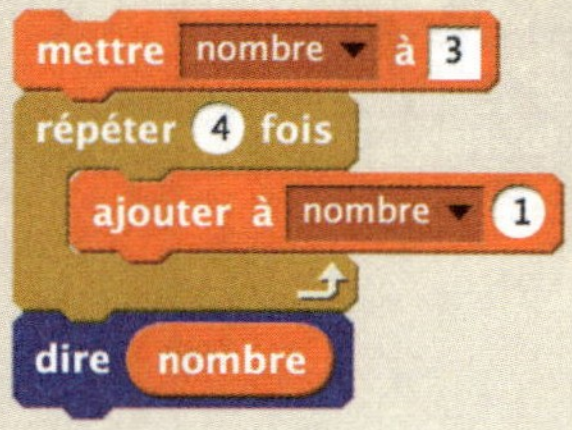

2 Lire un programme

Dans ce programme, « nombre » est :

❑ a. une boucle
❑ b. une variable
❑ c. un nombre qui ne peut pas varier

3 Reconnaître une instruction

Dans ce programme, le bloc jaune est :

❑ a. une instruction conditionnelle
❑ b. une boucle « pour… »
❑ c. une boucle « tant que… »

4 Comprendre un programme

À la fin du programme, le lutin dit :

❑ a. 3 ❑ b. 6 ❑ c. 7

Pour les **questions 5 à 7**, on considère le programme Scratch ci-dessous.

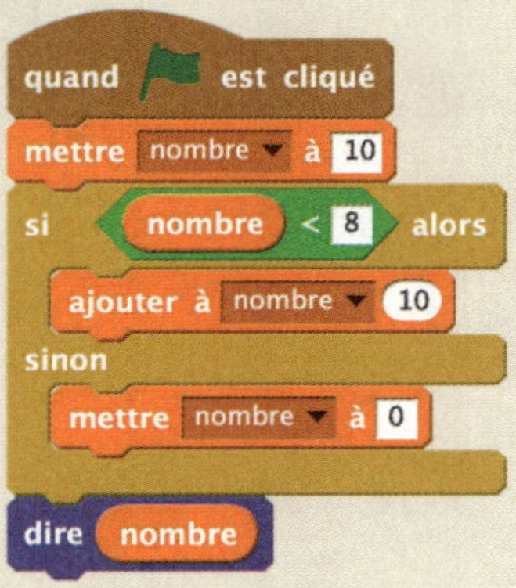

5 Connaître Scratch

Dans ce programme, le bloc jaune est :

❑ a. une instruction conditionnelle
❑ b. une boucle « pour… »
❑ c. une boucle « tant que… »

6 Faire fonctionner un programme

À la fin du programme, le lutin dit :

❑ a. 10 ❑ b. 20 ❑ c. 0

7 Modifier une variable

Si on met « nombre » à 5, à la fin du programme le lutin dit :

❑ a. 10 ❑ b. 15 ❑ c. 0

Pour les **questions 8 à 10**, on considère le programme Scratch ci-dessous.

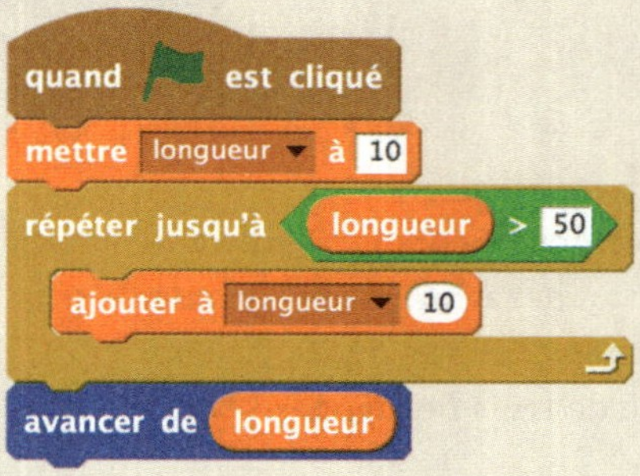

8 Quel contrôle ?

Dans ce programme, le bloc jaune est :

❑ a. une instruction conditionnelle
❑ b. une boucle « pour… »
❑ c. une boucle « tant que… »

9 Que fait le lutin ?

À la fin du programme, le lutin avance de :

❑ a. 10 ❑ b. 50 ❑ c. 60

10 Tester un programme

Dans la boucle, si on modifie le programme en ajoutant 50 à longueur au lieu de 10, à la fin du programme, le lutin avance de :

❑ a. 10 ❑ b. 60 ❑ c. 100

Corrigés p. 284

LES SUJETS DE BREVET

Figures sous Scratch

20 min

Cet exercice est l'occasion de travailler la compréhension d'un algorithme sous Scratch faisant intervenir des polygones réguliers.

On donne le programme ci-contre qui permet de tracer plusieurs triangles équilatéraux de tailles différentes. Ce programme comporte une variable nommée « côté ». Les longueurs sont données en pixels.

On rappelle que l'instruction s'orienter à 90 signifie que l'on se dirige vers la droite.

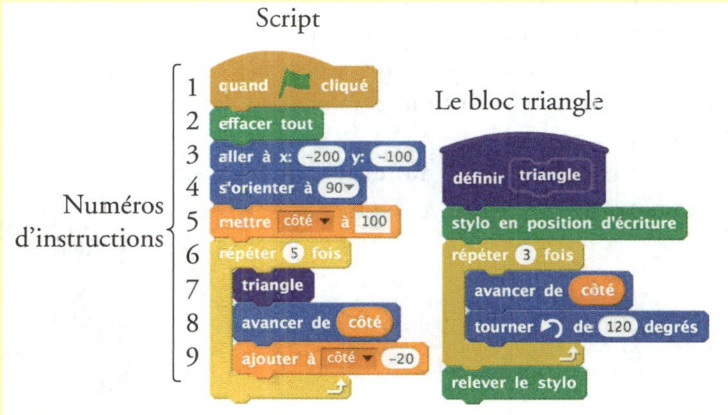

1. Quelles sont les coordonnées du point de départ du tracé ?

2. Combien de triangles sont dessinés par le script ?

3. a. Quelle est la longueur (en pixels) du côté du deuxième triangle tracé ?

b. Tracer à main levée l'allure de la figure obtenue quand on exécute ce script.

4. On modifie le script initial pour obtenir la figure ci-contre. Indiquer le numéro d'une instruction du script après laquelle on peut placer l'instruction tourner de 60 degrés pour obtenir cette nouvelle figure.

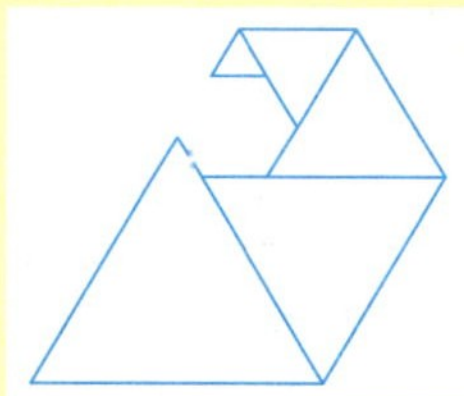

LE CORRIGÉ

1. Les coordonnées du point de départ se lisent à la ligne 3 : **$x = -200$ et $y = -100$.**

2. Le nombre de triangles tracés se lit à la ligne 6 : **il y a 5 triangles tracés.**

3. a. Le premier triangle a des côtés mesurant 100 pixels.
L'algorithme, à la ligne 9, réduit de 20 pixels la longueur du côté pour le second triangle.
Donc le second triangle a pour longueur 80 pixels.

b.

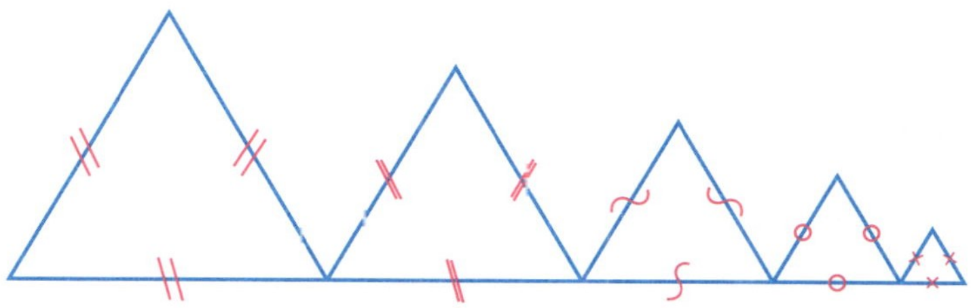

4. On peut placer l'instruction après les lignes 8 ou 9.

LE BON RÉFLEXE
Tu as vu qu'il fallait tracer 5 triangles équilatéraux dont la taille diminue progressivement de 20 pixels.

20 min

Programme de calcul

Cet exercice permet de faire le lien entre programme de calcul et programmation.

On considère le programme de calcul suivant :

- Choisir un nombre.
- Le multiplier par –4.
- Ajouter 5 au résultat.

1. Vérifier que lorsque l'on choisit –2 avec ce programme, on obtient 13.
2. Quel nombre faut-il choisir au départ pour obtenir –3 ?
3. Salomé fait exécuter le script ci-contre :
a. Quelle sera la réponse du lutin si elle choisit le nombre 12 ?
b. Quelle sera la réponse du lutin si elle choisit le nombre –5 ?

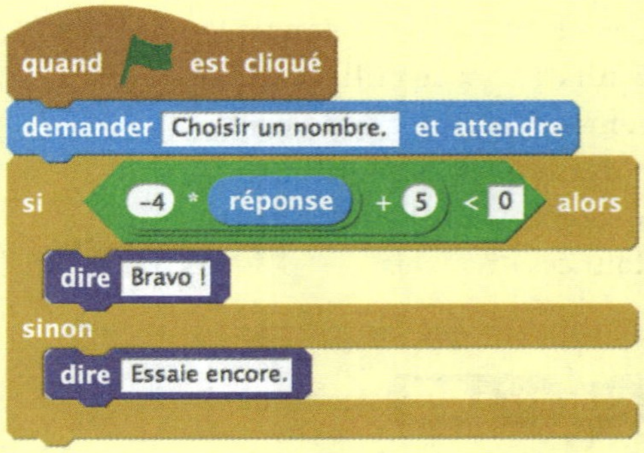

4. Le programme de calcul ci-dessus peut se traduire par l'expression littérale $-4x + 5$ avec x représentant le nombre choisi. Résoudre l'inéquation suivante : $-4x + 5 < 0$.
5. À quelle condition, portant sur le nombre choisi, est-on certain que la réponse donnée par le lutin sera « Bravo ! » ?

LE CORRIGÉ

Le bon réflexe
Suis chaque étape du programme en faisant bien attention aux opérations prioritaires.

1. Le programme donne le résultat : $-2 \times (-4) + 5 = 8 + 5 = 13$.
On trouve bien 13 en prenant –2 comme nombre de départ.
2. Notons x le nombre de départ cherché. On doit résoudre l'équation $-4x + 5 = -3$.
On obtient :
$-4x = -3 - 5$
$-4x = -8$
$x = \dfrac{-8}{-4} = 2.$
Il faut choisir 2 au départ pour obtenir –3.
3. a. Si elle choisit 12, le script calculera :
$-4 \times 12 + 5 = -48 + 5 = -43.$
Le programme affiche alors : « Essaie encore. ».
b. Si elle choisit –5, le script calculera :
$-4 \times (-5) + 5 = 20 + 5 = 25.$
Le programme affiche alors : « Bravo ! ».

Attention !
Lorsqu'on divise par un nombre négatif chaque membre d'une inéquation, le sens de l'inégalité change.

4. Résolvons l'inéquation $-4x + 5 < 0$.
$-4x < -5$
$x > \dfrac{-5}{-4}$
$\boldsymbol{x > 1{,}25}$.
5. Pour être sûr d'avoir le message « Bravo ! », **le nombre choisi doit être strictement supérieur à 1,25**.

Sprinter sur la Seine

En soutien à la candidature de Paris à l'organisation des Jeux olympiques et paralympiques d'été de 2024, la capitale française s'est transformée en « plus grand terrain de sport au monde » les 23 et 24 juin 2017 avec notamment une piste d'athlétisme flottante entre le pont Alexandre III et le pont des Invalides.

Nombres et calculs

En athlétisme, le temps mis par les coureurs pour parcourir 100 m est mesuré à 10^{-2} s près. En astronomie, on mesure les distances entre les astres en années-lumière, avec une année-lumière correspondant à environ 10^{16} m. Comment utiliser les puissances de 10 pour écrire des nombres très petits ou très grands ?

SUIVEZ LE GUIDE

Le cours pages 82, 84 et 86

Les méthodes pages 83, 85 et 87

Check ! page 88

Les sujets de brevet page 89

LE COURS

Nombres premiers et fractions irréductibles

Diviseurs d'un nombre entier

• On désigne par a et b deux entiers strictement positifs.
On dit que b est un **diviseur** de a s'il existe un entier positif n tel que $a = b \times n$.
a est alors un **multiple** de b.

• Tout nombre entier strictement positif admet **au moins deux diviseurs** : 1 et lui-même.

Connaître les critères de divisibilité

• Un entier est divisible par **2** si le chiffre des unités est 0, 2, 4, 6 ou 8.
• Un entier est divisible par **3** si la somme de ses chiffres est divisible par 3.
• Un entier est divisible par **5** si le chiffre des unités est 0 ou 5.
• Un entier est divisible par **10** si le chiffre des unités est 0.

Trouver les diviseurs d'un nombre entier

Pour trouver les diviseurs d'un nombre, il faut écrire de toutes les façons possibles ce nombre sous la forme d'un **produit de deux entiers**, en s'aidant des critères de divisibilité. On cherche si l'entier est divisible par 1, 2, 3, 4, ainsi de suite.

Nombres premiers

Produit et facteurs
Le **produit** est le résultat d'une multiplication. Les nombres qui la composent sont les **facteurs**.

• Un nombre **premier** est un entier positif qui admet exactement **deux diviseurs.**
• La liste des nombres premiers commence par : 2 ; 3 ; 5 ; 7 ; 11 ; 13 ; 17 ; 19.

Décomposer un nombre en produit de facteurs premiers

Tout nombre entier peut s'écrire sous la forme d'un **produit** où tous les **facteurs** sont des nombres premiers. On appelle cette écriture la **décomposition en produit de facteurs premiers** de cet entier.

Fractions irréductibles

Numérateur et dénominateur
Le **numérateur** est le nombre au-dessus de la barre de fraction. Le nombre en dessous s'appelle le **dénominateur**.

Une fraction est **irréductible** lorsqu'elle ne peut plus être simplifiée.

Simplifier une fraction à l'aide de décompositions en produit de facteurs premiers

• Si on divise le **numérateur** et le **dénominateur** d'une fraction par un même nombre, on obtient une fraction égale.
• Pour **simplifier une fraction**, on cherche les décompositions en produits de facteurs premiers du numérateur et du dénominateur.
• Si les décompositions en produits de facteurs premiers du numérateur et du dénominateur d'une fraction n'ont **plus de facteurs identiques**, alors la fraction est irréductible.

LES MÉTHODES

Décomposer un nombre entier en produit de facteurs premiers

On cherche si le nombre entier est divisible par un nombre premier, en testant les nombres premiers dans l'ordre croissant.
La liste des nombres premiers commence par : 2 ; 3 ; 5 ; 7 ; 11 ; 13 ; 17 ; 19.

À NOTER
2 est le seul nombre pair qui soit premier.

Exercice résolu

Donner la décomposition en produit de facteurs premiers de 18.

Corrigé

18 est divisible par 2. On a $18 = 2 \times 9$.

9 est divisible par 3. On a $9 = 3 \times 3$ et $18 = 2 \times 3 \times 3$.

Tous les facteurs sont des nombres premiers, donc la décomposition de 18 en produit de facteurs premiers est $\mathbf{18 = 2 \times 3 \times 3}$.

Rendre une fraction irréductible

On décompose en produit de facteurs premiers le numérateur, puis le dénominateur de la fraction. On divise ensuite le numérateur et le dénominateur par un même entier.

Exercice résolu

On pose $A = \frac{30}{36}$. Écrire A sous la forme d'une fraction irréductible.

Corrigé

• On décompose 30 en produit de facteurs premiers.
30 est divisible par 2.
On a $30 = 2 \times 15$ et $15 = 3 \times 5$.
La décomposition de 30 en produit de facteurs premiers est $\mathbf{30 = 2 \times 3 \times 5}$.

• On décompose 36 en produit de facteurs premiers.
36 est divisible par 2.
On a $36 = 2 \times 18$ avec $18 = 2 \times 9$ et $9 = 3 \times 3$.
La décomposition de 36 en produit de facteurs premiers est $\mathbf{36 = 2 \times 2 \times 3 \times 3}$.

• On remplace 30 et 36 par leur décomposition.
On a $\frac{30}{36} = \frac{2 \times 3 \times 5}{2 \times 2 \times 3 \times 3}$.

• Les deux décompositions contiennent les nombres premiers 2 et 3.
On divise le numérateur et le dénominateur par 2, puis par 3.
On a $\frac{30}{36} = \frac{5}{2 \times 3} = \frac{5}{6}$.

L'écriture de A sous forme d'une fraction irréductible est donc $\frac{5}{6}$.

LE BON RÉFLEXE
Pour décomposer un entier en produit de facteurs premiers, on utilise les critères de divisibilité indiqués dans le cours.

LE COURS

Puissances d'un nombre et écriture scientifique

Puissances d'un nombre

Puissance et exposant
Dans l'écriture x^n, n est l'**exposant** et le résultat x^n est la **puissance** de x.

Puissance d'exposant positif d'un nombre x

- Le produit de x par x est appelé le **carré** de x. On note $x \times x = x^2$.
- Le produit de trois facteurs égaux à x est appelé le **cube** de x. On note $x \times x \times x = x^3$.
- D'une façon plus générale, si x est un nombre relatif et n est un entier positif supérieur ou égal à 2, la **puissance d'exposant n de x** est le nombre x^n égal au produit de n facteurs tous égaux à x. On note $x^n = \underbrace{x \times x \times \ldots \times x}_{n \text{ facteurs}}$.
- On a $x^0 = 1$ et $x^1 = x$.

Puissance de 10 d'exposant positif ou négatif

- Les premières puissances positives de 10 sont : $10^1 = 10$; $10^2 = 100$.
- Les premières puissances négatives de 10 sont : $10^{-1} = 0{,}1$; $10^{-2} = 0{,}01$.
- Plus généralement, si n est un entier positif non nul, on a :

$$10^n = \underbrace{10 \times \ldots \times 10}_{n \text{ facteurs}} = 1\underbrace{00\ldots0}_{n \text{ zéros}} \qquad 10^{-n} = \frac{1}{10^n} = \underbrace{0{,}00\ldots0}_{n \text{ zéros}}1$$

- Voici les préfixes et symboles attribués à des puissances de 10 particulières.

Puissance de 10	Préfixe	Symbole
10^{12}	téra	T
10^9	giga	G
10^6	méga	M
10^3	kilo	k

Puissance de 10	Préfixe	Symbole
10^{-3}	milli	m
10^{-6}	micro	µ
10^{-9}	nano	n

Écriture scientifique d'un nombre

- Les chercheurs scientifiques sont souvent confrontés à des **nombres très grands ou très petits.** L'écriture scientifique permet de simplifier les calculs avec de tels nombres. Elle est utilisée notamment en physique.
- L'écriture scientifique d'un nombre est **unique.**

Écriture scientifique d'un nombre positif

L'écriture scientifique d'un nombre positif non nul est l'écriture de ce nombre sous la forme $a \times 10^n$ où a est un nombre **positif tel que $1 \leqslant a < 10$** et n est un entier relatif.

Écriture scientifique d'un nombre négatif

L'écriture scientifique d'un nombre négatif non nul est l'écriture de ce nombre sous la forme $a \times 10^n$ où a est un nombre **négatif tel que $-10 < a \leqslant -1$** et n est un entier relatif.

La vidéo en +
Les puissances
▶ bit.ly/_MAT_ch2_p84

LES MÉTHODES

Écrire un nombre décimal sous la forme d'une puissance de 10

Si le nombre est plus grand que 1, on cherche un exposant positif.
S'il est plus petit que 1, on cherche un exposant négatif.

Exercice résolu

Écrire les nombres suivants sous la forme d'une puissance de 10.

a. 0,0001 **b.** 1 000 000

Corrigé

a. 0,0001 est strictement inférieur à 1, donc on cherche un exposant négatif.
L'écriture 0,0001 comporte 4 zéros.
On a : $\mathbf{0{,}0001 = 10^{-4}}$.

b. 1 000 000 est strictement supérieur à 1, donc on cherche un exposant positif.
L'écriture 1 000 000 comporte 6 zéros.
On a : $\mathbf{1\,000\,000 = 10^{6}}$.

À NOTER
On a : $10^0 = 1$.

Donner l'écriture scientifique d'un nombre

On détermine d'abord si le nombre est positif ou négatif, puis on cherche à écrire le nombre sous la forme $a \times 10^n$ avec $1 \leqslant a < 10$ ou $-10 < a \leqslant -1$ et n un entier relatif.

Exercice résolu

a. Une année-lumière est la distance parcourue par la lumière en une année. Elle vaut $9\,461 \times 10^9$ km.
Donner l'écriture scientifique de ce nombre.

b. La vie est apparue sur Terre il y a environ 3,5 giga-années avant notre ère.
Donner l'écriture scientifique correspondant à cette date d'apparition de la vie.

Corrigé

a. On a : $9\,461 \times 10^9 = 9{,}461 \times 1\,000 \times 1\,000\,000\,000$
$1\,000 \times 1\,000\,000\,000 = 1\,000\,000\,000\,000$.
Ce nombre comporte 12 zéros, donc $9\,461 \times 10^9 = 9{,}461 \times 10^{12}$.
L'écriture scientifique du nombre $9\,461 \times 10^9$ km est $\mathbf{9{,}461 \times 10^{12}}$ **km**.

b. Le préfixe « giga » correspond à une multiplication par 10^9 (soit un milliard). On a donc :
3,5 giga-années = $3{,}5 \times 10^9$ années.
3,5 est un nombre positif tel que $1 \leqslant 3{,}5 < 10$.
L'écriture scientifique de la date est donc $3{,}5 \times 10^9$.
La vie est apparue sur Terre il y a environ $\mathbf{3{,}5 \times 10^9}$ **années** avant notre ère, soit environ 3,5 milliards d'années.

LE BON RÉFLEXE
Pour multiplier deux puissances de dix, on peut les écrire sous forme décimale.

LE COURS

Équations et inéquations

Opposé et inverse

L'**opposé** de a est $-a$.

L'**inverse** de a est $\frac{1}{a}$.

Attention !
0 n'a pas d'inverse.

Résoudre une équation du premier degré

Résoudre une **équation**, c'est trouver toutes les valeurs de l'inconnue qui vérifient l'égalité proposée.

Résoudre une équation du type $x + a = b$

Soit a et b deux nombres donnés. Pour résoudre une équation du type $x + a = b$, **on ajoute** à chaque membre de l'équation **l'opposé de a**.

Résoudre une équation du type $ax = b$

Soit a et b deux nombres donnés, a étant non nul. Pour résoudre une équation du type $ax = b$, **on multiplie** chaque membre de l'équation **par l'inverse de a**.

Résoudre une inéquation du premier degré

Résoudre une **inéquation**, c'est trouver toutes les valeurs de l'inconnue qui vérifient l'inégalité proposée.

Résoudre une inéquation du type $x + a < b$ ou du type $x + a > b$

Soit a et b deux nombres donnés. Pour résoudre une inéquation du type $x + a < b$ ou $x + a > b$, **on ajoute** à chaque membre de l'inéquation **l'opposé de a**.

Résoudre une inéquation du type $ax < b$ ou du type $ax > b$

Soit a et b deux nombres donnés, avec $a \neq 0$. Pour résoudre une inéquation du type $ax < b$ ou $ax > b$, **on multiplie** chaque membre de l'inéquation **par l'inverse de a**.

- Si $\frac{1}{a} > 0$, on **conserve** le sens de l'inégalité.
- Si $\frac{1}{a} < 0$, on **change** le sens de l'inégalité.

Résoudre un problème à l'aide d'une équation ou d'une inéquation

Au brevet, tu devras mettre en équation ou en inéquation certaines situations de la vie courante avant d'en effectuer la résolution.

Les cinq étapes clés

- **Choix de l'inconnue** : on désigne par une lettre l'inconnue que l'on cherche.
- **Mise en équation** : on traduit les données par une équation ou par une inéquation.
- **Résolution de l'équation ou de l'inéquation** : on résout l'équation ou l'inéquation pour trouver la valeur (ou les valeurs) de l'inconnue.
- **Vérification** : on remplace l'inconnue par la valeur trouvée dans l'égalité ou l'inégalité de départ.
- **Conclusion** : on interprète le résultat par rapport au problème posé.

La vidéo en +
Les équations
▶ bit.ly/_MAT_ch2_p86

LES MÉTHODES

Résoudre une inéquation et représenter l'ensemble des solutions

On veut obtenir une inéquation de la forme $ax > b$ ou $ax < b$.
Pour cela, on regroupe les termes contenant l'inconnue x dans le membre de gauche et les termes constants dans le membre de droite, puis on réduit chaque membre.
On multiplie ensuite par l'inverse de a en tenant compte de son signe.

Exercice résolu

Résoudre l'inéquation : $-2x + 5 > 8x - 6$.
Puis représenter graphiquement l'ensemble des solutions.

Corrigé

• On ajoute $-8x$ et -5 aux deux membres de l'inéquation. On obtient :
$-2x + 5 - 8x - 5 > 8x - 6 - 8x - 5$. Soit $-10x > -11$.

• On multiplie par $-\dfrac{1}{10}$ les deux membres de l'inéquation. $-\dfrac{1}{10}$ est **négatif**, donc **on change le sens de l'inégalité.** On obtient :
$\left(-\dfrac{1}{10}\right)(-10x) < \left(-\dfrac{1}{10}\right)(-11)$ soit $x < \dfrac{11}{10}$.

• Les solutions de l'inéquation sont **tous les nombres strictement inférieurs à $\dfrac{11}{10}$**.

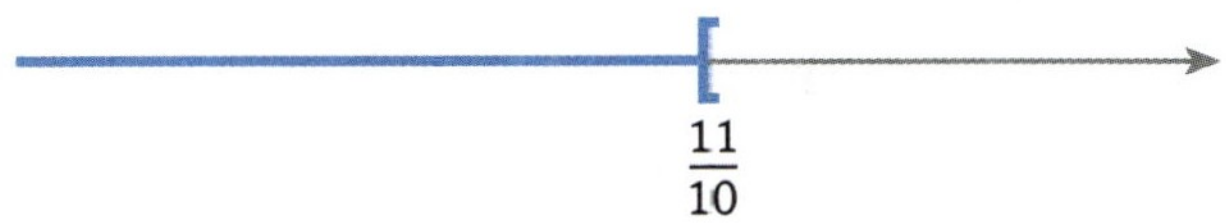

À NOTER
Au collège, une inéquation a une infinité de solutions.

MATHS

Résoudre un problème à l'aide d'une équation

On suit les cinq étapes clés indiquées dans le cours.

Exercice résolu

Aujourd'hui, Marc a 11 ans et Pierre a 26 ans.
Dans combien d'années l'âge de Pierre sera-t-il le double de celui de Marc ?

Corrigé

• **Choix de l'inconnue** : soit x le nombre d'années écoulées.

• **Mise en équation** : dans x années, Marc aura $11 + x$ ans et Pierre aura $26 + x$ ans.
À ce moment-là, l'âge de Pierre sera le double de celui de Marc. On obtient l'équation :
$26 + x = 2(11 + x)$.

• **Résolution de l'équation** :
$26 + x = 2(11 + x)$; $26 + x = 22 + 2x$; $x - 2x = 22 - 26$; $-x = -4$ soit $x = 4$.

• **Vérification** : $26 + 4 = 30$ et $2(11 + 4) = 30$.
Dans 4 ans, Marc aura 15 ans et Pierre 30 ans.

• **Conclusion** : dans 4 ans, l'âge de Pierre sera le double de celui de Marc.

LE BON RÉFLEXE
Pour obtenir une équation du type $ax = b$, on regroupe les termes contenant l'inconnue x dans le membre de gauche et les termes constants dans le membre de droite, puis on réduit chacun des deux membres.

CHECK ! 10 min

Nombres premiers et fractions irréductibles

1 Nombre premier

L'entier 7 :

- ❑ **a.** est un nombre premier.
- ❑ **b.** est un nombre divisible uniquement par 7.
- ❑ **c.** n'est pas un nombre premier.

2 Produit de facteurs premiers

La décomposition en produit de facteurs premier de 12 est :

❑ **a.** 2×6 ❑ **b.** 3×4 ❑ **c.** $2 \times 2 \times 3$

3 Fraction irréductible

On a l'égalité $\frac{20}{15} = \frac{2 \times 2 \times 5}{3 \times 5}$.

La fraction irréductible de $\frac{20}{15}$ est :

❑ **a.** $\frac{4}{3}$ ❑ **b.** $\frac{10}{15}$ ❑ **c.** $\frac{2}{5}$

Puissances d'un nombre et écriture scientifique

4 Puissance de 10

On pose $J = 10^4$. Le nombre J est égal à :

❑ **a.** 100 ❑ **b.** 1 000 ❑ **c.** 10 000

5 Écriture scientifique d'un nombre

L'écriture scientifique $1{,}23 \times 10^3$ correspond au nombre :

❑ **a.** 123 ❑ **b.** 1 230 ❑ **c.** 12 300

6 Puissances de 10 d'exposant positif ou négatif

On pose $K = \frac{10^2}{10^{-2}}$. Le nombre K est égal à :

- ❑ **a.** 1
- ❑ **b.** 10^4
- ❑ **c.** 10^{-4}

Équations et inéquations

7 Vérifier la solution d'une équation

10 est solution de l'équation :

- ❑ **a.** $x + 5 = 2$
- ❑ **b.** $2x - 1 = 19$
- ❑ **c.** $2 - x = 0$

8 Résoudre une équation

Une solution de l'équation $2x - 5 = 5$ est :

- ❑ **a.** $x = 1$
- ❑ **b.** $x = 2$
- ❑ **c.** $x = 5$

9 Vérifier la solution d'une inéquation

-3 est solution de l'inéquation :

- ❑ **a.** $x + 5 < 0$
- ❑ **b.** $x - 3 < 0$
- ❑ **c.** $x + 10 < 0$

10 Résoudre une inéquation

Les solutions de l'inéquation $4x > 8$ sont :

- ❑ **a.** les nombres strictement inférieurs à 2.
- ❑ **b.** les nombres supérieurs ou égaux à 2.
- ❑ **c.** les nombres strictement supérieurs à 2.

Corrigés p. 284

LES SUJETS DE BREVET

Un programme de calcul en trois étapes

25 min

Cet exercice fait le lien entre calcul littéral et programmation.

On considère le programme de calcul ci-contre dans lequel *x*, *Étape 1*, *Étape 2* et *Résultat* sont quatre variables.

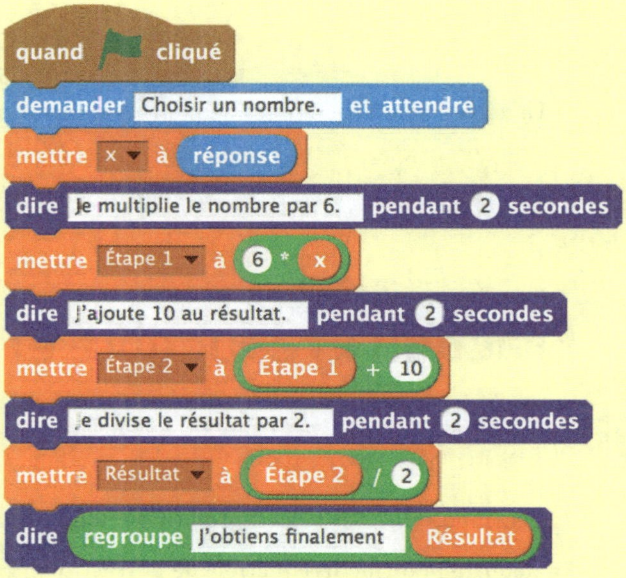

1. a. Julie a fait fonctionner ce programme en choisissant le nombre 5. Vérifier que ce qui est dit à la fin est : « J'obtiens finalement 20 ».

b. Que dit le programme si Julie le fait fonctionner en choisissant au départ le nombre 7 ?

2. Julie fait fonctionner le programme, et ce qui est dit à la fin est : « J'obtiens finalement 8 ». Quel nombre Julie a-t-elle choisi au départ ?

3. Si l'on appelle x le nombre choisi au départ, écrire en fonction de x l'expression obtenue à la fin du programme, puis réduire cette expression autant que possible.

4. Maxime utilise le programme de calcul ci-dessous.

- Choisir un nombre.
- Lui ajouter 2.
- Multiplier le résultat par 5.

Peut-on choisir un nombre pour lequel le résultat obtenu par Maxime est le même que celui obtenu par Julie ?

LE CORRIGÉ

1. a. Julie choisit le nombre 5 au départ.
Ce nombre est ensuite multiplié par 6, on obtient : *Étape 1* = 30.
À ce résultat, on ajoute 10, on obtient : *Étape 2* = 30 + 10 = 40.
Ce résultat est ensuite divisé par 2, on obtient : *Résultat* = 40 ÷ 2 = 20.
Le programme affiche donc bien : « J'obtiens finalement 20 ».

b. Choisissons 7 comme nombre de départ : $x = 7$.
Étape 1 = $6 \times 7 = 42$
Étape 2 = $42 + 10 = 52$
Résultat = $52 \div 2 = 26$.
Le programme affiche : « J'obtiens finalement 26 ».

2. Remontons le programme à l'envers :
$(8 \times 2 - 10) \div 6 = 1$.
Si Julie obtient 8 comme résultat final, c'est qu'elle a choisi comme **nombre de départ : 1**.

ATTENTION !
Comme tous les termes de Étape 2 sont divisés par 2, n'oublie pas les parenthèses.

3. Choisissons x comme nombre de départ.
Étape 1 $= 6 \times x = 6x$; *Étape 2* $= 6x + 10$; *Résultat* $= (6x + 10) \div 2 = \mathbf{3x + 5}$.

4. Pour un nombre x de départ, le programme de Maxime calcule :
$(x + 2) \times 5 = 5x + 10$.
Pour trouver la valeur de x pour laquelle le programme de Maxime donne le même résultat que le programme Scratch utilisé par Julie, il suffit de résoudre une équation :

$$5x + 10 = 3x + 5$$
$$5x - 3x = 5 - 10$$
$$2x = -5$$
$$x = -2{,}5.$$

La valeur pour laquelle les deux programmes donnent le même résultat est : $\mathbf{x = -2{,}5}$.

LE BON RÉFLEXE
On écrit le programme de Maxime en fonction de x, puis on résout une équation.

15 min

Fraction irréductible et divisibilité

Cet exercice permet une application directe des décompositions en produit de facteurs premiers et des critères de divisibilité.

1. Décomposer 270 et 105 en produit de nombres premiers.
En déduire la forme irréductible de la fraction $\frac{270}{105}$.

2. Sans poser de division, expliquer pourquoi le nombre 216 est divisible par 2 et aussi par 9.

LE CORRIGÉ

1.

Nombre	Diviseur premier	Quotient obtenu
270	2	135
135	3	45
45	3	15
15	3	5
5	5	1

Donc $270 = 2 \times 3^3 \times 5$

Nombre	Diviseur premier	Quotient obtenu
105	3	35
35	5	7
7	7	1

Donc $105 = 3 \times 5 \times 7$

270 et 105 ont pour plus grand facteur commun $3 \times 5 = 15$.
Donc : $\frac{270}{105} = \frac{270 \div 15}{105 \div 15} = \frac{18}{7}$.

2. 216 est un nombre pair donc 216 est divisible par 2.
Si l'on ajoute les chiffres composant le nombre 216, on trouve : $2 + 1 + 6 = 9$.
Puisque 9 est divisible par 9, on en déduit que 216 est aussi divisible par 9.
Donc **216 est bien divisible par 2 et par 9.**

LE BON RÉFLEXE
Pour la question 2, utilise les critères de divisibilité par 2 (le nombre est pair) et par 9 (la somme des chiffres du nombre est divisible par 9).

Un vol parabolique à bord d'un Airbus A310

Le vol parabolique est un moyen de créer une situation de micropesanteur pendant quelques secondes. Il est effectué à bord d'un avion dont la trajectoire dessine une parabole. Cette parabole est la représentation graphique d'une fonction liant l'altitude de l'avion au temps de vol.

Fonctions

Dans beaucoup de situations, on peut définir une relation entre deux nombres. Par exemple, la distance parcourue par un véhicule à vitesse constante est liée à la durée de son parcours ou encore l'aire d'un carré est liée à la longueur du côté de ce carré. On va s'intéresser à ce type de relations, les fonctions.

SUIVEZ LE GUIDE

Le cours pages 92, 94 et 96

Les méthodes pages 93, 95 et 97

Check! page 98

Les sujets de brevet page 99

LE COURS

Notion de fonction et fonctions linéaires

NOTATION SYMBOLIQUE
La notation symbolique d'une fonction f est : $f : x \mapsto f(x)$.

Les fonctions

Une **fonction** est un procédé de calcul qui permet d'associer au plus un nombre, appelé image, à un autre nombre.

Définition d'une fonction

Pour définir une fonction, on peut utiliser une égalité, par exemple $f(x) = 2x$, ou une **notation symbolique**, par exemple $f : x \mapsto 2x$.

Image et antécédents d'un nombre par une fonction

- $f(x)$ est l'**image** du nombre x par la fonction f. Elle est **unique.**

Pour trouver l'image d'un nombre par une fonction f, on remplace x par ce nombre dans l'expression de $f(x)$.

- Le ou les **antécédents** du nombre k par la fonction f sont la ou les valeurs de x qui sont solutions de l'équation $f(x) = k$. Un nombre peut n'avoir **aucun** antécédent ou bien **un, plusieurs ou une infinité** d'antécédents par une fonction.

Pour trouver un antécédent d'un nombre par une fonction f, on résout une équation.

Fonctions linéaires

Soit a un nombre donné non nul. La fonction qui à un nombre x associe le nombre ax est appelée **fonction linéaire**. On note :

$$f : x \mapsto ax \text{ ou } f(x) = ax.$$

Le nombre a est appelé le **coefficient** de la fonction f.

Déterminer une image ou un antécédent par une fonction linéaire

- Pour trouver l'**image** d'un nombre, on remplace x par ce nombre dans $f(x) = ax$.
- Pour trouver l'**antécédent** d'un nombre k, on résout l'équation $f(x) = k$, c'est-à-dire l'équation $ax = k$. Comme $a \neq 0$, c'est le nombre x tel que $x = \dfrac{k}{a}$.

Tracer la représentation graphique d'une fonction linéaire

- La représentation graphique d'une fonction linéaire f est la **droite** qui passe par l'origine du repère et le point de coordonnées $(1 ; a)$ où a est le coefficient de la fonction f.
- Graphiquement, les images se lisent sur l'**axe des ordonnées** et les antécédents se lisent sur l'**axe des abscisses**.

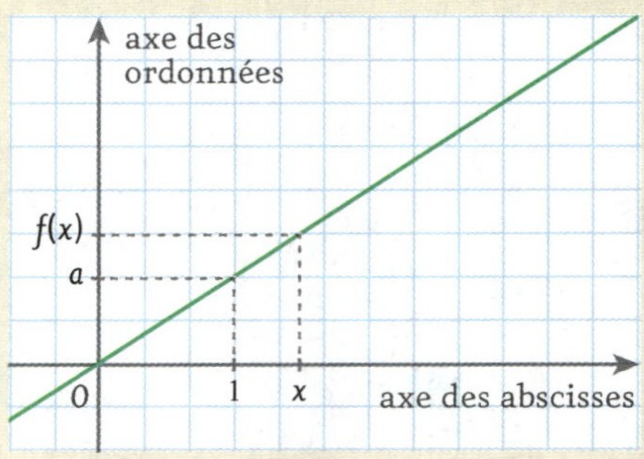

ABSCISSE ET ORDONNÉE
Pour un repère donné, l'axe des **abscisses** est l'axe horizontal et l'axe des **ordonnées** est l'axe vertical.

LES MÉTHODES

Calculer des images ou des antécédents par une fonction

On veut calculer l'image d'un nombre par une fonction f. Pour cela, on remplace x par ce nombre dans l'expression de $f(x)$.
On veut calculer le ou les antécédents du nombre k par f. Pour cela, on résout l'équation $f(x) = k$.

Exercice résolu

Soit f la fonction définie par $f(x) = 3x^2 - 5$.

a. Quelle est l'image de -1 par f ?

b. -5 admet-il un antécédent par f ?

Corrigé

a. Pour calculer l'image de -1, on remplace x par -1 dans l'égalité $f(x) = 3x^2 - 5$. On obtient : $f(-1) = 3 \times (-1)^2 - 5 = 3 \times (-1) \times (-1) - 5 = 3 - 5 = -2$. **L'image par f de -1 est -2.**

b. Pour déterminer les éventuels antécédents de -5, on résout l'équation $f(x) = -5$. On a :
$3x^2 - 5 = -5$; $3x^2 = -5 + 5$; $x^2 = 0$; $x = 0$.
L'antécédent de -5 par f est 0. Autrement dit, $f(0) = -5$.

À NOTER
Un nombre peut avoir plusieurs antécédents par une fonction.

MATHS

Exploiter la représentation graphique d'une fonction linéaire

Sur la représentation graphique d'une fonction linéaire, on peut lire l'image ou l'antécédent d'un nombre donné.

Exercice résolu

On a représenté ci-contre la fonction linéaire f.

En laissant des traces graphiques, déterminer l'image de 4 par f, puis l'antécédent de 9 par f.

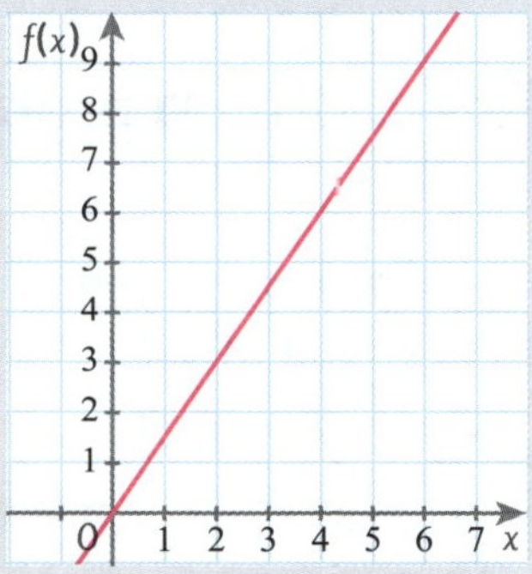

Corrigé

Pour trouver l'image de 4, on place 4 sur l'axe des abscisses. Le tracé vert montre que **l'image de 4 est 6.**

Pour trouver l'antécédent de 9, on place 9 sur l'axe des ordonnées. Le tracé rouge montre que **l'antécédent de 9 est 6.**

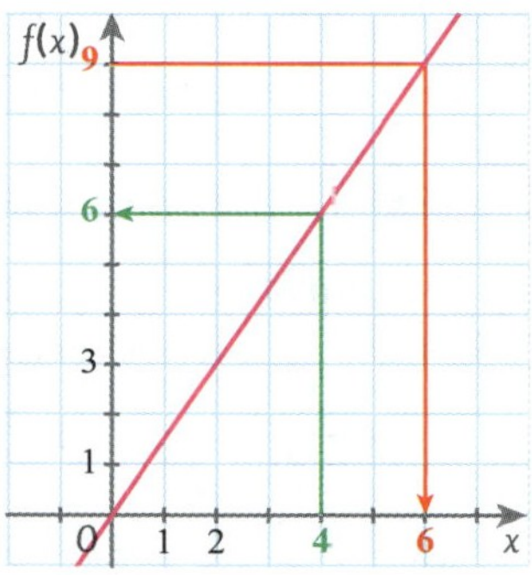

LE BON RÉFLEXE
L'axe horizontal est celui où on lit les antécédents et l'axe vertical est celui où on lit les images.

LE COURS

Situations de proportionnalité

Tableau de proportionnalité
Un tableau de proportionnalité contient deux lignes de valeurs. On obtient les valeurs de l'une en multipliant les valeurs de l'autre par un même nombre, le coefficient de proportionnalité.

La quatrième proportionnelle

• a, b, c et d sont quatre nombres non nuls.
On considère le **tableau de proportionnalité** suivant :

a	b
c	d

• Pour calculer la **quatrième proportionnelle** de ce tableau, ici d, on utilise la propriété suivante : le tableau de proportionnalité est équivalent à $\frac{a}{c} = \frac{b}{d}$ ou encore $ad = bc$ (« égalité des produits en croix »).

Fonction linéaire et situation de proportionnalité

Une fonction linéaire $f(x) = ax$ traduit une situation de proportionnalité dont le **coefficient** est le nombre a.
Exemple : une entreprise fabrique des saladiers en faïence, vendus 5,50 € pièce.
Le prix en euros $f(x)$ de x saladiers est : $f(x) = 5{,}50x$.

Pourcentage
Un pourcentage est l'écriture mathématique de la comparaison d'un nombre avec 100. C'est un nombre positif qui peut être parfois supérieur à 100.

Résoudre un problème de pourcentage

Déterminer un pourcentage

Pour déterminer le **pourcentage** que représente une quantité x par rapport à une quantité y, on divise x par y et on multiplie par 100.

Calculer une augmentation ou une diminution

• Pour **augmenter** un nombre x de a %, on multiplie x par $1 + \frac{a}{100}$.
Exemple : un objet valant 25 € subit une augmentation de prix de 5 %.
Pour trouver son nouveau prix en euros, on calcule :
$$25 \times \left(1 + \frac{5}{100}\right) = 25 \times (1 + 0{,}05) = 25 \times 1{,}05 = 26{,}25.$$

• Pour **diminuer** un nombre x de a %, on multiplie x par $1 - \frac{a}{100}$.
Exemple : un objet valant 50 € subit une diminution de prix de 10 %.
Pour trouver son nouveau prix en euros, on calcule :
$$50 \times \left(1 - \frac{10}{100}\right) = 50 \times (1 - 0{,}1) = 50 \times 0{,}9 = 45.$$

La vidéo en +
Vive les soldes : les pourcentages
▸ bit.ly/_MAT_ch3_p94

LES MÉTHODES

Calculer la quatrième proportionnelle

On utilise l'égalité des produits en croix pour calculer la quatrième proportionnelle dans un tableau de proportionnalité.

Exercice résolu

On considère le tableau de proportionnalité ci-dessous. Calculer b.

20	30
70	b

Corrigé

On écrit l'égalité des produits en croix. On obtient :

$20 \times b = 70 \times 30$.

$20b = 2\,100$.

On divise chaque membre de l'égalité par 20. On obtient :

$b = 2\,100 \div 20$.

Donc $\boldsymbol{b = 105}$.

À NOTER
Si le quotient ne tombe pas juste, on écrira b sous la forme d'une fraction.

MATHS

Calculer une quantité après diminution

Calculer la valeur d'une quantité diminuée de a % revient à multiplier cette quantité par le coefficient $1 - \frac{a}{100}$.

Exercice résolu

Un confiseur reçoit une commande de caramels d'un montant de 120,40 €.

Pour fidéliser son client, il décide d'accorder une remise de 20 %.

Calculer le montant de la facture après remise.

Corrigé

Pour diminuer 120,40 € de 20 %, on multiplie 120,40 par $1 - \frac{20}{100}$.

On obtient :

$$\begin{aligned} 120,40 \times \left(1 - \frac{20}{100}\right) &= 120,40 \times (1 - 0,20) \\ &= 120,40 \times 0,80 \\ &= 96,32. \end{aligned}$$

Le montant de la facture après remise est **96,32 €**.

LE BON RÉFLEXE
Vérifie qu'après avoir appliqué une diminution, le nombre obtenu est plus petit que le nombre de départ.

LE COURS

Fonctions affines

Fonctions affines

Soit a et b deux nombres donnés. La fonction qui à un nombre x associe le nombre $ax + b$ est appelée **fonction affine**. On note cette fonction :

$$f : x \mapsto ax + b \text{ ou } f(x) = ax + b.$$

Fonctions affines particulières

- Une **fonction linéaire** f définie par $f(x) = ax$ est une fonction affine particulière pour laquelle $b = 0$.
- Une **fonction constante** f définie par $f(x) = b$ est une fonction affine particulière pour laquelle $a = 0$. Cette fonction associe au nombre x le nombre b.

Déterminer une fonction affine par le calcul

- Pour déterminer le **nombre *a*** par le calcul, il faut connaître l'image de deux nombres x_1 et x_2 par f. On a alors :

$$a = \frac{f(x_1) - f(x_2)}{x_1 - x_2} = \frac{\text{différence des images}}{\text{différence des antécédents}}.$$

- Pour déterminer le **nombre *b***, il faut connaître le nombre a et l'image d'un nombre x_1 par f. On a alors :

$$b = f(x_1) - ax_1 .$$

Représentation graphique d'une fonction affine

Repère orthogonal et repère orthonormal
Un **repère orthogonal** est un repère dont les axes sont perpendiculaires.
Si, de plus, les deux axes ont la même unité, le repère est **orthonormal**.

- f désigne la fonction affine définie par $f(x) = ax + b$ où a et b sont deux nombres donnés. Un **repère orthogonal** étant choisi, la représentation graphique d'une fonction affine est une **droite**, notée d.
- Le nombre a est le **coefficient directeur** de la droite d.
Le nombre b est l'**ordonnée à l'origine** de la droite d.

Tracer la droite représentant une fonction affine

- La droite d représentant la fonction affine f telle que $f(x) = ax + b$ coupe l'axe des ordonnées au point de **coordonnées (0 ; *b*)**.
- Pour trouver les **coordonnées d'un autre point**, on cherche l'image par f d'un nombre donné. Connaissant deux points, on peut ensuite tracer la droite d.

Déterminer graphiquement les nombres *a* et *b*

- Pour déterminer graphiquement le **nombre a**, on repère sur la droite d deux points $A(x_A ; y_A)$ et $B(x_B ; y_B)$ dont les coordonnées sont facilement lisibles. On a alors :

$$a = \frac{y_A - y_B}{x_A - x_B} = \frac{\text{différence des ordonnées}}{\text{différence des abscisses}}.$$

- Le **nombre *b*** est l'ordonnée du point d'intersection de la droite d et de l'axe des ordonnées.

La vidéo en +
Déterminer graphiquement l'expression d'une fonction affine
▶ bit.ly/_MAT_ch3_p96

LES MÉTHODES

Représenter des fonctions affines

Pour tracer la droite $\mathscr{D}$ représentant une fonction affine, on place le point de coordonnées (0 ; *b*). On choisit une valeur de *x* et on cherche son image par *f* pour trouver un autre point de $\mathscr{D}$.

Exercice résolu

On considère les fonctions f et g définies pour tout nombre par :

$$f : x \longmapsto -3x + 6 \qquad \text{et} \qquad g : x \longmapsto 5\,.$$

Tracer la représentation graphique de ces deux fonctions dans un même repère (unité graphique : 5 mm sur les deux axes).

Corrigé

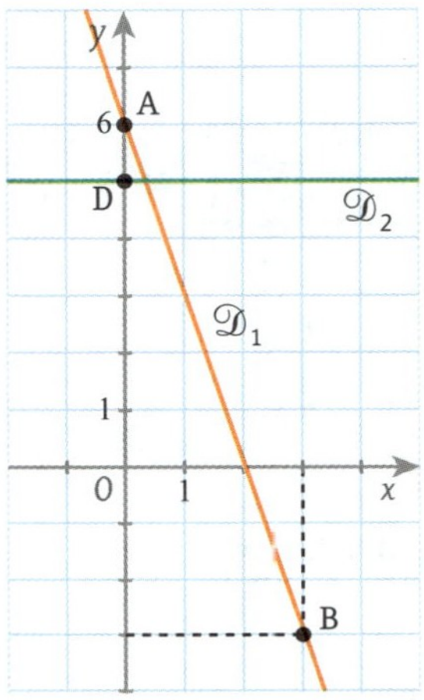

Les fonctions f et g sont deux fonctions affines. Elles sont donc chacune représentées par une droite.
Pour la fonction f, on a $f(x) = -3x + 6$. La représentation graphique de f est une droite $\mathscr{D}_1$ passant par le point A de coordonnées (0 ; 6).
En outre $f(3) = -3 \times 3 + 6 = -3$. La droite $\mathscr{D}_1$ passe aussi par le point B de coordonnées (3 ; −3).
Pour la fonction constante g, on a $g(x) = 5$. La représentation graphique de g est la droite $\mathscr{D}_2$ parallèle à l'axe des abscisses et passant par le point D de coordonnées (0 ; 5).

À NOTER
Choisis des points suffisamment éloignés pour apporter plus de précision au tracé de la droite.

Déterminer graphiquement une fonction affine

On suit la procédure indiquée dans le cours en déterminant d'abord le nombre *a* puis le nombre *b*.

Exercice résolu

Sur le graphique ci-contre, la droite rouge représente la fonction g.

Déterminer l'expression de $g(x)$ en fonction de x.

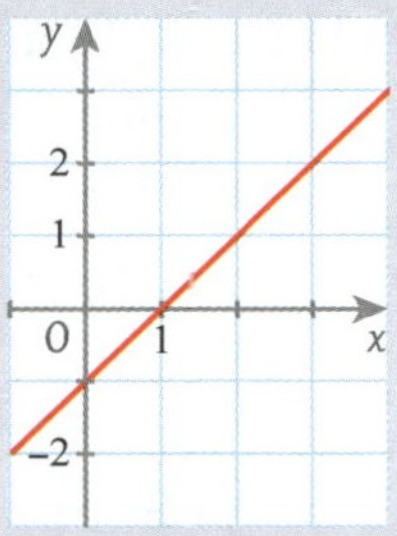

Corrigé

Les points D(0 ; −1) et E(3 ; 2) appartiennent à la droite rouge. On a :

$$a = \frac{-1-2}{0-3} = \frac{-3}{-3} = 1\,.$$

La droite rouge coupe l'axe des ordonnées au point D(0 ; −1), donc $b = -1$.
L'expression de $g(x)$ en fonction de x est $g(x) = 1 \times x + (-1)$, soit $\boldsymbol{g(x) = x - 1}$.

LE BON RÉFLEXE
Choisis deux points situés sur la droite dont les coordonnées sont des nombres entiers.

MATHS

CHECK !

10 min

Notion de fonction et fonctions linéaires

1 Déterminer une image par une fonction

Soit f la fonction définie par $f(x) = x^2 + 3$.
L'image de 3 par f est :

❑ a. 6 ❑ b. 9 ❑ c. 12

2 Déterminer une image par une fonction linéaire

Soit f la fonction linéaire définie par $f(x) = \frac{3}{2}x$.
L'image de 4 par cette fonction est :

❑ a. 6 ❑ b. 12 ❑ c. $\frac{3}{8}$

3 Déterminer un antécédent par une fonction linéaire (1)

Soit f la fonction définie par $f(x) = x + 6$.
L'antécédent de 6 est :

❑ a. 0 ❑ b. -6 ❑ c. 12

4 Déterminer un antécédent par une fonction linéaire (2)

Soit f la fonction linéaire définie par $f(x) = 5x$.
L'antécédent de 10 est :

❑ a. 50 ❑ b. 5 ❑ c. 2

Situations de proportionnalité

5 Trouver une quatrième proportionnelle

On considère l'égalité $\frac{5}{2} = \frac{a}{6}$. Le nombre a est égal à :

❑ a. $\frac{5}{12}$

❑ b. $\frac{12}{5}$

❑ c. 15

6 Calculer un pourcentage

Sur 20 élèves d'une classe, 8 sont des filles.
Le pourcentage de garçons est :

❑ a. 40 %

❑ b. 60 %

❑ c. 80 %

Fonctions affines

7 Déterminer l'expression d'une fonction affine

La fonction qui, au nombre x, associe son double diminué de 3 est définie par :

❑ a. $f(x) = x^2 - 3$

❑ b. $f(x) = 2x - 3$

❑ c. $f(x) = 2x + 3$

8 Calculer le coefficient directeur d'une fonction affine

La fonction affine f est telle que $f(2) = 3$ et $f(-5) = 1$.
Son coefficient directeur a est égal à :

❑ a. $\frac{f(2) - f(-5)}{2 - (-5)}$

❑ b. $\frac{f(2) - f(-5)}{2 - 5}$

❑ c. $\frac{f(2) - f(-5)}{3 - 1}$

9 Calculer l'ordonnée à l'origine d'une fonction affine

La fonction affine f est telle que $f(x) = -3x + b$ et $f(-4) = 1$. Le nombre b est égal à :

❑ a. $f(-4) - 3 \times (-4)$

❑ b. $f(-4) - (-3) \times (-4)$

❑ c. $-3 \times (4) - f(-4)$

10 Mettre un problème en équation

L'inscription obligatoire à un club de yoga coûte 20 € pour une année. Chaque heure de cours coûte ensuite 10 €. Pour x heures de cours sur une année, il faut payer (en euros) :

❑ a. $10x$ ❑ b. $20 \times 10x$ ❑ c. $20 + 10x$

Corrigés p. 285

LES SUJETS DE BREVET

Principe actif d'un médicament

10 min

Cet exercice permet de s'entraîner à la lecture graphique d'images et d'antécédents.

Lorsqu'on absorbe un médicament, la quantité de principe actif de ce médicament dans le sang évolue en fonction du temps. Cette quantité se mesure en milligrammes par litre de sang. Le graphique ci-dessous représente la quantité de principe actif d'un médicament dans le sang, en fonction du temps écoulé depuis la prise de ce médicament.

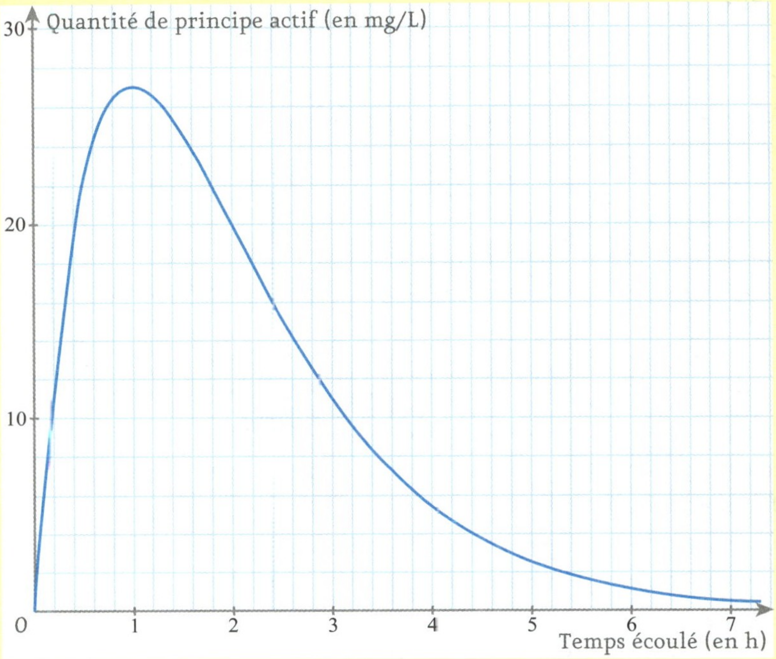

LE BON RÉFLEXE
Pour bien lire la quantité de principe actif sur le graphique, calcule d'abord la valeur d'une graduation verticale ; ici, cette valeur vaut 10 ÷ 5 = 2.

Répondre aux questions suivantes à partir de lectures graphiques. Aucune justification n'est demandée dans cet exercice.

1. Au bout de combien de temps la quantité de principe actif de médicament dans le sang est-elle maximale ?

2. Quelle est la quantité de principe actif de médicament dans le sang au bout de 2 h 30 min ?

3. Pour que le médicament soit efficace, la quantité de principe actif de médicament dans le sang doit être supérieure à 5 mg/L.
Pendant combien de temps le médicament est-il efficace ?

LE CORRIGÉ

1. La quantité de principe actif est maximale au bout d'**une heure**.

2. La quantité de principe actif dans le sang au bout de 2 h 30 min est de **15 mg/L**.

3. Le médicament est efficace pendant environ **4 h**.

25 min

Degré Celsius, degré Fahrenheit

Cet exercice sur les unités de mesure de la température est l'occasion de calculer des images et des antécédents par une fonction affine.

Il existe différentes unités de mesure de la température :
– en France, on utilise le degré Celsius (°C) ;
– aux États-Unis, on utilise le degré Fahrenheit (°F).
Pour passer des degrés Celsius aux degrés Fahrenheit, on multiplie le nombre de départ par 1,8 et on ajoute 32 au résultat.

1. Qu'indique un thermomètre en degrés Fahrenheit si on le plonge dans une casserole d'eau qui gèle ? On rappelle que l'eau gèle à 0 °C.

2. Qu'indique un thermomètre en degrés Celsius si on le plonge dans une casserole d'eau portée à 212 °F ? Que se passe-t-il ?

3. a. Si l'on note x la température en degrés Celsius et $f(x)$ la température en degrés Fahrenheit, exprimer $f(x)$ en fonction de x.
b. Comment nomme-t-on ce type de fonction ?
c. Quelle est l'image de 5 par la fonction f ?
d. Quel est l'antécédent de 5 par la fonction f ?
e. Traduire en termes de conversion de température la relation $f(10) = 50$.

LE CORRIGÉ

LE BON RÉFLEXE
Pour calculer l'image d'un nombre par une fonction, remplace x par ce nombre dans l'expression de la fonction.

1. Pour convertir 0 °C en degrés Fahrenheit, il suffit de multiplier 0 par 1,8 et d'ajouter 32. **Le thermomètre indique donc 32 °F.**

2. Pour convertir 212 °F en degrés Celsius, il suffit de soustraire 32 puis de diviser le résultat par 1,8. **Le thermomètre indique donc 100 °C. L'eau bout.**

3. a. $\boldsymbol{f(x) = 1{,}8x + 32}$.
b. Les fonctions du type $x \mapsto ax + b$ sont des **fonctions affines**.
c. Calculer l'image de 5 par f, c'est calculer $f(5)$.
On a donc $f(5) = 1{,}8 \times 5 + 32 = 41$.
L'image de 5 par la fonction f est donc **41**.
d. Calculer l'antécédent de 5 par f, c'est résoudre l'équation $f(x) = 5$, c'est-à-dire l'équation $1{,}8x + 32 = 5$.
On a donc :
$1{,}8x = 5 - 32$
$1{,}8x = -27$
$x = \dfrac{-27}{1{,}8} = -15$.
L'antécédent de 5 par la fonction f est donc **−15**.
e. La relation $f(10) = 50$ signifie que **10 °C correspondent à 50 °F.**

Embouteillages

Sur une autoroute, quand la circulation est chargée les automobilistes ont le sentiment d'être toujours sur la mauvaise file. La probabilité d'être sur la file la plus rapide diminue avec le nombre de voies. Sur une autoroute à deux voies, les automobilistes ont une chance sur deux d'être sur la file la plus rapide. Sur une autoroute à cinq voies, la probabilité tombe à une chance sur cinq.

Statistiques et probabilités

Dans la vie courante, le hasard intervient très fréquemment : jeu de cartes, lancer de dé… À chaque événement possible, on peut associer un nombre positif inférieur ou égal à 1 : la probabilité d'obtenir un résultat donné lors de l'expérience aléatoire considérée. Si on répète l'expérience un grand nombre de fois, la fréquence (statistique) d'un événement tend vers sa probabilité (théorique).

SUIVEZ LE GUIDE

Le cours pages 102 et 104

Les méthodes pages 103 et 105

Check ! page 106

Les sujets de brevet page 107

LE COURS

Statistiques

> **EFFECTIF**
> L'effectif est le nombre d'individus possédant un caractère donné.

Fréquence et moyenne

Calculer une fréquence

La **fréquence** de la valeur d'un caractère dans une série statistique est égale au quotient de l'**effectif** de cette valeur par l'effectif total.

Calculer une moyenne simple et une moyenne pondérée

- Pour calculer une **moyenne simple**, on additionne toutes les valeurs du caractère et on divise la somme obtenue par l'effectif total.
- Pour calculer une **moyenne pondérée**, on additionne les produits de chaque valeur du caractère par l'effectif correspondant, puis on divise par l'effectif total.

Médiane et étendue

Calculer une médiane

- La **médiane** est un nombre qui partage une série statistique ordonnée en deux séries de même effectif.
- Pour calculer une médiane, on range **par ordre croissant** les valeurs du caractère :
– si l'effectif total est un nombre **impair**, alors la médiane est la valeur du caractère qui se trouve au centre de la série ;
– si l'effectif total est un nombre **pair**, alors la médiane est la moyenne des deux valeurs du caractère qui se trouvent au centre de la série.

Calculer une étendue

Les valeurs du caractère étant rangées par ordre croissant, l'**étendue** est la différence entre la plus grande valeur du caractère et la plus petite.

> **DIAGRAMME À BARRES**
> Un diagramme à barres est composé de bâtons de même largeur. La hauteur de chaque barre est proportionnelle à l'effectif du caractère correspondant.

Interpréter un diagramme

Construire et interpréter un diagramme circulaire

Dans un **diagramme circulaire**, la mesure de l'angle au centre de chaque partie du disque est proportionnelle à l'effectif du caractère correspondant. On repère sur le diagramme la signification de chacune des valeurs du caractère. En général, les effectifs sont indiqués en pourcentages.

Interpréter un diagramme à barres ou histogramme

- Un **histogramme** est utilisé lorsque la série est regroupée en classes. Si les classes ont la même amplitude, les rectangles de l'histogramme ont la même largeur.
- Pour interpréter un histogramme ou un **diagramme à barres**, on repère sur l'axe horizontal les valeurs du caractère. On lit sur l'axe vertical les effectifs correspondants.

LES MÉTHODES

Calculer la médiane et l'étendue d'une série de notes

Pour calculer une médiane et une étendue, on suit les étapes indiquées dans le cours.

Exercice résolu

Voici les résultats d'un devoir de mathématiques de 25 élèves : 12 ; 12 ; 10 ; 19 ; 12 ; 12 ; 18 ; 18 ; 12 ; 10 ; 8 ; 9 ; 8 ; 12 ; 12 ; 15 ; 16 ; 15 ; 10 ; 8 ; 9 ; 9 ; 10 ; 8 ; 18.

Déterminer l'étendue et la médiane de cette série statistique.

Corrigé

On range par ordre croissant les notes des 25 élèves.

On obtient : 8 ; 8 ; 8 ; 8 ; 9 ; 9 ; 9 ; 10 ; 10 ; 10 ; 10 ; 12 ; 12 ; 12 ; 12 ; 12 ; 12 ; 12 ; 15 ; 15 ; 16 ; 18 ; 18 ; 18 ; 19.

La note la plus grande est 19 et la plus petite est 8.

On détermine l'étendue : $19 - 8 = 11$. **L'étendue est égale à 11.**

On détermine la médiane. La série comporte 25 notes. On a $25 = 12 + 1 + 12$, donc la treizième note partage la série en deux séries de 12 notes chacune. **La médiane est égale à 12.**

LE BON RÉFLEXE
Pour calculer une médiane, les valeurs du caractère doivent d'abord être classées par ordre croissant.

Interpréter un diagramme à barres

Pour trouver l'effectif de chaque classe, on cherche la hauteur de chaque barre.
Pour calculer la fréquence de chaque classe, on divise l'effectif trouvé par l'effectif total.

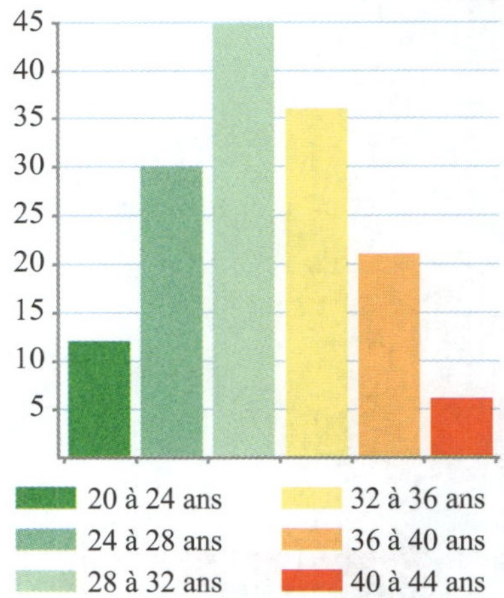

Exercice résolu

Le diagramme ci-contre donne les âges des 150 employés d'une entreprise.

Par lecture graphique, compléter le tableau suivant.

Âge A	$20 \leqslant A < 24$	$24 \leqslant A < 28$	$28 \leqslant A < 32$	$32 \leqslant A < 36$	$36 \leqslant A < 40$	$40 \leqslant A < 44$	Total
Effectif							
Fréquence (en %)							

Corrigé

On lit l'effectif de la classe 20 à 24 ans sur le diagramme : 12 employés.

On lit l'effectif pour les autres classes puis on calcule l'effectif total :

$12 + 30 + 45 + 36 + 21 + 6 = 150$.

On calcule la fréquence de la classe 20 à 24 ans :

$12 \div 150 = 0{,}08$ soit 8 %.

Âge A	$20 \leqslant A < 24$	$24 \leqslant A < 28$	$28 \leqslant A < 32$	$32 \leqslant A < 36$	$36 \leqslant A < 40$	$40 \leqslant A < 44$	Total
Effectif	12	30	45	36	21	6	150
Fréquence (en %)	8 %	20 %	30 %	24 %	14 %	4 %	100

LE BON RÉFLEXE
Vérifie que la somme des effectifs est égale à la valeur de l'effectif total.

LE COURS

Probabilités

Expérience aléatoire et issues

- Une **expérience aléatoire** est une expérience conduisant à plusieurs résultats, et pour laquelle on ne peut pas connaître à l'avance le résultat qui se produira.
- Ces différents résultats sont appelés **issues** (ou résultats, épreuves, possibilités).

Exemple : on lance une pièce de monnaie et on regarde la face supérieure. Les issues possibles de cette expérience aléatoire sont : pile, face.

Événements

- On appelle **événement** une partie de l'ensemble des **issues d'une expérience aléatoire**.
- L'événement est dit **élémentaire** s'il ne correspond qu'à une seule et unique issue.

Exemple : lors du lancer d'une pièce de monnaie, l'événement « pile » est un événement élémentaire.

- Deux événements sont dits **incompatibles** s'ils ne peuvent pas se produire en même temps.

Exemple : on lance un dé à six faces et on regarde la face supérieure. L'événement « Obtenir 2 » et l'événement « Obtenir un nombre impair » sont incompatibles.

- L'événement **contraire** d'un événement A est celui qui se réalise lorsque l'événement A n'a pas lieu.

Exemple : on lance un dé à six faces et on regarde la face supérieure. L'événement « Obtenir 1 ou 2 » et l'événement « Obtenir 3, 4, 5 ou 6 » sont deux événements contraires.

Probabilités

Fréquence d'une issue et probabilité

- Si une issue se réalise k fois au cours de n expériences identiques, sa **fréquence** f est égale à $\frac{k}{n}$.
- Lorsqu'on répète un grand nombre de fois une expérience aléatoire, la fréquence d'apparition d'une issue tend vers une valeur « idéale ». On appelle cette valeur **probabilité** de l'événement élémentaire associé à l'issue considérée.

Propriétés des probabilités

- La **probabilité** d'un événement est un nombre compris entre 0 et 1.
- La **somme** des probabilités de tous les événements élémentaires associés à une expérience aléatoire est **égale à 1**.
- La somme de la probabilité de A et de la probabilité de son événement **contraire** est égale à 1.

Calculer une probabilité

Dans une situation d'**équiprobabilité**, la probabilité d'un événement A est égale à :

$$p(\mathrm{A}) = \frac{\text{nombre d'issues favorables}}{\text{nombre d'issues possibles}}.$$

LA VIDÉO EN +
Un tour de probabilité
▶ bit.ly/_MAT_ch4_p104

ÉQUIPROBABILITÉ
Lorsque chaque événement élémentaire a la même probabilité, on dit qu'il y a équiprobabilité ou que les événements élémentaires sont équiprobables.

LES MÉTHODES

Utiliser le vocabulaire des probabilités

On écrit toutes les issues possibles. On cherche, parmi ces issues, celles qui correspondent à l'événement considéré.

Exercice résolu

On considère un sac contenant des jetons numérotés de 1 à 5.
On tire un jeton et on regarde le numéro inscrit dessus.

a. Citer les issues de cette expérience.
b. Comment appelle-t-on un événement tel que : « On tire le numéro 1 » ?
c. Quelles sont les issues de l'événement A : « On tire un nombre premier » ?
Quel est l'événement contraire de l'événement A ?

Corrigé

a. Les issues sont les différentes valeurs du numéro inscrit sur le jeton tiré, soit **1 ou 2 ou 3 ou 4 ou 5.**
b. Un événement qui ne comporte qu'une issue est un **événement élémentaire**.
c. Les nombres premiers sont 2, 3 et 5. L'événement contraire de l'événement A est **« On tire un nombre qui n'est pas premier »** ou **« On tire les numéros 1 ou 4 »**.

LE BON RÉFLEXE
Pour définir l'événement contraire d'un événement A, cherche les issues qui n'appartiennent pas à A.

Calculer des probabilités

Dans une situation d'équiprobabilité, on cherche d'abord le nombre d'issues possibles, puis le nombre d'issues favorables correspondant à l'événement défini. On applique alors la formule donnée dans le cours.

Exercice résolu

Un sac A contient dix jetons : quatre portent le numéro 1 et six portent le numéro 2.
Un sac B contient quinze jetons : six portent le numéro 1 et neuf portent le numéro 2.
Marie pense qu'elle a plus de chances de tirer un jeton portant le numéro 1 dans le sac B.
A-t-elle raison ? Justifier.

Corrigé

Dans le sac A, il y a quatre jetons portant le numéro 1 sur dix jetons. La probabilité que Marie tire un jeton portant le numéro 1 du sac A est égale à $\frac{4}{10} = 0,4$.

Dans le sac B, il y a six jetons portant le numéro 1 sur quinze jetons. La probabilité que Marie tire un jeton portant le numéro 1 du sac B est égale à $\frac{6}{15} = 0,4$.

Marie a donc **autant de chances** de tirer un jeton portant le numéro 1 dans un sac que dans l'autre.

À NOTER
La probabilité obtenue doit être comprise entre 0 et 1.

CHECK ! 10 min

Statistiques

1 Calculer une fréquence

Un effectif de 8 sur un total de 20 correspond à une fréquence égale à :

❑ a. 4 ❑ b. 0,4 ❑ c. 4 %

2 Calculer une moyenne

On considère la série statistique suivante :

Valeur	12	14	16	19	20
Effectif	1	2	3	2	2

La moyenne de cette série est :

❑ a. 16,2 ❑ b. 2 ❑ c. 16,6

3 Déterminer une médiane

La médiane de la série 1 ; 2 ; 3 ; 8 ; 9 est :

❑ a. 2 ❑ b. 3 ❑ c. 8

Pour les **questions 4 et 5**, on considère le diagramme à barres suivant :

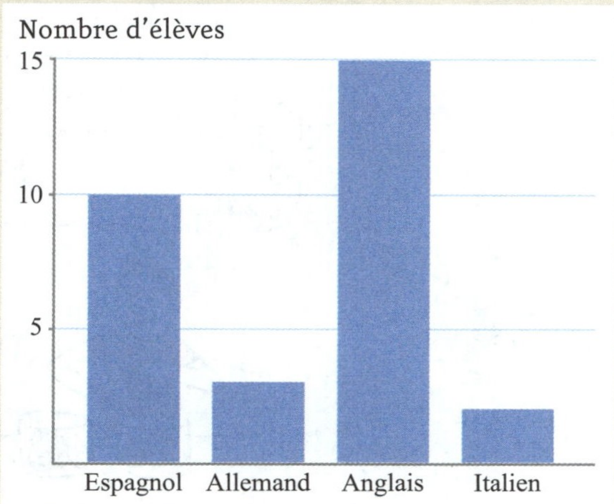

4 Lire un effectif sur un diagramme

L'effectif total de la série représentée dans ce diagramme est égal à :

❑ a. 30 ❑ b. 25 ❑ c. 20

5 Exploiter un diagramme

La fréquence des élèves faisant de l'espagnol est égale à :

❑ a. $\frac{1}{2}$ ❑ b. $\frac{1}{3}$ ❑ c. $\frac{1}{4}$

Probabilités

6 Langage des probabilités

On lance un dé à six faces et on regarde la face supérieure du dé. L'événement « Obtenir 1 ou 2 » et l'événement « Obtenir 3, 4, 5 ou 6 » sont deux événements :

❑ a. contraires

❑ b. impossibles

❑ c. élémentaires

7 Analyser une expérience aléatoire

On lance un dé équilibré à six faces et on note le résultat de la face du dessus.

Combien d'issues comporte cette expérience ?

❑ a. 1 ❑ b. 4 ❑ c. 6

8 Calculer une probabilité

On lance un dé équilibré à six faces et on note le résultat de la face du dessus. La probabilité d'obtenir un nombre divisible par 3 est :

❑ a. $\frac{1}{6}$ ❑ b. $\frac{1}{2}$ ❑ c. $\frac{1}{3}$

9 Tirage aléatoire

Un sac contient des boules rouges, des boules bleues et des boules vertes. On tire au hasard une boule dans le sac et on note sa couleur. La probabilité que la boule soit rouge est $\frac{2}{7}$ et la probabilité que la boule soit bleue est $\frac{4}{7}$. La probabilité que la boule tirée soit verte est :

❑ a. $\frac{6}{7}$ ❑ b. On ne peut pas savoir. ❑ c. $\frac{1}{7}$

10 Expérience répétée

Lors d'une expérimentation, on lance 100 fois une pièce parfaitement équilibrée. On obtient 60 fois pile.

Le nombre $\frac{60}{100}$ est :

❑ a. une fréquence

❑ b. une probabilité

❑ c. une issue

Corrigés p. 285

Lancers de poids

25 min

Les indicateurs statistiques (étendue, moyenne, médiane) sont à l'honneur dans cet exercice.

L'entraîneur d'un club d'athlétisme a relevé les performances, en mètres, de ses lanceuses de poids sur cinq lancers. Voici une partie des relevés qu'il a effectués (il manque trois performances pour une des lanceuses).

Athlète	Lancer 1	Lancer 2	Lancer 3	Lancer 4	Lancer 5
Solenne	17,8	17,9	18	19,9	17,4
Rachida	17,9	17,6	18,5	18	19
Sarah	18	?	19,5	?	?

Voici des caractéristiques de la série d'une des lanceuses.

Caractéristiques des cinq lancers	
Étendue	2,5 m
Moyenne	18,2 m
Médiane	18 m

1. Expliquer pourquoi ces caractéristiques ne concernent ni les résultats de Solenne, ni ceux de Rachida.

2. Les caractéristiques données sont donc celles de Sarah. Son meilleur lancer est de 19,5 m. Indiquer quels peuvent être les trois lancers manquants de Sarah.

LE CORRIGÉ

1. Trouvons la médiane des lancers de Solenne. Pour cela, rangeons les valeurs dans l'ordre croissant : 17,4 ; 17,8 ; 17,9 ; 18 ; 19,9.
La médiane est donc la 3e valeur : 17,9.
Cette valeur ne correspond pas à la caractéristique proposée.
Par conséquent, **ces caractéristiques ne sont pas celles de Solenne.**
Trouvons l'étendue des valeurs de Rachida : $19 - 17,6 = 1,4$.
Cette valeur ne correspond pas à la caractéristique proposée.
Par conséquent, **ces caractéristiques ne sont pas celles de Rachida.**

2. • Puisque l'étendue des résultats de Sarah vaut 2,5, c'est qu'une des valeurs manquantes vaut : $19,5 - 2,5 = 17$.
• Puisque la médiane vaut 18, c'est que sur les deux valeurs manquantes, l'une est inférieure ou égale à 18 et l'autre supérieure ou égale à 18.
• Utilisons maintenant le fait que la moyenne vaut 18,2.
On a alors : $(18 + 17 + 19,5 + \text{valeur}_2 + \text{valeur}_3) \div 5 = 18,2$.
Donc : $\text{valeur}_2 + \text{valeur}_3 = (18,2 \times 5) - (18 + 17 + 19,5) = 36,5$.
Avec la condition énoncée précédemment, on peut choisir, par exemple, comme valeurs possibles : $\text{valeur}_2 = 17,8$ et $\text{valeur}_3 = 18,7$.
En conclusion, on peut avoir comme valeurs possibles : 17 ; 17,8 ; 18,7.

LE BON RÉFLEXE
Calcule les indicateurs statistiques pour chaque athlète et vérifie s'ils correspondent tous à ceux proposés dans le tableau.

MATHS

20 min

Tirages dans une urne

Cet exercice permet de travailler sur le calcul des probabilités élémentaires.

Il y a dans une urne 12 boules indiscernables au toucher, numérotées de 1 à 12.
On tire une boule au hasard.

1. Est-il plus probable d'obtenir un numéro pair ou bien un multiple de 3 ?

2. Quelle est la probabilité d'obtenir un numéro inférieur à 20 ?

3. On enlève de l'urne toutes les boules dont le numéro est un diviseur de 6.
On tire à nouveau une boule au hasard.
Expliquer pourquoi la probabilité d'obtenir un numéro qui soit un nombre premier est alors égale à 0,375.

LE CORRIGÉ

1. Les issues de l'événement « tirer un numéro pair » sont :
2 ; 4 ; 6 ; 8 ; 10 ; 12.
Les issues de l'événement « tirer un numéro multiple de 3 » sont :
3 ; 6 ; 9 ; 12.

On a :
$p(\text{« numéro pair »}) = \frac{6}{12} = \frac{1}{2}$ et $p(\text{« multiple de 3 »}) = \frac{4}{12} = \frac{1}{3}$.

Donc **il est plus probable de tirer un numéro pair qu'un multiple de 3.**

2. Toutes les issues de cette expérience sont des numéros inférieurs à 12, donc à 20.
L'événement « Obtenir un numéro inférieur à 20 » est un événement certain et on a :
$\boldsymbol{p(\text{« tirer un numéro inférieur à 20 »}) = 1}$.

3. Si l'on enlève les boules dont le numéro est un diviseur de 6, on enlève celles marquées 1, 2, 3 ou 6.
Il ne reste donc que 8 boules portant les numéros :
4 ; 5 ; 7 ; 8 ; 9 ; 10 ; 11 ; 12.
Parmi ces numéros, seuls 5, 7 et 11 sont premiers. Donc :
$p(\text{« tirer un numéro premier »}) = \frac{3}{8}$.

Et on trouve bien :
$\boldsymbol{p(\text{« tirer un numéro premier »}) = 0{,}375}$.

LE BON RÉFLEXE
Souviens-toi qu'un nombre premier a exactement deux diviseurs : 1 et lui-même.

Les pyramides de Gizeh

La légende raconte que Thalès de Milet (626-547 av. J.-C.) aurait mesuré la hauteur de la pyramide de Khéops. À midi, il planta sa canne dans le sable et dit au Pharaon : « L'ombre de ma canne est exactement égale à sa hauteur ; il doit en être de même pour votre pyramide. Faites mesurer son ombre, vous aurez sa hauteur ! »

Les théorèmes de Pythagore et de Thalès

Pythagore et Thalès fondent la science mathématique grecque au VIe siècle av. J.-C. Les deux domaines principaux de cette science sont l'arithmétique et la géométrie. L'arithmétique a pour origine les problèmes concrets que cherchent à résoudre des commerçants ou des navigateurs, tandis que la géométrie vient du travail des sculpteurs, des céramistes ou des architectes.

SUIVEZ LE GUIDE

LE COURS

Triangles
Théorème de Pythagore

Triangles et angles

Propriété de la somme des angles d'un triangle

La somme des trois angles d'un triangle est **égale à 180°**.

Cette propriété permet, lorsqu'on connaît les mesures de deux angles d'un triangle, de **calculer la mesure du troisième angle**.

Triangles particuliers

- Un triangle **rectangle** est un triangle qui a un angle droit.
- Un triangle **isocèle** est un triangle qui a deux angles de même mesure.
- Un triangle **équilatéral** est un triangle qui a trois angles de même mesure 60°.

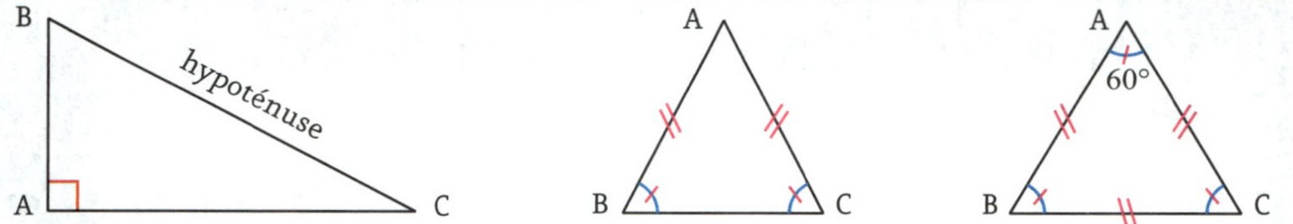

Triangle rectangle en A — Triangle isocèle en A — Triangle équilatéral

HYPOTÉNUSE
L'hypoténuse d'un triangle rectangle est le côté opposé à l'angle droit. C'est aussi le côté dont la longueur est la plus grande.

RACINE CARRÉE
La racine carrée d'un nombre a positif est notée $\sqrt{a}$.

LA VIDÉO EN +
Le théorème de Pythagore
▶ bit.ly/_MAT_ch5_p110

Théorème de Pythagore

Théorème de Pythagore

Dans un triangle rectangle, le carré de la longueur de l'**hypoténuse** est égal à la somme des carrés des longueurs des deux autres côtés.

Le triangle ABC ci-contre est rectangle en A, donc :

$$BC^2 = AB^2 + AC^2.$$

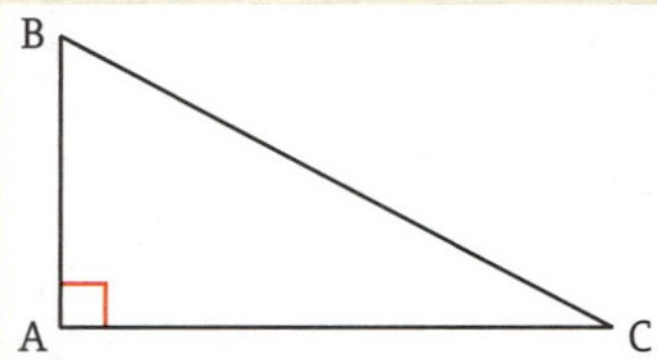

La racine carrée d'un nombre

Soit a un nombre positif. La **racine carrée de a** est le nombre positif dont le carré est a.

On calcule la racine carrée d'un nombre lorsqu'on utilise le théorème de Pythagore pour **calculer la longueur d'un côté** d'un triangle rectangle.

Réciproque du théorème de Pythagore

Si, dans un triangle, le carré de la longueur du plus grand côté est égal à la somme des carrés des longueurs des deux autres côtés, alors ce triangle est **rectangle**.

Pour **prouver qu'un triangle est rectangle**, on suit ces trois étapes :

- Calculer les carrés des longueurs des trois côtés du triangle considéré.
- Additionner les carrés des deux longueurs les plus petites.
- Vérifier que cette somme est égale au carré du troisième côté et conclure à l'aide de la réciproque du théorème de Pythagore.

LES MÉTHODES

Calculer des mesures d'angles dans une figure géométrique

On étudie d'abord la figure pour mettre en évidence les angles connus et les triangles particuliers. On utilise ensuite la propriété de la somme des angles d'un triangle.

Exercice résolu

ABC est un triangle rectangle en A.

Le triangle ASC est isocèle en S et l'angle $\widehat{ASC}$ mesure 120°.

Calculer la mesure de l'angle $\widehat{ABC}$.

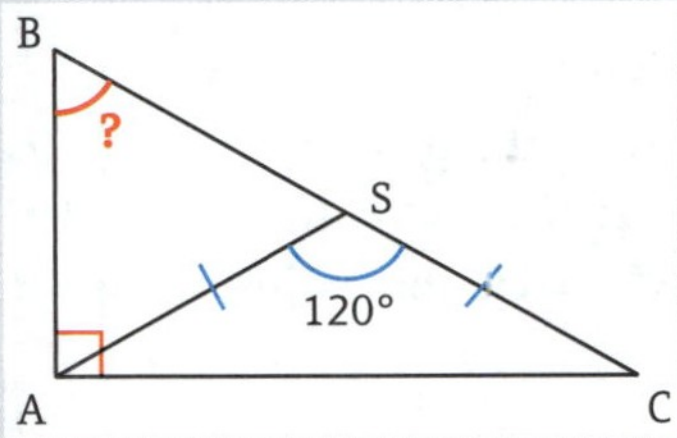

Corrigé

- Le triangle ASC est isocèle en S, donc les angles $\widehat{SAC}$ et $\widehat{ACS}$ ont la même mesure.

La somme des angles du triangle ASC est égale à 180°, donc :

$120° + \widehat{SAC} + \widehat{ACS} = 180°$

$2 \times \widehat{ACS} = 180° - 120°$

$2 \times \widehat{ACS} = 60°$

$\widehat{ACS} = 30°$.

- Or les angles $\widehat{ACS}$ et $\widehat{ACB}$ sont égaux, donc $\widehat{ACB} = 30°$.
- La somme des angles du triangle ABC est égale à 180°, donc :

$\widehat{BAC} + \widehat{ABC} + \widehat{ACB} = 180°$

$90° + \widehat{ABC} + 30° = 180°$

$\widehat{ABC} = 180° - 90° - 30°$

$\mathbf{\widehat{ABC} = 60°}$.

À NOTER
Par définition, un triangle isocèle a deux côtés de même longueur.

MATHS

Utiliser le théorème de Pythagore pour calculer des longueurs

Pour calculer la longueur d'un des côtés d'un triangle rectangle, on écrit l'égalité liant les carrés des mesures des trois côtés.

Exercice résolu

ABC est un triangle rectangle en C. On donne AC = 39 mm et BC = 52 mm.

Montrer que AB = 65 mm.

Corrigé

On applique le théorème de Pythagore au triangle ABC rectangle en C, d'hypoténuse [AB] :

$AB^2 = AC^2 + BC^2 = 39^2 + 52^2 = 1\,521 + 2\,704 = 4\,225$.

AB est une longueur, donc AB > 0.

D'où : $AB = \sqrt{4\,225}$. On trouve donc bien : **AB = 65 mm.**

LE BON RÉFLEXE
Pour calculer une racine carrée, utilise la touche √ de la calculatrice.

LE COURS

Théorème de Thalès

La vidéo en +
Théorème de Thalès
▸ bit.ly/_MAT_ch5_p112

Dans le plan

Théorème de Thalès

Soit deux droites $\mathscr{D}$ et $\mathscr{D}'$ sécantes en A. Soit B et M deux points de $\mathscr{D}$ distincts de A. Soit C et N deux points de $\mathscr{D}'$ distincts de A.
Si les droites (BC) et (MN) sont parallèles, alors :

$$\frac{AM}{AB} = \frac{AN}{AC} = \frac{MN}{BC}.$$

Il y a deux configurations possibles :

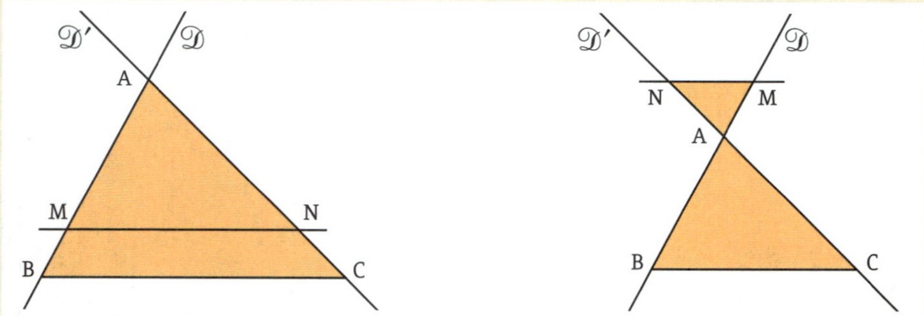

Calculer une longueur à l'aide du théorème de Thalès

Après avoir vérifié les conditions d'application du **théorème de Thalès**, on écrit les trois rapports égaux. On remplace ensuite par les longueurs connues. On utilise le **produit en croix** pour calculer les longueurs manquantes.

Produit en croix
Soit a, b, c et d, quatre nombres non nuls tels que $\frac{a}{b} = \frac{c}{d}$. Le produit en croix associé à cette égalité est l'égalité $a \times d = b \times c$.

Réciproque du théorème de Thalès

Soit deux droites $\mathscr{D}$ et $\mathscr{D}'$ sécantes en A. Soit B et M deux points de $\mathscr{D}$ distincts de A. Soit C et N deux points de $\mathscr{D}'$ distincts de A.
Si $\frac{AM}{AB} = \frac{AN}{AC}$ et si les points A, B, M d'une part, et A, C, N d'autre part sont alignés dans cet ordre, alors les droites (BC) et (MN) sont **parallèles**.

Dans l'espace

Utiliser le théorème de Thalès dans l'espace

On peut retrouver une **configuration de Thalès** dans un solide coupé par un plan parallèle ou perpendiculaire à la base.

Configuration de Thalès
Une configuration de Thalès est une figure dans laquelle on retrouve deux droites sécantes coupées par deux parallèles.

Utiliser la réciproque du théorème de Thalès dans l'espace

On applique la **réciproque du théorème de Thalès** à deux droites sécantes de l'espace pour montrer que deux droites sont parallèles. On calcule alors deux rapports qui doivent être égaux et on vérifie la position des points.

LES MÉTHODES

Calculer des longueurs à l'aide du théorème de Thalès

On suit les étapes indiquées dans le cours.

Exercice résolu

Sur la figure ci-contre, les droites (BC) et (MN) sont parallèles. On donne :

AB = 4,5 cm ; AC = 3 cm ; AN = 4,8 cm et MN = 6,4 cm.

Calculer les longueurs AM et BC.

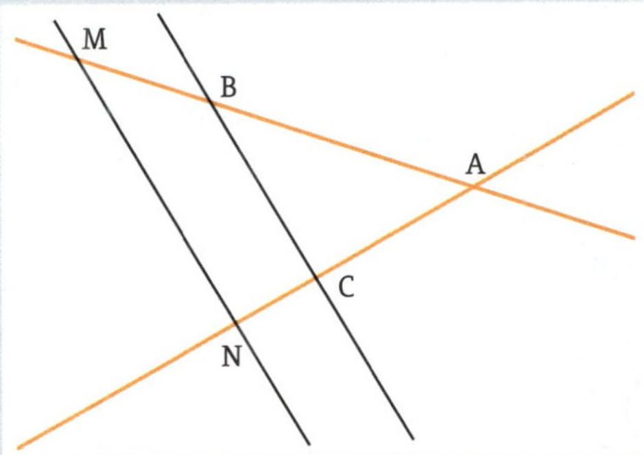

Corrigé

Les droites (AM) et (AN) sont sécantes en A. Les points M et B appartiennent à (AM). Les points C et N appartiennent à (AN). Les droites (BC) et (MN) sont parallèles.

On applique le théorème de Thalès : $\frac{AB}{AM} = \frac{AC}{AN} = \frac{BC}{MN}$.

On remplace par les longueurs connues : $\frac{4,5}{AM} = \frac{3}{4,8} = \frac{BC}{6,4}$.

À l'aide du produit en croix, on obtient : $AM = (4,5 \times 4,8) \div 3 = 7,2$ et $BC = (3 \times 6,4) \div 4,8 = 4$.

Les longueurs AM et BC valent respectivement 7,2 cm et 4 cm.

À NOTER
Les trois côtés d'un même triangle sont écrits au numérateur des trois rapports égaux.

MATHS

Démontrer que deux droites sont parallèles à l'aide de la réciproque du théorème de Thalès

On regarde la position des points. On calcule séparément deux rapports et on vérifie qu'ils prennent bien la même valeur.

Exercice résolu

Sur la figure ci-contre, on a OD = 4 cm ; OC = 5 cm ; AC = 3 cm ; AB = 6 cm et BD = 2,4 cm.

(*La figure n'est pas en vraie grandeur.*)

Démontrer que les droites (AB) et (CD) sont parallèles.

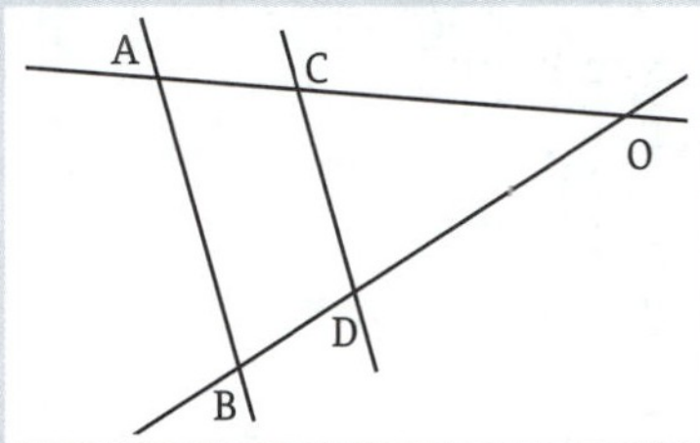

Corrigé

On commence par calculer les longueurs OA et OB. On a :

OA = OC + AC = 5 + 3 = 8 cm et OB = OD + BD = 4 + 2,4 = 6,4 cm.

On a $\frac{OC}{OA} = \frac{5}{8} = 0,625$ et $\frac{OD}{OB} = \frac{4}{6,4} = 0,625$. On a donc $\frac{OC}{OA} = \frac{OD}{OB}$.

De plus, les points O, C, A d'une part, et les points O, D, B d'autre part sont alignés dans cet ordre. D'après la réciproque du théorème de Thalès, **les droites (AB) et (CD) sont parallèles.**

LE BON RÉFLEXE
Vérifie la position des points avant d'appliquer la réciproque du théorème de Thalès.

CHECK ! 10 min

Triangles – Théorème de Pythagore

1 Est-ce un triangle ?

Un triangle peut posséder des angles mesurant :

- ❑ **a.** 45°, 65° et 25°
- ❑ **b.** 60°, 70° et 50°
- ❑ **c.** 90°, 60° et 40°

2 Calculer un angle

Sur la figure ci-contre, la mesure de l'angle $\widehat{BCA}$ est :

- ❑ **a.** 100°
- ❑ **b.** 160°
- ❑ **c.** 80°

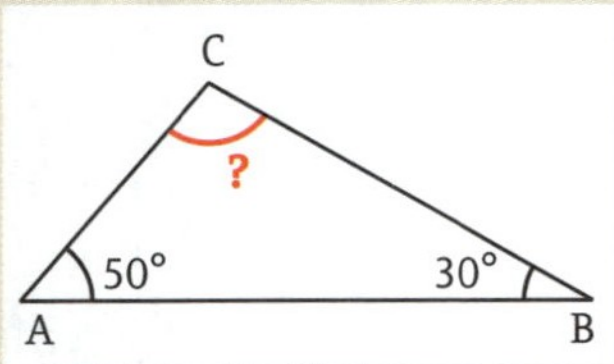

3 Utiliser le théorème de Pythagore

Avec les données de la figure, le théorème de Pythagore permet d'écrire :

- ❑ **a.** $DF^2 = DE^2 + EF^2$
- ❑ **b.** $DE^2 = DF^2 + EF^2$
- ❑ **c.** $EF^2 = DE^2 + DF^2$

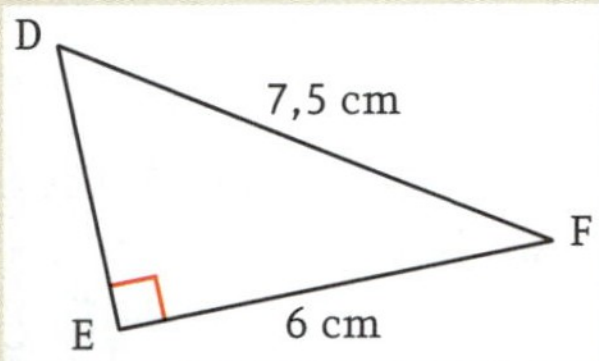

4 Reconnaître un triangle

Un triangle a ses côtés qui mesurent respectivement 2 cm, 3 cm et 4 cm.

- ❑ **a.** C'est un triangle rectangle.
- ❑ **b.** Ce n'est pas un triangle rectangle.
- ❑ **c.** On ne peut pas savoir.

5 Calculer une longueur

On sait que $AB^2 = 16$.

- ❑ **a.** La longueur AB est égale à 8.
- ❑ **b.** La longueur AB est égale à 16^2.
- ❑ **c.** La longueur AB est égale à 4.

Théorème de Thalès

Pour les **questions 6 et 7**. Sur la figure ci-dessous, les droites $\mathscr{D}$ et $\mathscr{D}'$ sont sécantes en E. Les droites (HG) et (FI) sont parallèles. Les points H et I appartiennent à $\mathscr{D}$ et les points F et G appartiennent à $\mathscr{D}'$.

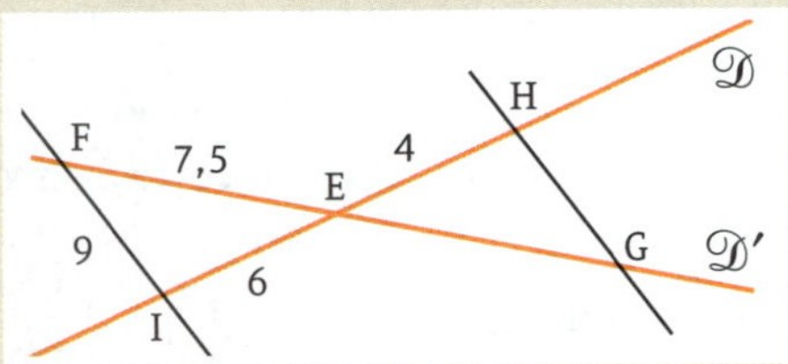

6 Utiliser le théorème de Thalès

La longueur EG est égale à :

- ❑ **a.** 5
- ❑ **b.** 6
- ❑ **c.** 7

7 Calculer une longueur avec Thalès

La longueur HG est égale à :

- ❑ **a.** 5
- ❑ **b.** 6
- ❑ **c.** 7

8 Repérer une configuration de Thalès

On considère la figure ci-dessous.
On donne AB = 12 ; AC = 8 et AD = 6.

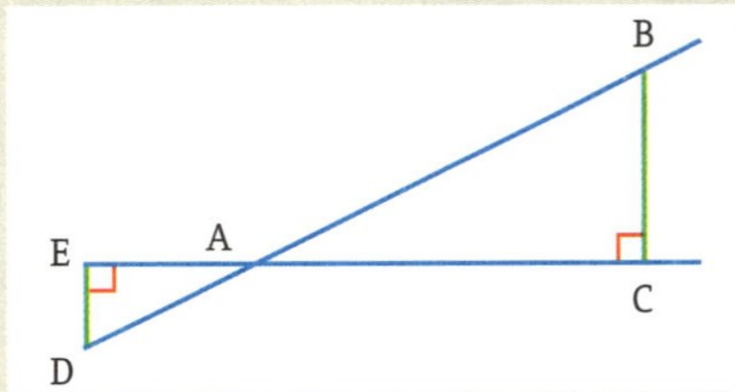

La longueur AE vaut :

- ❑ **a.** 3
- ❑ **b.** 4
- ❑ **c.** 5

Pour les **questions 9 et 10**, on considère la figure ci-dessous.

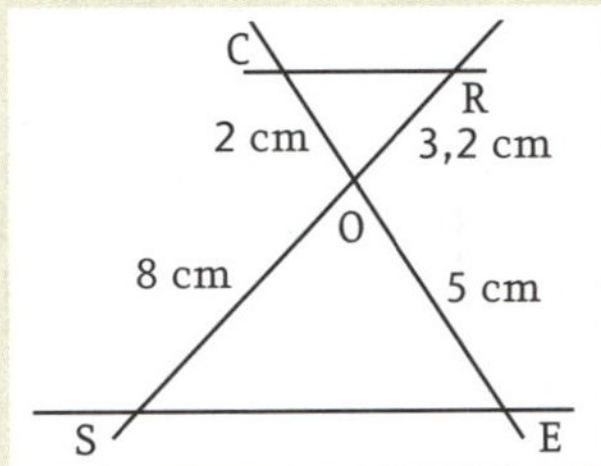

9 Démontrer que deux droites sont parallèles

Pour démontrer que les droites (CR) et (SE) sont parallèles ou non :

- ❑ **a.** on utilise le théorème de Pythagore
- ❑ **b.** on utilise le théorème de Thalès
- ❑ **c.** on utilise la réciproque du théorème de Thalès

10 Comparer des rapports

Pour démontrer que les droites (CR) et (SE) sont parallèles ou non :

- ❑ **a.** on compare les rapports $\frac{OC}{OE}$ et $\frac{OR}{OS}$
- ❑ **b.** on compare les rapports $\frac{OC}{OS}$ et $\frac{OR}{OE}$
- ❑ **c.** on compare les rapports $\frac{OC}{OS}$ et $\frac{OR}{OS}$

Corrigés p. 285

LES SUJETS DE BREVET

Les murs sont-ils droits ?

10 min

Cet exercice est une application concrète de la réciproque du théorème de Pythagore.

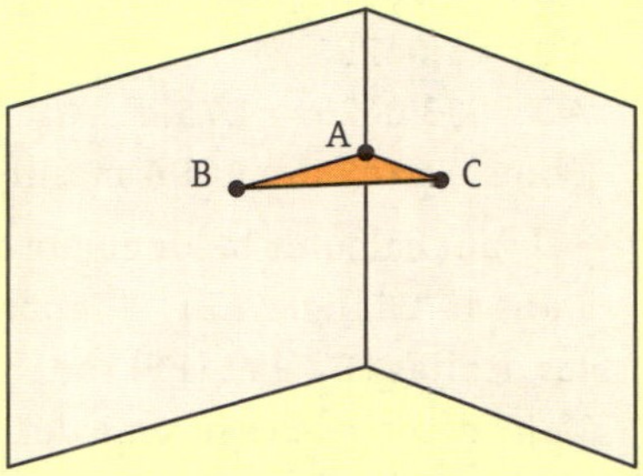

Un menuisier prend les mesures suivantes dans le coin d'un mur à 1 mètre au-dessus du sol pour construire une étagère de forme triangulaire ABC :
AB = 65 cm ; AC = 72 cm et BC = 97 cm.
Il réfléchit quelques minutes et assure que l'étagère a un angle droit. A-t-il raison ? Justifier.

LE CORRIGÉ

Dans le triangle ABC, [BC] est le plus grand côté.
Calculons :
$BC^2 = 97^2 = 9\,409$
$AB^2 + AC^2 = 65^2 + 72^2 = 4\,225 + 5\,184 = 9\,409$
On a $BC^2 = AB^2 + AC^2$.
Donc, d'après la réciproque du théorème de Pythagore, le triangle ABC est rectangle en A.
Le menuisier a bien raison.

LE BON RÉFLEXE
Pour prouver qu'un triangle est ou non rectangle, pense à utiliser la réciproque du théorème de Pythagore.

MATHS

Deux parcours de santé

15 min

Cet exercice permet de travailler les théorèmes directs de Pythagore et Thalès.

Une commune souhaite aménager des parcours de santé sur son territoire.
On fait deux propositions au conseil municipal, schématisées ci-dessous :
- le parcours ACDA ;
- le parcours AEFA.

Ils souhaitent faire un parcours dont la longueur s'approche le plus possible de 4 km.
Peux-tu les aider à choisir le parcours ? Justifie.
Attention, la figure proposée au conseil municipal n'est pas à l'échelle, mais les dimensions et les codages donnés sont corrects.
AC = 1,4 km
CD = 1,05 km
AE′ = 0,5 km
AE = 1,3 km
AF = 1,6 km
E′F′ = 0,4 km
(E′F′) // (EF)
L'angle $\widehat{A}$ dans le triangle AEF vaut 30°.

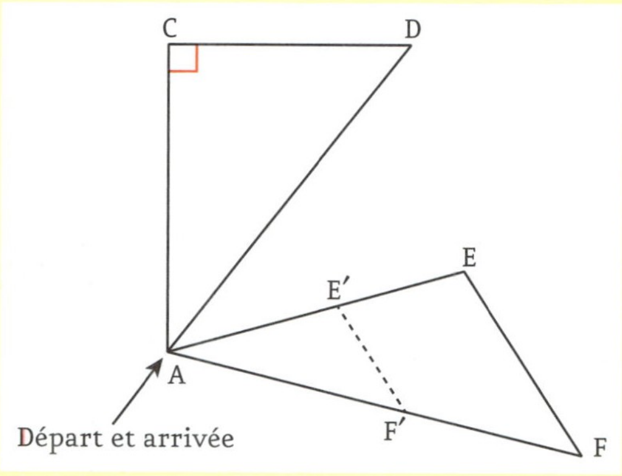

LE CORRIGÉ

• Il faut calculer la longueur du parcours ACDA ; pour cela, il manque la longueur AD.
Le triangle ACD est rectangle en C, donc, d'après le théorème de Pythagore, on a :

$AD^2 = AC^2 + CD^2$

$AD^2 = 1{,}4^2 + 1{,}05^2$

$AD^2 = 1{,}96 + 1{,}1025$

$AD^2 = 3{,}0625$

$AD = \sqrt{3{,}0625} = 1{,}75$.

Donc le parcours ACDA mesure : 1,75 + 1,05 + 1,4 = 4,2 km.

• Il faut calculer la longueur du parcours AEFA ; pour cela, il manque la longueur EF.
Dans le triangle AEF, E′ appartient au segment [AE], F′ appartient au segment [AF] et les droites (E′F′) et (EF) sont parallèles.
Donc d'après le théorème de Thalès, on a :

$\frac{AE'}{AE} = \frac{AF'}{AF} = \frac{E'F'}{EF}$

$\frac{0{,}5}{1{,}3} = \frac{AF'}{1{,}6} = \frac{0{,}4}{EF}$.

Avec le produit en croix, on trouve : $EF = \frac{1{,}3 \times 0{,}4}{0{,}5} = 1{,}04$ km.

Donc le parcours AEFA mesure : 1,3 + 1,04 + 1,6 = 3,94 km.

• Finalement :
– le parcours ACDA mesure 0,2 km de plus que le parcours souhaité ;
– le parcours AEFA mesure 0,06 km de moins que le parcours souhaité.

Il faudra donc choisir le parcours AEFA pour être au plus proche de la longueur idéale de parcours de 4 km.

LE BON RÉFLEXE
Pour choisir un parcours, calcule les longueurs de chaque parcours et regarde laquelle se rapproche le plus des 4 km.

Un plan incliné dans un skatepark au Havre

Le plan incliné (lanceur) est un des modules les plus fréquents dans les skateparks. Il permet de prendre de l'élan pour fait des sauts sur un autre module. Le skateur s'élance depuis une plateforme dans une pente.

Transformations Trigonométrie

On peut par exemple utiliser la trigonométrie pour calculer une pente. La pente, exprimée en pourcentage, représente le dénivelé d'un plan incliné pour un déplacement horizontal de 100 m. Si la pente est de 10 %, le plan incliné s'élève de 10 m pour un déplacement horizontal de 100 m. La tangente de l'angle formé par le plan incliné et le sol correspond aussi à la pente.

SUIVEZ LE GUIDE

Le cours pages 118 et 120

Les méthodes pages 119 et 121

Check ! page 122

Les sujets de brevet page 123

LE COURS

Symétrie, translation, rotation, homothétie

MÉDIATRICE
La médiatrice d'un segment est la droite qui coupe perpendiculairement ce segment en son milieu.

Les symétries, la translation et la rotation

La symétrie axiale et la symétrie centrale

- Deux points M et M′ sont symétriques par rapport à une droite $\mathscr{D}$ si la droite $\mathscr{D}$ est la **médiatrice** du segment [MM′].

- Deux points M et M′ sont symétriques par rapport à un point O si le point O est le **milieu** du segment [MM′].

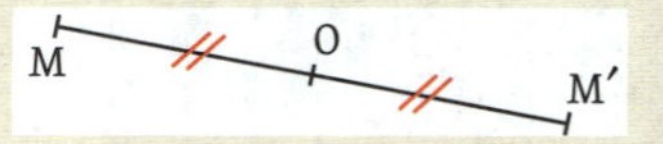

La translation

Soit A et B deux points distincts du plan et soit M un autre point du plan. L'image du point M par la translation qui transforme le point A en B est le point M′ **tel que ABM′M est un parallélogramme.**

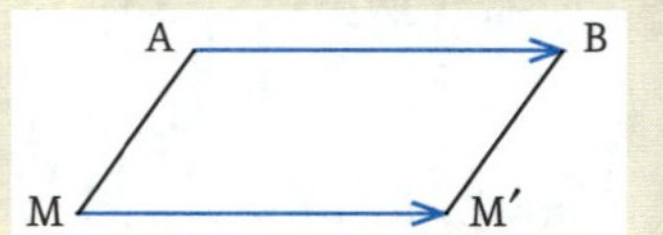

La rotation

Soit O et M deux points distincts du plan et α une mesure d'angle. L'image du point M par la **rotation de centre O et d'angle α** est le point M′ du cercle de centre O passant par M tel que $\widehat{MOM'} = \alpha$ en précisant le sens de la rotation (dans le sens contraire des aiguilles d'une montre dans la figure).

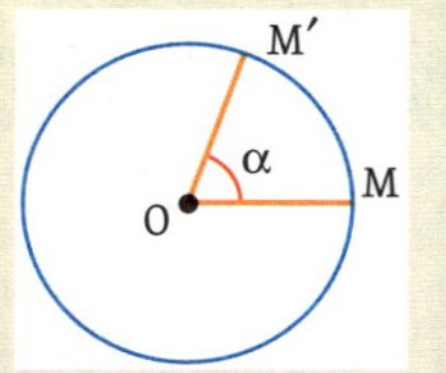

LA VIDÉO EN +
Construire l'image d'une figure par une homothétie
▸ bit.ly/_MAT_ch6_118

L'homothétie

Soit O et M deux points distincts du plan, et k un nombre strictement positif. L'image du point M par l'**homothétie de centre O et de rapport k** est le point M′ de la demi-droite [OM) tel que $OM' = k \times OM$.

Exemple : dans la figure ci-contre, on a : $k = 3$.

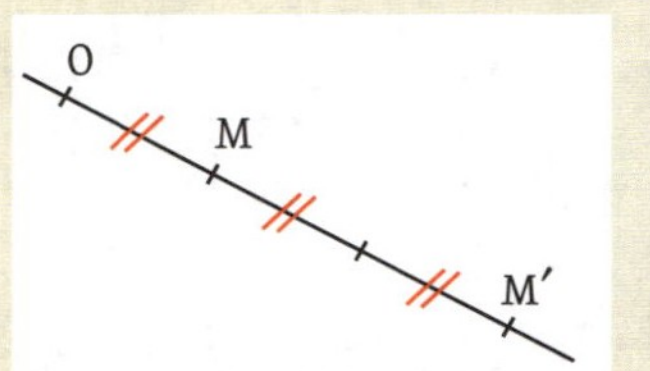

Réduction et agrandissement

- Si $0 < k < 1$, l'image d'une figure $\mathscr{F}_1$ par l'homothétie de centre O et de rapport k est une **réduction** de la figure $\mathscr{F}_1$.
- Si $k > 1$, l'image d'une figure $\mathscr{F}_1$ par l'homothétie de centre O et de rapport k est un **agrandissement** de la figure $\mathscr{F}_1$.

Longueurs, aires, volumes

Une homothétie de rapport k multiplie les longueurs par k, les aires par k^2 et les volumes par k^3.

Triangles semblables

Si le triangle ABC a pour image le triangle A′B′C′ par une homothétie, ces deux triangles sont **semblables**.

TRIANGLES SEMBLABLES
Les angles de deux triangles semblables sont égaux deux à deux. Les longueurs de leurs côtés sont proportionnelles.

LES MÉTHODES

Transformer une figure à l'aide d'une symétrie, d'une translation, d'une rotation

On donne un nom aux sommets de la figure de départ, puis on construit les images de chacun de ces sommets suivant la transformation appliquée à la figure.

Exercice résolu

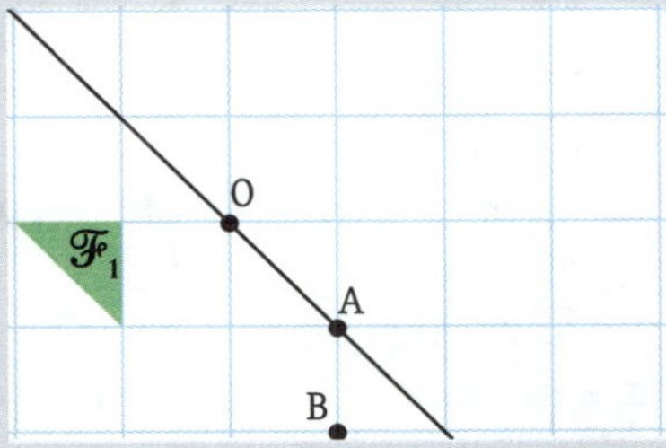

Construire sur la figure ci-contre :

- La figure $\mathscr{F}_2$, image de la figure $\mathscr{F}_1$ par la symétrie d'axe (OA).
- La figure $\mathscr{F}_3$, image de la figure $\mathscr{F}_1$ par la symétrie de centre O.
- La figure $\mathscr{F}_4$, image de la figure $\mathscr{F}_1$ par la translation qui transforme A en B.
- La figure $\mathscr{F}_5$, image de la figure $\mathscr{F}_1$ par la rotation de centre O et d'angle 90° dans le sens contraire des aiguilles d'une montre.

Corrigé

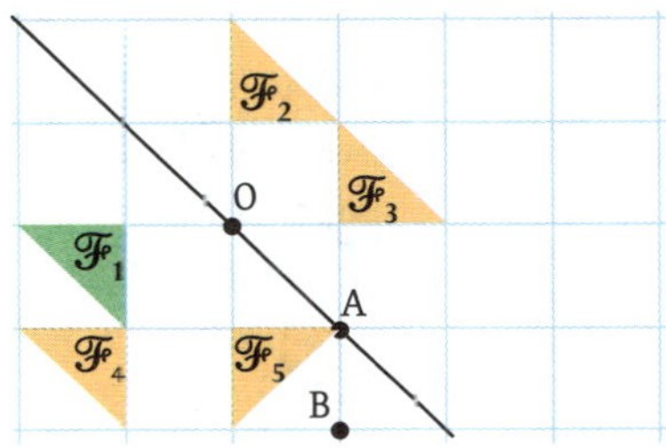

MATHS

À NOTER
Les différentes figures construites ont les mêmes dimensions que la figure de départ.

Construire l'image d'une figure par une homothétie

On trace la demi-droite partant du centre de l'homothétie et passant par le point dont on cherche l'image, puis on multiplie les longueurs par le rapport de l'homothétie.

Exercice résolu

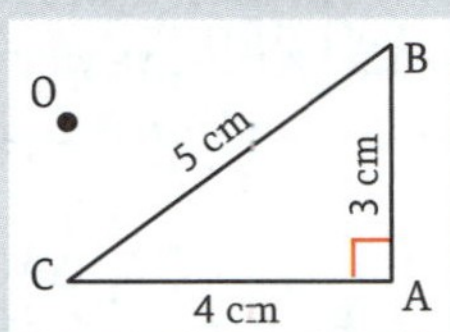

ABC est un triangle rectangle et O est un point du plan.

a. Construire le triangle rectangle A'B'C', image du triangle rectangle ABC par l'homothétie de centre O et de rapport 2.

b. Quelles sont les longueurs des côtés du triangle A'B'C' ?

Corrigé

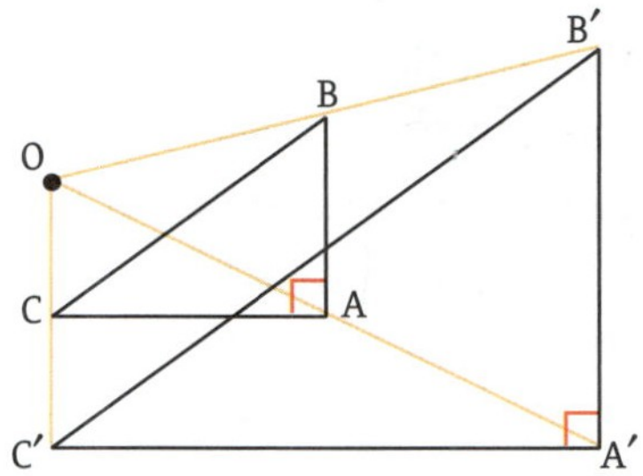

a. On construit l'image du triangle (ci-contre).

b. Une homothétie de rapport 2 multiplie les longueurs par 2, donc :
$A'B' = 2 \times AB = 6$ cm ;
$A'C' = 2 \times AC = 8$ cm ;
$C'B' = 2 \times CB = 10$ cm.

LE BON RÉFLEXE
Vérifie que la figure obtenue est un agrandissement de la figure de départ (car le rapport est strictement supérieur à 1).

LE COURS

Trigonométrie

Hypoténuse
L'hypoténuse d'un triangle rectangle est le côté qui a la longueur la plus grande.

Rapports trigonométriques

Reconnaître les côtés d'un triangle rectangle

Dans un triangle rectangle :

- l'**hypoténuse** est le côté opposé à l'angle droit ;
- un angle aigu est formé par l'hypoténuse et un autre côté du triangle appelé **côté adjacent** à l'angle ;
- le côté du triangle qui n'est pas un côté de l'angle est appelé **côté opposé** à l'angle.

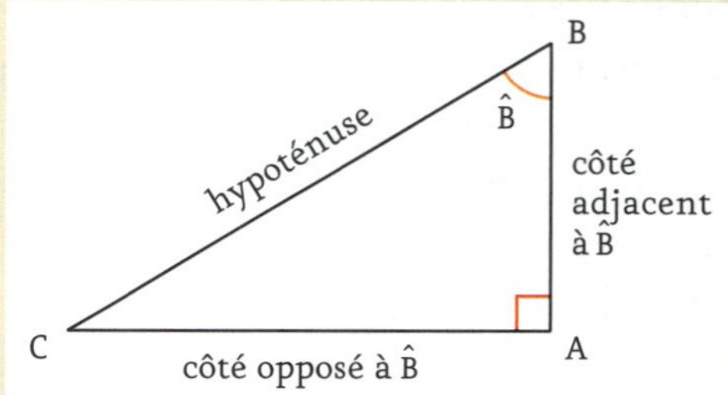

Déterminer le sinus, le cosinus et la tangente d'un angle aigu

Soit ABC un triangle rectangle en A. On a :

$$\cos\hat{B} = \frac{\text{côté adjacent}}{\text{hypothénuse}} = \frac{BA}{BC}$$
$$\sin\hat{B} = \frac{\text{côté opposé}}{\text{hypoténuse}} = \frac{AC}{BC}$$
$$\tan\hat{B} = \frac{\text{côté opposé}}{\text{côté adjacent}} = \frac{AC}{BA}$$

La vidéo en +
Calculer des sinus, cosinus et tangentes
▶ bit.ly/_MAT_ch6_p120

Calculer une longueur ou un angle en utilisant la trigonométrie

Calculer une longueur

Pour calculer une longueur, on identifie, selon les données de l'exercice traité, les côtés connus du triangle : côté opposé, adjacent ou hypoténuse. On utilise l'**un des rapports trigonométriques** dans lequel figurent les côtés connus, puis on conclut à l'aide de la propriété suivante (ici, par exemple, pour le sinus).

Pour tous nombres x, b et c non nuls, on a :

$$\sin x = \frac{b}{c} \text{ équivaut à } c \times \sin x = b \text{ équivaut à } c = \frac{b}{\sin x}.$$

Calculer un angle

Pour calculer un angle, on cherche, selon les données de l'exercice traité, à calculer son sinus, son cosinus ou sa tangente. On utilise ensuite la **calculatrice** pour trouver la **valeur de l'angle**, en appuyant sur la touche [2nd] ou [inv], puis sur l'une des touches [cos], [sin] ou [tan] selon le cas.

Valeur de l'angle
La valeur d'un angle est donnée en degrés.

LES MÉTHODES

Calculer une longueur en utilisant la trigonométrie

On suit les étapes indiquées dans le cours.

Exercice résolu

RST est un triangle rectangle en S tel que :

$\widehat{RTS} = 57°$ et $RS = 19$ cm.

Calculer la longueur ST et donner le résultat arrondi au millimètre près.

La figure ci-contre n'est pas en vraie grandeur.

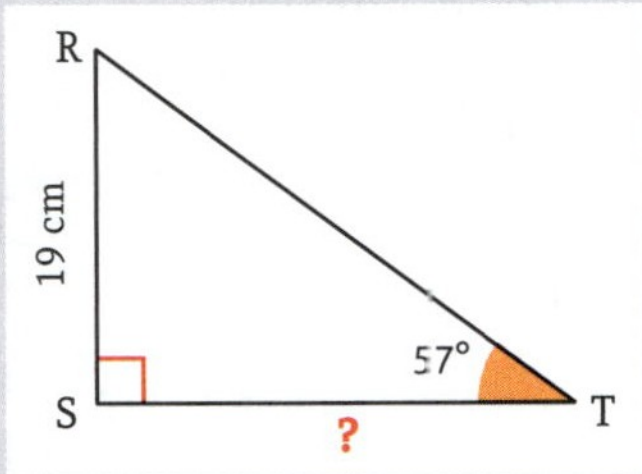

Corrigé

On connaît le côté opposé RS. On cherche le côté adjacent à l'angle $\widehat{RTS}$. On utilise donc la tangente de cet angle.

On a $\tan \widehat{RTS} = \dfrac{RS}{ST}$ ou encore $\tan 57° \times ST = RS$.

On en déduit $ST = \dfrac{19}{\tan 57°}$.

Avec la calculatrice, on trouve qu'**un arrondi de ST au millimètre près est 12,3 cm.**

À NOTER
Pour une mesure de longueur en centimètres, l'arrondi au millimètre près est le nombre le plus proche avec un seul chiffre après la virgule.

Calculer un angle en utilisant la trigonométrie

On suit les étapes indiquées dans le cours.

Exercice résolu

On considère le triangle SAB rectangle en S tracé ci-contre.
Ce triangle vérifie :

$AB = 13$ et $SB = 12$.

Déterminer la mesure de l'angle $\widehat{SAB}$ arrondie au degré près.

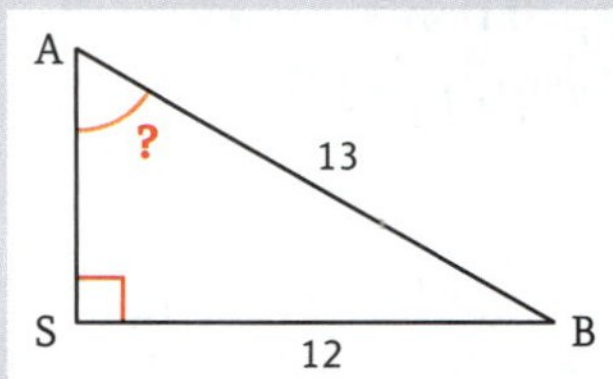

Corrigé

Le côté opposé à l'angle $\widehat{SAB}$ est [SB] et l'hypoténuse du triangle SAB est [AB]. Donc :

$\sin \widehat{SAB} = \dfrac{SB}{AB} = \dfrac{12}{13}$.

Avec la calculatrice, en tapant [2nd] [sin] [(] [1] [2] [/] [1] [3] [)] on trouve 67° (valeur arrondie au degré).

L'angle $\widehat{SAB}$ mesure 67°.

LE BON RÉFLEXE
Pour identifier l'hypoténuse, cherche le côté le plus long du triangle rectangle.

CHECK ! 10 min

Symétrie, translation, rotation, homothétie

1 Symétrie axiale

Deux points M et M′ sont symétriques par rapport à une droite $\mathscr{D}$ si la droite $\mathscr{D}$:

- ❑ **a.** est la médiatrice du segment [MM′].
- ❑ **b.** est perpendiculaire au segment [MM′].
- ❑ **c.** passe par le milieu du segment [MM′].

2 Symétrie centrale

Deux points M et M′ sont symétriques par rapport à un point O si le point O est :

- ❑ **a.** le centre du segment [MM′].
- ❑ **b.** à égale distance des points M et M′.
- ❑ **c.** le milieu du segment [MM′].

3 Translation

Soit ABCD un parallélogramme.

- ❑ **a.** L'image du point D par la translation qui transforme le point A en B est le point C.
- ❑ **b.** L'image du point C par la translation qui transforme le point A en B est le point D.
- ❑ **c.** L'image du point D par la translation qui transforme le point A en B est le point D.

4 Homothétie (1)

Si $0 < k < 1$, l'image d'une figure $\mathscr{F}_1$ par l'homothétie de centre O et de rapport k est :

- ❑ **a.** un agrandissement de la figure $\mathscr{F}_1$.
- ❑ **b.** une réduction de la figure $\mathscr{F}_1$.
- ❑ **c.** une figure identique à la figure $\mathscr{F}_1$.

5 Homothétie (2)

Un segment a pour mesure 15 cm. Son image par une homothétie de centre O et de rapport $\frac{1}{3}$ a pour longueur :

❑ **a.** 45 cm ❑ **b.** 15 cm ❑ **c.** 5 cm

Trigonométrie

6 Identifier l'hypoténuse

ABC est un triangle rectangle en B. L'hypoténuse est :

❑ **a.** [BC] ❑ **b.** [AC] ❑ **c.** [AB]

7 Identifier les côtés d'un triangle rectangle

Avec les données de la figure, le côté opposé à l'angle de 23° est le segment :

- ❑ **a.** [BC]
- ❑ **b.** [AC]
- ❑ **c.** [AB]

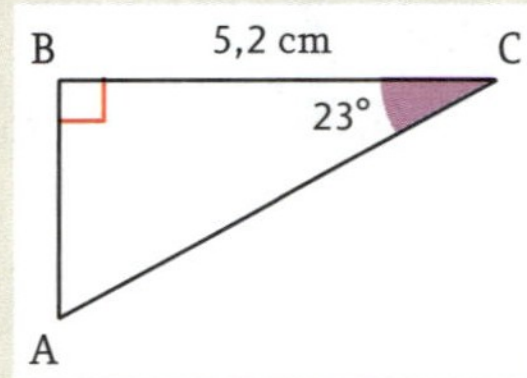

8 Calculer un angle

Pour calculer l'angle $\widehat{DNB}$ avec les données de la figure, on écrit :

- ❑ **a.** $\sin \widehat{DNB} = \dfrac{BN}{BD}$
- ❑ **b.** $\sin \widehat{DNB} = \dfrac{DB}{DN}$
- ❑ **c.** $\sin \widehat{DNB} = \dfrac{BN}{DN}$

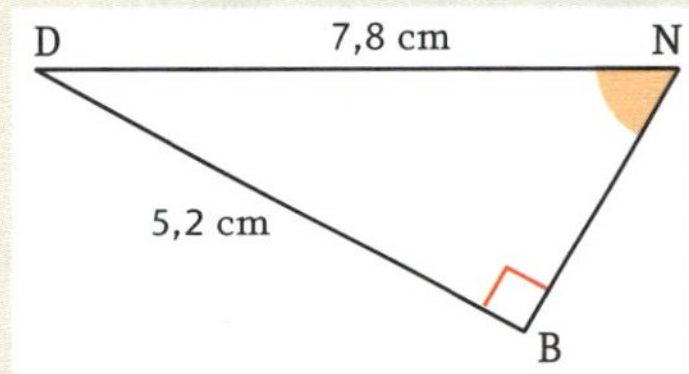

Pour les **questions 9 et 10**, sur la figure ci-dessous, ABC est un triangle tel que AB = 5 cm, BC = 8 cm et $\widehat{ABH} = 35°$; (AH) est la hauteur issue de A.

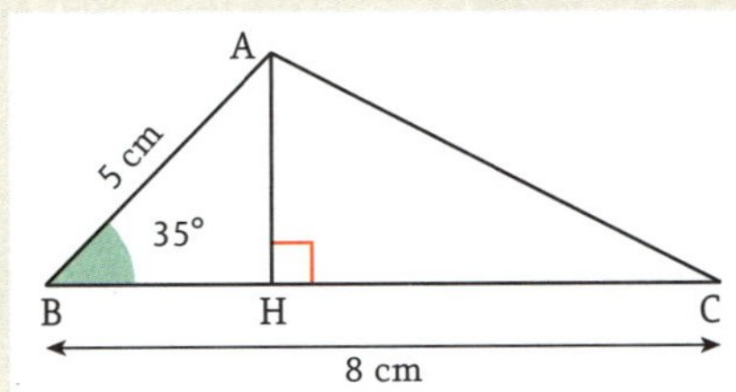

9 Calculer une longueur

La valeur exacte de la longueur AH est :

- ❑ **a.** $5 \times \cos 35°$
- ❑ **b.** $5 \times \sin 35°$
- ❑ **c.** $\dfrac{5}{\sin 35°}$

10 Arrondir une longueur

L'arrondi au centième de la longueur AH est :

❑ **a.** 2,89 ❑ **b.** 2,88 ❑ **c.** 2,87

Corrigés p. 285

LES SUJETS DE BREVET

Les pavages du plan par Escher

15 min

De nombreuses œuvres d'art sont basées sur les transformations usuelles du plan. En voici un exemple dans cet exercice.

Maurits Cornelis Escher (1898-1972) est un artiste néerlandais connu pour ses gravures sur bois et ses pavages souvent inspirés des mathématiques. Voici un exemple de ses pavages avec des papillons. Tous les papillons sont de formes strictement identiques et s'imbriquent exactement les uns dans les autres.

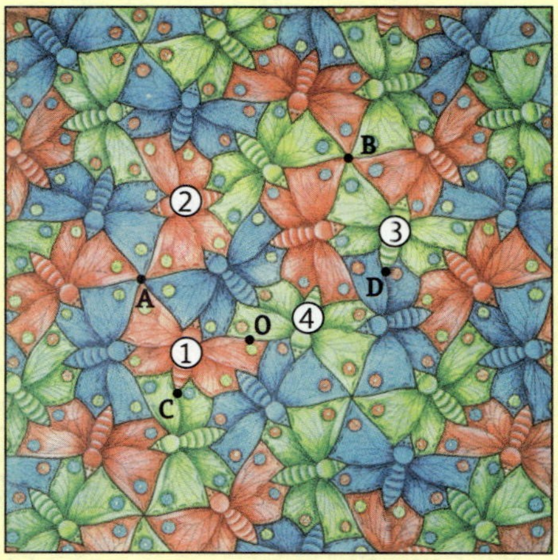

M. C. Escher, *Symmetry Drawing E70* (1948)

1. Observe le papillon 1 et le papillon 2.

a. Ont-ils un point de leur contour en commun ? Si oui, lequel ?

b. Quelle est la transformation qui permet de passer du papillon 1 au papillon 2 ? Dessine ses éléments caractéristiques.

2. Observe le papillon 1 et le papillon 3.

a. Comment semblent être les droites (AB) et (CD) ?

b. Quelle est la transformation qui permet de passer du papillon 1 au papillon 3 ? Dessine ses éléments caractéristiques.

3. Observe le papillon 1 et le papillon 4.
Quelle est la transformation, utilisant le point O, qui permet de passer du papillon 1 au papillon 4 ? Dessine ses éléments caractéristiques.

LE CORRIGÉ

1. a. Le point en commun aux papillons 1 et 2 est le **point A**.

b. La transformation qui permet de passer du papillon 1 au papillon 2 est la **rotation de centre A d'angle α**.

2. a. Les droites (AB) et (CD) semblent **parallèles**.

b. La transformation qui permet de passer du papillon 1 au papillon 3 est la **translation de A vers B** (ou de C vers D).

3. La transformation qui permet de passer du papillon 1 au papillon 4 est la **symétrie centrale de centre O** (ou la rotation de centre O d'angle 180°).

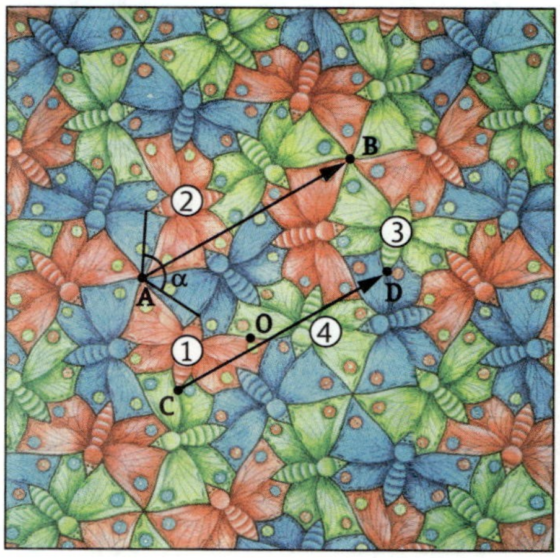

LE BON RÉFLEXE
N'oublie pas qu'une rotation est déterminée par son centre et son angle.

15 min

Le charpentier

Cet exercice utilise la trigonométrie pour évaluer un angle dans une situation concrète.

Les normes de construction imposent que la pente d'un toit, représentée ici par l'angle $\widehat{CAH}$, doit avoir une mesure comprise entre 30° et 35°.
Une coupe du toit est représentée ci-dessous. On a :
AC = 6 m ; AH = 5 m ; H est le milieu de [AB].

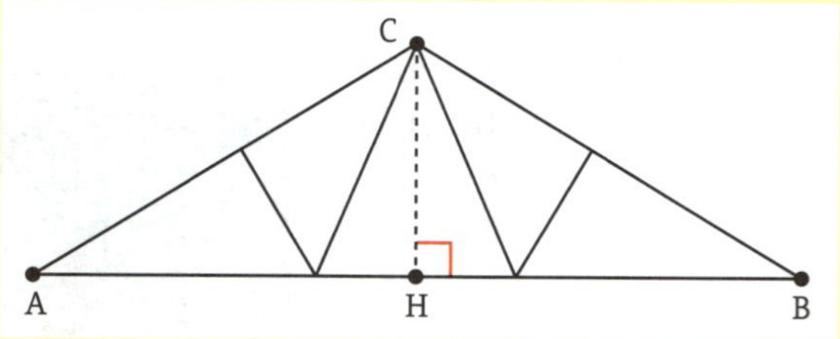

Le charpentier affirme que sa construction respecte la norme.
A-t-il raison ? Justifier.

LE CORRIGÉ

D'après le codage, le triangle ACH est rectangle en H.
Nous avons :

$$\cos\widehat{CAH} = \frac{AH}{AC} = \frac{5}{6}.$$

La calculatrice donne $\widehat{CAH} = 34°$ (valeur arrondie au degré).
Pour que la norme soit respectée, il faut avoir $30° < \widehat{CAH} < 35°$.
Nous avons bien $30° < 34° < 35°$.
Donc la construction respecte la norme et le charpentier a raison.

LE BON RÉFLEXE
Pour mémoriser les formules de trigonométrie, pense à l'astuce SOHCAHTOA !

Exposition au Grand Palais des Globes de Coronelli (2005)

Les Globes de Coronelli sont deux globes (terrestre et céleste) de grandes dimensions (4 m de diamètre environ et 2 tonnes chacun). Ils ont été réalisés par le cartographe italien Vincenzo Coronelli (1650-1718) et offerts à Louis XIV à la fin du XVIIe siècle.

Géométrie dans l'espace Mesures

La Terre est une sphère aplatie aux pôles (un ellipsoïde). Un globe sphérique est une représentation fidèle de la Terre mais sur un globe, il est impossible de voir d'un coup la totalité de la surface terrestre. Un planisphère a l'avantage de montrer la totalité de notre planète mais il ne respecte pas l'échelle ou les formes, suivant la projection choisie pour « mettre à plat » la sphère terrestre.

SUIVEZ LE GUIDE

LE COURS pages 126, 128 et 130

LES MÉTHODES pages 127, 129 et 131

CHECK ! page 132

LES SUJETS DE BREVET page 133

LE COURS

Repérage sur une sphère et dans l'espace

LA VIDÉO EN +
Dimensions
▸ bit.ly/_MAT_ch7_p126

Repérage sur une sphère

Le système des coordonnées géographiques (longitude et latitude) est un des moyens de repérer un point sur la Terre. Il repose sur les notions de méridiens et de parallèles.

Caractériser une sphère

- Une **sphère** de centre O et de rayon r est l'ensemble des points M de l'espace tels que $OM = r$.
- Sur la sphère ci-contre :
  – le cercle de centre O et de rayon OA est un **grand cercle** ($OA = r$) ;
  – les segments [AB] et [EF] sont des **diamètres** de la sphère ;
  – le segment [AC] est une **corde** du grand cercle.

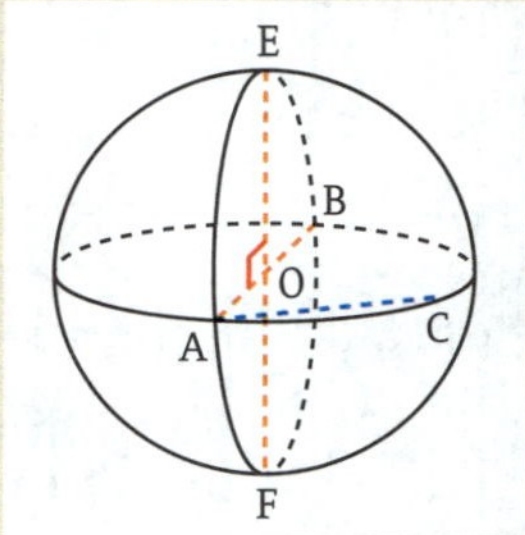

Se repérer sur la sphère terrestre

- La **longitude** est l'angle, mesuré en degrés, qui sépare un **méridien** du méridien de Greenwich. Cette mesure est exprimée par un nombre de 0° à 180° en allant vers l'ouest, ou par un nombre de 0° à 180° en allant vers l'est.
- La **latitude** est l'angle, mesuré en degrés, qui sépare un **parallèle** de l'**équateur**. Dans l'hémisphère nord, on parle de latitude nord, et dans l'hémisphère sud, de latitude sud.

Exemple : la longitude de New York est de 74° ouest et sa latitude est de 40° nord.

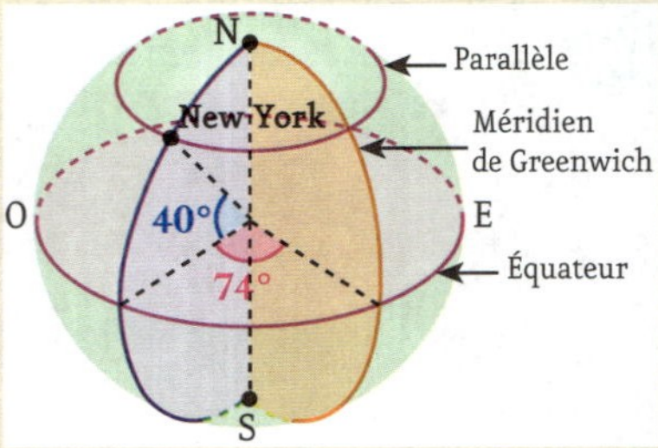

MÉRIDIEN
Un méridien est un demi grand cercle joignant le pôle nord et le pôle sud.

ÉQUATEUR ET PARALLÈLE
L'**équateur** est le grand cercle de la sphère terrestre situé à égale distance des deux pôles.
Un **parallèle** est un cercle parallèle à l'équateur.

Repérage dans l'espace

- Pour se repérer dans le **pavé droit**, on choisit un point O pour **origine**, puis on détermine sur la figure l'axe des **abscisses** (Ox), l'axe des **ordonnées** (Oy) et l'axe des **altitudes** (Oz), ainsi que les unités choisies sur chacun de ces axes.
- On associe à un point M un triplet (x ; y ; z) qui correspond aux **coordonnées** du point M dans l'espace :
  x est l'abscisse du point M ;
  y est l'ordonnée du point M ;
  z est l'altitude du point M.

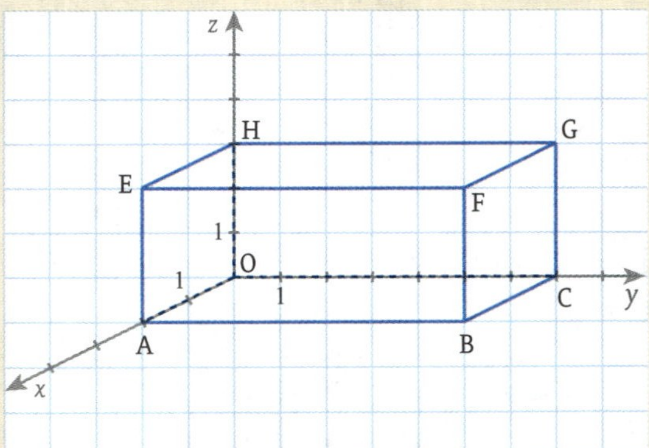

PAVÉ DROIT
Un pavé droit est un solide composé de 6 faces rectangulaires.
Il a 8 sommets et 12 arêtes.

LES MÉTHODES

Se repérer sur la sphère

Chaque point se trouve à l'intersection d'un méridien et d'un parallèle. On cherche la mesure des angles indiqués sur ces cercles, puis la direction.

Exercice résolu

À l'aide du dessin ci-contre, déterminer la latitude et la longitude des points A, B et C.

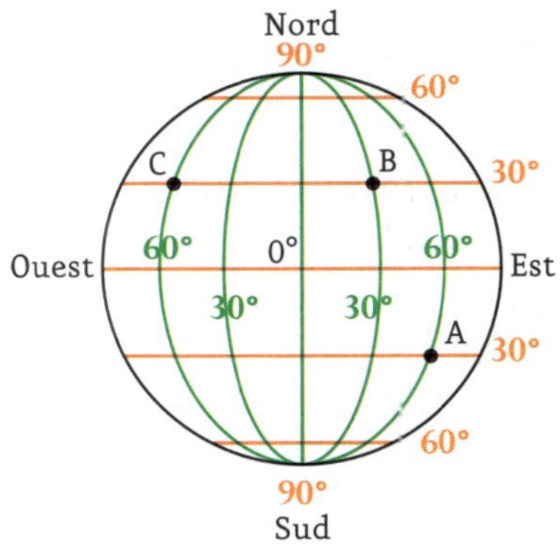

Corrigé

Pour le point A : longitude 60° est, latitude 30° sud.
Pour le point B : longitude 30° est, latitude 30° nord.
Pour le point C : longitude 60° ouest, latitude 30° nord.

À NOTER
Les points situés au-dessus de l'équateur sont de latitude nord. Les points situés sur le méridien de Greenwich ont pour longitude 0°.

MATHS

Se repérer dans un pavé droit

On repère l'axe des abscisses (Ox) et l'unité choisie. On repère de même les autres axes.

Exercice résolu

Sur la figure ci-dessous, lire les coordonnées des points A, B, C, D, E et F.

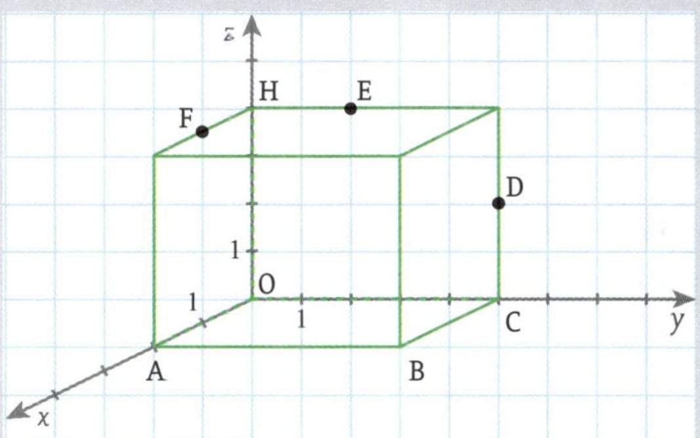

Corrigé

Le point A se trouve sur l'axe (Ox), donc ses coordonnées sont (2 ; 0 ; 0).
Le point C se trouve sur l'axe (Oy), donc ses coordonnées sont (0 ; 5 ; 0).
Pour aller du point O au point B, on va de O à A sur (Ox), puis de A à B sur une droite parallèle à (Oy). Les coordonnées de B sont (2 ; 5 ; 0).
Pour aller du point O au point D, on va de O à C sur (Oy), puis de C à D sur une droite parallèle à (Oz). Les coordonnées de D sont (0 ; 5 ; 2).
Pour aller du point O au point E, on va de O à H sur (Oz), puis de H à E sur une droite parallèle à (Oy). Les coordonnées de E sont (0 ; 2 ; 4).
Pour aller du point O au point F, on va de O à H sur (Oz), puis de H à F sur une droite parallèle à (Ox). Les coordonnées de F sont (1 ; 0 ; 4).

LE BON RÉFLEXE
On donne dans l'ordre suivant les coordonnées d'un point : abscisse, ordonnée, altitude.

LE COURS

Volume d'un solide

BASE D'UN SOLIDE
La base d'une pyramide est un polygone. La base d'un cylindre ou d'un cône est un disque.

Volume d'un pavé droit ou d'un cylindre de révolution

Pavé droit

Le volume $\mathscr{V}$ d'un **pavé droit** de dimensions a, b et c est donné par la formule :

$$\mathscr{V} = a \times b \times c.$$

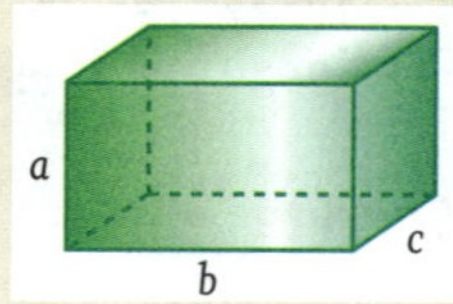

Cylindre de révolution

Le volume $\mathscr{V}$ d'un **cylindre de révolution** de rayon de **base** r et de hauteur h est donné par la formule :

$$\mathscr{V} = \pi r^2 h.$$

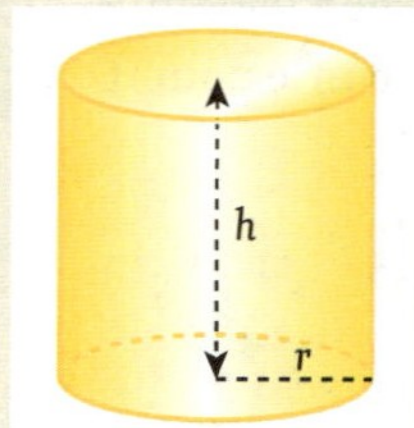

Volume d'une pyramide ou d'un cône de révolution

Pyramide

Le volume $\mathscr{V}$ d'une **pyramide** d'aire de base $\mathscr{A}$ et de hauteur h est donné par la formule :

$$\mathscr{V} = \frac{\mathscr{A} \times h}{3}.$$

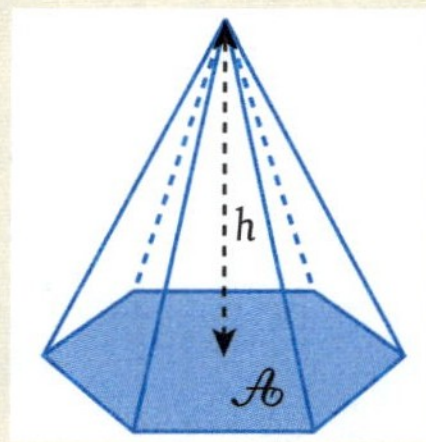

Cône de révolution

Le volume $\mathscr{V}$ d'un **cône de révolution** de rayon de base r et de hauteur h est donné par la formule :

$$\mathscr{V} = \frac{\pi r^2 h}{3}.$$

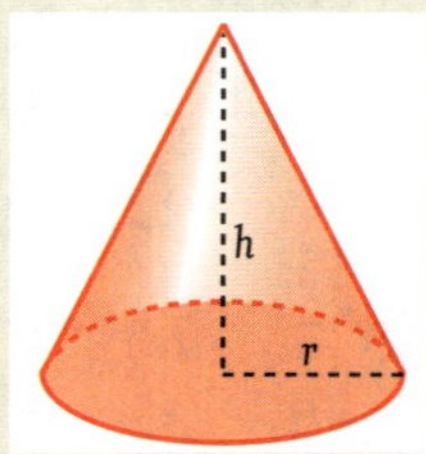

Volume d'une sphère

Le volume $\mathscr{V}$ d'une **sphère** de rayon r est donné par la formule :

$$\mathscr{V} = \frac{4}{3} \pi r^3.$$

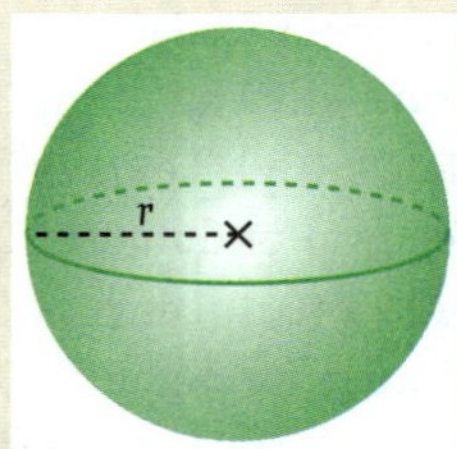

LES MÉTHODES

Calculer le volume d'un cône

On applique la formule du volume du cône donnée dans le cours.

Exercice résolu

Calculer le volume $\mathcal{V}$ d'un cône de rayon de base 4 cm et de hauteur 6 cm.

Corrigé

On a $\mathcal{V} = \dfrac{\pi \times 4^2 \times 6}{3} = \pi \times 16 \times 2$. D'où $\mathcal{V} = 32\pi$ cm^3.

Le volume $\mathcal{V}$ de ce cône de révolution est 32π cm^3.

Calculer le volume d'une sphère

On exprime le volume en fonction de π pour obtenir la valeur exacte.

Exercice résolu

Calculer le volume $\mathcal{V}$ d'une sphère de rayon 5 cm.

Corrigé

On a $\mathcal{V} = \dfrac{4}{3}\pi \times 5^3$, soit $\mathcal{V} = \dfrac{500\pi}{3}$ cm^3 (valeur exacte).

Le volume $\mathcal{V}$ de la sphère est $\dfrac{500\pi}{3}$ cm^3.

À NOTER
Pour chercher la valeur exacte d'un volume, conserve le symbole π. Une valeur approchée au centième de π est 3,14.

Calculer le volume d'une pyramide

On calcule l'aire de la base de la pyramide, puis on applique la formule du cours

Exercice résolu

ABCDEFGH est un cube d'arête 6 cm (*la figure n'est pas en vraie grandeur*).

La pyramide ABFC a pour base ABF et pour hauteur le segment [BC]. Calculer son volume.

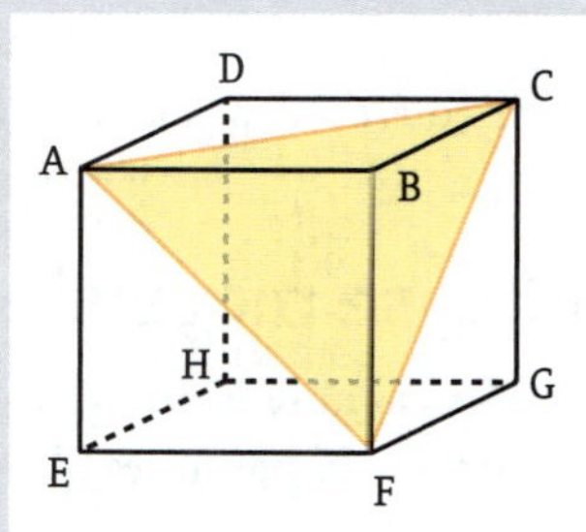

Corrigé

L'aire $\mathcal{A}$ de la base est celle du triangle rectangle ABF. On obtient :

$\mathcal{A} = \dfrac{AB \times BF}{2} = \dfrac{6 \times 6}{2} = 18$ cm^2.

Le volume $\mathcal{V}$ de la pyramide ABFC est : $\mathcal{V} = \dfrac{18 \times BC}{3} = \dfrac{18 \times 6}{3} = 36$ cm^3.

Le volume $\mathcal{V}$ de la pyramide ABFC est 36 cm^3.

LE BON RÉFLEXE
N'oublie pas de diviser par 3 quand tu calcules le volume d'un cône ou d'une pyramide.

MATHS

LE COURS

Grandeurs composées et unités de mesure

Quotient et produit
Le **quotient** est le résultat d'une division.
Le **produit** est le résultat d'une multiplication.

Grandeurs composées

- Quand on effectue le **quotient** de deux grandeurs, on obtient une **grandeur quotient**.

Exemple : la vitesse est le quotient de la distance parcourue par le temps écoulé.

- Quand on effectue le **produit** de deux grandeurs, on obtient une **grandeur produit**.

Exemple : l'énergie électrique consommée est égale au produit de la puissance électrique par la durée.

Conversions d'unités de mesure

Changer d'unité de mesure simple

Pour convertir des **unités de longueur**, on utilisera le tableau suivant :

kilomètre	hectomètre	décamètre	mètre	décimètre	centimètre	millimètre

← × 0,1 × 10 →

Changer d'unité d'aire ou de volume

- On passe d'une **unité d'aire** à l'unité supérieure en multipliant par 0,01 et d'une unité d'aire à l'unité inférieure en multipliant par 100.
- On passe d'une **unité de volume** à l'unité supérieure en multipliant par 0,001 et d'une unité de volume à l'unité inférieure en multipliant par 1 000.

Les **unités de volume et de capacité** sont liées par l'égalité :

$$1\ \text{L} = 1\ \text{dm}^3 \text{ et } 1\ \text{mL} = 1\ \text{cm}^3.$$

Convertir des unités de mesure composées

Pour convertir des **unités de mesure composées**, on convertit séparément chaque unité.

Vitesse moyenne

La **vitesse moyenne *v*** d'un objet mobile est le quotient de la distance *d* parcourue pendant la durée t du parcours :

$$v = \frac{d}{t}.$$

Unités de vitesse

L'**unité de la vitesse** dépend de l'unité de longueur et de l'unité de durée choisie, par exemple le km/h, le m/s.

Résoudre un problème de vitesse

L'égalité $v = \frac{d}{t}$ est équivalente aux égalités $d = v \times t$ et $t = \frac{d}{v}$.

On peut donc calculer l'une des grandeurs v, d ou t quand on connaît les deux autres.

La vidéo en +
Mètre, kilo, seconde
▶ bit.ly/_MAT_ch7_p130

LES MÉTHODES

Convertir des unités de mesure composées

On convertit séparément chaque unité.

Exercice résolu

Convertir les unités des grandeurs données.

a. 3 752 kg/m^3 en g/cm^3.

b. 9 m/s en km/h.

c. 3,2 dg/dm^3 en kg/m^3.

Corrigé

a. On convertit d'abord 3 752 kg en g : 3 752 kg = 3 752 000 g.
On convertit 1 cm^3 en m^3. On a 1 cm^3 = 0,000 001 m^3.
On multiplie ces deux résultats : 3 752 000 × 0,000 001 = 3,752 g/cm^3.
On a : **3 752 kg/m^3 = 3,752 g/cm^3.**

b. On convertit 9 m en km : 9 m = 0,009 km.
On convertit 1 h en secondes : 1 h = 3 600 s.
On multiplie ces deux résultats : 0,009 × 3 600 = 32,4 km/h.
On a : **9 m/s = 32,4 km/h.**

c. On convertit 3,2 dg en kg : 3,2 dg = 0,000 32 kg.
On convertit 1 m^3 en dm^3 : 1 m^3 = 1 000 dm^3.
On multiplie ces deux résultats : 0,000 32 × 1 000 = 0,32 kg/m^3.

À NOTER
1 h = 60 min = 3 600 s.

MATHS

Calculer une vitesse moyenne

On doit être particulièrement vigilant sur les unités de longueur et de durée utilisées.

Exercice résolu

Marie met 12 min pour se rendre à son collège situé à 1,08 km de chez elle.
Calculer sa vitesse moyenne en km/h puis en m/s.

Corrigé

• On calcule la distance parcourue en 1 min :
1,08 ÷ 12 = 0,09 km.
Elle parcourt 0,09 km en 1 min. Or dans une heure, il y a 60 min.
Donc en 1 heure, Marie parcourt : 0,09 × 60 = 5,4 km.
Sa vitesse moyenne est de 5,4 km/h.

• On convertit cette vitesse en m/s : 5,4 km = 5 400 m.
Marie parcourt 5 400 m en 1 h. On sait que : 1 h = 60 min = 3 600 s.
Donc, en 1 s, elle parcourt :
5 400 ÷ 3 600 = 1,5 m.
Sa vitesse moyenne est de 1,5 m/s.

LE BON RÉFLEXE
Convertis chaque unité séparément sans te préoccuper de l'autre.

CHECK ! 10 min

Repérage sur une sphère et dans l'espace

1 Repérage sur une sphère

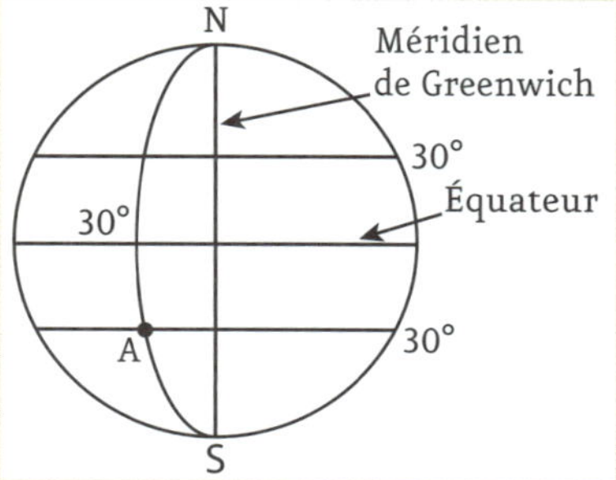

Sur la figure ci-contre, la longitude du point A est :

- ❑ a. 30° nord
- ❑ b. 30° sud
- ❑ c. 30° ouest

2 Coordonnées géographiques

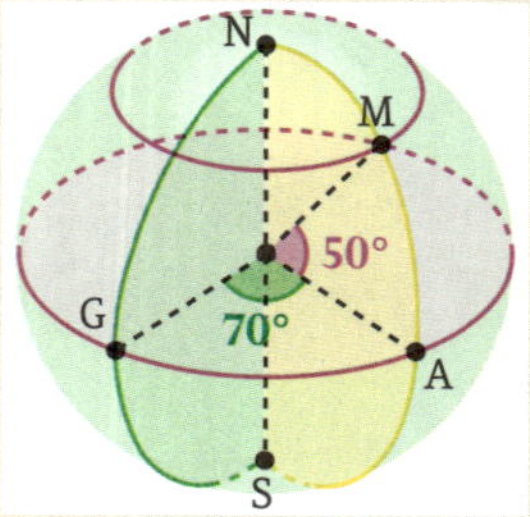

Sur la figure ci-contre, G est un point du méridien de Greenwich et A est un point de l'équateur.
Les coordonnées géographiques du point M sont :

- ❑ a. longitude : 70° ouest ; latitude : 50° nord.
- ❑ b. longitude : 50° est ; latitude : 70° nord.
- ❑ c. longitude : 70° est ; latitude : 50° nord.

3 Repérage dans l'espace

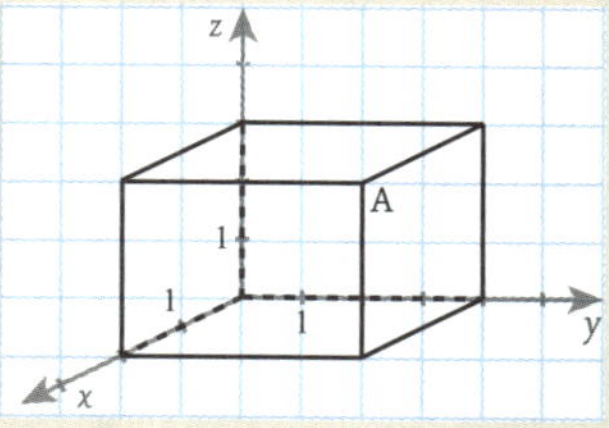

Sur la figure ci-contre, les coordonnées du point A sont :

- ❑ a. (3 ; 4 ; 2)
- ❑ b. (2 ; 4 ; 3)
- ❑ c. (4 ; 3 ; 2)

Volume d'un solide

4 Volume d'un pavé droit

Un pavé droit a pour dimensions 4 cm, 5 cm et 0,1 dm.
Son volume est égal à :

❑ a. 2 cm^3 ❑ b. 20 cm^3 ❑ c. 200 cm^3

5 Volume d'une pyramide

Une pyramide a pour base un rectangle de 3 cm sur 2 cm. Sa hauteur est 5 cm. Son volume est égal à :

❑ a. 10 cm^3 ❑ b. 30 cm^3 ❑ c. 25 cm^3

6 Volume d'un cône

Le volume d'un cône de révolution de rayon de base 4 cm et de hauteur 6 cm est :

❑ a. 24π cm^3 ❑ b. 16π cm^3 ❑ c. 32π cm^3

7 Volume d'une sphère

Le volume d'une sphère de rayon 5 cm est :

- ❑ a. $166{,}6\ \pi$ cm^3
- ❑ b. $\frac{500\pi}{3}$ cm^3
- ❑ c. 500π cm^3

Grandeurs composées et unités de mesure

8 Reconnaître une grandeur composée

Une aire est :

- ❑ a. une grandeur produit
- ❑ b. une grandeur quotient
- ❑ c. ni l'un ni l'autre

9 Convertir une vitesse

Si l'on convertit 180 km/h en kilomètres par minute, on obtient :

- ❑ a. 540 km/min
- ❑ b. 3 km/min
- ❑ c. 240 km/min

10 Convertir une unité d'énergie

Si on convertit 5 kWh, en wattheures, on obtient :

❑ a. 50 Wh ❑ b. 500 Wh ❑ c. 5 000 Wh

Corrigés p. 285

LES SUJETS DE BREVET

Comparaison de volumes

20 min

Cet exercice est idéal pour se remémorer les formules de volume usuelles.

Voici les dimensions de quatre solides :

- Une pyramide de 6 cm de hauteur dont la base est un rectangle de 6 cm de longueur et de 3 cm de largeur.
- Un cylindre de 2 cm de rayon et de 3 cm de hauteur.
- Un cône de 3 cm de rayon et de 3 cm de hauteur.
- Une boule de 2 cm de rayon.

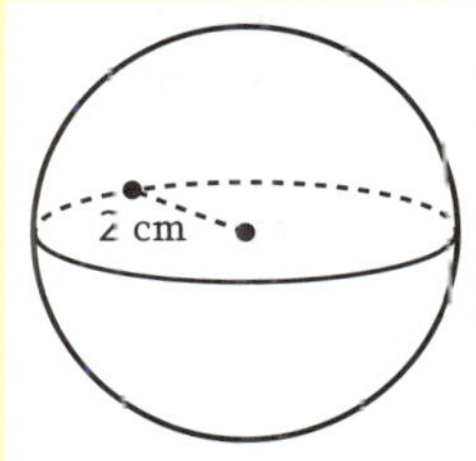

1. Représenter approximativement les trois premiers solides comme l'exemple ci-dessus. Placer les dimensions données sur les représentations.

2. Classer ces quatre solides dans l'ordre croissant de leurs volumes.

LE BON RÉFLEXE

Pour représenter un solide en perspective, les bases ne sont jamais en vraie grandeur.

Ainsi, un rectangle est représenté par un parallélogramme et un cercle par une ellipse.

LE CORRIGÉ

1.

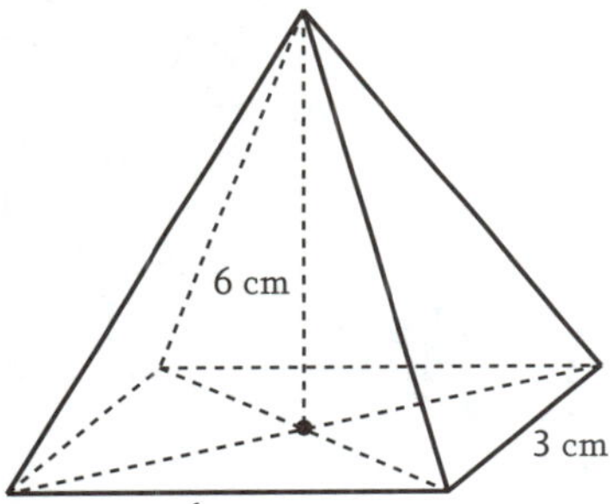

Pyramide

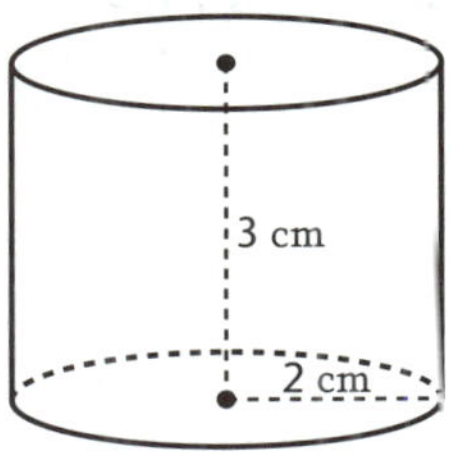

Cylindre

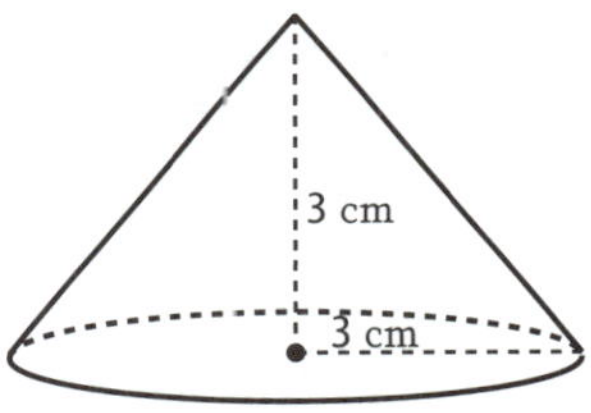

Cône

2. $\mathscr{V}_{\text{pyramide}} = \dfrac{1}{3} \times \text{aire base} \times \text{hauteur} = \dfrac{1}{3} \times 3 \times 6 \times 6 = 36$.

Le volume de la pyramide est 36 cm^3.

$\mathscr{V}_{\text{cylindre}} = \text{aire base} \times \text{hauteur} = \pi \times 2^2 \times 3 = 12\pi \approx 37{,}7$.

Le volume du cylindre est 37,7 cm^3.

$\mathscr{V}_{\text{cône}} = \dfrac{1}{3} \times \text{aire base} \times \text{hauteur} = \dfrac{1}{3} \times \pi \times 3^2 \times 3 = 9\pi \approx 28{,}3$.

Le volume du cône est 28,3 cm^3.

$\mathscr{V}_{\text{boule}} = \dfrac{4}{3} \times \pi \times r^3 = \dfrac{4}{3} \times \pi \times 2^3 = \dfrac{32}{3}\pi \approx 33{,}5$.

Le volume de la boule est 33,5 cm^3.

Donc :

$\mathscr{V}_{\text{cône}} < \mathscr{V}_{\text{boule}} < \mathscr{V}_{\text{pyramide}} < \mathscr{V}_{\text{cylindre}}$.

MATHS

15 min

Vitesse d'un TGV

Cet exercice permet de travailler les notions de vitesse et de conversion d'unités composées.

Dans cet exercice, on va s'intéresser à la vitesse d'un TGV passant en gare sans s'arrêter.

• **Information 1**

Tout le train est passé devant moi en 13 secondes et 53 centièmes.

• **Information 2**

Schéma des motrices et voitures composant une rame de TGV.

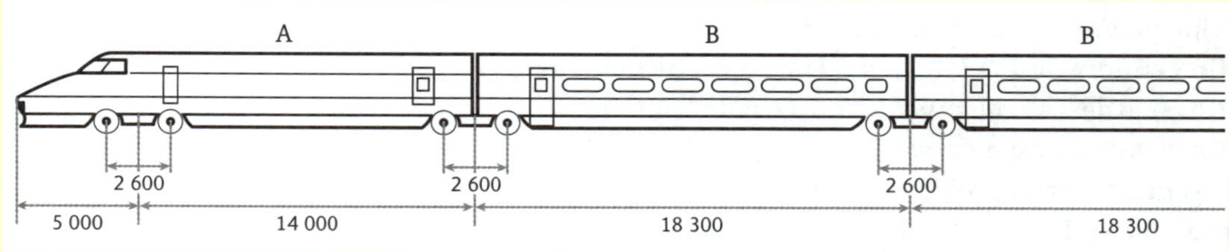

Les mesures de longueur sont exprimées en millimètres.

• **Information 3**

Composition du TGV passé en gare :

– le TGV est constitué de deux rames ;

– chaque rame est composée de deux motrices de type A encadrant dix voitures de type B.

À quelle vitesse (en km/h) le TGV est-il passé, sans s'arrêter, devant moi ?
Le résultat sera arrondi à l'unité.

LE CORRIGÉ

• Il faut d'abord calculer la longueur totale du TGV.
D'après l'information 2, une motrice mesure $5\,000 + 14\,000 = 19\,000$ mm.
D'après l'information 3, chaque rame mesure :
$2 \times 19\,000 + 10 \times 18\,300 = 221\,000$ mm.
Le TGV mesure donc :
$2 \times 221\,000 = 442\,000$ mm $=$ **442 m**.

• Il faut ensuite calculer la vitesse du TGV connaissant la longueur du train et le temps mis pour la parcourir.

Donc $\text{vitesse}_{\text{TGV}} = \dfrac{\text{longueur}}{\text{durée}} = \dfrac{442}{13{,}53} = \mathbf{33\ m/s}$.

• Il faut enfin convertir cette vitesse en km/h :

$33 \times \dfrac{3\,600}{1\,000} = 118{,}8\ \text{km/h}$.

Donc le TGV passe devant moi à environ 119 km/h.

LE BON RÉFLEXE
Rappelle-toi que dans 1 h il y a 3 600 s et que 1 km vaut 1 000 m.

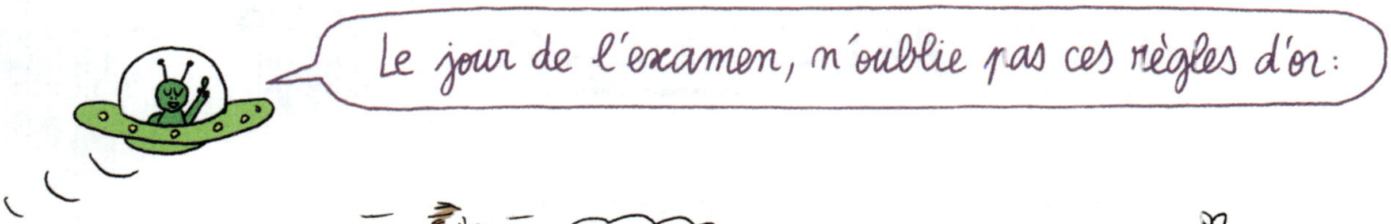

Respire calmement et profondément si tu sens le trac t'envahir.

Lis avec attention les énoncés pour bien comprendre ce qui est attendu.

Garde la maîtrise du temps.

En fin d'épreuve, consacre les dernières minutes à la relecture de ta copie.

Réussir l'épreuve du brevet

Dans ce chapitre, nous te proposons un sujet complet de brevet.
Le jour de l'examen, n'oublie pas ces règles d'or : respire calmement si tu sens le trac t'envahir ; lis avec attention les énoncés pour bien comprendre ce qui est attendu ; garde la maîtrise du temps et, en fin d'épreuve, consacre les dernières minutes à la relecture de ta copie.

SUIVEZ LE GUIDE

LE SUJET COMPLET DE BREVET
page 136

LE SUJET COMPLET DE BREVET

2 heures

Exercice 1 Tirage de boules

Cet exercice met en œuvre les probabilités et le calcul fractionnaire.

Dans une urne contenant des boules vertes et des boules bleues, on tire au hasard une boule et on regarde sa couleur. On replace ensuite la boule dans l'urne et on mélange les boules.

La probabilité d'obtenir une boule verte est $\frac{2}{5}$.

1. Expliquer pourquoi la probabilité d'obtenir une boule bleue est égale à $\frac{3}{5}$.

2. Paul a effectué 6 tirages et a obtenu une boule verte a chaque fois.
Au 7e tirage, aura-t-il plus de chances d'obtenir une boule bleue qu'une boule verte ?

3. Déterminer le nombre de boules bleues dans cette urne sachant qu'il y a 8 boules vertes.

Exercice 2 Figures Scratch en spirale

Cet exercice porte sur Scratch et le tracé de figures géométriques.

Aucune des trois figures ci-contre n'est à l'échelle indiquée dans l'exercice.
Le programme ci-contre contient une variable « longueur ».

On rappelle que l'instruction « s'orienter à 90 » signifie que l'on s'oriente vers la droite avec le stylo.

1. a. Dessiner la figure obtenue avec le bloc « un tour » ci-contre, pour une longueur de départ égale à 30, étant orienté vers la droite avec le stylo, en début de tracé. On prendra 1 cm pour 30 unités de longueur, c'est-à-dire 30 pixels.

b. Comment est-on orienté avec le stylo après ce tracé ?

2. Laquelle des figures 1 ou 3 le programme ci-dessus permet-il d'obtenir ? Justifier.

3. Quelle modification faut-il apporter au bloc « un tour » pour obtenir la figure 2 ?

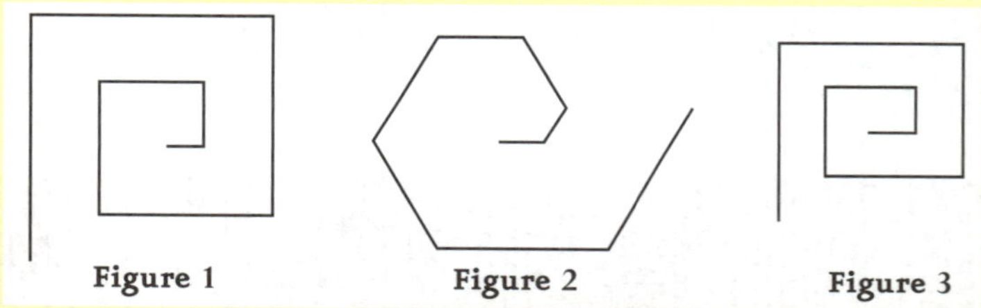

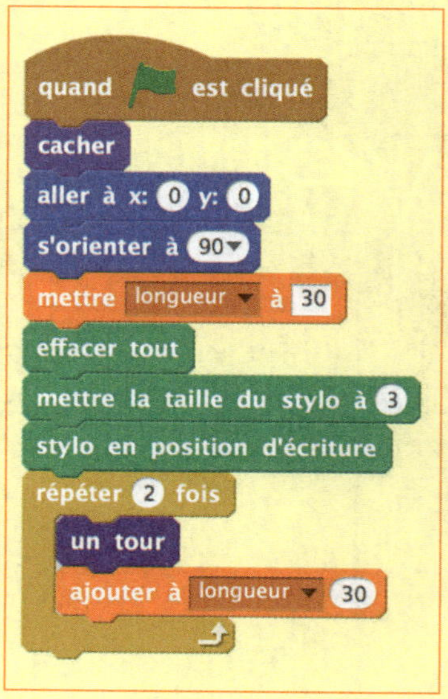

Script

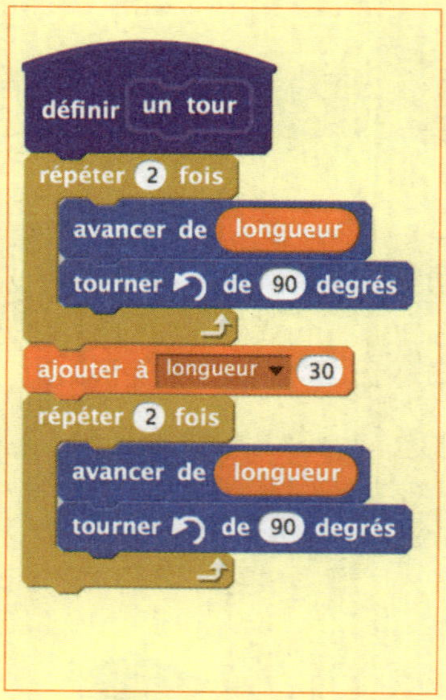

Bloc « un tour »

Exercice 3 Le condensateur

Pour réussir cet exercice, tu dois savoir lire une courbe et appliquer un pourcentage.

Un condensateur est un composant électronique qui permet de stocker de l'énergie électrique pour la restituer plus tard.

Le graphique ci-dessous montre l'évolution de la tension mesurée aux bornes d'un condensateur en fonction du temps lorsqu'il est en charge.

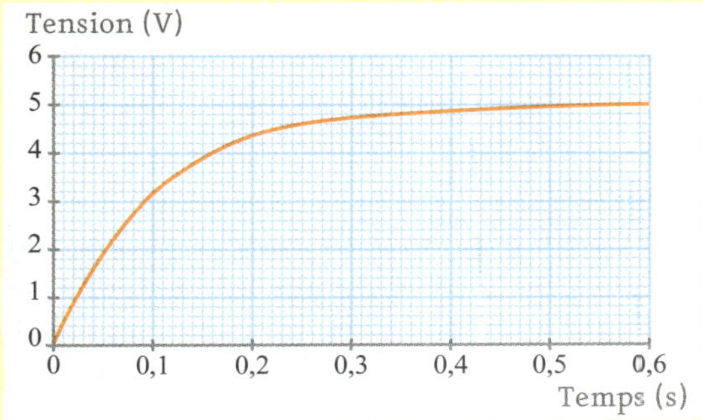

1. S'agit-il d'une situation de proportionnalité ? Justifier.

2. Quelle est la tension mesurée au bout de 0,2 s ?

3. Au bout de combien de temps la tension aux bornes du condensateur aura-t-elle atteint 60 % de la tension maximale qui est estimée à 5 V ?

MATHS

Exercice 4 Les panneaux photovoltaïques

Cet exercice est notamment l'occasion de t'exercer sur les rapports trigonométriques et le théorème de Pythagore.

Les panneaux photovoltaïques permettent de produire de l'électricité à partir du rayonnement solaire. Une unité courante pour mesurer l'énergie électrique produite est le kilowattheure, abrégé en kWh.

1. Le plus souvent, l'électricité produite n'est pas utilisée directement, mais vendue pour être distribuée dans le réseau électrique collectif.

Le prix d'achat du kWh dépend du type d'installation et de sa puissance totale, ainsi que de la date d'installation des panneaux photovoltaïques.

Ce prix d'achat du kWh est donné **en centimes d'euro** dans le tableau ci-dessous.

		Date d'installation			
Type d'installation	Puissance totale	Du 01/01/15 au 31/03/15	Du 01/04/15 au 30/06/15	Du 01/07/15 au 30/09/15	Du 01/10/15 au 31/12/15
Type A	0 à 9 kW	26,57	26,17	25,78	25,39
Type B	0 à 36 kW	13,46	13,95	14,7	14.4
	36 à 100 kW	12,79	13,25	13,96	13,68

En mai 2015, on installe une centrale solaire du type B, d'une puissance de 28 kW.

Vérifier que le prix d'achat de 31 420 kWh est d'environ 4 383 euros.

2. Une personne souhaite installer des panneaux photovoltaïques sur la partie du toit de sa maison orientée au sud. Cette partie est grisée sur la figure ci-contre. Elle est appelée pan sud du toit.
La production d'électricité des panneaux solaires dépend de l'inclinaison du toit.
Déterminer, au degré près, l'angle $\widehat{ABC}$ que forme ce pan sud du toit avec l'horizontale.

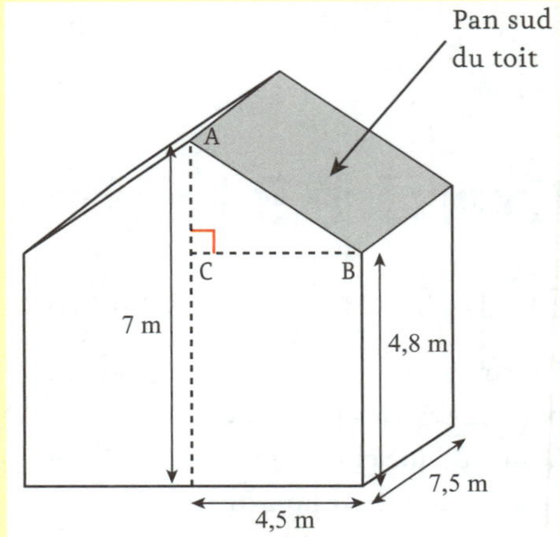

3. a. Montrer que la longueur AB vaut environ 5 m.
b. Les panneaux photovoltaïques ont la forme d'un carré de 1 m de côté.
Le propriétaire prévoit d'installer 20 panneaux.
Quel pourcentage de la surface totale du pan sud du toit sera alors couvert par les panneaux solaires ? On donnera une valeur approchée du résultat à 1 % près.
c. La notice d'installation indique que les panneaux doivent être accolés les uns aux autres et qu'une bordure d'au moins 30 cm de large doit être laissée libre pour le système de fixation tout autour de l'ensemble des panneaux.
Le propriétaire peut-il installer les 20 panneaux prévus ?

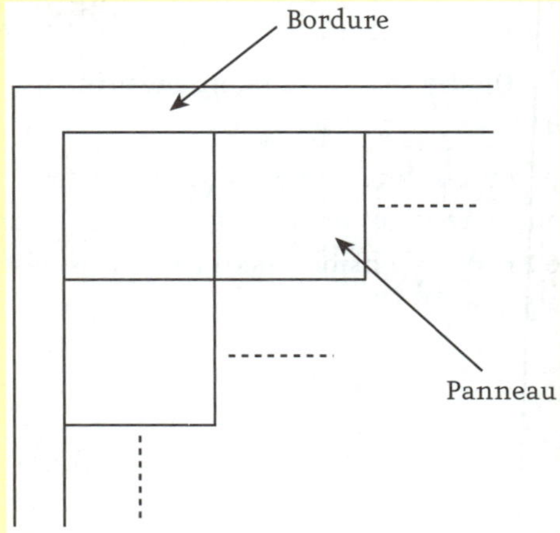

Exercice 5 Vitesse et calcul littéral

Les trois parties de cet exercice sont indépendantes.

1. Lors des Jeux Olympiques de Rio en 2016, la danoise Pernille Blume a remporté le 50 m à la nage libre en 24,07 secondes.
A-t-elle nagé plus rapidement qu'une personne qui se déplace en marchant vite, c'est-à-dire à une vitesse de 6 km/h ?

2. On donne l'expression : $E = (3x + 8)^2 - 64$.
a. Développer E.
b. Montrer que E peut s'écrire sous forme factorisée : $3x(3x + 16)$.
c. Résoudre l'équation $(3x + 8)^2 - 64 = 0$.

3. La distance d de freinage d'un véhicule dépend de sa vitesse et de l'état de la route.
On peut la calculer à l'aide de la formule $d = k \times v^2$ avec :
• d la distance de freinage en m ;
• v la vitesse du véhicule en m/s ;
• k le coefficient dépendant de l'état de la route :
$k = 0{,}14$ sur route mouillée
et $k = 0{,}08$ sur route sèche.
Quelle est la vitesse d'un véhicule dont la distance de freinage sur route mouillée est 15 m ?

Exercice 6 L'indice de masse corporelle

Dans cet exercice, qui fait appel à des notions de statistiques, tu dois extraire des informations de l'ensemble des documents proposés.

Doc.1 Le surpoids

Le surpoids est devenu un problème majeur de santé, celui-ci prédispose à beaucoup de maladies et diminue l'espérance de vie.
L'indice le plus couramment utilisé est celui de masse corporelle (IMC).

Doc. 2 L'IMC

L'IMC est une grandeur internationale permettant de déterminer la corpulence d'une personne adulte entre 18 ans et 65 ans.
Il se calcule avec la formule suivant :

$\text{IMC} = \dfrac{\text{masse}}{\text{taille}^2}$ avec « masse » en kg et « taille » en m.

Normes :
- $18{,}5 \leqslant \text{IMC} < 25$: corpulence normale ;
- $25 \leqslant \text{IMC} < 30$: surpoids ;
- $\text{IMC} \geqslant 30$: obésité.

1. Dans une entreprise, lors d'une visite médicale, un médecin calcule l'IMC de six des employés. Il utilise pour cela une feuille de tableur dont voici un extrait :

	A	B	C	D	E	F	G
1	Taille (en m)	1,69	1,72	1,75	1,78	1,86	1,88
2	Masse (en kg)	72	85	74	70	115	85
3	IMC (valeur approchée au dixième)	25,2	28,7	24,2	22,1	33,2	24,0

a. Combien d'employés sont en situation de surpoids ou d'obésité dans cette entreprise ?

b. Laquelle de ces formules a-t-on écrite dans la cellule B3, puis recopiée dans les cellules à droite, pour calculer l'IMC ?

=72/1.69^2
=B1/(B2*B2)
=B2/(B1*B1)
=$B2/($B1*$B1)

2. Le médecin a fait le bilan de l'IMC de chacun des 41 employés de cette entreprise.
Il a reporté les informations recueillies dans le tableau suivant dans lequel les IMC ont été arrondis à l'unité près.

IMC	20	22	23	24	25	29	30	33	Total
Effectif	9	12	6	8	2	1	1	2	41

a. Calculer une valeur approchée, arrondie à l'entier près, de l'IMC moyen des employés de cette entreprise.

b. Quel est l'IMC médian ?
Interpréter ce résultat.

c. On lit dans certains magazines :
« On estime qu'au moins 5 % de la population mondiale est en surpoids ou est obèse. »
Est-ce le cas pour les employés de cette entreprise ?

Exercice 7 Les pots de confiture

Cet exercice permet de s'exercer sur les conversions et les calculs de volumes.

Léo a ramassé des fraises pour faire de la confiture.

1. Il utilise les proportions suivantes : 700 g de sucre pour 1 kg de fraises.
Il a ramassé 1,8 kg de fraises. De quelle quantité de sucre a-t-il besoin ?

2. Après cuisson, Léo a obtenu 2,7 litres de confiture. Il verse la confiture dans des pots cylindriques de 6 cm de diamètre et de 12 cm de haut, qu'il remplit jusqu'à 1 cm du bord supérieur. Combien de pots pourra-t-il remplir ?
Rappels : 1 litre = 1 000 cm^3 ; volume d'un cylindre $= \pi \times r^2 \times h$.

3. Il colle ensuite sur ses pots une étiquette rectangulaire de fond blanc qui recouvre toute la surface latérale du pot.

a. Montrer que la longueur de l'étiquette est d'environ 18,8 cm.

b. Dessiner l'étiquette à l'échelle $\frac{1}{3}$.

LE CORRIGÉ

Exercice 1 Tirage de boules

1. On calcule la probabilité de tirer une boule bleue :

$p(\text{« boule bleue »}) = 1 - p(\text{« boule verte »}) = \frac{5}{5} - \frac{2}{5} = \frac{3}{5}$.

2. Dans cette expérience aléatoire, les boules sont remises dans l'urne à chaque tirage. Ainsi, l'issue d'un tirage ne dépend pas des résultats des tirages précédents. Cependant, comme la probabilité de tirer une boule bleue $\left(\frac{3}{5}\right)$ est supérieure à celle de tirer une boule verte $\left(\frac{2}{5}\right)$, **Paul aura plus de chance d'obtenir une boule bleue qu'une boule verte.**

À NOTER
La somme des probabilités d'un événement et de son contraire est égale à 1.

3. $p(\text{« boule verte »}) = \frac{2}{5} = \frac{8}{20}$.

L'événement « boule bleue » est l'événement contraire de « boule verte » donc :

$p(\text{« boule bleue »}) = 1 - \frac{8}{20} = \frac{12}{20}$. **Donc il y a 12 boules bleues.**

Exercice 2 Figures Scratch en spirale

1. a. Voici la figure obtenue.

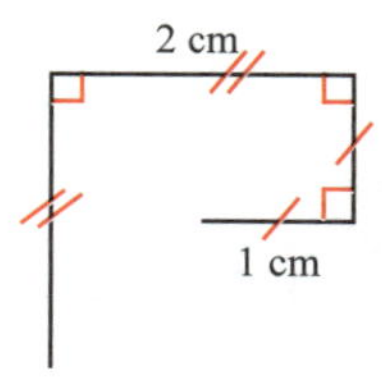

b. Le stylo est orienté **vers la droite.**

LE BON RÉFLEXE
Au brouillon, trace approximativement la figure obtenue en suivant le programme pas à pas.

2. Le programme permet d'obtenir la **figure 3** car les longueurs des segments sont augmentées de 30 pixels tous les deux segments (et non pas à chaque segment).

3. Pour obtenir la figure 2, il faut **changer les instructions « tourner à gauche de 90° » dans le bloc « un tour » par les instructions « tourner à gauche de 60° ».**

Exercice 3 Le condensateur

1. **Il ne s'agit pas d'une situation de proportionnalité**, car les points de la courbe ne sont pas alignés.

2. Chaque petite subdivision de l'axe des ordonnées correspond à 0,2 V.
Au bout de 0,2 s, la tension mesurée est de 4,4 V.

3. 60 % de la tension maximale correspond a : $\frac{60}{100} \times 5 = 3\text{V}$.
Chaque subdivision de l'axe des abscisses correspond à 0,01 s.
Sur le graphique, **la tension de 3 V s'obtient pour un temps de 0,09 s.**

Exercice 4 Les panneaux photovoltaïques

1. En lisant le tableau, on constate que pour une centrale solaire de type B, d'une puissance de 28 kW, en mai 2015, le prix d'achat du kWh est de 13,95 centimes d'euro.
Le prix d'achat de 31 420 kWh vaut donc : $0{,}1395 \times 31\,420 \approx$ **4 383 euros**.

2. Calculons d'abord AC : $AC = 7 - 4{,}8 = 2{,}2$ m.
Le triangle ABC est rectangle en C : $\tan\widehat{ABC} = \frac{\text{côté opposé à } \widehat{ABC}}{\text{côté adjacent à } \widehat{ABC}} = \frac{AC}{BC} = \frac{2{,}2}{4{,}5}$.
Donc $\widehat{ABC} = \tan^{-1}\left(\frac{2{,}2}{4{,}5}\right) \approx \mathbf{26°}$.

3. a. Le triangle ABC est rectangle en C donc, d'après le théorème de Pythagore, on a :
$AB^2 = AC^2 + BC^2$; $AB^2 = 2{,}2^2 + 4{,}5^2$; $AB^2 = 4{,}84 + 20{,}25$; $AB^2 = 25{,}09$.
Donc $AB = \sqrt{25{,}09} \approx$ **5 m.**
b. Aire du toit $= L \times \ell = 7{,}5 \times 5 = 37{,}5$ m^2.
Aire d'un panneau $= L \times \ell = 1 \times 1 = 1$ m^2.
Aire des 20 panneaux $= 20 \times 1 = 20$ m^2.
Donc le pourcentage de toit recouvert de panneaux est de : $\frac{20}{37{,}5} \times 100 = \mathbf{53}$.
c. Une bordure de 30 cm doit être ôtée en longueur et en largeur.
La nouvelle longueur vaut donc : $7{,}5 - 0{,}3 \times 2 = 6{,}9$ m.
La nouvelle largeur vaut donc : $5 - 0{,}3 \times 2 = 4{,}4$ m.
Donc en longueur, on peut placer 6 panneaux et en largeur, 4 panneaux.
Donc on peut installer $6 \times 4 = 24$ panneaux.
Donc le propriétaire peut bien installer les 20 panneaux prévus.

ATTENTION !
Dans le tableau, les prix sont donnés en centimes d'euro.

LE BON RÉFLEXE
Pense à enlever 30 cm de bordure de chaque côté donc 60 cm en longueur et en largeur.

Exercice 5 Vitesse et calcul littéral

1. La nageuse danoise a parcouru 50 m en 24,07 secondes.
Donc sa vitesse était de : $v = \frac{d}{t} = \frac{50}{24{,}07} \approx 2{,}08$ m/s.
Si une personne marche a 6 km/h alors elle parcourt 6 000 m par heure, soit $\frac{6\,000}{3\,600}$ m par seconde. Donc sa vitesse est d'environ **1,7 m/s.**
En conclusion, **la nageuse s'est déplacée plus rapidement que le marcheur.**

2. a. $E = (3x + 8)(3x + 8) - 64$; $E = 9x^2 + 24x + 24x + 64 - 64$; $\mathbf{E = 9x^2 + 48x}$.
b. On observe, dans l'expression développée de E, que 3 et x sont des facteurs communs aux deux termes. Donc $\mathbf{E = 3x(3x + 16)}$.
c. Résoudre $(3x + 8)^2 - 64 = 0$ revient à résoudre $3x(3x + 16) = 0$.
C'est une équation-produit.

LE BON RÉFLEXE
Utilise l'expression de E trouvée en ***2.b.*** *pour résoudre l'équation.*

MATHS

Or, si un produit de facteurs est nul alors l'un au moins de ses facteurs est nul.

Donc $3x = 0$ ou $3x + 16 = 0$, soit $x = 0$ ou $3x = -16$, c'est-à-dire $x = -\frac{16}{3}$.

L'ensemble des solutions de l'équation est donc $\mathbf{S} = \left\{ \mathbf{0} ; -\frac{\mathbf{16}}{\mathbf{3}} \right\}$.

3. D'après la formule fournie, on a : $v^2 = \frac{d}{k} = \frac{15}{0,14}$. Donc $v = \sqrt{\frac{15}{0,14}} \approx \mathbf{10,4\ m/s}$.

Exercice 6 L'indice de masse corporelle

1. a. Les employés en surpoids ou obèses ont un IMC supérieur ou égal à 25.
Par lecture des valeurs de la ligne 3, il y a donc **3 employés en surpoids ou obèses.**

b. La formule correcte est : **« =B2/(B1*B1) »**.

À NOTER
Toute formule de tableur commence par un « = ».

2. a. L'IMC moyen se calcule par :

$$\frac{20 \times 9 + 22 \times 12 + 23 \times 6 + 24 \times 8 + 25 \times 2 + 29 \times 1 + 30 \times 1 + 33 \times 2}{41} \approx \mathbf{23}$$

b. Puisque l'effectif de la série est 41, l'IMC médian correspond, une fois les valeurs rangées dans l'ordre croissant, à la 21e valeur. Donc l'IMC médian vaut 22.
La moitié des employés de cette entreprise ont un IMC inférieur ou égal à 22.

c. Dans cette entreprise, sur 41 employés, 6 sont en surpoids ou obèses.

Donc le pourcentage d'employés en surpoids ou obèses vaut : $\frac{6}{41} \times 100 = 14$.

Donc dans cette entreprise, il y a bien plus de 5 % d'employés en surpoids ou obèses.

Exercice 7 Les pots de confiture

1. Il y a proportionnalité entre les quantités de sucre et de fraises.

Quantité de fraises (en kg)	1	1,8
Quantité de sucre (en g)	700	x

On trouve : $x = 700 \times 1,8 = 1\,260$.
Donc il faudra **1 260 g de sucre.**

2. Les pots sont cylindriques avec un rayon de base de 3 cm et une hauteur de remplissage de 11 cm. Le volume de confiture d'un pot est donc égal à :
$\pi \times r^2 \times h = \pi \times 3^2 \times 11 = 99\pi \approx 311\ \text{cm}^3$. On convertit : $311\ \text{cm}^3 = 0,311$ L.

Comme $\frac{2,7}{0,311} \approx 8,7$, **il pourra donc remplir entièrement 8 pots.**

ATTENTION !
Il faut diviser le diamètre par 2 pour obtenir le rayon.

3. a. La longueur L de l'étiquette correspond au périmètre du disque de base du pot.
Donc : $L = \pi \times D = \pi \times 6 \approx \mathbf{18,8\ cm}$.

b. L'échelle de représentation est $\frac{1}{3}$. Cela signifie que toutes les dimensions réelles sont divisées par 3. Le rectangle tracé aura donc pour longueur $18,8 \div 3 \approx 6,3$ cm et pour largeur $12 \div 3 = 4$ cm.

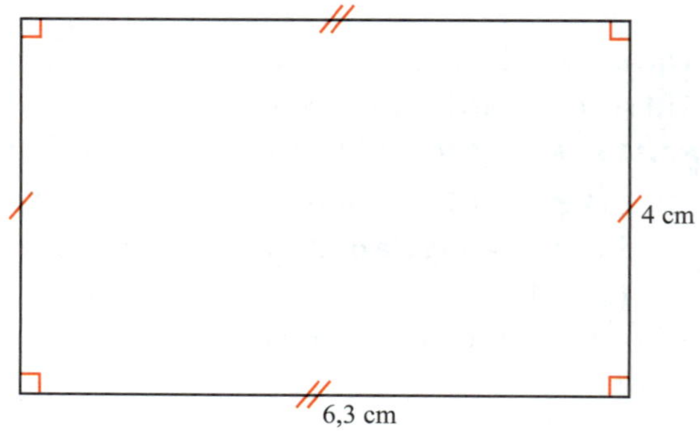

Histoire-géo EMC

Sommaire

Index des vidéos

Voici la liste des vidéos évoquées dans la partie consacrée à l'histoire-géo-EMC : tape le mini-lien dans ton navigateur pour accéder en un clic à la vidéo qui t'intéresse.

L'Europe dans les guerres totales

▶ **bit.ly/_HG_ch1_p149**

« Un régime totalitaire : l'Allemagne nazie » (8 min.)

Source : L'Antisèche (Cyrus North sur www.youtube.com)

▶ **bit.ly/_HG_ch1_p153**

« Le statut des juifs en France en 1940 » (4 min.)

Source : education.francetv.fr (extrait de *Jusqu'au dernier : la destruction des Juifs d'Europe*, série documentaire de William Karel et Blanche Finger, 2015)

Le monde depuis 1945

▶ **bit.ly/_HG_ch2_p161**

« La remise du prix Nobel de la Paix à l'Union européenne en 2012 » (4 min.)

Source : Ina.fr (journal télévisé de France 2, 10 décembre 2012)

▶ **bit.ly/_HG_ch2_p163**

« Sunnites-chiites : frères ennemis ? » (3 min. 30)

Source : education.francetv.fr/serie/decod-actu

République repensée, société en mutation

▶ **bit.ly/_HG_ch3_p171**

« Rétro féminisme : rétrospective des grandes dates du mouvement des femmes » (3 min. 30)

Source : Ina.fr (journal télévisé de France 2, 7 septembre 1998)

Dynamiques territoriales de la France

▶ **bit.ly/_HG_ch4_p177**

« Un territoire sous influence urbaine » (2 min.)

Source : education.francetv.fr

▶ **bit.ly/_HG_ch4_p179**

« Industrie : la fin de la débâcle » (2 min.)

Source : francetvinfo.fr (journal télévisé de France 2, 4 octobre 2016)

Aménager le territoire français

▶ **bit.ly/_HG_ch5_p187**

« Croissance : les inégalités entre les territoires en France » (2 min.)

Source : francetvinfo.fr (journal télévisé de France 2, 10 octobre 2017)

La France et l'Union européenne

▶ **bit.ly/_HG_ch6_p197**

« La puissance de l'Union européenne » (3 min.)

Source : education.francetv.fr

Enseignement moral et civique

▶ **bit.ly/_HG_ch7_p203**

« La laïcité, un concept à géométrie variable ? » (3 min. 30)

Source : education.francetv.fr/serie/decod-actu

▶ **bit.ly/_HG_ch7_p204**

Le président de la République a-t-il tous les pouvoirs ? (3 min. 30)

Source : Dessine-moi l'éco (Sydo en partenariat avec *Le Monde*, sur www.youtube.com)

▶ **bit.ly/_HG_ch7_p207**

Témoignages de jeunes engagés associatifs (2 min. 40)

Source : Réseau National des Juniors Associations (sur www.youtube.com)

L'Anneau de la mémoire

Le mémorial international de Notre-Dame-de-Lorette, conçu par l'architecte Philippe Prost, présente les noms des 579 606 soldats tués sur le front du Nord-Pas-de-Calais entre 1914 et 1918. Il commémore le sacrifice de toute une génération.

L'Europe dans les guerres totales

En 1914-1918, puis en 1939-1945, par deux fois, le monde est plongé dans la guerre totale. Ces conflits, par leur ampleur et leur violence, ont profondément bouleversé les sociétés européennes, qui en furent le théâtre majeur.

SUIVEZ LE GUIDE

Le cours page 146

Check ! page 154

Le sujet de brevet page 154

Zoom page 156

LE COURS

Civils et militaires dans la Première Guerre mondiale

DE QUOI S'AGIT-IL ? D'une durée inattendue, la Première Guerre mondiale (1914-1918) mobilise les populations entières et les confronte à une violence inédite. Quelles sont les modalités et les conséquences de ce conflit d'un genre nouveau ?

L'expérience combattante

Une guerre à l'ampleur inédite

La Grande Guerre, déclenchée en août 1914, est d'abord européenne. Suite à l'engrenage des alliances, elle oppose les empires centraux (Allemagne, Autriche-Hongrie) et la Triple Entente (France, Russie, Royaume-Uni).

D'août à novembre 1914, l'échec des offensives révèle l'équilibre des forces. La guerre de mouvement se transforme en guerre de tranchées. Chaque camp se cherche de nouveaux alliés : l'Italie entre en guerre aux côtés de l'Entente en 1915, tandis que l'Empire ottoman rejoint les empires centraux. Les métropoles (France et Grande-Bretagne) font appel à leurs colonies et, en avril 1917, les États-Unis s'engagent auprès de l'Entente : le conflit s'étend au monde.

L'année 1917 marque un tournant. Les offensives meurtrières peu efficaces (Chemin des Dames, Caporetto) sapent le moral des troupes et des mutineries éclatent. En octobre, la défection russe affaiblit l'Entente. Au printemps 1918, la dernière tentative allemande de rompre le front est brisée. L'armistice est signé à Rethondes le 11 novembre 1918.

Une guerre de masse violente

Durant la guerre, l'armement connaît de grandes évolutions. La puissance de feu a été considérablement augmentée par les progrès techniques. La combinaison d'armes classiques (mitrailleuses) avec le moteur et l'avion élargit les champs de bataille. L'armement chimique a des effets physiques et psychologiques très lourds.

L'enlisement du conflit entraîne une mobilisation sans précédent : 70 millions d'Occidentaux, entre 1914 et 1918. Convaincus de la justesse de leur combat, la défense de la patrie, ils sont stimulés par une propagande qui exacerbe le nationalisme et diabolise l'ennemi : le « poilu » français lutte contre le « boche ».

La vie dans les tranchées est dure (froid, boue, vermine) et rythmée par les montées en première ligne. Les offensives (toujours vaines), par leur durée et les masses humaines qu'elles mobilisent, se transforment en hécatombes. Durant la bataille de Verdun (fév. à déc. 1916), plus de 50 millions d'obus sont tirés, faisant 770 000 morts, blessés ou disparus, à parts égales entre Français et Allemands.

Ils sont prêts. Ils attendent le signal de la mort et du meurtre ; mais on voit, en contemplant leurs figures [...], que ce sont simplement des hommes.

Henri Barbusse, *Le Feu*, 1916

Les civils dans la guerre totale

La violence sur les civils

Les civils connaissent des conditions de vie difficiles (pénuries, rationnement). Ils subissent eux aussi les violences de la guerre (bombardements) et représentent 40 % du total des victimes.

Des populations entières sont prises pour cibles. En 1915-1916, le pouvoir ottoman déporte et massacre les Arméniens, accusés de pactiser avec l'ennemi russe. Ce génocide, le premier du XXe siècle, fait 1,5 million de victimes.

Guerre de mouvement
Guerre caractérisée par des offensives rapides et un front mobile.

Guerre de tranchées (ou de position)
Guerre caractérisée par le maintien de positions fortifiées dans les tranchées et un front presque immobile.

Génocide
Extermination systématique et planifiée de nations ou de groupes ethniques.

La mobilisation de l'arrière

La guerre totale suppose la mobilisation de l'ensemble de la société (individus, économie, entreprises). La répartition des matières premières, les salaires et les prix sont fixés par l'État. L'arrière doit armer des millions de soldats et fournir de la main-d'œuvre aux usines désertées suite à la mobilisation. L'appel aux non-combattants (femmes, travailleurs coloniaux) se généralise.
La propagande cherche à contrôler les esprits. La censure, dans la presse et la correspondance des soldats, la diffusion des nouvelles contrôlée par les états-majors et le « bourrage de crâne » doivent empêcher le découragement des populations.

Des lendemains douloureux

Le poids des morts

La Première Guerre mondiale fait au total 9 millions de morts et 20 millions de blessés. Le retour à une vie normale est difficile. Les gazés, amputés, défigurés (« gueules cassées ») qui ne peuvent recommencer à travailler sont pris en charge par l'État, tout comme les millions de veuves et d'orphelins.

Une paix des vainqueurs

Les traités sont imposés par les vainqueurs : Clemenceau (France), George (Royaume-Uni), Wilson (États-Unis), Orlando (Italie). Ils s'appuient sur les « Quatorze Points » de Wilson (janv. 1918), notamment le droit des peuples à disposer d'eux-mêmes.
Le traité de Versailles, signé le 28 juin 1919, règle le sort de l'Allemagne : son territoire est amputé, séparé en deux par le corridor de Dantzig qui revient à la Pologne ; ses colonies lui sont retirées. L'Allemagne est démilitarisée : son armée est réduite à 100 000 hommes. Rendue responsable de la guerre, elle doit payer de lourdes réparations.
Les autres traités de paix démantèlent les empires austro-hongrois et ottoman et donnent naissance à de nouveaux États.
Ces traités laissent en suspens des problèmes diplomatiques lourds de conséquences.

Guerre totale
Conflit qui touche l'ensemble des sociétés (économie, État) des pays mobilisés.

Arrière
Par opposition au front, zone d'un pays en guerre qui n'est pas directement soumise aux combats.

EN BREF

la Première Guerre mondiale

1 Une guerre longue
- Triple Entente *vs* Empires centraux
- guerre de position
- 1917 : mutineries, révolution russe, entrée en guerre des États-Unis
- 1919, une Europe bouleversée : fin des empires, nouveaux États

2 Une guerre totale

Sur le front
- 70 millions d'Occidentaux mobilisés
- troupes coloniales

À l'arrière
- femmes et travailleurs coloniaux (usines)
- mobilisation des États et des économies
- propagande (« bourrage de crâne »)

3 Une violence de masse

Violences subies par les combattants
- conditions de vie dans les tranchées
- nouvelles armes : chars, avions, armes chimiques
- 9 millions de morts, 20 millions de blessés

Violences subies par les civils
- pénuries, rationnement, bombardements
- travail forcé dans les zones occupées
- génocide arménien

LE COURS

Démocraties fragilisées et expériences totalitaires

DE QUOI S'AGIT-IL ? L'entre-deux-guerres voit la mise en place, en Russie et en Allemagne, de nouveaux régimes politiques centrés sur la figure d'un chef charismatique. Parallèlement, les démocraties, notamment la France, sont fragilisées. Comment réagissent-elles face à la montée des périls ?

Le régime stalinien

Les révolutions de 1917

La Russie, épuisée par la guerre, connaît une première révolution spontanée en février 1917, qui renverse le régime tsariste. Mais le gouvernement provisoire mis en place se discrédite en maintenant le pays dans la guerre. En octobre 1917, une seconde révolution, préparée par les bolcheviks, aboutit à un coup d'État qui porte Lénine au pouvoir, dont l'objectif est le triomphe du communisme. Après la paix de Brest-Litovsk (mars 1918) avec les empires centraux, les bolcheviks affrontent trois ans de guerre civile. En 1922, l'Union des Républiques soviétiques socialistes (URSS) est proclamée.

Staline au pouvoir

À la mort de Lénine (1924), Joseph Staline, secrétaire général du parti bolchevik, s'impose à la tête de l'État en éliminant ses adversaires. Un culte de la personnalité se crée pour le « petit père des peuples ».
Les opposants sont arrêtés par la police politique (NKVD) et envoyés au Goulag. Staline déclenche la Grande Terreur (1936-38).

Un régime totalitaire

L'État poursuit l'objectif totalitaire de forger un homme nouveau, l'*Homo Sovieticus*, présenté par la propagande. Le parti unique encadre la population. La Constitution de 1924 renforce la centralisation. Dès 1928, la planification de l'économie accompagne l'étatisation des moyens de production. La collectivisation instaure des fermes collectives (kolkhozes et sovkhozes) aux effets désastreux. La famine (1932-33) et la « liquidation » des koulaks (paysans riches) font plus de 5 millions de victimes. En août 1939, Staline signe un pacte de non-agression avec l'Allemagne nazie.

Le Reich hitlérien

L'arrivée au pouvoir

En Allemagne, le *diktat* de Versailles alimente la contestation contre la République de Weimar. Adolf Hitler, à la tête du parti nazi, nationaliste, belliciste et raciste, contribue à la violence politique par le biais de sa milice, les Sections d'assaut (SA).
Dans le contexte de la crise économique, le parti nazi gagne les élections et devient majoritaire au Reichstag (Assemblée). Le 30 janvier 1933, Hitler est nommé chancelier.

Une dictature totalitaire

La dictature hitlérienne supprime les libertés individuelles. Le « Führer et chancelier du Reich » dirige à la fois le parti unique et l'État. Il jouit d'une immense popularité entretenue par la propagande.
Les opposants sont traqués par la police politique (Gestapo). En 1939, près d'un million d'Allemands sont internés dans des camps de concentration sous contrôle des SS (*Schutzstaffel*).
L'État veut forger un « homme nouveau » par l'embrigadement de la population (Jeunesses hitlériennes). Parallèlement, 50 000 « asociaux » (handicapés, vagabonds, prostituées, homosexuels) sont internés (1937-39). Selon les nazis, la « race

Les deux types de dictature sont impitoyables et indifférents au bonheur et à la liberté de l'individu aujourd'hui.

Hans Kohn, philosophe, 1935

Communisme
Doctrine politique fondée sur les principes marxistes-léninistes, visant l'instauration d'une société sans classe sociale.

Régime totalitaire
Régime qui cherche à contrôler toute la société, ainsi que la vie publique et privée des individus.

Nazi
Contraction du nom du Parti national-socialiste des travailleurs allemands (NSDAP), fondé en 1920.

Pavillons allemand (g.) et soviétique (d.) à l'Exposition internationale de Paris, 1937

Avec d'un côté l'aigle nazi, symbole de grandeur, de l'autre l'ouvrier et la kolkhozienne incarnant l'Homo Sovieticus, les deux régimes affirment un projet révolutionnaire et totalitaire.

aryenne » est appelée à dominer les « races inférieures » (Slaves, Juifs, Tziganes). L'antisémitisme est légalisé en 1935 par les lois de Nuremberg (1935).
Dans le but de conquérir un « espace vital » à l'Est pour la « race aryenne », Hitler ordonne la remilitarisation de l'Allemagne dès 1935 et noue des alliances avec l'Italie mussolinienne et le Japon en 1936.

L'expérience du Front populaire

La IIIe République affaiblie

Depuis 1931, la France est plongée dans la dépression économique. Le chômage atteint 10 % des salariés en 1936. L'instabilité ministérielle et les scandales politico-financiers alimentent un fort antiparlementarisme. Des associations (ligues) d'extrême-droite entretiennent un climat d'agitation mêlé de xénophobie. Le 6 février 1934, à Paris, une manifestation à l'appel des ligues dégénère en émeute. La gauche y voit une tentative de coup de force fasciste.
Le parti communiste (PCF) initie un Front populaire contre le fascisme. Communistes, socialistes (SFIO) et radicaux s'allient et gagnent les législatives d'avril 1936. Léon Blum forme le gouvernement dans lequel entrent pour la première fois des femmes.

Le Front populaire

Les lois sociales de l'été 1936 imposent une augmentation des salaires de 7 à 15 %, deux semaines de congés payés et la semaine de 40 heures. La Banque de France, la SNCF et des industries de guerre passent sous le contrôle de l'État. Mais au sein de l'alliance, des divisions apparaissent : le PCF demande en vain d'intervenir dans la guerre civile espagnole pour aider le gouvernement républicain contre Franco. De leur côté, les radicaux se font l'écho des classes moyennes et des paysans qui se sentent oubliés des réformes. En juin 1937, Blum démissionne.

À la veille de la guerre

Accaparés par les questions intérieures, les gouvernements restent passifs face aux violations du traité de Versailles par Hitler : remilitarisation de la Rhénanie (mars 1936), annexion de l'Autriche (mars 1938).
En septembre 1938 (conférence de Munich), France et Grande-Bretagne cèdent devant les exigences d'Hitler sur les Sudètes.

Antiparlementarisme
Rejet du système parlementaire rendu responsable d'un affaiblissement du pouvoir.

Fascisme
Courant politique qui se revendique de la dictature de Mussolini en Italie.

LA VIDÉO EN +
Un régime totalitaire : l'Allemagne nazie
▶ bit.ly/_HG_ch1_p149

LE COURS

La Seconde Guerre mondiale, guerre d'anéantissement

DE QUOI S'AGIT-IL ? Par sa longueur, l'extension des théâtres d'opérations, l'ampleur de la mobilisation, la guerre (1939-1945) a entraîné un engagement absolu des sociétés. Elle a aussi été marquée par une volonté d'anéantissement, dont le génocide juif constitue le témoignage le plus effroyable. Quelles ont été les principales étapes et modalités de cette guerre totale ?

Une guerre planétaire

Les victoires de l'Axe

De 1939 à 1941, l'Axe, alliance militaire entre l'Allemagne nazie, l'Italie fasciste et le Japon, connaît des succès militaires rapides.

La guerre-éclair (*Blitzkrieg*) menée par la Wehrmacht (l'armée du IIIe Reich) s'appuie sur les blindés et l'aviation. Elle permet l'invasion de la Pologne en quelques semaines en septembre 1939, puis, au printemps 1940, du Danemark, de la Norvège, des Pays-Bas et de la France, qui signe l'armistice le 22 juin.

La Grande-Bretagne, qui résiste aux bombardements stratégiques lors de la Bataille d'Angleterre, se retrouve seule dans la guerre. La Yougoslavie et la Grèce sont occupées au printemps 1941.

Premièrement : conquérir, deuxièmement : diriger, troisièmement : exploiter.

Adolf Hitler, 1941

La rupture du pacte germano-soviétique permet à Hitler d'envahir l'URSS le 22 juin 1941, conformément au projet nazi de conquête d'un « espace vital » à l'Est. En septembre, la Wehrmacht est aux portes de Leningrad et menace Moscou. Staline appelle les Soviétiques à se mobiliser pour la « grande guerre patriotique ».

En Asie, après la conquête de la Mandchourie par le Japon en 1931, la guerre reprend contre la Chine en juillet 1937. Dès 1940, profitant de la guerre en Europe, le Japon s'empare des colonies européennes. Au printemps 1942, il contrôle toute l'Asie du Sud-Est. Le bombardement de la flotte américaine à Pearl Harbor, le 7 décembre 1941, déclenche l'entrée en guerre des États-Unis.

La victoire de la Grande Alliance

En juin 1942, dans le Pacifique, les Japonais perdent une partie de leur flotte à Midway. En Afrique du Nord, les Britanniques arrêtent l'avancée allemande à El Alamein en octobre. Un mois plus tard, les Alliés débarquent en Algérie et au Maroc. Sur le front Est, la victoire soviétique à Stalingrad en janvier 1943 marque le début d'une lente reconquête.

À partir de 1944, la progression des Alliés s'accélère. Les débarquements en Sicile (juillet 1943) et en Calabre (septembre) entraînent la capitulation de l'Italie. Après l'opération *Overlord* en Normandie (6 juin 1944), le territoire français est peu à peu libéré tandis que l'Armée rouge progresse en Europe orientale et centrale.

Les Alliés prennent en tenaille l'Allemagne, massivement bombardée. Hitler se suicide le 30 avril 1945 et le Reich capitule le 8 mai. Après le largage de deux bombes atomiques sur Hiroshima et Nagasaki (6 et 9 août), le Japon capitule le 2 septembre 1945.

Une guerre totale

La Seconde Guerre mondiale est une guerre totale. Elle suppose la mobilisation des industries : la machine industrielle américaine devient l'« arsenal des démocraties ». Le conflit est aussi idéologique et il ne peut se gagner sans l'adhésion des populations. La propagande de guerre utilise massivement la presse, la radio et le cinéma.

La Seconde Guerre mondiale fut le conflit le plus meurtrier de l'histoire, faisant entre 60 et 80 millions de morts, dont 65 % de civils.

Bombardements stratégiques
Bombardements massifs visant à détruire les bases économiques de l'ennemi et à saper le moral des civils, pris pour cibles.

Des déportés se pressent à la clôture du camp d'Auschwitz, après sa libération par l'armée soviétique (janvier 1945)

La libération du camp d'extermination d'Auschwitz révèle l'ampleur du crime nazi commis contre les Juifs et les Tziganes, mené avec des moyens industriels. Le récit des survivants plonge le monde dans l'effroi.

Le génocide des Juifs et des Tziganes

Le projet nazi : « purifier » l'Europe

L'antisémitisme est au fondement du nazisme. L'occupation de l'Europe s'accompagne de lois visant à exclure les Juifs de la communauté : interdiction de pratiquer certaines professions, d'accéder aux lieux publics, aryanisation de leurs biens.

Les Juifs doivent également se faire recenser et faire apposer la mention « Juif » sur leur carte d'identité. Le port de l'étoile est obligatoire en Pologne dès 1939, en Belgique, aux Pays-Bas et en France à partir de 1942.

Pour les Tziganes, considérés comme « asociaux » du fait de leur mode de vie nomade, le régime planifie le rassemblement dans des camps de travail forcé et la stérilisation.

Les étapes de l'extermination

Les ghettos (quartiers réservés aux Juifs) sont une étape avant la déportation. Des centaines sont ouverts de la Pologne à la Grèce, lesquels abritent des dizaines de milliers de Juifs, nombreux à mourir de malnutrition et d'épidémies.

L'invasion de l'URSS marque le début de la Shoah, génocide des Juifs européens, avec les premiers massacres collectifs. Quatre *Einsatzgruppen* (« groupes mobiles d'intervention ») fusillent toutes les familles juives vivant dans les territoires conquis.

Le 20 janvier 1942, à la conférence de Wannsee, est décidée la « Solution finale » de la question juive, c'est-à-dire l'extermination des Juifs. La mise à mort systématique est appliquée dans six camps d'extermination installés en Pologne : Chelmno, Belzec, Sobibor, Treblinka, Auschwitz-Birkenau et Majdanek.

Auschwitz est à la fois un camp de concentration et un camp d'extermination. À l'arrivée des convois, femmes, enfants, vieillards, malades sont immédiatement gazés, leurs corps brûlés dans des fours crématoires. Les autres déportés sont envoyés dans le camp de concentration où ils subissent l'extermination par le travail.

En décembre 1942, les Tziganes du Reich sont déportés à Auschwitz ; beaucoup sont soumis à des expérimentations médicales. Leur extermination est décidée en mai 1944.

Le génocide a fait 5,1 millions de victimes juives et entre 200 000 et 500 000 victimes tziganes.

Aryanisation
Confiscation des biens juifs pour les confier ou les vendre à des « Aryens ».

Camp de concentration
Camp dans lequel les opposants, « asociaux », résistants et Juifs subissent la mort par le travail forcé.

Camp d'extermination
Camp voué à la destruction immédiate de populations entières.

LE COURS

Collaboration et résistances en Europe et en France

DE QUOI S'AGIT-IL ? La Résistance est une spécificité de la Seconde Guerre mondiale. D'abord minoritaire et éclatée, elle s'organise progressivement. Depuis Londres, le général de Gaulle unifie peu à peu la résistance face au gouvernement de Vichy qui collabore avec le régime hitlérien. Quel rôle a joué la Résistance dans la libération de l'Europe ?

Les résistances dans l'Europe nazie

Les débuts de la Résistance

Dans les pays occupés, les Allemands trouvent des relais de propagande dans des mouvements pronazis. Ces collaborateurs regroupent des tendances diverses et sont puissants, en Hollande et en Belgique par exemple.

Pourtant, des civils, résistants du quotidien, cherchent à mobiliser la population pour la défense des libertés, la protection des proscrits. Peu à peu, une résistance armée spécialisée dans la guérilla (attentats, sabotages) et le renseignement s'organise. En URSS, à partir de l'été 1941, les partisans harcèlent l'occupant nazi.

Plongés dans la clandestinité, les résistants sont traqués par la Gestapo, les SS et la police des États collaborateurs. Le décret *Nacht und Nebel* de décembre 1941 permet de les arrêter et de les déporter. Beaucoup meurent sous la torture, fusillés ou en déportation.

Dès 1940, la résistance extérieure est constituée des gouvernements en exil à Londres – polonais, hollandais, luxembourgeois, tchèque – ou d'individus isolés. Charles de Gaulle est reconnu par Winston Churchill comme le représentant légitime de la France. À l'Ouest, les Britanniques créent les SOE (*Special Operations Executive*) en charge du soutien logistique à la résistance intérieure. À l'Est, après juin 1941, Moscou abrite les *leaders* des partis communistes en exil.

Quoi qu'il arrive, la flamme de la résistance française ne doit pas s'éteindre et ne s'éteindra pas.

Général de Gaulle, 18 juin 1940

Partisan
Combattant clandestin contre l'occupant.

Maquis
Lieux peu accessibles dans lesquels se réfugient les résistants pour mener la guérilla.

Le tournant de 1942-1943

Les réfractaires au STO, service du travail obligatoire instauré par les nazis en 1943, prennent le maquis.

Les mouvements s'organisent. La Résistance française s'unit autour du général de Gaulle grâce à l'action de Jean Moulin et à la création en mai 1943 du Conseil national de la résistance (CNR).

Après les débarquements, les résistants soutiennent les Alliés : les Forces françaises de l'intérieur (FFI) rejoignent les Forces françaises libres (FFL). Absorbés ensuite au sein de l'armée, ils participent à l'invasion de l'Allemagne.

Certains pays tentent de se libérer seuls. Si l'insurrection de Varsovie en août 1944 est écrasée par les Allemands, l'Armée de libération nationale du communiste Tito reprend le contrôle de l'ouest de la Yougoslavie durant l'automne 1944.

Après la guerre, des résistants siègent dans de nombreux gouvernements européens. En France, le Gouvernement provisoire de la République (GPRF), dirigé par de Gaulle, s'installe dans Paris libéré en août 1944. Il confirme l'élargissement du droit de vote aux femmes et met en œuvre le programme du CNR (Sécurité sociale, allocations familiales).

La France défaite et occupée

La défaite de la France

Après plusieurs mois d'une « drôle de guerre », l'armée française cède devant l'offensive lancée par la Wehrmacht le 10 mai 1940. Les combats se soldent par 95 000 morts et 1,8 million de prisonniers. 8 millions de

Français, fuyant l'avancée allemande, prennent le chemin de l'exode.

Le maréchal Pétain, nommé président du Conseil, demande l'armistice, signé le 22 juin 1940. Les clauses prévoient l'occupation de la moitié du territoire, le désarmement des troupes et le paiement de 400 millions de francs par jour au Reich.

Le régime de Vichy

Le 10 juillet 1940, les parlementaires votent les pleins pouvoirs à Pétain. Les élections sont suspendues, les syndicats interdits, la presse et la radio censurées.

La « Révolution nationale » promue par le gouvernement de Vichy vise à réorganiser la France autour de valeurs antirépublicaines (« Travail, famille, patrie ») que relaie la propagande. L'adoption d'un statut des Juifs (oct. 1940) traduit la nature antisémite du régime, qui prend le nom d'« État français ». L'opinion est peu sensible à la Révolution nationale, mais le Maréchal, objet d'un culte officiel, jouit d'une grande popularité.

Inaugurée à Montoire où se rencontrent Pétain et Hitler (24 oct. 1940), la collaboration est présentée comme un moyen de préserver la souveraineté française. Après l'occupation de la zone libre (nov. 1942), elle devient soumission.

La police, l'administration et la milice épaulent la Gestapo dans la traque des résistants. Les 16 et 17 juillet 1942, 16 000 Juifs sont raflés à Paris, enfermés au Vélodrome d'hiver avant d'être déportés.

La France du refus

Le 18 juin 1940, à la BBC, le général de Gaulle appelle à continuer le combat et revendique l'exercice d'un pouvoir légitimé par le refus de la défaite.

La France libre s'affirme. En 1941, de Gaulle est reconnu par les Alliés comme le représentant légitime de la France.

À l'automne 1943, Alger devient la capitale de la France combattante. Le Comité français de libération nationale prépare le rétablissement de la légalité républicaine.

Après le débarquement (6 juin 1944), la Résistance soutient la progression alliée, ce qui permet à la France de figurer parmi les vainqueurs du conflit.

Collaboration
Soutien, individuel ou étatique, à l'Allemagne hitlérienne durant la Seconde Guerre mondiale.

France libre
Individus qui ont fui à Londres, ainsi que les troupes et colonies qui se sont placées sous l'autorité du général de Gaulle.

LA VIDÉO EN +
Le statut des juifs en France en 1940
▸ bit.ly/_HG_ch1_p153

EN BREF

Collaboration et résistances en France 1939-1945

1 La France défaite et occupée
- sept. 1939-avril 1940 : drôle de guerre
- mai-juin 1940 : débâcle, exode
- 22 juin 1940 : armistice
- zone libre (Vichy) et zone occupée
- novembre 1942 : occupation de tout le territoire

2 La collaboration

Collaboration avec l'occupant
- soutien politique, économique (STO) et militaire
- traque des juifs et des résistants (milice)

Régime de Vichy
- un chef : le maréchal Pétain
- une idéologie : la révolution nationale
- une devise : « travail, famille, patrie »
- nationalisme, antisémitisme, xénophobie

3 Les résistances

Résistance extérieure : la France libre
- appel du général de Gaulle (18 juin 1940)
- FFL
- reconnaissance et soutien des Alliés
- Londres puis Alger (GPRF, 1944)

Résistance intérieure
- réseaux clandestins et filières d'évasion
- contre-propagande (journaux et radios) et renseignement
- lutte armée contre l'occupant (maquis, FFI)
- Jean Moulin : unification de la Résistance (CNR)

CHECK ! 10 min.

1 Combien de morts la Première Guerre mondiale a-t-elle causés ?

❑ a. 2 millions ❑ b. 9 millions ❑ c. 20 millions

2 La collectivisation des terres en URSS permet…

❑ a. la redistribution des terres aux paysans.
❑ b. la réunion forcée des terres et des paysans dans des fermes collectives.
❑ c. la récupération des terres par leurs anciens propriétaires.

3 La théorie nazie de « l'espace vital » vise à…

❑ a. rassembler tous les Allemands dans le Reich.
❑ b. s'allier avec l'URSS en prévision d'une guerre européenne.
❑ c. conquérir des territoires à l'est de l'Europe pour la race aryenne.

4 Qu'instaure le gouvernement du Front populaire ?

❑ a. le suffrage universel ❑ b. la journée de 8 heures
❑ c. les premiers congés payés

5 Identifie ces personnages et attribue à chacun d'entre eux l'événement qui le concerne.

a. .... b. .... c. ....

- Création du CNR : ....
- Appel du 18 juin 1940 : ....
- Signature de l'armistice le 22 juin 1940 : ....
....

Corrigé p. 286

LE SUJET DE BREVET 45 min.

Civils et militaires dans la Première Guerre mondiale

Développement construit • Tâche graphique

1. Rédigez un développement construit d'environ vingt lignes décrivant les violences subies par les combattants et les civils au cours de la Première Guerre mondiale. Vous prendrez appui sur des exemples étudiés en classe.
2. Tâche graphique
   a) Complétez la légende de la carte ci-contre.
   b) À quelle date le pays est-il occupé dans sa totalité ?

Doc. La France après l'armistice du 22 juin 1940

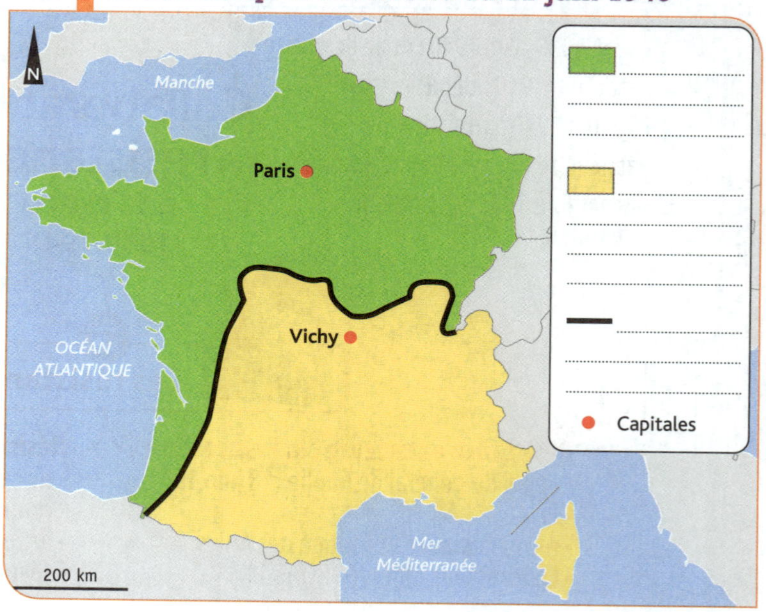

LE CORRIGÉ

COMMENT DÉMARRER ?

- Les termes « combattants » et « civils » désignent deux catégories différentes d'individus. Sont-elles confrontées aux mêmes violences ?
- Partant de ce constat, tu peux organiser ton développement en deux paragraphes.

1. [Introduction] Entre 1914 et 1918, les sociétés européennes sont plongées dans une guerre totale. Soldats et civils, à des degrés divers, sont confrontés à une violence inédite.

[1re partie – les souffrances des combattants] Pour les combattants, les conditions de vie sur le front sont très pénibles : boue des tranchées, intempéries, poux et rats… Les offensives se soldent par des bilans effroyables. Les soldats subissent quotidiennement une mort de masse.

Les armes nouvelles décuplent la violence. Obus et mitrailleuses causent le plus grand nombre de morts et infligent des blessures affreuses à ceux que l'on surnommera les « gueules cassées », à l'origine de traumatismes psychologiques. Face aux gaz, les soldats ne disposent dans les premiers temps d'aucune protection.

À côté de cette mort industrielle et anonyme, les attaques de tranchées conduisent à une violence interpersonnelle tout aussi traumatisante.

[2de partie – les civils, touchés par la violence de la guerre] À l'arrière, les civils souffrent de difficultés d'approvisionnement. En Allemagne, le blocus fait 500 000 morts. Les populations vivant en zone occupée sont soumises au travail forcé. Lors de l'invasion de la Belgique et du nord de la France par l'armée allemande, des rumeurs d'atrocités commises contre des civils terrifient les populations.

Les Arméniens de l'Empire ottoman connaissent le sort le plus dramatique, puisque leur déportation conduit à un véritable génocide (1,5 million de victimes).

La violence est aussi psychologique. Les autorités limitent la liberté d'expression et interviennent dans la vie privée (contrôle de la presse et du courrier). L'État met en place une propagande active destinée à légitimer le conflit et les efforts exigés en son nom.

[Conclusion] La Première Guerre mondiale a fait 9 millions de morts et 20 millions de blessés. L'ampleur des pertes et le traumatisme de la tuerie marquent toute une génération.

2. a) Tâche graphique
b) La France est occupée dans sa totalité en 1942.

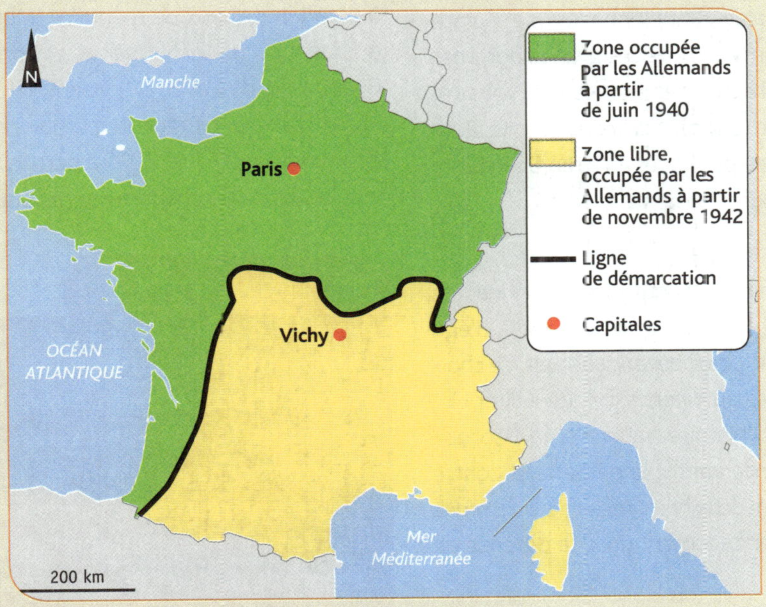

LE BON RÉFLEXE
Dans ta phrase d'introduction, rappelle les bornes chronologiques du sujet.

LE BON RÉFLEXE
Au-delà des blessures physiques engendrées par la guerre, mentionne aussi les dégâts psychologiques qui ont affecté les combattants et les civils.

GAGNE DES POINTS
Pense à rédiger une phrase de conclusion : tu peux dresser le bilan des pertes humaines engendrées par la violence de la guerre.

ZOOM

La Résistance au Panthéon

En mai 2015, le président Hollande fait entrer les dépouilles de quatre résistants au Panthéon. Pourquoi ces personnages ont-ils été choisis ? En quoi incarnent-ils différents aspects de la Résistance pendant la Seconde Guerre mondiale ?

Aux grands hommes... et femmes, la patrie reconnaissante

Sous la coupole du Panthéon, la nation rend hommage aux dépouilles de Jean Zay, Geneviève Anthonioz de Gaulle, Pierre Brossolette et Germaine Tillion.

Le Panthéon, la mémoire nationale

Depuis la Révolution française, l'ancienne église Sainte-Geneviève, à Paris, est devenue le temple des grands hommes que la patrie veut célébrer. Philosophes (Rousseau, Voltaire), scientifiques (Pierre et Marie Curie), écrivains (Émile Zola, Alexandre Dumas) ou hommes politiques (Victor Schœlcher, Jean Jaurès) y furent tour à tour inhumés.

Quatre héros de la Résistance

En accueillant les dépouilles de quatre nouvelles personnalités, François Hollande entend célébrer les valeurs de liberté, d'égalité et de fraternité qui furent au cœur de leur combat. Le choix du président redessine la figure du « héros civique ». Il privilégie un moment particulier de l'histoire nationale, la Seconde Guerre mondiale et la Résistance contre le nazisme et contre le régime de Vichy, en distinguant deux hommes et deux femmes qui payèrent chèrement leur engagement pour la défense de la patrie et de la République.

Germaine Tillion (1907-2008) et Geneviève Anthonioz de Gaulle (1920-2002), entrées précocement dans la Résistance, furent arrêtées et déportées au camp de Ravensbrück où elles subirent la terreur et la déshumanisation. Leur entrée au Panthéon est le premier hommage de la nation à des femmes résistantes.

L'honneur rendu à Pierre Brossolette (1903-1944), héros et martyr de la France libre, qui s'est suicidé pour ne pas parler sous la torture, est une reconnaissance de la diversité de la Résistance à côté de la figure tutélaire de Jean Moulin, entré au Panthéon en 1964.

Enfin, le choix de Jean Zay (1904-1944) est une manière de commémorer le Front populaire dont il fut le ministre de l'Éducation nationale. Emprisonné en 1940 par le régime de Vichy, condamné au terme d'un procès politique, du fond de sa cellule, il écrit et incarne pendant quatre ans la République résistante. Il est assassiné par la Milice en juin 1944.

Commémorer, pour quoi faire ?

Depuis 1945, le souvenir des martyrs de la Seconde Guerre mondiale est entretenu par la création de lieux de mémoire (Mont Valérien, mémorial de la Shoah, etc.). Anniversaires et commémorations (appel du 18 juin, rafle du Vel'd'Hiv') visent à donner une vision unanime du passé et à entretenir la mémoire collective de la nation. La cérémonie du 27 mai 2015 a permis de rendre sa complexité et sa diversité au phénomène résistant.

OBJECTIF BREVET

- Dans un développement construit consacré à la France durant la Seconde Guerre mondiale, tu pourras évoquer ces quatre figures entrées au Panthéon en mai 2015.
- Ces personnages te permettront de souligner le rôle joué par la résistance intérieure, d'évoquer la place des femmes dans les combats de la Résistance, ou encore de rappeler le sort terrible réservé à ces combattants de l'ombre.

Réfugiés arrivant à Bagdad après avoir fui les violences sévissant à Ramadi (Irak, avril 2015)

Premières victimes des conflits contemporains, les civils sont souvent contraints de quitter leur lieu de vie, voire leur pays.

Le monde depuis 1945

Depuis 1945, le monde a connu des bouleversements géopolitiques importants qui ont vu s'imposer successivement un ordre bipolaire, unipolaire et enfin multipolaire. À l'aube du XXIe siècle, la complexité des conflits révèle un monde plus que jamais dépolarisé.

SUIVEZ LE GUIDE

Le cours page 158

Check ! page 164

Le sujet de brevet page 164

Zoom page 166

LE COURS

La guerre froide et la chute des empires coloniaux

DE QUOI S'AGIT-IL ? À partir de 1947, l'antagonisme idéologique entre les États-Unis et l'URSS entraîne une bipolarisation du monde. Mais avec l'effondrement des empires coloniaux, de nouveaux acteurs apparaissent sur la scène internationale. Quels sont les rapports de force durant la guerre froide (1947-1991) ?

La guerre froide

Un conflit de puissances

Dès 1945, les relations entre les États-Unis et l'URSS se tendent. Inquiet de l'expansion communiste en Europe de l'Est, le président américain Truman lance en 1947 la politique du *containment* (« endiguement »), via le plan Marshall.

En réponse, le Soviétique Jdanov en appelle à la lutte contre les États occidentaux « impérialistes ». La création du Kominform vise ainsi à coordonner l'action des partis communistes d'Europe.

Un monde bipolaire

Le monde se divise dès lors en deux blocs qui organisent des alliances militaires. À l'Alliance atlantique (OTAN) créée par les États-Unis (1949), l'URSS répond par le pacte de Varsovie (1955). Les deux Grands s'opposent dans tous les domaines : politique, diplomatique, militaire, économique. L'antagonisme idéologique, entre le libéralisme américain et le communisme soviétique, prend la forme d'une guerre de propagande.

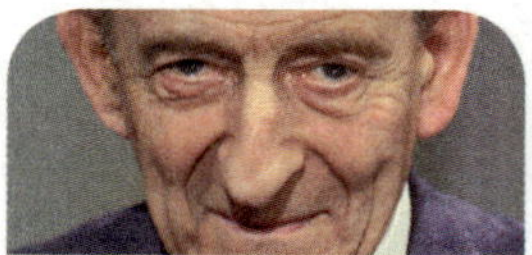

La guerre froide : « paix impossible, guerre improbable. »
Raymond Aron, sociologue, 1948

Des crises répétées

Les périodes de crises et d'apaisement alternent, mais l'affrontement militaire direct est évité par l'équilibre de la terreur.

Les tensions sont fortes autour du sort de l'Allemagne occupée. L'échec du blocus de Berlin entraîne la partition du pays entre la République fédérale d'Allemagne (RFA) et la République démocratique allemande (RDA) en 1949. Pour empêcher la fuite des Allemands de l'Est vers la RFA, l'URSS et la RDA érigent un mur à travers Berlin dans la nuit du 12 au 13 août 1961.

Lors de la crise de Cuba (1962), le risque de déflagration nucléaire met le monde « au bord du gouffre ».

La chute des empires coloniaux

La défaite des métropoles européennes en 1940 favorise l'essor des mouvements indépendantistes. En 1945, les États-Unis et l'URSS sont favorables à leur émancipation, tout comme l'ONU créée cette année-là.

En Asie…

Face à Soekarno qui proclame l'indépendance de l'Indonésie, les Pays-Bas alternent entre négociations et répression, mais, sous la pression internationale, quittent le pays en 1949.

La France refuse de reconnaître la République démocratique du Vietnam proclamée par Ho Chi Minh en 1945. Après huit années de guerre, les accords de Genève reconnaissent le Vietnam indépendant (1954).

En Inde, les négociations avec le Royaume-Uni aboutissent à l'indépendance en 1947, au prix d'une partition (Union indienne hindouiste, Pakistan musulman).

… puis en Afrique

En 1955, la conférence internationale de Bandung, organisée par 29 pays nouvellement indépendants, relance la décolonisation.

Par la négociation, Tunisie et Maroc accèdent à l'indépendance en 1956. En Algérie, le Front de libération nationale (FLN) entame une lutte armée en 1954, qui aboutit à l'indépendance en 1962 (accords d'Évian).

Plan Marshall
Aide financière versée par les États-Unis aux pays européens à partir de 1948, pour favoriser leur reconstruction.

Équilibre de la terreur
Parité des moyens de destruction massive (bombe atomique) visant à dissuader l'adversaire de faire usage de la force.

Émancipation
Processus par lequel un peuple dominé se libère de la tutelle coloniale.

Dès 1957, le Ghana ouvre la voie à la décolonisation des territoires de l'Empire britannique, qui s'achève dans les années 1960.
En 1960, la Belgique quitte le Congo et les territoires français d'Afrique subsaharienne s'émancipent. Les colonies portugaises d'Afrique accèdent à l'indépendance en 1975, après 12 ans de guerre.

Vers la fin de la guerre froide

La détente

À partir des années 1960, des rencontres régulières entre les deux Grands ont lieu. La signature du traité de non-prolifération des armes nucléaires (1968) vise à éviter un conflit fatal.
Lors des conférences de Bandung (1955) et de Belgrade (1961), le tiers-monde affirme sa volonté de non-alignement.
En 1959, la Chine rompt avec l'URSS. En Europe, la contestation monte dans le bloc de l'Est (« Printemps de Prague », 1968).
Au sein du bloc de l'Ouest, six États européens s'émancipent en construisant la Communauté économique européenne (CEE) à partir de 1957. Les États-Unis sont pris dans un engrenage au Vietnam, où ils s'engagent massivement au milieu des années 1960. Contraints de partir en 1972, ils laissent la péninsule aux communistes.
En 1979, l'invasion de l'Afghanistan par l'URSS et l'installation d'une République islamique en Iran, sont autant de signes du recul américain sur la scène internationale.

L'effondrement du bloc soviétique

En 1980, l'élection de Reagan rompt avec la détente. Il soutient les combattants afghans contre l'Armée rouge et la guérilla anticommuniste au Nicaragua.
En 1985, Gorbatchev lance de profondes réformes en URSS (*perestroïka* et *glasnost*). Suite à la chute du mur de Berlin (nov. 1989), tous les régimes communistes d'Europe de l'Est s'effondrent.
Les revendications nationalistes dans les Républiques soviétiques provoquent l'éclatement de l'URSS, mettant ainsi fin à la guerre froide.

Ce tiers-monde ignoré, exploité, méprisé comme le tiers état, veut lui aussi être quelque chose.

Alfred Sauvy, économiste, 1952

Tiers-monde
Pays anciennement colonisés et peu développés économiquement, affirmant leur solidarité sur la scène internationale.

EN BREF

Un monde bipolaire

1 Bloc de l'Ouest

Idéologie
- démocratie libérale
- capitalisme : libre entreprise, concurrence
- doctrine Truman : endiguement

Alliances et relais
- Plan Marshall (1947)
- OTAN (1949)
- Europe de l'Ouest, CEE (1957)

2 Bloc de l'Est

Idéologie
- dictature du prolétariat
- communisme : économie dirigée, planification
- doctrine Jdanov : anti-impérialisme

Alliances et relais
- Kominform (1947)
- pacte de Varsovie (1955)
- Chine jusqu'en 1959

3 Crises et détente

Des affrontements indirects
- guerre de propagande
- équilibre de la terreur : bombe atomique (USA 1945, URSS 1949)
- Berlin 1948-1949, 1961 • guerre de Corée 1950-1953
- Cuba 1962 • guerre du Vietnam 1964-1973

Des signes de détente ?
- traité de non-prolifération (1968)
- rencontres entre les deux Grands (« téléphone rouge »)

Une remise en cause du monde bipolaire
- rupture Chine/URSS
- décolonisation et émergence du tiers-monde

LE COURS

Affirmation et mise en œuvre du projet européen

DE QUOI S'AGIT-IL ? En 1945, le projet d'une Europe politique unie revient au premier plan. Pourtant, c'est sur des bases économiques que naît la CEE. Les élargissements successifs s'accompagnent d'un approfondissement de la logique communautaire. Quelles sont les étapes et les réalisations de la construction européenne ?

De l'après-guerre à 1992

Les débuts : CECA et CEE

En 1951, sous l'impulsion des Français Jean Monnet et Robert Schuman, une Communauté européenne du charbon et de l'acier (CECA) est créée entre six États européens : la France, la RFA, l'Italie, la Belgique, les Pays-Bas et le Luxembourg. Ces pays s'accordent sur la libre circulation des produits sidérurgiques et du charbon.

Après l'échec en 1954 du projet de Communauté européenne de défense (CED), la construction européenne se poursuit à partir d'une intégration économique.

Le 26 mars 1957, les six membres de la CECA signent le traité de Rome qui fonde une Communauté économique européenne (CEE). Il prévoit l'établissement d'un marché commun fondé sur la libre circulation des personnes, des services et des capitaux. L'Euratom (Communauté européenne de l'énergie atomique) amorce une coopération dans le domaine nucléaire. Les premiers chantiers sont l'union douanière et l'organisation d'une Politique agricole commune (PAC).

L'Europe ne se fera pas d'un coup, ni dans une construction d'ensemble : elle se fera par des réalisations concrètes créant d'abord une solidarité de fait.

Robert Schuman, 9 mai 1950

Les approfondissements

Avec le traité de l'Élysée (1963) signé entre le général de Gaulle et le chancelier Adenauer pour favoriser la collaboration franco-allemande, les deux pays deviennent le moteur de la construction européenne.

En 1973, le Danemark, le Royaume-Uni et l'Irlande adhèrent à la CEE. Des élargissements se font ensuite en direction de l'Europe du Sud : Grèce (1981), Espagne et Portugal (1986).

À partir de 1974, les rencontres entre dirigeants européens sont régulières. En 1979, le Parlement européen est élu au suffrage universel direct. L'Acte unique adopté en 1986 renforce les institutions européennes.

La naissance de l'Union européenne

En 1992, le traité de Maastricht institue l'Union européenne (UE), reposant sur « trois piliers » : la Communauté européenne, cadre de la libre circulation des marchandises, des services, des capitaux et des personnes ; la Politique étrangère et de sécurité commune (PESC) ; la coopération policière et judiciaire en matière pénale.

Une citoyenneté européenne est aussi créée, ainsi que la possibilité pour les ressortissants de l'UE de voter ou de se présenter aux élections locales et européennes dans tous les États membres.

Enfin, le traité institue l'Union économique et monétaire (UEM), préparant l'adoption d'une future monnaie unique.

Le projet européen depuis Maastricht

Une Europe à plusieurs dimensions

Dans le domaine économique, la Banque centrale européenne (BCE) est créée en 1998. Indépendante des institutions nationales et européennes, elle est chargée d'émettre

Intégration économique
Unification des politiques économiques de différents États pour l'établissement d'une zone de libre-échange.

Politique agricole commune (PAC)
Politique visant à rendre l'Europe autosuffisante sur le plan alimentaire : modernisation des exploitations, soutien au niveau de vie des agriculteurs.

Banque centrale européenne (BCE)
Institution monétaire de l'UE, en charge de l'émission de l'euro. Son siège se trouve à Francfort.

Partisans de Syriza, le parti au pouvoir, à l'occasion de la campagne pour le référendum du 5 juillet 2015

Alors que la Grèce subi une grave crise économique, ils appellent à voter non au référendum portant sur les mesures d'austérité imposées par l'UE et le FMI.

la monnaie unique européenne, l'euro, mise en circulation dans 11 pays en janvier 2002. Depuis 2015, la zone euro concerne 19 pays de l'UE. Devenu la deuxième devise internationale derrière le dollar américain, l'euro facilite les échanges et renforce l'influence économique de l'UE dans le monde.

En 1995, les pays signataires de la convention de Schengen – Allemagne, Belgique, Espagne, France, Luxembourg, Pays-Bas et Portugal – mettent en place un espace de libre circulation des personnes. Celui-ci prévoit la suppression des contrôles aux frontières intérieures et un renforcement des contrôles aux limites extérieures de l'UE.

Les difficultés d'une Europe élargie

En 1995, l'UE s'élargit à trois nouveaux États : l'Autriche, la Finlande et la Suède. Pour les pays candidats d'Europe de l'Est, des critères politiques et économiques sont fixés.

En 2004, huit pays d'Europe de l'Est (Estonie, Hongrie, Lettonie, Lituanie, Pologne, République tchèque, Slovaquie et Slovénie) ainsi que deux d'Europe du Sud (Chypre et Malte) intègrent l'UE. En 2007, c'est au tour de la Bulgarie et de la Roumanie, suivies en 2013 par la Croatie. L'Union compte désormais 28 pays et 514 millions d'habitants.

Les élargissements ont pour but d'étendre la zone de stabilité et de paix à une large partie du continent, de stimuler la croissance économique et les échanges, et de renforcer la place de l'UE dans les affaires mondiales.

Les élargissements soulèvent aussi des difficultés et de nouveaux défis, car les retards en matière de développement économique et social des nouveaux entrants sont importants.

L'Union européenne en crise ?

L'élargissement appelle une réorganisation des institutions communautaires. Le traité de Lisbonne (2009) élargit les pouvoirs du Parlement européen, dorénavant en charge de l'élection du président de la Commission européenne de Bruxelles. Un poste de président du Conseil européen, sorte de « président de l'Europe », élu par le Conseil des chefs d'État et de gouvernement, est créé, ainsi que celui de Haut représentant de l'Union pour les Affaires étrangères et la politique de sécurité.

Depuis la fin des années 2000, la crise grecque, la crise migratoire et la montée de l'euroscepticisme suscitent des tensions au sein de l'UE. Celles-ci culminent en juin 2016, lorsque les Britanniques votent par référendum pour une sortie de l'UE (Brexit).

Brexit
Abréviation de « British Exit », le terme désigne la sortie du Royaume-Uni de l'UE.

LA VIDÉO EN +
La remise du prix Nobel de la Paix à l'Union européenne en 2012
▶ bit.ly/_HG_ch2_p161

HISTOIRE GÉOGRAPHIE EMC

LE COURS

Enjeux et conflits dans le monde depuis 1989

DE QUOI S'AGIT-IL ? Après 1989, un nouvel ordre mondial s'établit, dans lequel l'hégémonie américaine est peu à peu remise en cause. Au centre de nombreux enjeux, le Moyen-Orient est l'une des principales zones de conflit. Comment s'organise la géopolitique mondiale ? Quelle est la nature des conflits contemporains ?

Un nouvel ordre mondial après 1989

Avec la disparition de l'URSS en 1991, un ordre mondial unipolaire, dominé par les États-Unis, se met en place.

La superpuissance états-unienne

La victoire rapide des États-Unis lors de la guerre du Golfe (1991) conforte le pays dans son statut de leader. En maintenant des dépenses militaires élevées, il s'impose comme la seule puissance détentrice d'une force de projection planétaire.

Le président Clinton (1993-2001) veut promouvoir la démocratie et l'économie de marché à travers le monde. Il privilégie la diplomatie dans le règlement des conflits, malgré des engagements militaires (Bosnie, 1995).

Les événements du 11 septembre 2001 marquent une rupture. Les États-Unis sont frappés par des attentats terroristes perpétrés par des membres du réseau Al-Qaïda. Pour le président Bush (2001-2009), cela implique un changement stratégique radical et justifie la guerre préventive contre le terrorisme, avec l'intervention militaire en Afghanistan (oct. 2001) contre le régime taliban dénoncé comme base arrière d'Al-Qaïda. La même logique prévaut en 2003, lors de l'intervention en Irak pour renverser le régime de Saddam Hussein.

Terrorisme
Action violente à visée politique, dirigée contre une institution, un État ou des civils, pour créer un climat de peur.

Islamisme
Mouvement politique voulant imposer la loi musulmane dans l'organisation politique et sociale, au besoin par la violence (djihad).

Les nouveaux conflits

Les nouveaux conflits combinent des enjeux politiques, religieux et stratégiques qui complexifient les relations internationales. Si le nombre de guerres entre États a diminué, les conflits intra-étatiques (guerres civiles) ont augmenté, mêlant de nombreux acteurs (armées rebelles, minorités, terroristes). Les civils fuient la guerre, grossissant les flux de déplacés et de réfugiés.

De nouvelles menaces apparaissent. Des États cherchent à se doter de l'arme nucléaire (Corée du Nord, Iran), en violation du Traité de non-prolifération. L'islamisme nourrit un terrorisme de masse. Al-Qaïda et son frère ennemi l'organisation État islamique, apparue en 2012, défendent le djihad et essaiment en Afrique, au Moyen-Orient et en Asie.

Vers un monde dépolarisé

La déstabilisation de plusieurs régions du Moyen-Orient et d'Afrique révèle la faiblesse des États face à des contestations multiformes. L'apparition de nouveaux acteurs non étatiques perturbe les mécanismes de sécurité collective, fondés sur les États et encadrés par l'ONU. Et les États-Unis ne parviennent pas à rétablir la stabilité dans les pays qu'ils occupent : à partir de 2011, l'administration Obama décide donc d'évacuer progressivement ses troupes d'Afghanistan et d'Irak.

Aucune puissance ne peut plus prétendre seule à l'hégémonie : le monde est dépolarisé. De nouveaux acteurs (Chine, Russie, Inde) cherchent à s'affirmer sur la scène internationale. Quant à l'UE, elle peine à parler d'une seule voix et laisse ses États membres agir seuls sur le plan diplomatique et militaire. Ainsi, la France intervient militairement au Mali en 2013 contre la menace islamiste.

Les guerres civiles tendent à se multiplier, à devenir de plus en plus meurtrières, à peser davantage encore sur le cours des relations internationales.

Bertrand Badie, politologue, 2013

Les conflits au Moyen-Orient

Brassant des populations diverses, le Moyen-Orient est en proie à de multiples tensions. Première région pour la production d'hydrocarbures, elle est aussi un enjeu stratégique.

Le conflit israélo-palestinien

Les accords d'Oslo (1993) entre Israël et Palestine, sous l'égide des États-Unis, tentent de mettre fin au conflit déclenché en 1948 avec la création de l'État d'Israël. Ils ouvrent la voie à la création d'un État palestinien. Mais l'objectif n'est pas atteint.

En 2000, les Palestiniens lancent la 2e Intifada (« guerre des pierres »). Israël y répond par la construction d'un mur isolant les territoires palestiniens. Les attentats palestiniens et les bombardements israéliens maintiennent une situation de guerre larvée.

De la guerre du Golfe à la guerre d'Irak

En août 1990, Saddam Hussein, chef de l'État irakien, envahit le Koweït. En janvier 1991, l'ONU autorise l'intervention d'une coalition pour faire cesser l'occupation. La victoire militaire assure aux Américains une présence permanente au Moyen-Orient.

En 2003, les États-Unis lancent une nouvelle opération militaire contre le régime irakien, accusé à tort de fabriquer des armes de destruction massive. Mais la chute de Saddam Hussein puis le désengagement des États-Unis (2011) laisse une situation de guerre civile entre sunnites et chiites.

Le conflit syrien

En 2011, la Syrie sombre dans une guerre civile entre le régime dictatorial de Bachar el-Assad, soutenu par l'Iran et la Russie, et l'opposition (Armée syrienne libre et combattants djihadistes).

En juin 2014, l'organisation djihadiste État islamique (EI) proclame le « califat » sur un vaste territoire à cheval entre la Syrie et l'Irak. D'août 2014 à janvier 2019, elle est combattue par une coalition arabo-occidentale de 22 pays, qui parvient à reconquérir peu à peu les territoires contrôlés par l'EI.

Sunnisme et chiisme
Noms des deux branches principales de l'islam.

LA VIDÉO EN +
Sunnites-chiites : frères ennemis ?
▶ bit.ly/_HG_ch2_p163

EN BREF

Les conflits dans le monde depuis 1989

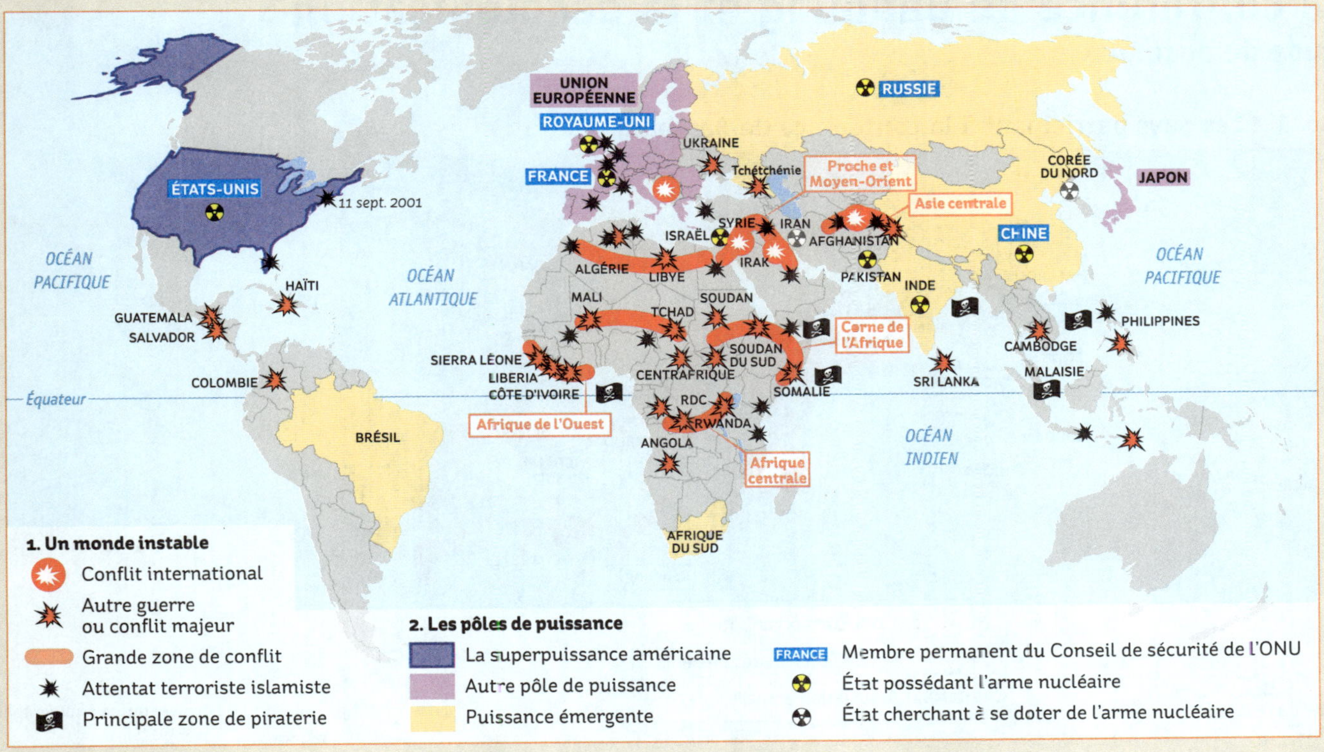

CHECK ! 10 min.

1 La guerre froide est une période…

❑ a. d'affrontements directs entre les deux Grands.
❑ b. de confrontation entre les deux Grands par pays interposés.
❑ c. d'antagonisme idéologique entre les deux Grands.

2 Cite le nom et la fonction des principaux acteurs de la crise de Cuba.

a. .... b. .... c. ....
....
....

3 Les accords d'Évian mettent fin à…

❑ a. la guerre d'Indochine.
❑ b. la guerre d'Algérie.
❑ c. la guerre du Vietnam.

4 Que met en place le traité de Rome en Europe ?

❑ a. un marché commun
❑ b. une fédération politique
❑ c. une monnaie commune

5 Qu'est-ce qui distingue la guerre du Golfe de 1991 de l'intervention américaine en Irak en 2003 ?

❑ a. Seule la guerre du Golfe a été autorisée par l'ONU.
❑ b. Rien, les deux interventions se sont faites sans l'accord de l'ONU.
❑ c. Rien, les deux interventions se sont faites avec l'accord de l'ONU.

Corrigé p. 286

LE SUJET DE BREVET 45 min.

La conférence de Bandung et la décolonisation

Étude de documents

Doc. 1 Les pays participant à la conférence de Bandung

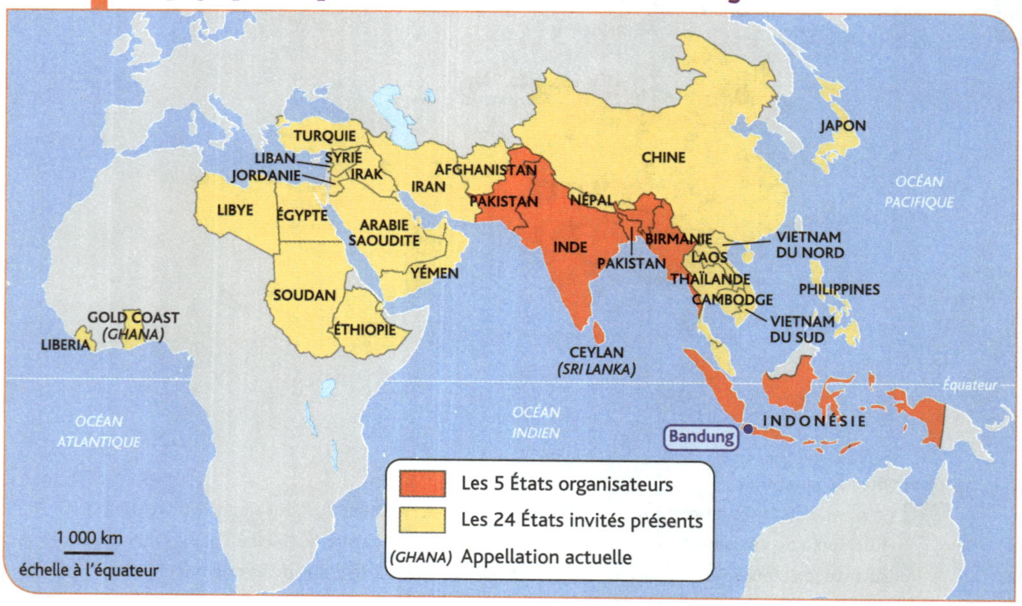

Source : *La Documentation photographique*, n° 8062.

Doc. 2 Déclaration sur les problèmes des peuples dépendants

La Conférence afro-asiatique a discuté les problèmes des peuples dépendants et du colonialisme et des maux résultant de la soumission des peuples à l'assujettissement de l'étranger, à leur domination et à leur exploitation par ce dernier. La Conférence est d'accord :

1) pour déclarer que le colonialisme, dans toutes ses manifestations, est un mal auquel il doit être mis fin rapidement ;

2) pour déclarer que la question des peuples soumis à l'assujettissement à l'étranger, à sa domination et à son exploitation constitue une négation des droits fondamentaux de l'Homme, est contraire à la Charte des Nations unies et empêche de favoriser la paix et la coopération mondiales ;

3) pour déclarer qu'elle appuie la cause de la liberté et de l'indépendance de ces peuples ;

4) et pour faire appel aux Puissances intéressées pour qu'elles accordent la liberté et l'indépendance à ces peuples.

Communiqué final de la conférence de Bandung (extrait), 24 avril 1955.

1. Présentez les documents.
2. Qu'ont en commun les pays participant à la conférence (doc. 1 et 2) ?
3. Quelles sont les « puissances intéressées » mentionnées dans le point 4 (doc. 2) ?
4. Définissez le mot « colonialisme » et relevez dans le document 2 le vocabulaire qui lui est lié.
5. D'après le document 2 et vos connaissances, pourquoi la conférence de Bandung a-t-elle été un accélérateur du processus de décolonisation ? Justifiez votre réponse.

COMMENT DÉMARRER ?

- Les deux documents sont de nature différente, mais ils portent sur le même événement : la conférence des pays non alignés de Bandung (1955).
- Le document 2 est un communiqué officiel : il faudra en souligner la portée.

LE CORRIGÉ

1. Les deux documents évoquent la conférence de Bandung. Le document 1 est une carte localisant les participants à la conférence, le document 2 est un extrait du communiqué final. La conférence s'est tenue du 18 au 24 avril 1955, en Indonésie, pays ayant acquis son indépendance en 1949 après un conflit armé avec sa tutelle néerlandaise.

2. Les pays participant à la conférence ont en commun d'être situés en Afrique et en Asie et d'avoir récemment acquis leur indépendance. Une exception notable : la Chine. Par sa présence, celle-ci s'affirme comme un *leader* de ces pays qui veulent affirmer leur place sur la scène internationale.

3. Les « puissances intéressées » évoquées dans le point 4 sont les métropoles européennes possédant encore des colonies : Grande-Bretagne, France, Belgique et Portugal.

4. Le colonialisme est une doctrine visant à légitimer la domination et l'exploitation d'un territoire (une colonie) par un autre (une métropole). Les mots s'y rapportant sont : « peuples dépendants », « soumission », « assujettissement », « domination », « exploitation ».

5. Le communiqué final condamne le colonialisme (« un mal auquel il doit être mis fin rapidement ») au nom des droits de l'Homme affirmés dans la charte des Nations unies. Il appelle les métropoles à mettre fin à la domination coloniale (« appel aux Puissances intéressées pour qu'elles accordent la liberté et l'indépendance à ces peuples »). Si, en 1955, la décolonisation concerne principalement l'Asie, dans les années qui suivent, elle gagne l'Afrique : au début des années 1960, celle-ci est devenue majoritairement indépendante.

LE BON RÉFLEXE
Mets en évidence le thème commun aux deux documents et montre en quoi ils se complètent.

GAGNEZ DES POINTS
On te demande de trouver les points communs entre des pays. Si tu relèves une exception, comme ici la Chine, essaie d'en expliquer la cause.

LE BON RÉFLEXE
Lorsque tu définis une notion, certains mots-clés sont attendus.

ZOOM

Le conflit ukrainien, théâtre d'une nouvelle guerre froide ?

En mars 2014, suite à un référendum contesté, Vladimir Poutine décide le rattachement de la Crimée à la Russie. Quelles sont les motivations de ce geste soudain du président russe ? Quelles ambitions, quelles aspirations s'opposent en Ukraine ?

La crise de Crimée

En 2013, sous la pression russe, le gouvernement ukrainien renonce à un accord avec l'Union européenne (UE), entraînant des manifestations massives à Kiev et l'arrivée au pouvoir de l'opposition pro-occidentale (fév. 2014). En réponse, des troupes pro-russes s'emparent des points stratégiques de la Crimée, péninsule située au sud du pays. Le gouvernement ukrainien dénonce une invasion russe et les protestations internationales se multiplient, mais Poutine nie toute implication.

En mars 2014, après avoir déclaré son indépendance, la Crimée est, à la suite d'un référendum, intégrée à la Fédération de Russie. Dans le même temps, dans le Donbass (est de l'Ukraine), une autre insurrection séparatiste soutenue par la Russie entraîne l'intervention de l'armée ukrainienne.

Célébration à Simferopol du rattachement de la Crimée à la Russie, le 18 mars 2014

L'annexion de la péninsule ukrainienne satisfait la population russophone, sensible au discours nationaliste du régime du président Poutine.

La réaffirmation de la puissance russe

L'Ukraine et la Russie partagent une longue histoire commune. Indépendante depuis 1991, suite à l'éclatement de l'URSS, l'Ukraine oscille entre maintien de relations privilégiées avec le puissant voisin et ancrage à l'UE et à l'OTAN. Elle compte une forte minorité russe dans ses régions orientales et en Crimée. La Russie, quant à elle, a des intérêts géostratégiques en Crimée, qui abrite la flotte russe de la mer Noire.

Or, Vladimir Poutine, à la tête de la Russie depuis 1999, entend réaffirmer l'influence russe. S'appuyant sur la puissance énergétique du pays, il réinvestit le domaine militaire et s'impose à son « étranger proche » (ancienne zone d'influence soviétique) par des pressions économiques – embargos, « guerre du gaz » – ou militaires. L'entreprise russe Gazprom, premier producteur et exportateur mondial de gaz, dirigée par des proches du président Poutine, est l'instrument de cette politique.

La Russie, une menace ?

Puissance émergente, la Russie vise à contrôler son environnement sécuritaire régional, quitte à violer le droit international. Comme puissance militaire et membre permanent du Conseil de sécurité de l'ONU, le pays veut se positionner en acteur majeur des relations internationales (conflit syrien). Face à ce qui est présenté comme la décadence de l'Occident, la Russie poutinienne s'affirme volontiers comme la championne des valeurs morales (christianisme, ordre). Mais le pays ne peut concurrencer la puissance américaine avec laquelle, par ailleurs, elle partage des positions diplomatiques (lutte contre le djihadisme international).

OBJECTIF BREVET

- Dans un développement construit consacré au monde depuis 1989, tu peux t'appuyer sur l'exemple de la Russie pour illustrer l'affirmation de nouvelles puissances depuis le début du XXIe siècle.
- Le conflit ukrainien peut également témoigner des nouvelles formes de conflictualité apparues dans le monde de l'après-guerre froide.

Emmanuel Macron dans la cour du Louvre, le soir de son élection à la présidence de la République (7 mai 2017)

Par la mise en scène solennelle de son arrivée et son discours au sein d'un lieu chargé d'histoire, le président nouvellement élu entend renouer avec la figure gaullienne du pouvoir.

République repensée, société en mutation

Après 1945, la France rénove son système politique et refonde son pacte social. Elle cherche aussi à favoriser et accompagner la croissance économique, et doit prendre en compte les nouvelles aspirations d'une société qui évolue.

SUIVEZ LE GUIDE

LE COURS page 168

CHECK ! page 172

LE SUJET DE BREVET page 172

ZOOM page 174

LE COURS

Une République repensée

DE QUOI S'AGIT-IL ? Au sortir de la guerre, la reconstruction politique passe par l'instauration d'une IVe République, démocratique et sociale. En 1958, de Gaulle met en place la Ve République, qui modifie l'équilibre des pouvoirs mais s'adapte aux évolutions de la vie politique. Quelles sont les caractéristiques du système républicain refondé en 1946, puis en 1958 ?

Refonder la République

Reconstruire

Le Gouvernement provisoire de la République (GPRF), dirigé par de Gaulle, s'installe dans Paris libéré en août 1944. Il organise l'épuration, au cours de laquelle les procès de Pétain et Laval (1945) ressoudent les Français dans la réprobation du régime de Vichy. La réorganisation de la fonction publique et la création d'une École nationale d'administration (ENA) visent à former les nouvelles élites dirigeantes. La reconstruction de l'économie passe par la nationalisation des secteurs stratégiques (énergie, transport, banque…).

Réinstaurer la République

En octobre 1945, les Français se prononcent contre le maintien de la IIIe République et élisent une assemblée constituante. De Gaulle, hostile à la forme prise par le nouveau projet, démissionne en janvier 1946. En fondant en 1947 le RPF (Rassemblement du peuple français), il se range dans l'opposition.

La Constitution de la IVe République est approuvée par référendum en octobre 1946. Le pouvoir exécutif est détenu par le président de la République et par le président du Conseil. Le pouvoir législatif appartient aux deux Chambres, l'Assemblée nationale et le Conseil de la République, qui élisent le président de la République et contrôlent le gouvernement.

Un des caractères essentiels de la Constitution de la Ve République, c'est qu'elle donne une tête à l'État.

Charles de Gaulle, 1962

Redéfinir la démocratie

Le GPRF considère que la libération de la patrie doit s'accompagner d'une émancipation politique des femmes. En avril 1945, les Françaises votent pour la première fois. La création de la Sécurité sociale en 1945 instaure un État-providence. La mise en place des allocations familiales (1946) encourage la reprise de la natalité.

La naissance de la Ve République

D'une république à l'autre

L'instabilité gouvernementale et l'enlisement de la guerre d'Algérie affaiblissent la IVe République. En mai 1958, lors d'une manifestation à Alger, les Français d'Algérie soutenus par des officiers, craignant que la France accorde l'indépendance, prennent d'assaut le siège du Gouvernement général. Ils réclament un changement de régime et le retour du général de Gaulle.

Se posant alors en recours, de Gaulle est nommé chef du gouvernement en juin 1958. Une nouvelle Constitution est approuvée par référendum en septembre et il est élu président de la République en décembre.

Un rééquilibrage des pouvoirs

Le président de la République, élu par 80 000 grands électeurs, nomme le Premier ministre. Il peut dissoudre l'Assemblée et consulter les citoyens par référendum. En cas de crise, il peut disposer des pleins pouvoirs. Chef des armées, il dirige la politique étrangère. Le Premier ministre et son gouvernement sont responsables devant l'Assemblée qui peut les renverser par motion de censure.

Le Parlement est composé de deux chambres : l'Assemblée nationale et le Sénat. L'ordre du jour est fixé par le gouvernement qui peut faire passer certaines lois sans débat ni vote. Le scrutin majoritaire aux législatives assure de fortes majorités parlementaires pour soutenir le gouvernement. Le Conseil constitutionnel vérifie la conformité des lois à la Constitution.

Épuration
Traque des collaborateurs du régime de Vichy et de l'occupant. Elle donne lieu d'abord à des exécutions sommaires, avant d'être légalisée (procès).

État-providence
Intervention de l'État dans l'économie afin d'assurer une redistribution des richesses et la prise en charge des risques sociaux.

Scrutin majoritaire
Scrutin uninominal, à deux tours, pour élire les députés. Pour être élu, le candidat doit obtenir la majorité absolue des voix au 1er tour, et la majorité relative au 2^d tour.

Un stand de la Sécurité sociale lors de la foire de Meaux en 1957

La création de la Sécurité sociale en 1945, tout comme l'introduction dans la Constitution de la IVe République du principe de la protection sociale, sont directement inspirés du programme du Conseil national de la Résistance.

Pour renforcer la légitimité présidentielle, de Gaulle établit l'élection du président de la République au suffrage universel direct (référendum d'oct. 1962). Élu pour un second mandat en 1965, il démissionne en avril 1969, suite à l'échec du référendum sur la réforme du Sénat.

Les évolutions de la Ve République

Héritage et transition

Le gaulliste Pompidou est élu en juin 1969. Il reprend à son compte la pratique des institutions établie par de Gaulle. Le septennat est interrompu par sa mort (1974).

Giscard est élu en mai 1974. Appartenant à la droite modérée, il s'affiche comme le candidat du renouveau, mais ne rompt pas avec la pratique des institutions de ses prédécesseurs. Pour répondre aux revendications de la jeunesse en mai 1968, il abaisse l'âge de la majorité à 18 ans.

Face à la domination des partis de droite, la gauche se rassemble autour d'un grand parti. Le PS est créé en 1971, il se rapproche du PCF et des radicaux. À droite, la concurrence est forte entre le parti gaulliste (RPR) et les modérés, réunis dans le parti fondé par Giscard en 1978, l'UDF.

Alternances et cohabitations

L'élection de Mitterrand en mai 1981 marque la première alternance. La longévité de sa présidence (deux mandats) et sa pratique des institutions renforcent l'image d'un « monarque républicain ».

Le gouvernement socialiste élargit la démocratie sociale : retraite à 60 ans, semaine de 39 heures, 5e semaine de congés payés. Il engage des réformes sociétales : fin du délit d'homosexualité, remboursement de l'IVG. Sa mesure emblématique est l'abolition de la peine de mort (1981). Parallèlement, il lance une ambitieuse politique de décentralisation.

À deux reprises, le pouvoir connaît une situation de cohabitation : une majorité de droite est élue à l'Assemblée, obligeant Mitterrand à choisir son Premier ministre dans la nouvelle majorité : Chirac (1986-88) et Balladur (1993-95).

L'élection de Chirac à la fonction présidentielle en 1995 marque une nouvelle alternance, cette fois en faveur de la droite gaulliste.

Alternance
Succession de majorités parlementaires et de présidents de la République appartenant à des familles politiques différentes.

Cohabitation
Situation où le président de la République et le pouvoir législatif représentent des tendances politiques opposées.

HISTOIRE GÉOGRAPHIE EMC

LE COURS

Femmes et hommes dans la société française

DE QUOI S'AGIT-IL ? À partir de 1945, la France entre dans une période de prospérité économique et de transformations sociales. Les femmes obtiennent de nouveaux droits. Pour accompagner la croissance, le pays fait appel à la main-d'œuvre étrangère, mais la récession des années 1970 met un terme à l'immigration. Quelles mutations connaît la société française depuis 1945 ?

Économie et société

Des Trente Glorieuses à la crise économique

De 1945 à 1975, l'économie française connaît une période de forte prospérité, les Trente Glorieuses, marquée par des taux de croissance du PIB élevés et le plein emploi. L'État soutient la croissance en favorisant la recherche et en lançant de grands travaux d'équipement (autoroutes).

Cette période faste prend fin dans les années 1970 : l'économie subit de plein fouet la récession qui se traduit par une forte hausse des prix et l'apparition d'un chômage de masse.

Le salariat se développe, en grande partie par l'essor des services et la baisse du nombre de travailleurs indépendants. Les salariés bénéficient d'une législation favorable (allongement des congés payés, salaire minimum). Parallèlement, depuis les années 1960, la paysannerie et le monde ouvrier déclinent.

Du *baby-boom* au vieillissement

Dans les années 1950-60, la France connaît une forte croissance démographique encouragée par une politique nataliste : c'est le *baby-boom*.

À partir des années 1970, la natalité baisse du fait de la généralisation du travail féminin ; le nombre moyen d'enfant par femme diminue. La crise économique amplifie le phénomène. En même temps, l'allongement de l'espérance de vie entraîne un vieillissement de la population.

Une société de consommation

L'augmentation du niveau de vie permet aux Français d'accéder à la propriété et de s'équiper (réfrigérateurs, machines à laver). La voiture, symbole de la société industrielle, se généralise. Les Français découvrent aussi les joies du week-end et des loisirs.

La crise des années 1970-80 fait pourtant apparaître des limites à cette société d'abondance. Toute une frange de la société sombre dans l'exclusion. Un revenu minimum d'insertion (RMI) est créé par l'État en 1988.

La condition des femmes

Leur statut

Jusqu'au milieu du XXe siècle, la femme mariée ne peut ni étudier, ni travailler, ni disposer de ses biens sans l'autorisation de son mari. En 1949, Simone de Beauvoir dénonce la domination subie par les femmes dans un ouvrage, *Le Deuxième Sexe*. Elle a une influence déterminante sur le féminisme français.

Durant les Trente Glorieuses, l'élévation générale du niveau de vie s'accompagne d'une massification scolaire qui profite aux filles. La loi Haby (1975) généralise la mixité dans tous les degrés de l'enseignement.

Avec l'essor du tertiaire, le travail féminin ne cesse d'augmenter depuis les années 1960. En 1965, la réforme des régimes matrimoniaux permet aux femmes de travailler sans autorisation du mari. Mais elles occupent souvent des emplois peu qualifiés, précaires. Les inégalités de salaire homme-femme sont importantes et perdurent aujourd'hui.

On ne naît pas femme, on le devient.

Simone de Beauvoir, *Le Deuxième Sexe*, 1949

Trente Glorieuses
Période de forte croissance économique que connaissent la France et l'ensemble des pays industrialisés entre 1945 et 1975.

Récession
Période de ralentissement de la croissance qui peut se traduire par une baisse du PIB.

L'égalité politique

Alors que la France est le premier pays à instaurer le suffrage universel en 1848, elle est l'une des dernières démocraties à élargir ce droit aux femmes. Il faut attendre 1944 pour que le GPRF accorde le droit de vote aux femmes leur donnant ainsi l'égalité politique. Malgré la création en 1974 d'un secrétariat d'État à la Condition féminine, transformé en 1981 en ministère des Droits de la femme, la vie politique s'ouvre très lentement aux femmes. En 1986, on ne compte que 5,8 % de femmes députées et 2,6 % de femmes sénateurs. Il faut attendre 1991 pour voir la première femme nommée au poste de Premier ministre, Édith Cresson.

Le droit à disposer de son corps

L'égalité politique une fois acquise, le processus d'émancipation des femmes se déplace sur le terrain de la procréation. Créé en 1960, le Planning familial promeut l'éducation sexuelle et le droit à la contraception. Celle-ci est légalisée en 1967 (loi Neuwirth).
Le mouvement de mai 68 favorise l'émergence de nouveaux mouvements féministes, comme le Mouvement de libération des femmes (MLF) qui milite pour sortir la femme du rôle d'épouse et de mère auquel la société la réduit. La légalisation de l'avortement en 1975, par le vote de la loi Veil, est une victoire.

L'immigration de travailleurs

Les politiques d'immigration

La France a été le premier pays européen à connaître au XIXe siècle une forte baisse de sa natalité, nécessitant de recourir à l'immigration de travail. Jusqu'à la Seconde Guerre mondiale, les immigrés viennent des pays européens (Belgique, Italie, Pologne).
Durant les Trente Glorieuses, pour accompagner la croissance, l'État encourage l'immigration de travailleurs étrangers. L'Office national d'immigration est créé dès 1945. Si la provenance des immigrés se modifie (Portugal, Maghreb, Afrique subsaharienne), leur part dans la population reste identique à celle du début du siècle (7 %).
En 1974, suite à la crise économique, l'immigration de travailleurs est stoppée et les conditions d'entrée sur le territoire sont durcies. Pour favoriser l'intégration des immigrés déjà installés, le regroupement familial est néanmoins autorisé.

Affiche du Mouvement français pour le planning familial (MFPF)
Créé en 1960, le MFPF, comme d'autres associations et mouvements féministes, défend le droit à la contraception et à l'avortement.

Les immigrés dans la société

D'abord arrivés seuls, les immigrés font vivre leur famille restée au pays en s'employant dans l'industrie et les services. Ils sont souvent moins payés que les ouvriers français et ne peuvent guère espérer de promotion. Dans les années 1950-60, les immigrés s'entassent dans les bidonvilles. La construction de grands ensembles à la périphérie des villes, dans les années 1970, constitue alors une amélioration matérielle.
Si le nombre d'immigrés est stable, l'intégration des derniers arrivants semble en panne. La ségrégation spatiale et les inégalités de réussite scolaire en sont les principaux facteurs. La « deuxième génération », née en France, souffre de discriminations. L'immigration devient un enjeu central du débat politique. Dans les années 1980, l'essor du Front national qui en a fait son principal argument électoral, en témoigne.

Émancipation
Pour les femmes, processus par lequel elles s'affranchissent de la domination qui pèse sur elles.

Intégration
Processus par lequel des individus acquièrent le sentiment d'appartenir à la communauté dans laquelle ils vivent.

LA VIDÉO EN +
Rétrospective des grandes dates du mouvement des femmes
▶ bit.ly/_HG_ch3_p171

CHECK ! 10 min.

1 Quel est l'objectif de l'État-providence ?

- ❑ a. élargir les droits sociaux
- ❑ b. établir une démocratie sociale
- ❑ c. assurer la redistribution des richesses

2 Donne le nom de chacun des présidents et précise la date de son mandat.

a. .... b. .... c. ....

....

3 La Constitution de la Vᵉ République donne la primauté…

- ❑ a. au pouvoir exécutif.
- ❑ b. au pouvoir législatif.
- ❑ c. à aucun, mais maintient un équilibre entre les deux.

4 Qu'appelle-t-on les Trente Glorieuses ?

- ❑ a. une période d'essor de la natalité
- ❑ b. une période d'augmentation de l'emploi
- ❑ c. une période de forte croissance économique

5 Quand l'immigration de travail légale a-t-elle pris fin ?

- ❑ a. en 1964
- ❑ b. en 1974
- ❑ c. en 1984

Corrigé p. 286

LE SUJET DE BREVET 45 min.

La place des femmes dans la société, des années 1960 aux années 1980

Étude de documents

Doc. 1 Témoignage d'une femme d'ouvrier

« S'il n'y avait pas les enfants, j'aurais recommencé à travailler comme avant. Mais il y a ce quatrième ; ah ; il n'a pas été désiré celui-là ; j'en avais eu trois en moins de trois ans, je pensais que cela suffisait et puis en voilà un autre ! (…) Pour boucler les fins de mois, je fais du lavage et du repassage pour les autres, parfois je garde un enfant, mais en cachette de mon mari qui ne voudrait pas que je travaille. (…) Quand je vais chez quelqu'un d'autre, je me rends compte que je n'ai presque rien ; je me dis que (…) si je pouvais travailler, j'en aurais autant (…). J'aimerais avoir une journée à moi, entièrement libre. »

Interview, début des années 1960, Paris (citée par Christine Bard, *Les femmes dans la société française au XXᵉ siècle*, Armand Colin, 2003).

Doc. 2 Loi Veil : une loi pour légaliser l'avortement

Art. L. 162.1 : La femme enceinte que son état place dans une situation de détresse peut demander à un médecin l'interruption de sa grossesse. Cette interruption ne peut être pratiquée qu'avant la fin de la dixième semaine de grossesse. (*Délai porté à 12 semaines en 2001*)
Art. L. 162.7 : Si la femme est mineure célibataire, le consentement de l'une des personnes qui exerce l'autorité parentale est requis.
Art. L. 162.8 : Un médecin n'est jamais tenu de donner suite à une demande d'interruption de grossesse ni de pratiquer celle-ci, mais il doit informer l'intéressée de son refus.

D'après la loi Veil du 17 janvier 1975.

Doc. 3 Des inégalités qui subsistent

La situation de la femme dans notre société reste marquée par la dépendance, l'inégalité et le non-respect du droit de la personne (...). Les femmes sont majoritaires parmi les smicards*, les chômeurs, les allocataires du minimum vieillesse.

Discours de François Mitterrand pour la journée de la femme (8 mars 1982) devant 400 ouvrières, employées, mères de famille invitées à l'Élysée.

*Smicard : travailleur payé au salaire minimum.

1. Document 1 : quels sont les souhaits de cette femme d'ouvrier ? Deux réponses attendues.
2. Qu'est-ce qui l'empêche de les réaliser ? Deux réponses attendues.
3. Document 2 : que permet la loi Veil ?
4. Quelles sont les limites prévues par la loi ? Deux réponses attendues.
5. Après avoir analysé les trois documents, précisez comment la place des femmes dans la société a évolué entre 1960 et 1980.

COMMENT DÉMARRER ?

■ Identifie le thème commun aux trois documents et situe ceux-ci dans le temps. Ces textes sont de natures différentes ; seuls deux d'entre eux ont un caractère officiel.

■ La réponse 5 doit être développée. Présente d'abord les avancées de la condition des femmes, puis évoque les inégalités persistantes.

LE CORRIGÉ

1. Cette femme d'ouvrier souhaiterait recommencer à travailler comme elle le faisait avant d'être mère. Elle voudrait aussi pouvoir échapper aux travaux domestiques (« une journée à moi, entièrement libre »).

2. Elle ne peut pas réaliser ses souhaits, d'une part car elle a quatre enfants (dont tous n'ont pas été désirés, preuve qu'elle n'a pas accès à la contraception) qu'elle élève et, d'autre part, car son mari refuse qu'elle travaille. Or, jusqu'en 1965, une femme ne peut pas signer un contrat de travail sans l'autorisation de son époux.

3. La loi Veil légalise l'interruption volontaire de grossesse (IVG) en France.

4. La loi prévoit qu'en cas d'avortement d'une mineure célibataire, l'accord d'un des parents est nécessaire. Elle autorise les médecins à ne pas pratiquer l'IVG s'ils ne le souhaitent pas.

5. Entre 1960 et 1980, la place des femmes dans la société française s'est améliorée, notamment grâce à l'action des mouvements féministes. L'émancipation des femmes a pu se faire grâce à l'acquisition de nouveaux droits.
En 1967, la légalisation de la contraception est une première étape dans l'obtention du droit des femmes à disposer de leur corps, avant le vote de la loi Veil en 1975 qui autorise l'IVG (doc. 2). Sur le plan économique, la loi de 1965 leur assure la liberté de travailler et d'ouvrir un compte bancaire sans l'autorisation de leur mari. Les femmes sont de plus en plus nombreuses sur le marché du travail et leur niveau de qualification s'élève.
Pour autant, la condition des femmes reste difficile dans les années 1980. Elles sont surreprésentées parmi les chômeurs et les smicards (doc. 3). L'inégalité salariale entre hommes et femmes continue d'être dénoncée. Sur le plan politique, les femmes restent minoritaires tant dans les instances représentatives (Assemblée nationale, Sénat) que dans les gouvernements successifs.

GAGNE DES POINTS
Le correcteur valorisera tout élément de connaissances aidant à la compréhension du document.

LE BON RÉFLEXE
Pense à mentionner les notions liées au sujet : émancipation, féminisme, droits des femmes....

ZOOM

La crise migratoire, une situation inédite ?

Depuis quelques années, l'Europe est confrontée à une crise migratoire. Pourtant, si l'on regarde en arrière, plusieurs pays européens, à commencer par la France, ont déjà connu différentes vagues d'immigration. En quoi l'immigration d'hier se distingue-t-elle de celle d'aujourd'hui ?

Calais, voie d'accès vers la Grande-Bretagne pour des milliers de réfugiés

Ces deux migrants regardent des camions sur le point d'emprunter le tunnel sous la Manche en direction de la Grande-Bretagne.

Une crise migratoire européenne

Depuis le début des années 2010, l'Europe fait face à un afflux migratoire sans précédent : un million d'arrivées en 2015. Des centaines de milliers de migrants traversent la Méditerranée sur des bateaux de fortune ou arrivent illégalement par les Balkans. Poussés par la guerre, des réfugiés syriens, irakiens ou afghans viennent chercher l'asile politique, tandis que la misère amène de jeunes travailleurs d'Afrique subsaharienne à tenter leur chance dans des pays riches.

La jungle de Calais

Le Royaume-Uni est la destination de nombreux candidats à l'immigration. Ils cherchent à pénétrer illégalement en grimpant dans les camions qui empruntent, depuis la France, le tunnel sous la Manche. La ville de Calais, située à l'entrée de celui-ci, est un point de passage obligé.

En octobre 2016, la « jungle » abritait 10 000 personnes, dont des femmes et des mineurs isolés. Sur une dizaine d'hectares, les ONG géraient une « ville » de tentes et de conteneurs. Le camp a été démantelé par l'État en octobre 2016, et près de 7 000 migrants ont été évacués vers des centres d'accueil dans toute la France. Mais de nombreux problèmes restent en suspens : mineurs isolés, déplacements des migrants vers d'autres camps sauvages, retours à Calais...

La France, vieux pays d'immigration

Pour la France, cette vague migratoire diffère des précédentes. Dès le début du XXe siècle, mais surtout après la Seconde Guerre mondiale, le pays a fait appel à l'immigration de travail afin de pallier le manque de main-d'œuvre dans un contexte de forte croissance économique. Les Trente Glorieuses ont ainsi vu l'arrivée massive de travailleurs venus d'Afrique du Nord (Algérie, Maroc, Tunisie) et d'Afrique subsaharienne. L'ouverture des frontières est voulue par l'État et les entreprises, et est encadrée par l'Office national d'immigration créé en novembre 1945.

En 1974, en pleine récession économique, le gouvernement met fin à l'immigration de travail, mais autorise le regroupement familial. Dès lors, les immigrés installés et rejoints par leur famille ont vocation à rester sur le territoire et à s'intégrer.

Aujourd'hui, comme d'autres pays européens, la France connaît une crise migratoire qui déborde largement le cadre de ses frontières. Elle relève d'enjeux politiques (guerres, persécutions) et économiques (disparités Nord/Sud) qui ne sauraient trouver de remède à une échelle uniquement nationale.

OBJECTIF BREVET

- Dans un développement construit consacré à l'immigration en France, tu peux évoquer la crise migratoire actuelle en introduction ou en conclusion.
- Cela te permettra de souligner, par contraste, les spécificités de l'immigration des années 1950 à 1980 : le cadre national, le besoin de main-d'œuvre, jusqu'à la loi sur le regroupement familial.

Le quartier d'affaires de la Part-Dieu à Lyon

La gare TGV de Lyon Part-Dieu met Paris à 2 heures vers le nord et Marseille à 2 heures vers le sud. Un pôle d'échanges multimodal, véritable hub métropolitain, est en construction.

Dynamiques territoriales de la France

La France a tellement changé ! Autrefois rurale, elle est devenue un pays de citadins ; son économie a été bouleversée par une mondialisation qui rebat les cartes de ses espaces productifs ; les espaces de faible densité, promis à l'abandon, connaissent une renaissance récente.

SUIVEZ LE GUIDE

Le cours page 176

Check ! page 182

Le sujet de brevet page 182

Zoom page 184

LE COURS

Le système urbain français

DE QUOI S'AGIT-IL ? L'urbanisation a modifié les modes de vie des Français, redistribuant les populations et les activités dans l'espace national. Sous l'effet de la mondialisation, quelles sont les mutations spatiales et sociales du système urbain français ?

L'urbanisation contemporaine

Une France de citadins

85 % de la population française réside dans une aire urbaine, et jusqu'à 95 % dans un territoire sous influence urbaine.
On distingue les différentes parties d'une aire urbaine par leur morphologie : la ville-centre est un espace bâti très dense ; les banlieues résidentielles forment un habitat pavillonnaire ou de grands ensembles.
Au-delà de ce pôle urbain (ville-centre + banlieues) se situe la couronne périurbaine : un habitat discontinu constitué de pavillons qui s'agglomèrent autour de petits villages-centres.

Une croissance urbaine par étalement

De 1945 à 1975, le *baby-boom* et l'exode rural ont accéléré la concentration urbaine ; les banlieues de grands ensembles ont explosé. Depuis 1975 et la fin de l'exode rural, les banlieues deviennent pavillonnaires et les villes s'étalent. La périurbanisation gagne sur les campagnes proches, à la faveur du développement de l'automobile et de prix fonciers plus attractifs.
Depuis une dizaine d'années, les communes rurales proches des aires urbaines se développent à leur tour. L'espace rural tend à regagner des habitants, y compris le rural profond, pourtant à l'écart des grandes aires urbaines.

Une explosion des mobilités

La dissociation entre lieu de vie, lieu de travail, lieu de loisir ou de consommation a entraîné l'explosion des mobilités, c'est-à-dire des déplacements quotidiens (aller au travail, faire les courses...). Les axes de communication sont saturés aux heures de pointe par les migrations pendulaires. Le trafic sans cesse croissant génère perte de temps et pollution.

Depuis 15 ans, les trois quarts des catégories modestes ne vivent plus dans les grands centres urbains, mais dans ce que j'appelle la France périphérique.

Christophe Guilluy, géographe, 2015

La métropolisation

Paris, capitale et ville mondiale

La mondialisation privilégiant les lieux de commandement connectés, elle favorise la métropolisation. Celle-ci touche au premier chef Paris, dont l'aire urbaine compte 12,5 millions d'habitants. Héritière de mille ans de centralisation, elle concentre les fonctions supérieures de l'État et les fonctions de commandement du capitalisme mondialisé. Elle produit 31 % du PIB français.
Paris est une ville mondiale, hyperconnectée aux autres villes mondiales. Elle est l'interface primaire du pays avec le reste du monde, notamment via ses aéroports, Roissy-Charles-de-Gaulle et Orly.

Un système métropolitain polycentrique

Hors Paris, le territoire français est structuré par un réseau de métropoles régionales. Vingt-deux d'entre elles bénéficient d'un statut de métropole aux compétences élargies et s'efforcent d'attirer les activités grâce à des projets d'équipement et des plans de communication.
Elles développent des relations avec d'autres métropoles, françaises ou européennes. Les coopérations transfrontalières sont sollicitées (Lille avec la Belgique, Mulhouse avec la Suisse).

La crise des villes moyennes

Les villes moyennes sont définies comme des aires urbaines dont la ville-centre compte entre 20 000 et 100 000 habitants. Elles ont bénéficié un temps de l'exode rural.

Baby-boom
Période de forte natalité en France entre 1943 et 1975.

Migrations pendulaires
Déplacements quotidiens qui se produisent à certaines heures de la journée ; par exemple, de 7 à 9 heures, lorsque les populations se rendent sur leur lieu de travail.

Métropolisation
Concentration croissante des hommes, des activités et des fonctions de commandement dans les grandes villes les mieux connectées aux grands réseaux de communication.

Aujourd'hui, deux tiers de ces villes perdent des habitants. Les activités industrielles et l'économie résidentielle y sont surreprésentées. Or, la mondialisation pénalise les industries les moins compétitives (industries anciennes ou à forte intensité de main-d'œuvre, comme dans le textile ou l'assemblage).

Les inégalités sociospatiales

Mondialisation et inégalités

En raison des phénomènes de métropolisation qui font monter drastiquement les prix immobiliers, les centres-villes et les beaux quartiers historiques connaissent un puissant processus d'embourgeoisement : on parle de gentrification.
Les couches populaires et les jeunes ménages s'installent dans les banlieues et la couronne périurbaine, au prix de mobilités croissantes. Les banlieues d'habitat individuel et au cadre agréable se distinguent de banlieues plus populaires, souvent constituées de grands ensembles.

Une ségrégation sociospatiale

Ces inégalités entre les quartiers tendent à se renforcer, établissant une véritable ségrégation sociospatiale. Les couches les plus aisées de la population mettent en place des stratégies d'évitement des populations jugées infréquentables ou dangereuses.
Certains microquartiers, dans les métropoles et à Paris en particulier, privatisent leur accès ; des résidences fermées se construisent, dont l'entrée n'est réservée qu'à des riverains sélectionnés.

Corriger les inégalités

Un premier axe de lutte contre les inégalités sociospatiales apparaît à partir de 1975, à travers des opérations de réhabilitation de l'habitat, sans résultat tangible.
Un deuxième axe consiste à favoriser la mixité sociale. La loi SRU, votée en 2000 et durcie en 2013, impose aux communes importantes de disposer d'au moins 25 % de logements sociaux. Mais le bilan est encore relativement mitigé.

Économie résidentielle
Activités économiques mises en œuvre sur un territoire, destinées à satisfaire les besoins des populations résidentes.

Ségrégation sociospatiale
Processus de mise à l'écart de groupes sociaux, avec des zones périurbaines qui concentrent des populations appauvries.

LA VIDÉO EN +
Un territoire sous influence urbaine
▸ bit.ly/_HG_ch4_p177

EN BREF

Le système urbain français

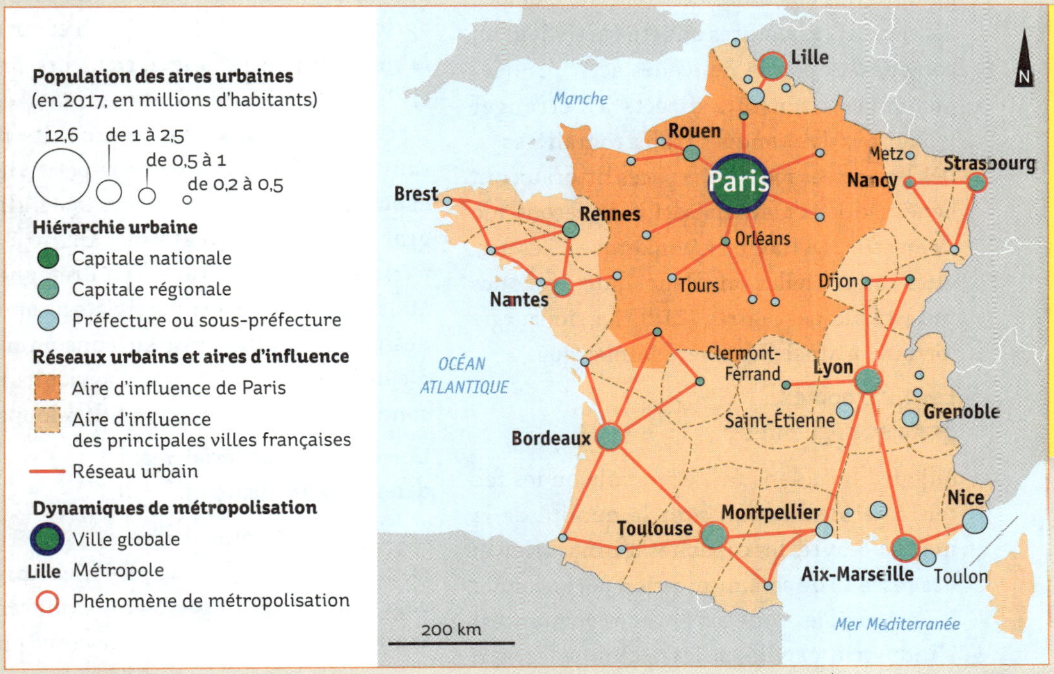

La domination parisienne apparaît clairement : le tiers du territoire vit à l'ombre de la capitale. Cependant, les métropoles régionales, presque toutes en périphérie du territoire, ont réussi à s'affirmer, structurant leur espace régional.

LE COURS

Les espaces productifs français et la mondialisation

DE QUOI S'AGIT-IL ? Un espace productif est une partie du territoire dédiée à la production de richesses, qu'elles soient matérielles (agriculture, industrie) ou immatérielles (services). Comment les espaces productifs français s'adaptent-ils aux logiques de la mondialisation ?

Avec un PIB de 2 426 milliards d'euros en 2019, la France se situe au 7e rang économique mondial, et au 2e dans l'UE.

Les espaces industriels

Une France en voie de désindustrialisation ?

L'industrie manufacturière ne crée plus que 10,9 % de la valeur ajoutée nationale en 2018 contre 18 % en 2000. Plus de 2 millions d'emplois industriels ont été détruits depuis 1980. Cependant, de nombreux emplois industriels ont en fait été déplacés vers les services : ce sont des emplois périproductifs, au service d'entreprises industrielles dont la production est toujours plus robotisée.

Les mutations récentes

La mondialisation a entraîné le déclin des anciennes régions industrielles du Nord et de l'Est, fondées sur des matières premières aujourd'hui abandonnées. Toutefois, délocalisations et fermetures ont été partiellement compensées par de nouvelles activités liées aux investissements directs à l'étranger jouant des dynamiques transfrontalières.
Dès les années 1960, les espaces littoraux ont bénéficié de la maritimisation de l'économie (Marseille, Le Havre et Dunkerque) : les activités industrielles ont fleuri dans les zones industrialo-portuaires (ZIP). La sidérurgie lorraine a ainsi glissé vers Dunkerque.

Les métropoles, grandes gagnantes

Aujourd'hui, dans une économie où les facteurs de localisation sont la qualité de la main-d'œuvre, les capacités d'innovation et des réseaux de communication performants, les métropoles sont les grandes gagnantes. L'industrie privilégie les technopôles, qui mêlent fonctions de recherche et de production, ou les pôles de compétitivité, constitués autour de thématiques ciblées.

Les espaces agricoles

La France, grande puissance agricole

Premier producteur européen, la France est aussi le 6e exportateur mondial. L'agriculture ne représente que 2 % du PIB, mais 6 % si l'on y ajoute l'industrie agroalimentaire. Fortement exportatrice, celle-ci génère 17 % de la valeur de production industrielle. C'est pourtant une agriculture aux effectifs peu importants : 2,5 % de la population active, qui se partagent 28 millions d'hectares, soit 51 % du territoire. Le nombre d'exploitations a été divisé par deux en 20 ans, mais leur superficie moyenne a augmenté (63 ha).

Des espaces spécialisés

La PAC et la mondialisation ont poussé les agriculteurs à la modernisation et entraîné la mise en place d'une agriculture productiviste, fortement consommatrice de matériels, d'engrais et de produits phytosanitaires. Pour gagner en compétitivité, les espaces productifs se sont spécialisés : grande culture céréalière dans le Bassin parisien, élevage intensif en Bretagne...
Mais l'agriculture productiviste a conduit à des excès : pollutions, surconsommation d'eau, crises sanitaires... L'agriculture raisonnée, voire biologique, se développe.

Une insertion différenciée dans la mondialisation

Les régions les plus insérées, compétitives et exportatrices (grande céréaliculture, élevage industriel, vignobles), comptent de grandes exploitations, aux revenus élevés.

Emplois périproductifs
Emplois qui assurent des services consommés par les entreprises industrielles : transport, publicité, nettoyage, sécurité, etc.

Politique agricole commune (PAC)
Politique européenne de soutien aux agricultures des États membres, mise en place par la CEE dès 1962.

Les espaces peu insérés ont des exploitations moins spécialisées (polyculture), plus petites, aux revenus plus faibles et tendent à se marginaliser. Mais ces espaces connaissent parfois une revitalisation : les agriculteurs y créent des labels et développent des activités liées au tourisme vert.

Les espaces de services

Les services, un secteur dominant

Le secteur tertiaire (les services) regroupe 76 % des actifs. C'est le seul à créer des emplois. La répartition des services sur le territoire dépend de l'importance et de la solvabilité de la demande. Une partie des services sont à l'abri de la compétition mondiale, car ils dépendent de la demande locale. D'autres sont exposés aux délocalisations.

Les espaces productifs d'affaires

Ils regroupent des services marchands de haut niveau, dédiés aux entreprises : conseil, ingénierie financière ou juridique, encadrement et commandement des grandes entreprises (sièges sociaux).

Les grandes villes, et en particulier Paris, concentrent ces fonctions métropolitaines. Ces lieux de commandement bénéficient de connexions à hautes performances aux grands réseaux mondiaux, qui garantissent une accessibilité optimale.

Les espaces productifs touristiques

En 2018, la France est le premier pays touristique mondial (2 millions d'emplois, 8 % du PIB, près de 89 millions de touristes étrangers), mais cette activité décline à cause de la pandémie de covid-19. Tous les types de tourisme y sont représentés : culturel, balnéaire, montagnard, vert…

L'activité touristique peut être diffuse (tourisme vert), mais elle marque souvent fortement l'espace. Le tourisme balnéaire, par exemple, suppose des voies d'accès, des hébergements et des infrastructures (ports de plaisance, parcs d'attractions).

Tourisme vert
Tourisme pratiqué en milieu rural et centré sur la découverte de la nature, du terroir et de ses traditions.

Fonctions métropolitaines
Fonctions de commandement, public ou privé.

LA VIDÉO EN +
Industrie : la fin de la débâcle
▶ bit.ly/_HG_ch4_p179

EN BREF

Les espaces productifs français

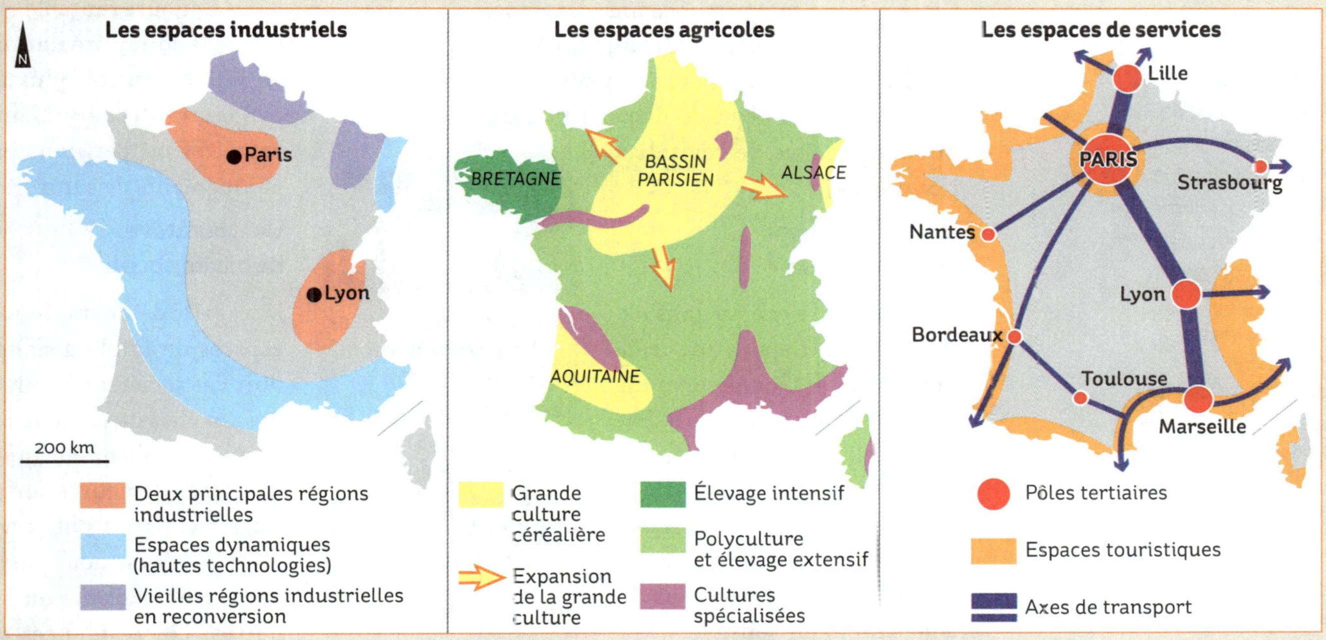

LE COURS

Les espaces de faible densité en France

DE QUOI S'AGIT-IL ? Les espaces de faible densité (espaces ruraux, montagnes, secteurs touristiques peu urbanisés) ne sont plus seulement des marges délaissées ni des territoires aux activités déclinantes. Quels sont leurs nouveaux atouts démographiques et productifs ?

Caractéristiques

Définir la faible densité

Malgré une densité moyenne de 119 hab./km², la France compte 42 % de communes de faible densité (moins de 30 hab./km²), dont 10 % dans des espaces désertifiés (moins de 10 hab./km²).
Les espaces de faible densité sont des lieux où les habitants sont rares. Les ressources liées à ceux-ci (ex. : impôts) sont par conséquent également rares, et les moyens d'action des collectivités territoriales plus limités.

Des espaces en difficulté ?

Les espaces de faible densité sont presque exclusivement ruraux. On les trouve dans la « diagonale du vide », les plateaux de Champagne, les zones de montagne (Pyrénées, Alpes du Sud), les arrière-pays (Bretagne, Normandie) ou les grands massifs forestiers (Morvan, Landes, Ardennes).
Ces territoires sont perçus comme des espaces en difficulté, en déprise (abandonnés), en déclin démographique et économique. En outre, ils font l'objet de dispositifs d'aide publique (zones de revitalisation rurale).

Un retournement démographique ?

L'exode rural s'achève dans les années 1970. Depuis une trentaine d'années, on observe un renouveau migratoire – faible mais réel – du rural isolé, surtout quand il n'est pas trop éloigné d'un pôle urbain. La « diagonale du vide » se fracture : sa partie sud connaît une poussée démographique sensible.

La France peu dense [...] est extrêmement composite. On y trouve des territoires dynamiques et des espaces en déprise, avec des contrastes à courte distance étonnants.

Pierre Veltz, économiste, 2017

Les espaces ruraux de faible densité sont redevenus attractifs pour des populations qui rejettent le mode de vie périurbain. La rurbanisation dénote une sorte d'évasion urbaine.

Des sociétés en mutation

Quelles spécificités ?

La faible densité est associée à des populations plus âgées que la moyenne, surtout dans le sud de la diagonale du vide. Les niveaux de revenus sont globalement plus faibles, en raison de l'absence de grandes métropoles productrices de richesses.
Les espaces de faible densité étant presque tous ruraux, l'emploi agricole est surreprésenté dans leur population. Les espaces artificialisés sont moins présents.

Des sociétés dépendantes ?

La faible densité représente un coût. La présence d'équipements publics (hôpitaux, écoles…) n'est pas toujours rentable et leur maintien relève de la solidarité nationale.
Les sociétés de faible densité, plus âgées, sont plus dépendantes du versement des retraites ou pensions et des équipements de santé.

Un laboratoire de mixité sociale ?

La reprise démographique des espaces de faible densité produit des sociétés très diverses. Des couches de population différentes y cohabitent : anciens habitants demeurés sur place, migrants partis puis revenus vivre au pays, nouveaux résidents permanents ou secondaires. Les résidences secon-

Rural isolé
Espace rural non soumis à l'influence d'une aire urbaine. Partie la plus fragile de l'espace rural.

Rurbanisation
Développement des espaces ruraux par l'arrivée de citadins dans un espace qui demeure rural, au-delà de la périurbanisation.

Espaces artificialisés
Espaces transformés par l'homme (réseaux de communication, zones urbanisées, industrielles, commerciales…), par opposition aux espaces agricoles ou forestiers.

La colline et la basilique de Vézelay, classées au patrimoine mondial de l'Unesco

Vézelay, dans l'Yonne, se situe aux portes du Parc naturel régional du Morvan. Cette commune constitue un pôle touristique dans une région rurale. Avec une densité de 46 hab./km² en stagnation, l'Yonne compte 11 % de résidences secondaires.

daires sont très nombreuses dans les massifs montagneux et les arrière-pays breton ou normand, où elles représentent parfois 25 % des logements.

La cohabitation entre groupes sociaux peut se traduire par des conflits d'usage de l'espace, par exemple entre un agriculteur aux bruyantes machines et un retraité revenu au pays chercher la tranquillité loin de la ville.

Une économie renouvelée

Les pratiques agricoles modernes

Les pratiques agricoles anciennes, tel l'élevage extensif, sont en voie de disparition. En de nombreuses régions (est du Bassin parisien), des systèmes intégrés se sont développés, tournés vers l'exportation dans une logique mondialisée.

Plus récemment sont apparues de nouvelles pratiques, orientées vers des productions de qualité, au terroir identifié, aux méthodes de production contrôlées, qui vendent leurs produits sur des marchés de proximité. Les exploitants sont parfois des néoruraux.

Un développement durable ?

Avec l'émergence du développement durable, l'espace rural est désormais perçu de façon plus positive. La sylviculture se développe (bois de construction, biocombustibles). La surface forestière augmente depuis la seconde moitié du XIXe siècle et atteint aujourd'hui 17 millions d'hectares, soit plus de 30 % du territoire.

Avec le développement des énergies renouvelables, les espaces de faible densité retrouvent des activités de production d'énergie. Outre l'hydroélectricité et les biocombustibles, déjà anciens, le développement d'installations éoliennes et solaires photovoltaïques profite d'une surface au sol abondante.

De nouveaux atouts

Les espaces de faible densité apparaissent comme des lieux récréatifs. Ils sont le théâtre privilégié du tourisme vert.

L'économie présentielle enfin, liée à la présence permanente ou temporaire des populations locales, est peu exposée à la concurrence mondiale et commence à profiter du regain démographique qui touche certains espaces de faible densité.

Néoruraux
Citadins qui viennent s'installer à la campagne.

HISTOIRE GÉOGRAPHIE EMC

CHECK ! 10 min.

1 Quelle est la bonne légende du schéma ?

❑ a.
❑ b.
❑ c.

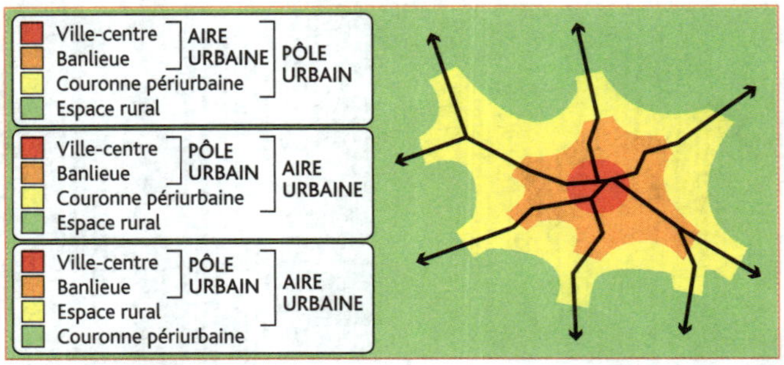

2 Paris est une ville mondiale, car…

❑ a. elle abrite des fonctions centrales de l'État.
❑ b. elle abrite des fonctions de commandement du capitalisme mondialisé.
❑ c. elle est connectée aux autres villes mondiales.

3 La première région industrielle française est…

❑ a. le Nord et la Lorraine.
❑ b. la Basse-Seine.
❑ c. la région parisienne.

4 Comment se traduit la modernisation de l'agriculture française ?

❑ a. Par le développement de la polyculture.
❑ b. Par la spécialisation des espaces productifs.
❑ c. L'agriculture française ne se modernise pas.

5 Quelles activités économiques se développent dans les espaces de faible densité ?

❑ a. L'agriculture.
❑ b. La production d'énergie.
❑ c. Le tourisme vert.

Corrigé p. 286

LE SUJET DE BREVET 45 min.

Les espaces de faible densité en France

Étude de documents

Doc. 1 La fin du désert français : l'exemple de la commune de Nâves dans les Alpes

Pas moins de dix-huit virages en épingle séparent la commune de Nâves du reste de la vallée et de ses villes [...] Il y a un siècle, ils étaient 650 habitants à vivre ici de l'élevage et de l'agriculture. Aujourd'hui, ils ne sont que 123. Mais pour la première fois depuis cent ans la tendance s'inverse [...].

Après des décennies de déclin, les villages français reprennent du poil de la bête[1], y compris dans d'obscures régions peu fréquentées par les touristes. En France, les zones rurales les plus reculées perdaient encore 6 400 habitants par an entre 1982 et 1990. Entre 1999 et 2007, ces mêmes régions ont vu leur population augmenter de 59 800 personnes chaque année.

Ce renversement de tendance tient à la fois à des politiques publiques et à des aspirations différentes chez les Français. La France dispose d'un solide réseau de transports et de services publics qui facilite la vie dans les villages. Aujourd'hui encore, le bus scolaire monte chaque matin à Nâves depuis la vallée pour seulement 8 élèves d'école primaire. L'appel de la nature résonne aux oreilles d'anciens citadins et les néoruraux n'hésitent plus à s'installer en rase campagne maintenant que l'accès à Internet leur permet de satisfaire leur envie de solitude sans être totalement déconnectés. [...]

« Les nouvelles technologies redonnent un avenir aux petits villages », confirme Jacques Delorme, qui gère une entreprise de haute technologie depuis Nâves.

Tout le problème consiste maintenant à transformer ce fragile sursaut en tendance durable. Nâves ne se trouve qu'à 42 kilomètres de la très glamour[2] station [de ski] de Courchevel, mais aucun touriste ne s'aventure de ce côté-là de la vallée. Les services sont eux aussi réduits ; pas de bus, pas de médecins, pas d'école, pas de boutiques, pas de cafés.

Source : *The Economist*, « Les citadins repeuplent les villages de campagne » © *Courrier international*, hebdo n° 1306 du 12 novembre 2015.

1. retrouvent un dynamisme.
2. fréquentée par des célébrités.

Doc. 2 La variété des campagnes françaises

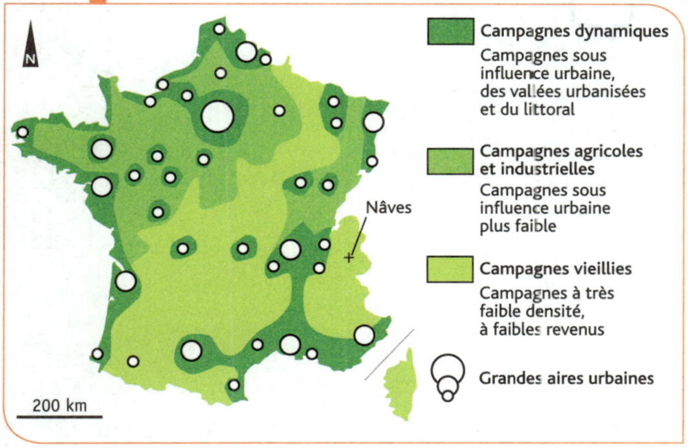

Source : d'après DATAR, *Typologie des campagnes françaises et des espaces à enjeux spécifiques*, 2011.

1. Relevez, dans le premier paragraphe du document 1, une information montrant que la commune de Nâves a appartenu à ce que les géographes ont appelé un « désert français ». *(3 points)*
2. Pourquoi, d'après ce document, des personnes « repeuplent peu à peu » la commune de Nâves ? *(4 points)*
3. Pourquoi le document 1 parle-t-il d'un « fragile sursaut » pour désigner l'évolution de Nâves ? *(4 points)*
4. À l'aide des deux documents, classez la commune de Nâves dans un type de campagne. *(3 points)*
5. À partir d'exemples précis tirés des deux documents et de vos connaissances, montrez que la commune de Nâves n'est pas représentative de toutes les campagnes françaises. *(6 points)*

COMMENT DÉMARRER ?

Nâves est représentative des espaces ruraux de faible densité qui ne sont pas complètement isolés. Ton travail consiste à faire le lien entre l'exemple de Nâves et les données générales du cours.

LE CORRIGÉ

1. Passant de 650 à 123 habitants, Nâves a perdu plus de 80 % de sa population en un siècle. L'exode rural en a fait un « désert français ».

LE BON RÉFLEXE
Calcule le pourcentage, pour donner du sens aux chiffres.

2. Nâves se repeuple peu à peu en raison de « politiques publiques » et « d'aspirations différentes ». Certains services publics, comme le ramassage scolaire, ont été maintenus dans le village. Les « néoruraux » répondent à « l'appel de la nature » à présent qu'une connexion Internet permet d'en pallier l'isolement.

3. L'évolution démographique de la commune de Nâves témoigne d'un sursaut : « la tendance s'inverse ». Mais c'est « la première fois depuis cent ans », et l'on manque de recul pour en vérifier le caractère durable. D'autant que les grandes stations de sports d'hiver sont de l'autre côté de la vallée, aspirant des touristes dont « aucun ne s'aventure de ce côté-là ». Les services présents à Nâves sont trop restreints pour cela.

GAGNE DES POINTS
Les questions 2 et 3 sont sur 4 points : développe tes réponses de façon organisée pour en engranger la totalité.

4. Selon la carte du document 2, Nâves appartient au type de « campagnes vieillies ». Toutefois, le « sursaut » dont fait état le document 1 montre que la commune n'est peut-être pas si éloignée que cela des « campagnes sous influence urbaine ».

5. [1er argument] Nâves fait partie de ces campagnes vieillies rendues exsangues par l'exode rural, et dans lesquelles les activités traditionnelles ont périclité (comme dans le Massif central). Récemment, toutefois, la proximité des grandes stations de ski et des petites villes dynamiques de la Tarentaise a permis un certain renouveau.

[2e argument] Mais Nâves n'est pas encore du même type que les campagnes dynamiques, sous influence urbaine, caractérisées par le maintien et récemment la croissance d'une population de néoruraux (couloir rhodanien, littoral méditerranéen, région parisienne).

[3e argument] Enfin, la présence des Alpes ne rapproche pas non plus Nâves des campagnes agricoles et industrielles (Champagne, Picardie).

LE BON RÉFLEXE
À l'aide du document 2, repère des exemples connus des différents types de campagnes.

ZOOM

Où est passé le *made in France* ?

Les chiffres de l'Insee soulignent le recul de l'industrie française : au premier semestre 2017, 33 % des produits achetés en France sont fabriqués à l'étranger. La crise économique liée à la pandémie de covid-19 accentue cette désindustrialisation : 32 sites industriels ont fermé en France en 2020.

Faites le test !

Faites vous-même le test : où ont été fabriqués vos téléphones portables, vos chaussures, vos téléviseurs, vos t-shirts, le réfrigérateur ou le four à micro-ondes de la maison, la voiture de papa, celle de maman ? Jusqu'en 1968, la part des produits fabriqués à l'étranger était stable, autour de 13 %. En un demi-siècle, on est passé à 33 % : le tiers des produits industriels que nous achetons est fabriqué hors de France.

Une débâcle industrielle…

Et ce n'est pas à l'étranger que l'on retrouve les produits tricolores ! Le *made in France* perd en effet des parts de marché, passant entre 1993 et 2018 du 4e au 7e rang des exportateurs mondiaux de marchandises avec 3 % de parts de marché. Depuis 1975, l'essentiel des emplois créés en France sont des emplois présentiels, liés aux populations locales, et les emplois productifs, dépendants de la compétition mondiale, diminuent, passant de 10 à 8,9 millions. Quant aux emplois industriels, ils ont chuté de 26 % de l'emploi salarié total en 1980 à 13,3 % en 2018 : 2 millions d'emplois industriels ont été détruits en 30 ans !

Manifestation contre la fermeture de l'usine Bridgestone de Béthune (sept. 2020)

Le fabricant japonais de pneus a annoncé la fermeture de son usine dans le Pas-de-Calais : 863 emplois sont menacés. Aux effets de la crise sanitaire s'ajoute la concurrence internationale, notamment chinoise.

… à relativiser ?

Certes, de nombreux emplois, autrefois comptabilisés comme industriels, sont aujourd'hui tertiarisés : gardiennage, conseil, entretien, publicité, services bancaires et juridiques. L'industrie consomme davantage de services, et la production, toujours plus robotisée, ne baisse pas : elle se réalise simplement avec moins d'emplois. De nouvelles industries se sont développées autour des grandes métropoles, des industries *high-tech*, telle l'industrie aéronautique autour de Toulouse.

Des villes petites et moyennes en crise

Mais des régions entières, fondées sur des industries traditionnelles ou insuffisamment compétitives, se sont effondrées : c'est le cas du Nord, de la Lorraine, des bassins industriels du Massif central…

Un peu partout en France, les villes petites et moyennes, souvent industrielles, proches de la monoactivité, ont vu les usines fermer face à la concurrence mondialisée. Ces territoires pourront-ils compter sur une revitalisation liée à l'essor d'une économie résidentielle, du tourisme vert ou des nouvelles technologies ?

OBJECTIF BREVET

- Cet article peut être utilisé dans un devoir sur les espaces productifs industriels, pour illustrer le recul industriel en France depuis 50 ans.
- Il peut aussi te servir dans un devoir sur les aires urbaines (le triomphe des métropoles, les difficultés des villes petites et moyennes) ou sur l'organisation du territoire (les inégalités entre territoires).

Rame de TGV de la ligne à grande vitesse (LGV) Sud-Europe-Atlantique

La LGV Sud-Europe-Atlantique, mise en service le 2 juillet 2017, prolonge la LGV Atlantique de Tours à Bordeaux, soit 302 km. À 320 km/h, Bordeaux est désormais à 2 heures de Paris.

Aménager le territoire français

La mondialisation, qui accentue la compétition entre les territoires, accroît également les inégalités entre eux. Les pouvoirs publics, tant à l'échelle nationale ou européenne que régionale ou locale, tentent de compenser ces inégalités en menant des politiques d'aménagement du territoire.

SUIVEZ LE GUIDE

Le cours page 186

Check ! page 190

Le sujet de brevet page 190

Zoom page 192

LE COURS

Aménager pour réduire les inégalités territoriales

DE QUOI S'AGIT-IL ? Affectée par des inégalités territoriales croissantes à toutes les échelles, la France métropolitaine fait l'objet de politiques d'aménagement promues par de multiples acteurs. Comment ces politiques permettent-elles d'adapter le territoire aux processus de mondialisation ?

Des inégalités croissantes

Inégalités sociales

Des disparités apparaissent à l'échelle nationale : les régions du Nord (Hauts de France) et du Sud (Corse) sont les moins favorisées. Mais c'est à plus grande échelle, entre communes ou à l'intérieur d'une même commune, que les inégalités sont les plus fortes.

Les villes-centres des grandes aires urbaines comptent le plus de pauvres. La seule aire urbaine de Paris concentre 20 % des personnes pauvres de France.

Inégalités économiques

Les régions dynamiques, qui connaissent une croissance économique sensible, sont les régions atlantiques, méridionales, alpines et l'Île-de-France. Les régions les moins dynamiques sont la Lorraine et les régions de la diagonale du vide. La croissance profite aux métropoles (75 % de la croissance totale) beaucoup plus qu'aux villes petites et moyennes, plus fortement touchées par la désindustrialisation.

Inégalités spatiales

Dans les régions très urbanisées, la quasi-totalité des habitants accède aux services en moins de sept minutes, tandis que c'est le cas pour moins de la moitié de la population en Corse. Les différences sont plus importantes encore entre les grands espaces urbanisés, notamment les métropoles, et le reste du territoire, un phénomène qu'aggravent les contraintes de relief (Pyrénées, Alpes du Sud).

Établissement public de coopération intercommunale (EPCI)
Structure regroupant plusieurs communes afin d'en mutualiser les compétences.

Comment y répondre ?

La multiplication des acteurs

Le premier acteur de l'aménagement du territoire est l'État. Les années 1960 à 2000 voient le lancement de grandes politiques : métropoles d'équilibre, création de stations touristiques intégrées, puis développement des lignes à grande vitesse.

L'Union européenne, via les fonds structurels et d'investissement, intervient également.

Les collectivités territoriales (régions, départements, communes), depuis les lois de décentralisation de 1982 et 2003, ont bénéficié d'importants transferts de compétences dans le développement économique, les transports, l'enseignement et l'action sociale.

Un pays doit valoriser tous ses territoires.

Gérard-François Dumont, démographe, 2015

Les nouveaux enjeux

L'aménagement du territoire ne peut plus, aujourd'hui, être pensé dans un cadre uniquement national. La compétitivité est un impératif catégorique pour des territoires en concurrence avec les autres métropoles ou régions de l'Union européenne et du monde.

Le développement durable fait aussi partie des nouveaux enjeux de l'aménagement. Les collectivités territoriales développent ainsi leurs politiques dans des Agendas 21 destinés à « verdir » le développement économique.

Les nouveaux territoires de l'aménagement

Malgré la dénonciation régulière du « mille-feuille administratif », de nouveaux acteurs se sont développés depuis 1999 : les EPCI. Ces structures mettent en œuvre des opérations d'aménagement à l'échelle des communautés de communes ou d'agglomération.

La réforme territoriale a créé le statut de métropole (loi MAPTAM, 2014). Chargées du développement économique et de l'innovation, de la transition énergétique et de l'urbanisme, les métropoles sont au nombre de 22. La réforme territoriale a aussi mis en place 13 régions agrandies, aux compétences stratégiques renforcées (2016).

L'organisation du territoire français

La région parisienne, grande gagnante

Rassemblant 19 % de la population et créant 30 % du PIB du pays, c'est la première région industrielle et la première région touristique. Paris, ville mondiale, cumule les pouvoirs : politiques et diplomatiques, mais aussi économiques, technologiques et culturels.

Si, longtemps, l'État a tenté de maîtriser la croissance parisienne, favorisant la déconcentration industrielle ou urbaine, la politique actuelle consiste plutôt à valoriser Paris dans la compétition mondiale. C'est le sens de la création du Grand Paris, le 1er janvier 2016.

Les autres régions gagnantes

Les autres métropoles françaises connaissent un développement plus rapide que le reste du territoire, surtout lorsqu'elles se situent dans des régions elles-mêmes dynamiques. Les régions littorales atlantiques et méditerranéennes profitent des activités touristiques, mais aussi de haute technologie (Toulouse, Montpellier).

Les régions frontalières, jadis angles morts des politiques nationales, sont aujourd'hui des espaces dynamiques de la construction européenne. La proximité de la mégalopole européenne est un atout décisif.

Les régions perdantes

Elles sont exposées à la mondialisation sans être suffisamment compétitives. C'est le cas, par exemple, des régions anciennement industrialisées (Nord et Lorraine).

Les régions de faible densité possèdent certes des atouts (qualité de vie), mais les activités économiques et la démographie y sont souvent en recul.

Grand Paris
Projet de développement visant la création de pôles économiques majeurs autour de Paris, structurés par un réseau de transport moderne.

Mégalopole européenne
De Londres à Milan, c'est l'une des grandes zones de commandement de l'économie mondiale.

LA VIDÉO EN +
Croissance : les inégalités entre les territoires en France
▶ bit.ly/_HG_ch5_p187

HISTOIRE GÉOGRAPHIE EMC

EN BREF

Organisation du territoire français et mondialisation

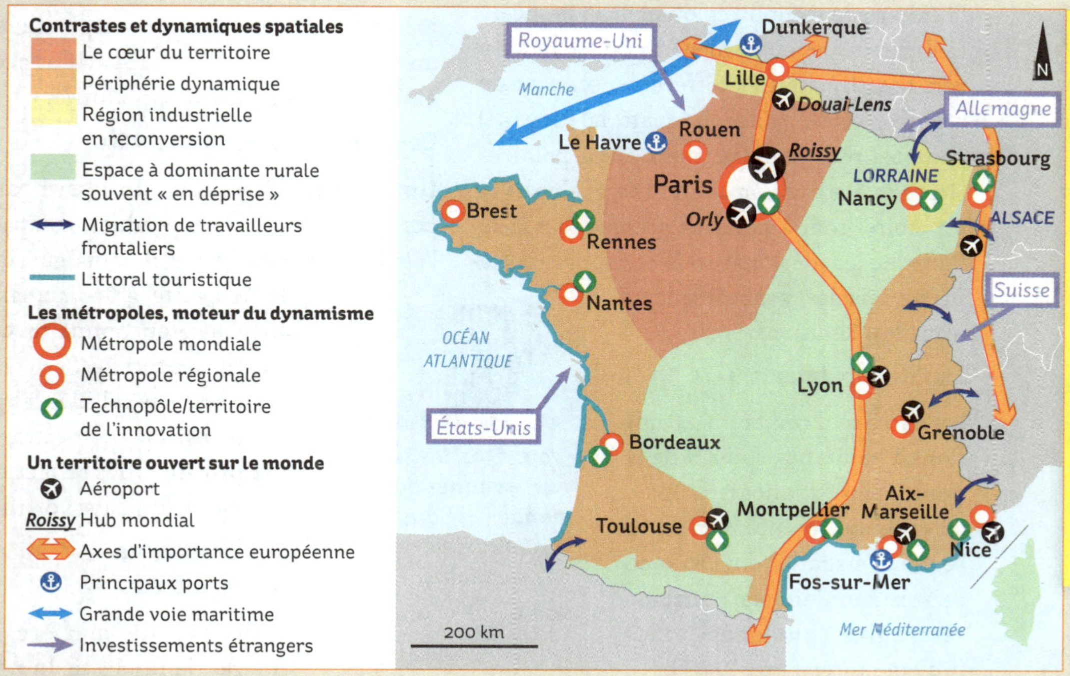

L'impact de la mondialisation sur le territoire détermine des régions gagnantes (métropolitaines, littorales, frontalières) et perdantes (diagonale du vide, vieilles régions industrielles). Les politiques d'aménagement s'efforcent de compenser ces inégalités.

LE COURS

La spécificité des territoires ultramarins

DE QUOI S'AGIT-IL ? Malgré leur grande diversité, les territoires ultramarins souffrent de handicaps communs, spécifiques à leur caractère ultrapériphérique. Comment les pouvoirs publics, français mais aussi européens, s'efforcent-ils d'apporter des solutions ?

Une grande diversité…

… de statuts administratifs

Les plus anciens territoires ultramarins sont aujourd'hui des départements et régions d'outre-mer (DROM) : Guadeloupe, Martinique, Guyane, Réunion et Mayotte. Ces DROM ont également reçu le statut de régions ultrapériphériques (RUP) de l'Union européenne.
On distingue également les collectivités d'outre-mer (COM) : Saint-Pierre-et-Miquelon, Saint-Barthélemy et Saint-Martin, Wallis-et-Futuna, Polynésie française. Enfin, différents statuts s'appliquent aux autres territoires : Nouvelle-Calédonie, Terres australes et antarctiques françaises, Clipperton.

… de situations géographiques

Véritables « confettis d'empire » répartis sur tous les océans, les territoires ultramarins sont l'héritage de l'empire colonial de la France.
La diversité des outre-mer français se lit à travers des climats très différents, souvent de type tropical (Antilles) ou équatorial (Guyane) pour les plus peuplés, mais aussi polaires (Terre-Adélie) ou subpolaires (Kerguelen). Ces territoires sont cependant presque tous insulaires et les aléas naturels (cyclones, volcanisme, séismes) y sont fréquents (Antilles, Réunion).

… et de populations

Les outre-mer comptent 2,8 millions d'habitants, soit 4 % de la population française. Avec 2,2 millions, les DROM en représentent l'essentiel, dont 860 000 pour la Réunion. Mais certains territoires sont quasi vides (Guyane intérieure, TAAF).

Vous êtes des terres européennes dans le monde [...] Sans vous, nous existerions moins.

Jean-Claude Juncker lors du Forum des régions ultrapériphériques, 2017

La fécondité est plus élevée qu'en métropole, en raison de la jeunesse de la population. L'accroissement naturel y est le double (surtout en Guyane et à Mayotte), mais tend à ralentir, donc la population vieillit.

Des régions périphériques

Insularité, distance, isolement

L'insularité concerne la plupart des territoires ultramarins. La Guyane, qui n'est pas une île, est isolée par la forêt équatoriale. Ces territoires sont souvent trop petits pour s'autosuffire. Les ressources y sont rares, en dehors du nickel de Nouvelle-Calédonie. La distance renchérit les prix des produits importés, notamment alimentaires : en Martinique, ils sont 44 % plus chers qu'en métropole, 49 % en Guyane.
L'isolement des outre-mer est double : isolés des métropoles par la distance, ils sont aussi isolés de leur environnement régional en raison de leurs liens privilégiés avec la métropole. Leur zone d'appartenance les éloigne de leur zone de proximité.

Des îlots de richesse en retard

Les outre-mer présentent un retard par rapport à la métropole. Cependant, comparés à l'environnement régional, ils font figure d'îlots de prospérité, grâce aux salaires versés aux fonctionnaires et aux prestations sociales.
Cette richesse relative les prive des investissements étrangers qui profitent des faibles coûts salariaux des pays voisins.

Des économies déséquilibrées

L'absence de matières premières, la faiblesse du niveau

Terres australes et antarctiques françaises (TAAF)
Territoire d'outre-mer français qui comprend l'archipel de Crozet, l'archipel des Kerguelen, les îles Saint-Paul et Amsterdam, les îles Éparses et la Terre-Adélie.

Zone d'appartenance
Pour les territoires ultramarins, France métropolitaine.

Zone de proximité
Territoires de l'environnement régional, situés à faible distance.

Chantier de la nouvelle route du littoral à La Réunion

1,7 milliard d'euros pour 12,5 km d'une route sur pilotis, conçue pour résister à des rafales de vent de 150 km/h et des vagues de 10 m, fabriquée avec des rochers importés de Madagascar ! La région (42 %), l'État (49 %) et l'UE (9 %) financent ce projet – controversé – destiné à décongestionner l'ouest de Saint-Denis.

de formation, l'étroitesse du marché intérieur et les coûts liés à la distance freinent le développement d'économies qui dépendent souvent d'une seule activité (nickel en Nouvelle-Calédonie, tourisme aux Antilles). La dépendance envers la métropole est donc forte. En Guyane, l'activité spatiale dépend ainsi des décisions prises à Paris et à Bruxelles. Le tourisme est peu compétitif à la Réunion face à Maurice, aux Antilles françaises face à Saint-Domingue.

Aménager les outre-mer

Des enjeux importants

L'outre-mer donne à la France la 2e ZEE mondiale derrière celle des États-Unis : elle couvre plus de 10 millions de km² de territoire marin.
Avec une fécondité de 2,4 enfants par femme pour la Réunion et même de 3,56 en Guyane, il contribue aussi à la croissance démographique française.
Il existe des avantages liés à la situation et à l'isolement : la position quasi équatoriale de la Guyane fait de Kourou un pas de tir idéal pour les lancements spatiaux.
Enfin, l'outre-mer permet à la France de conserver une présence stratégique sur tous les océans du globe.

Continuité et cohésion

La France a défini une politique de continuité territoriale qui doit permettre le même accès aux services publics qu'en métropole. L'UE intervient également en faveur des outre-mer, en raison de leur retard économique (politique de convergence économique) : les RUP françaises ont reçu 4,9 milliards d'euros pour la période 2014-2020.
L'Union fournit aussi une aide aux PTOM français, dans les domaines de la lutte contre la pauvreté, le développement durable et l'intégration économique. Pour la période 2014-2020, le Fonds européen du développement leur a attribué 364,5 millions d'euros.

Les axes d'aménagement

Pour la période 2014-2020, l'Union européenne a mis en place cinq axes stratégiques d'aménagement, en vue d'améliorer l'accessibilité, la compétitivité, l'intégration régionale, la dimension sociale et la lutte contre le changement climatique.
Parmi les projets figurent des réalisations d'infrastructures, de développement agricole ou de développement durable (géothermie en Guadeloupe, recyclage en Martinique).

Zone économique exclusive (ZEE)
Zone maritime sur laquelle l'État côtier dispose de droits exclusifs d'exploitation des ressources naturelles.

RUP et PTOM
Pour l'UE, l'outre-mer français se répartit entre régions ultrapériphériques (RUP) et pays et territoires d'outre-mer (PTOM).
Les PTOM ne font pas partie de l'UE, mais bénéficient de certains programmes européens.

CHECK ! 10 min.

1 Qui aménage le territoire français ?

❑ a. L'État.
❑ b. Les collectivités territoriales.
❑ c. L'Union européenne.

2 Entre ces deux cartes des 13 nouvelles régions, laquelle est correcte ?

❑ a. ❑ b.

3 Quelles sont les régions dynamiques du territoire français ?

❑ a. Les régions métropolitaines.
❑ b. Les régions frontalières.
❑ c. Les régions de faible densité.

4 Quels sont les problèmes spécifiques des outre-mer ?

❑ a. L'insularité, la distance et l'isolement.
❑ b. Le vieillissement de la population.
❑ c. La congestion de l'espace.

5 Les outre-mer français sont…

❑ a. plus riches que les autres régions françaises.
❑ b. plus pauvres que les autres régions françaises.
❑ c. plus riches que les pays voisins.

Corrigé p. 286

LE SUJET DE BREVET 45 min.

Les inégalités territoriales en France

Développement construit • Tâche graphique

1. Sous la forme d'un développement construit d'une vingtaine de lignes et en vous appuyant sur les exemples étudiés en classe, vous décrirez les types d'inégalités qui affectent le territoire français.
2. Sur le planisphère ci-dessous, placez les cinq DROM français en rouge.
Puis, au choix, en bleu, placez quatre des autres territoires ultramarins français de la liste suivante : Clipperton, les Kerguelen, la Nouvelle-Calédonie, la Polynésie française, Saint-Pierre-et-Miquelon, Terre-Adélie, Wallis-et-Futuna.

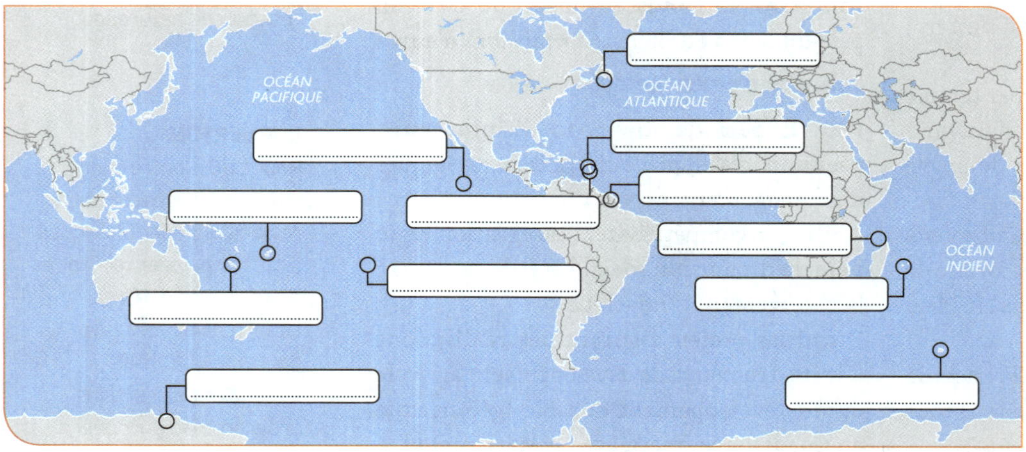

LE CORRIGÉ

COMMENT DÉMARRER ?

■ Le plus simple est de consacrer une partie à chaque catégorie d'inégalités : sociales, économiques, sans oublier les inégalités spatiales (car c'est une épreuve de géographie !).

■ Pour la tâche cartographique, contente-toi de localiser ce qui est demandé, sans perdre de temps à tout compléter. Un moyen mnémotechnique pour se souvenir du placement de la Guadeloupe et de la Martinique, qui sont très proches : suis l'ordre alphabétique du nord au sud.

1. Les dynamiques de mondialisation ont accentué les inégalités sur le territoire français.

[1re partie : inégalités sociales] Si on mesure les inégalités sociales entre les territoires par le taux de pauvreté, de premières disparités apparaissent à l'échelle nationale : les régions méridionales et septentrionales sont les plus défavorisées. À l'échelle régionale, on observe parfois des écarts très forts d'un département à l'autre. Mais c'est à l'échelle communale que les inégalités sociales sont les plus grandes. Les communes qui comptent le plus de personnes pauvres sont les villes-centres des grandes aires urbaines.

[2e partie : inégalités économiques] Les inégalités entre territoires sont aussi des inégalités économiques, mesurables par l'emploi. Les régions qui connaissent la plus forte croissance des emplois sont les régions dynamiques : atlantiques, méridionales, alpines, et l'Île-de-France. À l'inverse, les régions les moins dynamiques sont la Lorraine et les régions de la « diagonale du vide ». Les capitales régionales s'en sortent beaucoup mieux que les villes petites et moyennes, souvent en crise.

[3e partie : inégalités spatiales] Les inégalités entre territoires sont enfin des inégalités spatiales. Elles se mesurent dans l'accès des populations aux services de la vie courante (supermarché, école). Les différences sont importantes entre les grands espaces urbanisés, notamment les métropoles, où les services sont très répandus, et le reste du territoire.

LE BON RÉFLEXE
Pense à changer d'échelle : nationale, régionale, communale…

LE BON RÉFLEXE
Commence chaque partie par une phrase qui en donne l'idée générale, puis développe un ou deux exemples pour la justifier.

2. Tâche graphique

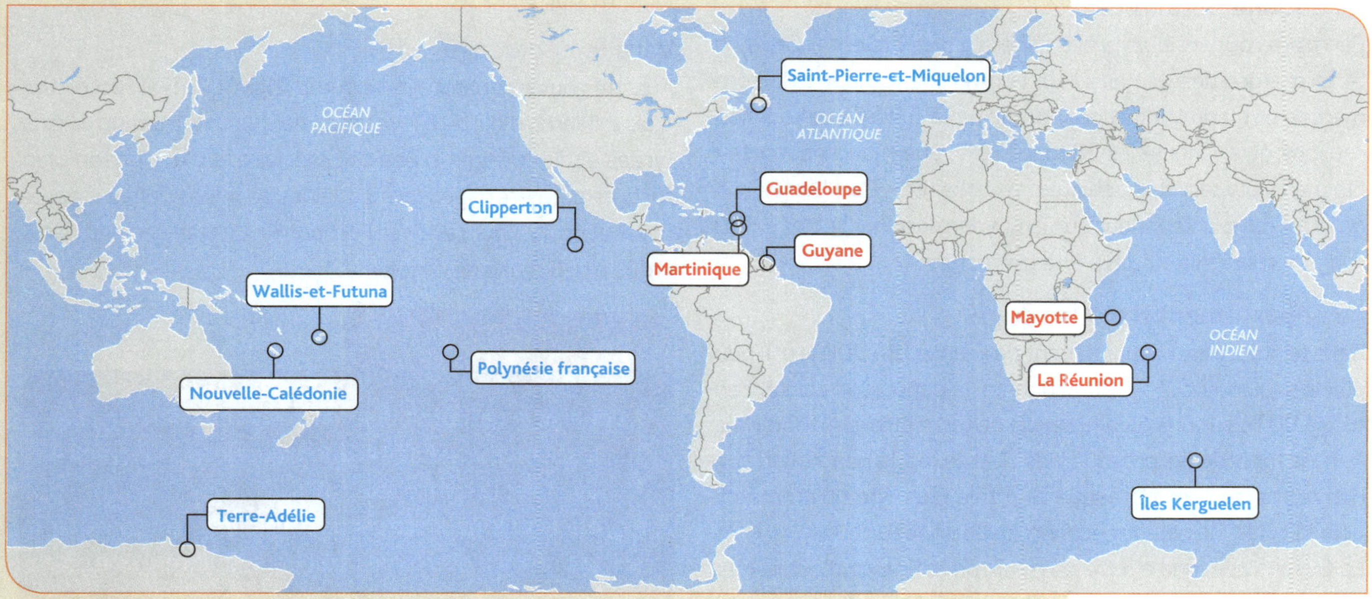

HISTOIRE GÉOGRAPHIE EMC

ZOOM

La Guyane, abandonnée de la République ?

Trop c'est trop ! Le 20 mars 2017, à Kourou, des manifestants mettent en place des blocages pour protester contre la situation de ce département d'outre-mer. Très vite, le mouvement s'étend. Pourquoi les Guyanais sont-ils en colère ?

Manifestation des « 500 frères » à Cayenne

Malgré une mise en scène impressionnante (cagoules et vêtements noirs), le collectif des « 500 frères contre la délinquance » est un groupe non violent qui tente de mobiliser les pouvoirs publics contre l'insécurité qui sévit en Guyane.

La Guyane paralysée

Barrages routiers puis grève générale provoquent à Cayenne la fermeture des écoles et de l'université, du port, de commerces et d'administrations. Un tir de la fusée Ariane, à Kourou, doit être reporté. Le 28 mars 2017, une « journée morte » bloque la plupart des activités. Le collectif « Pou Lagwiyann dékolé » (en créole, « pour que la Guyane décolle ») et les « 500 frères » manifestent devant la préfecture.

Le département dans le rouge

Dans le plus grand département de France (84 000 km²), peuplé de seulement 254 000 habitants, la population est concentrée à 90 % sur une étroite bande de terre littorale. L'intérieur est une forêt dense presque vide. Très jeune, la population augmente rapidement : presque cinq fois plus vite qu'en métropole ! Or, les indicateurs économiques sont au rouge…

La Guyane concentre tous les maux de la France d'outre-mer. Le PIB par habitant représente la moitié de celui de la métropole, et le taux de chômage est double (22 %) et touche surtout les jeunes (44 %). Les produits importés sont 12 % plus chers qu'en métropole, et les produits alimentaires 45 % ! Avec la dengue, le chikungunya, ces maladies virales présentes en Guyane, les besoins sont criants. Mais il y a moitié moins de médecins qu'en métropole. La délinquance traduit ces retards : trois fois plus de cambriolages qu'en métropole, quatre fois plus de vols avec violence. L'insécurité est le problème numéro un.

Que fait la République ?

La Guyane est française depuis 1664, département depuis 1946. La République fait déjà beaucoup : 47 % des emplois en Guyane sont publics, contre 20 % en métropole. Le Centre spatial à Kourou représente à lui seul 20 % du PIB du département. 26 % de la population touche le RSA (revenu de solidarité active) et 29 % bénéficient de la PUMA (protection universelle maladie) : quatre fois plus qu'en métropole. Mais est-ce suffisant ? Les manifestations semblent indiquer que non.

Vers le déblocage

Aussi le gouvernement a-t-il signé le 21 avril 2017 un accord de trois milliards d'euros d'investissements : construction de cinq lycées et dix collèges, d'une cité judiciaire et d'une prison ; renforts de policiers et gendarmes ; aides pour les hôpitaux ; pacte fiscal et social pour relancer l'économie. Ce plan permettra-t-il, enfin, à la Guyane de décoller ?

OBJECTIF BREVET

- Cet article te fournit des chiffres et des données factuelles sur les inégalités économiques et sociales entre la Guyane et la métropole.
- Il te sera utile pour rédiger un développement construit sur la France d'outre-mer, soit pour illustrer l'une des problématiques spécifiques que connaît celle-ci, soit pour en faire le fil rouge de ton devoir.

La candidature de Paris aux Jeux olympiques de 2024 s'affiche sur l'Arc de Triomphe

Le logo « 24 », qui évoque une tour Eiffel stylisée, symbolise la candidature parisienne, un siècle après les JO de 1924. Une telle manifestation (3,5 milliards de téléspectateurs) conforte l'image d'une ville mondiale.

La France et l'Union européenne

L'Union européenne constitue un nouveau territoire de référence et d'appartenance, qui permet à la France de continuer à compter dans la mondialisation actuelle. C'est dans ce cadre qu'il faut mesurer la place et l'influence culturelle, géopolitique et économique de la France et de l'Europe dans le monde.

SUIVEZ LE GUIDE

Le cours page 194

Check ! page 198

Le sujet de brevet page 199

Zoom page 200

LE COURS

L'UE, territoire de référence et d'appartenance

DE QUOI S'AGIT-IL ? La construction européenne a donné naissance à un nouveau territoire à aménager et à intégrer. Dans quelle mesure l'intégration européenne participe-t-elle du développement du territoire français ?

La formation de l'Union européenne (UE)

Le projet européen

Après la Seconde Guerre mondiale, les pays d'Europe occidentale souhaitent prévenir une nouvelle guerre et s'unir pour redresser leurs économies. Le traité de Rome institue la Communauté économique européenne (CEE) en 1957. Après sept élargissements, l'UE compte 27 membres (depuis le Brexit effectif le 30 janvier 2020).

L'UE, créée par le traité de Maastricht de 1992, défend des valeurs communes (démocratie, liberté, droits de l'Homme...). Les institutions européennes (Commission, Parlement, Conseil, BCE...) inaugurent une intégration politique unique au monde.

L'intégration européenne

Le traité de Rome crée un marché commun. Le traité de Maastricht en fait un marché unique. Les accords de Schengen (1995) définissent un espace de libre circulation entre pays (aujourd'hui 26, dont certains ne sont pas membres de l'UE : Suisse, Norvège, Islande). En 2002, la monnaie unique est instituée : la zone euro compte aujourd'hui 19 membres.

L'UE a également mis en œuvre des politiques communes qui accentuent l'intégration communautaire, telle la PAC.

Une construction inachevée

L'intégration européenne s'avère cependant incomplète. Se développe depuis quelques années une « Europe à la carte », à géométrie variable (zone euro, espace Schengen), dont la gestion est devenue très complexe.

Nous avons la vision, nous avons le plan, nous avons les investissements. Il est désormais temps de nous mettre au travail.

Ursula Von der Leyen, présidente de la Commission européenne, sept. 2020

Les récentes crises de l'euro et des migrants menacent la cohésion de l'Union européenne. L'euroscepticisme progresse. Mais face à la crise économique liée à la covid, l'UE a annoncé un plan de relance de 750 milliards d'euros financé par des emprunts européens, qui montre la poursuite de l'intégration.

L'aménagement du territoire

Des disparités spatiales

Les élargissements ont intégré des États très développés, comme les pays scandinaves, mais aussi d'autres moins avancés (pays du Sud) ou très en retard (pays de l'Est). Il en résulte de profondes inégalités territoriales. Des disparités existent aussi à d'autres échelles. Les métropoles sont plus développées que leurs périphéries plus rurales. Les villes peuvent présenter des inégalités entre quartiers résidentiels centraux et banlieues.

Une Europe, des territoires

Le territoire européen s'organise autour de l'Europe du Nord-Ouest. Irriguée par un réseau de communication ultramoderne, la mégalopole européenne et les villes mondiales (Londres et Paris) concentrent les activités et les fonctions de commandement de niveau mondial.

Les périphéries du Sud ont convergé vers les niveaux du Nord-Ouest, mais la crise économique et celle de la dette les touchent fortement. Les périphéries orientales ont un retard conséquent, mais leur intégration a permis un rattrapage.

Les politiques territoriales

Les politiques de cohésion territoriale et de convergence, qui

Euroscepticisme
Attitude de remise en question de la construction européenne, qui peut être modérée (exigence de réforme) ou plus radicale (refus de l'Union).

Fonds européen de développement régional (FEDER)
Il a pour objectif de corriger les déséquilibres régionaux, par exemple en finançant des infrastructures.

bénéficient des fonds de cohésion et du FEDER, visent à réduire les disparités du territoire européen.
Les pays d'Europe méridionale et orientale sont ceux qui ont reçu le plus d'aides (Espagne, Pologne). Le plan de relance de 2020 accorde 65 milliards d'euros à l'Italie, 59 à l'Espagne.

La France et l'intégration européenne

L'intégration européenne, moteur de l'économie française

L'intégration de la France à l'UE se traduit par une intensification des flux. L'Europe est l'espace privilégié de la mondialisation de l'économie française. Ainsi, deux tiers du commerce extérieur français se fait avec des partenaires européens. 75 % du stock d'IDE en France est investi par des pays de l'UE.
L'européanisation du réseau de transport français, autrefois centré sur Paris, accompagne cette intégration : TGV Eurostar vers Londres, Thalys vers Bruxelles et Amsterdam, interconnexion à l'ICE allemand ou au TAV espagnol.

L'effacement relatif de l'État

L'échelon étatique n'est plus le seul pilote de l'évolution géographique de la France : deux tiers des lois votées sont en fait la transposition de directives européennes. Mais l'Union demeure largement dirigée par les États eux-mêmes (Conseil européen).
L'intégration européenne a en revanche promu, par la décentralisation et le principe de subsidiarité, de nouveaux acteurs territoriaux : les régions.

Le développement des territoires frontaliers

La construction européenne a provoqué un retournement géographique majeur des régions frontalières : d'espaces de confrontation, elles sont devenues espaces de coopération, comme en témoignent les flux de travailleurs frontaliers.
L'UE a permis la création d'eurorégions, qui associent des régions frontalières de différents pays (ex. : l'eurorégion « Saar-Lor-Lux » à cheval sur la Belgique, la France, l'Allemagne et le Luxembourg).

Investissements directs étrangers (IDE)
Ils sont réalisés par des entreprises transnationales dans un pays étranger.

Principe de subsidiarité
Principe selon lequel l'échelon national ou l'échelon européen n'interviennent que s'ils sont plus efficaces que l'échelon régional.

EN BREF

L'Union européenne : une construction à géométrie variable

LE COURS

La France et l'Europe dans le monde

DE QUOI S'AGIT-IL ? La France et l'Europe conservent encore une influence de premier plan, tant en matière de *hard power* que de *soft power*. Mais cette influence tend globalement à diminuer depuis un siècle. Quelles places occupent la France et l'UE dans un monde où s'affirment de nouvelles puissances ?

La France dans le monde

Une puissance en recul ?

Avec 67 millions d'habitants, la France ne représente que 0,9 % de la population mondiale. 7e PIB mondial et 3e de l'Union européenne, l'économie française, riche et diversifiée, est encore une des grandes économies du monde actuel. Mais la croissance du PIB français est inférieure à celle de la zone euro. Année après année, les parts de marché de l'industrie française reculent en raison d'une moindre compétitivité. Depuis 2000 et, plus encore, depuis la crise de 2008, ce recul semble s'accélérer.

Un *hard power* inégal

Autrefois 2e empire colonial mondial, la France s'efforce de conserver son hard power. Ses anciennes colonies lui consentent des facilités militaires (Sénégal, Côte d'Ivoire, Gabon) et les outre-mer lui assurent une présence stratégique planétaire et la place de 2e ZEE (zone économique exclusive) mondiale.

Membre permanent du Conseil de sécurité de l'ONU, la France conserve un droit de veto sur les affaires mondiales. Son réseau diplomatique, le 3e au monde, est l'outil d'une diplomatie autonome, appuyée sur une puissance militaire ultramoderne.

La France bénéficie en effet de la force de frappe nucléaire. Son armée, professionnelle depuis 2002, est équipée d'armements de pointe, avec le 6e budget militaire mondial, en augmentation de 4,5 % en 2020.

Notre pays a un rôle et un statut plus important [...] que celui qui se déduirait mécaniquement de son seul poids militaire ou économique.

Laurent Fabius, ministre des Affaires étrangères, 2014

Un *soft power* encore mondial

Le *soft power* de la France demeure incontestable. Elle bénéficie d'un rayonnement mondial sur le plan culturel, en raison d'un héritage historique exceptionnel. La France apparaît comme le pays de la Révolution de 1789, de la liberté et des Droits de l'Homme. Le français est la langue officielle de 29 pays et 300 millions de personnes le parlent. La France reste la patrie d'un certain art de vivre qui fascine les élites du monde entier, à travers la gastronomie, la mode, le luxe, les arts et la littérature.

Mais « l'exception culturelle » n'est pas toujours facile à défendre face à une culture mondialisée plutôt anglo-saxonne. Et ce modèle est contesté, notamment par l'islamisme radical, dont les attentats de 2015 ont durement touché le pays.

L'élection du président Macron, qui a marqué une victoire sur l'extrême-droite et témoigné d'une adhésion au projet européen, semble avoir redonné à la France un surcroît d'influence mondiale : en 2017, le classement Soft Power 30, établi par des universités américaines pour évaluer les pays les plus influents en matière de *soft power*, l'a placée en toute première position.

L'Europe dans le monde

Un espace de production majeur

L'Europe est un espace de production de niveau mondial, à présent derrière la Chine, mais devant les États-Unis. Son industrie représente encore 19 % de la production mondiale. Néanmoins, la part de

Hard power
Capacité de contrainte, par la force militaire, politique ou économique.

Soft power
Capacité d'influence, de persuasion, de séduction par la culture, le mode de vie, le *leadership* moral.

Un Rafale Marine au catapultage depuis le porte-avions nucléaire Charles-de-Gaulle

Le porte-avions nucléaire est l'outil par excellence de la projection de puissance française. Le Rafale est considéré comme le meilleur avion de combat omnirôle du monde.

l'UE dans le PIB mondial se réduit, à 18,5 % en 2019.

L'Europe est un ensemble ouvert, qui réalise 38 % du commerce mondial (UE : 32 %), dont les deux tiers à l'intérieur de l'UE. C'est le premier espace touristique mondial et un centre financier de premier ordre avec la City de Londres.

Un tiers des 500 premières entreprises mondiales sont européennes. Ces firmes transnationales jouent un rôle considérable dans les investissements directs à l'étranger (IDE) : l'UE émet et reçoit 21 % des flux d'IDE mondiaux.

La puissance européenne…

Avec ses 448 millions d'habitants, l'UE est un marché de consommation majeur, qui jouit d'un État de droit et d'un excellent niveau de qualification de la main-d'œuvre. L'attractivité de son territoire est renforcée par des réseaux de transport modernes.

Depuis le traité de Rome de 1957, aucun membre de l'Union n'a livré de guerre à un autre. L'intégration des pays d'Europe centrale et orientale, de 2004 à 2013, a mis un terme à la coupure de l'Europe en deux.

Les dynamiques de l'intégration européenne ont constitué un puissant moteur économique : politique agricole commune (PAC), projets industriels (Airbus, Ariane), unification monétaire de 2002 (euro), politique de convergence.

… et ses limites

L'Europe est un « vieux continent » : le solde naturel est nul et même négatif pour de nombreux pays (Allemagne). Le vieillissement entraîne des problèmes de financement (retraite, dépendance). Mais les migrations internationales sont mal acceptées (crise des réfugiés de 2015). L'UE n'est plus une zone de forte croissance. La zone euro a connu la croissance la plus faible ces dernières années, faiblesse que le plan de relance de 750 milliards d'euros espère résorber.

Les pays européens ont décroché face aux États-Unis, aujourd'hui 20 % plus riches que les Européens de l'Ouest : on parle de « divergence atlantique ». L'UE souffre aussi de la concurrence des pays émergents, où la main-d'œuvre est moins chère.

État de droit
État où l'application du droit est garantie et reconnue. Cela contribue, entre autres, à la sécurité des affaires.

Politique de convergence
Politique d'investissements européens destinés à rapprocher le niveau de vie des pays est-européens de celui des pays d'Europe occidentale.

LA VIDÉO EN +
La puissance de l'Union européenne
▶ bit.ly/_HG_ch6_p197

CHECK ! 10 min.

1 Classe les régions A, B et C de la carte, de la plus développée à la moins développée.

❑ **a.** A > C > B ❑ **b.** B > A > C ❑ **c.** C > B > A

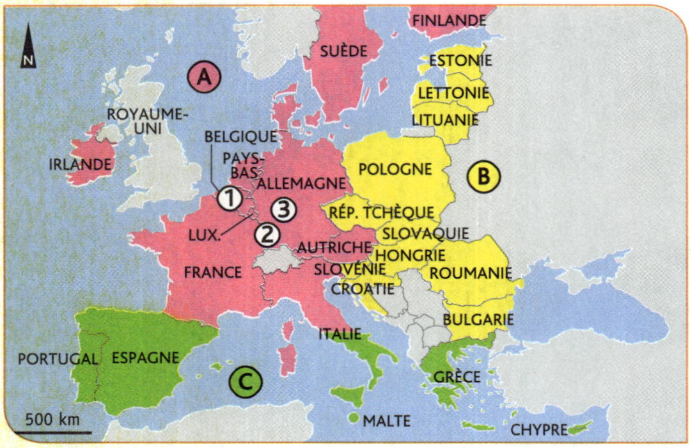

2 D'après la carte, classe les capitales de l'UE dans cet ordre : Bruxelles, Francfort, Strasbourg.

❑ **a.** 1 – 3 – 2 ❑ **b.** 3 – 2 – 1 ❑ **c.** 2 – 1 – 3

3 Quelle institution fixe les grandes orientations politiques de l'UE ?

❑ **a.** le Parlement européen

❑ **b.** le Conseil de l'UE

❑ **c.** le Conseil européen

4 La France fait-elle partie du Conseil de sécurité de l'ONU ?

❑ **a.** non

❑ **b.** oui, comme membre non permanent

❑ **c.** oui, comme membre permanent

5 L'UE est un marché de consommation majeur, parce que…

❑ **a.** sa population est nombreuse.

❑ **b.** le niveau de vie de sa population est élevé.

❑ **c.** sa population est vieille.

Corrigé p. 286

LE SUJET DE BREVET 45 min.

La France, une influence mondiale

Développement construit • Tâche graphique

1. Sous la forme d'un développement construit d'une vingtaine de lignes, expliquez l'influence culturelle, géopolitique et économique de la France dans le monde.

2. Complétez la légende de la carte en utilisant les items ci-dessous :

- Pays francophones
- DROM
- Bases militaires françaises
- Centre spatial de Kourou
- France métropolitaine
- ZEE

Placez une croix rouge sur les pays où une intervention militaire française est en cours ou a eu lieu ces dernières années, et nommez le pays.

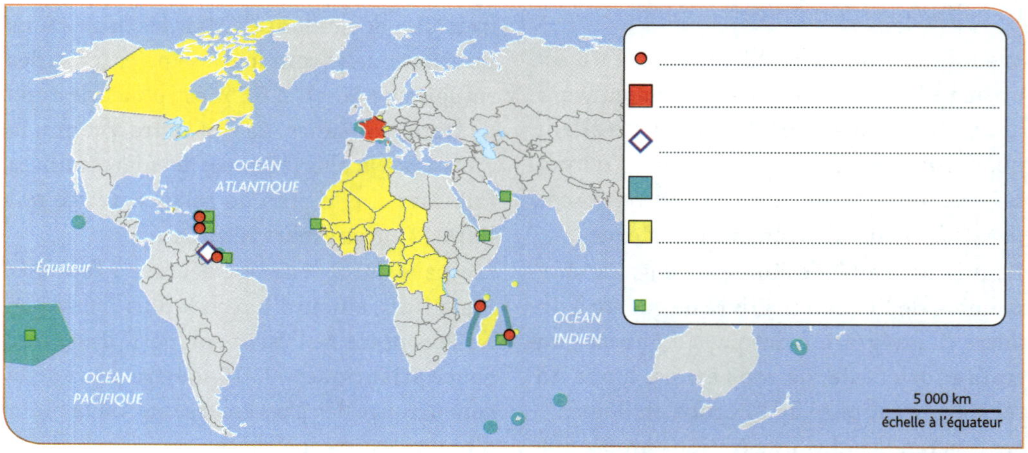

LE CORRIGÉ

COMMENT DÉMARRER ?

L'énoncé propose trois catégories : l'influence culturelle, géopolitique, économique. Le plus efficace est de suivre le plan proposé en consacrant un petit paragraphe à chacune. Veille à citer quelques chiffres et à donner des exemples précis.

1. [Introduction] Depuis un demi-siècle, on assiste à un certain affaiblissement de la puissance française. Pourtant, son rayonnement mondial, c'est-à-dire sa capacité d'influence, reste fort dans plusieurs domaines.

[1re partie : l'influence culturelle] L'influence culturelle de la France dans le monde est manifeste. Riche d'un héritage historique exceptionnel, le pays est associé à la Révolution de 1789, à la liberté et aux Droits de l'Homme. Le français, autrefois langue du colonisateur, est la langue officielle de 29 pays et elle est parlée par 300 millions de personnes d'après l'Organisation internationale de la francophonie. La France est aussi la patrie d'un certain art de vivre, à travers la gastronomie, la mode, le luxe, les arts et la littérature.

[2e partie : l'influence géopolitique] Son héritage historique explique aussi la permanence d'une influence géopolitique mondiale. Les territoires ultramarins lui assurent une présence stratégique planétaire et la 2e ZEE. La France est membre permanent du Conseil de sécurité de l'ONU et son réseau diplomatique est le 3e au monde. Celui-ci s'appuie sur une puissance militaire nucléaire, équipée d'armements de pointe (avion omnirôle Rafale, porte-avions nucléaire Charles-de-Gaulle), fréquemment engagés (Centrafrique, Sahel, Irak-Syrie…).

[3e partie : l'influence économique] C'est peut-être sur le plan économique que l'influence française montre ses limites. 7e PIB mondial et 3e de l'Union européenne, l'économie française, riche et diversifiée, est encore une des grandes économies du monde actuel. Mais le décrochage français est notoire : année après année, les parts de marché de l'industrie française reculent en raison d'une moindre compétitivité. Depuis 2000, ce recul semble s'accélérer.

[Conclusion] En 2017, le classement Soft Power 30 a désigné la France « nation la plus influente du monde », preuve qu'elle dispose encore de sérieux atouts.

LE BON RÉFLEXE

Mentionne au début de chaque paragraphe l'adjectif (culturel, géopolitique, économique) qui indique de quoi tu vas parler.

LE BON RÉFLEXE

Tu dois connaître le rang de la France dans les principaux classements.

GAGNE DES POINTS

Rédige une conclusion : après avoir analysé son influence culturelle, géopolitique et économique, qualifie d'une manière globale le soft power de la France.

2. Tâche graphique

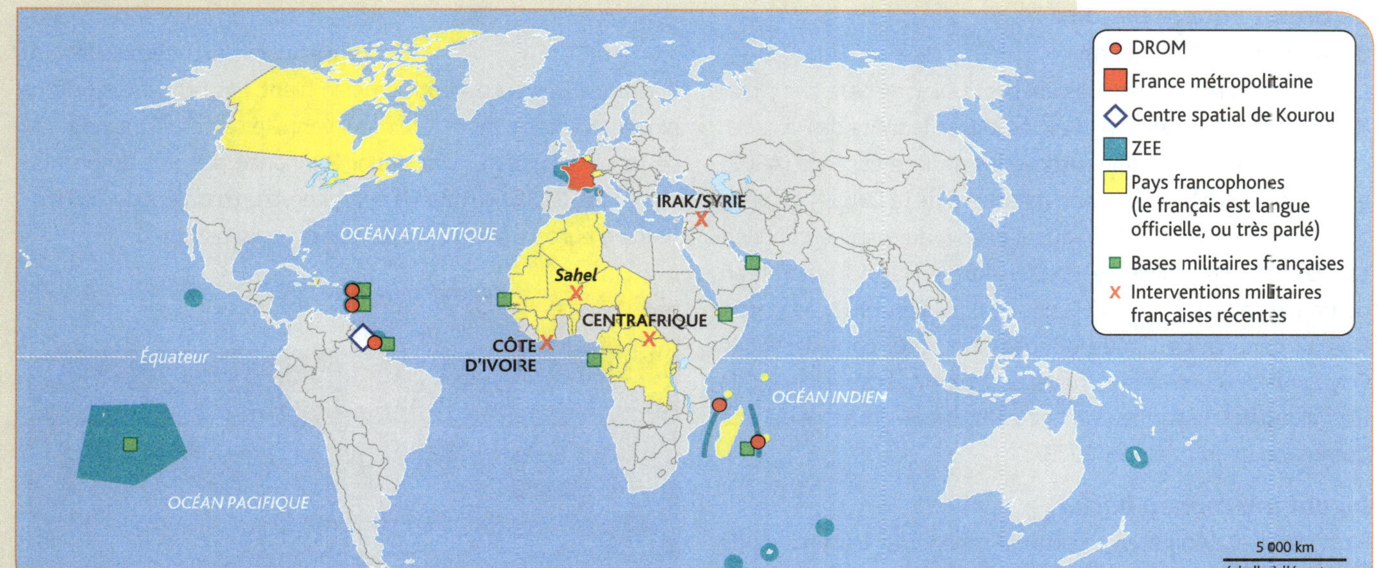

ZOOM

Brexit : menace ou opportunité ?

23 juin 2016. Le référendum britannique sur la sortie de l'Union européenne, ou Brexit *(British Exit)*, a livré ses résultats : le Royaume-Uni a quitté l'Union le 30 janvier 2020. *Goodbye !*

Le pari perdu de Cameron

À partir de 2010, la montée du parti europhobe UKIP (UK Independence Party), met sous pression le Premier ministre David Cameron. En vue des élections de 2015, celui-ci prépare le coup politique qui doit ressouder son parti conservateur et affaiblir le UKIP : un référendum sur la sortie de l'Union, pour lequel il escompte le succès du *Remain*. Ce faisant, il négocie avec ses 27 partenaires européens, sous la menace, un accord anti-Brexit pour un « statut spécial » du Royaume-Uni dans l'UE.

Mais le 23 juin 2016, 52 % des suffrages donnent une majorité au *Leave*. Le 29 mars 2017, le nouveau Premier ministre britannique, Theresa May, demande officiellement la sortie. Dans les deux ans qui suivent, l'Union passera de 28 à 27 membres.

Manifestation pro-Brexit après la victoire du *Leave*

Le référendum a donné 52 % de Leave (quitter l'UE) contre 48 % de Remain (rester dans l'UE). Au second plan, un manifestant brandit une pancarte où figure le nombre de votants Leave : 17 410 742.

Le Brexit : brève histoire d'une longue tentation

La réticence des Britanniques envers l'Union ne date pas d'hier. En 1957, le Royaume-Uni refuse de signer le traité de Rome, et crée en 1960 l'Association européenne de libre-échange (AELE), entre les pays européens non membres de la CEE.

Mais l'économie britannique a besoin du marché continental. Le Premier ministre conservateur Harold Macmillan demande l'adhésion à la CEE en 1961, puis en 1967. À chaque fois, le général de Gaulle oppose son veto, considérant le Royaume-Uni comme le « cheval de Troie des États-Unis ». Las, Pompidou donne son feu vert et le Royaume-Uni entre dans la Communauté le 1er janvier 1973.

I want my money back !

Sitôt dedans, l'Angleterre tente de renégocier les termes de son adhésion, en particulier sur sa participation au budget européen. En 1975, elle tient un premier référendum sur sa sortie de la CEE : le maintien l'emporte alors à 67 % des suffrages.

Dès lors, les Britanniques n'ont de cesse de faire baisser le montant de leur contribution au budget européen. « I want my money back », s'écrie Margaret Thatcher, Premier ministre, en 1979. Les Britanniques restent en dehors de l'espace Schengen et refusent la monnaie unique, l'euro.

Vers une relance de la construction européenne ?

Le Brexit est vécu comme un coup d'arrêt à la construction européenne, alors que la tentation du repli sur soi grandit un peu partout en Europe. Dans de nombreux pays, Bruxelles est accusée de tous les maux. L'Angleterre donne-t-elle le coup de grâce à une Union en crise ?

L'élection en 2017 du président Macron en France, proeuropéen convaincu, semble aller à l'encontre de l'euroscepticisme ambiant. Les réticences britanniques écartées, peut-être est-il venu, le temps d'une relance de la construction européenne ? Financé par des emprunts communs, le plan de relance européen, d'un montant de 750 milliards d'euros, est un premier pas en ce sens.

OBJECTIF BREVET

- Cet article peut être utilisé dans un devoir portant sur « l'Union européenne, un territoire de référence et d'appartenance ».
- Il peut permettre d'étayer l'idée d'un certain affaiblissement du rang mondial de l'Union suite au départ du Royaume-Uni, 2e économie et 2e force militaire européennes.

Les jeunes mobilisés pour le climat

Les marches pour le climat se multiplient, comme ici à Paris le 16 mars 2019. Les jeunes y expriment leurs inquiétudes face au réchauffement climatique et leurs attentes en matière d'écologie.

Enseignement moral et civique

La formation du futur citoyen et de son esprit critique est orientée par trois finalités intimement liées entre elles : respecter autrui, acquérir et partager les valeurs de la République, construire une culture civique.

SUIVEZ LE GUIDE

LE COURS page 202

CHECK ! page 208

LES SUJETS DE BREVET page 208

ZOOM page 212

Respecter autrui

DE QUOI S'AGIT-IL ? La République française se fonde sur des valeurs et principes : liberté, égalité, fraternité, laïcité. Comment les droits qui en découlent sont-ils garantis ? Quels sont les interdits et obligations institués par la loi dans mon rapport à autrui ? Pourquoi le respect est-il une condition du « vivre-ensemble » ?

Racisme
Croyance en l'existence de « races » humaines et en une hiérarchie entre elles.

Antisémitisme
Racisme dirigé contre les Juifs.

Charte de la laïcité
La Charte de la laïcité à l'école reprend les règles à appliquer dans les établissements scolaires publics, comme l'interdiction de porter des signes religieux trop visibles.

La lutte contre les discriminations

L'égalité, une des valeurs principales de la République française

Au cœur du projet républicain, l'égalité est une cause à défendre et un idéal à atteindre.
Les sociétés démocratiques reconnaissent deux formes d'égalité :
– l'égalité politique (les citoyens ont tous les mêmes droits et devoirs) ;
– l'égalité morale (chaque individu a droit au respect).
La discrimination s'oppose à l'égalité : elle est antirépublicaine.

Les hommes naissent et demeurent libres et égaux en droit.
Déclaration des droits de l'homme et du citoyen, Article 1er, 1789

Les mécanismes d'exclusion

Les discriminations traduisent un rejet de l'autre et de sa différence. Elles reposent parfois sur des systèmes de pensée. Ainsi les discriminations raciales sont souvent le résultat d'idéologies racistes ou antisémites, et les inégalités entre hommes et femmes sont la conséquence de préjugés misogynes.
Toutes les formes d'exclusion ne sont pourtant pas des discriminations. Il convient ainsi de distinguer les discriminations des inégalités sociales, qui ne reposent pas sur des critères illégaux.

Les types de discriminations

En France, la loi distingue 25 critères qui permettent de définir plusieurs types de discrimination : raciales, religieuses, xénophobes, sexistes ou encore homophobes.
Les discriminations sont punies par la loi française mais souvent difficiles à prouver. Les personnes qui estiment que leurs droits n'ont pas été respectés peuvent directement saisir le Défenseur des droits.

Le principe de laïcité

Un principe d'organisation de l'État

L'idée de laïcité naît avec l'affirmation de la liberté de conscience en 1789. Elle s'enracine au XIXe siècle chez les républicains, en réaction à l'influence de l'Église catholique. La laïcité est instaurée à l'école publique en 1882 avant d'être étendue à tous les services de l'État par la loi de 1905. Dès lors, les institutions publiques adoptent une stricte neutralité à l'égard de toutes les religions et ne financent plus aucun culte.

Un principe à la croisée des valeurs républicaines

La neutralité de l'État en matière religieuse garantit à chacun la liberté de choisir sa religion ou de ne pas en avoir et, aux associations religieuses, la liberté de s'organiser de manière autonome dans les limites du respect de l'ordre public. Ainsi, les citoyens sont libres d'exprimer leurs opinions sur les religions, même si celles-ci peuvent heurter des croyances. Aucune distinction fondée sur la religion ne peut être faite entre les citoyens : tous ont les mêmes droits et les mêmes devoirs. Aussi la laïcité est-elle un facteur d'égalité. Enfin, la laïcité s'articule avec la fraternité, car elle instaure un respect de toutes les croyances, condition nécessaire au « vivre-ensemble ».

Le rôle de la loi

La loi et l'État de droit

Les lois sont à la base de la vie en société organisée, car elles permettent d'adopter des règles communes. Elles sont la source du droit (appliqué ensuite par la justice).
Les lois imposent des obligations, mais permettent aussi de reconnaître des droits (pro-

Les lieux publics et les transports, accessibles à tous ?
Malgré le vote en 2005 de la loi Handicap, qui impose aux lieux publics de permettre l'accès aux personnes handicapées, la justice doit souvent intervenir pour que ce soit effectivement le cas.

motion de l'égalité femme-homme) et de protéger (justice des mineurs).
En France, le peuple est à l'origine des lois. Il exprime sa volonté par l'intermédiaire de représentants élus, c'est la démocratie représentative.

Les étapes de l'élaboration d'une loi

L'initiative d'une loi peut venir du gouvernement (projet de loi) ou des parlementaires (proposition de loi). Néanmoins, le pouvoir législatif (pouvoir de faire les lois) appartient uniquement aux deux chambres du Parlement : Assemblée nationale et Sénat.
La complexité du parcours d'une loi permet de respecter les règles de fonctionnement de la démocratie : les députés et les sénateurs débattent et votent les lois.
Avant de la promulguer, le Conseil constitutionnel doit vérifier que la loi votée respecte les règles de la Constitution, et le Conseil d'État vérifie qu'elle est conforme aux traités internationaux signés par la France.

Les droits sociaux

La reconnaissance des droits-libertés

En 1789, la Déclaration des droits de l'homme et du citoyen (DDHC) affirme l'existence de droits naturels (liberté, égalité devant la loi). Ils sont reconnus au niveau international par la Déclaration universelle des droits de l'homme (DUDH) en 1948.
Cette première génération de droits fondamentaux, appelée « droits-libertés » offre aux individus la possibilité d'agir sans soumission (libertés d'expression, d'association…).
Quelques droits sociaux (droit de grève, droit d'appartenir à un syndicat…) sont reconnus dès le XIXe siècle.

L'affirmation des droits sociaux

Le contexte de la fin de la Seconde Guerre mondiale est favorable à l'instauration d'une démocratie plus sociale en France. De nouveaux droits économiques et sociaux (le droit à l'instruction, à la santé, au travail) sont inscrits dans la Constitution de 1946.
Ces droits nécessitent l'intervention de l'État pour leur mise en œuvre concrète, et leur reconnaissance coïncide avec la mise en place de l'État-providence (création de la Sécurité sociale en 1945).
De nouveaux droits sont ensuite reconnus (comme le droit au logement en 2007) mais leur application complète se heurte souvent aux contraintes budgétaires de l'État.

État-providence
Un État qui intervient directement dans les domaines économiques et sociaux (prise en compte de risques sociaux tels que la perte d'emploi ou la maladie).

LA VIDÉO EN +
La laïcité, un concept à géométrie variable ?
▸ bit.ly/_HG_ch7_p203

HISTOIRE GÉOGRAPHIE EMC

LE COURS

Acquérir et partager les valeurs de la République

DE QUOI S'AGIT-IL ? Pour ne pas rester lettres mortes, les valeurs républicaines doivent inspirer la vie civique. Au sein d'une démocratie comme la nôtre, quel rôle les citoyens jouent-ils dans l'exercice du pouvoir ? Quelles sont les fonctions de l'État ? Comment les institutions politiques donnent-elles forme et force à la République ?

Les valeurs au fondement de la République française

Des principes et des valeurs à défendre

Les quatre grandes valeurs de la République française (liberté, égalité, fraternité et laïcité) sont des principes à la base de l'organisation de la République. Ces valeurs sont incarnées par des symboles nationaux : le drapeau, l'hymne (La Marseillaise), la devise, Marianne et le 14 juillet.

Il n'est point de liberté sans loi.

Jean-Jacques Rousseau, philosophe, 1764

Des valeurs au cœur des enjeux républicains

Le pacte républicain signifie que ces valeurs sont un bien commun. Leur mise en œuvre permet de renforcer la cohésion de la société. L'école est particulièrement sollicitée pour faire partager ces valeurs mais la vie citoyenne est aussi rythmée par des temps forts d'identification nationale. Ainsi, les journées mémorielles développent une mémoire collective et contribuent ainsi au sentiment d'appartenance commune.

Quelques journées mémorielles
- 27 janvier : journée en mémoire des génocides
- 8 mai : victoire de 1945 contre l'Allemagne nazie
- 10 mai : journée en mémoire de l'esclavage et de son abolition

Qu'est-ce qu'une démocratie ?

Les caractéristiques d'une démocratie

Le pouvoir (*kratos* en grec) est détenu ou contrôlé par le peuple (*démos*), qui exerce sa souveraineté par le suffrage universel. Les citoyens bénéficient de l'égalité politique, ont des droits et des devoirs.

La séparation des trois pouvoirs, la consultation du peuple et le pluralisme politique (l'existence de plusieurs partis) garantissent le fonctionnement démocratique d'un État.

Les régimes démocratiques

Les démocraties directes ont aujourd'hui disparu au profit de démocraties représentatives. Les décisions sont prises par des représentants élus (aux élections présidentielles, législatives...) selon la règle majoritaire.

Les démocraties deviennent participatives lorsque des dispositifs sont mis en place pour augmenter le rôle des citoyens dans la prise de décision (conseils de quartiers par exemple).

Les régimes non démocratiques

Les dictatures se caractérisent par la concentration des pouvoirs aux mains d'une personne (monarchie) ou de quelques personnes (oligarchie), par l'absence de consultation du peuple et d'alternance politique.

Les institutions de la Ve République

L'application des règles démocratiques

La Constitution de la Ve République a été adoptée en 1958. Les trois pouvoirs sont aux mains d'institutions différentes : le pouvoir législatif est confié au Parlement (Assemblée nationale et Sénat) ; le pouvoir exécutif à un président et à son gouvernement ; le pouvoir judiciaire à des juridictions indépendantes du pouvoir.

Le peuple exerce sa souveraineté par le suffrage universel direct (ou indirect pour les élections sénatoriales). Le mode de scrutin est majoritaire. Le candidat ou la liste ayant obtenu le plus de voix est élu.

Le peuple peut être aussi directement consulté par la voie du référendum.

Référendum
Vote direct invitant à répondre par « oui » ou « non » à une question législative précise.

LA VIDÉO EN +
Le président de la République a-t-il tous les pouvoirs ?
▶ bit.ly/_HG_ch7_p204

Un régime semi-présidentiel

Le président de la République est doté de pouvoirs élargis : chef de l'État et des armées, il nomme le premier ministre, préside le Conseil des ministres et peut dissoudre l'Assemblée nationale.
Mais le régime est aussi parlementaire car le Parlement vote les lois, le budget et exerce un contrôle sur le gouvernement (le président doit choisir son premier ministre parmi la majorité parlementaire).
Afin de limiter les risques de cohabitation, le mandat présidentiel a été réduit de 7 à 5 ans (réforme du quinquennat adoptée en 2000). Cela permet de faire coïncider les élections présidentielles et parlementaires et d'assurer ainsi au Président élu une majorité parlementaire pour l'intégralité de son mandat.

L'État et les collectivités locales

Un État garant de la cohésion sociale

L'État représente la collectivité. Il est incarné par les institutions républicaines auxquelles le peuple a délégué l'exercice de sa souveraineté (démocratie représentative).
À ce titre, l'État exerce de grandes fonctions souveraines (dites régaliennes) : défense, diplomatie, police, justice et fiscalité.
L'État garantit ainsi les conditions de la vie en société puisqu'il assure la sécurité intérieure et extérieure, protège les droits des individus et finance ses actions (comme la mise en œuvre des droits sociaux) par la fiscalité (impôts directs et indirects).

La prise en compte des particularismes locaux

La première loi de décentralisation de 1982 ouvre la voie à un profond bouleversement de la répartition des pouvoirs au profit des acteurs locaux.
Les collectivités locales sont reconnues comme des structures administratives autonomes dotées de compétences propres déléguées par l'État (comme la gestion des lycées par les conseils régionaux).
La décentralisation est accompagnée d'un processus de déconcentration. Des autorités administratives représentants l'État (comme les préfets) sont implantées dans des circonscriptions locales pour améliorer la rapidité et l'efficacité de la prise de décision.

Cohabitation
Coexistence à la tête de l'État entre un président et un premier ministre aux tendances politiques opposées.

Fonctions régaliennes
Attributions qui relevaient directement du roi. L'expression désigne aujourd'hui les fonctions du ressort exclusif de l'État.

Collectivités locales
Une collectivité locale (ou territoriale) est une partie du territoire disposant d'une certaine autonomie de gestion : les communes, les départements, les régions.

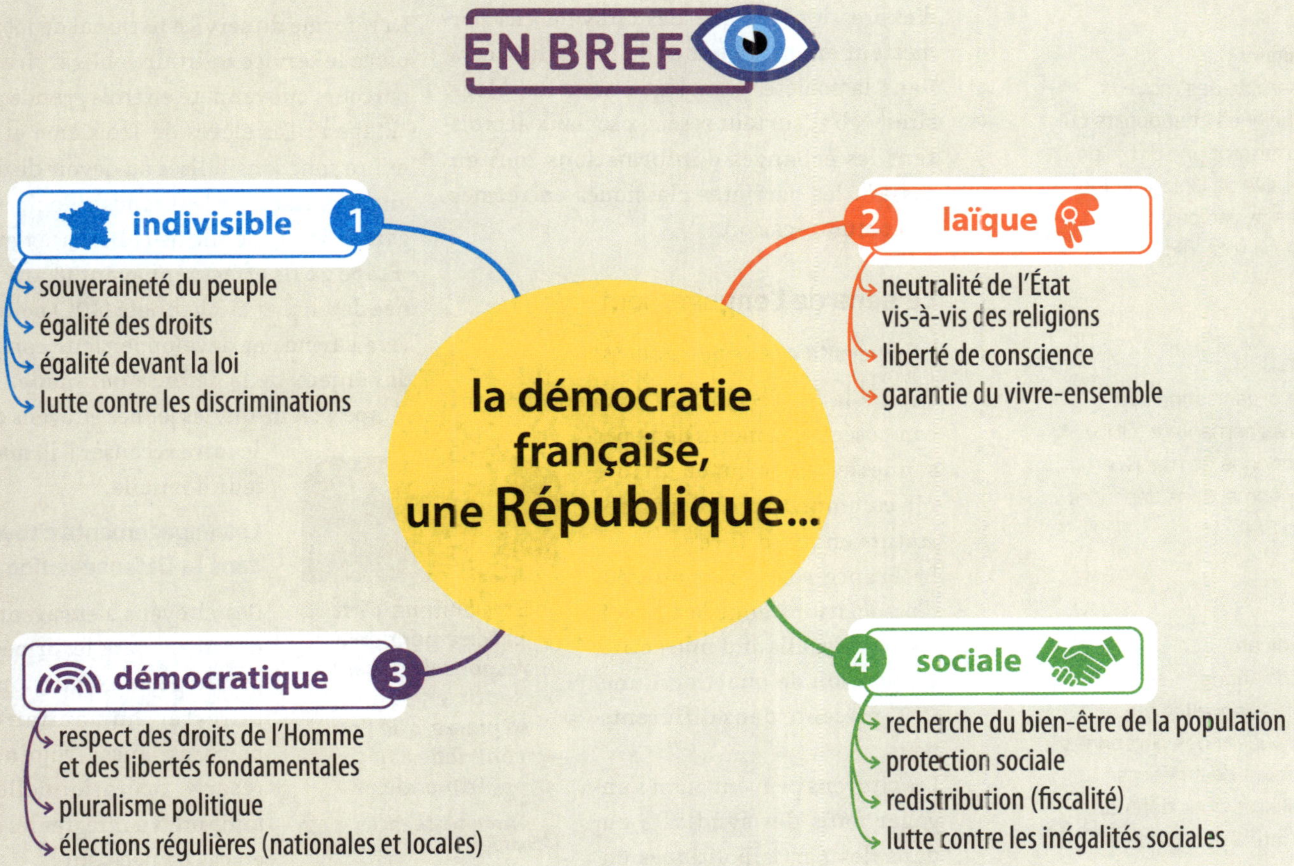

Construire une culture civique

DE QUOI S'AGIT-IL ? Parce qu'elle est une démocratie, la vitalité de la République française dépend de la capacité de ses membres à agir en tant que citoyens. Comment prendre position dans le débat public ? Comment contribuer positivement à la vie sociale et politique ? De quelles façons peut-on s'engager ?

L'opinion publique

Un produit de la démocratie

L'avènement du suffrage universel fait de l'opinion publique un acteur majeur de la vie politique, dans un rôle complexe de soutien et d'obstacle au pouvoir en place.

Elle s'affirme en France avec l'amélioration du niveau de vie, la démocratisation de la culture et l'évolution des moyens d'information et de communication.

Médias et opinion publique

Les médias entretiennent des rapports complexes avec l'opinion publique, lieux d'expression des avis des citoyens, ils permettent en même temps de les influencer. Dans la société numérique actuelle, blogs, sites web et surtout réseaux sociaux accroissent les échanges d'informations tout en cassant les barrières classiques en termes de communication.

Médias
Ensemble des moyens, techniques et supports qui permettent une diffusion massive de l'information (presse, radios, télévision, cinéma, internet...)

Le sens de l'engagement

La diversité des engagements

Depuis la loi de 1901, les associations sont composées d'au moins deux personnes ayant un but ou un intérêt commun, après dépôt des statuts en préfecture.

La France compte 1,5 million d'associations dont la variété est infinie, allant d'une petite association de quartier à une ONG présente dans différents pays.

Les citoyens peuvent aussi s'engager dans des syndicats ou dans des partis politiques en tant que sympathisants, adhérents, donateurs ou militants.

ONG
Une organisation non gouvernementale (ONG) fonctionne de manière autonome, sans dépendre d'un État.

Syndicats
Associations professionnelles qui regroupent des personnes exerçant des métiers similaires pour défendre des intérêts communs.

Être homme, c'est précisément être responsable. C'est sentir, en posant sa pierre, que l'on contribue à bâtir le monde.

Antoine de Saint-Exupéry, écrivain, 1939

Les enjeux de l'engagement citoyen

Intégrer ces structures est une démarche volontaire. Les citoyens choisissent de s'y engager lorsqu'ils sont en accord avec les objectifs et le mode de fonctionnement.

Ces structures permettent aussi aux citoyens de mener des actions collectives pour défendre leurs idées ou leurs intérêts. Les syndicats peuvent par exemple engager des actions de protestation (pétitions ou grèves).

Les Français et la Défense nationale

Le parcours citoyenneté

La réforme du service national de 1997 a remplacé le service militaire obligatoire par un parcours citoyenneté en trois grandes étapes.

- Étape 1 : Les élèves de Troisième et de Première sont sensibilisés au devoir de défense en travaillant sur les grands principes et l'organisation générale de la Défense nationale.
- Étape 2 : Ils effectuent avant 18 ans la Journée défense et citoyenneté (JDC) pour découvrir l'armée et développer leur conscience des enjeux de la défense nationale.
- Étape 3 : À 16 ans, les jeunes citoyens doivent se faire recenser à la mairie de leur domicile.

Les engagements citoyens dans la Défense nationale

Des citoyens s'engagent volontairement dans les armées pour participer aux missions militaires et humanitaires. Ils peuvent aussi rejoindre la réserve opérationnelle et se tenir prêts à intégrer les armées en cas de nécessité.

Il existe de nombreux dispositifs à destination de la jeunesse. Le service civique permet à des jeunes de s'engager volontairement au service de l'État ou d'une association pour réaliser une mission d'intérêt général. Des contrats Armée-jeunesse leur permettent d'effectuer des stages rémunérés au sein des armées.

Le Service National Universel (SNU) est amené à remplacer la JDC. Les objectifs affichés sont de renforcer la cohésion sociale et territoriale (période de vie collective, détection des difficultés de lecture, de santé ou d'insertion de certains jeunes) et de développer la culture de l'engagement (découverte des opportunités civiles et militaires).

Les engagements internationaux de la France

Les engagements militaires français

Avec une armée de près de 270 000 personnes, la France reste une puissance militaire de premier plan.

Elle est capable d'intervenir rapidement partout dans le monde grâce aux engagés présents dans ses bases militaires (Guyane, Djibouti). La France est récemment intervenue au Mali (2013), en Irak (2014) et en Syrie (2015).

Les engagements solidaires et coopératifs

Les interventions militaires françaises sont toujours menées avec l'accord de l'Organisation des Nations unies (ONU). La France participe aussi à des opérations dans le cadre de l'OTAN (Syrie) ou de l'Union européenne (côtes somaliennes).

Les militaires jouent souvent un rôle humanitaire direct auprès des populations (distribution de nourriture...) tandis que la France dispense des aides publiques au développement (APD) aux pays en difficulté.

Une présence culturelle

Dans le cadre de la francophonie, la France est aussi culturellement ouverte sur le monde (réseaux d'associations, regroupements de journalistes, d'écrivains ou encore de professeurs de français).

L'Organisation internationale de la Francophonie (OIF) est vouée à la promotion de la langue française et des relations de coopération entre les 88 États et gouvernements membres ou observateurs de l'organisation.

LA VIDÉO EN +
Témoignage de jeunes engagés
▸ bit.ly/_HG_ch7_p207

Francophonie
Ensemble des personnes (environ 300 millions) qui ont en commun l'usage de la langue française (5e langue mondiale).

EN BREF

l'engagement

1 l'engagement individuel

Modalités
- différents degrés : sympathisant, adhérent, donateur, militant
- différentes structures : associatives, syndicales, politiques
- dans un cadre civil ou militaire (sur le sol national ou à l'étranger)

Motivations
- se regrouper autour d'un centre d'intérêt ou d'une pratique commune
- défendre des valeurs, idées ou intérêts
- aider les autres

2 l'engagement de la France dans le monde

Aide publique au développement (APD)
8,6 milliards d'euros en 2016

Actions humanitaires
- ex. 1 : aide aux populations touchées par les conflits au Moyen-Orient
- ex. 2 : lutte contre l'épidémie d'Ebola en Afrique

Interventions militaires
- Barkhane (pays du Sahel)
- Chammal (Irak et Syrie)
- Sangaris (République centrafricaine)
- lutte contre la piraterie dans l'océan Indien et le golfe de Guinée

CHECK ! 10 min.

1 Quels éléments représentés ici sont des symboles de la République française ?

❑ a. le drapeau

❑ b. le coq

❑ c. Marianne

2 La Déclaration des droits de l'Homme et du citoyen…

❑ a. date de la Révolution française.
❑ b. reconnaît aux hommes des droits naturels.
❑ c. reconnaît le droit de grève.

3 Qui promulgue la loi en France ?

❑ a. L'Assemblée nationale.
❑ b. Le président de la République.
❑ c. Le Premier ministre.

4 À l'école, la laïcité permet de…

❑ a. porter des signes religieux.
❑ b. ne pas suivre certains enseignements.
❑ c. discuter des différentes religions.

5 Les syndicats…

❑ a. sont des partis politiques.
❑ b. sont des associations professionnelles.
❑ c. mènent des actions collectives.

Corrigé p. 286

LES SUJETS DE BREVET 30 min.

Les grands principes de la Défense nationale

Doc. 1 Le parcours de citoyenneté

La formation de tous les jeunes aux enjeux de la défense et de la citoyenneté repose, depuis la loi du 28 octobre 1997 suspendant le service militaire, sur un parcours de citoyenneté. Ce dernier comporte trois étapes obligatoires :

1. L'enseignement de défense, lors de la scolarité (ministère de l'Éducation nationale)
2. Le recensement à 16 ans en mairie (collectivités locales)
3. La journée Défense et citoyenneté – JDC (ministère de la Défense)

Source : Direction du service national, plaquette de présentation, administration centrale, 2015, d'après le site www.ac-poitiers.fr.

Doc. 2 La Défense nationale

La défense et la sécurité nationale sont l'affaire de tous les Français ; elles requièrent leur confiance dans l'action que mènent les pouvoirs publics et la certitude que ces derniers mettent tout en œuvre pour garantir l'indépendance de la France et assurer la protection de sa population. L'élaboration et la mise en œuvre de la stratégie de défense et de sécurité nationale associent, sous l'autorité du président de la République, l'ensemble des pouvoirs publics, ce qui garantit que cette stratégie exprime la volonté de la Nation. [...] Sa présentation au Parlement en assoit la légitimité et ouvre un nécessaire débat public sur des choix qui engagent la Nation.

Source : Livre blanc sur la Défense, 2013, www.ladocumentationfrancaise.fr.

1. Montrez à l'aide du document 1 que les jeunes Français sont impliqués dans la Défense nationale en rappelant les trois étapes du parcours de citoyenneté.
2. En vous appuyant sur les deux documents, identifiez au moins quatre acteurs participant à la Défense nationale.
3. Vous allez devoir participer à la Journée défense et citoyenneté. En vous appuyant sur vos connaissances et les documents, rédigez un paragraphe d'une dizaine de lignes où vous expliquerez pourquoi chaque Française et chaque Français a un rôle dans la Défense nationale.

COMMENT DÉMARRER ?

■ Il s'agit de deux documents officiels portant sur l'engagement de tous (pouvoirs publics et citoyens) dans la Défense nationale.

■ Pour répondre à la question 3, commence par rappeler la mission principale de la Défense nationale. Ensuite, montre que des Français peuvent activement y participer et termine en soulignant que tous les citoyens ont, même indirectement, un rôle à jouer.

LE CORRIGÉ

1. Les jeunes Français sont impliqués dans la Défense nationale, car ils participent aux trois étapes du parcours de citoyenneté. Au cours de leur scolarité, en classes de troisième et de première, ils suivent un enseignement portant sur les principes et l'organisation générale de la Défense. À 16 ans, ils doivent se faire recenser à la mairie. Enfin, avant leurs 18 ans, ils sont convoqués pour suivre la Journée défense et citoyenneté (JDC).

2. La Défense nationale implique les jeunes Français, mais aussi l'ensemble des pouvoirs publics : le président de la République, qui est responsable de la sécurité sur le territoire ; le Parlement, qui débat des choix stratégiques ; les ministères de l'Éducation nationale et de la Défense, et les collectivités locales, qui organisent le parcours de citoyenneté.

GAGNE DES POINTS
Cite les différents acteurs par ordre d'importance. Hiérarchiser les informations sélectionnées est valorisé dans la notation.

3. Chaque Française et chaque Français joue un rôle dans la Défense nationale, dont la mission est de garantir la sécurité du territoire et de sa population, et par là même l'exercice de notre liberté démocratique. Les jeunes Français sont progressivement sensibilisés à leur devoir de Défense au cours du parcours de citoyenneté et en particulier durant la JDC.

Certains font le choix de s'engager au service de la Défense nationale : ils peuvent participer aux opérations extérieures en tant que soldats, effectuer des missions d'intérêt général sur le territoire national. Les soldats agissent militairement, mais aussi sur le plan humanitaire pour porter secours aux victimes, au nom de la fraternité.

Les Françaises et les Français qui ne s'engagent pas directement au service de la Défense nationale ont aussi un rôle important à jouer, en élisant des représentants chargés d'élaborer et de mettre en œuvre la stratégie de défense et de sécurité nationale. Cette stratégie est ainsi l'expression de la volonté de la Nation.

LE BON RÉFLEXE
Mobilise des grandes valeurs républicaines (liberté, égalité, fraternité) et articule-les à tes arguments.

LE BON RÉFLEXE
N'hésite pas à reprendre des expressions du document 2, comme « stratégie de défense ».

Aider les personnes handicapées
(Antilles, Guyane, juin 2019)

Doc. 1 Un exemple d'action menée par une association

27 octobre 2014.
En début de semaine, Gilles Ducoudré, président de l'association « Engagement Citoyen pour le Montargois[1] » (ECM) a adressé par lettre recommandée un courrier à M. X, directeur de la société Y (société de transport en commun) afin d'obtenir de lui des réponses claires quant aux raisons qui empêchent l'usage des transports publics de l'agglomération aux personnes handicapées. Les difficultés sont telles que la plupart des personnes en fauteuil roulant de notre ville restent cloîtrées chez elles.
Pourtant, des stations sont adaptées et le réseau de 18 bus équipés pourrait d'ores et déjà leur permettre de nombreux déplacements... Les raisons invoquées pour justifier le refus des chauffeurs de les prendre en charge sont toutes plus fausses les unes que les autres... L'association ECM ne baisse pas les bras et continuera à travailler pour que les droits des personnes handicapées soient respectés dans notre ville.

Source : D'après www.montargois.fr, octobre 2014.

1. Montargois : région de Montargis (Loiret, 45).

Doc. 2 Affiche de l'Association des Paralysés de France

Source : www.apf.org

1. Document 1 : Pour quelle raison G. Ducoudré adresse-t-il un courrier à la société Y ?
2. Document 2 : Quels sont les éléments qui permettent de faire le lien avec la République française ?
3. Document 2 : Expliquez le message de l'affiche.
4. Documents 1 et 2 : Montrez que les associations ECM (Engagement Citoyen pour le Montargois) et APF (Association des Paralysés de France) défendent la même valeur républicaine.

COMMENT DÉMARRER ?

■ Le document 1 est tiré d'un journal local et le document 2 est réalisé par une association de défense des personnes handicapées. Relis bien la définition du terme « média » et le cours sur le sens de l'engagement avant de commencer.

■ Plusieurs questions portent ici sur les symboles et valeurs de la République française. Fais un point rapide sur tes connaissances (dresse une liste des différents symboles et définis chaque valeur républicaine).

LE CORRIGÉ

1. Au nom de l'association qu'il préside, Gilles Ducoudré adresse un courrier à la société de transport en commun de l'agglomération de Montargis pour dénoncer les difficultés d'accès des personnes en fauteuil roulant aux transports urbains. Les stations de bus seraient adaptées mais les chauffeurs refuseraient de les prendre en charge. Il écrit donc pour demander à cette société de respecter les droits des personnes handicapées.

2. L'affiche reprend en la modifiant la devise de la République française ainsi que la figure de Marianne, reconnaissable au port du bonnet phrygien. La situation de Marianne, assise dans un fauteuil roulant, contraste avec sa représentation debout sur une barricade dans le tableau emblématique d'Eugène Delacroix intitulé *La Liberté guidant le peuple* (1830).

3. Le slogan de l'affiche renvoie à la devise de la République pour réclamer que les droits des personnes handicapées soient respectés. En effet, la troisième valeur républicaine a été remplacée par le terme d'accessibilité pour rappeler que la République, au nom de la fraternité entre les hommes, doit garantir à tous les citoyens l'exercice de leurs droits, y compris l'accès à l'espace public et le droit de circuler librement pour les personnes se déplaçant en fauteuil roulant.

4. Ces deux associations défendent la valeur d'égalité. Tous les citoyens doivent bénéficier des mêmes droits (ici la liberté de circuler). Ne pas assurer cette égalité relève d'une discrimination puisque les personnes en fauteuil roulant sont ici moins bien traitées par rapport au reste de la collectivité sous prétexte de leur handicap. L'absence volontaire de la valeur de fraternité dans le slogan de l'affiche rappelle la nécessité de fournir les efforts nécessaires pour garantir cette égalité dans l'exercice des droits au nom de la solidarité entre les hommes.

LE BON RÉFLEXE
Observe bien cette affiche pour identifier des symboles de la République française que tu connais. Précise le détail qui te permet de reconnaître la femme assise.

LE BON RÉFLEXE
Compare le slogan de l'affiche avec la devise de la République française.

GAGNE DES POINTS
Mobilise le vocabulaire que tu connais sur le respect d'autrui et élargis ta réponse en évoquant les autres valeurs républicaines de la devise.

ZOOM

Les *fake news* et la manipulation de l'information

Le 22 décembre 2018, l'Assemblée Nationale vote la « loi *fake news* » qui permet à un juge de bloquer des sites Internet diffusant de fausses informations à moins de trois mois d'une élection. À l'heure du numérique, comment préserver la qualité et la sincérité du débat démocratique ?

Qu'est-ce qu'une infox ?

La banque Rothschild qui contrôle le monde, la covid-19 fabriquée par l'Institut Pasteur… Parmi les rumeurs, déclarations erronées ou théories du complot qui circulent sur les blogs et les réseaux sociaux, le terme de *fake news* ou infox désigne plus précisément les informations délibérément faussées pour manipuler l'opinion publique.

La forme de ces fausses informations reprend les codes journalistiques : une phrase choc souvent accompagnée d'une photo dont le contenu émotionnel (voire anxiogène) renforce l'impact et facilite la diffusion (qui est en moyenne six fois plus rapide que celle des informations vérifiées !).

Un danger pour la démocratie

En influençant l'opinion publique, les *fake news* peuvent perturber un processus électoral, envenimer un débat démocratique (la menace d'une invasion migratoire imminente est fréquemment agitée), mais aussi déstabiliser une institution ou même un État.

Les États autoritaires utilisent quant à eux les *fake news* pour améliorer leur image. En juin 2020, la Commission européenne accuse la Chine de diffuser un récit prochinois de la gestion de la pandémie de covid-19 ; à la différence des démocraties occidentales, la Chine aurait vite réussi à maîtriser l'épidémie, preuve de la supériorité de son régime politique.

Contrer la désinformation

Comment lutter contre les fakes news dans les États démocratiques ? La voie législative manque d'efficacité et peut être assimilée à une forme de censure officielle contraire aux libertés d'expression et d'information. Prétendant guider l'opinion publique face à la prolifération d'infox, de grands médias pratiquent le « *fact checking* » (vérification des faits) comme *Le Monde* dans sa rubrique « Les Décodeurs ».

Le *fact checking* présente toutefois d'importantes limites : difficulté d'établir la véracité d'un fait, tentation de discréditer toute une analyse pour une ou deux approximations. Aussi, la correction ne change jamais complètement les impressions initiales et l'émotion créées par l'infox.

La véritable solution reste la promotion d'une éducation aux médias : apprendre à rester vigilants, à ne pas partager des informations non vérifiées provenant de sources douteuses. La rumeur de la soi-disant invention de la covid-19 par l'Institut Pasteur a été propagée par un internaute ayant mal compris des documents médicaux…

Affiche distribuée par la Fédération internationale des associations et institutions de bibliothèques

Devant la profusion des moyens d'information et la circulation de fausses nouvelles, les citoyens en herbe doivent apprendre à pratiquer les médias : sélectionner l'information, s'interroger sur les sources, faire preuve d'esprit critique…

OBJECTIF BREVET

- Cette étude se rattache au thème des médias et de l'opinion publique dans le contexte actuel de la société numérique et de l'influence des réseaux sociaux.
- Elle peut aussi enrichir des réflexions sur le rôle de la loi ou sur le racisme (des théories complotistes sont teintées de racisme ou d'antisémitisme comme la prétendue domination mondiale de la banque Rothschild).

Sciences

Sommaire

Index des vidéos

Voici la liste des vidéos évoquées dans la partie sciences :
tape le mini-lien dans ton navigateur pour accéder en un clic à la vidéo qui t'intéresse.

La planète Terre, l'environnement et l'action humaine

► **bit.ly/_SC_ch1_p216**
« L'alerte aux tsunamis » (4 min), *cea.fr*, juillet 2013.

Le vivant et son évolution

► **bit.ly/_SC_ch2_p225**
« La transmission du génome » (3 min), *inserm.fr*, juillet 2017.

► **bit.ly/_SC_ch2_p226**
« La lignée humaine » (3 min), série « Corpus », *universcience.tv*, janvier 2018.

Le corps humain et la santé

► **bit.ly/_SC_ch3_p232**
« Vaccinologie » (3 min), Arte, *Tu mourras moins bête*, novembre 2017.

► **bit.ly/_SC_ch3_p234**
« Au cœur des organes : le fonctionnement du système nerveux » (3 min), *inserm.fr*, avril 2016.

► **bit.ly/_SC_ch3_p239**
« Comment les hormones agissent-elles sur le corps ? » (1 min), France 3, *C'est pas sorcier*, décembre 2016.

Organisation et transformations de la matière

► **bit.ly/_SC_ch4_p244**
« L'atome (partie 1) » (24 min), *e-penser*, juin 2015.

► **bit.ly/_SC_ch4_p248**
« Simuler en 3D l'évolution de l'Univers » (4 min), *cea.fr*, décembre 2014.

Mouvements et interactions

► **bit.ly/_SC_ch5_p254**
« Qu'est-ce que l'impesanteur ? » (1 min), France 3, *C'est pas sorcier*, décembre 2016.

L'énergie et ses conversions

► **bit.ly/_SC_ch6_p262**
« Que nous révèle notre facture d'électricité ? » (12 min), *cea.fr*, janvier 2017.

Des signaux pour observer et communiquer

► **bit.ly/_SC_ch7_p270**
« Vitesse de la lumière 1 » (10 min), série « Vitesse de la lumière », *universcience.tv*, juillet 2015.

Technologie

► **bit.ly/_SC_ch8_p276**
« Biomimétisme : la nature en copier-coller » (10 min), France 24, *Élément Terre*, juin 2014.

► **bit.ly/_SC_ch8_p277**
« Les courants marins, énergie de demain » (8 min), *universcience.tv*, novembre 2016.

► **bit.ly/_SC_ch8_p278**
« Alan Turing – Enigma, ordinateur et pomme empoisonnée » (13 min), *e-penser*, février 2015.

La Terre vue de l'espace

Deux événements naturels sont visibles : la nuit qui plonge l'Europe dans l'obscurité, et un ouragan qui s'approche de la Floride. L'Homme sait éclairer la nuit par des lumières artificielles, mais saura-t-il un jour contrôler les événements météorologiques ?

La planète Terre, l'environnement et l'action humaine

Depuis toujours, l'Homme est confronté à différentes contraintes liées par exemple à son alimentation ou au climat. Il a dû s'adapter pour survivre et agir sur son environnement pour en limiter les effets les plus néfastes. Comment peut-il faire face aujourd'hui aux problématiques telles que le risque d'épuisement des ressources terrestres ?

SUIVEZ LE GUIDE

Le cours page 216

Check ! page 218

Zoom page 218

Le sujet de brevet page 219

LE COURS

Prévention des risques et gestion des ressources

DE QUOI S'AGIT-IL ? Quels sont les risques liés aux dynamiques internes et externes du globe et comment l'Homme parvient-il à y faire face ? Quels impacts sur l'environnement ont les activités humaines, en particulier l'exploitation des ressources terrestres ?

La prévention des risques naturels

Les risques liés à la dynamique interne

Les séismes, éruptions volcaniques, tsunamis... sont les témoins de l'activité interne du globe. Toujours brutaux, parfois meurtriers, ils peuvent profondément bouleverser l'environnement de l'espèce humaine.

Ces événements sont souvent circonscrits dans des zones précises de la surface du globe : aux limites des plaques lithosphériques. Des phénomènes géologiques profonds créent des mouvements de plaques avec pour conséquence des ruptures des roches de surface et des séismes. Par ailleurs, l'arrivée en surface de roche en fusion (magma) conduit à l'activité volcanique de la planète.

La surveillance des zones à risque par les observatoires scientifiques, l'éducation des populations vivant dans ces zones et la réactivité des pouvoirs publics sont les moyens mis en place par les sociétés humaines pour limiter les impacts négatifs de ces événements géologiques.

Les risques liés à la dynamique externe

Les typhons, ouragans... sont des événements météorologiques qui ont souvent de graves répercussions sur les sociétés humaines.

Ils sont les conséquences de mouvements de masses d'air et de courants océaniques, contrôlés par l'énergie solaire reçue par la planète Terre. Ainsi, le suivi en continu de l'évolution des masses d'air et des courants océaniques permet aux scientifiques de mieux comprendre les événements météorologiques et, par des modélisations, de les anticiper.

Les alertes météos permettent de sauver des vies tandis que l'aménagement de l'habitat limite les impacts négatifs de ces événements météorologiques.

Les ressources terrestres utilisées par l'Homme

Les sources d'énergie du globe

L'Homme exploite des sources d'énergie issues de l'activité interne du globe. Il règne de fortes températures dans les profondeurs de la Terre, qui sont le moteur du déplacement des plaques. La géothermie est un moyen pour l'espèce humaine de récupérer une partie de cette énergie pour ses besoins (chauffage, industrie...).

L'Homme exploite aussi des sources d'énergie issues de l'activité externe du globe. Les déplacements de masses d'air et d'eau peuvent être utilisés afin de produire de l'énergie : éolienne, hydraulique...

Les ressources non renouvelables du globe

L'espèce humaine utilise et exploite des ressources géologiques qui peuvent fournir de l'énergie (charbon, pétrole, uranium...) ou des matériaux (fer, pierres de construction...). Ces ressources, relativement rares à l'échelle de la planète, ont souvent mis énormément de temps à se constituer. Comme l'Homme les exploite plus rapidement que leurs stocks ne se reconstituent, on parle de ressources non renouvelables (sur une vie humaine).

Par exemple, les réserves mondiales de pétrole pourraient être épuisées vers 2050, selon les prévisions basées sur le rythme actuel de consommation.

Plaque lithosphérique
Portion de la surface de la Terre ayant un comportement rigide.

Géothermie
Technologie visant à exploiter la chaleur interne du globe.

Ressource non renouvelable
Ressource dont la vitesse de destruction dépasse sa vitesse de création à l'échelle d'une vie humaine.

LA VIDÉO EN +
L'alerte aux tsunamis
▸ bit.ly/_SC_ch1_p216

Le tsunami du 11 mars 2011 au Japon

Un séisme au large du Japon crée une vague de 15 m de haut recouvrant les terres sur 10 km. Ce tsunami provoque l'arrêt du système de refroidissement de la centrale nucléaire de Fukushima. Des substances radioactives se dégagent alors dans l'atmosphère et dans l'océan Pacifique.

Les impacts de l'activité humaine sur l'environnement

Les impacts négatifs

L'espèce humaine rejette des substances chimiques (pesticides, huiles…). Elle produit des objets (sacs plastiques…) qui se retrouvent dans la nature et dont la dégradation prend énormément de temps.

Par la pollution de son environnement, elle contribue à modifier la biodiversité : diminution de la population de certaines espèces vivantes (abeilles…) et augmentation d'autres (algues au bord de l'océan Atlantique…). Ceci a pour conséquence un profond déséquilibre des écosystèmes.

Les rejets de gaz à effet de serre (CO_2…) dus à l'activité humaine sont considérés comme la principale cause du réchauffement climatique observé à l'échelle mondiale depuis le milieu du xxe siècle.

L'Homme exploite souvent des ressources plus rapidement que les réserves ne se reconstituent (déforestation en Amazonie…). Ceci contribue à bouleverser son environnement et à terme les conditions de la vie sur Terre.

Les impacts positifs

Conscient des conséquences de ses activités sur la planète, l'espèce humaine a les capacités de limiter leur impact.

Elle peut gérer de manière raisonnée les ressources végétales qu'elle cultive et les ressources animales qu'elle élève. L'analyse des sols permet de les protéger afin de pérenniser leur exploitation. La connaissance des plantes et des animaux permet d'optimiser le rendement des cultures et des élevages, tout en limitant les impacts négatifs sur l'environnement.

L'étude des écosystèmes permet d'appréhender d'éventuels déséquilibres et d'y remédier : l'Homme peut influer sur les différentes composantes de l'écosystème (conditions physico-chimiques telles que la température ; nourriture disponible ; reproduction des espèces…).

Des mesures sont prises pour limiter les rejets de gaz à effet de serre (transition vers les sources d'énergie renouvelables…) et ainsi atténuer les effets du réchauffement climatique.

La société humaine, en tentant de réduire ses déchets et en utilisant de manière raisonnée les ressources dont elle dispose, peut parvenir à préserver la planète et à assurer sa survie : c'est le développement durable.

Biodiversité
Diversité naturelle ou non des êtres vivants.

Écosystème
Ensemble formé par les propriétés physiques (température, humidité…) d'un milieu donné (lac, forêt…), par les êtres vivants présents de manière régulière dans ce milieu et par les relations qu'ils entretiennent entre eux.

Développement durable
Mode de développement répondant aux besoins du présent sans compromettre la capacité des générations futures à répondre aux leurs.

CHECK ! 10 min

1 Des catastrophes naturelles peuvent mettre en danger la société humaine :

- ❑ a. n'importe où à la surface du globe
- ❑ b. uniquement à la limite des plaques
- ❑ c. sur certaines zones très localisées à la surface du globe

2 La plupart des catastrophes naturelles :

- ❑ a. sont provoquées par l'espèce humaine
- ❑ b. peuvent voir leur impact limité en surveillant les zones à risques
- ❑ c. sont inévitables

3 Une ressource est « non renouvelable », car une fois utilisée :

- ❑ a. elle ne se renouvelle pas
- ❑ b. elle se renouvelle mais très lentement
- ❑ c. elle se recycle

4 Le déplacement des masses d'air et d'eau :

- ❑ a. est une source de gaz à effet de serre
- ❑ b. est une source d'énergie non renouvelable
- ❑ c. peut fournir de l'énergie à l'espèce humaine

5 L'utilisation massive de pesticides pour l'agriculture peut entraîner la disparition :

- ❑ a. uniquement des abeilles pollinisatrices
- ❑ b. uniquement des insectes ravageurs
- ❑ c. de tous les insectes

6 Pour préserver la biodiversité, il suffit de :

- ❑ a. maintenir l'équilibre des écosystèmes
- ❑ b. protéger les espèces en danger d'extinction
- ❑ c. créer des parcs naturels

Corrigé p. 287

ZOOM

Les polémiques autour du réchauffement climatique

Le réchauffement climatique et son lien avec l'activité humaine sont parfois remis en cause. Voici un exemple d'argument qui semble à première vue s'appuyer sur une démarche scientifique… mais qui ne résiste pas à un examen plus rigoureux !

Le glacier au sommet du Kilimandjaro

Lors d'une discussion polémique avec un journaliste, un géophysicien soutient que les deux photos ci-contre démontrent qu'il n'y a pas de réchauffement climatique. Au contraire, selon lui, le glacier au sommet du Kilimandjaro étant plus important en 2002, la température aurait baissé depuis 1960.

Deux photographies du Kilimandjaro
a. *Été 1960.* **b.** *Hiver 2002.*

Une interprétation erronée d'un point de vue scientifique

L'auteur de cette interprétation est certes un géophysicien, mais il n'est pas forcément un spécialiste du climat.

Il omet de préciser que la photo de 1960 a été prise en été et celle de 2002 en hiver… On ne peut donc pas comparer les épaisseurs de glace et en déduire que le climat ne s'est pas réchauffé ! Les documents n'ont pas fait l'objet d'une vérification suffisante.

La mission du GIEC

Face aux polémiques autour du réchauffement climatique, le Groupe d'experts intergouvernemental sur l'évolution du climat (GIEC) a pour mission d'évaluer les informations scientifiques et techniques nécessaires pour mieux comprendre les risques liés au réchauffement climatique d'origine humaine.

LE SUJET DE BREVET

30 min

Les choix énergétiques

Il s'agit ici d'appliquer tes connaissances sur les différentes sources d'énergie à la question de l'approvisionnement énergétique de quelques villes françaises.

Doc. 1 Quelques définitions concernant différents types d'énergie

- Une **énergie non renouvelable** désigne une énergie que l'on produit à partir de la combustion de matières premières fossiles d'origine organique : pétrole, charbon et gaz naturel. Elle n'est pas renouvelable à l'échelle d'une vie humaine.
- L'**énergie nucléaire** est une énergie qui provient du noyau des atomes.
- Une **énergie renouvelable** est une ressource énergétique dont le renouvellement naturel est assez rapide pour qu'elle puisse être considérée comme inépuisable à l'échelle d'une vie humaine. L'énergie solaire (produite à partir du soleil), l'énergie éolienne (produite à partir du vent), l'énergie géothermique (produite par l'activité interne de la Terre), l'énergie provenant de la biomasse (produite à partir de la matière organique des êtres vivants) et l'énergie hydraulique (produite à partir de la force de l'eau) sont des types d'énergie renouvelable.

Doc. 2 Estimation de la part de différents types d'énergie dans l'approvisionnement énergétique mondial

	2010	2020	2035
Énergies non renouvelables : pétrole, charbon, gaz	81 %	80 %	74 %
Énergie nucléaire	6 %	5 %	6 %
Énergies renouvelables : solaire, éolienne, géothermique, provenant de la biomasse, hydraulique	13 %	15 %	20 %

Doc. 3 Cartes de la répartition du débit géothermique, de la moyenne de l'ensoleillement et de la vitesse des vents en France

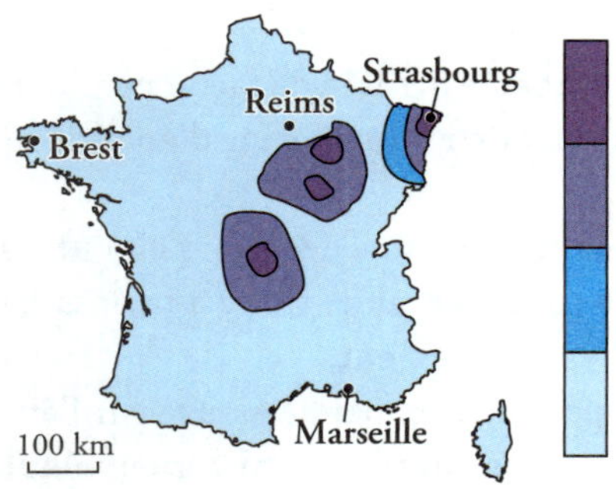

Carte de la répartition du débit moyen d'énergie géothermique issue des profondeurs de la Terre, mesurée en surface de la Terre pour 1 m² (en mW)

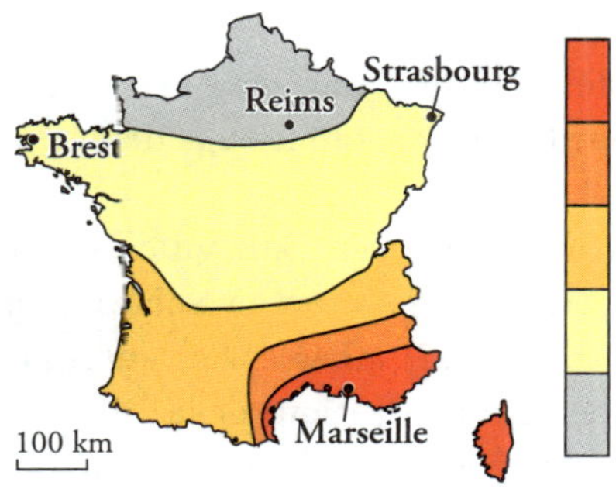

Carte de la moyenne de l'ensoleillement (en heures par année)

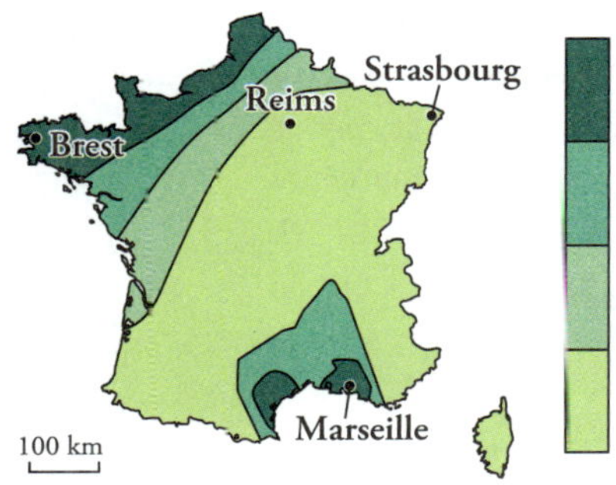

Carte de la vitesse moyenne des vents (en m/s)

Doc. 4 Les avantages et les inconvénients de trois énergies renouvelables

Énergies	Géothermique	Solaire	Éolienne
Avantage	Ressource inépuisable à l'échelle d'une vie humaine		
Inconvénients	Une centrale géothermique n'est installée qu'à partir d'un débit d'énergie en surface suffisant (supérieur à 120 mW/m²)	Certains panneaux solaires ne sont pas rentables si la durée d'ensoleillement ne dépasse pas 1 800 heures de soleil par an	Une éolienne ne produit pas d'électricité si la vitesse du vent est inférieure à 7,5 m/s

1. En vous appuyant sur le **document 2**, comparer l'évolution de la part des différents types d'énergie dans l'approvisionnement énergétique entre 2010 et 2035.

2. À partir des **documents 3 et 4**, citer (sans justifier) la ou les énergies renouvelables les plus pertinentes pour ces trois villes françaises : Strasbourg, Brest et Marseille.

3. À partir des **documents 1 à 4**, proposer une solution à l'approvisionnement énergétique de la ville de Reims. Justifier votre réponse.

LE CORRIGÉ

Conseil
Tu dois citer des chiffres du document 2 pour mettre en évidence l'évolution prévue jusqu'en 2035.

1. La proportion d'énergie nucléaire utilisée resterait stable entre 5 % et 6 %.
La part d'utilisation des énergies fossiles non renouvelables diminuerait de 81 à 74 %, tandis que celle des énergies renouvelables augmenterait de 13 à 20 %.
D'après le document 2, on estime donc que l'effort de développement des énergies renouvelables permettra de **limiter l'utilisation des énergies fossiles polluantes** entre 2010 et 2035.

À noter
Pour la question 2, il n'est pas attendu de justifications. Cependant, elles sont données dans ce corrigé pour bien comprendre le raisonnement à mener.

2. Pour la ville de **Strasbourg**, l'énergie renouvelable la plus pertinente est l'énergie **géothermique**, car le débit d'énergie est supérieur à 130 mW/m².
Pour la ville de **Brest**, c'est l'énergie **éolienne** qui est la plus pertinente, car il y a des vents dont la vitesse est supérieure à 7,5 m/s (suffisante pour faire fonctionner les éoliennes).
Pour la ville de **Marseille**, l'énergie **solaire** et l'énergie **éolienne** sont toutes deux pertinentes, car il y a plus de 3 000 heures d'ensoleillement par an (nécessaires à la rentabilité de panneaux solaires) et des vents dont la vitesse est supérieure à 7,5 m/s.

3. Il s'agit de déterminer si une énergie renouvelable peut être utilisée de façon pertinente et rentable pour la ville de Reims ou, à défaut, s'il faut recourir à une forme d'énergie non renouvelable.
D'après les cartes du document 3, la ville de Reims n'est dans aucune des zones où l'utilisation d'une des trois énergies renouvelables est pertinente et rentable. Il n'y a pas assez de ressources géothermiques, ni assez de vent, ni assez d'ensoleillement.
L'approvisionnement énergétique de la ville de Reims peut être en partie assuré par l'énergie issue de la **biomasse**. Pour le reste, seule l'utilisation des **énergies non renouvelables** comme les énergies fossiles et l'énergie nucléaire est possible.

Grande galerie de l'Évolution du Muséum national d'histoire naturelle de Paris

Ces animaux naturalisés sont des témoins de la diversité des êtres vivants, mais également de leurs relations de parenté.

Le vivant et son évolution

L'étude comparée des êtres vivants actuels et des fossiles laissés par des êtres vivants du passé permet de constater que les espèces d'aujourd'hui ne sont ni tout à fait les mêmes, ni tout à fait différentes de celles du passé. Les résultats de cette étude constituent une preuve de l'évolution du vivant.

SUIVEZ LE GUIDE

Le cours
page 222

Check !
page 228

Zoom
page 228

Le sujet de brevet
page 229

LE COURS

Caractères héréditaires et programme génétique

DE QUOI S'AGIT-IL ? Où sont localisées les informations à l'origine des caractères héréditaires communs à tous les individus d'une même espèce ? Quel est le support physique des informations héréditaires ? Comment, lors de la multiplication cellulaire, chaque cellule d'un organisme hérite-t-elle du même programme génétique ?

L'origine des caractères héréditaires

Des informations transmises par les parents

Les parents transmettent à leur descendant des informations héréditaires, qui contrôlent la mise en place des caractères lors du développement embryonnaire. Ces informations sont donc présentes dès la cellule-œuf.

Les chromosomes, support des informations héréditaires

Les mêmes informations héréditaires sont contenues dans le noyau de toutes les cellules de l'organisme (à l'exception des gamètes). Lors de la multiplication cellulaire, on observe au microscope la transformation du contenu du noyau en filaments : les chromosomes à deux brins.
L'ensemble des chromosomes d'une cellule forme un caryotype. Un caryotype est caractéristique d'une espèce : tous les individus d'une même espèce possèdent le même nombre de chromosomes. Les chromosomes sont le support des informations héréditaires : une anomalie du nombre de chromosomes entraîne des caractères anormaux.

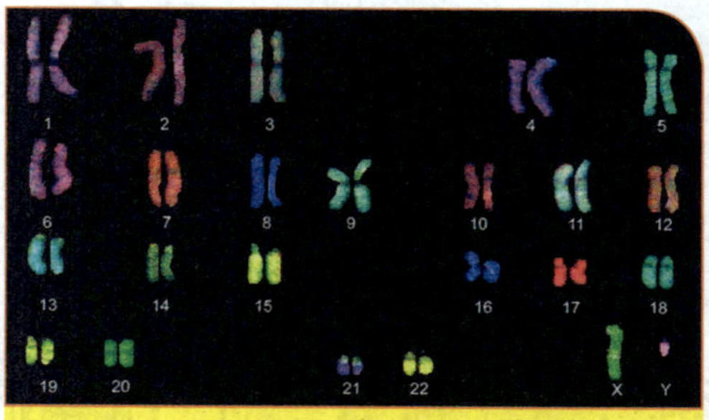

Caryotype de l'espèce humaine
On peut ranger les chromosomes en 23 paires de chromosomes identiques deux à deux.

La notion de gène

Une portion d'ADN dans un chromosome

Le caryotype des individus d'une même espèce est différent selon leur sexe. Ainsi, pour l'espèce humaine, la 23e paire de chromosomes présente des différences (XX pour les femmes et XY pour les hommes). La présence du chromosome Y détermine l'acquisition des caractères sexuels mâles et l'absence de chromosome Y détermine l'acquisition des caractères sexuels femelles : on qualifie les chromosomes X et Y de chromosomes sexuels.
C'est en fait un fragment de chromosome Y qui détermine la mise en place des caractères sexuels masculins et son absence la mise en place de caractères sexuels féminins. Ce fragment de chromosome est le support physique de l'information déterminant le sexe de l'individu : il s'agit du gène contrôlant l'apparition des caractères sexuels mâles.
Un gène est une portion d'ADN contenue dans le chromosome. Un chromosome est constitué d'une molécule d'ADN extrêmement pelotonnée au moment de la multiplication cellulaire ; les chromosomes deviennent donc visibles à ce moment de la vie de la cellule. Un chromosome peut être le support de plusieurs centaines de gènes.

Une place déterminée dans un chromosome

Tous les individus d'une même espèce ont les mêmes gènes qui commandent les mêmes caractères sur les mêmes chromosomes, au même emplacement. Sauf exception (sur les chromosomes sexuels notamment), les deux chromosomes d'une même paire portent au même endroit les mêmes gènes : on a donc deux exemplaires de chaque gène.

Information héréditaire
Instruction contrôlant la mise en place d'un caractère héréditaire.

Chromosomes
Filaments constitués d'ADN (une molécule d'ADN par chromosome) présents dans le noyau de toutes les cellules. Ils sont le support des informations héréditaires.

Caryotype
Ensemble des chromosomes d'une cellule.

Gène
Portion d'ADN (dans un chromosome) contrôlant l'apparition d'un caractère héréditaire.

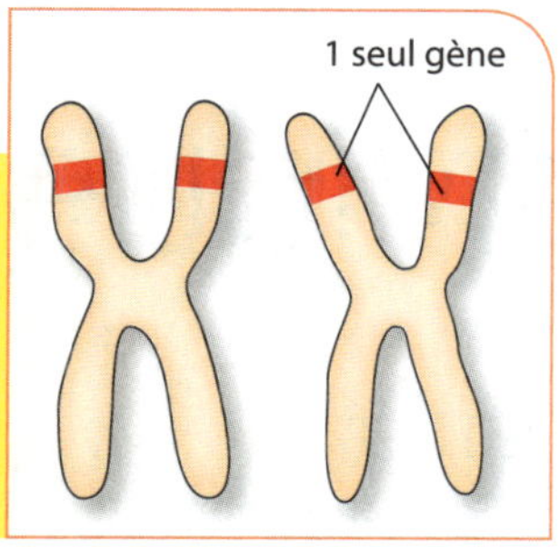

Paire de chromosomes
Les deux gènes sont localisés au même emplacement.

La conservation du caryotype et des informations héréditaires

Conservation lors des multiplications cellulaires

Par multiplications cellulaires successives, la cellule-œuf est à l'origine de toutes les cellules de l'organisme. Ces cellules possèdent toutes le même caryotype, donc le même programme génétique.
La multiplication cellulaire fait un partage très précis du matériel chromosomique entre deux cellules filles, pour que chacune hérite d'un brin de chaque paire de chromosomes de la cellule mère : chaque cellule fille possède le même nombre de chromosomes que la cellule mère.
Par exemple, quand une cellule humaine se multiplie, elle transmet à ses deux cellules filles 23 paires de chromosomes (à un brin). On dit qu'il y a conservation du nombre de chromosomes, donc conservation de l'information génétique au cours des multiplications cellulaires.

Conservation pour des cellules de types différents

Toutes les cellules d'un organisme (cellules nerveuses, musculaires...) contiennent la totalité du programme génétique, mais seule une partie des gènes s'exprime dans un type de cellule donné, en fonction de sa spécialisation (les gènes des cellules nerveuses ne s'expriment pas dans les cellules musculaires et vice versa...).

Programme génétique
Ensemble des informations contenues dans les gènes d'un individu.

EN BREF

Mécanismes de la conservation du nombre de chromosomes à l'issue de la multiplication cellulaire. Exemple à deux paires de chromosomes.

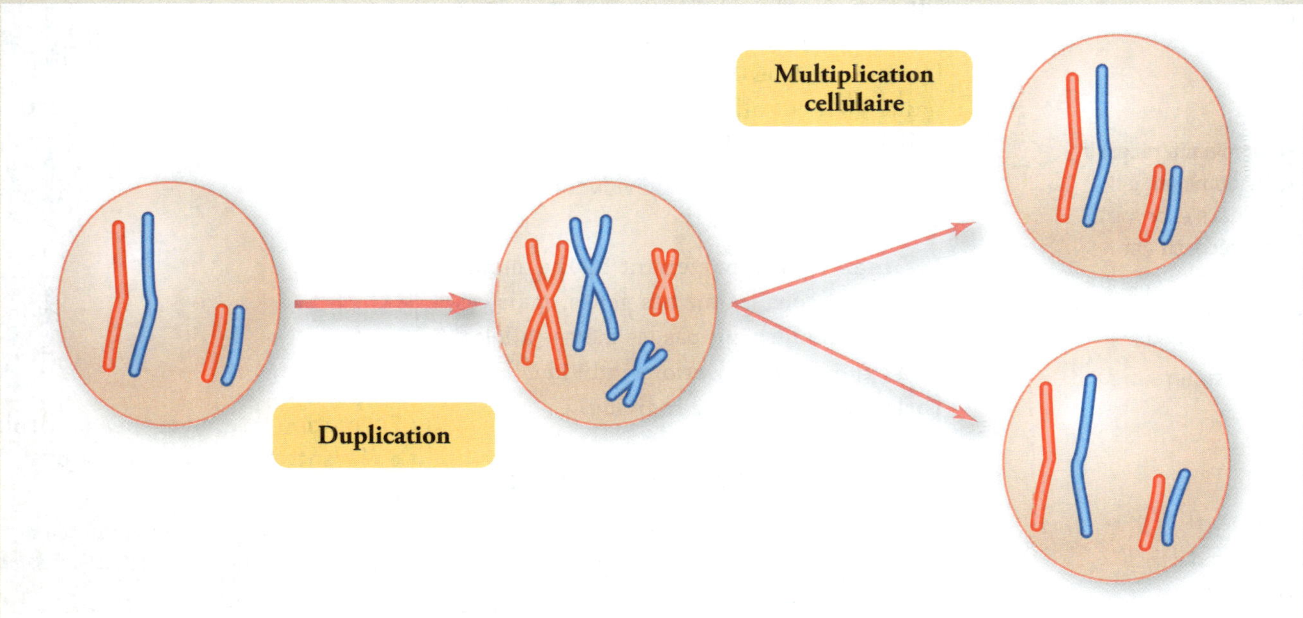

SCIENCES

La diversité des individus

DE QUOI S'AGIT-IL ? Quelle est l'origine des variations individuelles de caractères héréditaires au sein d'une espèce ? Comment la reproduction sexuée (formation des gamètes et fécondation) contribue-t-elle à créer de la diversité au sein d'une population ?

Les variations au sein d'un gène

L'exemple du groupe sanguin

Un même gène peut contenir des informations différentes concernant le même caractère (exemple : groupe sanguin). Ces variations sont appelées les allèles du gène.

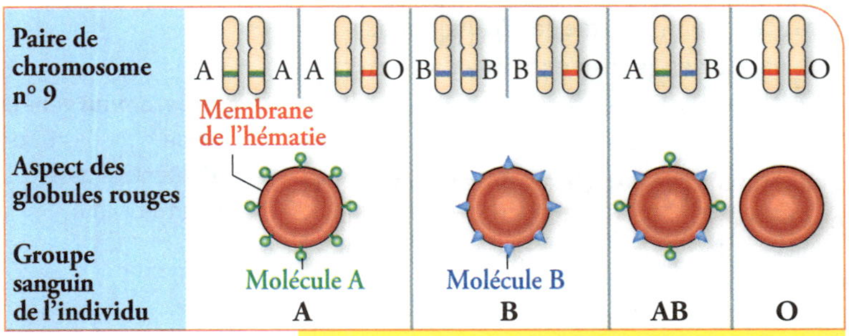

Groupes sanguins selon la combinaison d'allèles de l'individu

L'appartenance à l'un ou l'autre des quatre groupes sanguins (A, B, AB ou O) dépend de la présence ou de l'absence de molécules situées à la surface membranaire des globules rouges. Les molécules présentes dépendent des deux gènes « groupe sanguin » situés sur la 9e paire de chromosomes. Les deux gènes peuvent exister sous des versions différentes : A, B ou O. On parle d'allèles dominants pour les allèles A et B ; on qualifie l'allèle O de récessif.

L'origine des variations individuelles au sein d'une espèce

Les individus appartenant à une même espèce ont tous les mêmes gènes, mais ces gènes ne renferment pas les mêmes allèles. Cela explique les variations individuelles et l'originalité de chaque individu.

Diversité et formation des gamètes

Le caryotype des gamètes

Chaque gamète contient la moitié des chromosomes de n'importe quelle autre cellule de l'organisme. Pour l'espèce humaine, les gamètes comportent 23 chromosomes chacun, c'est-à-dire un seul chromosome de chaque paire.

La formation des gamètes : une loterie

Pour l'espèce humaine, les gamètes (à 23 chromosomes) sont formés à partir d'une cellule mère des gamètes (à 23 paires de chromosomes). La formation des gamètes peut être considérée comme une loterie engendrant une extrême diversité d'individus à naître : chaque gamète reçoit au hasard l'un ou l'autre des chromosomes de chaque paire ; il ne reçoit donc que l'un ou l'autre des deux allèles de chacun des gènes.
Cette loterie se répète pour les 23 paires de chromosomes qui portent chacune des milliers de couples d'allèles : ainsi, un être humain peut être à l'origine de 2^{23} (= plus de 8 300 000) gamètes différents…

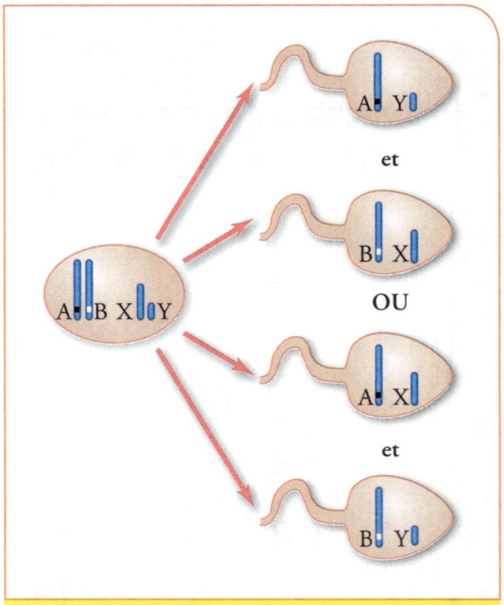

Formation de quatre spermatozoïdes différents à partir d'une même cellule mère

Exemple à deux paires de chromosomes : deux chromosomes n° 9 et deux chromosomes sexuels.

Allèles
Versions différentes d'un même gène.

Allèle dominant/récessif
Un allèle **dominant** est un allèle qui s'exprime.
Un allèle **récessif** est un allèle qui ne s'exprime pas en présence d'un allèle dominant (il semble « caché » par un autre allèle).

Gamète
Cellule reproductrice d'un être vivant.

Un gorille albinos

De nombreuses espèces animales synthétisent un pigment noir, la mélanine, qui donne des couleurs plus ou moins sombres aux cellules de la peau ou des poils.
Les individus qui ne peuvent plus produire cette substance ont la peau et les poils blancs : on dit qu'ils sont albinos.

L'albinisme est une affection héréditaire transmissible des parents aux descendants, due à une anomalie génétique.

Diversité et fécondation

La fécondation : une seconde loterie

La fécondation rassemble les paires de chromosomes et rétablit ainsi le nombre de chromosomes de l'espèce (46 dans l'espèce humaine), en associant un lot de chromosomes d'origine maternelle à un lot d'origine paternelle (23 chromosomes par lot pour l'espèce humaine).

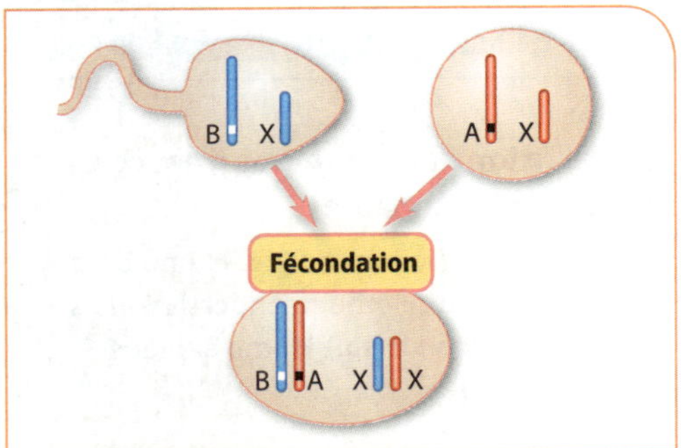

Fécondation entre deux gamètes

Exemple avec un chromosome n° 9 et un chromosome sexuel : le spermatozoïde comporte un chromosome X et un chromosome n° 9 portant l'allèle B ; l'ovule un chromosome X et un chromosome n° 9 portant l'allèle A. L'embryon obtenu est une fille (XX) de groupe sanguin AB.

La fécondation réunit au hasard un spermatozoïde et un ovule portant chacun une information originale. L'information contenue dans la cellule-œuf sera différente selon l'information génétique présente dans les deux gamètes qui vont fusionner. La fécondation crée donc au hasard un nouveau programme génétique responsable du développement d'un individu original.

L'origine d'une anomalie chromosomique

La trisomie 21 est une anomalie du nombre de chromosomes, qui s'explique par l'absence de séparation d'une paire de chromosomes (la paire 21) lors de la formation des gamètes. Si un gamète femelle (à deux chromosomes 21 au lieu d'un) est fécondé par un gamète mâle (à un chromosome 21), la cellule-œuf comportera alors trois chromosomes au lieu de deux.

Fécondation
Fusion d'un gamète mâle et d'un gamète femelle, qui aboutit à la formation d'une cellule-œuf. Elle peut être interne ou externe.

La vidéo en +
La transmission du génome
▶ bit.ly/_SC_ch2_p225

SCIENCES

LE COURS

L'évolution des êtres vivants

DE QUOI S'AGIT-IL ? Que montre l'observation des fossiles sur la succession des espèces au cours des temps géologiques ? Comment représenter les liens de parenté entre espèces différentes ? Comment apparaissent les nouvelles espèces ?

Une succession d'espèces

L'exemple du groupe des ammonites

Les ammonites, aujourd'hui disparues, appartiennent à un groupe d'animaux marins, les céphalopodes, dont les représentants actuels sont les pieuvres, ou les seiches…

On trouve des fossiles d'ammonites dans de nombreuses roches. Elles constituent donc un outil privilégié du géologue. Les ammonites présentent sur leur coquille des ornementations ou enroulements distincts permettant de les séparer en espèces différentes.

L'observation de fossiles d'ammonites dans des strates (couches de roche) successives montre que des espèces différentes d'ammonites sont apparues et se sont développées de façon échelonnée dans le temps : elles se sont diversifiées (organisation progressivement plus complexe), ont régressé (moins de fossiles découverts) et ont fini par disparaître.

Ammonite du genre *Amaltheus*

Les crises biologiques

L'histoire de la vie est marquée par plusieurs crises biologiques plus ou moins importantes ayant conduit à l'extinction de groupes entiers d'êtres vivants. Les ammonites ont donc subi une crise biologique il y a 65 millions d'années.

Une crise biologique est souvent suivie d'une période de diversification biologique importante, donc de l'apparition de nombreux groupes et espèces nouveaux.

Crise biologique
Période d'extinction de groupes/espèces d'êtres vivants sur un temps relativement court à l'échelle des temps géologiques.

Évolution
Transformation des espèces vivantes par des changements de leurs attributs au cours des générations.

LA VIDÉO EN +
La lignée humaine
▶ bit.ly/_SC_ch2_p226

Les liens de parenté entre les êtres vivants

Des liens au sein d'un même groupe

Des ressemblances entre espèces apparues successivement, au sein d'un même groupe, suggèrent un lien de parenté entre ces espèces. Elles se sont formées les unes à partir des autres : c'est l'évolution.

Pour les espèces d'Hommes, on parle de lignée humaine. Les géologues ont découvert des fossiles de Primates présentant de nombreuses ressemblances les uns avec les autres, en particulier un squelette permettant une certaine bipédie. Ces espèces de primates (l'Homme habile, l'Homme debout, l'Homme de Néandertal et l'Homme sage) sont apparues successivement et ont même pu, pour certaines espèces, coexister.

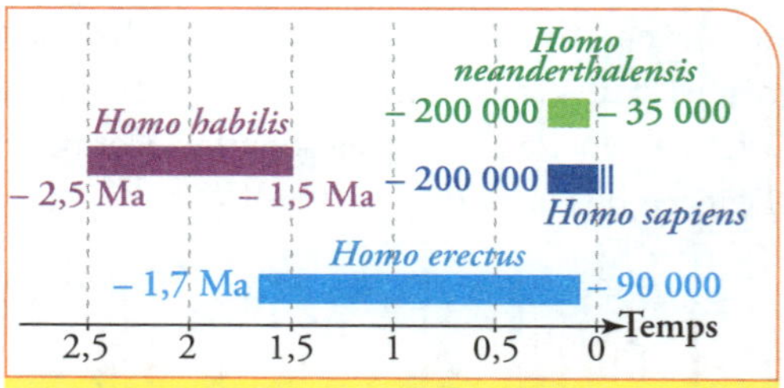

Répartition dans le temps d'espèces de la lignée humaine
Homo habilis *(Homme habile)*, Homo erectus *(Homme debout)*, Homo neanderthalensis *(Homme de Néandertal)*, Homo sapiens *(Homme sage)*.

Des liens entre groupes différents

On observe également des ressemblances chez des êtres vivants appartenant à des groupes différents. Ceci atteste de l'existence d'un lien de parenté entre ces groupes différents. L'archéoptéryx, par exemple, correspond à une forme intermédiaire entre deux groupes distincts : celui des dinosaures bipèdes, et celui des oiseaux. Il confirme l'existence d'une filiation entre ces deux groupes, et, par extension, d'une filiation entre tous les êtres vivants… Les êtres vivants auraient tous une origine commune : des micro-organismes constitués d'une seule cellule.

Groupes emboîtés et arbre d'évolution

Les êtres vivants sont classés en groupes emboîtés définis uniquement par des attributs qu'ils possèdent en commun. L'étude des fossiles a permis de constater l'apparition dans le temps de certains attributs (innovations évolutives). Par la suite, des organismes ont hérité ces innovations d'ancêtres dont ils sont issus.
Un arbre d'évolution est la représentation schématique des liens de parenté supposés entre les espèces et les groupes, à partir des modifications survenues chez un ancêtre commun.

La place de l'espèce humaine dans l'évolution

L'espèce humaine, comme toutes les autres espèces, s'inscrit dans l'histoire évolutive de la vie. Elle partage avec le chimpanzé un ancêtre commun exclusif. Ce dernier possède les attributs partagés par l'Homme et le chimpanzé. Cependant, l'ancêtre commun exclusif ne présente ni les attributs propres à l'Homme, ni ceux propres au chimpanzé : ce n'est ni un Homme, ni un chimpanzé.

Les mécanismes de l'évolution

Mutation et sélection

L'évolution des espèces est due à deux mécanismes :
– l'apparition au hasard de modifications du programme génétique : les mutations ;
– la sélection d'attributs sous l'influence du milieu de vie : les individus, porteurs d'un attribut qui leur confère un avantage, deviendront plus nombreux avec le temps ; on dit qu'ils sont « sélectionnés ».
L'apparition de nouvelles espèces, à partir d'une population ancestrale commune, implique une divergence génétique, puis l'incapacité de se reproduire entre deux populations.
À l'échelle de la population, les différentes combinaisons génétiques coexistent. Leurs proportions varient au hasard au cours du temps, et certaines combinaisons peuvent même disparaître en réponse aux variations de l'environnement.

Groupes emboîtés
Groupes d'êtres vivants partageant les mêmes attributs.

Ancêtre commun exclusif
Ancêtre commun que deux groupes/espèces ne partagent avec aucun autre groupe/espèce

Mutation
Modification d'un gène, pouvant se traduire par une modification de caractère.

EN BREF

Groupes emboîtés et arbre d'évolution de quelques vertébrés

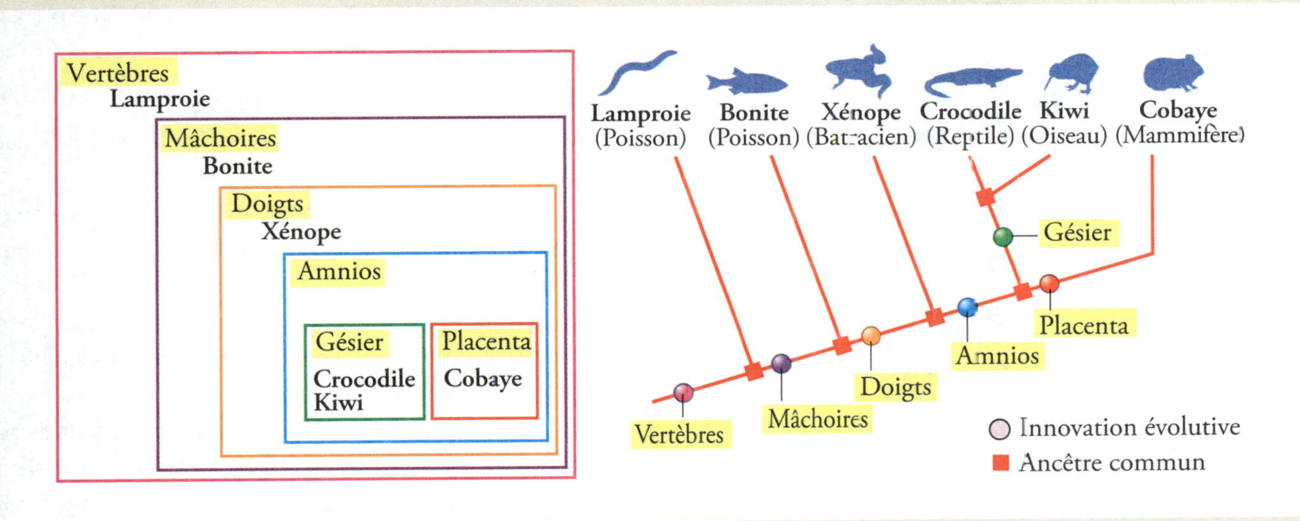

SCIENCES

CHECK ! 10 min

1 En l'absence d'anomalies chromosomiques, le caryotype d'une cellule humaine (exceptée un gamète) comporte :

- ❑ a. 23 paires de chromosomes plus une paire de chromosomes sexuels
- ❑ b. 23 chromosomes
- ❑ c. 23 paires de chromosomes

2 Suite à une multiplication cellulaire, les cellules filles comportent :

- ❑ a. le même nombre de chromosomes
- ❑ b. moitié moins de chromosomes
- ❑ c. deux fois plus de chromosomes

3 Lors de la fécondation :

- ❑ a. chaque parent transmet la moitié de ses allèles
- ❑ b. chaque parent transmet la totalité de ses allèles
- ❑ c. un des parents ne transmet aucun allèle

4 L'évolution des espèces est due :

- ❑ a. uniquement à des mutations au hasard
- ❑ b. uniquement à la sélection d'attributs par le milieu de vie
- ❑ c. à des mutations au hasard et à la sélection d'attributs par le milieu de vie

Corrigé p. 287

ZOOM

Une célèbre expérience de clonage

En 1996, des chercheurs écossais parviennent à obtenir un « clone » d'une brebis adulte, c'est-à-dire un individu possédant le même programme génétique. Ce clone est une brebis appelée Dolly.

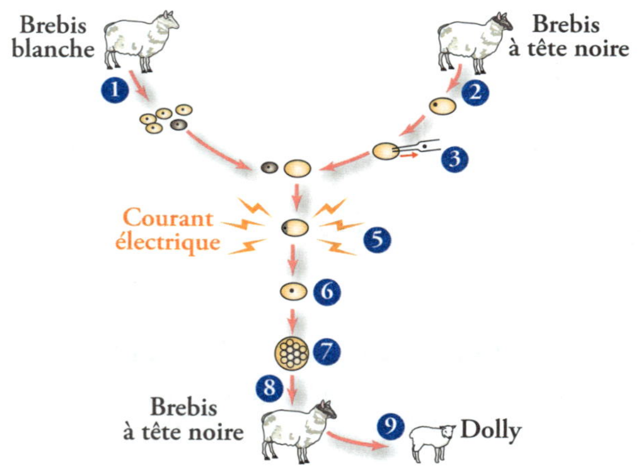

1. On extrait une cellule de mamelle de la brebis blanche.
2. On prélève un ovule de la brebis à tête noire.
3. On retire le noyau de l'ovule de la brebis à tête noire.
4. On met ensemble les deux cellules.
5. On produit une stimulation électrique.
6. Les deux cellules fusionnent en une cellule-œuf.
7. La cellule-œuf subit des multiplications.
8. L'embryon est introduit dans l'utérus de la brebis à tête noire.
9. Naissance de Dolly, au pelage blanc.

La naissance de Dolly

Les intérêts de cette expérience

Cette expérience de clonage montre que le support de l'information héréditaire est localisé dans le noyau de la cellule.

Un autre intérêt de cette expérience est de produire un clone : un individu qui possède exactement les mêmes caractères que l'individu dont est issu le noyau cellulaire de départ. Cette technique est utilisée en agriculture, en particulier pour copier les caractéristiques intéressantes d'une plante (goût, résistance à une substance donnée…).

Les questions qu'elle soulève

Cette avancée scientifique soulève de nombreuses questions d'ordre moral ou éthique.

Le clonage permet, en théorie, d'obtenir des jumeaux aux caractéristiques héréditaires identiques à partir d'une cellule prélevée. En France, le Comité consultatif national d'éthique a condamné fermement le « clonage reproductif » d'êtres humains, qui constituerait « une rupture considérable portant gravement atteinte à la dignité de la personne humaine ».

La maîtrise du clonage cellulaire permettrait de produire n'importe quelle cellule de l'organisme à des fins thérapeutiques. Mais ce « clonage thérapeutique » est sujet à controverses.

LE SUJET DE BREVET

30 min

Le syndrome de Klinefelter

Cet exercice sur les causes et conséquences d'une anomalie chromosomique est l'occasion de réinvestir tes connaissances sur le programme de génétique, mais aussi sur les hormones sexuelles (voir le chapitre suivant page 26).

Doc. 1 Le syndrome de Klinefelter

Le syndrome de Klinefelter est une anomalie chromosomique caractérisée par un caryotype comprenant 47 chromosomes, dont trois chromosomes sexuels XXY.
Ce syndrome affecte en particulier le développement physique d'individus de sexe masculin. Les individus atteints ont généralement des petits testicules qui ne produisent pas autant de testostérone que la normale.
La testostérone est l'hormone qui est impliquée dans le développement sexuel masculin avant la naissance. Pendant la puberté, elle intervient également en moyenne entre 10 et 18 ans chez les garçons.
Le manque de testostérone chez les individus atteints va conduire à une puberté tardive et anormale. Chez eux, le développement des seins, la réduction des poils du visage et du corps seront associés à une incapacité à avoir des enfants (infertilité).

Doc. 2 Évolution du taux de testostérone dans le sang en fonction de l'âge chez le garçon et l'adolescent chez un individu atteint ou non du syndrome de Klinefelter

Âge (en années)	Taux moyen de testostérone plasmatique (en ng*/dL)	
	Individu non atteint	Individu atteint
5 ans	Traces	Traces
10 ans	Traces	Traces
12 ans	10	3
13 ans	120	3
18 ans	520	4

* ng : nanogramme (10^{-9} gramme).

Doc. 3 Un traitement pour compenser le manque de testostérone

Il n'existe pas de traitement qui guérisse complètement les manifestations de ce syndrome. Dans la plupart des cas, le traitement consiste en une hormonothérapie* à base de testostérone qui devrait, de l'avis de certains médecins, être entreprise dès la puberté. Ce traitement administré régulièrement contribue au développement des caractéristiques masculines secondaires (pilosité, voix grave, développement de la musculature) et peut éviter le développement des seins.

* Hormonothérapie : traitement par injection d'hormones.

Le bon réflexe
Il est parfois plus facile de répondre à un QCM en éliminant les propositions que tu trouves fausses.

1. En s'appuyant sur le **document 1**, cocher pour chaque phrase la proposition exacte.

a. Le syndrome de Klinefelter :
- ❑ trouve son origine dans une infection bactérienne
- ❑ est dû à la présence d'un chromosome sexuel supplémentaire
- ❑ est dû à l'absence totale de testicules

b. La puberté :
- ❑ est anormale chez le garçon atteint du syndrome de Klinefelter
- ❑ intervient avant 6 ans chez l'enfant atteint du syndrome de Klinefelter
- ❑ ne s'accompagne pas de modification physique

c. Un manque de testostérone peut conduire à :
- ❑ un développement des poils chez une fille
- ❑ l'apparition de seins chez un garçon
- ❑ une puberté avant l'âge de 5 ans

À noter
Pour la question 3, il est attendu un texte construit s'appuyant sur des arguments tirés des trois documents.

2. En s'appuyant sur des données chiffrées extraites du **document 2**, comparer l'évolution du taux de testostérone dans le sang, chez un individu atteint du syndrome de Klinefelter et chez un individu non atteint, au cours de la puberté.

3. Des parents consultent un médecin spécialiste pour leur fils atteint du syndrome de Klinefelter. Le médecin prescrit le traitement décrit dans le **document 3**. Préciser les éléments qui ont permis d'élaborer le diagnostic et justifier le traitement prescrit.

LE CORRIGÉ

1. a. Le syndrome de Klinefelter est **dû à la présence d'un chromosome sexuel supplémentaire.**

b. La puberté **est anormale chez le garçon atteint du syndrome de Klinefelter.**

c. Un manque de testostérone peut conduire à **l'apparition de seins chez un garçon.**

Attention !
Tu dois donner les unités pour les valeurs que tu cites.

2. Avant la puberté, de 5 à 10 ans, il n'y a que des traces de testostérone chez les individus sains ou atteints par le syndrome de Klinefelter. Ce taux reste très faible chez l'individu atteint après la puberté avec un maximum de 4 ng/dL de testostérone à 18 ans. Par contre, chez l'individu non atteint, il augmente fortement passant de 10 à 520 ng/dL en 6 ans. **Chez l'individu non atteint, la puberté s'accompagne d'une forte production de testostérone, ce qui n'a pas lieu chez l'individu atteint.**

3. Le médecin diagnostique un porteur du syndrome de Klinefelter si : le caryotype est anormal avec trois chromosomes sexuels XXY ; les testicules sont petits ; la puberté est tardive et anormale avec développement des seins et réduction des poils du visage et du corps, les caractères sexuels secondaires masculins sont peu développés ; la production de testostérone est faible à partir de la puberté ; l'individu est infertile.

Il peut donc **faire un caryotype et un dosage de la testostérone** dans le sang du garçon. L'anomalie du taux de testostérone est visible dès 12 ans, car l'individu atteint a 4 fois moins de testostérone que celui qui ne l'est pas.

Le médecin prescrit un **traitement basé sur des injections régulières de testostérone** (hormonothérapie) dès la puberté afin de compenser la faible production de cette hormone par les testicules de l'individu atteint. Les caractères sexuels secondaires masculins (pilosité, mue de la voix, musculature) vont pouvoir se développer, car c'est la testostérone qui en est responsable. De plus, le développement des seins n'aura pas lieu. Cependant, le garçon ne pourra pas avoir d'enfants.

Conseil
Les éléments de diagnostic sont les symptômes liés à la maladie : tu les trouveras dans les documents 1 et 2. Le traitement est indiqué dans le document 3.

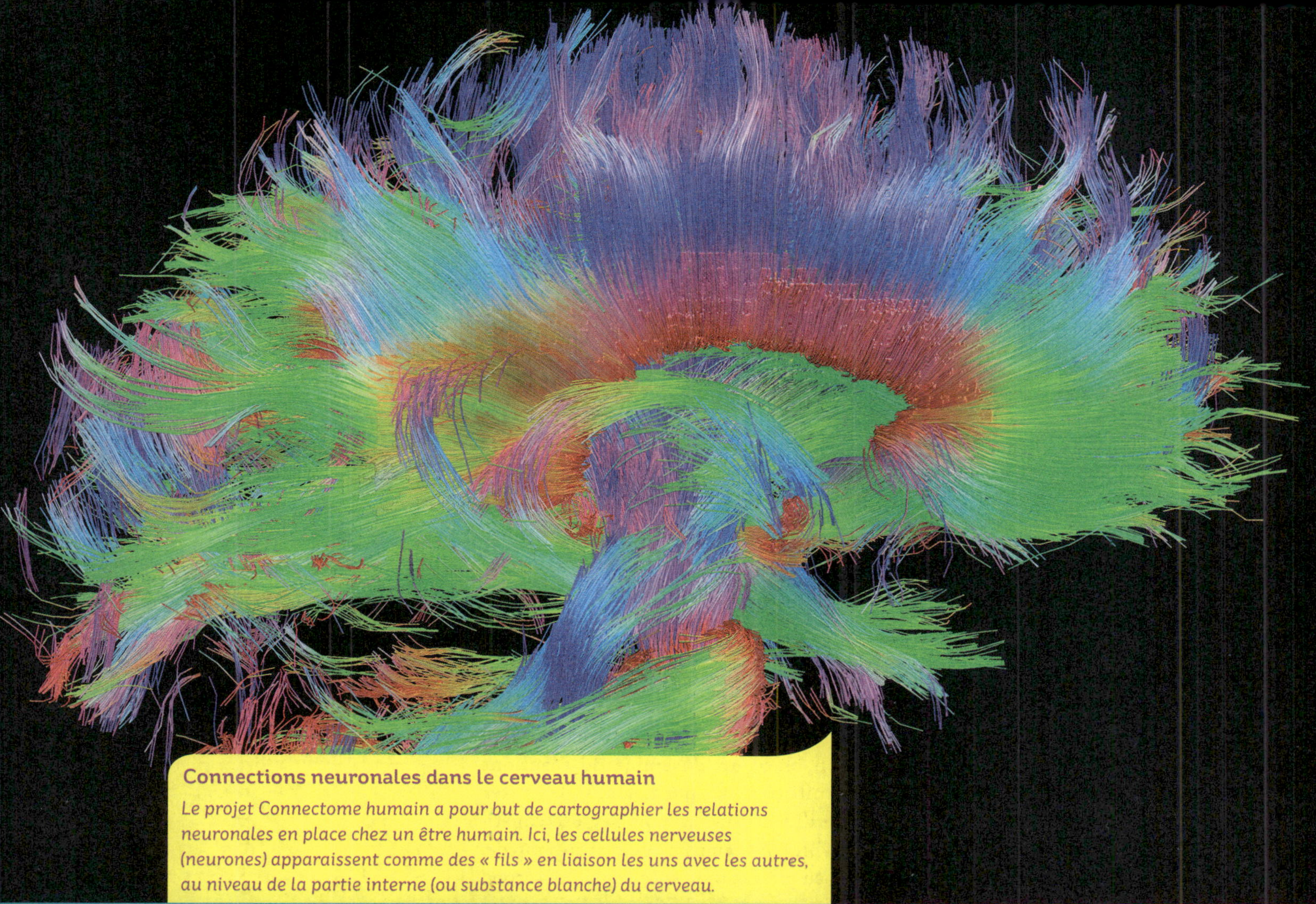

Connections neuronales dans le cerveau humain

Le projet Connectome humain a pour but de cartographier les relations neuronales en place chez un être humain. Ici, les cellules nerveuses (neurones) apparaissent comme des « fils » en liaison les uns avec les autres, au niveau de la partie interne (ou substance blanche) du cerveau.

Le corps humain et la santé

L'exploration du corps humain et de son fonctionnement réserve bien des surprises. Qu'ils étudient les mécanismes de défense immunitaire, le système nerveux, la digestion ou encore l'appareil reproducteur, les scientifiques développent des instruments et des techniques pour observer l'organisme à toutes les échelles (molécules, cellules, tissus).

SUIVEZ LE GUIDE

Le cours
page 232

Check !
page 240

Zoom
page 240

Le sujet de brevet
page 241

LE COURS

Monde bactérien et réaction immunitaire

DE QUOI S'AGIT-IL ? Certains micro-organismes (bactéries, virus…) présents dans notre environnement sont dangereux (pathogènes). Si des micro-organismes parviennent à pénétrer dans notre organisme, comment réagit-il ? Comment peut-on prévenir une contamination ou lutter contre une infection ?

Les réactions immunitaires

Contamination et infection

Il y a contamination lorsque des micro-organismes franchissent les barrières naturelles du corps (peau, muqueuses). Dans le milieu intérieur, les conditions de vie leur étant favorables (humidité, nutriments, température…), ces micro-organismes prolifèrent rapidement : c'est l'infection.

Dès la contamination, l'organisme humain met en place un ensemble de réactions immunitaires lui permettant de lutter contre l'infection. La phagocytose constitue un premier rempart : elle est très rapide, mais peu précise (non spécifique). Le second rempart contre l'infection est l'action des lymphocytes B et T : cette action est extrêmement efficace (spécifique à un type d'antigène), mais plus lente que la phagocytose…

Phagocytose
Réaction immunitaire immédiate et non spécifique consistant à éliminer par digestion intracellulaire des agents infectieux.

Un premier rempart : la phagocytose

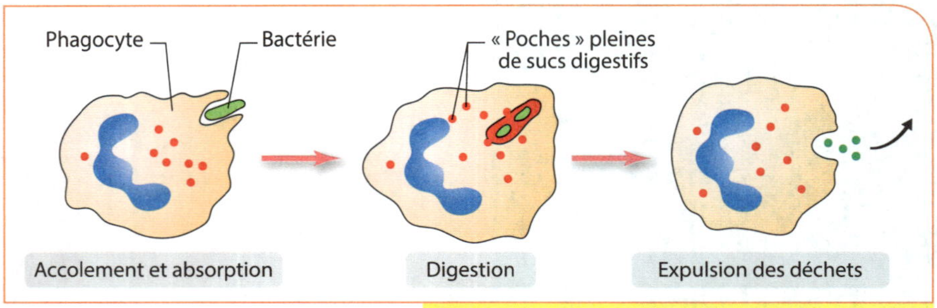

Les étapes de la phagocytose

Au point d'entrée des micro-organismes, les capillaires sanguins sous-jacents permettent l'intervention d'un type de leucocytes (ou globules blancs) : les phagocytes.

Les phagocytes captent, absorbent et digèrent tous les micro-organismes (pathogènes ou non) sans distinction : la phagocytose est donc non spécifique.

LA VIDÉO EN +
Vaccinologie
▶ bit.ly/_SC_ch3_p232

Un second rempart : l'action des lymphocytes B et T

Anticorps (en rouge) se fixant spécifiquement sur des antigènes (triangles bleus) de bactéries

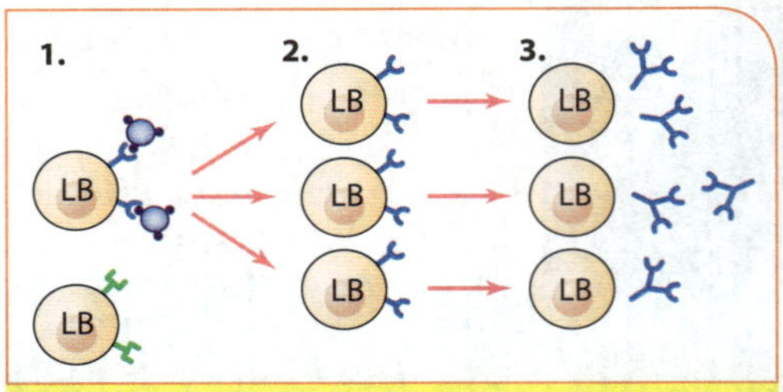

Le mode d'action des lymphocytes B
Les lymphocytes B (LB) reconnaissent l'antigène (1), se multiplient (2) dès la phase de reconnaissance et, plusieurs jours plus tard, fabriquent des anticorps (3) qui seront libérés dans le milieu intérieur.

Tous les micro-organismes sécrètent des toxines ou portent à leur surface des molécules que l'organisme reconnaît comme différentes des siennes : ce sont des antigènes. La reconnaissance d'antigène est une étape primordiale des mécanismes de défense immunitaire.

En présence d'un antigène, les lymphocytes B, un type de leucocytes fabriqués par la moelle rouge des os, sécrètent des anticorps. Ces derniers se fixent spécifiquement sur les antigènes qui ont provoqué leur synthèse, et permettent leur neutralisation. Certains lymphocytes B permettent une réaction plus rapide lors d'un second contact

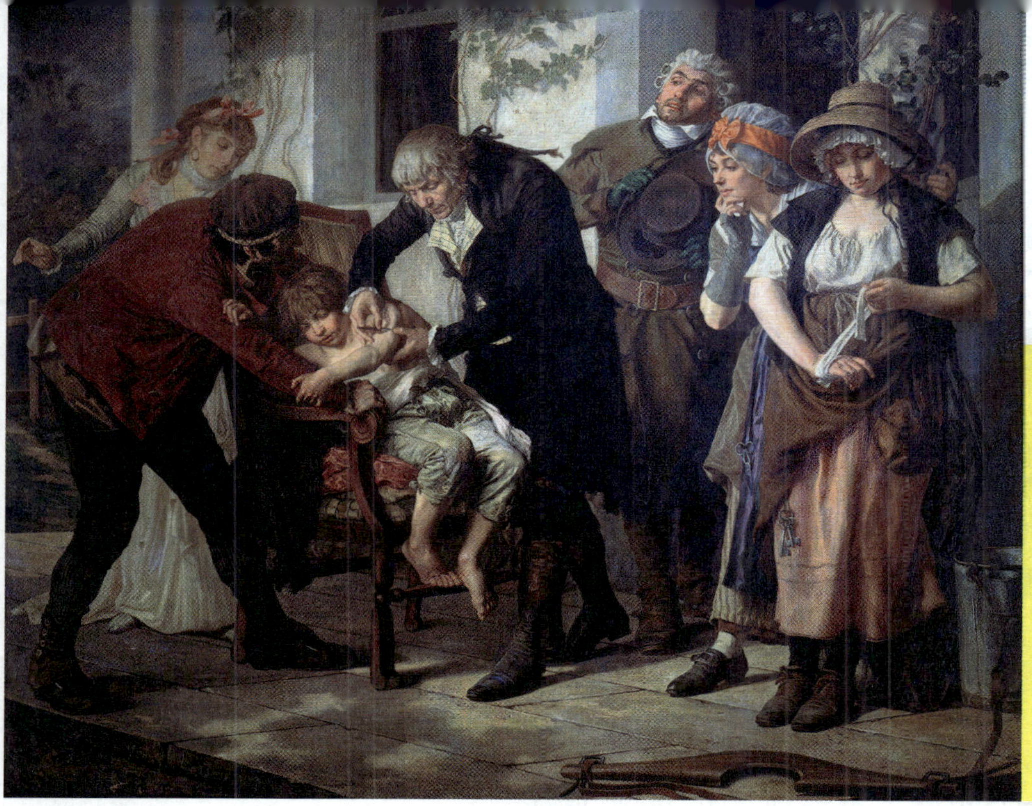

Le docteur Jenner inoculant la vaccine

Edward Jenner (médecin britannique, 1749-1823) réalise la première vaccination en 1796. Il inocule à un enfant le contenu de la pustule d'une jeune femme qui a contracté la vaccine (une maladie semblable à la variole mais moins dangereuse). Mis en contact ultérieur avec la variole, l'enfant ne montre aucun signe de maladie.

avec le même antigène : on parle de mémoire immunitaire.
D'autres leucocytes, les lymphocytes T, détruisent par contact les cellules qui portent des antigènes sur leur membrane. Il s'agit principalement de cellules infectées par un virus, ou de cellules cancéreuses. Là encore, il existe une mémoire immunitaire.

Prévenir et lutter contre la contamination et l'infection

Les mesures de prévention contre la contamination

Dans certains milieux (industrie alimentaire…), la désinfection d'une pièce et des objets qui s'y trouvent, ou asepsie, est un moyen de limiter la contamination.
Chacun d'entre nous peut également limiter les risques de contamination en respectant certaines règles d'hygiène élémentaires (lavage des mains…).
L'utilisation d'un préservatif lors d'un rapport sexuel permet d'éviter la transmission de micro-organismes responsables d'infections sexuellement transmissibles (IST).
En cas de blessure, la désinfection de la plaie par un produit antiseptique (alcool à 70°…) détruit les micro-organismes et limite la contamination.

Les antibiotiques

Quand la contamination n'a pu être évitée, il faut lutter contre l'infection.
L'utilisation d'antibiotiques appropriés permet d'éliminer et de limiter la prolifération des bactéries pathogènes responsables de l'infection.
Les antibiotiques sont inefficaces contre les virus : hormis des antiviraux qui ne font que ralentir leur développement, il n'existe aucun médicament pouvant détruire des virus…

La vaccination

La vaccination consiste à introduire dans l'organisme un antigène caractéristique d'un micro-organisme pathogène déterminé. La vaccination repose sur la mémoire immunitaire : on provoque artificiellement un premier contact avec l'antigène, de manière à ce qu'un éventuel nouveau contact avec le même antigène génère une réaction immunitaire plus rapide.
La vaccination permet à l'organisme d'acquérir préventivement et durablement une mémoire immunitaire contre un micro-organisme pathogène donné, grâce au maintien dans l'organisme de nombreux leucocytes spécifiques. Des rappels sont nécessaires pour réactiver la mémoire immunitaire.

Mémoire immunitaire
Mécanisme permettant une réaction immunitaire plus rapide et plus importante lors d'un second contact avec le même antigène. Ce sont certains lymphocytes B ou T qui portent cette mémoire.

Antibiotique
Substance pouvant éliminer un type de bactérie.

Vaccination
Injection d'un antigène dans l'organisme afin d'activer préventivement le système immunitaire.

SCIENCES

LE COURS

Le système nerveux

DE QUOI S'AGIT-IL ? Lorsqu'un joueur de rugby à qui on envoie une balle, la perçoit et déplace ses mains et ses membres afin de la saisir, un message nerveux transite de ses yeux jusqu'aux muscles responsables des mouvements. Comment sont transmis les messages nerveux au niveau cellulaire ?

L'organisation du système nerveux

Des organes sensoriels aux muscles

La commande du mouvement est assurée par le système nerveux qui met en relation les organes sensoriels et les muscles.

La contraction d'un muscle est conditionnée par les interventions successives d'un récepteur sensoriel (par exemple, les yeux), des nerfs sensitifs, du cerveau, puis de la moelle épinière et enfin du nerf moteur qui stimule le muscle.

La stimulation du récepteur sensoriel donne naissance à un message nerveux sensitif transmis aux centres nerveux : cerveau, cervelet et moelle épinière. Un message nerveux moteur est ensuite transmis au muscle.

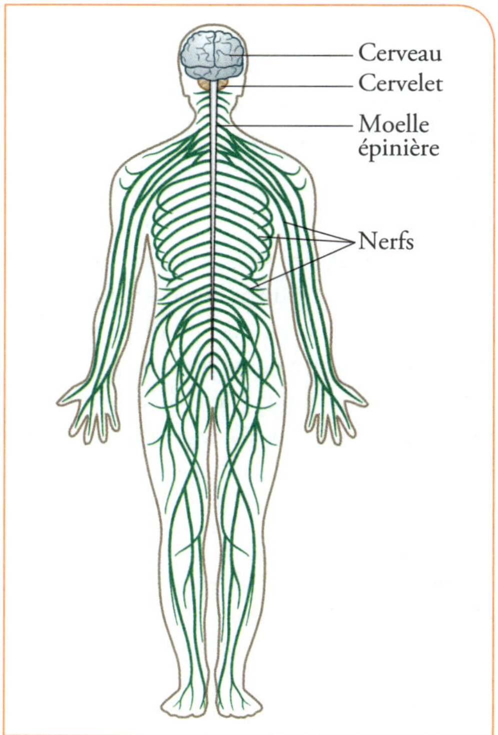

Le système nerveux humain

Le cerveau, organe central du système nerveux

Les points d'arrivée des messages nerveux sensitifs et de départ des messages nerveux moteurs sont situés au niveau du cortex cérébral (partie superficielle du cerveau d'environ 2 à 4 mm d'épaisseur).

Le cortex cérébral est une mosaïque de plusieurs zones spécialisées dans la perception de l'environnement et dans la commande du fonctionnement d'organes précis. Ces aires cervicales communiquent entre elles et font intervenir la mémoire.

Certaines substances ou encore la fatigue influent sur la communication neuronale et peuvent affecter le fonctionnement du cerveau. Elles peuvent modifier le comportement, et rendre plus difficile la coordination des gestes ou la compréhension.

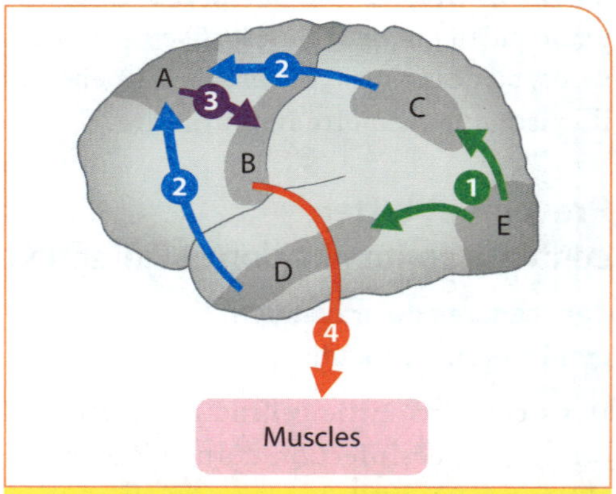

Les aires cérébrales sollicitées dans la commande d'un mouvement

Tout mouvement visant à prendre un objet vu est commandé par une zone du cerveau : l'aire A.

L'aire A reçoit des informations de deux autres aires cérébrales (2) : l'aire D qui identifie l'objet à saisir à partir d'informations reçues de l'aire E (1) et l'aire C qui localise dans l'espace l'objet à saisir à partir d'informations reçues de l'aire E (1).

La commande du mouvement est transmise par l'aire A à l'aire B (3) qui envoie des messages nerveux jusqu'aux muscles (4).

Nerf
Cordon blanchâtre formé par des faisceaux de fibres nerveuses qui relie un centre nerveux et un organe. Les nerfs sont les structures de base du système nerveux.

Cortex cérébral
Partie superficielle du cerveau d'environ 2 à 4 mm d'épaisseur.

LA VIDÉO EN +
Au cœur des organes : le fonctionnement du système nerveux
▶ bit.ly/_SC_ch3_p234

Les cellules nerveuses

La transmission du message le long des neurones

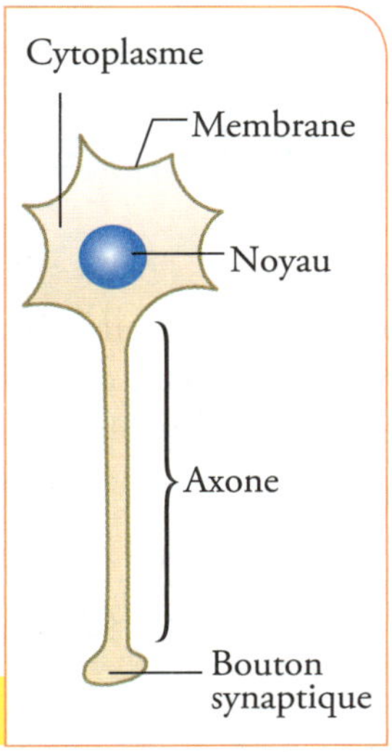

Le neurone

Le message nerveux de nature électrique est transmis le long des neurones, toujours dans le même sens : il naît au niveau du corps cellulaire, puis transite le long de l'axone et aboutit au niveau des boutons synaptiques.

La transmission du message d'un neurone à l'autre

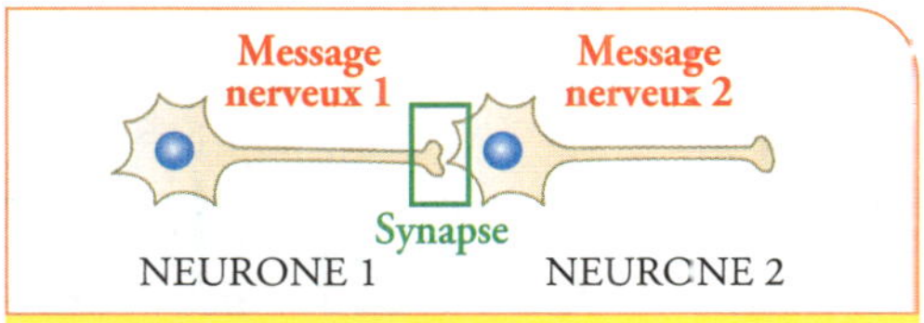

Réseau de deux neurones

Pour transmettre le message nerveux 1, le neurone 1 libère des messagers chimiques qui déclenchent un message nerveux 2 dans le neurone 2.

Les neurones sont organisés en réseau. Ils communiquent entre eux au niveau des synapses. La transmission du message nerveux d'un neurone à l'autre se fait par l'intermédiaire de messagers chimiques.
Les drogues et certains médicaments (antidépresseurs…) modifient le fonctionnement des synapses neuronales en perturbant la transmission des messages nerveux.
À l'inverse, l'entraînement optimise le fonctionnement synaptique et permet une transmission plus rapide des messages nerveux.

Neurone
Cellule nerveuse impliquée dans la communication nerveuse.

Axone
Long prolongement cytoplasmique du neurone.

Synapse
Zone de jonction entre deux neurones, au niveau de laquelle se fait la transmission du message chimique.

EN BREF

Le fonctionnement d'une synapse entre deux neurones

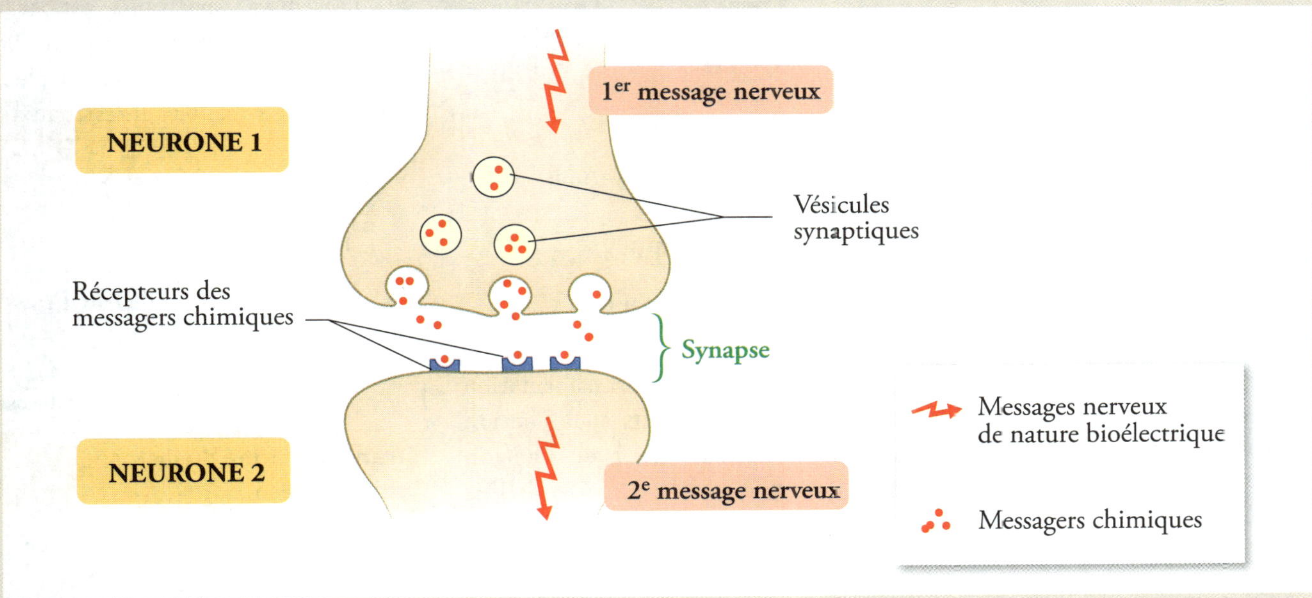

SCIENCES

LE COURS

Digestion et absorption intestinale

DE QUOI S'AGIT-IL ? Les cellules ont besoin de nutriments afin d'obtenir l'énergie et les matériaux nécessaires à leur survie. Les êtres humains obtiennent leurs nutriments lors de la digestion. Comment les nutriments passent-ils dans le sang à l'issue de la digestion ?

Des aliments aux nutriments

L'appareil digestif humain

L'appareil digestif humain est constitué de l'ensemble des organes qui prélèvent la nourriture, la digèrent pour en extraire de l'énergie et des nutriments, puis évacuent le surplus en matière fécale.
Il comprend le tube digestif, au long duquel transitent les aliments, et des glandes digestives (foie, pancréas...).

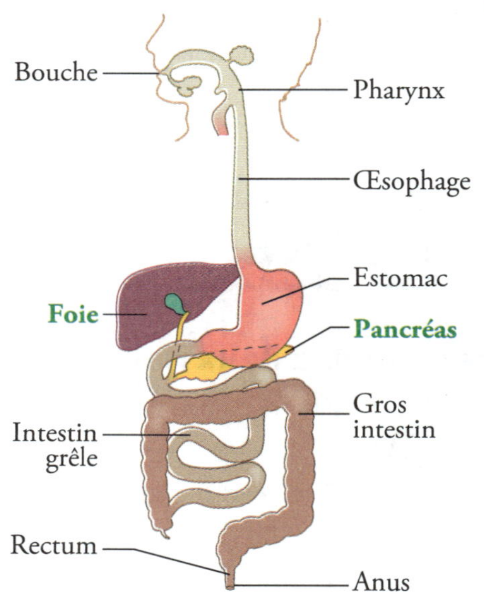

L'appareil digestif humain

La transformation des aliments en nutriments

La digestion consiste en la transformation des aliments en nutriments sous l'action mécanique (mastication...) et l'action chimique de sucs digestifs.

Sucs digestifs
Substances contenant de l'eau et des enzymes digestives.

Ce sont essentiellement les enzymes digestives contenues dans les sucs digestifs qui transforment les grandes molécules des aliments en petites molécules de nutriments.

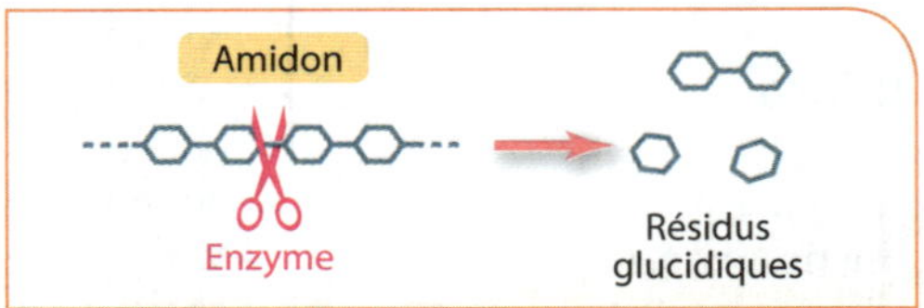

Action d'une enzyme digestive sur l'amidon

La salive contient une enzyme capable de transformer l'amidon du pain (à la saveur non sucrée) en résidus glucidiques (substance sucrée).

L'exemple de la transformation du lactose le long du tube digestif

Le lait contient un glucide : le lactose. Il est formé de deux molécules de sucres simples : le galactose et le glucose. La digestion chimique du lactose est assurée par une enzyme de l'intestin grêle : la lactase.
Chez certaines personnes, la lactase intestinale, présente à la naissance, est par la suite produite en quantité insuffisante. Dans de tels cas, la personne ne « tolère » plus le lait et présente des troubles intestinaux.

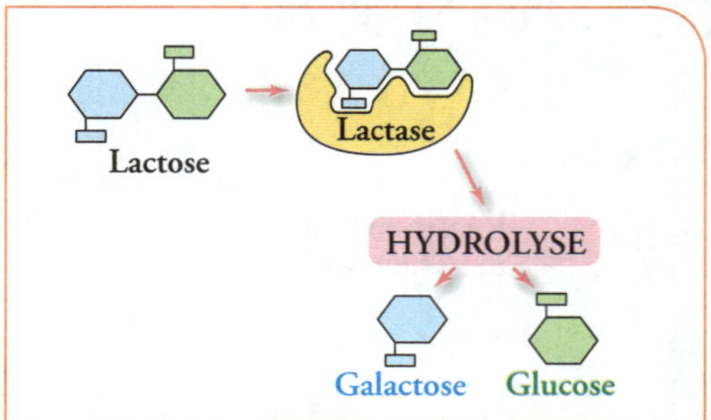

Transformation du lactose par la lactase

Une maquette géante d'intestin

Longue de 20 m et de couleur rose, cette structure gonflable a été exposée sur une place lyonnaise en 2010. Une visite pédagogique est proposée au public pour le sensibiliser au dépistage du cancer colorectal. Sur la photo, l'enfant touche une cellule cancéreuse.

Le passage des nutriments dans le sang

L'absorption intestinale

Les nutriments issus de la digestion passent essentiellement dans le sang au niveau des villosités intestinales de l'intestin grêle. On appelle ce phénomène l'absorption intestinale.

Le passage des nutriments au niveau de l'intestin grêle est facilité, car la paroi de l'intestin grêle :
- est très fine ;
- présente une très grande surface (nombre important de replis et de villosités intestinales, longueur de l'intestin grêle...) ;
- est parcourue par de nombreux vaisseaux sanguins.

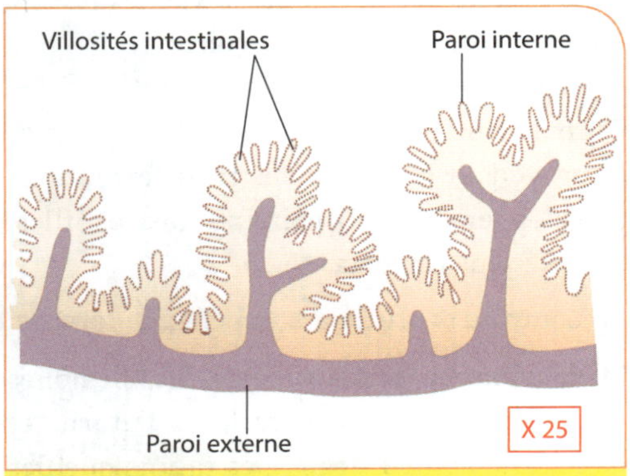

Schéma d'une coupe d'intestin grêle

Le rôle de la flore intestinale

L'ensemble de micro-organismes se trouvant dans le tube digestif, ou flore intestinale, favorise l'absorption intestinale.

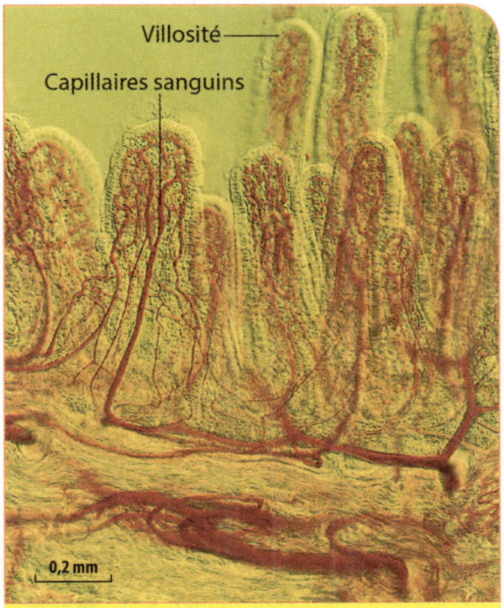

Photographie de villosités de la muqueuse intestinale et son réseau de capillaires sanguins observés au microscope optique

Absorption intestinale
Passage des nutriments dans le sang au niveau de la paroi de l'intestin grêle.

Flore intestinale
Ensemble des bactéries et autres micro-organismes qui se trouvent naturellement dans les organes du tube digestif.

SCIENCES

LE COURS

La maîtrise de la reproduction

DE QUOI S'AGIT-IL ? La naissance d'un enfant résulte du fonctionnement des appareils reproducteurs du père et de la mère. Comment les gamètes sont-ils produits chez la femme et chez l'homme ? Qu'est-ce qui déclenche le développement des organes reproducteurs à la puberté ? Quelles sont les méthodes qui permettent de maîtriser la reproduction ?

Gonades
Glandes produisant les gamètes : ovaires chez la femme et testicules chez l'homme.

Gamètes
Cellules reproductrices : ovules chez la femme et spermatozoïdes chez l'homme.

Ménopause
Période de la vie d'une femme correspondant à la fin de la période reproductive. Elle est marquée par l'arrêt des règles et de l'ovulation.

Hormone
Substance fabriquée par un organe producteur, libérée dans le sang et qui agit à distance sur le fonctionnement d'un organe cible.

Des gamètes à l'embryon

L'appareil reproducteur humain

L'appareil reproducteur humain est constitué de l'ensemble des organes permettant la reproduction.
Les organes centraux de la reproduction sont les gonades, qui produisent les gamètes.
L'appareil reproducteur de la femme présente un utérus qui subit des transformations cycliques afin d'accueillir un éventuel embryon.

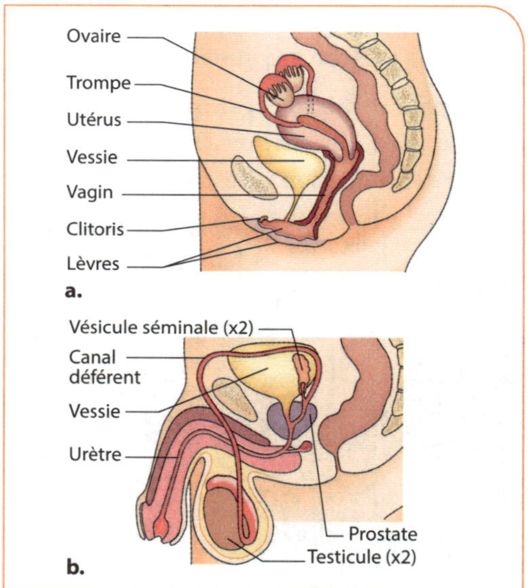

Coupe de l'appareil reproducteur de la femme (a) et de l'homme (b)

La production des gamètes

Chez la femme, les gamètes femelles sont les ovules. Ils sont produits de manière cyclique (un ovule tous les 28 jours) de la puberté jusqu'à la ménopause. Ce sont des cellules qui contiennent 23 chromosomes de la mère. Chez l'homme les gamètes mâles sont les spermatozoïdes. Ils sont produits de manière continue de la puberté jusqu'à la fin de la vie. Ce sont des cellules mobiles, qui contiennent 23 chromosomes du père.

La fécondation et le développement de l'embryon

À l'issue d'une relation sexuelle, un gamète mâle peut fusionner avec un gamète femelle – c'est la fécondation –, et former un embryon humain à 46 chromosomes. Par multiplications cellulaires successives, l'embryon augmente son nombre de cellules et peut se fixer à la paroi interne de l'utérus où a lieu son développement intra-utérin durant environ 9 mois.

Le rôle des hormones

Le développement des organes reproducteurs à la puberté

À la puberté, des hormones fabriquées par des glandes situées dans le cerveau sont libérées dans le sang et déclenchent le développement des organes reproducteurs, puis leur fonctionnement.

L'apparition des caractères sexuels à la puberté

Suite au développement des organes reproducteurs, les gonades libèrent à leur tour dans le sang des hormones sexuelles :
– testostérone pour les garçons ;
– progestérone et œstrogènes pour les filles.
Ces hormones vont agir sur des organes cibles et provoquer chez eux des transformations (développement de la poitrine chez les filles, pilosité plus importante…).

Le contrôle du cycle sexuel chez la femme

Chez la femme, dès la puberté, les hormones sexuelles contrôlent le cycle de l'utérus et le déclenchement des règles tandis que des hormones du cerveau contrôlent l'ovulation.

La maîtrise de la reproduction

Aider un couple à avoir un enfant

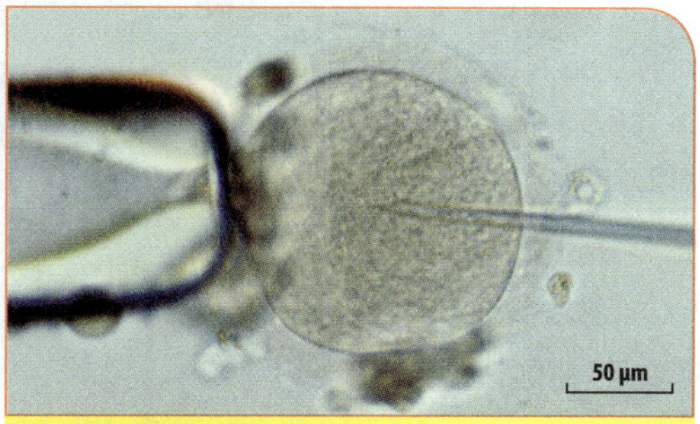

ICSI dans un ovule

La stérilité touche certains couples souhaitant avoir un enfant et n'y parvenant pas. Les causes de stérilité sont diverses et touchent aussi bien les femmes que les hommes.
Suite à un bilan clinique, un médecin peut prescrire soit un traitement hormonal soit une des techniques de procréation médicalement assistée (PMA) suivantes :
– l'insémination artificielle ;
– l'injection intracytoplasmique d'un spermatozoïde (ICSI) dans un ovule ;
– la fécondation *in vitro* et transfert d'embryon (FIVETE).

Aider un couple à ne pas avoir d'enfant

Les pratiques liées à la maîtrise de la reproduction reposent sur des comportements responsables et le respect de l'autre.
Lorsqu'un couple ne souhaite pas avoir d'enfant, il dispose de moyens de contraception : la pilule, le préservatif (utile aussi pour la prévention des infections sexuellement transmissibles, ou IST), le diaphragme, le stérilet…
En cas d'absence de contraception, on peut également avoir recours à la contraception « d'urgence » (pilule du lendemain).
Une interruption volontaire de grossesse (IVG) peut être légalement pratiquée jusqu'à la 12e semaine de grossesse.

Stérilité
Incapacité de concevoir naturellement, de porter ou d'accoucher d'un enfant sain.

Moyen de contraception
Moyen visant à empêcher qu'un rapport sexuel entraîne une grossesse.

LA VIDÉO EN +
Comment les hormones agissent-elles sur le corps ?
▸ bit.ly/_SC_ch3_p239

EN BREF

Deux méthodes de procréation médicalement assistée (PMA)

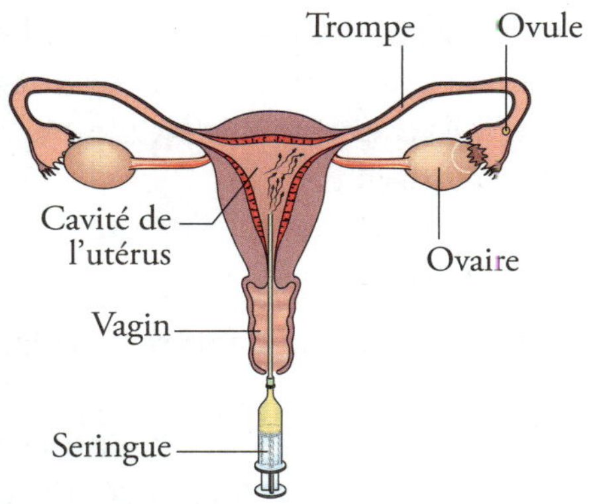

Insémination artificielle
Étape 1. Le sperme de l'homme est recueilli. Seuls les spermatozoïdes mobiles sont sélectionnés.
Étape 2. Le sperme est introduit dans la cavité de l'utérus au moment de l'ovulation.

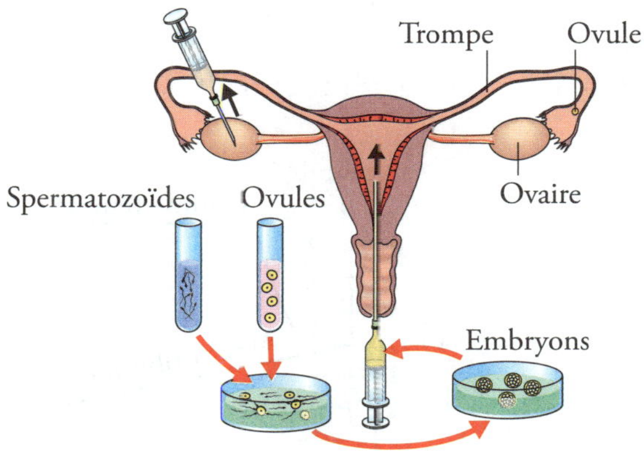

FIVETE
Étape 1. Après une stimulation ovarienne, plusieurs ovules sont prélevés dans l'ovaire.
Étape 2. Le sperme est recueilli le jour du prélèvement des ovules. Ovules et spermatozoïdes sont ensuite préparés en laboratoire.
Étape 3. Les ovules sont mis en contact avec les spermatozoïdes du conjoint pendant 20 heures à 37 °C. Un jour plus tard, des embryons au stade 2 cellules sont observables.
Étape 4. Deux jours plus tard, 1 à 4 embryons sont sélectionnés. Ils sont transférés dans la cavité de l'utérus de la femme.

SCIENCES

CHECK ! 10 min

1 La réaction immunitaire qui se met le plus rapidement en place est :

- ❑ a. la production d'anticorps
- ❑ b. la phagocytose
- ❑ c. l'action des lymphocytes T

2 Une synapse est :

- ❑ a. un centre nerveux
- ❑ b. un prolongement cytoplasmique du neurone
- ❑ c. une zone de jonction entre deux neurones

3 L'absorption intestinale est le passage :

- ❑ a. des nutriments du tube digestif dans le sang
- ❑ b. des nutriments du tube digestif dans les organes
- ❑ c. des aliments du tube digestif dans le sang

4 Dans le cadre de la FIVETE :

- ❑ a. on injecte un spermatozoïde dans un ovule
- ❑ b. on transfère des embryons dans l'utérus d'une femme
- ❑ c. on introduit du sperme dans l'utérus d'une femme

Corrigé p. 287

ZOOM

Antibiotiques et lutte contre l'infection

Depuis 90 ans, les antibiotiques sont une arme redoutable contre les infections bactériennes. Mais attention, « les antibiotiques, c'est pas automatique ».

La découverte du premier antibiotique

En 1928, Alexander Fleming, un médecin anglais, cultive des bactéries pathogènes.

Il constate que certaines cultures ont été contaminées par un champignon microscopique (*Penicillium notatum*), et que les bactéries à proximité du champignon ont disparu.

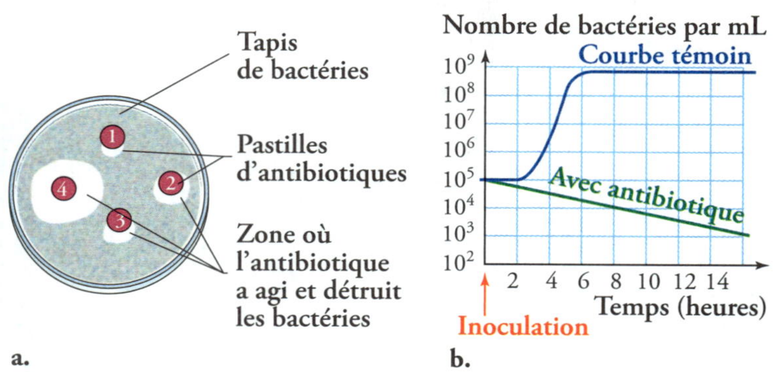

Efficacité de différents antibiotiques pour un certain type de bactéries

a. *Antibiogramme testant l'efficacité de quatre antibiotiques*
b. *Évolution du nombre de bactéries dans leur milieu de culture avec ou sans (courbe témoin) l'antibiotique approprié*

Il émet alors l'hypothèse que le champignon produit une substance qui empêche le développement de la bactérie : c'est la découverte du premier antibiotique, la pénicilline.

Une action spécifique sur certaines bactéries

Les antibiotiques permettent de lutter contre une infection bactérienne soit en empêchant le développement des bactéries, soit en les détruisant.

Ils agissent spécifiquement sur certaines bactéries et n'ont aucune action sur les virus.

Le développement de bactéries résistantes aux antibiotiques

L'utilisation massive et répétée d'antibiotiques a éliminé les souches sensibles aux antibiotiques, mais pas les souches résistantes ayant développé des systèmes de défense contre ces antibiotiques. Ces systèmes de défenses donnent un avantage aux souches bactériennes qui en bénéficient, ce qui explique l'augmentation inquiétante de la résistance des bactéries aux antibiotiques.

C'est pourquoi chacun doit veiller à ne prendre des antibiotiques qu'en cas de prescription médicale et à respecter la durée du traitement.

LE SUJET DE BREVET

30 min

Le sommeil de Laura

Dans cet exercice, tu dois notamment présenter une réponse argumentée à l'aide de l'ensemble des documents proposés. Cela nécessite de sélectionner judicieusement des informations, puis de bien les articuler afin de construire ton argumentation.

Laura est une élève de troisième. Ses parents sont inquiets, ils sont convoqués régulièrement au collège, car Laura s'endort en cours et ne semble pas retenir ses leçons.
Un médecin les questionne sur leurs habitudes de vie. Ils habitent un vieil appartement à côté d'une autoroute très fréquentée.

Doc. 1 **Les effets du manque de sommeil sur l'attention des élèves en classe**

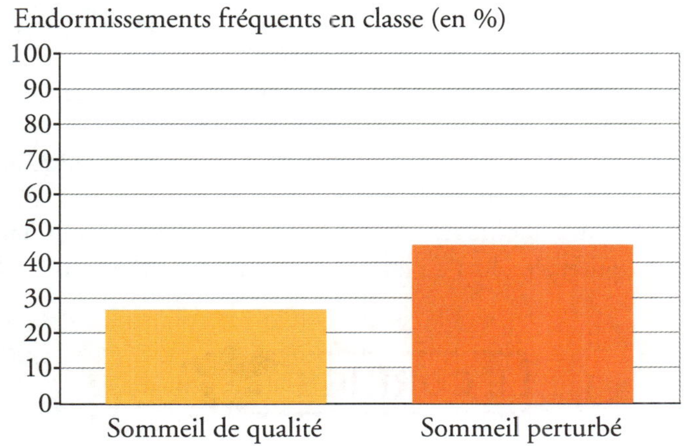

Doc. 2 **Pourcentage d'images mémorisées par des élèves reposés ou par des élèves privés de sommeil**

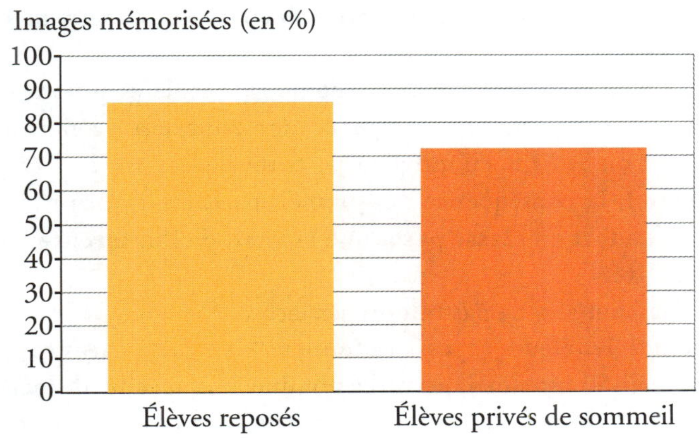

SCIENCES

Doc. 3 Qualité du sommeil en fonction des niveaux sonores

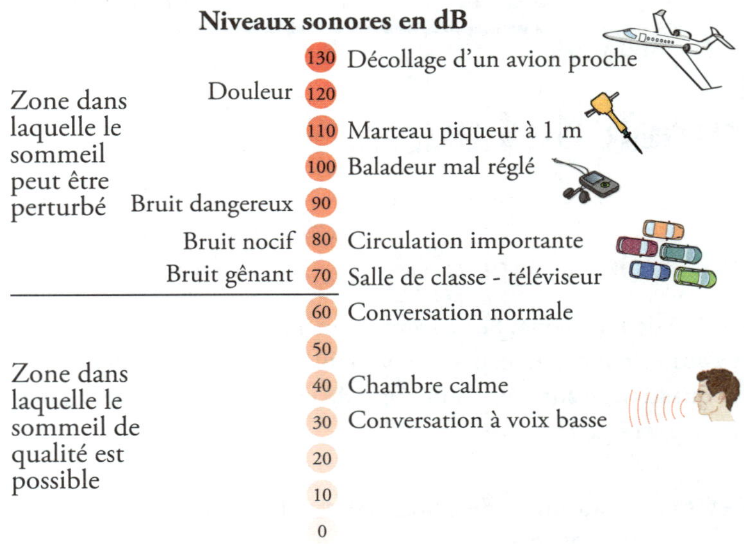

dB : décibels, c'est l'unité de puissance sonore.

> **ATTENTION !**
> *La question 2 est double. Tu dois expliquer pourquoi Laura s'endort en classe et pourquoi elle ne retient pas ses leçons.*

1. a. D'après le **document 1**, indiquer le pourcentage des élèves qui s'endorment en classe malgré un sommeil de qualité.

b. D'après le **document 1**, comparer le pourcentage d'endormissement des élèves en classe lorsque leur sommeil a été de qualité et lorsqu'il a été perturbé.

2. À partir de **l'ensemble des documents**, expliquer pourquoi Laura, qui habite un vieil appartement à côté de l'autoroute, s'endort en classe et ne semble pas retenir ses leçons.

LE CORRIGÉ

> **LE BON RÉFLEXE**
> *Pour la réponse **1.b.**, après avoir comparé les pourcentages, conclus sur l'effet du sommeil perturbé.*

1. a. Dans le document 1, on lit que **28 % des élèves** ayant un sommeil de qualité s'endorment en classe malgré un sommeil de qualité.

b. Dans le document 1, on lit que **45 % des élèves** ayant un sommeil perturbé s'endorment en classe.

Parmi les élèves qui s'endorment en classe, il y a donc environ **1,5 fois plus d'élèves** ayant un sommeil perturbé que d'élèves ayant un sommeil de qualité.

Un mauvais sommeil entraîne un risque plus élevé de s'endormir en classe.

2. • Pourquoi Laura s'endort-elle en classe ?

Laura habite dans un vieil appartement sans doute **mal isolé et proche d'une autoroute** très fréquentée. D'après le document 3, une circulation importante génère un **niveau sonore de 80 dB**, définissant un bruit nocif qui peut perturber le sommeil.

D'après le document 1, la conséquence du sommeil perturbé est un risque plus grand de s'endormir. **Laura s'endort en classe parce que le bruit de l'autoroute l'empêche d'avoir un sommeil de qualité.**

• Pourquoi Laura semble-t-elle ne pas retenir ses leçons ?

D'après le document 2, les élèves reposés retiennent 86 % des images contre 72 % pour les élèves privés de sommeil. Un sommeil perturbé diminue les capacités de mémorisation. Laura semble ne pas retenir ses leçons, car **sa mémoire est altérée par son manque de sommeil.**

C'est donc **la localisation de l'appartement de Laura** près d'une autoroute trop bruyante qui altère son sommeil et entraîne des endormissements en classe ainsi qu'une baisse de ses capacités de mémorisation.

Le détecteur ATLAS du LHC

Le LHC est un accélérateur de particules qui sonde la matière dans l'infiniment petit. Des particules sont accélérées puis lancées les unes contre les autres à des vitesses impressionnantes. Des détecteurs permettent d'analyser ces chocs et de découvrir de nouvelles particules encore inconnues.

Organisation et transformations de la matière

Une galaxie avec ces milliards d'étoiles, un système stellaire avec son étoile et son cortège de planètes, un atome avec ses protons, neutrons et électrons obéissent à des lois d'organisation de la matière spécifiques. La matière ne disparaît pas ou n'apparaît pas comme par magie. Selon la célèbre phrase de Lavoisier : « Rien ne se perd, rien ne se crée, tout se transforme. »

SUIVEZ LE GUIDE

Le cours pages 244, 246 et 248

Les méthodes pages 245, 247 et 249

Check ! page 250

Zoom page 250

Le sujet de brevet page 251

LE COURS

Structure de la matière et ions

Atome
Brique élémentaire de la matière : toute substance est composée d'atomes.

Les atomes

La description d'un atome

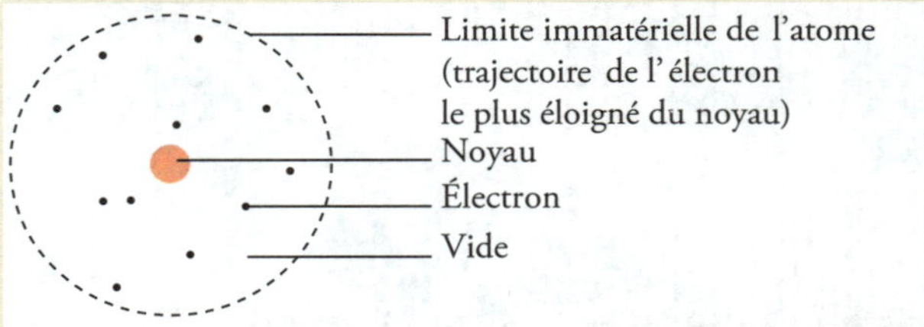

- Un **atome** peut être assimilé à une sphère de diamètre environ 10^{-10} m.
- Chaque atome est constitué d'un **noyau** autour duquel sont localisés des **électrons**, particules ayant une charge électrique négative.
- Chaque type d'atome est caractérisé par son **numéro atomique** noté Z (égal au nombre de charges positives, ou protons, présentes dans le noyau) et représenté par un **symbole**.

Exemples : atome de carbone : C ; atome de fer : Fe.

Les propriétés de l'atome

- Entre le noyau et les électrons il n'y a que du vide : l'atome a une **structure lacunaire**.
- Un atome est **électriquement neutre** : il contient autant de charges positives (les protons) dans son noyau que de charges négatives (les électrons) autour du noyau.

LA VIDÉO EN +
L'atome
▸ bit.ly/_SC_ch4_p244

Molécule
Assemblage d'atomes (identiques ou différents) liés entre eux.

Molécules et ions

Composition et formule chimique d'une molécule

- La matière sur Terre est essentiellement constituée de **molécules**.
- Chaque molécule possède une **formule chimique** qui contient le **symbole** de chaque type d'atome présent dans la molécule et leur **nombre** indiqué en indice.

Exemple : la molécule d'eau de formule H_2O contient deux atomes d'hydrogène (symbole H) et un atome d'oxygène (symbole O).

Structure et identification des ions

- Le noyau d'un ion et celui de l'atome dont il est issu sont identiques.

Un **cation** est un atome qui a perdu un ou plusieurs électrons : il est chargé positivement.
Un **anion** est un atome qui a gagné un ou plusieurs électrons : il est chargé négativement.

- La **formule chimique d'un ion** est constituée du symbole de l'atome à partir duquel l'ion se forme complété en exposant par le nombre et le signe des charges en excès.

Exemple : l'ion cuivre est un atome qui a perdu deux électrons : il a deux charges positives de plus que de charges négatives. Sa formule est Cu^{2+}.

- La présence d'un ion en solution aqueuse peut être identifiée grâce à la formation d'un **précipité** (solide en suspension) lorsque l'on ajoute un réactif approprié.

Exemple :

Ion à identifier	Réactif à ajouter	Précipité formé
Ion chlorure Cl^-	Ion argent Ag^+	Précipité blanc qui noircit à la lumière

LES MÉTHODES

Déterminer la composition d'une molécule

Grâce à la formule chimique de la molécule, on détermine d'abord le type d'atomes présents dans la molécule, puis leur nombre.

Exercice résolu

La morphine est une molécule médicamenteuse utilisée pour le traitement de la douleur. Sa formule chimique est $C_{17}H_{19}NO_3$. Déterminer la composition de cette molécule.

Atome	carbone	hydrogène	oxygène	azote	fluor	chlore
Symbole	C	H	O	N	F	Cl

Corrigé

• Il y a quatre symboles chimiques différents dans la formule. La molécule de morphine est donc composée de **quatre types d'atomes différents** : le carbone de symbole C ; l'hydrogène de symbole H ; l'azote de symbole N ; l'oxygène de symbole O.

• Les nombres inscrits en indice des symboles indiquent combien de fois cet atome est présent dans la molécule, donc la molécule de morphine est composée de :
17 atomes de carbone ; 19 atomes d'hydrogène ; 1 atome d'azote ; 3 atomes d'oxygène.

À NOTER
L'absence de nombre en indice du symbole d'un atome signifie que la molécule n'en contient qu'un seul.

Déterminer la composition d'un ion

Grâce au numéro atomique et à la formule de l'ion, on détermine d'abord le nombre d'électrons et de protons de l'atome dont l'ion est issu ; puis en observant le signe de l'exposant dans la formule de l'ion, on détermine si l'atome à l'origine de l'ion a perdu ou gagné des électrons et combien ; enfin, on calcule le nombre d'électrons de l'ion.

Exercice résolu

L'atome d'aluminium est un des composants des saphirs. Son symbole est Al et il a pour numéro atomique $Z = 13$; l'ion issu de cet atome est l'ion aluminium de formule Al^{3+}.

Déterminer la composition de l'ion aluminium.

Corrigé

• Il est indiqué que le numéro atomique de l'atome d'aluminium est $Z = 13$, donc l'atome contient 13 charges positives. Comme les noyaux de l'atome et de l'ion d'un même élément sont identiques, on en déduit que l'ion aluminium possède **13 charges positives**.

• Comme un atome est électriquement neutre, il contient autant de charges positives que de charges négatives, donc l'atome d'aluminium contient **13 électrons**.
La formule de l'ion aluminium (Al^{3+}) indique que l'ion contient 3 charges positives de plus que de charges négatives. Comme le nombre de charges positives reste toujours le même, c'est le nombre d'électrons qui a changé : **l'atome d'aluminium a donc perdu 3 électrons** pour former l'ion aluminium.
On en déduit que l'ion aluminium possède **10 électrons** ($13 - 3 = 10$).

• **L'ion aluminium est constitué de 13 charges positives et de 10 charges négatives.**

LE BON RÉFLEXE
Déterminer la composition d'un ion consiste à déterminer combien de charges positives et de charges négatives le constituent.

LE COURS

Acides, bases et transformations chimiques

Solution
Mélange homogène d'un solide (le soluté) dans un liquide (le solvant).

Le pH d'une solution

Le caractère acide ou basique d'une solution est défini par son **pH** (potentiel Hydrogène). C'est un nombre sans unité, compris **entre 0 et 14**, qui est relié à la concentration en ions hydrogène H^+ et en ions hydroxyde HO^- de la solution.

Si le pH est…	la solution est…
inférieur à 7	**acide** (plus d'ions H^+ que d'ions HO^-)
égal à 7	**neutre** (autant d'ions H^+ que d'ions HO^-)
supérieur à 7	**basique** (moins d'ions H^+ que d'ions HO^-)

Les transformations chimiques

Distinction entre transformation physique et transformation chimique

- Lors d'une **transformation physique**, les espèces chimiques mises en jeu ne changent pas, seule l'organisation des molécules est modifiée.

Exemple : la fusion de la glace (eau solide : molécules d'eau compactes et ordonnées) produit de l'eau liquide (molécules d'eau compactes et désordonnées).

- Lors d'une **transformation chimique**, il y a réaction entre des espèces chimiques : les espèces chimiques initiales sont différentes des espèces chimiques finales.

Exemple : la réaction entre un acide et du bicarbonate de sodium produit du dioxyde de carbone et de l'eau.

Interprétation et modélisation des transformations chimiques

Réactifs et produits
Les **réactifs** sont les espèces chimiques consommées lors d'une transformation chimique.
Les **produits** sont les espèces chimiques créées lors d'une transformation chimique.

- Au cours d'une transformation chimique, les molécules des réactifs disparaissent et leurs atomes sont redistribués différemment pour former les molécules des produits.
- L'**équation de réaction** permet de rendre compte de ce qu'il se passe lors de la transformation chimique : $\text{Réactif}_1 + \text{Réactif}_2 \rightarrow \text{Produit}_1 + \text{Produit}_2$
- Les nombres qui précèdent les formules des espèces chimiques indiquent dans **quelles proportions** les réactifs sont consommés et les produits sont formés.

Exemple : $C_3H_{8(g)} + 5\ O_{2(g)} \rightarrow 3\ CO_{2(g)} + 4\ H_2O_{(l)}$

- Au cours d'une transformation chimique, il y a **conservation des atomes** des réactifs aux produits et donc **conservation de la masse**.

L'exemple des réactions acides-bases et acides-métaux

- Les **solutions acides** (majorité d'ions hydrogène H^+) réagissent avec les **solutions basiques** (majorité d'ions hydroxydes HO^-) selon la réaction : $H^+_{(aq)} + HO^-_{(aq)} \rightarrow H_2O_{(l)}$
- Le contact d'un **acide** avec un **métal** produit un **dégagement de chaleur** et **de gaz** selon la réaction : $\text{Métal}_{(s)} + \text{Acide}_{(aq)} \rightarrow \text{Ions métalliques}_{(aq)} + \text{Dihydrogène}_{(g)}$

LES MÉTHODES

Déterminer le caractère acido-basique d'une solution

Le caractère acido-basique d'une solution dépend de son pH qui dépend lui-même de la concentration de la solution en ions hydrogène H^+ et en ions hydroxyde HO^-.

Exercice résolu

Les résultats d'analyses d'un produit ménager montrent qu'il contient d'avantage d'ions hydroxyde (HO^-) que d'ions hydrogène (H^+). Quel est son caractère acido-basique ?

Corrigé

Il est indiqué que le produit ménager contient plus d'ions hydroxyde que d'ions hydrogène, il a donc un pH supérieur à 7 : c'est une **solution basique**.

ATTENTION !
En cas de brûlure chimique, il faut rincer immédiatement et abondamment la brûlure avec de l'eau afin de diluer le produit et de faire tendre son pH vers 7, ce qui permet de limiter les lésions de la peau.

Choisir la bonne équation de réaction

Pour être correcte, une équation de réaction doit indiquer les réactifs et les produits, et respecter la conservation de la matière.

Exercice résolu

Le gaz présent dans les réchauds à gaz utilisés par les campeurs est du butane. Lors de la réaction de combustion complète du butane, le butane (C_4H_{10}) réagit avec le dioxygène (O_2) de l'air pour former du dioxyde de carbone (CO_2) et de l'eau (H_2O).

Parmi les trois équations de réaction proposées ci-dessous, indiquer laquelle est correcte.

a. $2\ C_4H_{10} + 13\ O_2 \rightarrow 8\ CO_2 + 10\ H_2O$
b. $4\ CO_2 + 10\ H_2O \rightarrow 2\ C_4H_{10} + 13\ O_2$
c. $C_4H_{10} + 3\ O_2 \rightarrow 4\ CO_2 + 10\ H_2O$

Corrigé

• D'après l'énoncé, le butane et le dioxygène sont les **réactifs** : ils doivent donc être placés **avant la flèche** ; le dioxyde de carbone et l'eau sont les **produits** : ils doivent donc être **placés après la flèche.** L'équation correcte est donc soit la proposition **a.** soit la proposition **c.**.
• Lors d'une transformation chimique il y a **conservation de la matière** : tous les atomes présents **avant** la transformation doivent l'être également **après** la transformation. On détermine la quantité de chaque sorte d'atome avant et après la transformation :

Équation proposée	Avant la transformation	Après la transformation
Proposition a.	C : 2 × 4 = 8 O : 13 × 2 = 26 H : 2 × 10 = 20	C : 8 × 1 = 8 O : 8 × 2 +10 × 1=26 H : 10 × 2 =20
Proposition c.	C : 1 × 4 = 4 O : 3 × 2 = 6 H : 1 × 10 = 10	C : 4 × 1 = 4 O : 4 × 2 + 10 × 1 = 18 H : 10 × 2 = 20

La proposition a. est l'équation correcte, car elle traduit la conservation de la matière.

À NOTER
Les nombres devant les formules indiquent dans quelles proportions les réactifs sont consommés et les produits formés. L'absence de nombre correspond au nombre 1.

SCIENCES

LE COURS

La matière dans l'Univers

L'univers à l'échelle du noyau atomique

La description du noyau d'un atome

- Le noyau contient des particules : les **nucléons.**
- Certains nucléons sont chargés positivement : les **protons**, et d'autres sont neutres : les **neutrons**.
- Le noyau a un diamètre de l'ordre de 10^{-15} m.

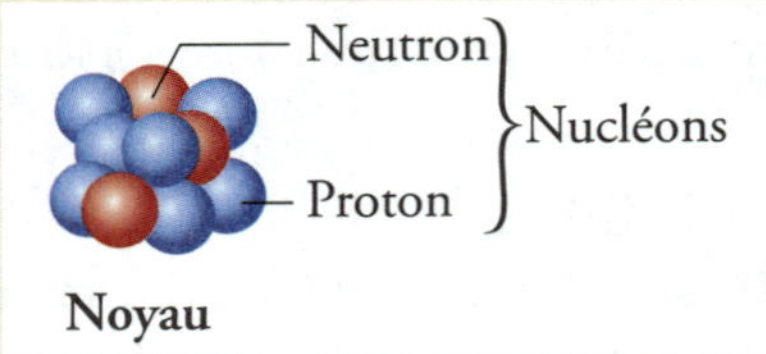

Le symbole du noyau d'un atome

Chaque noyau est représenté par un symbole. On note :

$^{A}_{Z}\mathrm{X}$ avec X le **symbole** de l'atome auquel appartient le noyau, *A* le **nombre de masse** (nombre de nucléons = nombre de protons + nombre de neutrons) et *Z* le **numéro atomique** (nombre de protons).

Élément chimique
Ensemble des entités chimiques (atomes ou ions) possédant le même nombre Z de protons dans leur noyau.
Chaque élément chimique est représenté par son symbole chimique.

Les atomes dans l'Univers

- Dans les étoiles, se trouvent principalement des atomes **d'hydrogène H** et **d'hélium He** tandis que sur Terre, on trouve une très grande **diversité d'atomes** tels que l'oxygène O, l'azote N, le carbone C, le fer Fe…
- Depuis le XIXe siècle, on a réalisé un décompte de tous les atomes connus et on les a classés dans un tableau appelé **classification périodique des éléments chimiques**.

Structure et évolution de l'Univers

Le Système solaire

- Le Système solaire est constitué d'**une étoile**, le Soleil, autour de laquelle gravitent **huit planètes**, des **planétoïdes** à la périphérie du système (ceinture de Kuiper), des **comètes** repassant périodiquement à proximité du Soleil, en provenance du nuage d'Oort et des **astéroïdes** issus de la ceinture d'astéroïdes placée entre Mars et Jupiter.
- Dans le système solaire, l'unité de longueur la plus adaptée est l'**unité astronomique** (UA) définie par la distance entre la Terre et le Soleil.

$$1 \text{ UA} = 1{,}50 \times 10^{8} \text{ km} = 1{,}50 \times 10^{11} \text{ m}$$

Année-lumière
Une année-lumière correspond à la distance parcourue par la lumière pendant un an dans le vide.

La Voie lactée

- Notre galaxie, la **Voie lactée**, regroupe plusieurs milliards d'étoiles, dont le Soleil.
- Les distances avec les étoiles les plus proches de nous sont données dans une unité adaptée : l'**année-lumière** (al).

$$1 \text{ al} = 9{,}46 \times 10^{12} \text{ km} = 9{,}46 \times 10^{15} \text{ m}$$

LA VIDÉO EN +
Simuler en 3D l'évolution de l'Univers
▶ bit.ly/_SC_ch4_p248

L'évolution de l'Univers

L'Univers est « né » il y a 13,8 milliards d'années d'une singularité (point extrêmement dense et chaud) appelée **big bang**. Depuis, il n'a cessé d'évoluer et de se dilater.

LES MÉTHODES

Déterminer la composition du noyau d'un atome

On cherche le nombre de protons et de neutrons présents dans le noyau à partir de la représentation symbolique du noyau.

Exercice résolu

Un noyau d'atome de chlore a comme représentation symbolique : $^{35}_{17}\mathrm{Cl}$

Trouver sa composition en protons et en neutrons.

Corrigé

On sait que le symbole du noyau a pour expression générale : $^{A}_{Z}\mathrm{X}$

On en déduit le nombre de protons : $\boldsymbol{N_{\text{protons}} = Z = 17}$

On calcule le nombre de neutrons : $\boldsymbol{N_{\text{neutrons}}} = A - Z = 35 - 17 = \mathbf{18}$

LE BON RÉFLEXE

N'oublie pas que le nombre de neutrons N_{neutrons} s'obtient en soustrayant le numéro atomique au nombre de masse : $N_{\text{neutrons}} = A - Z$.

Établir la distance entre deux objets célestes dans différentes unités

En fonction de l'éloignement des deux objets, il faut pouvoir exprimer cette distance en mètres, en kilomètres, en unités astronomiques ou en années-lumière.

Exercice résolu

On donne la distance à la Terre, exprimée en mètres, de trois objets célestes.

La Lune

$D_1 = 3{,}84 \times 10^{8}$ m

Proxima du Centaure

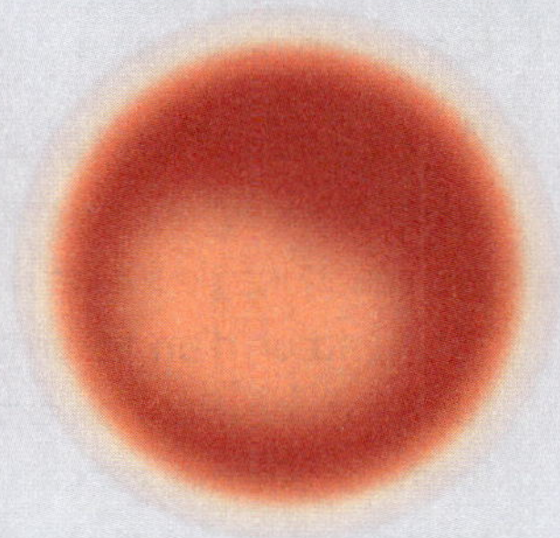

$D_2 = 4{,}01 \times 10^{16}$ m

Pluton

$D_3 = 5{,}77 \times 10^{12}$ m

Déterminer la distance Terre-Lune en kilomètres, la distance Terre-Proxima en années-lumière et la distance Terre-Pluton en unités astronomiques.

Corrigé

• On détermine la distance Terre-Lune en kilomètres :

$\boldsymbol{D_1} = 3{,}84 \times 10^{8}\ \text{m} = 3{,}84 \times 10^{8} \times 10^{-3}\ \text{km} = \mathbf{3{,}84 \times 10^{5}\ km}$

• On détermine la distance Terre-Proxima en années-lumière :

$$\boldsymbol{D_2} = 4{,}01 \times 10^{16}\ \text{m} = \frac{4{,}01 \times 10^{16}}{9{,}46 \times 10^{15}}\ \text{al} = \mathbf{4{,}24\ al}$$

• On détermine la distance Terre-Pluton en unités astronomiques :

$$\boldsymbol{D_3} = 5{,}77 \times 10^{12}\ \text{m} = \frac{5{,}77 \times 10^{12}}{1{,}50 \times 10^{11}}\ \text{UA} = \mathbf{38{,}5\ UA}$$

À NOTER

$1\ \text{km} = 1 \times 10^{3}\ \text{m}$

$1\ \text{m} = 1 \times 10^{-3}\ \text{km}$

$10^{a} \times 10^{b} = 10^{a+b}$

$\dfrac{10^{a}}{10^{b}} = 10^{a-b}$

CHECK ! 10 min

1 **Pour former l'ion nitrure de formule N^{3-}, l'atome d'azote a :**

- ❑ a. gagné 3 protons
- ❑ b. perdu 3 protons
- ❑ c. gagné 3 électrons
- ❑ d. perdu 3 électrons

2 **Au cours d'une transformation chimique, on peut observer :**

- ❑ a. la formation d'une nouvelle espèce chimique
- ❑ b. le changement d'état d'une espèce chimique

3 **Dans un noyau de fluor de formule $^{19}_{9}F$, on trouve :**

- ❑ a. 19 neutrons et 9 protons
- ❑ b. 10 neutrons et 9 protons
- ❑ c. 9 neutrons et 10 protons

4 **La valeur de l'unité astronomique en mètres est égale à :**

- ❑ a. $1{,}50 \times 10^8$
- ❑ b. $1{,}50 \times 10^{11}$
- ❑ c. $9{,}46 \times 10^{15}$

Corrigé p. 287

ZOOM

Maîtriser l'énergie des étoiles ?

Certaines étoiles brillent depuis plusieurs milliards d'années grâce à la fusion nucléaire. Scientifiques et ingénieurs cherchent depuis un demi-siècle à reproduire et maîtriser cette source quasiment inépuisable d'énergie.

Vue intérieure d'un tokamak

Construite en 1990 à l'institut Max Planck de physique des plasmas (Munich), cette machine appelée Asdex-Upgrade permet de tester la technologie du tokamak à petite échelle.

La fusion nucléaire

Dans le cœur des étoiles, sous l'effet de températures colossales, des noyaux d'atomes fusionnent deux par deux pour former un noyau plus lourd en libérant de l'énergie.

Qu'est-ce qu'un tokamak ?

Un tokamak est une machine expérimentale conçue pour réaliser des réactions de fusion nucléaire et produire de l'énergie.

Au cœur d'un tokamak, sous l'influence d'une température et d'une pression extrêmes, le gaz d'hydrogène se transforme en *plasma* (gaz chaud électriquement chargé) dans lequel fusionnent les noyaux atomiques, ce qui génère de l'énergie. Celle-ci est absorbée sous forme de chaleur par les parois de la chambre à vide.

Le projet ITER

34 pays, dont la Chine, la Corée, les États-Unis, l'Inde, le Japon ou la Russie, se sont engagés dans le projet ITER afin de construire à Cadarache (France) un tokamak à grande échelle et de démontrer ainsi que la fusion nucléaire peut être utilisée comme source d'énergie.

Si le projet ITER aboutit, il faudra ensuite construire des centrales de fusion qui utiliseront la chaleur libérée par la fusion pour produire de la vapeur, puis, grâce à des turbines et à des alternateurs, de l'électricité.

LE SUJET DE BREVET

30 min

L'aspirine

Cet exercice est l'occasion de réviser les formules des molécules, ainsi que les notions d'acides et de bases.

L'acide acétylsalicylique est plus connu sous le nom d'aspirine. C'est la substance active de nombreux médicaments.

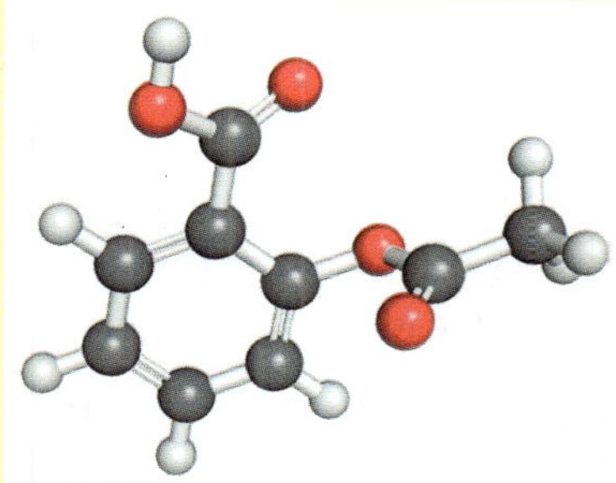

Formule de l'aspirine : $C_9H_8O_4$

1. Indiquer le nombre d'atomes d'oxygène présents dans la molécule d'aspirine.

2. Pour certains traitements médicaux particuliers, le médecin prescrit des gélules d'aspirine gastrorésistantes afin que l'absorption de la substance active se fasse au niveau de l'intestin plutôt qu'au niveau de l'estomac.
Comme leur nom l'indique, les gélules gastrorésistantes résistent à l'acidité de l'estomac, dite acidité gastrique, grâce à la pellicule spécifique dont elles sont enrobées.
En exploitant le **document 1**, proposer un protocole expérimental permettant de prouver qu'une gélule d'aspirine gastrorésistante résiste à l'acidité gastrique. On pourra formuler la réponse sous forme de texte et/ou de schémas.

Le bon réflexe
Pour la question 2, relis l'énoncé pour bien comprendre ce qu'est une gélule « gastrorésistante » et cherche dans le document 1 les indications sur l'acidité des différentes parties du système digestif.

Doc.1 Système digestif

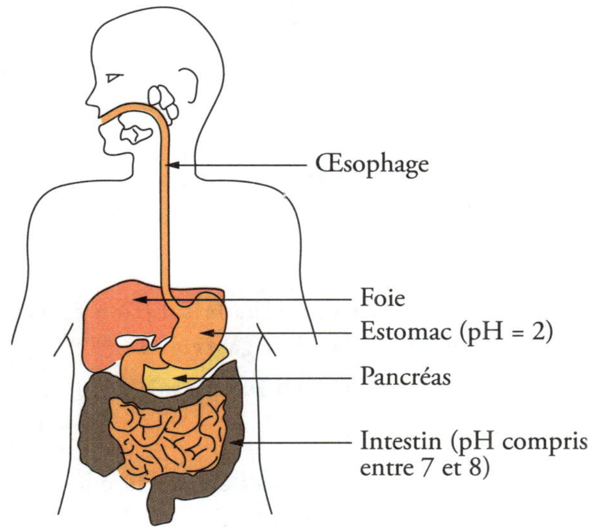

3. En cas de fièvre, il est recommandé d'ingérer 500 mg d'aspirine, sous la forme d'un comprimé à dissoudre au préalable dans un grand verre d'eau.
Exploiter le **document 2** (page 40) afin de déterminer le volume d'eau minimal nécessaire à la dissolution du comprimé.
Commenter le résultat.

SCIENCES

Doc. 2 Solubilité de l'aspirine

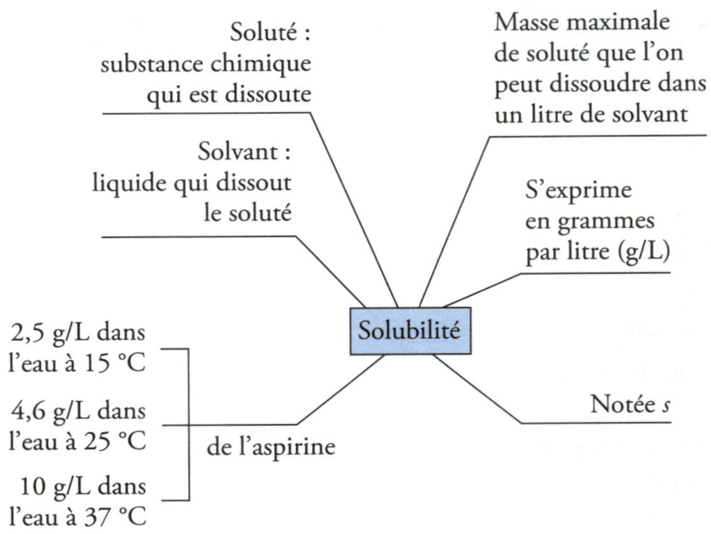

On rappelle que la dissolution est le processus par lequel une substance solide ou gazeuse mise au contact d'un liquide passe en solution. Par exemple, la dissolution du sel dans l'eau permet d'obtenir de l'eau salée.

LE CORRIGÉ

1. D'après la formule de l'aspirine, cette molécule contient **4 atomes d'oxygène**.

2. Protocole :

• Verser à l'aide d'une éprouvette graduée, 50 mL de solution d'acide chlorhydrique de pH = 2 dans un bécher de 100 mL et 50 mL de solution de soude de pH = 8 dans un autre bécher.

• Mettre une gélule d'aspirine gastrorésistante dans chaque bécher.

• Mélanger à l'aide d'un agitateur en verre.

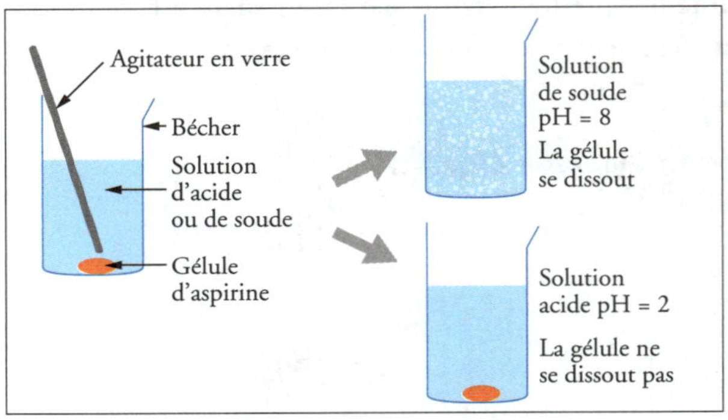

Mise en solution de la gélule d'aspirine et résultat après le mélange

On constate que **la gélule ne se dissout pas dans la solution d'acide chlorhydrique** de pH = 2, ce qui montre qu'**elle résiste à l'acidité gastrique**.

3. Le volume minimal d'eau pour dissoudre $m = 500$ mg soit $m = 0{,}500$ g d'aspirine s'obtient par la formule de la solubilité : $s = \frac{m}{V}$.

Dans le document 2, trois solubilités sont données en fonction de la température. On peut effectuer deux calculs pour la température minimale (15 °C) et la température maximale (37 °C).

Dans l'eau à 15 °C, on a $s_1 = 2{,}5$ g/L, donc : $V_1 = \frac{m}{s_1} = \frac{0{,}500}{2{,}5} = \mathbf{0{,}20\ L}$.

Dans l'eau à 37 °C, on a $s_2 = 10$ g/L, donc : $V_2 = \frac{m}{s_2} = \frac{0{,}500}{10} = \mathbf{0{,}050\ L}$.

Le volume d'eau minimal nécessaire à la dissolution est **50 mL d'eau à 37 °C**.

On remarque qu'il faut **plus d'eau froide** (200 mL correspondent à un grand verre) **pour dissoudre la gélule que d'eau chaude** (50 mL = $\frac{200}{4}$ mL correspondent à $\frac{1}{4}$ du même verre).

La solubilité augmente donc avec la température du solvant.

> **LE BON RÉFLEXE**
> *Il est souvent plus facile et plus clair de donner un protocole en même temps sous forme de texte et de schémas.*

> **ATTENTION !**
> *N'oublie pas de convertir m = 500 mg en grammes.*

Attention, ça glisse...

Cadrage-débordement puis accélération et enfin tir au but ! Ce joueur de hockey modifie sa trajectoire ainsi que sa vitesse pour échapper aux défenseurs de l'équipe adverse. Avec sa crosse, il guide le palet en exerçant une force dont la direction change au cours du mouvement.

Mouvements et interactions

Les astronomes se sont toujours intéressés à la danse des objets célestes dans notre système solaire : le mouvement de la Lune autour de la Terre, celui de la Terre autour du Soleil, ceux des comètes... Newton a ouvert la voie à une étude mathématique de ces mouvements, en affirmant que la force exercée sur un objet est la source de son mouvement.

SUIVEZ LE GUIDE

LE COURS

Forces et effet sur le mouvement

Masse
Quantité de matière qui se mesure avec une balance. L'unité légale de la masse est le kilogramme (kg). Si la masse est donnée en grammes (g), on convertit : 1 g = 1 x 10^{-3} kg.

LA VIDÉO EN +
Qu'est-ce que l'impesanteur ?
▶ bit.ly/_SC_ch5_p254

Trajectoire d'un système
Chemin suivi par le système en mouvement.

La modélisation d'une action par une force

- Lorsqu'une action est appliquée sur un système, celui-ci peut alors être **mis en mouvement**, **s'arrêter** ou voir son **mouvement modifié**.
- Pour **modéliser une action**, on définit une **force** F qui possède quatre caractéristiques : son point d'application, sa droite d'action, son sens et sa valeur (exprimée en newtons N).
- Pour **représenter une force**, on utilise une **flèche** dont l'origine coïncide avec le point d'application, la droite d'action et le sens sont celles de la force et la longueur est proportionnelle à la valeur de la force.

Force de gravitation et poids

La force gravitationnelle exercée par la Terre

- La Terre est une sphère dont le rayon est R_T = 6 400 km et la **masse** $M_T = 5{,}98 \times 10^{24}$ kg.
- Tout objet de masse m et situé à une distance d du centre de la Terre est soumis à une action de la Terre modélisée par la **force gravitationnelle** F.
- L'expression de la force gravitationnelle F est la suivante :

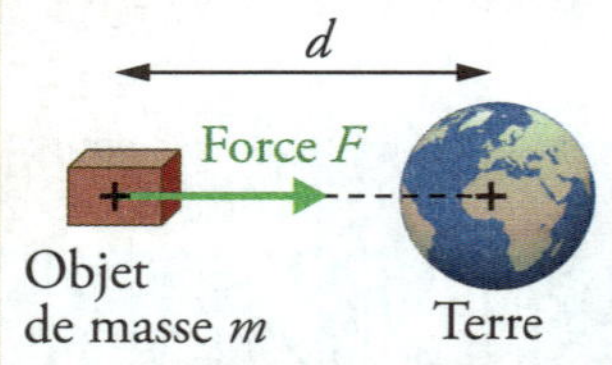

$F = G \times \dfrac{M_T \times m}{d^2}$	avec F en newtons (N), m et M_T en kilogrammes (kg), d en mètres (m) et G la constante de gravitation : $G = 6{,}67 \times 10^{-11}$ N·m²·kg⁻².

La force de pesanteur

La **force de pesanteur** (souvent appelée **poids**), notée P, est une force qui s'exerce sur chaque objet de masse m à la surface de la Terre. Son expression est la suivante :

$P = m \times g$	avec P en newtons (N), m en kilogrammes (kg) et g l'intensité de la pesanteur de valeur constante : $g = 9{,}8$ N·kg^{-1}.

L'effet d'une force sur le mouvement d'un système

La trajectoire ou la vitesse d'un système peuvent être modifiées sous l'effet d'une force.

- Une force appliquée à un système en mouvement et dont la droite d'action est **parallèle** à la **trajectoire** fera varier la **valeur de la vitesse** : la vitesse augmente si le sens de la force et le sens du mouvement sont les mêmes, dans le cas contraire la vitesse diminue.
- Une force appliquée à un système en mouvement et dont la droite d'action est **perpendiculaire** à la trajectoire entraînera un **changement de direction**, ce qui se traduira par une modification de la trajectoire.

LES MÉTHODES

Calculer la force gravitationnelle exercée

Le calcul se fait grâce à la formule du cours en veillant à exprimer toutes les grandeurs dans la bonne unité.

Exercice résolu

Saturne est une planète gazeuse, c'est-à-dire ne possédant pas de croûte solide, faite principalement d'hydrogène et d'hélium. Sa masse est : $M_{Sat} = 5{,}69 \times 10^{26}$ kg.

Sa trajectoire autour du Soleil, de masse $M_{Sol} = 3{,}00 \times 10^{30}$ kg, est assimilée à un cercle.

La distance entre le centre de la planète et celui du Soleil est : $d = 1{,}45 \times 10^{9}$ km.

Calculer la valeur de la force gravitationnelle exercée par le Soleil sur Saturne.

Corrigé

On convertit d en mètres : $d = 1{,}45 \times 10^{9}$ km $= 1{,}45 \times 10^{12}$ m, puis on calcule :

$$\boldsymbol{F} = G \times \frac{M_{sat} \times M_{sol}}{d^2} = 6{,}67 \times 10^{-11} \times \frac{5{,}69 \times 10^{26} \times 3{,}00 \times 10^{30}}{(1{,}45 \times 10^{12})^2} = \mathbf{5{,}42 \times 10^{22}\ N}$$

LE BON RÉFLEXE
N'oublie pas de convertir la distance en mètres : 1 km = 1 × 10³ m et de l'élever au carré.

Identifier l'effet d'une force appliquée sur un système

Une force peut modifier la valeur de la vitesse ou la trajectoire d'un système en mouvement.

Exercice résolu

Les trois schémas ci-dessous représentent trois moments d'une course de formule 1.
La flèche rouge représente la trajectoire et le sens du mouvement.
On précise l'évolution de la vitesse du bolide dans chaque situation.

Indiquer, pour chaque situation, le sens et la direction de la force appliquée au bolide.

Situation 1

La vitesse augmente.

Situation 2

La vitesse diminue.

Situation 3

La vitesse est constante.

Corrigé

- Dans la situation 1, le mouvement est dit rectiligne et accéléré : la direction du bolide reste la même et sa vitesse augmente. Donc la force est **parallèle** à la trajectoire du mouvement et possède le **même sens**.
- Dans la situation 2, le mouvement est dit rectiligne et décéléré : la direction du bolide reste la même et sa vitesse diminue. Donc la force est **parallèle** à la trajectoire du mouvement et possède le **sens opposé**.
- Dans la situation 3, le mouvement est curviligne et uniforme : la direction du bolide varie et sa vitesse est constante. Donc la force est **perpendiculaire** à la trajectoire du mouvement et dirigée **vers l'intérieur du virage**.

À NOTER
Dans le cas d'un mouvement rectiligne uniforme, la valeur de la vitesse et sa trajectoire restent les mêmes. Aucune force ne s'applique au système ou bien toutes les forces appliquées se compensent.

SCIENCES

CHECK ! 10 min

1 La force gravitationnelle exercée par la Terre a pour expression :

- ❑ a. $F = G + \dfrac{M_T \times m}{d^2}$
- ❑ b. $F = G \times \dfrac{M_T \times m}{d^2}$
- ❑ c. $F = G \times \dfrac{M_T \times m}{d}$

2 Pour calculer la force gravitationnelle, on doit exprimer :

- ❑ a. la distance en kilomètres
- ❑ b. les masses en grammes
- ❑ c. les masses en kilogrammes

3 L'expression du poids P est :

- ❑ a. $P = m + g$
- ❑ b. $P = m \times g$
- ❑ c. $P = \dfrac{m}{g}$

4 Si un système change de direction sans que sa vitesse soit modifiée :

- ❑ a. il n'est soumis à aucune force
- ❑ b. il est soumis à une force parallèle à la trajectoire
- ❑ c. il est soumis à une force perpendiculaire à la trajectoire

Corrigé p. 287

ZOOM

Des sondes pour explorer le système solaire

Depuis les débuts de l'ère spatiale, l'Homme a lancé à travers le système solaire plusieurs centaines de sondes : Luna, Voyager, Galileo...

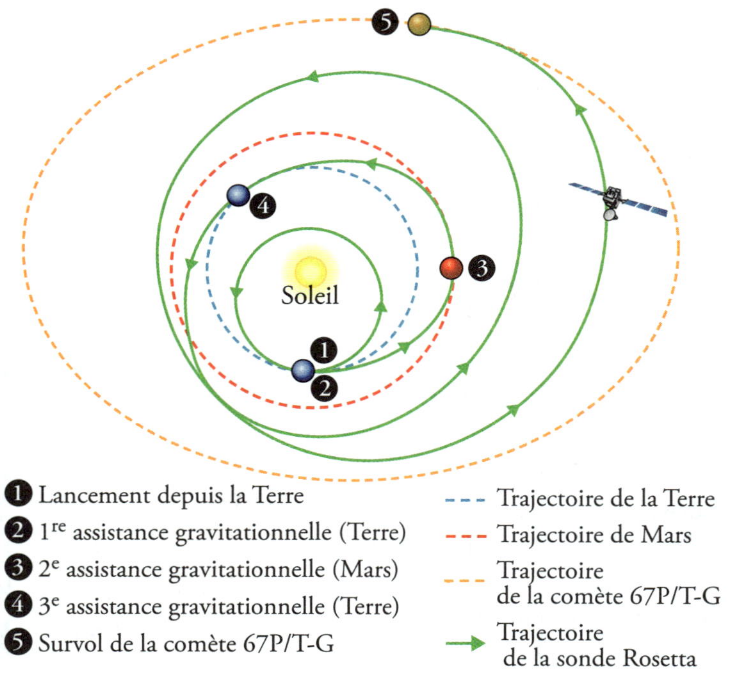

Assistance gravitationnelle dans le cas de la sonde Rosetta

Rosetta a survolé en 2014 la comète 67P/T-G, vieille de près de 4 milliards d'années.

Les sondes de type survol

Ces sondes ont pour mission de survoler les astres à des distances suffisamment petites pour avoir des images de leur surface. Lancée en 1977, la sonde Voyager 1 a permis d'avoir les premières images de Jupiter et Saturne.

Actuellement, cette sonde est l'objet réalisé par l'Homme le plus éloigné de la Terre : elle vient de quitter notre système solaire et s'est lancée dans le vide interstellaire à plus de vingt milliards de kilomètres de la Terre !

Les sondes atmosphériques

Ces sondes ont pour mission de révéler la composition et les caractéristiques de l'atmosphère de la planète visée. Cette mission dure le temps de la traversée de l'atmosphère jusqu'à ce que la sonde soit désintégrée.

Lancée en 1989, la sonde Galileo a ainsi étudié les couches supérieures de Jupiter.

L'assistance gravitationnelle

Durant son voyage, une sonde utilise le principe de l'assistance gravitationnelle pour se déplacer d'une planète à l'autre. Cette méthode consiste à utiliser la force gravitationnelle des planètes rencontrées par la sonde pour donner un supplément de vitesse à celle-ci.

LE SUJET DE BREVET

30 min

Distances d'arrêt et de sécurité d'un véhicule

Cet exercice, qui étudie les énergies mises en jeu lors du mouvement d'un véhicule, permet de t'entraîner à exploiter un nombre important de documents.

Doc. 1 Distances de réaction, de freinage et d'arrêt d'un véhicule

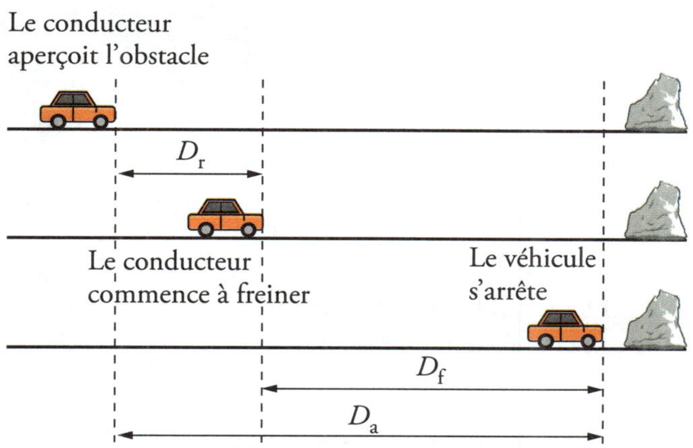

- D_r est la **distance de réaction**. C'est la distance parcourue par le véhicule entre le moment où le conducteur aperçoit l'obstacle et le moment où il commence à freiner. Elle dépend de la durée de réaction du conducteur.
- D_f est la **distance de freinage**. C'est la distance parcourue par le véhicule entre le moment où le conducteur commence à freiner et le moment où le véhicule s'arrête.
- D_a est la **distance d'arrêt**. C'est la distance parcourue par le véhicule entre le moment où le conducteur aperçoit un obstacle et l'arrêt du véhicule.

Doc. 2 Distances de réaction et de freinage pour différentes vitesses

Vitesse (km/h)	0	30	50	90	100	110	130
Vitesse (m/s)	0	8	14	25	28	31	36
D_r (m)	0	8	14	25	28	31	36
D_f (m)	0	6	16	50	62	75	104

Route sèche et véhicule correctement entretenu

1. Au voisinage d'un collège, un véhicule roule à 30 km/h, vitesse maximale autorisée. Donner la valeur de la distance de réaction D_r, de la distance de freinage D_f et calculer la valeur de la distance d'arrêt D_a. Commenter la valeur de la distance d'arrêt obtenue en la comparant à celle d'une autre longueur ou distance que vous choisirez.

2. Calculer l'énergie cinétique d'un véhicule de masse $m = 1\ 000$ kg roulant à une vitesse v de 50 km/h. Lors du freinage, l'énergie cinétique du véhicule diminue jusqu'à s'annuler. Décrire ce que devient cette énergie.

LE BON RÉFLEXE
Pour calculer la distance d'arrêt demandée à la question 1, utilise le document 1 et le document 2.

Doc. 3 **Code de la route et distance de sécurité entre deux véhicules**

« Lorsque deux véhicules se suivent, le conducteur du second doit maintenir une distance de sécurité suffisante pour pouvoir éviter une collision en cas de ralentissement brusque ou d'arrêt subit du véhicule qui le précède. Cette distance est d'autant plus grande que la vitesse est plus élevée. Elle correspond à la distance parcourue par le véhicule pendant une durée d'au moins deux secondes. » (Article R412-12 du code de la route.)

Doc. 4 **1 trait danger – 2 traits sécurité !**

Des panneaux sur l'autoroute expliquent aux conducteurs que deux véhicules doivent être distants d'au moins deux traits blancs sur le côté droit de la route.

Le schéma ci-contre représente les traits blancs et donne leurs longueurs exprimées en mètres. On rappelle que sur autoroute et par temps sec, la vitesse des véhicules est limitée à 130 km/h.

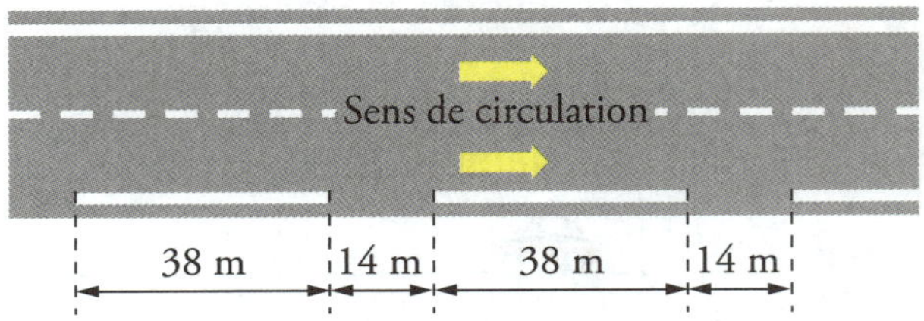

3. À l'aide de calculs simples, expliquer pourquoi, sur autoroute, la règle « un automobiliste doit veiller à ce que le véhicule qui le précède soit séparé de lui d'au moins deux traits blancs » permet d'avoir une distance de sécurité suffisante.

LE CORRIGÉ

1. La distance de réaction est $D_r = 8$ m. La distance de freinage est $D_f = 6$ m.
La distance d'arrêt est donnée par $D_a = D_r + D_f = 8 + 6 = 14$ m.
La distance d'arrêt est donc de **14 mètres** lorsqu'un véhicule roule à 30 km/h.
On peut calculer la distance d'arrêt d'un véhicule allant à 50 km/h, d'après le tableau, de la même façon. On trouve $D'_a = 30$ m. Si on compare D'_a avec D_a, on constate qu'une voiture allant à 50 km/h a besoin de **plus du double de distance pour s'arrêter** que si elle allait à 30 km/h, ce qui ferait courir bien plus de danger aux collégiens.

2. D'après le document 2, on peut écrire : $v = 50$ km/h $= 14$ m/s.
L'énergie cinétique d'un objet de masse m, allant à une vitesse V est :

$$E_c = \frac{1}{2} \times m \times v^2 = \frac{1}{2} \times 1\,000 \times (14)^2 = \mathbf{9{,}8 \times 10^4\ J.}$$

L'énergie cinétique du véhicule diminue lorsque sa vitesse diminue, mais cette énergie ne disparaît pas. **Elle se transforme en énergie thermique au niveau des freins.**

3. Si un véhicule roule à la vitesse maximale autorisée, c'est-à-dire à $v = 130$ km/h $= 36$ m/s, la distance de sécurité doit correspondre à celle parcourue pendant un temps $t = 2$ s.
Pour une voiture allant à 130 km/h, cette distance d est :
$d = v \times t = 36 \times 2 = 72$ m.
Or la distance correspondant à 2 traits est : $d_{2T} = (2 \times 38) + 14 = 90$ m.
On constate en effet qu'en allant à la vitesse maximale autorisée, **le véhicule a besoin de 72 m pour s'arrêter, mais dispose de 90 m.** S'il roule à 2 traits de distance par rapport au véhicule qui le précède, il dispose d'une distance suffisante pour s'arrêter. Les 2 traits permettent donc d'avoir une distance de sécurité suffisante.

ATTENTION !
Pour calculer l'énergie cinétique, utilise la formule donnée page 48 en veillant à exprimer toutes les grandeurs dans la bonne unité.

LE BON RÉFLEXE
Pour répondre à la question 3, calcule d'abord la distance de sécurité si la voiture va à la vitesse maximale sur l'autoroute.

Expérience électrique, Amédée van Loo, 1777 (détail)

La « fée électricité » est un sujet de fascination depuis l'Antiquité. Le XVIIIe siècle a vu la multiplication des expériences mettant en évidence le phénomène électrique. Les salons où se rencontraient les savants sont un lieu privilégié pour des démonstrations publiques.

L'énergie, ses transferts et ses conversions

On peut trouver l'énergie sous différentes formes : énergie chimique dans les molécules, énergie rayonnante portée par la lumière... La forme la plus utilisée par l'Homme est l'énergie électrique. Créée dans les centrales électriques, elle est transportée jusqu'aux lieux de consommation où elle est alors convertie en énergie utile : énergie thermique, énergie de mouvement...

SUIVEZ LE GUIDE

Le cours pages 260 et 262

Les méthodes pages 261 et 263

Check ! page 264

Zoom page 264

Le sujet de brevet page 265

LE COURS

Stockage et échanges d'énergie

Sources et formes d'énergie

Les deux types de sources d'énergie

- Les sources d'énergie **renouvelables** (Soleil, chute d'eau...) se renouvellent rapidement par rapport à la durée d'une vie humaine ou sont inépuisables.
- Les sources d'énergie **non renouvelables** (pétrole, charbon...) s'épuisent et ont besoin de plusieurs millions d'années pour se renouveler.

Les différentes formes d'énergie

Énergie	liée à la/aux
cinétique	mouvements
de position	position
chimique	transformations chimiques
lumineuse	rayonnements lumineux
électrique	circulation d'un courant électrique
thermique	température
nucléaire	transformations mettant en jeu les noyaux atomiques

L'énergie cinétique d'un corps

Plus un corps **se déplace vite**, plus son énergie cinétique est **grande**. Si le corps est immobile, alors son énergie cinétique est nulle.

$$E_c = \frac{1}{2} \times m \times v^2$$

avec E_c l'énergie cinétique en joules (J), m la masse en kilogrammes (kg) et v la vitesse en mètre par seconde ($m \cdot s^{-1}$).

Transfert, conversion et bilan d'énergie

Le principe de conservation de l'énergie

Lors de toute transformation, **l'énergie est conservée**. Pour un corps donné, tout changement d'énergie correspond soit à un **transfert d'énergie** vers un autre corps, soit à une **conversion d'énergie** : la quantité totale d'énergie reste constante.

Transfert et conversion d'énergie
Lorsque l'énergie d'un corps est transmise à d'autres corps, on parle de **transfert** d'énergie. Lorsque l'énergie d'un corps change de forme, on parle de **conversion** d'énergie.

Le bilan énergétique d'un système

- Une partie de l'énergie reçue par le système est souvent **perdue sous forme de chaleur** à cause de frottements, le reste de l'énergie est utilisable.

Le principe de conservation de l'énergie, nous permet d'écrire : $E_{reçue} = E_{libérée} + E_{perdue}$.

- On peut représenter le bilan énergétique d'un système grâce à un **diagramme** où apparaissent les différentes formes d'énergies : reçue, libérée et perdue.

LES MÉTHODES

Établir le bilan énergétique lors du freinage d'un véhicule

Le bilan énergétique fait apparaître les différentes formes d'énergies (reçue, libérée et perdue) par le système étudié.

Exercice résolu

Une voiture (de masse $m = 987$ kg) roule sur une route départementale à 90 $\text{km}\cdot\text{h}^{-1}$, elle se dirige vers une commune et freine donc pour avoir une vitesse de 50 $\text{km}\cdot\text{h}^{-1}$.

a. Calculer l'énergie perdue par la voiture lors du freinage.

b. Sous quelle forme cette énergie a-t-elle été perdue ?

c. Faire un diagramme bilan d'énergie pour cette situation.

d. Quelle(s) conversion(s) d'énergie un moteur électrique réalise-t-il ? Faire un diagramme bilan d'énergie de ce type de moteur.

Corrigé

a. Pour calculer l'énergie perdue par la voiture lors du freinage, il faut d'abord calculer l'énergie cinétique de la voiture avant et après le freinage.

• Conversion des vitesses en $\text{m}\cdot\text{s}^{-1}$:

$v_1 = \dfrac{90}{3,6} = 25\ \text{m}\cdot\text{s}^{-1}$;

$v_2 = \dfrac{50}{3,6} = 14\ \text{m}\cdot\text{s}^{-1}$.

• Calcul de l'énergie cinétique de la voiture lorsqu'elle roule à 90 $\text{km}\cdot\text{h}^{-1}$:

$\boldsymbol{E_{c1}} = \dfrac{1}{2} \times m \times v_1^2 = \dfrac{1}{2} \times 987 \times (25)^2 = \mathbf{308\ 438\ J.}$

• Calcul de l'énergie cinétique de la voiture lorsqu'elle roule à 50 $\text{km}\cdot\text{h}^{-1}$:

$\boldsymbol{E_{c2}} = \dfrac{1}{2} \times m \times v_2^2 = \dfrac{1}{2} \times 987 \times (14)^2 = \mathbf{96\ 726\ J.}$

• D'après le principe de conservation de l'énergie, nous avons :

$E_{c1} = E_{perdue} + E_{c2}$.

On en déduit que l'énergie perdue par la voiture lors du freinage est :

$\boldsymbol{E_{perdue}} = E_{c1} - E_{c2} = 308\ 438 - 96\ 726 = \mathbf{211\ 712\ J.}$

b. Cette énergie a été perdue **sous forme d'énergie thermique** (échauffement des freins et des pneus).

c. Le diagramme bilan d'énergie de la voiture qui freine est le suivant :

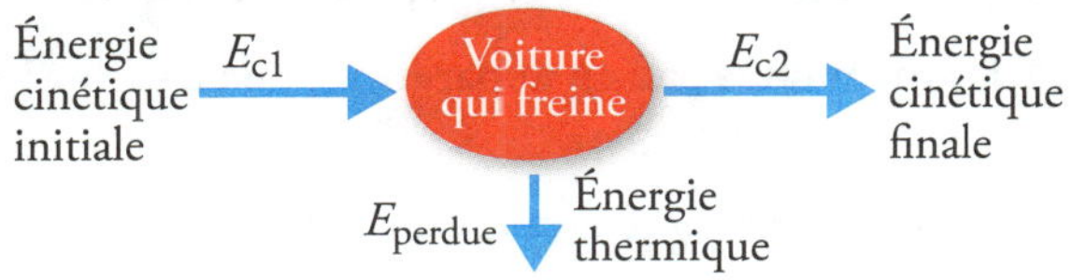

d. Le moteur électrique convertit l'énergie électrique reçue majoritairement en énergie mécanique et une petite partie de l'énergie reçue est perdue sous forme d'énergie thermique.

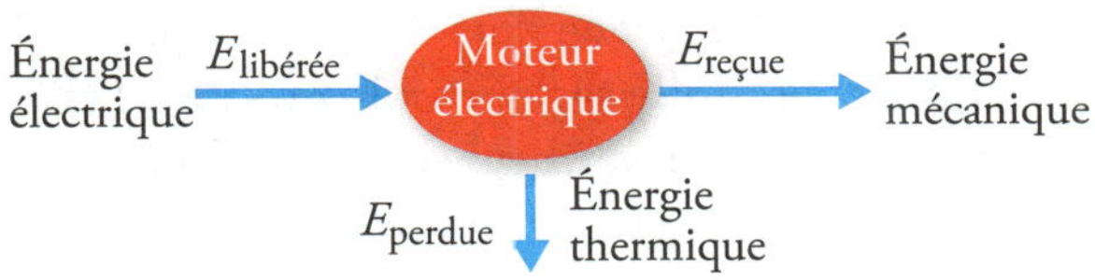

LE BON RÉFLEXE

Pour convertir en mètres par seconde une vitesse exprimée en kilomètres par heure, il suffit de la diviser par 3,6 :
$1\ \text{km}\cdot\text{h}^{-1} = \dfrac{1}{3,6}\ \text{m}\cdot\text{s}^{-1}$.

ATTENTION !

Lors du calcul de l'énergie cinétique d'un système, pense bien à :
– exprimer la vitesse en mètres par seconde ;
– mettre la vitesse au carré.

LE COURS

Puissance et énergie électrique

La puissance électrique

La puissance électrique d'un appareil

- En régime continu, la **puissance P consommée** par un appareil électrique est égale au produit de la tension U entre ses bornes par l'intensité I du courant qui le traverse.

$P = U \times I$	avec P la puissance de l'appareil en watts (W), U la tension électrique aux bornes du dipôle en volts (V) et I l'intensité du courant traversant le dipôle en ampères (A).

- La puissance indiquée sur un appareil est sa puissance **nominale**, c'est-à-dire la puissance consommée par l'appareil lorsqu'il est utilisé dans des conditions idéales (valeur de la tension et fréquence du signal électrique reçu).
- Plus un dipôle a une **puissance nominale élevée**, plus son action est **efficace**.

Exemple : entre deux aspirateurs, c'est celui qui a la plus grande puissance qui aspire le plus fort.

- L'**unité légale** de la puissance est le **watt** (W).

On utilise également le kilowatt (kW), le mégawatt (MW) et le gigawatt (GW).

Exemple : $P_{\text{aspirateur}} = 1\,200 \text{ W} = 1{,}200 \text{ kW}$.

Valeur nominale d'une grandeur
Valeur à respecter pour une utilisation optimale d'un appareil.
Par exemple, puissance nominale, fréquence nominale, tension nominale...

La puissance électrique d'une installation

Si une installation (habitation, école, usine...) comporte plusieurs appareils électriques, alors la **puissance électrique totale** consommée par l'installation est égale à la **somme des puissances consommées** par chaque appareil de l'installation.

Exemple : dans une salle de classe, si on utilise en même temps six néons (58 W chacun), un ordinateur (200 W) et un vidéoprojecteur (100 W), la puissance électrique totale consommée vaudra : $P_{\text{totale}} = 58 \times 6 + 200 + 100 = 648 \text{ W}$.

LA VIDÉO EN +
Que nous révèle notre facture d'électricité ?
▶ bit.ly/_SC_ch6_p262

Relation entre puissance, énergie et temps

- L'**énergie électrique E consommée** par un appareil dépend de sa puissance et de la durée de son fonctionnement.

$E = P \times t$	avec E l'énergie électrique en joules (J), P la puissance nominale en watts (W) et t la durée de fonctionnement de l'appareil en secondes (s).

- L'**unité légale** de l'énergie est le **joule** (J).

On utilise aussi le kilojoule (kJ), le **wattheure** (Wh) et le kilowattheure (kWh).

Exemple : les compteurs d'énergie électrique domestiques indiquent l'énergie transférée aux appareils électriques branchés sur le secteur en kilowattheures.

- Pour calculer une énergie exprimée en wattheures (Wh), il faut exprimer la puissance en watts (W) et la durée de fonctionnement en heures (h). On a : $1 \text{ Wh} = 3\,600 \text{ J} = 3{,}6 \times 10^3 \text{ J}$.

LES MÉTHODES

Comparer des puissances nominales

Plus un dipôle a une puissance nominale élevée, plus son action est efficace.

Exercice résolu

Les caractéristiques d'appareils électriques présents dans une cuisine sont données dans le schéma ci-dessous.

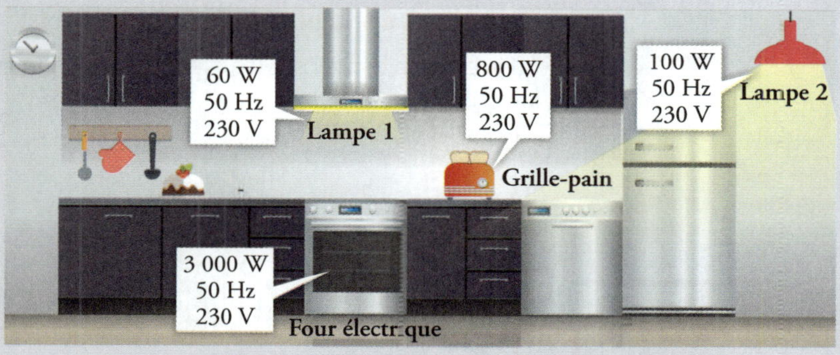

a. Quelle est la lampe qui brille le plus ? Quel est l'appareil qui chauffe le plus ?
b. À quoi correspond l'indication 230 V indiquée sur les appareils électriques ?

Corrigé

a. On sait que plus la puissance nominale d'un appareil est élevée, plus son action est efficace, donc la lampe qui brille le plus est la **lampe 2** (100 W > 60 W) et l'appareil qui chauffe le plus est le **four électrique** (3 000 W > 800 W).

b. L'indication 230V est la **tension nominale** : c'est la valeur de la tension qu'il faut respecter lors de l'utilisation des appareils pour un fonctionnement optimal.

À NOTER
Aujourd'hui, les lampes à incandescences sont progressivement remplacées par des lampes LED, qui consomment beaucoup moins d'énergie électrique pour un éclairage équivalent.

Déterminer l'énergie électrique consommée

L'énergie électrique consommée par un appareil dépend de sa puissance et de la durée de son fonctionnement.

Exercice résolu

Quelle est l'énergie électrique consommée par un ventilateur de puissance 120 W qui fonctionne pendant 6,5 h par jour ? Exprimer le résultat en Wh, puis en J.

Corrigé

- L'énergie électrique consommée est calculée grâce à la formule : $E = P \times t$.
- Pour calculer une énergie exprimée en wattheures, il faut exprimer la puissance en watts et la durée de fonctionnement en heures.

$E_{\text{ventilateur}} = P_{\text{ventilateur}} \times t = 120 \times 6{,}5 = \mathbf{780\ Wh}$.

- On convertit en joules :

$E_{\text{ventilateur}} = 780 \times 3\,600 = 2\,808\,000$ J soit environ $\mathbf{2{,}8 \times 10^6}$ **J**.

LE BON RÉFLEXE
Retiens que le wattheure et le joule sont deux unités de l'énergie reliées par :
$1\ \text{Wh} = 3\,600\ \text{J} = 3{,}6 \times 10^3\ \text{J}$.

SCIENCES

CHECK ! 10 min

1 Une source renouvelable d'énergie :

- ❑ a. possède un stock inépuisable
- ❑ b. possède un stock limité

2 La formule de l'énergie cinétique est :

- ❑ a. $E_c = 2 \times m^2 \times v$
- ❑ b. $E_c = \frac{1}{2} \times m^2 \times v$
- ❑ c. $E_c = \frac{1}{2} \times m \times v^2$

3 La puissance électrique a pour formule :

- ❑ a. $P = E \times t$
- ❑ b. $P = U \times I$
- ❑ c. $P = \frac{E}{t}$

4 Deux lampes ont des puissances différentes. Dans les mêmes conditions d'utilisation, celle qui a la plus grande puissance :

- ❑ a. brillera le moins
- ❑ b. brillera le plus

Corrigé p. 287

ZOOM

Des batteries pour faire le plein d'énergie

Les batteries qui stockent l'énergie des smartphones, des ordinateurs portables ou encore du robot Opportunity sont composées d'accumulateurs rechargeables : les batteries lithium-Ion (Li-Ion).

Le robot Opportunity

Grâce à ses batteries Lithium-Ion alimentées par des panneaux solaires, le robot Opportunity roule sur le sol martien depuis plus de treize ans.

Les batteries Lithium-Ion

Les batteries Li-Ion sont constituées de deux lames appelées électrodes (une en graphite, l'autre en oxyde métallique) introduites dans une solution ionique qui permet le passage d'un courant électrique (l'électrolyte).

Elles ont de nombreux avantages : une grande capacité de stockage, la capacité d'être rechargées rapidement sans devoir attendre qu'elles soient entièrement déchargées, un faible coût de fabrication tout en ne nécessitant pas d'entretien…

Leur durée de vie est estimée à 300 cycles de charge pour les batteries du commerce et jusqu'à plusieurs milliers de cycles pour celles du robot Opportunity.

Malheureusement, ces batteries ont tendance à chauffer. Il peut se produire un court-circuit entre les deux électrodes ou une fuite de l'électrolyte liquide qui, au contact de l'eau ou de l'air, se transforme en produit corrosif, avec des risques d'explosion.

Les batteries de demain

Les recherches sur les futures batteries portent sur de nouveaux matériaux constituant les électrodes (graphène ou nano fils d'or), mais aussi sur des composants plus performants pour éviter les emballements thermiques, ou encore sur des additifs pour augmenter la tension des batteries.

LE SUJET DE BREVET

30 min

Comparaison de deux centrales électriques

Cet exercice très complet permet de relier énergies et transformations chimiques, de s'entraîner à faire des calculs par déduction et de rédiger une réponse argumentée.

La production d'électricité à partir des centrales thermiques à flamme est le mode le plus répandu dans le monde et bénéficie des abondantes, mais épuisables, ressources en charbon, pétrole et gaz de la planète. Certains pays se lancent dans le développement de centrales géothermiques et on cherche ici à comprendre ce choix.

Doc. 1 Principe de fonctionnement d'une centrale géothermique

Une centrale géothermique produit de l'électricité, sans qu'il y ait de combustion, grâce à la chaleur de la Terre qui transforme l'eau contenue dans les nappes souterraines en vapeur. Le mouvement de la vapeur d'eau sous pression permet de faire tourner une turbine entraînant un alternateur, qui produit du courant alternatif. Ses tours de refroidissement ne dégagent que de la vapeur d'eau condensée.

Doc. 2 Principe de fonctionnement d'une centrale thermique à flamme

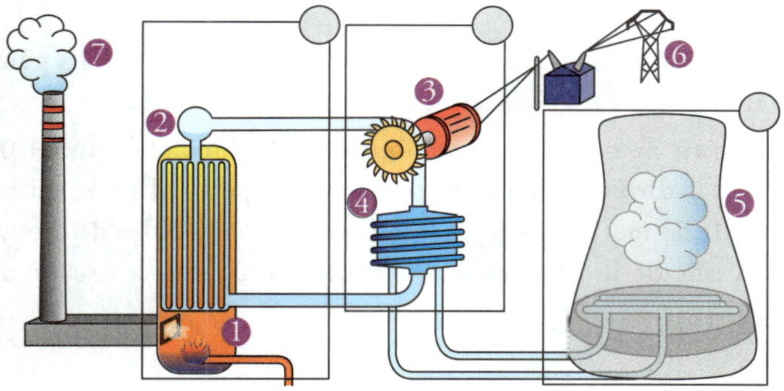

1. Combustion du charbon, du pétrole ou du gaz
2. Vapeur d'eau
3. Turbine et alternateur
4. Condenseur (transforme la vapeur en eau liquide)
5. Dans ces tours, l'eau de refroidissement de la centrale est elle-même refroidie en circulant au contact de l'air, ce qui explique le dégagement de vapeur d'eau
6. Réseau électrique
7. Cheminée libérant gaz et fumées produits lors de la combustion

1. Compléter le tableau suivant en exploitant les **documents 1 et 2**.

Nom de la centrale	Source(s) d'énergie utilisée	Source d'énergie renouvelable ou non ?	Dégage ou non des fumées ?
thermique à flamme			
géothermique			

LE BON RÉFLEXE
Pour cette question 1, souligne dans le document 1 ce qui explique le principe de fonctionnement d'une centrale géothermique.

2. Repérer sur le dessin du **document 2**, les 3 circuits distincts A, B et C, puis écrire A, B ou C à l'intérieur des cercles grisés.
– A : circuit de refroidissement.
– B : circuit primaire où se transforme l'énergie chimique en énergie thermique.
– C : circuit secondaire où se transforme l'énergie mécanique en énergie électrique.

SCIENCES

À NOTER
*Pour la question **3.b.**, n'oublie pas que les proportions des réactifs et des produits apparaissent dans l'équation de réaction.*

3. On étudie la réaction de combustion du méthane CH_4 qui a lieu dans le circuit primaire d'une centrale thermique. Le méthane réagit avec le dioxygène O_2 de l'air pour former du dioxyde de carbone CO_2 et de l'eau H_2O, selon l'équation de réaction :

$$CH_4 + 2\,O_2 \rightarrow CO_2 + 2\,H_2O$$

a. Nommer le gaz responsable de l'effet de serre produit dans cette réaction chimique.

b. Lorsqu'on brûle 6×10^{22} molécules de méthane de manière complète :
– combien de molécules de dioxygène sont nécessaires ? Expliquer.
– combien de molécules de dioxyde de carbone sont formées ? Expliquer.

4. Un réacteur de centrale thermique à flamme produit $P_{\text{flamme}} = 1\,100$ MW.
Un réacteur de centrale géothermique délivre une énergie $E = 7\,500\,000$ MWh par an, en fonctionnant 6 820 heures.

a. Montrer par un calcul, que la puissance électrique du réacteur de centrale géothermique est équivalente à celle du réacteur de centrale thermique à flamme.

b. En faisant référence aux réponses précédentes, donner deux arguments expliquant pourquoi certains pays ont opté pour des centrales géothermiques.

LE CORRIGÉ

1.

Nom de la centrale	Source(s) d'énergie utilisée	Source d'énergie renouvelable ou non ?	Dégage ou non des fumées ?
thermique à flamme	combustibles fossiles : charbon, pétrole, gaz	source non renouvelable	oui
géothermique	chaleur de la Terre	source renouvelable	non

2. Chaque circuit est défini dans l'énoncé de la question 2 : on utilise ces définitions pour répondre. De gauche à droite, dans les cercles grisés, il faut écrire : **B, C puis A.**

3. a. L'équation montre qu'il apparaît deux gaz de la combustion : la vapeur d'eau (H_2O) et le dioxyde de carbone (CO_2). C'est le **dioxyde de carbone** qui participe à l'effet de serre.

b. • D'après l'équation, une molécule de méthane CH_4 réagit avec deux molécules de dioxygène O_2. Par proportionnalité, on calcule le nombre de molécules de O_2 nécessaires pour brûler 6×10^{22} molécules de CH_4 :
$2 \times 6 \times 10^{22} = 12 \times 10^{22}$.
$\mathbf{12 \times 10^{22}}$ **molécules de O_2** sont donc nécessaires.
• D'après l'équation, une molécule de méthane CH_4 produit une molécule de dioxyde de carbone CO_2. Par proportionnalité, lors de la combustion de 6×10^{22} molécules de CH_4, il se forme donc $\mathbf{6 \times 10^{22}}$ **molécules de CO_2**.

LE BON RÉFLEXE
Utilise la formule de l'énergie et donne l'expression de P avant de faire tes calculs. Tu n'as pas de conversion à faire.

4. a. On calcule la puissance électrique du réacteur géothermique avec : $E = P \times t$.
On a $E = 7\,500\,000$ MWh et $t = 6\,820$ h, on obtient donc :

$$P_{\text{géothermique}} = \frac{E}{t} = \frac{7\,500\,000}{6\,820} = 1\,099{,}7 \text{ MW} \approx \mathbf{1\,100\ MW}.$$

La puissance électrique produite par la centrale géothermique est **presque égale** à celle produite par une centrale à flamme qui est de 1 100 MW d'après l'énoncé.

b. Les centrales thermiques à flamme utilisent une **source d'énergie non renouvelable.** De plus, elles dégagent des **fumées contenant du CO_2**, gaz qui participe à l'effet de serre et au réchauffement climatique.
Certains pays ont opté pour les centrales géothermiques car elles ont une puissance électrique équivalente aux centrales thermiques à flamme, mais elles utilisent une **source d'énergie renouvelable** et ne dégagent **pas de fumées polluantes.**

La supernova 1994D dans la galaxie NGC 4526 observée par Hubble

Comment détecter la moindre étincelle de lumière venue de l'espace en échappant à la pollution lumineuse des villes et à l'épaisseur de la couche atmosphérique, qui absorbe une partie de la lumière ? Réponse : grâce au télescope spatial Hubble, qui gravite autour de la Terre.

Des signaux pour observer et communiquer

L'observation de signaux, tels que la lumière, qui nous viennent de l'espace a permis aux scientifiques d'écrire l'histoire de notre univers depuis sa naissance. Pour communiquer, des signaux sont aussi émis sur Terre, véhiculés puis réceptionnés avant d'être traduits, par exemple pour la téléphonie mobile, en signal sonore.

SUIVEZ LE GUIDE

Le cours pages 268 et 270

Les méthodes pages 269 et 271

Check ! page 272

Zoom page 272

Le sujet de brevet page 273

LE COURS

Lumière et calcul de distances

La lumière

Les deux types de sources de lumière

- Les sources **primaires** de lumière produisent la lumière qu'elles émettent.

Exemple : les étoiles sont des sources primaires, car la lumière qu'elles émettent résulte des réactions nucléaires ayant lieu en leur cœur.

- Les sources **secondaires** de lumière renvoient une partie de la lumière qu'elles reçoivent.

Exemple : la Lune est une source secondaire, car c'est un objet diffusant la lumière reçue du Soleil.

La propagation rectiligne de la lumière

La lumière se propage en **ligne droite** dans un milieu transparent, **homogène** et **isotrope** tel que le vide.

Homogène et isotrope
Homogène signifie que les caractéristiques du milieu sont les mêmes en tout point.
Isotrope signifie que toutes les directions dans le milieu sont équivalentes.

Une unité pour les distances entre les étoiles

- Pour exprimer les distances séparant le Soleil des étoiles les plus proches, le mètre ou le kilomètre sont des unités de longueur beaucoup trop petites. Les astronomes ont donc défini une unité de longueur adaptée : l'**année-lumière** de symbole al.
- Cette unité est pratique, car elle permet de lier directement la **durée** mise par la lumière pour nous parvenir d'une étoile et la **distance** nous séparant de cette étoile.

Exemple : pour une étoile distante de 50 al, la lumière met 50 ans à nous parvenir.

- Plus une étoile est éloignée de nous, plus la lumière qui nous parvient aujourd'hui a été émise il y a longtemps dans le passé : **voir loin, c'est voir dans le passé.**

Année-lumière
Une année-lumière correspond à la distance parcourue par la lumière en un an dans le vide :
$1 \text{ al} = 9{,}46 \times 10^{12} \text{ km}$
$= 9{,}46 \times 10^{15} \text{ m}$.

Les ordres de grandeurs dans l'Univers

- L'ordre de grandeur d'une valeur numérique est égal à la **puissance de 10 la plus proche** de cette valeur.
- On peut étudier l'Univers à **différentes échelles**, du noyau atomique aux amas de galaxies.

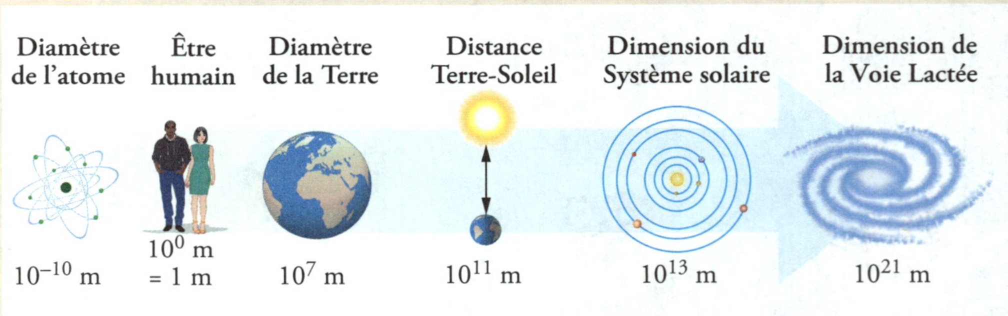

LES MÉTHODES

Calculer une hauteur à l'aide de rayons lumineux

Un faisceau de lumière est constitué par des rayons lumineux qui sont modélisés par des droites sur lesquelles on indique le sens de propagation par une flèche. Ce modèle permet de calculer la hauteur d'un objet par la mesure de la longueur de son ombre.

Exercice résolu

On mesure dans un jardin, les ombres respectives de deux arbres : celle d'un grand chêne ($L_{\text{chêne}}$) et celle d'un citronnier ($L_{\text{citronnier}}$). On mesure également la hauteur du citronnier ($H_{\text{citronnier}}$) : 1,56 m.

Calculer la hauteur $H_{\text{chêne}}$ du grand chêne.

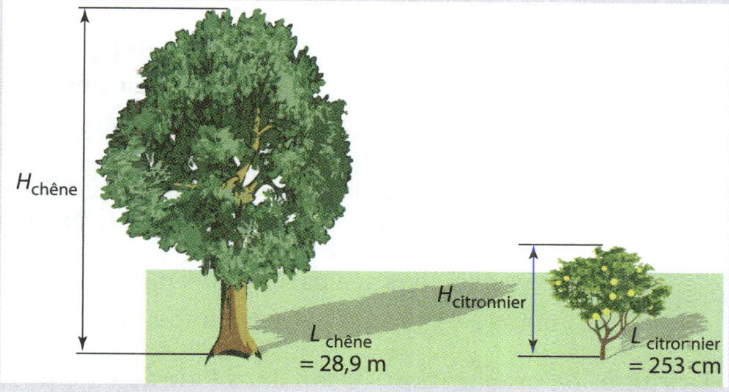

Corrigé

On applique la relation de proportionnalité entre hauteur et longueur :

$$\frac{H_{\text{chêne}}}{H_{\text{citronnier}}} = \frac{L_{\text{chêne}}}{L_{\text{citronnier}}} \Leftrightarrow H_{\text{chêne}} = \frac{H_{\text{citronnier}} \times L_{\text{chêne}}}{L_{\text{citronnier}}}$$

On convertit l'ombre du citronnier en mètres : $L_{\text{citronnier}} = 253 \text{ cm} = 2{,}53 \text{ m}$.

On effectue le calcul : $H_{\text{chêne}} = \dfrac{1{,}56 \times 28{,}9}{2{,}53} = 17{,}8 \text{ m}$.

La hauteur du chêne est égale à 17,8 m.

LE BON RÉFLEXE
On utilise la proportionnalité entre la hauteur d'un objet et celle de son ombre portée.

Déterminer l'ordre de grandeur d'une longueur

Pour trouver l'ordre de grandeur d'une valeur numérique, on l'écrit en notation scientifique, puis on l'encadre avec deux puissances de 10 successives. La puissance de 10 la plus proche de la valeur est son ordre de grandeur.

Exercice résolu

La planète Jupiter est la plus grande de notre système solaire.

Sa distance au Soleil est égale à 778×10^{10} km.

Trouver l'ordre de grandeur de cette longueur.

Corrigé

On pose $D_1 = 778 \times 10^{10}$ km, puis on trouve sa notation scientifique :
$D_1 = 7{,}78 \times 10^2 \times 10^{10} = 7{,}78 \times 10^{12}$ km.
On trouve l'encadrement en puissance de 10, soit :
$10^{12} < 7{,}78 \times 10^{12} < 10^{13}$.
On choisit la puissance de 10 la plus proche, soit 10^{13} sachant que $7{,}78 > 5$.
Donc l'ordre de grandeur de la distance Jupiter-Soleil est 10^{13} km soit 10^{16} m.

À NOTER
Un nombre en notation scientifique est de la forme $N = A \times 10^n$ où A est compris entre 1 et 10.

SCIENCES

LE COURS

La chaîne d'information

Fréquence
Elle représente le nombre de fois où le phénomène se reproduit dans une seconde.

Les ondes sonores

La condition de propagation d'un son

- Le son est une **vibration de la matière** (onde) qui se propage de proche en proche.
- Le son se propage uniquement dans les **milieux matériels** (eau, roche, air…) : il ne peut pas se propager dans le vide.

La vitesse de propagation du son dans l'air

- La **vitesse *v* de propagation du son** est donnée par l'expression suivante.

$$v = \frac{d}{t}$$

avec d la distance parcourue en mètres (m), t la durée en secondes (s) et v en mètres par seconde (m/s ou $m{\cdot}s^{-1}$).

- La vitesse de propagation du son dans l'air dépend de la **température de l'air**. La vitesse communément choisie est celle à une température de 15 °C : $v = 340\ m{\cdot}s^{-1}$.

La fréquence d'un son

Un son est un **phénomène périodique** auquel est associée une grandeur appelée **fréquence**, exprimée en hertz (Hz).

Fréquence (Hz)	0 à 20	20 à 20 000	supérieure à 20 000
Type de vibration	infrasons	sons audibles par l'oreille humaine	ultrasons

Émission, propagation, réception

Pour qu'une information soit utile, le signal (sonore, lumineux, électrique…) qui la contient doit être correctement **émis, transmis** et **reçu**. La transmission d'un signal dépend du milieu de **propagation** (canal de transmission) entre l'émetteur et le récepteur.

LA VIDÉO EN +
Vitesse de la lumière
▶ bit.ly/_SC_ch7_p270

L'émission d'un son ou d'une lumière

- Un son est produit par un **émetteur** (instrument de musique, gorge, haut-parleur…) qui fait vibrer l'air. La fréquence de vibration est égale à la fréquence du son émis.
- La lumière est produite par une **source primaire** de lumière. Elle se propage à environ **$3{,}0 \times 10^8$ m.s^{-1} dans le vide** et l'air, et à $2{,}0 \times 10^8$ m.s^{-1} dans l'eau.

Propagation et réception d'un son ou d'une lumière

L'**information sonore** se propage de proche en proche dans l'air et est réceptionnée par un récepteur tel que l'oreille. L'**information lumineuse** se propage dans le vide (ou dans l'air) et est réceptionnée par un récepteur tel qu'un télescope.

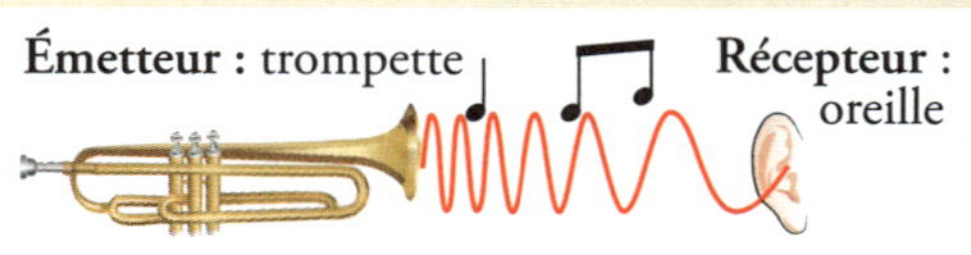

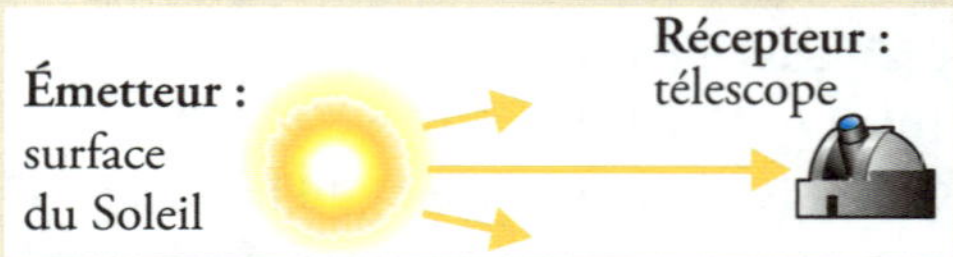

LES MÉTHODES

Calculer la durée de propagation d'un son

À partir de la vitesse de propagation et de la distance entre l'émission et la réception, on calcule la durée du trajet du son.

Exercice résolu

Un coup de tonnerre retentit à une distance $d = 35$ km d'un village.
Sachant que la vitesse du son est égale à 340 m/s, calculer la durée mise par le son pour arriver jusqu'au village.

Corrigé

On part de la formule de la vitesse que l'on réécrit pour calculer la durée :
$v = \frac{d}{t}$ équivaut à $t = \frac{d}{v}$.
On convertit la distance en mètres : $d = 35 \times 10^3$ m, puis on effectue le calcul :
$\boldsymbol{t} = \frac{35 \times 10^3}{340} = \mathbf{103\ s.}$
Le son mettra donc 103 s pour arriver jusqu'au village.

Le bon réflexe
Pour convertir des kilomètres en mètres utilise les puissances de 10 :
$1\ km = 1 \times 10^3$ m.

Identifier les éléments d'une chaîne de transmission

Au cours de la transmission d'un signal, interviennent l'émetteur, le canal de transmission et le récepteur.

Exercice résolu

Pour chacune des trois situations suivantes, les éléments de la chaîne de transmission (émetteurs, canal de transmission et récepteur) sont donnés dans le désordre.
Faire un tableau pour ranger chaque élément correctement.

- **Situation 1** : un concert de rock.
  oreille — air — guitare électrique
- **Situation 2** : le passage d'une comète.
  vide — comète — télescope spatial
- **Situation 3** : un coucher de soleil.
  œil — soleil — air

Corrigé

Situation	Émetteur	Canal de transmission	Récepteur
concert de rock	guitare électrique	air	oreille
passage d'une comète	comète	vide	télescope spatial
coucher de soleil	Soleil	air	œil

À noter
Le canal de transmission est le milieu au sein duquel se propage le signal sonore ou lumineux.

SCIENCES

CHECK ! 10 min

1 Dans le vide, la lumière parcourt en 1 seconde 299 792 458 m. L'ordre de grandeur de cette distance est :

❑ a. 10^8 km ❑ b. 10^9 m ❑ c. 10^8 m

2 Le son se propage dans :

❑ a. le vide ❑ b. l'eau ❑ c. le fer

3 La fréquence du son émis par un émetteur :

❑ a. est égale à celle reçue par le récepteur
❑ b. est supérieure à celle reçue par le récepteur
❑ c. est inférieure à celle reçue par le récepteur

4 L'oreille est :

❑ a. un émetteur
❑ b. un transmetteur
❑ c. un récepteur

5 L'Homme est capable d'entendre des sons qui ont une fréquence :

❑ a. inférieure à 20 Hz
❑ b. comprise entre 20 et 20 000 Hz
❑ c. supérieure à 20 000 Hz

Corrigé p. 287

ZOOM

Comment les applications mobiles nous localisent-elles ?

De nombreuses applications mobiles permettent à l'utilisateur de trouver le meilleur itinéraire, de retrouver des amis situés à proximité… Derrière ces fonctions, se cache un système de géolocalisation par satellites.

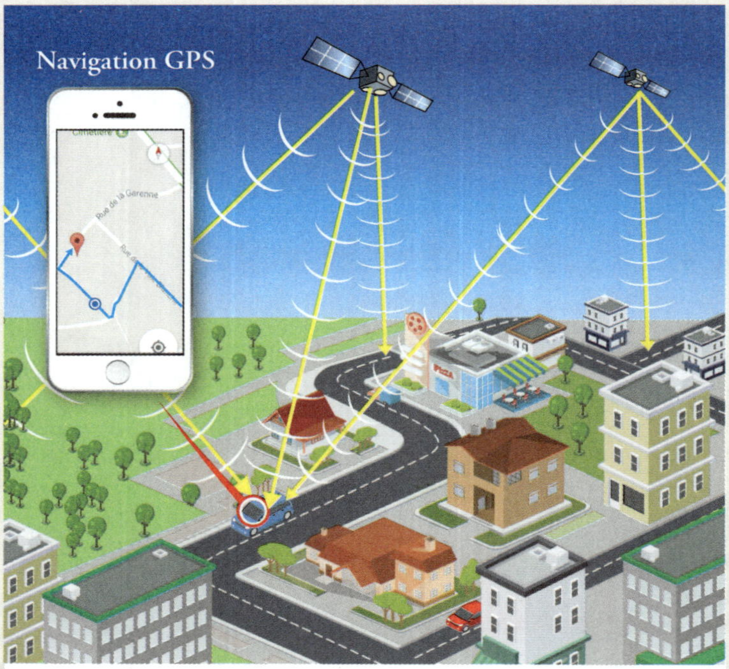

Principe de la géolocalisation par GPS

La position du récepteur est calculée grâce à une série de satellites en orbite autour de la Terre.

Le GPS : un système de géolocalisation mondial

Le premier satellite destiné à la géolocalisation a été lancé en 1978 par les États-Unis. Sa mission première était militaire.

Depuis 1995, 24 satellites opérationnels orbitent à 20 200 km d'altitude, ce qui permet une couverture totale de la planète à tout instant.

Le principe de la géolocalisation

Les satellites du système de géolocalisation envoient des ondes électromagnétiques se propageant à la vitesse de la lumière.

Une fois ces ondes reçues par le récepteur (un téléphone portable par exemple), le calculateur du récepteur peut mesurer avec une grande précision la distance entre chaque satellite et le récepteur. À partir des positions des différents satellites, le calculateur détermine alors la position (latitude, longitude et altitude) du récepteur, avec une erreur de quelques dizaines de mètres maximum.

Cette précision est atteinte grâce à des horloges atomiques embarquées à bord des satellites : elles utilisent les vibrations des atomes pour obtenir des mesures de temps ultraprécises de l'ordre de 10^{-14} s.

LE SUJET DE BREVET

30 min

Les ultrasons chez les chauves-souris

Cet exercice permet de réviser la propagation des ondes.

Doc. 1 Les ultrasons

Les ultrasons se déplacent dans l'air à la même vitesse que le son $v = 330$ m/s (à une température de 0 °C) .
Leurs fréquences sont supérieures à celles détectées par l'oreille humaine qui n'entend que des fréquences f telles que : 20 Hz $< f <$ 20 kHz.
Certains animaux utilisent les ultrasons pour se déplacer ou chasser. Ils utilisent le principe de l'écho : l'onde ultrasonore émise par l'animal est réfléchie après avoir rencontré un obstacle (un aller-retour). L'animal évalue ainsi la taille de sa proie et la distance qui le sépare d'elle.

Doc. 2 Les chauves-souris et les ultrasons

Les chauves-souris émettent et perçoivent des ultrasons pour se déplacer dans l'obscurité ou pour chasser. Les émissions ultrasonores des chauves-souris sont produites par expiration de l'air qui fait vibrer le larynx, par le nez ou la bouche.

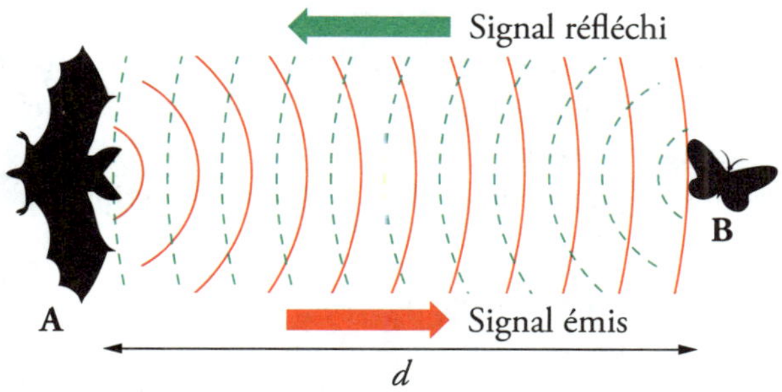

Les fréquences pratiquées par les chauves-souris que l'on peut observer en France s'échelonnent de 12 à 120 kHz suivant les espèces. Chacune possède sa propre plage d'utilisation de fréquence.

Source : *Symbiose lycéenne*, cahier n° 4

1. a. Le phénomène d'écho est basé sur une propriété des ondes. Laquelle ?
b. La lumière visible est une onde. Citer une différence et un point commun entre la lumière et les ondes sonores.

SCIENCES

2. Deux signaux sonores sont représentés ci-dessous. Les échelles sont identiques sur les axes des deux graphiques.

Son 1	Son 2
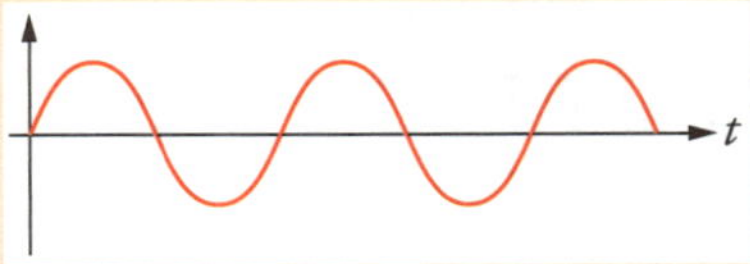	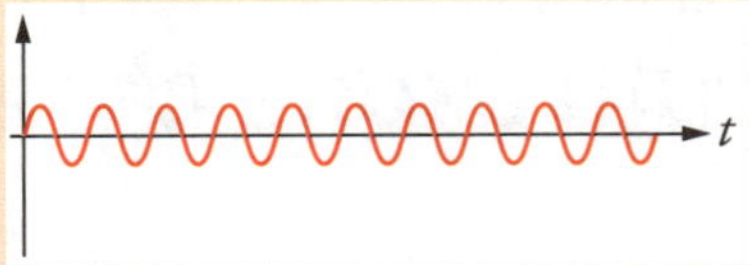
Période $T_1 = 10$ ms	Période $T_2 = 2{,}5$ ms

a. Lequel des deux signaux a une amplitude plus forte ?
b. Lequel des deux signaux a la fréquence la plus élevée ?
c. Lequel des deux signaux est plus aigu ?
d. Calculer la fréquence du son 2. S'agit-il d'un ultrason ? Justifier.

Le bon réflexe
Pour la question 4, relis la fin du document 1 qui te donne une information cruciale sur le temps t cherché.

3. Les chauves-souris que l'on peut observer en France émettent-elles des sons audibles par l'être humain ou des ultrasons ? Justifier.

4. La chauve-souris du schéma du **document 2** détecte un insecte en envoyant un signal vers celui-ci qu'elle reçoit à nouveau, après sa réflexion, au bout de 20 ms.
a. Quel est le temps t mis par le signal émis pour aller de A jusqu'à B ?
b. Calculer la distance AB qui sépare la chauve-souris de sa proie.

LE CORRIGÉ

1. a. L'écho est basé sur le phénomène de la **réflexion** que peuvent subir des ondes : elles sont réfléchies lorsqu'elles rencontrent un obstacle.
b. L'une des différences entre ces deux types d'onde est que la lumière (qui est une onde électromagnétique) peut se déplacer **dans le vide** tandis que les ondes sonores ne se propagent que **dans un milieu matériel**.
Un point commun entre ces deux types d'onde est la réflexion : **la lumière peut être réfléchie comme le son.**

À noter
*Pour la réponse à la question **2.b.**, la courbe la plus « serrée » correspond au son de la fréquence la plus élevée si les échelles du temps sont identiques, ce qui est le cas.*

2. a. Le **son 1** a l'amplitude la plus forte.
b. Le **son 2** a la fréquence la plus élevée.
c. Le son de fréquence la plus élevée est le **son 2** : c'est donc le plus aigu.
d. La fréquence du son 2 est donnée par :

$$f = \frac{1}{T_2} = \frac{1}{2{,}5 \times 10^{-3}} = 400 \text{ Hz}.$$

On constate que 400 Hz < 20 000 Hz, il s'agit donc bien d'un **son audible par un humain** et non pas d'un ultrason dont la fréquence est par définition (d'après le document 1) supérieure à 20 000 Hz.

3. D'après le document 2, les chauves-souris que l'on peut observer en France émettent des signaux dont les fréquences varient de 12 kHz à 120 kHz, c'est-à-dire de 12 000 Hz à 120 000 Hz. Ces valeurs sont donc **comprises dans le spectre des sons audibles par l'oreille humaine** (fréquences inférieures à 20 000 Hz) **et dans le spectre des ultrasons** (fréquences supérieures à 20 000 Hz).

4. a. 20 ms est le temps d'un **aller-retour**.
Le temps t pour parcourir AB est donc : $\mathbf{t = 10}$ **ms.**
b. On a $v = \frac{AB}{t}$.
D'où $AB = v \times t = 330 \times 10 \times 10^{-3} = 3{,}3$ m.
La chauve-souris se trouve donc à **3,3 m** de sa proie.

Une visite en réalité augmentée de la Conciergerie à Paris

Le visiteur peut plonger dans le passé en scannant certains lieux du monument avec une tablette numérique équipée d'une application de réalité augmentée. Une reconstitution à 360° de l'époque médiévale ou de l'époque révolutionnaire apparaît alors à l'écran.

Technologie

La réalité augmentée permet de superposer en temps réel la réalité avec des éléments virtuels. Cette nouvelle technologie se diffuse de plus en plus largement en parallèle de l'usage des smartphones et des tablettes numériques. Elle trouve des applications dans de nombreux domaines : commerce (le client peut par exemple visualiser des meubles dans son propre intérieur avant de les acheter), imagerie médicale, jeu vidéo…

SUIVEZ LE GUIDE

Le cours pages 276, et 278

Check ! page 280

Zoom page 280

Le sujet de brevet page 281

LE COURS

Innovation et objets techniques

DE QUOI S'AGIT-IL ? Un projet d'objet technique commence toujours par l'analyse des besoins. Les concepteurs du bureau d'étude trouvent ensuite des solutions techniques pour aboutir à un produit fini, en respectant le cahier des charges. Après la réalisation d'un prototype, la production en grand nombre peut être lancée.

Cahier des charges
Document contractuel décrivant de la façon la plus précise possible, les besoins auxquels le concepteur de l'objet doit répondre.

Prototype
Objet fabriqué afin de valider les performances, la stabilité et l'intégralité du produit. Il permet d'éviter les erreurs avant la mise en production.

Usinage
Procédé de fabrication par enlèvement de matière. Les métaux, le bois et les plastiques sont usinables. Un logiciel de FAO pilote le mouvement de l'outil qui usine.

LA VIDÉO EN +
Biomimétisme : la nature en copier-coller
▶ bit.ly/SC_ch8_p276

Rédiger un cahier des charges

L'analyse du besoin

Les objets techniques sont conçus par l'Homme pour répondre à des besoins. Le besoin apparaît quand l'Homme perçoit un manque ou qu'il est insatisfait. C'est le début de tout projet.

Exemple : si le besoin est de se déplacer, l'objet technique pourra être un vélo, une automobile…

Pour répondre au besoin de l'utilisateur, les concepteurs listent toutes les fonctions que doit assurer un objet technique. Cette analyse fonctionnelle a pour but de rédiger un cahier des charges. Dans ce cahier des charges, l'ensemble des caractéristiques du produit sont précisées.

Les fonctions de service d'un objet

L'objet technique est considéré comme un ensemble de fonctions de service, sans distinguer ses différentes pièces. Il existe deux types de fonctions de service :

– les fonctions principales, correspondant au service rendu par le système pour répondre aux besoins ;

– les fonctions contraintes, représentant l'ensemble des obligations à satisfaire pour répondre aux besoins.

Concevoir des objets innovants et esthétiques

La conception d'un produit

Lors de la conception, on recherche toutes les fonctions techniques qui permettent de réaliser les fonctions de service définies, puis toutes les solutions techniques y répondant.

Le choix d'une solution technique se fait à l'aide :

– de sondages auprès des utilisateurs (forme d'une voiture, couleur d'emballage, odeur de déodorant par exemple) ;

– de tests (pour choisir un matériau) ;

– de calculs et de simulations numériques…

Une fois les solutions techniques choisies, le concepteur prépare un ensemble de documents décrivant la mise en œuvre et la réalisation du produit : plans, modèles virtuels (notamment des modélisations 3D), schémas électriques…

Le design d'un produit

Le design ne se résume pas à l'esthétique d'un produit et n'est pas déterminé à la fin de la conception : la démarche design intervient à toutes les étapes d'un projet.

Afin de choisir le design d'un objet, les concepteurs analysent les sensations que ce produit doit créer (chaleur, volume, aspect ludique…).

Le prototype

Le produit étant défini, un premier exemplaire est réalisé : le prototype. De nos jours, la fabrication d'un prototype est le plus souvent une fabrication assistée par ordinateur (FAO), qui permet de passer rapidement des modèles numériques 3D des concepteurs au processus de fabrication.

Il est possible de fabriquer le prototype d'un objet technique par usinage ou par impression 3D par exemple. L'impression 3D est un procédé de fabrication par ajout de matière. Le plastique, le béton et les métaux sont des matériaux utilisables, chacun avec une imprimante 3D spécifique.

Suivre l'évolution technique des objets et comprendre leurs impacts

L'évolution des objets techniques

Les inventions et les progrès scientifiques et techniques permettent de faire évoluer les objets, d'améliorer leurs performances. L'esthétique des objets se modifie en fonction des goûts et de la mode. Leur ergonomie s'améliore.

Les impacts des objets techniques

À chaque étape de son cycle de vie, un objet technique a un impact sur l'environnement et la société.

Les impacts environnementaux sont variés : pollution visuelle, nuisance sonore, rejet dans l'atmosphère de gaz ou de chaleur, épuisement des ressources, déchets… Certaines entreprises font de l'écoconception une priorité.

Les impacts sociétaux sont également multiples. Malgré leur bon fonctionnement, des objets sont jugés « périmés » et rapidement remplacés, par effet de mode. L'utilisation à outrance de certains objets comme les objets connectés peut créer une dépendance…

Analyser le fonctionnement d'un objet

La chaîne d'information

La chaîne d'information d'un système automatisé peut être découpée en plusieurs étapes, ou blocs fonctionnels :

– acquérir : créer une information à partir d'un événement (grâce à un capteur) ;
– traiter : gérer les informations acquises ;
– communiquer.

La chaîne d'énergie

Les objets et les systèmes automatisés utilisent de l'énergie pour fonctionner. L'énergie circule en passant par différents composants de l'objet ou du système.

Cette chaîne d'énergie peut être découpée en plusieurs étapes, ou blocs fonctionnels :

– alimenter : apporter une énergie exploitable à l'objet ;
– stocker : permettre de disposer d'une réserve d'énergie ;
– distribuer : gérer l'énergie circulant ;
– convertir : transformer en une autre forme d'énergie ;
– transmettre : transporter l'énergie.

Chaîne d'information
Partie du système qui capte, puis traite l'information.

Système automatisé
Système qui exécute un ensemble de tâches programmées, sans intervention de l'Homme.

Chaîne d'énergie
Ensemble des procédés permettant de réaliser une action.

LA VIDÉO EN +
Les courants marins, énergie de demain
▸ bit.ly/_SC_ch8_p277

EN BREF

Le cycle de vie d'un produit

Chaîne d'information et chaîne d'énergie d'un portail automatique

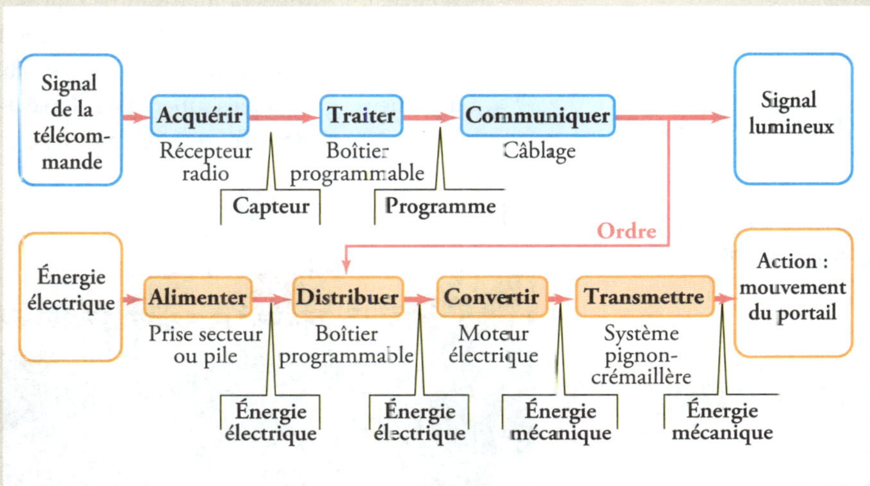

LE COURS

Modélisation et programmation

DE QUOI S'AGIT-IL ? La modélisation numérique permet de reproduire virtuellement le fonctionnement d'un objet sans passer par des essais coûteux. La programmation informatique facilite le fonctionnement autonome des objets techniques ou la communication entre les objets.

La modélisation numérique

Modéliser et simuler

La modélisation est une représentation virtuelle ou mentale de la réalité. Elle n'est pas destinée à reproduire exactement la réalité, mais permet l'étude de la structure d'un système ou d'un objet.

La simulation numérique permet, par des calculs mathématiques, de prévoir le comportement d'un système lors de son utilisation avant même sa construction. Il y a toujours un écart entre la prédiction d'une simulation et le comportement réel du système.

Elle permet aussi d'amplifier le comportement du système. Ainsi, les petites déformations, les faibles mouvements deviennent visibles.

Représenter les résultats de simulation

Certains résultats de simulation sont représentés directement sur le modèle de l'objet (les déformations par exemple).

D'autres résultats ne permettent pas de visualisation directe. On les représente alors sous forme de graphiques ou par des couleurs. Par exemple, un chronogramme est une représentation graphique de l'évolution temporelle d'un ou plusieurs signaux, constituée d'un ou plusieurs graphiques superposés. L'axe des abscisses, commun, représente le temps.

Le fonctionnement en réseau informatique

Les objets techniques sont de plus en plus souvent mis en réseau afin de communiquer entre eux. Certains réseaux informatiques, dits locaux, sont limités à un espace restreint (domicile, école, entreprise...). Ils peuvent être reliés au réseau mondial Internet.

La circulation des informations

Les informations circulent via trois technologies :

– le fil de cuivre (information sous forme de signal électrique) ;

– la fibre optique (lumière dans un fil) ;

– les ondes électromagnétiques (WiFi, Bluetooth, 4G/5G, infrarouge...).

Chaque technologie a ses limites, en termes de portée et de débit. Ainsi, le débit maximum du fil de cuivre est d'environ 100 Mo/s contre 1 Go/s pour la fibre optique.

Les protocoles de communication

Lors d'un accès à Internet, l'ordinateur est connecté par un modem, appelé box de nos jours. Chaque objet d'un réseau a une adresse IP (*Internet protocol*) unique. Quand ils communiquent entre eux, les objets doivent respecter un ensemble de règles de communication : un protocole. Par exemple, le protocole TCP/IP régule sur Internet le transfert de paquets de données, composés de « mots » binaires, suites de 0 et de 1.

Réseau informatique
Ensemble d'équipements (ordinateurs, téléphones, objets connectés) reliés entre eux et capables d'échanger des informations.

LA VIDÉO EN +
Alan Turing
▶ bit.ly/_SC_ch8_p278

Simulation du passage d'un poids lourd sur un pont avec Bridge Designer 2016

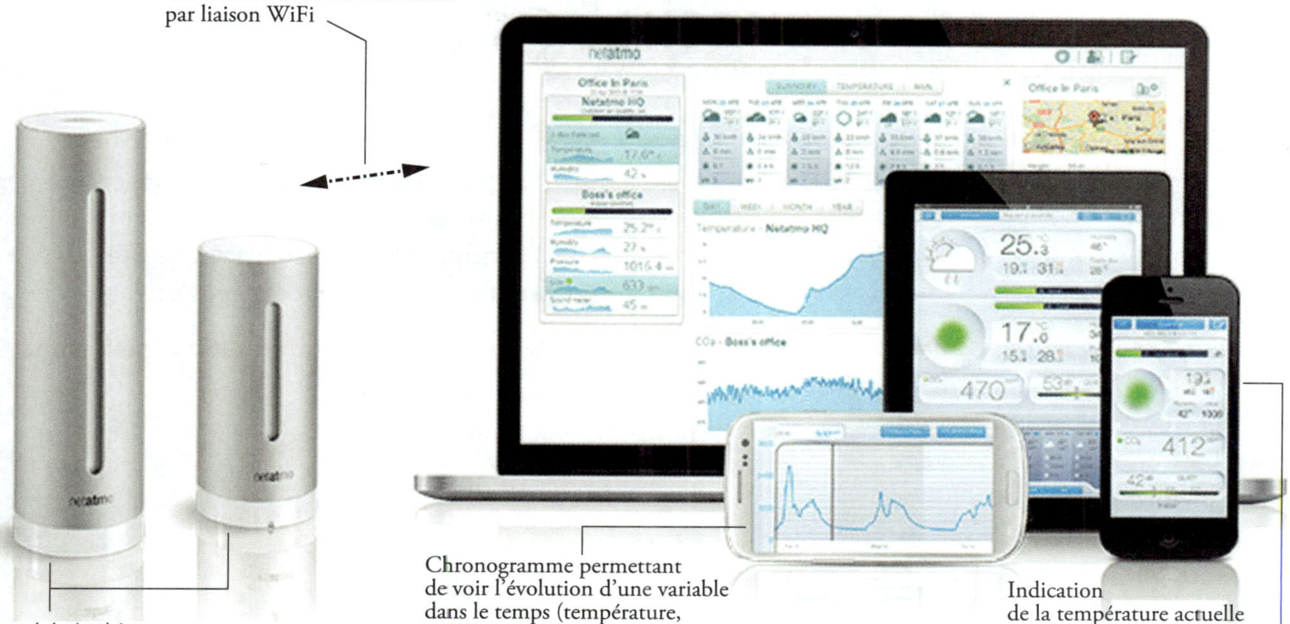

Station météo connectée

Cet objet connecté mesure la qualité de l'air à l'intérieur et à l'extérieur de l'habitat. Il transmet par liaison WiFi les grandeurs mesurées en temps réel. Ces informations sont affichées sous forme de chronogrammes ou de valeurs chiffrées dans l'application mobile associée.

L'écriture et l'exécution d'un programme

Les objets informatisés

Un objet informatisé est programmé pour interagir de manière autonome dans son environnement. Il est équipé de capteurs permettant d'obtenir les informations nécessaires.

Des programmes informatiques, exécutables par un microprocesseur, assurent le traitement de ces informations.

L'objet informatisé agit sur son environnement grâce à des actionneurs.

Les programmes informatiques

Un programme décompose un problème complexe en une suite d'opérations plus simples. La programmation, réalisée à l'aide de logiciels et dans des langages spécifiques (Scratch par exemple), peut prendre différentes formes : textuelle, logigramme, blocs… Quel que soit le langage de programmation employé, les instructions exécutent ces opérations simples, en suivant l'ordre déterminé par un algorithme.

Un programme informatique est notamment constitué :

– de variables, qui associent un contenu à un nom : ce contenu ou cette valeur peut être une chaîne de caractères (un mot), un nombre (entier, décimal…) ou quel que type de donnée que ce soit ;

– de boucles, qui servent à répéter plusieurs fois les mêmes instructions ;

– d'instructions conditionnelles, qui servent à choisir entre différentes options.

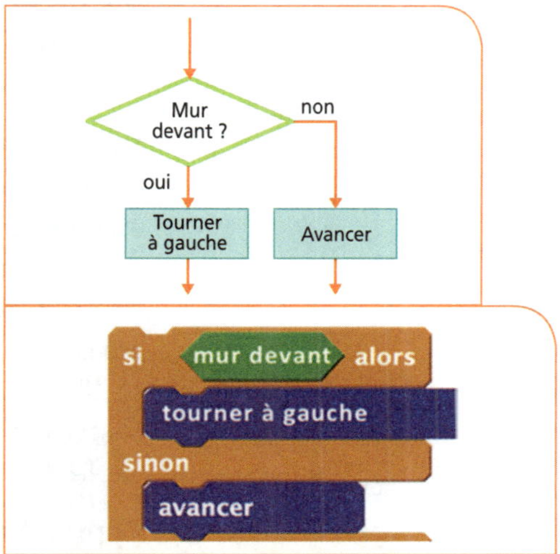

Exemple des mêmes instructions conditionnelles en logigramme (haut) et en blocs Scratch (bas)

S'il y a un mur devant lui, le robot tourne à gauche, sinon il continue d'avancer.

Microprocesseur
« Cerveau » de l'objet connecté. Il exécute des programmes afin de traiter les informations reçues.

Programme
Suite ordonnée d'opérations, destinées à être exécutées par un objet connecté afin de résoudre un problème donné.

Algorithme
Succession finie d'instructions afin de résoudre un problème.

CHECK ! 10 min

1 Le document contractuel qui liste toutes les caractéristiques d'un produit s'appelle :

- ❑ a. un résumé fonctionnel
- ❑ b. un cahier des charges
- ❑ c. un plan de fabrication

2 Dans une chaîne d'information, on peut trouver comme fonctions :

- ❑ a. traiter
- ❑ b. convertir
- ❑ c. stocker
- ❑ d. acquérir
- ❑ e. transmettre
- ❑ f. alimenter

3 La modélisation numérique permet :

- ❑ a. de reproduire virtuellement le fonctionnement d'un objet
- ❑ b. de reproduire exactement la réalité
- ❑ c. d'étudier la structure d'un système

4 Un programme informatique peut comprendre :

- ❑ a. des variables
- ❑ b. des boucles
- ❑ c. des réseaux

Corrigé p. 287

ZOOM

Bientôt des voitures autonomes ?

Sur la route, de nombreux accidents sont dus à la fatigue du conducteur.
Le développement des véhicules autonomes doit permettre de réduire ce risque.

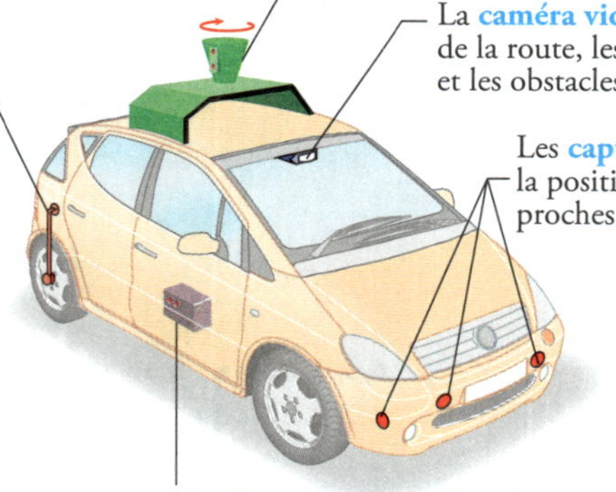

Schéma descriptif d'un véhicule autonome

Rendre un véhicule autonome

Un véhicule autonome doit être capable de rouler sans intervention d'un conducteur. Pour cela, il doit acquérir des informations sur son environnement, prendre des décisions quant aux actions à effectuer, communiquer avec les autres usagers de la route, effectuer les manœuvres définies et informer ses éventuels passagers.

Les technologies mises en œuvre

L'acquisition des données sur l'environnement s'effectue grâce à différents types de capteurs : un simple capteur de distance, une caméra, la télédétection par laser… Les informations ainsi acquises sont traitées par un système programmé pour prendre des décisions.

La communication entre le véhicule et l'environnement doit utiliser une transmission de données sécurisée afin d'éviter que le véhicule autonome ne soit piloté à distance à son insu.

Apprendre de nouvelles situations

Une programmation « classique » ne peut pas prévoir toutes les situations qui peuvent se présenter sur la route. L'intelligence artificielle permettra aux véhicules autonomes d'interpréter et donc de gérer des situations non prévues par la programmation initiale.

LE SUJET DE BREVET

30 min

La programmation de la serre du futur

Ce sujet te permet de t'entraîner à compléter des chaînes d'énergie et d'information, ainsi qu'un logigramme et un programme Scratch.

La culture sous serre permet d'optimiser la production de fruits et légumes en contrôlant tous les facteurs du milieu. L'étude suivante porte sur l'arrosage et l'apport d'engrais qui est dosé afin de gérer au mieux la culture hydroponique des tomates par exemple.

Doc. 1 Principe de fonctionnement

Le dosage d'engrais et d'apport en eau est réalisé par l'installation d'un goutteur et d'un capteur d'humidité à proximité immédiate de la plante. L'humidité du substrat est contrôlée par le boîtier programmable. Si elle est inférieure à une valeur donnée, le boîtier donnera l'ordre à une carte électronique de puissance de mettre en route la pompe. Le goutteur transmettra alors de l'engrais et de l'eau à la plante.

Doc. 2 Schématisation du système d'arrosage automatique

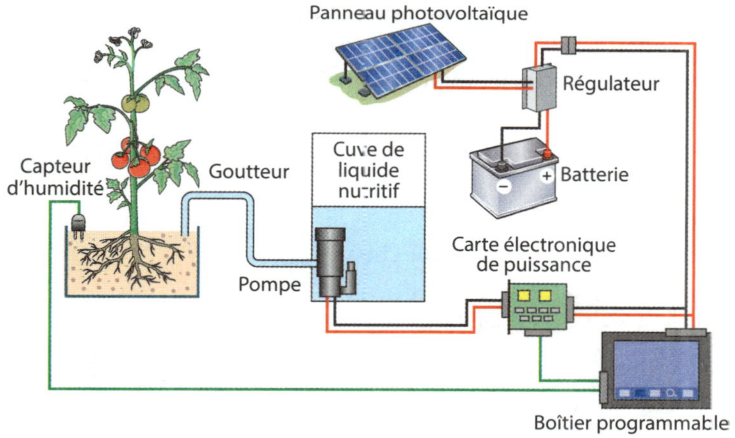

1. À l'aide des **documents 1 et 2**, compléter la chaîne d'information et la chaîne d'énergie du système d'arrosage automatique.

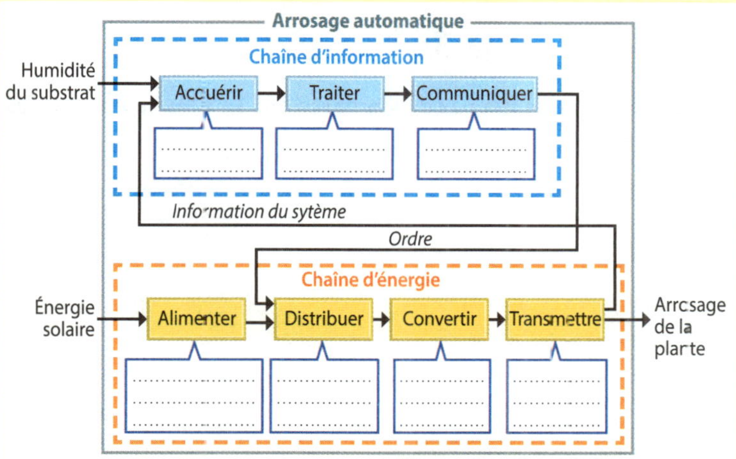

LE BON RÉFLEXE
Surligne les éléments de la chaîne d'information et ceux de la chaîne d'énergie sur le document 2 en prenant deux couleurs différentes.

SCIENCES

À NOTER
Dans le logigramme, les cases en forme de parallélogramme sont des actions.

2. Compléter ci-dessous le logigramme du système d'arrosage automatique, puis le programme Scratch associé.

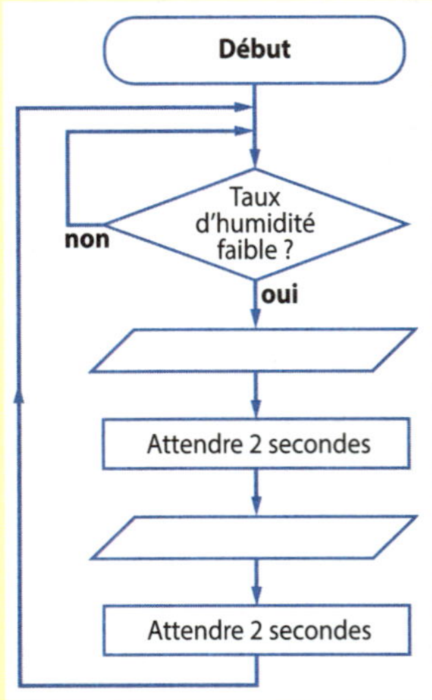

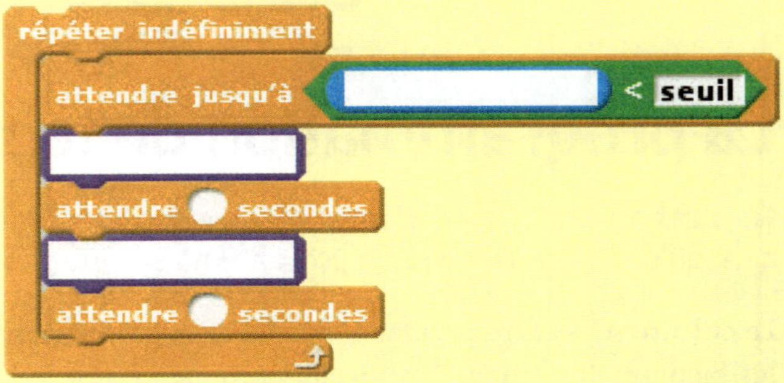

3. Pourquoi le programme n'a-t-il pas de fin ?

LE CORRIGÉ

À NOTER
Le cheminement de l'information commence toujours par un capteur ou un détecteur.

1. La chaîne d'information doit être complétée ainsi (de gauche à droite) :
Capteur d'humidité ; Boîtier programmable ; Câble.
La chaîne d'énergie doit être complétée ainsi (de gauche à droite) :
Panneau photovoltaïque, batterie, régulateur ; Carte électronique de puissance ; Pompe ; Goutteur.

2. L'organigramme de programmation du système d'arrosage automatique doit être complété ainsi (de haut en bas) :
Démarrer pompe ; Arrêter pompe.
Le programme Scratch doit être complété ainsi :

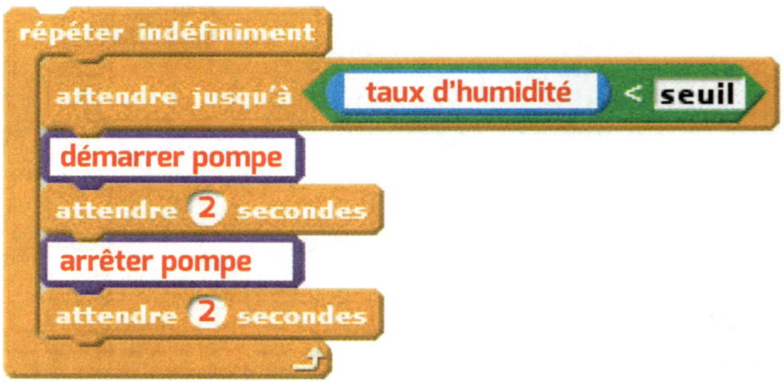

3. Le programme n'a pas de fin parce que **la plante a toujours besoin d'eau et d'engrais** : on ne peut pas arrêter d'alimenter la plante.

Corrigés des quiz

FRANÇAIS

Explorer les thèmes du programme ▶ p. 16

1 **b**, **d**, et **e**. L'autobiographie, écrite à la première personne, ne se présente jamais comme fictive : elle a pour ambition de retranscrire la réalité.

2 **b**. Le récit, centré sur le moi, est rétrospectif : les mémoires et le journal sont ainsi exclus.

3 **b** et **c**. L'affirmation a est fausse : une satire sociale a pour but de critiquer et non de défendre un aspect de la société.

4 **1. a** et **c**. • **2. a**. • **3. b**. • *Candide* est un conte philosophique dans lequel Voltaire dénonce les atrocités de son temps : la barbarie de la guerre, l'intolérance et l'Inquisition, l'esclavage… À travers son *Voyage au bout de la nuit*, L.-F. Céline fait un terrible réquisitoire contre l'absurdité de la guerre, le colonialisme ou encore le travail à la chaîne dans les usines Ford. *Le Dictateur* de Charlie Chaplin est un film burlesque mettant en scène un dictateur qui est la caricature d'Hitler.

5 **b** et **c**. La proposition est fausse : un poème n'est pas nécessairement versifié ; il existe des poèmes en prose.

6 **a**, **b**, **d**, **e**. La poésie lyrique aborde des thèmes liés à l'intimité du poète : l'amour, la mort, le lien avec la nature, la fuite du temps. L'engagement politique, la lutte contre la guerre, l'injustice ou encore un pouvoir totalitaire sont des thèmes qui relèvent de la poésie engagée.

7 **1. c**. • **2. a**. • **3. d**. • **4. b**. • Dans *Le dernier jour d'un condamné*, Victor Hugo dénonce la peine de mort. *Germinal* d'Émile Zola dénonce les conditions de travail inhumaines des mineurs au XIXe siècle et raconte leur lutte politique et syndicale. *L'Armée des ombres* de Joseph Kessel met en scène la lutte des résistants contre l'occupation allemande, durant la Seconde Guerre mondiale.

8 **1.** une lettre ouverte – la révision du procès • **2.** des convictions • **3.** le nazisme • *J'accuse* est une lettre ouverte au Président de la République publiée par Émile Zola dans le journal *L'Aurore* du 13 janvier 1898. Elle réclame la révision du procès d'Alfred Dreyfus. Un poème engagé privilégie l'expression des convictions du poète contrairement au poème lyrique qui exprime ses sentiments intimes. Ces trois poètes se sont engagés contre le nazisme.

9 **1.** informatique • **2.** bionique • **3.** Cyborg • Le sens des mots-valises est ainsi transparent : l'informatique est le traitement des informations à l'aide de programmes, bionique désigne la science qui cherche à utiliser dans l'électronique des dispositifs imités du monde vivant, cyborg est employé pour désigner un être vivant comportant des parties électroniques.

10 **1.** dans le futur • **2.** existeront peut-être un jour • **3.** la crainte d'un futur mal maîtrisé • Les auteurs de science-fiction s'intéressent au progrès technologique et à ses possibles dérives. À défaut d'être conformes au réel, les mondes décrits sont souvent vraisemblables.

Connaître les genres littéraires ▶ p. 32

1 **1. a**. Le narrateur suit les pensées et les doutes des personnages ; il n'en sait pas plus que lui. • **2. c**. Le narrateur en sait plus que les deux équipes. • **3. b**. Le narrateur en sait moins que le personnage : il ne connaît pas ses pensées et ne peut que décrire ce qu'il voit.

2 **1. a**. Les actions sont successives • **2. b**. Le plus-que-parfait « s'étaient enfuies » est utilisé pour marquer l'antériorité • **3. c**. L'anticipation est visible grâce à l'indication temporelle « un jour ».

3 **1. b**. • **2. b**. Ce dialogue se trouve à la fin du *Médecin malgré lui*. Le coup de théâtre, l'héritage qui permet à Léandre de devenir plus riche que son rival, permet à la pièce d'avoir un dénouement heureux : Lucinde pourra épouser celui qu'elle aime avec le consentement de son père. Il s'agit donc d'une des toutes dernières scènes de la pièce.

4 **b**, **c**, **d** et **i**. Une comédie met généralement en scène des bourgeois, parfois des paysans. Il y est très souvent question de mariages arrangés. Elle provoque le rire en se moquant des ridicules de la société de son temps.

5 **a**, **c**. L'affirmation b est fausse : les rimes embrassées suivent le schéma ABBA. Le schéma ABAB correspond à des rimes croisées (ou alternées). L'affirmation d est également fausse : une allitération est la répétition d'un même son consonne. C'est l'assonance qui est la répétition d'un même son voyelle.

6 **1. b**. • **2. a**. Le poème de Victor Hugo « *Mélancholia* » est un violent réquisitoire contre le travail des enfants : c'est donc un poème engagé. Le poème d'Alfred de Musset « *La Nuit de mai* » est lyrique : le poète s'épanche et fait part au lecteur de ses sentiments intimes.

7 Ordre : **b** - **a** - **d** - **c**. Pour retrouver l'ordre des affirmations, il faut observer les connecteurs qui les introduisent (*en effet, mais, par conséquent*) de façon à les articuler logiquement.

8 **a**, **c** et **d**. La seule proposition fausse est la b ; la satire s'attaque aux défauts, aux ridicules d'une personne. Elle en fait la critique.

Appliquer les règles d'accord ▶ p. 41

1 **a.** Il faut donc toujours identifier le sujet d'un verbe pour l'accorder correctement. **d.** L'inverse est également vrai : un même verbe peut avoir plusieurs sujets. **e.** Le « il » ne désigne alors personne, comme dans *il neige* ou *il faut*.

2 **1.** ranime – Le GN sujet a pour noyau *l'air* : on accorde donc le verbe à la 3e pers. du singulier • **2.** se déplacent – Le sujet désigne un groupe de personnes. • **3.** sont – *la plupart* suivi d'un nom pluriel donne toujours lieu à un accord au pluriel.

3 **1.** ai – Le pronom *qui* est sujet du verbe, et renvoie à la 1re pers. du singulier. • **2.** a – Le pronom *qui* est sujet du verbe et a pour antécédent *elle*, 3e pers. du singulier. • **3.** chantent ; Le sujet *qui* a pour antécédent *eux*, 3e pers. du pluriel.

4 **1.** *bleu clair* ne s'accorde pas, car il s'agit d'un adjectif composé. • **2.** *pourpres* s'accorde comme n'importe quel adjectif. • **3.** *orange* ne s'accorde pas, car l'adjectif est issu d'un nom commun. • **4.** *blanc* ne s'accorde pas, car il s'agit d'un adjectif composé.

5 Aucune marque d'accord n'est nécessaire ici : **1.** *effectué* s'accorde avec le COD *qu'*, mis pour *le voyage* (masculin pluriel : *-é*) • **2.** *répondu* n'a pas de COD, donc pas d'accord • **3.** *aimé* est suivi d'un verbe à l'infinitif, donc pas d'accord.

Écrire un verbe sans erreur ▶ p. 43

1 **1.** je feins • **2.** tu résous – Les verbes en -indre et -soudre suivent le modèle des verbes du 2e groupe. • **3.** il essaie – Il s'agit bien d'un verbe du 1er groupe. • **4.** il croit – La forme de *qu'il croie* correspond au subjonctif présent. • **5.** vous faites – Au présent, il n'y a pas d'accent circonflexe sur le -i.

2 **Avoir** : 1, 3 et 5 (*j'ai cessé, tu as été, ils ont couru*) • **Être** : 2 et 4 (*je suis devenu, elle s'est envolée*)

3 **b**. L'imparfait se distingue par la présence d'un -s. • **c**. L'accent circonflexe permet de reconnaître le passé simple • **f**. Les verbes *tenir*, *venir* et leurs composés (détenir, parvenir…) se conjuguent tous sur ce modèle. • **h**. Au passé simple, la 3e pers. du singulier ne porte jamais d'accent circonflexe (contrairement au subjonctif imparfait *qu'elle sentît*).

4 **1.** serais – Le conditionnel se reconnaît lorsqu'on transpose la phrase à la 1re pers. du pluriel (*nous ne serions pas venus*). · **2.** partira – L'usage du conditionnel obligerait à utiliser l'imparfait dans la suite de la phrase (*si on le lui demandais*). · **3.** verrons – Toute la phrase est au futur. · **4.** aimerais – L'expression d'un souhait se fait à l'aide du conditionnel. **5.** ennuierais – Le choix du conditionnel accentue l'idée d'hypothèse.
5 **1.** chantât · **2.** ait · **3.** tienne · **4.** accepte · **5.** viennent · Les verbes au subjonctif sont ici toujours précédés de *que*.

Distinguer les homophones grammaticaux ▸ p. 45

1 **1.** la – On peut remplacer cette forme par le pronom masculin *le*. · **2.** là – On peut remplacer cette forme par *ici*. · **3.** l'a – On peut remplacer cette forme par *l'avait*.
2 **1.** ce – Le déterminant démonstratif peut être remplacé par un autre déterminant, comme *le*. · **2.** ce – On peut remplacer le pronom par *cela*. · **3.** se - Il s'agit d'un verbe pronominal. · **4.** ce – *se* est toujours suivi d'un verbe.
3 **1.** ceux-ci – Le verbe qui suit est au pluriel. · **2.** ceci – Le verbe qui suit est au singulier. · **3.** ceci – En l'absence de contexte, cette forme semble plus vraisemblable.
4 **1.** s'est. · **2.** s'est – Il s'agit de verbes pronominaux (*se dérouler*, *se terminer*). · **3.** sait – Le verbe *savoir* se reconnaît lorsqu'on passe à l'imparfait. · **4.** ses – On peut le remplacer par un autre déterminant possessif, comme *mes*.
5 c'est – Il s'agit d'une forme avec le verbe *être* (*était* est possible). Il ne s'agit pas d'un verbe pronominal, donc *s'est* est impossible.

Classer les mots et étudier leur formation ▸ p. 47

1 **1.** N · **2.** A · **3.** N · **4.** A · **5.** N · **6.** A. · Les noms sont précédés d'un déterminant ; les adjectifs peuvent toujours être remplacés par un autre adjectif, comme *grand* ou *méchant*.
2 *mes* : **a.** – On peut le remplacer par un autre déterminant (*les remords*). · *aller* : **b.** · *à* : **b.** – La préposition *à* fait partie des plus courantes de la langue française. · *où* : **b.** – Il s'agit d'un pronom relatif. · *moi* : **c.** – Le pronom se reconnaît car il remplace un nom ou un GN (*...ma mère auprès de mon lit*).
3 **1.** adjectif · **2.** adverbe · **3.** adverbe · **4.** adjectif. · Tu peux remplacer les adjectifs par *gentil* et les adverbes par *beaucoup*.
4 **1.** discussion · **2.** évolution · **3.** pétition · **4.** démission.
5 **1.** familier (suffixe *-oche*) · **2.** péjoratif (suffixe *-ard*) · **3.** diminutif (suffixe *-et*). · Le suffixe peut parfois changer le sens du mot ; plus généralement, il rajoute une connotation particulière au terme.

Reconnaître la fonction d'un groupe de mots ▸ p. 49

1 **1.** COI – Le verbe *jouer* est ici transitif indirect : il est construit avec un complément d'objet introduit par la préposition *à* contractée avec l'article *le* (*à + le = au*). J'ai joué à quoi ? *au loto*. *Au loto* est complément d'objet indirect (COI) du verbe *jouer*. · **2.** sujet – Qu'est-ce qui est caché sur le rebord de la fenêtre, derrière les volets ? Réponse : *un petit nid*. Il s'agit du sujet du verbe *est caché*. C'est un sujet inversé, c'est-à-dire placé après le verbe. · **3.** COD – Le verbe *jouer* est ici transitif direct : il est construit avec un complément d'objet qui n'est pas introduit par une préposition. J'ai joué quoi ? *une pièce de théâtre*. *Une pièce de théâtre* est complément d'objet direct (COD) du verbe *jouer*. On peut remplacer *une pièce de théâtre* par le pronom *l'* : Je l'ai jouée. C'est un moyen de vérification infaillible ! · **4.** attribut du COD [= *je considère que cet ami est un excellent comédien*]. – Le GN *un excellent comédien* vient qualifier le GN *cet ami* dont la fonction est COD du verbe *considère*. C'est donc un attribut du COD. · **5.** attribut du sujet [ami = comédien]. – Le nom *comédien* vient qualifier le sujet du verbe être *mon ami* : c'est donc un attribut du sujet. Il ne faut pas confondre la fonction attribut du sujet avec celle de COD : il n'y a jamais de COD après le verbe être ou les verbes *sembler, paraître, devenir*...

2 **1.** l' (*Je l'ai donné à mon ami*) · **2.** leur (*Je leur ai donné ma guitare*) · **3.** l' (*Je l'ai joué*) · **4.** lui (*Je lui ai parlé des vacances*).
3 **a** et **d**. L'affirmation b est fausse : *énorme* est un adjectif épithète puisqu'il est accolé directement au nom *animal* sans l'intermédiaire du verbe être ou d'un verbe d'état. C'est également le cas de l'affirmation c : *qui me menaçait* est une proposition subordonnée relative et non un complément du nom. On peut remarquer, entre autres, qu'elle est introduite par le pronom relatif *qui*.
4 **1. c.**

une	petite	voix	clairette
dét.	adj.	nom	adj.

2 **a.**

un	regard	blanc	[qui donnait froid]
dét.	nom	adj.	subordonnée relative

Observation : *qui donnait froid* est une proposition subordonnée introduite par le pronom relatif *qui*. C'est une proposition subordonnée relative. Elle vient compléter le nom noyau *regard*.
3 **b.**

une	figure	rabougrie	de vieille femme
dét.	nom	adj.	complément du nom

Observation : *de vieille femme* est un groupe nominal introduit par la préposition *de* et qui complète le nom *figure* : c'est un complément du nom.

MATHS

Algorithmique et programmation ▸ p. 78

1 **a.** Le bloc « données » permet, entre autres, de créer des variables et des listes.
2 **b.** « Nombre » est une variable puisque sa valeur, initialement fixée à 3, augmente de 1 à chaque passage dans la boucle « répéter ».
3 **b.** La boucle jaune permet de répéter 4 fois l'incrémentation de la variable « nombre ».
4 **c.** Au départ, « nombre » vaut 3 puis est augmenté de 1 à chaque passage dans la boucle. Cette augmentation se faisant 4 fois, « nombre » vaut $3 + 1 + 1 + 1 + 1 = 7$.
5 **a.** La boucle jaune est une instruction conditionnelle puisqu'elle commence par « si... ».
6 **c.** Le nombre vaut 0. En effet, il vaut 10 au départ avec $10 > 8$ donc devient 0.
7 **b.** Le nombre vaut 15. En effet, il vaut 5 au départ avec $5 < 8$ donc on ajoute 10 au nombre qui passe à 15.
8 **c.** Le bloc jaune est une instruction du type « tant que... » puisqu'elle ne se produit que tant que la longueur est inférieure ou égale à 50.
9 **c.** Le lutin avance de 60 puisqu'il avance 5 fois de suite de 10.
10 **b.** Le lutin avance de 60 puisqu'en un seul passage dans la boucle la longueur devient 60. Or, $60 > 50$ donc le programme s'arrête.

Nombres et calculs ▸ p. 88

1 **a.** 7 est un nombre premier car il admet exactement deux diviseurs : 1 et lui-même.
2 **c.** $12 = 2 \times 6 = 2 \times 2 \times 3$
3 **a.** Il suffit de simplifier la fraction par 5, donc de diviser numérateur et dénominateur par 5.
4 **c.** $10\ 4 = 10 \times 10 \times 10 \times 10 = 10\,000$
5 **b.** $1{,}23 \times 103 = 1{,}23 \times 1\,000 = 1\,230$
6 **b.** Dans une division de puissances de dix, on soustrait l'exposant du bas à l'exposant du haut donc $K = 10^{2-(-2)} = 10^{2+2} = 10^4$.
7 **b.** $2 \times 10 - 1 = 20 - 1 = 19$
8 **c.** $2 \times 5 - 5 = 10 - 5 = 5$
9 **b.** $-3 - 3 = -6 < 0$

10 **c.** Les solutions de $4x > 8$ sont les solutions de $x > \frac{8}{4}$ c'est-à-dire $x > 2$ (les nombres strictement supérieurs à 2).

Fonctions ▸ p. 98

1 **c.** $f(3) = 3^2 + 3 = 9 + 3 = 12$

2 **a.** $f(4) = \frac{3}{2} \times 4 = \frac{12}{2} = 6$

3 **a.** On résout l'équation $x + 6 = 6$ donc $x = 6 - 6 = 0$.

4 **c.** On résout l'équation $5x = 10$ donc $x = \frac{10}{5} = 2$.

5 **c.** $\frac{5}{2} = \frac{5 \times 3}{2 \times 3} = \frac{15}{6}$ donc $a = 15$.

6 **b.** Sur 20 élèves, il y a 8 filles, donc 12 garçons. Le pourcentage de garçons est donc de $\frac{12}{20} = \frac{12 \times 5}{20 \times 5} = \frac{60}{100}$. Le pourcentage est 60 %.

7 **b.** On commence par doubler x, ce qui donne $2x$. On soustrait ensuite 3 à $2x$ et l'on obtient $2x - 3$

8 **a.** $a = \frac{\text{différence des images}}{\text{différence des antécédents}} = \frac{f(2) - f(-5)}{2 - (-5)}$.

9 **b.** On a à résoudre l'équation : $f(-4) = -3 \times (-4) + b$ donc $b = f(-4) - (-3) \times (-4)$.

10 **c.** Les x heures de cours coûtent 10 € chacune mais il faut ajouter 20 € de frais fixes d'inscription. Cela donne donc un coût de $10x + 20$ euros.

Statistiques et probabilités ▸ p. 106

1 **b.** La fréquence vaut $\frac{8}{20} = 0{,}4$.

2 **c.** La moyenne vaut : $(12 \times 1 + 14 \times 2 + 16 \times 3 + 19 \times 2 + 20 \times 2) : (1 + 2 + 3 + 2 + 2) = 16{,}6$.

3 **b.** La médiane d'une série est la valeur coupant cette série ordonnée en deux sous-séries de mêmes effectifs ; ici, la médiane vaut donc 3.

4 **a.** L'effectif total est de : $10 + 3 + 15 + 2 = 30$.

5 **b.** Il y a 10 élèves sur 30 faisant de l'espagnol, soit $\frac{10}{30} = \frac{10 : 10}{30 : 30} = \frac{1}{3}$ des élèves.

6 **a.** Ces évènements n'ont aucune issue en commun ; ils sont donc contraires.

7 **c.** Les issues possibles sont les chiffres de 1 à 6 ; il y a donc 6 issues.

8 **c.** Parmi les chiffres de 1 à 6, seuls 6 et 3 sont divisibles par 3. La probabilité d'obtenir un chiffre divisible par 3 est donc de $\frac{2}{6} = \frac{2 : 2}{6 : 2} = \frac{1}{3}$.

9 **c.** La somme des probabilités des évènements élémentaires vaut $1 = \frac{7}{7}$. La probabilité de tirer une boule verte est donc de $\frac{1}{7}$.

10 **a.** Le nombre représente la fréquence d'apparition de l'évènement « pile » lors de 100 lancers.

Les théorèmes de Thalès et Pythagore ▸ p. 114

1 **b.** La somme des angles d'un triangle vaut 180° donc le seul choix possible est le b.

2 **a.** $\widehat{BCA} = 180 - 50 - 30 = 100°$ car la somme des angles d'un triangle vaut 180°.

3 **a.** Le carré de la longueur de l'hypoténuse d'un triangle rectangle est égal à la somme des carrés des longueurs des deux côtés de l'angle droit donc : $DF^2 = DE^2 + EF^2$.

4 **b.** D'une part : $4^2 = 16$; d'autre part : $2^2 + 3^2 = 4 + 9 = 13$. Puisque $16 \neq 13$, le triangle n'est pas rectangle.

5 **c.** On a : $AB = \sqrt{16} = 4$.

6 **a.** Avec les hypothèses du théorème de Thalès, on a : $\frac{EF}{EG} = \frac{EI}{EH}$ donc $\frac{7{,}5}{EG} = \frac{6}{4}$ donc $EG = \frac{4 \times 7{,}5}{6} = 5$.

7 **b.** Avec les hypothèses du théorème de Thalès, on a : $\frac{EI}{EH} = \frac{FI}{HG}$ donc $\frac{6}{4} = \frac{9}{HG}$ donc $HG = \frac{4 \times 9}{6} = 6$.

8 **b.** Avec les hypothèses du théorème de Thalès, on a $\frac{AE}{AC} = \frac{AD}{AB}$ donc $\frac{AE}{8} = \frac{6}{12}$ donc $AE = 4$.

9 **c.** C'est une application à connaître ! N'hésite pas à relire le cours.

10 **a.** On compare les quotients des longueurs dans les triangles COR et SOE, avec O comme sommet commun. On a donc à comparer les quotients $\frac{OC}{OE}$ et $\frac{OR}{OS}$.

Transformations - Trigonométrie ▸ p. 122

1 **a.** L'axe de symétrie est la médiatrice du segment reliant un point et son image.

2 **c.** Dans une symétrie centrale, le centre de symétrie est le milieu du segment reliant un point et son image.

3 **a.** Un mouvement de translation peut être assimilé à un glissement ayant une direction, un sens et une longueur fixée. Lorsque A translate vers B, dans le même mouvement, D glisse vers C.

4 **b.** Lorsque le coefficient d'une homothétie est inférieur strictement à 1, on obtient une réduction de figure.

5 **c.** Le nouveau segment mesure $15 \times \frac{1}{3} = 5$ cm.

6 **b.** L'hypoténuse est le côté opposé à l'angle droit ; c'est donc [AC].

7 **c.** Le côté opposé à l'angle de 23° est [AB].

8 **b.** Dans le triangle DNB rectangle en B, on a :

$\sin(\widehat{DNB}) = \frac{\text{côté opposé à l'angle } \widehat{DNB}}{\text{hypoténuse}} = \frac{DB}{DN}$.

9 **b.** Dans le triangle ABH rectangle en H, on a :

$\sin(\widehat{ABH}) = \frac{\text{côté opposé à l'angle } \widehat{DNB}}{\text{hypoténuse}} = \frac{AH}{AB}$.

Donc $\sin(35°) = \frac{AH}{5}$ donc $AH = 5 \times \sin(35°)$.

10 **c.** $AH = 5 \times \sin(35°) = 2{,}87$ cm car le chiffre des millièmes est supérieur à 5

Géométrie dans l'espace - Mesures ▸ p. 132

1 **c.** Par rapport au méridien de Greenwich, le point A est 30° direction ouest.

2 **c.** Par rapport au méridien de Greenwich, le point M est 70° direction est et par rapport à l'équateur, il est situé 50° vers le nord.

3 **b.** On a : $x_A = 2$; $y_A = 4$; $z_A = 3$.

4 **b.** $V_{\text{pavé droit}} = L \times l \times h = 4 \times 5 \times 1 = 20\ \text{cm}^3$ car 0,1 dm = 1 cm

5 **a.** $V_{\text{pyramide}} = \frac{\text{aire de la base} \times \text{hauteur}}{3} = \frac{3 \times 2 \times 5}{3} = 10\ \text{cm}^3$

6 **c.** $V_{\text{cône}} = \frac{\text{aire de la base} \times \text{hauteur}}{3} = \frac{\pi \times 4^2 \times 6}{3} = 32\pi\ \text{cm}^3$

7 **b.** $V_{\text{sphère}} = \frac{4 \times \pi \times r^3}{3} = \frac{\pi \times 500}{3}\ \text{cm}^3$

8 **a.** Une aire est le produit de deux longueurs, donc c'est une grandeur-produit.

9 **b.** Puisque 180 km sont parcourus en 1 heure, c'est-à-dire en 60 minutes, le nombre de kilomètres parcourus en 1 seule minute est de $180 : 60 = 3$.

10 **c.** Le préfixe « kilo » signifie « multiplié par mille » c'est-à-dire que 1 kWh = 1 000 Wh, donc 5 kWh = 5 000 Wh.

HISTOIRE-GÉO-EMC

L'Europe dans les guerres totales ▸ p. 154

1 b. La Première Guerre mondiale fait plus de 9 millions de morts parmi les 70 millions de militaires mobilisés.
2 b. La collectivisation met fin à la propriété privée des terres, elle prévoit la création de vastes exploitations collectives.
3 c. Les territoires de l'Est, peuplés de populations slaves et juives, sont voués à être vidés de leur population.
4 b et **c.** Le gouvernement de Front populaire initie une politique sociale ambitieuse en faveur des ouvriers.
5 a. Maréchal Pétain · **b.** Général de Gaulle · **c.** Jean Moulin. · Création du CNR : Jean Moulin. · Appel du 18 juin 1940 : De Gaulle. · Signature de l'armistice le 22 juin 1940 : Pétain.

Le monde depuis 1945 ▸ p. 164

1 b et **c.** La guerre froide met face à face deux modèles opposés.
2 a. Castro, dirigeant de la République de Cuba. · **b.** Kennedy, président des États-Unis d'Amérique. · **c.** Khrouchtchev, dirigeant de l'URSS.
3 b. Les accords d'Évian mettent fin à huit années de guerre en Algérie.
4 a Le Marché commun vise à supprimer les barrières douanières et à rapprocher les politiques économiques des États membres.
5 a. La guerre du Golfe est la première intervention militaire autorisée par l'ONU depuis la guerre de Corée (1950-1953).

République repensée, société en mutation ▸ p. 172

1 c. L'État-providence passe notamment par la création de la Sécurité sociale et des allocations familiales.
2 a. Valéry Giscard d'Estaing, président de la République de 1974 à 1981. · **b.** Jacques Chirac, président de la République de 1995 à 2007. · **c.** François Mitterrand, président de la République de 1981 à 1995.
3 c. La Constitution de la Ve République rééquilibre les pouvoirs. Le président de la République peut dissoudre l'Assemblée, tandis que celle-ci peut renverser le gouvernement.
4 c. L'expression est inventée par Jean Fourastié en référence aux Trois Glorieuses de la révolution de 1830 en France.
5 b. Cette décision prend place dans un contexte de ralentissement économique.

Dynamiques territoriales de la France ▸ p. 182

1 b. Dans la réponse a, aire urbaine et pôle urbain sont intervertis : l'aire urbaine est l'espace le plus étendu. Dans la réponse c, espace rural et couronne périurbaine sont intervertis : la couronne périurbaine fait partie de l'aire urbaine.
2 a, **b** et **c.** Toutes les réponses sont justes, ce qui illustre la polyvalence des fonctions parisiennes. Paris concentre les fonctions centrales de l'État avec le siège de la présidence (l'Élysée), du gouvernement et notamment du Premier Ministre (Matignon), du pouvoir législatif (Assemblée nationale et Sénat). Les plus grandes firmes transnationales y ont leur siège social ou celui de leur filiale française (Paris centre et La Défense). Paris est également connecté, notamment par ses aéroports internationaux (Roissy et Orly).
3 c. La concentration des industries *high-tech* dans les métropoles ne fait que renforcer la prééminence parisienne. Les autres régions abritent notamment des industries d'ancienne génération, largement en crise (sidérurgie en Lorraine, raffinerie dans la Basse-Seine, par exemple).
4 b. La polyculture (a) n'est pas assez spécialisée pour être compétitive dans le contexte actuel. On ne peut pas dire (c) que l'agriculture française ne se modernise pas, au contraire. Elle tente en permanence de s'adapter aux contraintes du marché mondial et/ou local, notamment par la spécialisation des espaces productifs.
5 a, **b** et **c.** Ces activités tirent parti d'un espace au sol abondant. Toutes les réponses sont donc correctes, ce qui montre que les espaces de faible densité ne sont pas des espaces sans activité !

Aménager le territoire français ▸ p. 190

1 a, **b** et **c.** Depuis les lois de décentralisation de 1982-1983 et les progrès de l'intégration européenne, deux nouvelles échelles d'intervention sont apparues : les collectivités territoriales (régions, départements, communes) à l'échelle infranationale et l'Union européenne à l'échelle supranationale. Ces multiples acteurs interviennent donc dans l'aménagement du territoire français.
2 b. Sur la carte a, la plupart des régions sont mal placées, sauf la Bretagne, la Normandie, l'Île-de-France et la Corse.
3 a et **b.** Les régions métropolitaines sont celles qui créent le plus d'emplois. Les régions frontalières profitent des dynamiques impulsées par l'Union européenne. Sans être dépourvues d'activités (voir partie I-3), les régions de faible densité ne peuvent tout de même pas être qualifiées de dynamiques, surtout par comparaison avec la région parisienne, par exemple.
4 a. Les autres problèmes peuvent concerner l'outre-mer, mais ne lui sont pas spécifiques (la question porte sur les problèmes spécifiques). L'insularité (le fait d'être une île, par exemple la Réunion) comme la distance (souvent plusieurs milliers de km, par exemple la Nouvelle-Calédonie) et l'isolement (par exemple la Polynésie) complique les relations avec le partenaire majeur, c'est-à-dire la métropole.
5 b et **c.** Les outre-mer français font partie du bas du classement par rapport aux autres régions françaises, mais leur appartenance à un pays à forte protection sociale leur confère des atouts que les pays voisins ne possèdent pas (par exemple La Réunion comparée à sa voisine Madagascar).

La France et l'Union européenne ▸ p. 198

1 a. Le cœur européen, formé de l'Europe du nord-ouest pour l'essentiel, est le plus développé ; l'Europe méridionale, entrée dans l'UE plus précocement que l'Europe orientale, anciennement communiste, est également plus développée qu'elle.
2 a. Très proches les unes des autres, ces « capitales européennes » abritent la Commission européenne (Bruxelles), le siège de la Banque centrale européenne (Francfort) et le Parlement européen (Strasbourg).
3 c. Le Conseil européen est constitué des chefs d'État et de gouvernement des 28 pays membres. Les États n'ont donc pas abandonné leur souveraineté, puisque c'est le Conseil qui fixe les grandes orientations politiques de l'Union. Le Parlement représente les citoyens de l'UE, vote les lois et contrôle le budget. Le Conseil de l'UE représente les gouvernements et rassemble les ministres de chaque pays sur des sujets spécifiques (politique agricole par exemple).
4 c. Le statut de membre permanent – qui n'est dévolu qu'à cinq pays dans le monde – montre la permanence d'une certaine puissance française : aucune résolution du Conseil de sécurité ne peut être votée contre son avis (droit de veto). Depuis le 30 janvier 2020 et la sortie effective du Royaume-Uni de l'Union, la France est le seul membre permanent représentant l'UE au Conseil de sécurité.
5 a et **b.** La population de l'UE (448 M à 27 membres) est importante (la 3e au monde derrière la Chine et l'Inde) et à niveau de vie élevé (33 000 $ de PIB/hab.), ce qui en fait un marché de consommation majeur. Le vieillissement de sa population modifie la structure de la consommation (par exemple achat de services à la personne ou de médicaments) mais pas vraiment son importance.

Enseignement moral et civique ▸ p. 208

1 a et **c.** Si le coq est parfois utilisé pour représenter la France, notamment dans le domaine sportif, il n'est pas un symbole officiel de la République.

2 **a** et **b**. Rédigée en août 1789, la DDHC énonce les droits naturels de l'humanité, notamment la liberté, mais le droit de grève ne sera progressivement établi qu'à partir de 1864.
3 **b**. D'après la constitution de la Vᵉ République, l'Assemblée nationale et le Sénat votent les lois, souvent à l'initiative du gouvernement. Mais c'est le président de la République qui les promulgue, c'est-à-dire qu'il donne l'ordre de les appliquer.
4 **c**. À l'école publique, les élèves sont libres d'avoir leurs propres convictions, mais ils ne doivent pas les manifester par des signes religieux trop visibles ni les utiliser comme prétexte pour ne pas suivre certains enseignements. Ils peuvent en revanche discuter des religions, notamment lorsqu'elles sont abordées en cours.
5 **b** et **c**. Un syndicat défend les droits des salariés qu'il représente face aux employeurs, tandis qu'un parti politique s'adresse à toute la population pour défendre des idées dans l'objectif de gouverner un territoire.

SCIENCES

La planète Terre, l'environnement et l'action humaine ▸ p. 218

1 **a.** Si les risques liés à la dynamique interne de la planète sont plutôt circonscrits aux frontières de plaques, les risques liés à la dynamique externe (mouvements des masses d'air et des courants océaniques) sont beaucoup plus aléatoires et peuvent se produire n'importe où autour du globe.
2 **b.** Les connaissances scientifiques permettent de surveiller les signes annonciateurs d'une catastrophe naturelle.
3 **b.** Il faut souvent des milliers d'années pour qu'une ressource se crée de manière naturelle.
4 **c.** L'énergie éolienne et des mouvements d'eau (barrages…) permettent de produire de l'électricité.
5 **c.** Les pesticides utilisés n'agissent pas spécifiquement sur les espèces nuisibles, mais ont un impact sur toutes les espèces…
6 **a.** C'est le déséquilibre entre espèces qui menace la biodiversité. En veillant à maintenir cet équilibre, on préserve la biodiversité.

Le vivant et son évolution ▸ p. 228

1 **c.** Les cellules sont constituées de 23 chromosomes du père + 23 chromosomes de la mère, soit 23 paires de chromosomes.
2 **a.** La multiplication cellulaire maintient le nombre de chromosomes.
3 **a.** Par la production de gamète, chaque parent ne fournit qu'un chromosome de chaque paire, donc la moitié de ses allèles.
4 **c.** L'évolution est rendue possible par des modifications du patrimoine génétique engendrées par des mutations ; mais la sélection (ou non) des nouveaux attributs par le milieu de vie contribue également à l'évolution du vivant.

Le corps humain et la santé ▸ p. 240

1 **b.** Les phagocytes parviennent au site de contamination dans les secondes. Dès lors ils peuvent capter et éliminer les pathogènes, cela prend quelques minutes dans le meilleur des cas.
2 **c.** La zone de jonction entre 2 neurones est la synapse. On l'appelle synapse neuronale. Il existe également des synapses entre un neurone et une cellule musculaire : la synapse neuro-musculaire.
3 **a.** Seuls les nutriments sont suffisamment petits pour traverser la paroi intestinale et se retrouver dans le sang.
4 **b.** L'acronyme FIVETE désigne la fécondation *in vitro* et transfert d'embryon. Cette technique consiste donc à transférer les embryons dans l'utérus maternel.

Organisation et transformations de la matière ▸ p. 250

1 **c.** D'après son symbole, l'ion nitrure porte trois charges négatives, il contient donc trois charges négatives (électrons) de plus que de charges positives (protons). Comme le nombre de protons reste le même pour un atome transformé en ion, pour former l'ion nitrure, l'atome d'azote a gagné trois électrons.
2 **a.** Au cours d'une transformation chimique, les molécules des réactifs sont modifiées pour créer celles des produits : de nouvelles espèces chimiques sont formées.
3 **b.** Le symbole du noyau d'un atome a pour expression : ^A_ZX avec A égal au nombre de nucléons et Z égal au nombre de protons dans le noyau. On en déduit que le fluor contient 19 nucléons, 9 protons et $N_{neutrons} = A - Z = 19 - 9 = 10$ neutrons.
4 **b.** L'unité astronomique est égale à la distance moyenne Terre-Soleil, $1 \text{ ua} = 1{,}50 \times 10^{11}$ m soit $1 \text{ ua} = 1{,}50 \times 10^{8}$ km.

Mouvements et interactions ▸ p. 256

1 **b.** La force gravitationnelle est proportionnelle à chacune des masses (M_T et m) et est inversement proportionnelle au carré de la distance *d*.
2 **c.** La distance est exprimée en mètre et la masse en kilogramme dans l'expression de la force gravitationnelle.
3 **b.** Le poids *P* est proportionnel à la masse *m*, le coefficient de proportionnalité étant égale à *g*.
4 **c.** Une force parallèle à la trajectoire modifie la vitesse et aucune force ne modifie ni la trajectoire ni la vitesse. Un changement de direction sans modification de vitesse se fait grâce à une force perpendiculaire à la trajectoire.

L'énergie, ses transferts et ses conversions ▸ p. 264

1 **a.** Une source d'énergie renouvelable possède un stock inépuisable d'énergie. Ce sont les sources d'énergie non-renouvelables qui ont un stock d'énergie limité.
2 **c.** L'énergie cinétique d'un système est proportionnelle à sa masse et au carré de sa vitesse.
3 **b** et **c.** La puissance électrique consommée par un appareil électrique est égale à l'énergie consommée par unité de temps $\left(P = \frac{E}{t}\right)$, la puissance consommée par un appareil électrique est aussi proportionnelle à la tension *U* entre ses bornes et à l'intensité *I* du courant qui le traverse ($P = U \times I$).
4 **b.** Plus un dipôle a une puissance élevée, plus son action est efficace : pour le cas de lampes la puissante sera plus lumineuse.

Des signaux pour observer et communiquer ▸ p. 272

1 **c.** La notation scientifique de la distance est : $2{,}99792458 \times 10^8$ m. La puissance de dix la plus proche de cette valeur est 10^8 m : c'est l'ordre de grandeur.
2 **b** et **c.** Le son se propage uniquement dans les milieux matériels : il ne se propage donc pas dans le vide mais se propage dans l'eau et le fer.
3 **a.** Entre un émetteur et un récepteur de sons, la fréquence sonore est inchangée.
4 **c.** L'oreille capte des sons : c'est un récepteur.
5 **b.** Les sons audibles ont une fréquence comprise entre 20 Hz et 20 000 Hz. En dessous de 20 Hz, on trouve les infrasons (inaudibles) et au-dessus de 20 000 Hz on trouve les ultrasons (inaudibles).

Technologie ▸ p. 280

1 **b.** L'ensemble des caractéristiques du produit sont précisées dans le cahier des charges.
2 **a** et **d.** La chaîne d'information commence par acquérir les informations liées au fonctionnement du système, à son environnement extérieur et aux consignes reçues, puis traite ses informations avant de communiquer les actions à mener.
3 **a** et **c.** La modélisation numérique utilise une représentation virtuelle de la réalité permettant d'étudier la structure d'un système.
4 **a** et **b.** Un programme peut avoir besoin de boucle afin de répéter des parties de programme. Les variables permettent de stocker des valeurs ou des résultats.

Crédits iconographiques

Français

5 ph © In Pictures Ltd. / Corbis / Getty Images · **6** Coll. Musée Antoine-Lécuyer, Saint-Quentin · **7** ph © Chompoo Baritone / DR · **8** ph © Farabola / Leemage · **9** © Studio Bagel Productions / DR · **10** Coll. Archives Hatier · **11** © Adagp, Paris, 2018 – ph © Artedia / Leemage · **12** ph © Gallimard *via* Opale / Leemage · **13** ph © Eric Gaillard / Reuters · **14** ph © MP / Portfolio / Leemage · **15** ph © Jacques Beauchamp / Photononstop · **18** ph © DeAgostini / Leemage · **20 h** © Norman Rockwell / DR – ph © Universal History Archive / Universal Images Group / Akg-Images · **20 b** © Christophe Fey · **21 hg** © Levalet · **21 hd** © 2017 I Universal Music Division Polydor / DR · **21 b** © Columbia / DR – Coll. Prod DB · **22-23** ph © Denis Allard / Rea · **34** © Chanel / DR · **36 hg** © Pocket, un département d'Univers Poche, pour la présente édition · **36 hd** © Éditions Albin Michel 2017 · **36 bg** Jean-Christophe Rufin, *Le collier rouge*, Collection Folio © Gallimard · **36 bd** Collection Babel © Actes Sud 2004 · **37 hg** Arthur Rimbaud, *Poésies – Une saison en enfer – Illuminations*, Collection Poésie / Gallimard © Gallimard · **37 hd** Collection Librio Littérature © Éditions J'ai Lu · **37 bg** Vénus Khoury-Ghata, *Les mots étaient des loups*, Collection Poésie / Gallimard, © Gallimard · **37 bd** © Pocket, un département d'Univers Poche, pour la présente édition · **38-39** ph © Cyril Delettre / Rea · **52-53** ph © image BnF / BnF, Dist. RMNGrand Palais · **62-63** ph © Nicolas Tavernier / Rea · **68** ph © Robert Doisneau / Rapho

Mathématiques

75 ph © DAVID PARKER / SEAGATE MICROELECTRONICS LTD / SPL / COSMOS · **81** ph © Ana Rollinger / ONLYFRANCE.FR · **91** ph © Sven Schneider / Novespace / AIR ZERO G. · **101** ph © DuKai photographer / Getty-images · **109** ph © Nigel Francis / Robert Harding Picture Library / Biosphoto · **117** ph © Martin Bertrand / Hans Lucas · **123** © M.C. Escher's « Symmetry Drawing E70 » © 2018 The M.C. Escher Company-The Netherlands. All rights reserved. www.mcescher.com · **125** ph © Damien Meyer / AFP PHOTO

Histoire-géo EMC

145 ph © Jérôme Pouille · **146** ph © Mary Evans Picture Library / Photononstop · **147 b** ph © Gusman / Leemage · **147 hd** ph © Maurice-Louis Branger / Roger-Viollet · **147 hg** ph © Collection Sirot-Angel / Leemage · **148** ph © D.R. · **149 g, d** Coll. Kharbine-Tapabor · **150** ph © Heritage Images / Leemage · **151** Coll. Akg-Images · **152** ph © www.bridgemanimages.com · **153 hg** ph © André Zucca / BHVP / Roger-Viollet · **153 hd** ph © Gusman / Leemage · **153 b** ph © Josse / Leemage · **154 g** ph © Gusman / Leemage · **154 m** ph © www.bridgemanimages.com · **154 d** ph © Josse / Leemage · **156** ph © Philippe Wojazer / Reuters · **157** ph © Stringer / Reuters · **158** ph © Louis Monier / Rue des Archives · **159 h** ph © Sophie Bassouls / Leemage · **159 b** ph © Keystone-France / Gamma - Rapho · **160** ph © Rue des Archives / AGIP · **161** ph © Marios Lolos / Xinhua / REA · **162** ph © Patrice Normand / Opale / Leemage · **164 g** ph © bridgemanimages.com · **164 m** ph © PD-USGOV · **164 d** ph © Collection Zullo / Leemage · **166** ph © Hannmibal Hanschke / dpa / AFP Photo · **167** ph © Christian Hartmann / Reuters · **168** ph © Wikipédia · **169** ph © CPAM 75 / Samand · **170** ph © Schoenthal Feltrinelli Luz / Leemage · **171** ph © Centre de documentation du Planning familial, Paris · **172 g** ph © Jacques-Henri Lartigue / La Documentation Française · **172 m** ph © Bettina Rheims / La Documentation Française · **172 d** ph © Gisèle Freund / La Documentation Française · **174** ph © Pascal Rossignol / Reuters · **175** ph © Patrice Blot / Photo aérienne France · **176** ph © Hannah Assouline / Opale / Leemage · **180** ph © Hannah Assouline / Opale / Leemage · **181** ph © Roger Rozencwajg / Photononstop / Getty-Images · **184** ph © Denis Charlet · **185** ph © Guillaume Bonnaud / SudOuest / Maxppp · **186** ph © Yann Deret · **188** ph © European People's Party - Flickr · **189** ph © J. Balleydier et L. De Gebhardt · **192** ph © Jody Amiet / AFP Photo · **193** ph © Benoit Tessier / Reuters · **194** ph © Dursun Aydemir · **196** ph © Kenzo Tribouillard / AFP Photo · **197** ph © Eric Feferberg / AFP Photo · **200** ph © Alex MacNaughton / REX / Shutterstock / Sipa Press · **201** ph © Denis Meyer / Hans Lucas · **202** ph © CCO Paris Musées / Musée Carnavalet · **203** ph © Alain Jocard / AFP Photo · **204** Coll. Musée Antoine-Lécuyer, Saint-Quentin · **206** ph © Roger Parry © Gallimard via Opale / Leemage · **208** hg ph © laguna35 / Fotolia · **208** hd ph © Pool Merillon / Simon / Gamma - Rapho · **210** © www.apf-francehandicap.org · **212** © International Federation of Library Associations and Institutions

Sciences

215 ph © NASA images · **217** Ph © Mainichi Shimbun / Reuters · **218 g** ph © Roger- Viollet · **218 d** ph © Bruce Golden / Getty-Images · **221** ph © Delmarty / Alpaca / Andia · **222** ph © National Human Genome Institute/SPL/Biosphoto · **225** ph © Francois Le Diascorn / GAMMA-RAPHO · **231** ph © Courtesy of the USC Laboratry of Neuro Imaging and Athinoula A. Martinos Center for Biomedical Imaging, Consortium of the Human Connectome Project – www.humanconnectomeproject.org · **233** ph © Josse / Leemage · **237 h** ph © Jean-Philippe Ksiazek / AFP Photo · **237 b** ph © Photo Researchers Inc. / BSIP · **239** ph © SPL - Science Photo Library / Richard G. Rawlins, Custom Medical Stock Photo / Biosphoto · **243** ph © MAXIMILIEN BRICE, CERN / SPL – Science Photo Library / Biosphoto · **250** ph © VOLKER STEGER / SPL - Science Photo Library / Biosphoto · **253** ph © Icon SMI / Panoramic · **259** ph © akg-images · **264** © NASA / JPL / Cornell University, Maas Digital LLC · **267** ph © NASA / ESA, The Hubble Key Project Team and The High-Z Supernova Search Team · **275** ph © Xavier Testelin / Divergence · **279** ph © Station Météo Individuelle Netatmo - http://www.netatmo.com

D.R. : Malgré nos efforts, il nous a été impossible de joindre certains photographes ou leurs ayants droits, ainsi que les éditeurs ou leurs ayants droits pour certains documents, afin de solliciter l'autorisation, mais nous avons naturellement réservé en notre comptabilité des droits usuels.

Achevé d'imprimer en Italie par L.E.G.O. S.p.A. - Lavis (TN)
Dépôt légal n° 07832-1/02 - Janvier 2023